京都大学
文学部
国語学国文学研究室編

京都大学蔵

むろまちものがたり 1

しづか(三種)・緑弥生・富士草紙

臨川書店刊

監修
日野龍夫
木田章義
大谷雅夫

編集
柴田芳成
本井牧子
金光桂子
橋本正俊

「しづか(奈良絵本)」第1図

「しづか(奈良絵本)」第5図

「しづか（奈良絵本）」第４図

「しづか(奈良絵本)」第６図

「しづか(奈良絵本)」第７図

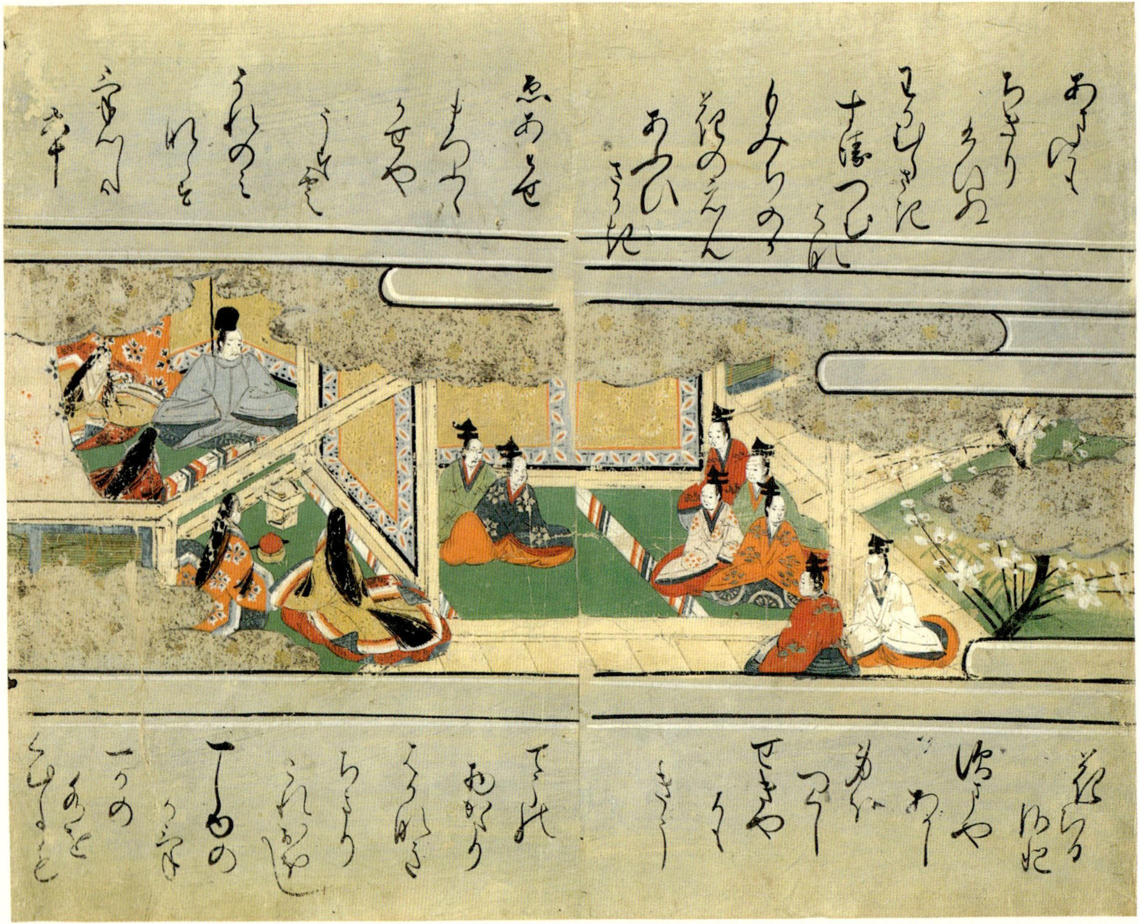

「しづか（奈良絵本）」第9図

「しづか」(奈良絵本)第14図

「しづか（奈良絵本）」第15図

「しづか（奈良絵本）」第17図

「しづか（奈良絵本）」第19図

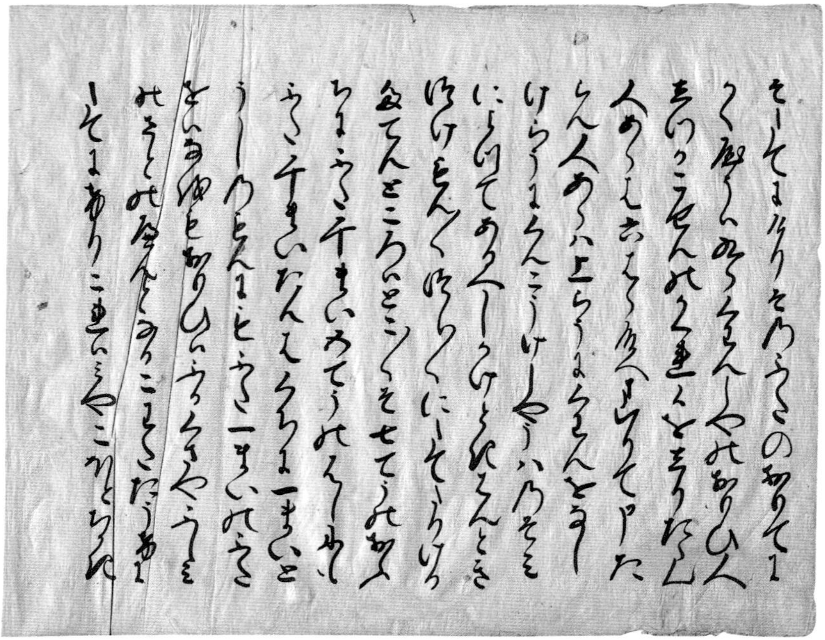

「しづか」１丁裏

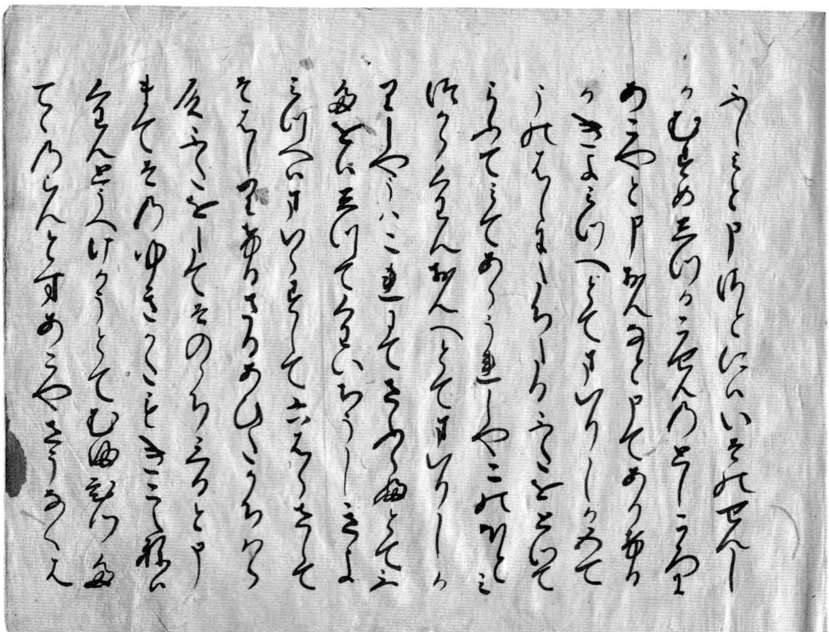

「しづか」２丁表

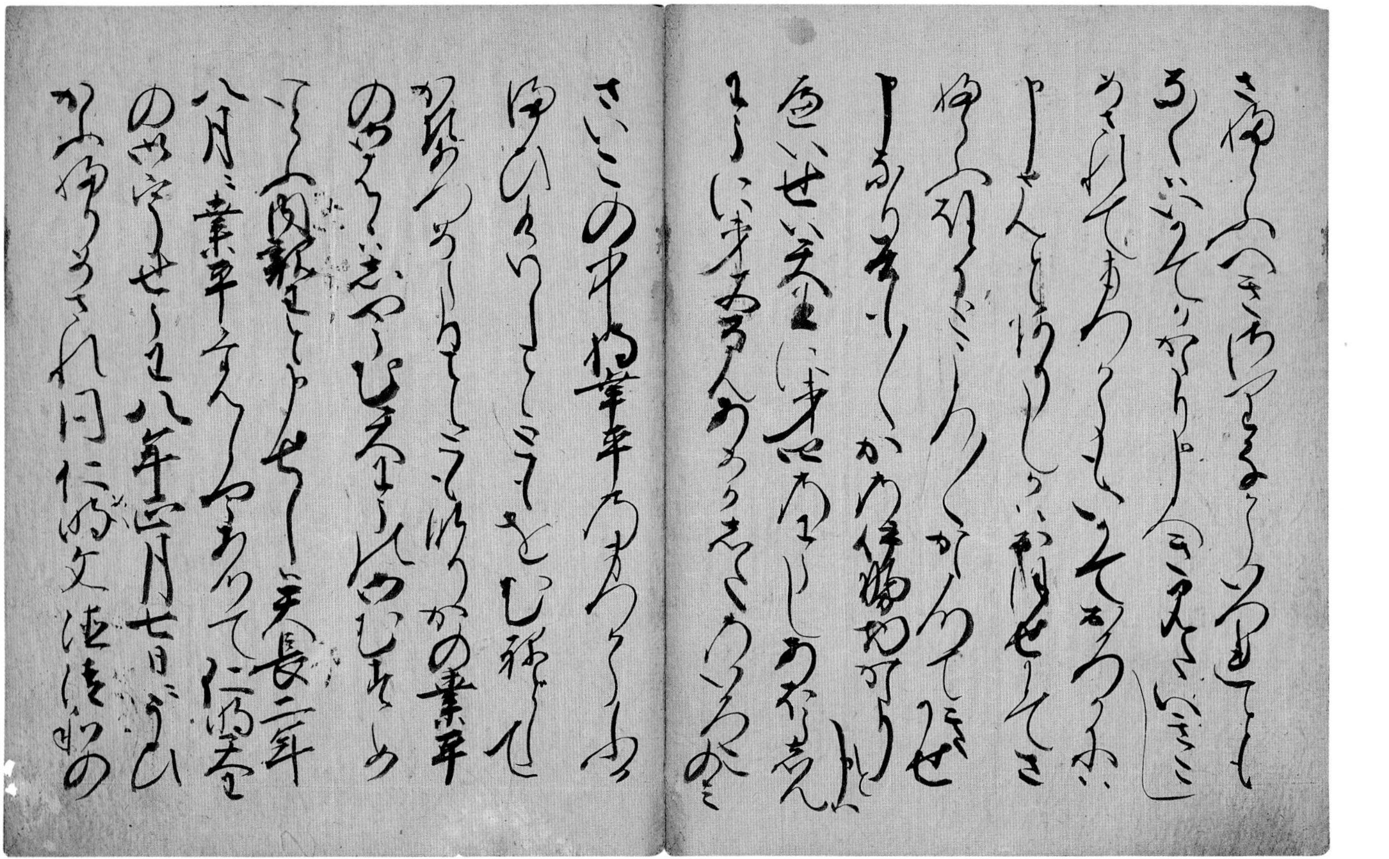

「しづかの物語」５丁裏－６丁表

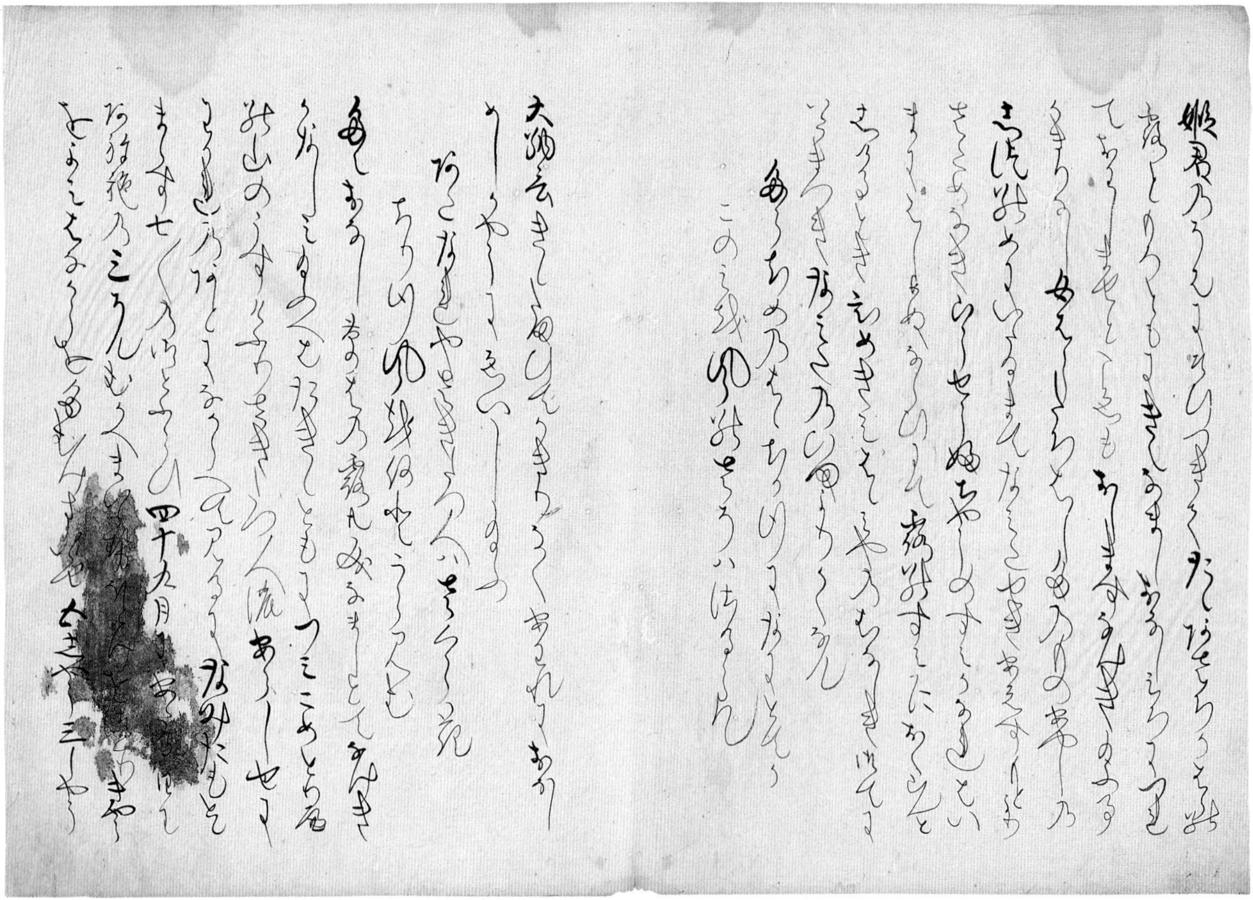

「緑弥生」２丁裏－３丁表

「富士草紙」第9図

「富士草紙」第11図

「富士草紙」第13図(部分)

「富士草紙」第13図（部分）

「富士草紙」第14図

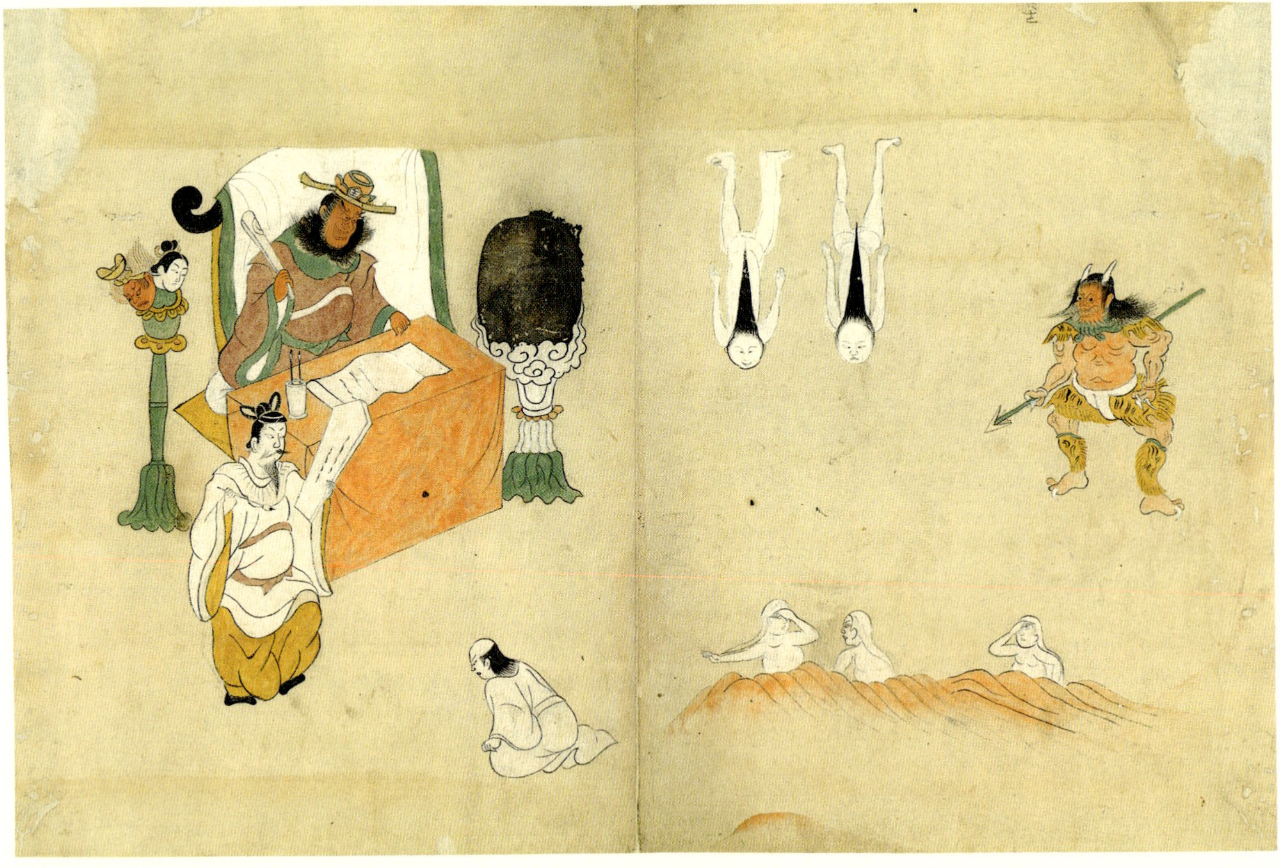

「富士草紙」第15図(部分)

序

このたび私ども京都大学文学部国語学国文学研究室は、京都大学に蔵する室町物語（御伽草子）約一二〇点のうちから、学術的に重要なもの四十六点を厳選し、影印に翻刻・解題を付して、全十二巻の叢書として世に送る。

室町物語は、室町時代から近世初期にかけて盛んに作られ、多くは挿絵を添えて流布した短編物語である。そこには、戦乱の絶え間がない一方で庶民文化の興隆をも見た時代の、人々の生活意識や世相がさまざまな形で豊かに伝えられており、国語学国文学のみならず、歴史学、思想史、美術史などの分野においても重要な研究対象となっている。

室町物語を集成した叢書はすでに幾つか存在するが、一つの作品に複数のテキストが存在するのが常で、諸本間の本文や挿絵の異同が大きく、異同の対比が作品の生成過程の究明などに重要な意味を持つことが多い室町物語の性格からして、テキストはできるだけ多く提供されることが望ましい。

まして、私どものこのたびの叢書は、新出作品や未紹介のテキストを大量に含む。また、すべての作品に翻刻を添え、彩色の挿絵は能う限りカラーの口絵に収めるよう努めた。

本叢書が、室町物語研究の今後の進展の中で十分に活用されることを念願する。

平成十二年九月

京都大学大学院文学研究科教授

日　野　龍　夫

「むろまちものがたり」刊行に際して

本叢書刊行の経緯と編集担当者等について若干の説明しておく。

平成十一年秋に京都大学附属図書館が百周年記念の展示会として「お伽草子展」を開催した。その折、私どもの研究室も協力し、附属図書館をはじめとする各部局図書館の所蔵する室町物語をすべて調査した。予想外に大量の室町物語が所蔵されており、その中には新出のものや、これまで紹介されていないもの、紹介されたものの異本、そして欠落していた部分を含んだ写本など、貴重なものが多数あることが分かった。

同じ頃、文学部図書館の貴重書庫内を調査するうちに、「標本」とラベルの貼られた巻物が収蔵されていることを発見したが、それが第一巻で紹介される奈良絵本「しづか」であった。本書は、「標本」であるために、図書としては登録されておらず、当然、カードにも採られていないものであった。国立大学の所有物でありながら、存在さえも知られていなかった訳である。この巻物はしばらく私の研究室に置いてあったのであるが、臨川書店社長片岡英三氏が来訪されたおり、眼にとめられ、世に紹介すべきことを力説された。そこで本叢書の企画が始まった。この本の発見も、上記の展示会のための調査が行われている途中であったために、特に注意を惹いたのであって、展示会がなければ、美しい巻物があったというだけで終わっていたであろう。「お伽草子展」が本叢書の源であったと言って良い。

附属図書館「御伽草子展」のための調査は、附属図書館の古川千佳氏と、国語学国文学研究室の博士課程に在籍していた柴田芳成君、本井牧子君、金光桂子君、橋本正俊君が行ったが、本叢書の編纂も、国語学国文学研究室の四人が中心となって行った。編集方針は、未紹介のもの、写本、異本などを中心として選び、本の形を基準に各巻に配分してゆくという方法をとった。同じ題名の本が異なった巻に分載される結果となり、利用にやや不便になったが、本が縦になったり横になったりという不体裁を避けるためということで、ご理解いただきたい。また、解題原稿の校閲などに関して、京都府立大学の安達敬子氏にお世話になった。書誌的なことについては、多く、古川氏の調査を利用させていただいた。その後の調査で得られた知見を加え、本叢書の最終巻に「京都大学蔵 室町物語目録」を付す予定である。

本叢書の公刊については、上記のとおり附属図書館の関係各位に絶大なご協力をいただいた。また、総合人間学部図書館、文学部美学美術史学研究室、文学部インド哲学史研究室の方々のご協力を得ている。臨川書店には写真撮影などでずいぶんとお手数をかけた。記して感謝の意を表す。

木田章義

第一巻　目次

影

印

影印凡例

・本巻には、『しづか（奈良絵本）』『しづか』『しづかの物語』『緑弥生』『富士草紙』を収録する。
・影印は、原則として白紙の部分を含め、原本の現状に従って全ての頁を掲げる。
ただし、『しづか（奈良絵本）』の錯簡については、あるべき順番に復元して収録した。
・各文献により、影印の縮尺は一様でない。もとの寸法については解題で記す。

しづか（三種）

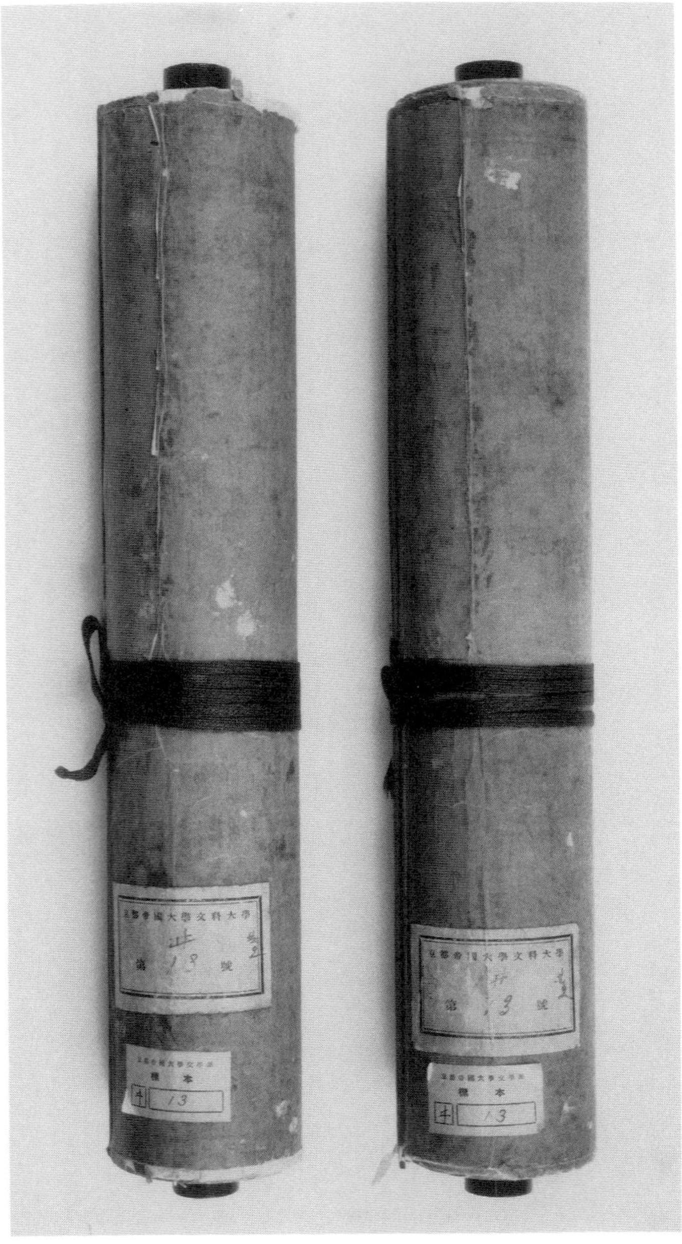

左　上巻／右　下巻

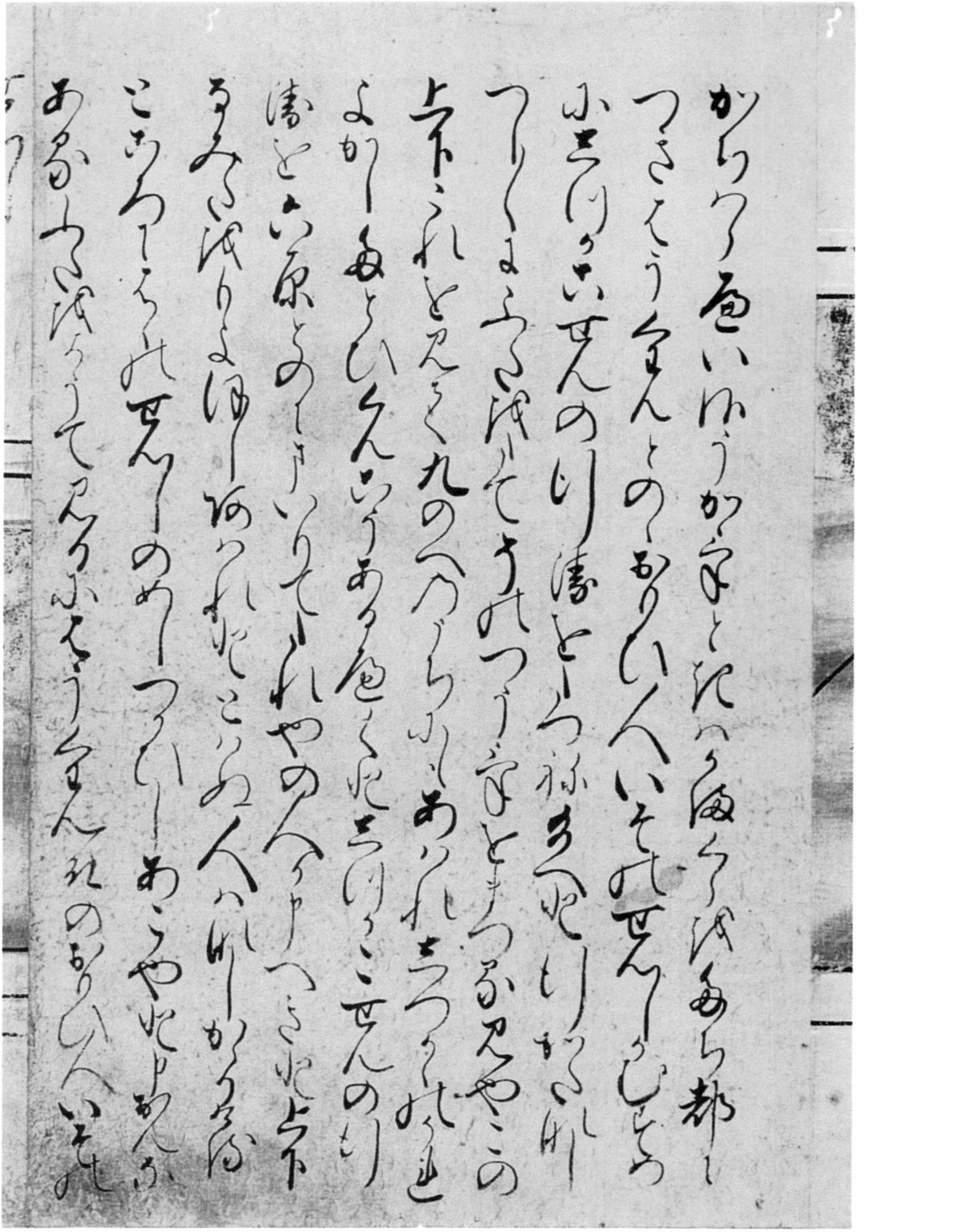

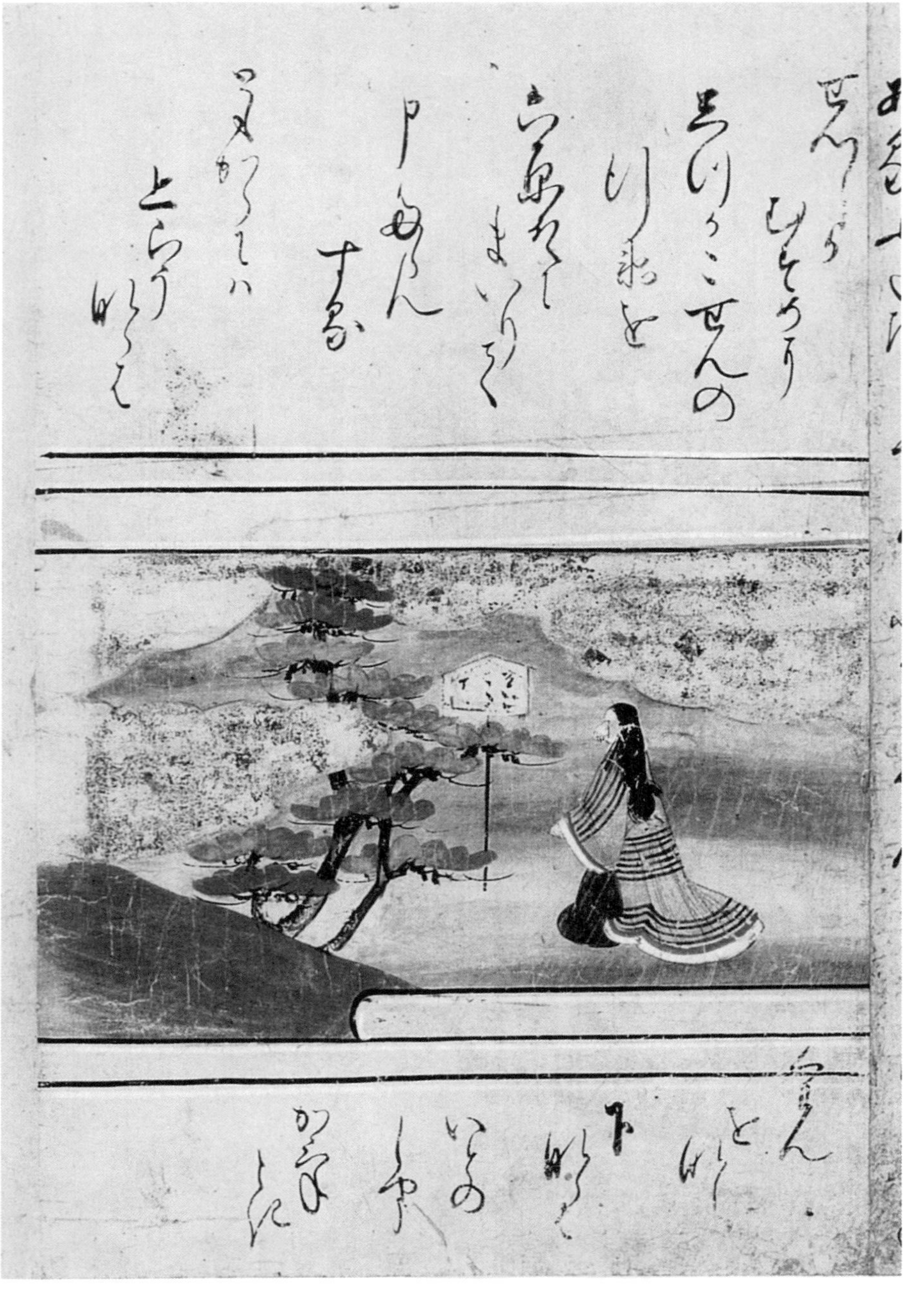

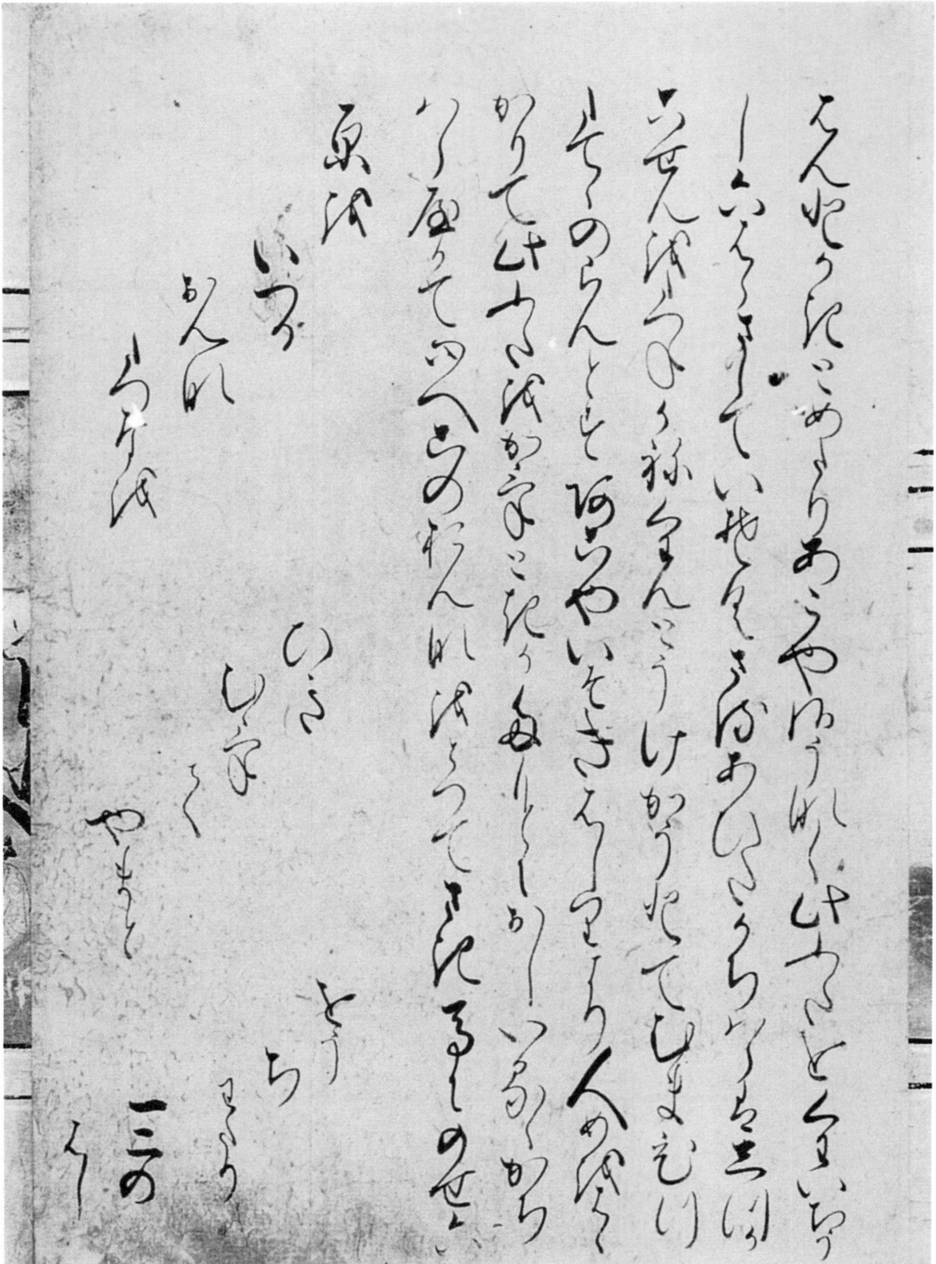

こらまりはしやうるとハきんてしんこか
又たかう菊花のはりいちり
しやう
いさうしへ
のりいれしくうそそせいつてうるはらし
かうりうしましのりけつ人おんあさまくやくすうえん
よあるりいんいかのせんつかしとめきつこせんのらの
てうしもしは次うらはしけさはりりてらんかうれかう
りうりはしめひたさいりてたくやくわいてつへた太刀ん

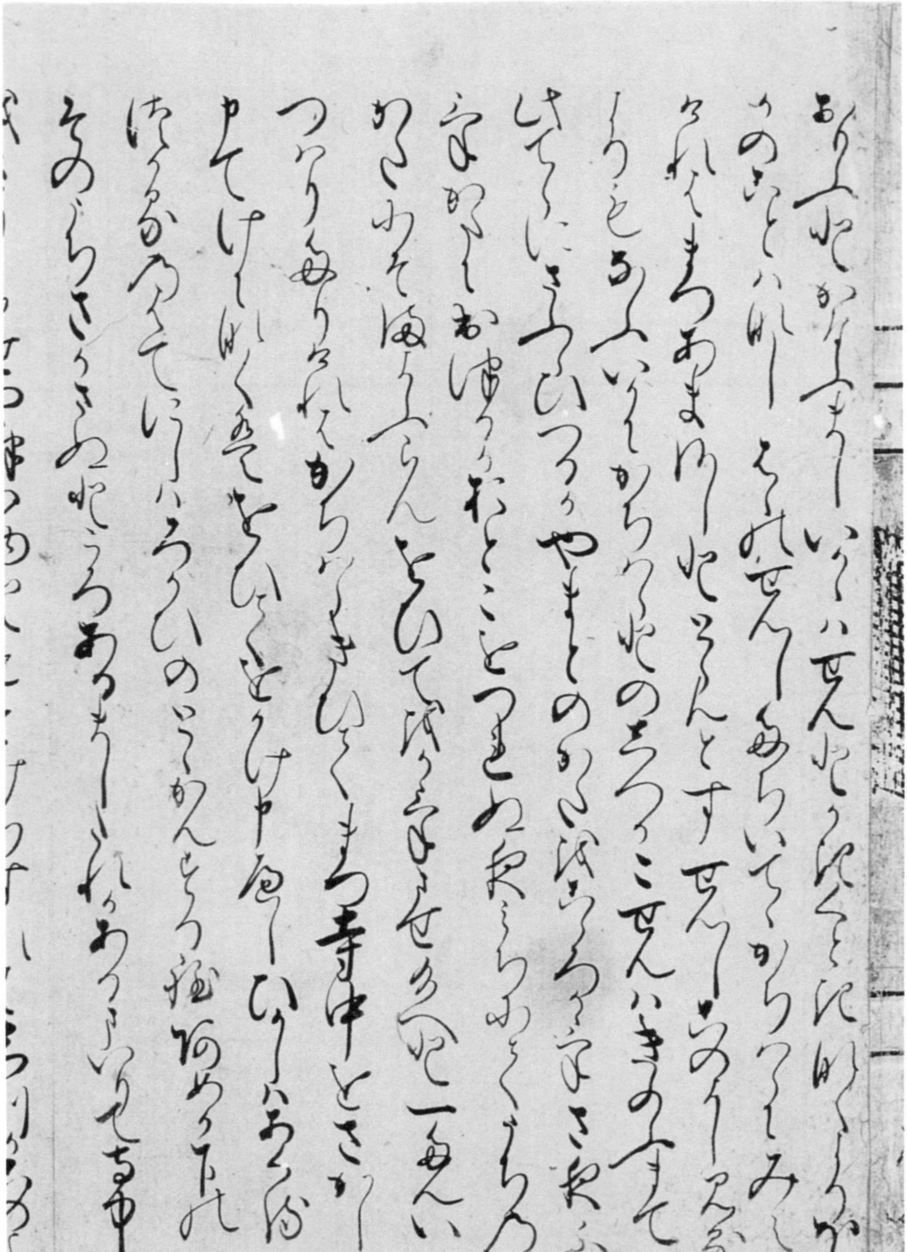

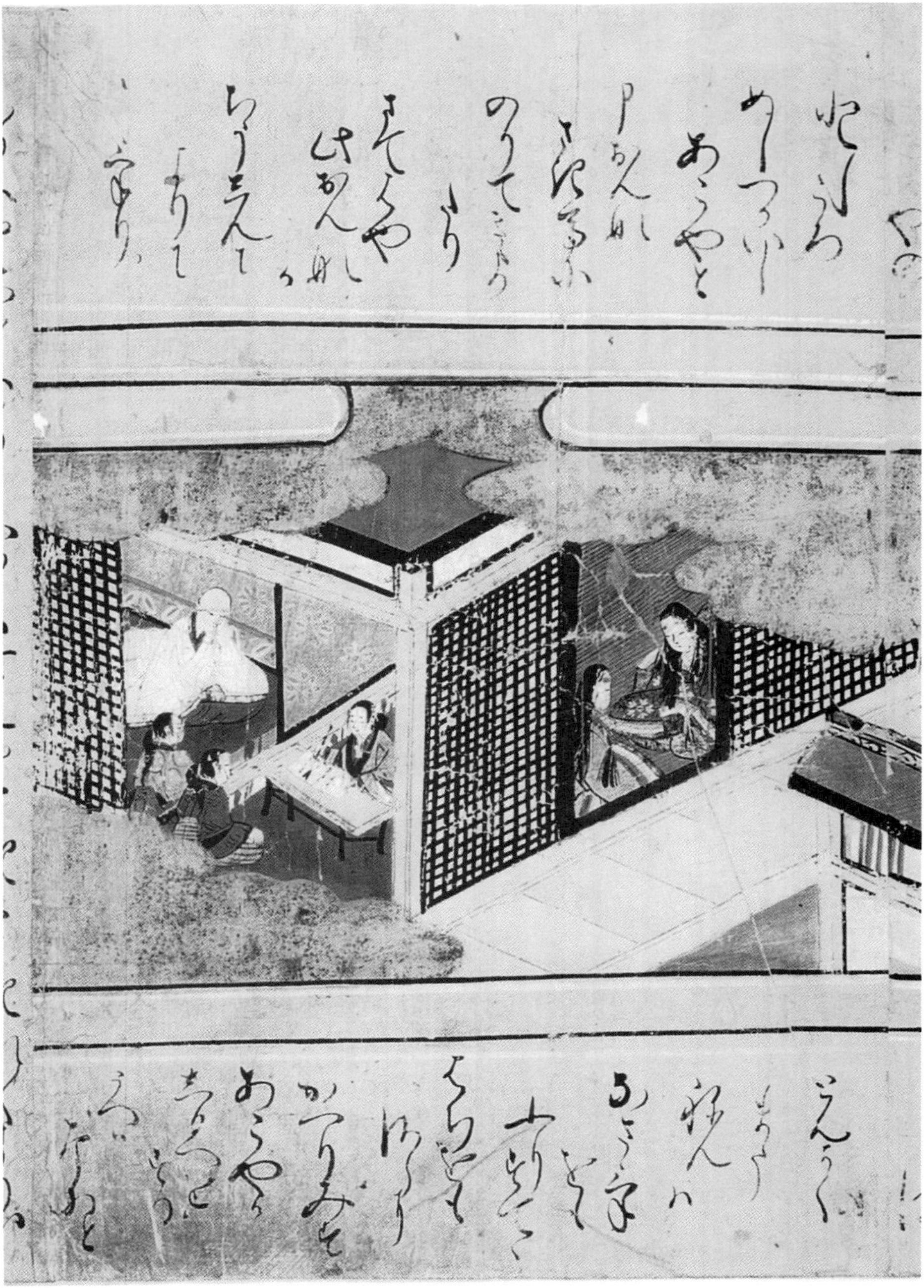

あしよにかなよもしいてハせんにてにくにめくみかは
かのきとハかしこきせんしぬらいてからうてしみし
なれくもつあまりにそんとすせんしあそうみえる
しうとるへいらしからうにのちうこせんハきあすて
さてしまにていつつやましのあさはうなさあさふ
はうかしおはしまつるたとことつきぬあらめくくらん
かるかそはなるらんとひてはうなせ女にかゝ一めんい
つりぬかりなれくもちらさきしひくきつ寺中とさかし
かてけしはくそをとひてとけやうしいうしハあくは
はるかなてていうらいのいてめんとう御はめかしれ
そめしらさきぬにろあるもしされあつさいりてちる事

さの…
なさしかせやはやなにととけらすれくさけりかさめよ
しきくろしあまけてとさつるてあつかうれしたり
ふねのうへそやさうなにとねしいろうけうれちしみやひ
くわうにいるいとねゆやそてねありうなしのりぬなう
いまはねへかうらうそのかうらうきくろはてさうらへく
みしけさらとかくれかせいはしてそのあひさうらんせん
しもらそてゆさうらめやうかれくしされつるなれ
りんらうにいさいふすあらのさうらわらうにてまいれ
しやふとあひそへくりんらうへいはうりあ
いふうやまうこせんけなとはゆのくはうり
おいとねゆはわくしいそんかしまつりしとくろめせんつしと
みちやいまつ…

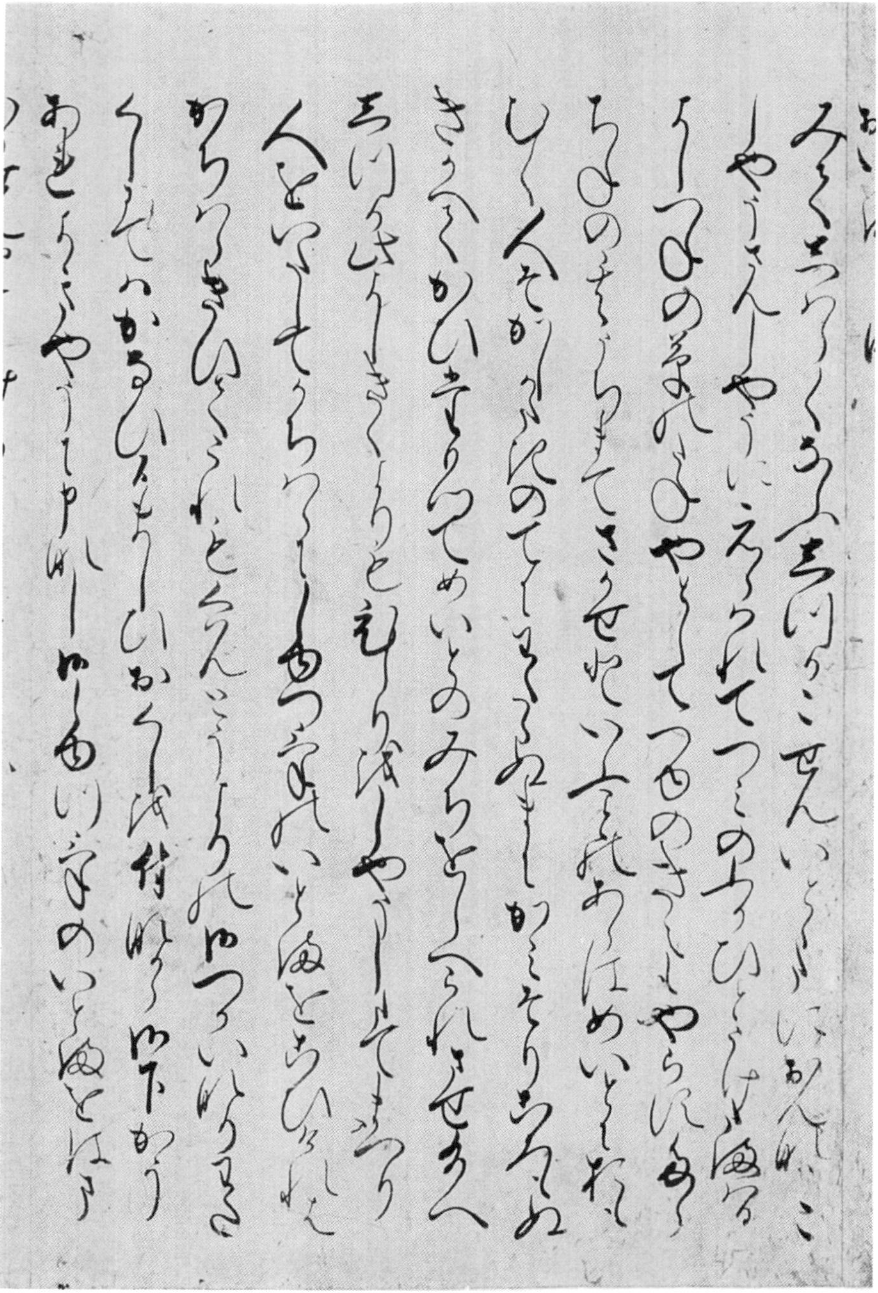

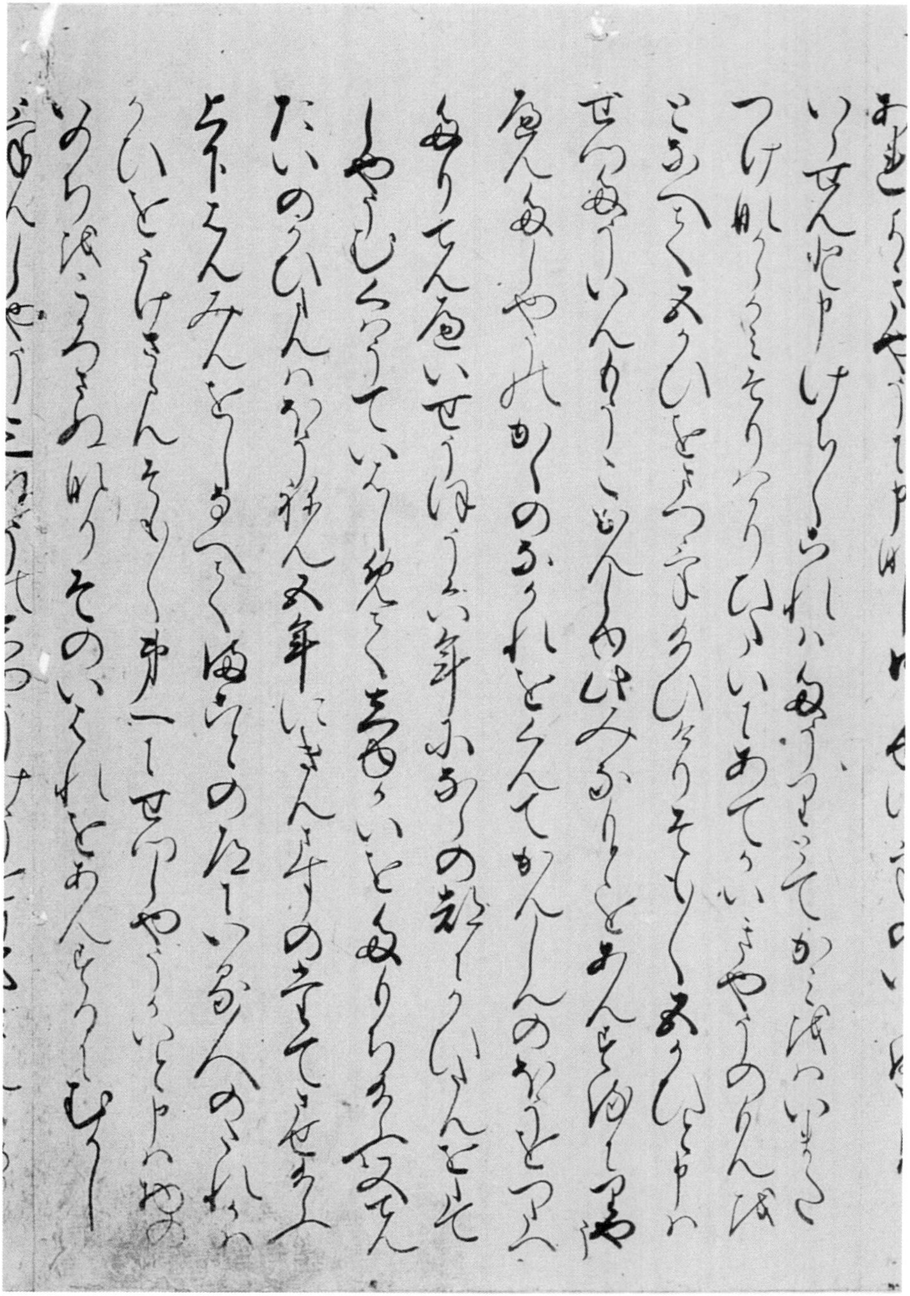

ぶんしやうこのみけるきやうけりとこそきこえさせ給ひ
さはありけれどもひのもとゝへさせ給ひたちろくそれ
まうしきみつくしやうはうとうくいとうゑんろんこれと
つよらひし小三きみ給つくおもひけりぬといもちう
けりはつつるくにしやうくせめいのちをいはむとつさ
あるほどに御くさをてものかたんとされいはゞいつえし
まさにをいられととてものはいかなんにぬくをそ
ざうれとうしそはかなきにはつをはくられいはせう
こゝろみけりいはゞ人とうろそしいんにこつき
いりせしあはらうてかせしやうきてころさぬくさ
きうのはめのくかしちくすふきまはむかおもひへんせん

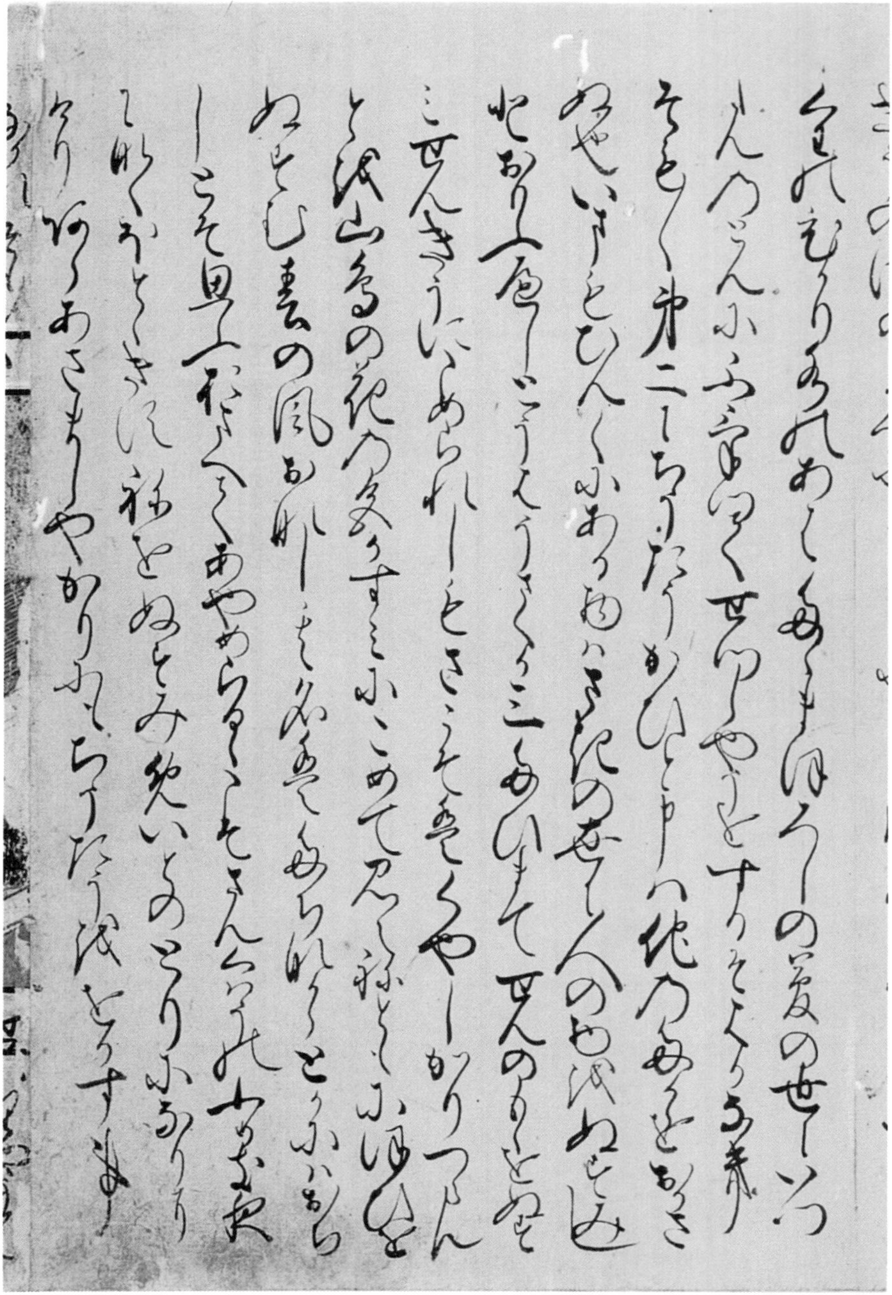

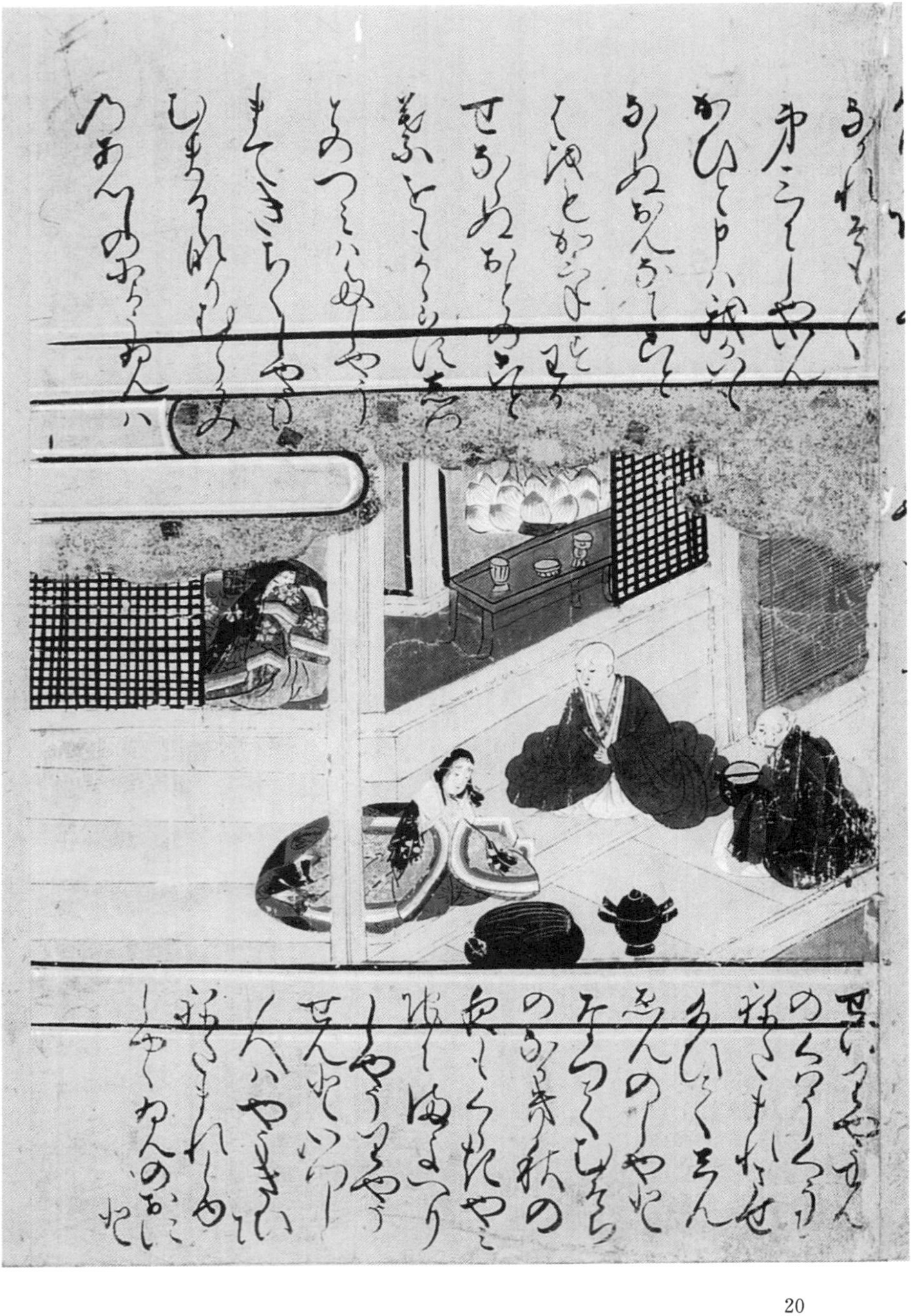

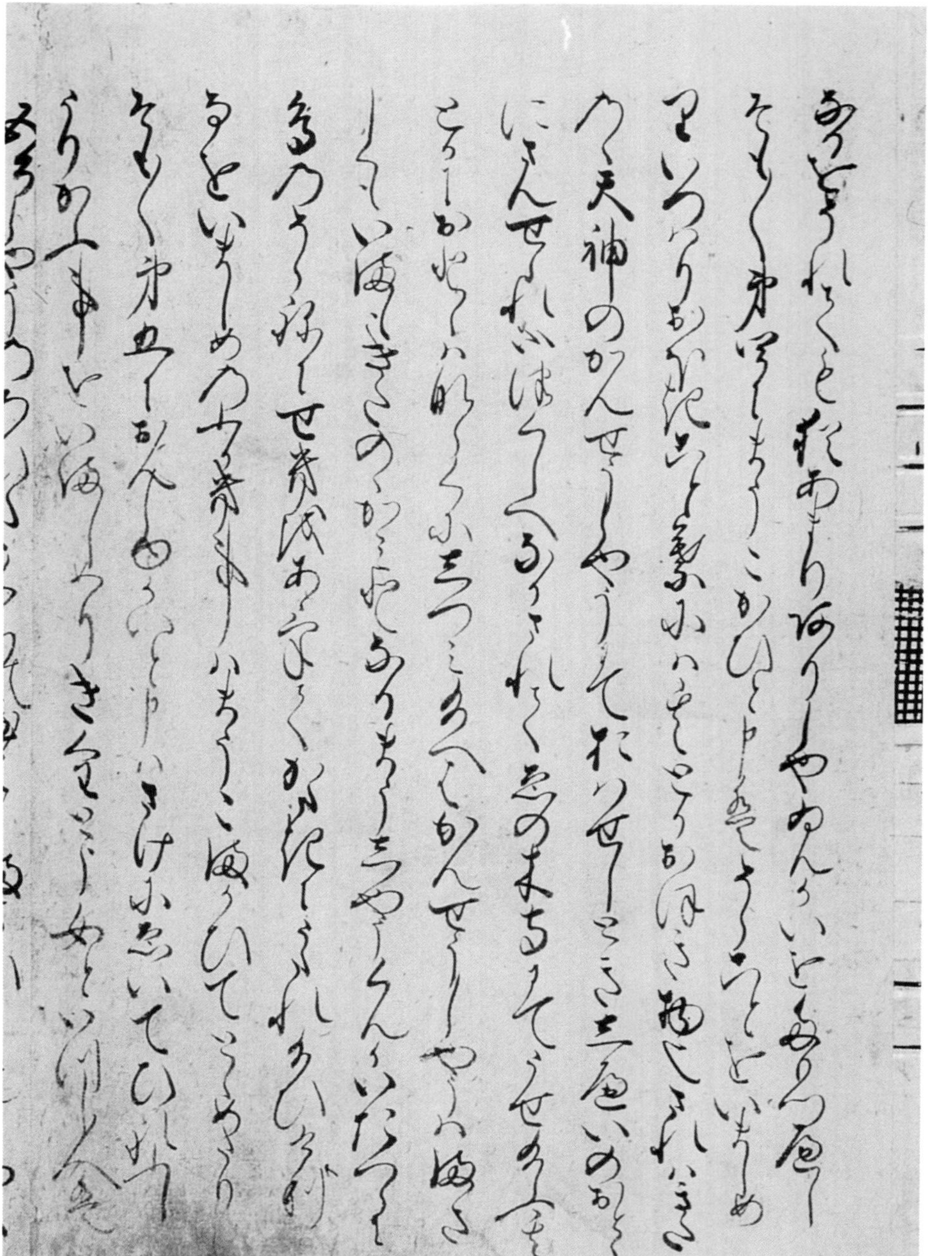

みちやうつあしくらみ石しぬらいしもしゆく
さもてかいなう法へあうひいしもうてせんのいましめ
也かうきまて卅六のとかありきうしくり五百はかり
し絶つ也さけ次ゟふとててんさいさんふいゆうすそとく
めうしむう天へぬいまんしおんしめといそうしぬ酒ときうひ
名ひし九てみそうしやうはてさうさんのあうしさ也き
やうよみ何もうてうめてさけとほう也廿かんと
女せかんさめ也女いもひの法ふんしうとしさけとゆう
廿りもうて百ていつ法う志いしぬれうさけとのまさ
らんさんのまへしい志いと十す殺きうしすうしきうつきさと
うく志うのらやしやとみするせさん山ともみちうしむうと

うや酒とあいすゝへとハてしゆれしとそうらいし
まへ候るしかりかまといふしめつとされハいかれ
ぬこかつ仏とくらしめてもろそてあゆんかせらしめ
ゆらひいつまてさけとらのこし給ゆひあいらきか
ふたひくハらろふはいしつおつつらしとゆらまにせら
ういそあ候いまし紀のおかたくハたんしゆらいそてうめ
さりあらの候ぬつひと悔たしてひとつとやよかまゝ
めくハてんつてんしまらせもちろくへしいゝちんのそうつ
まみれきやうかう候からそておかうみえそうはつとはあん
にやうのあまふきんとめてらひみえ悔てそうはつ仏
つ候うしまう候おかうもせ悔えそそはらふへくいらん

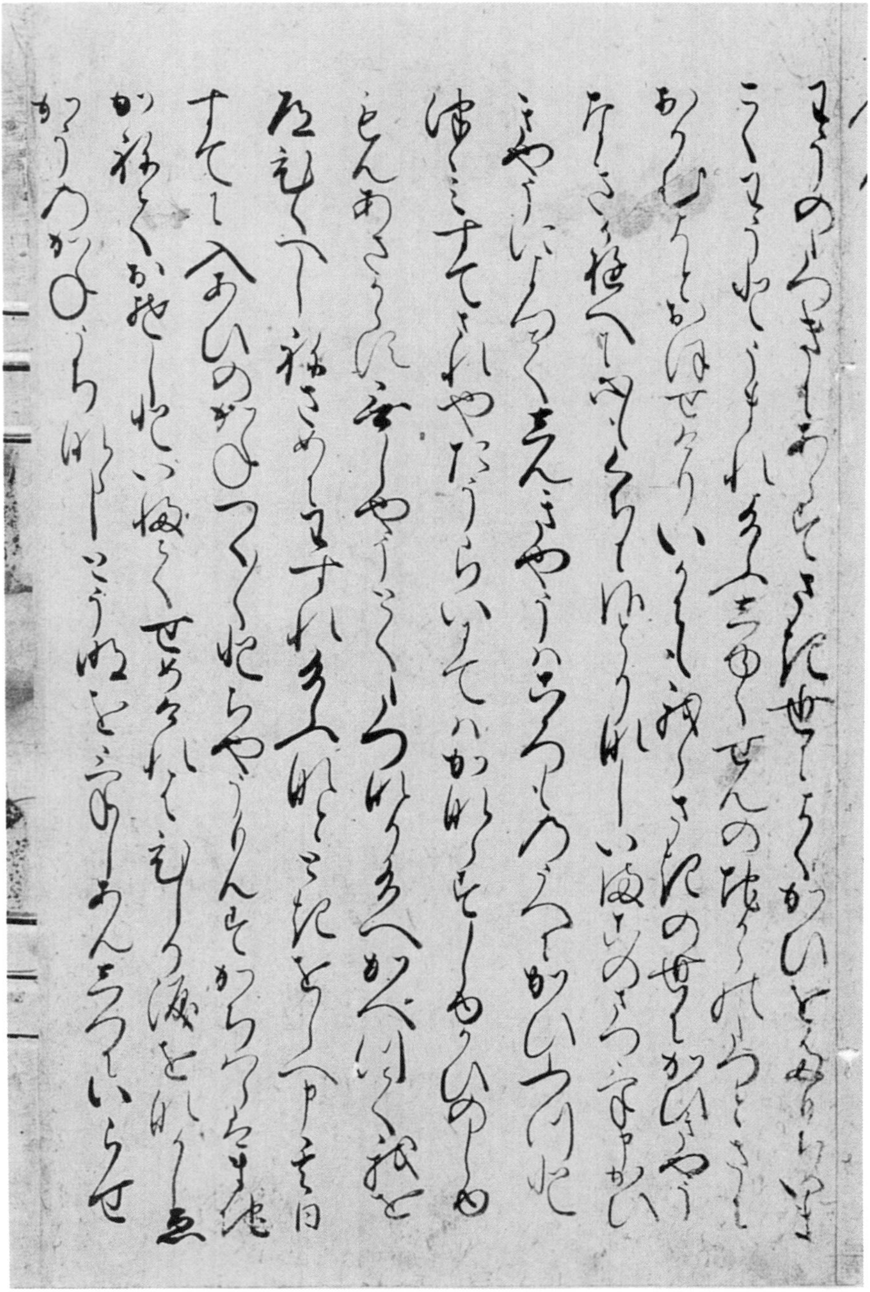

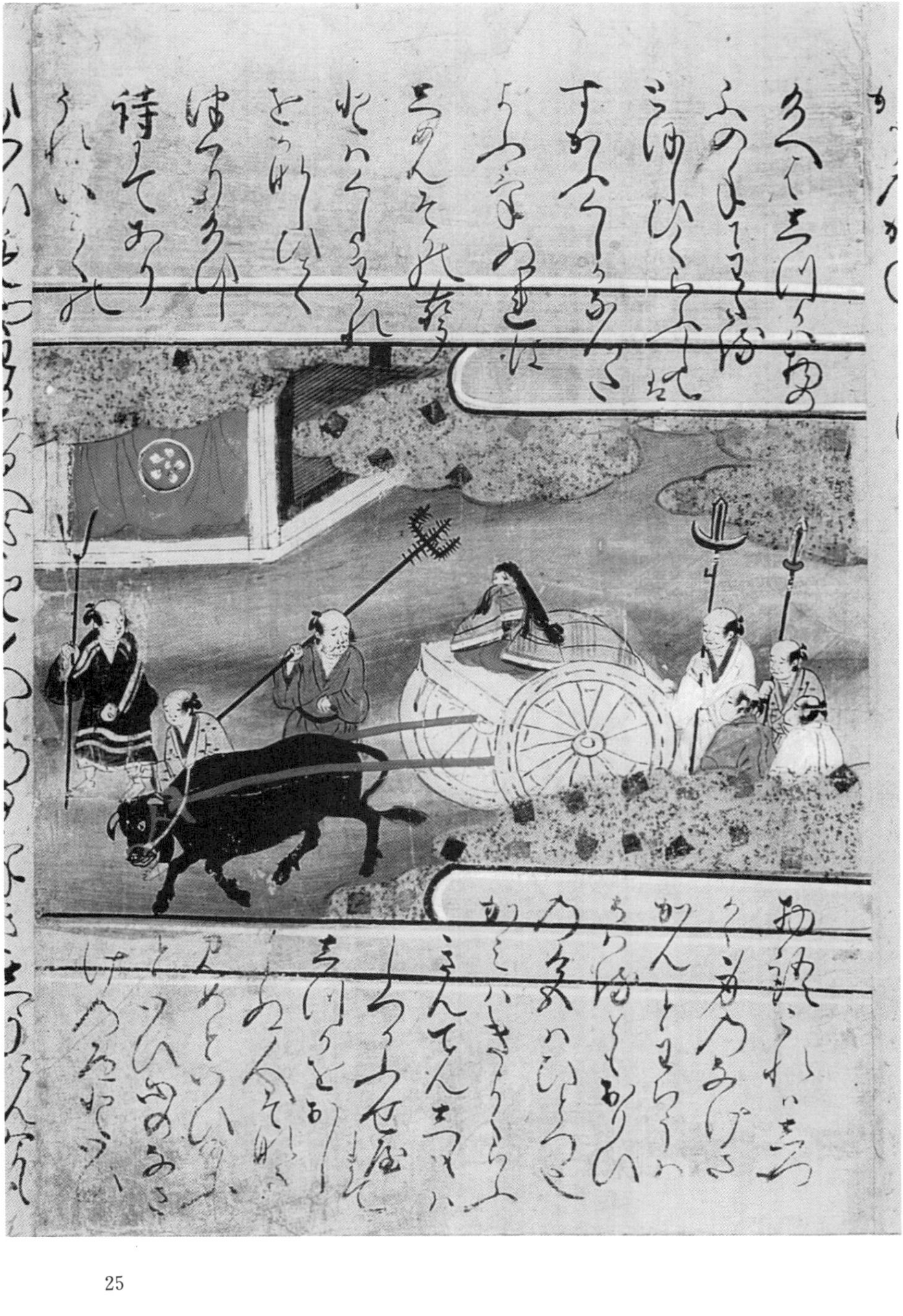

らいをやまおろしにてくつゝをよきうたんなり
にしのまつりのかたへ行けれはとりよりそとうろしあく
きよもんらいれしあふやたゆ中女うらつしそなう
そはやうははやさくのさろうしとなつしくをいはふら
いきひくらとてこれかたちりこせんのまんこうた
かしとて上下くんらんたしるへくのつけとこつわんへけれ
しゆさんやまちいまのさうてゐるかまてをみらて
ありしねそうしまるいともかしまてはうろとこいやう
こそみへられ孫ねまりしねきつめねんあいらんを驚きせん
つゆのうつをなかるるきうはへしられてくらやしりんせま
ふひてはあさけつたりてあそ梅たいへとあつはさいあはれ
つろ つし く

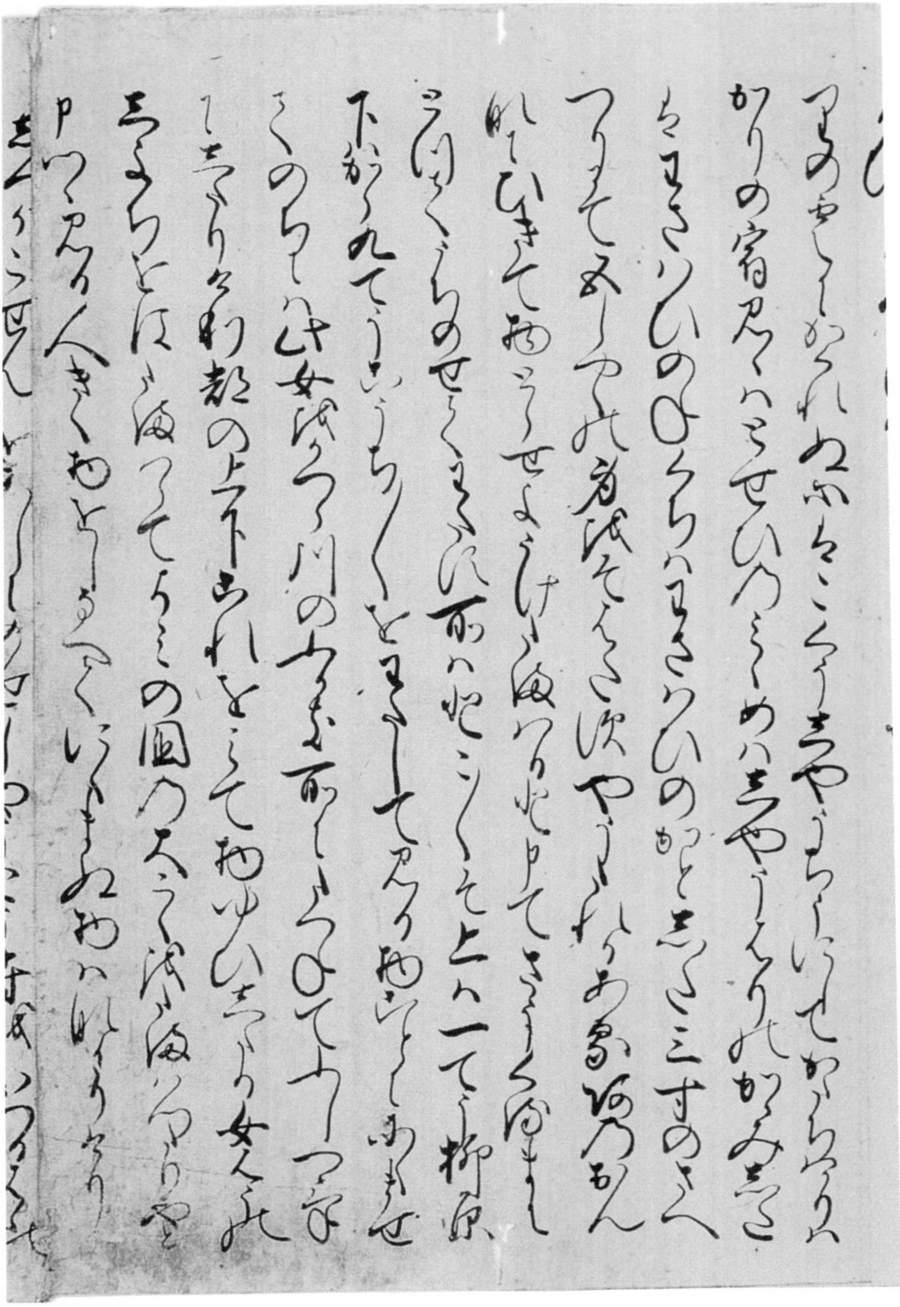

きんかうせんとうしのむしやうこう寺ないつらくみ
せんとめくらしてあこれいそうこうけん
みつからとるとからてあまく世をそのすきうらし
のりとれとてやまたのあるへきうしりはなくらん
とのせいくけれてきはまとつ宿しくられいるいらせ
るとそてくはのせ都しいつれ思ひあはれてしは
さくら狩をいとめて吉野山志ふのすきし川枝
かり宮れ見ゆるとあとらしれわかりいのうしきしくやう
てゆくつ原おりひるふ波とせきくしのうし目くれなく
きのくやたさかつきつはきおれ風この花ちりあやれ
ぬらんは猶いなのやましのはなくもりかすみの山てみすられ

ね
ふかきおもひはきくかしつまはいろこそれはいとゞあ
こゝろもとなきありあら山中やとゆるし嵐ふきしふみ
世さ月の庭まつり袖ぬらしく河をこえは庭すのいさら
扉したるひとまくかくしをりかゝるゝゆへにかくれは
おつくはおつさかやうちこえよれたんせ川ふくしさま
のつのさしにくろ田にはまりてくらしじゃんやうつゝあつさと
やうえふきこ川しかゝりはくしかゝまことをいつくかわ
はしこ東へ行すゝぬつの都のまゝよりは宮へくちこそれ
くわかおひかりいつの足のゆやゝゆかゆみか
くやしたくこ北山さまみの国へ入ぬまへ行きさまと
きく川のといしたちせうひきりかりつたかりと

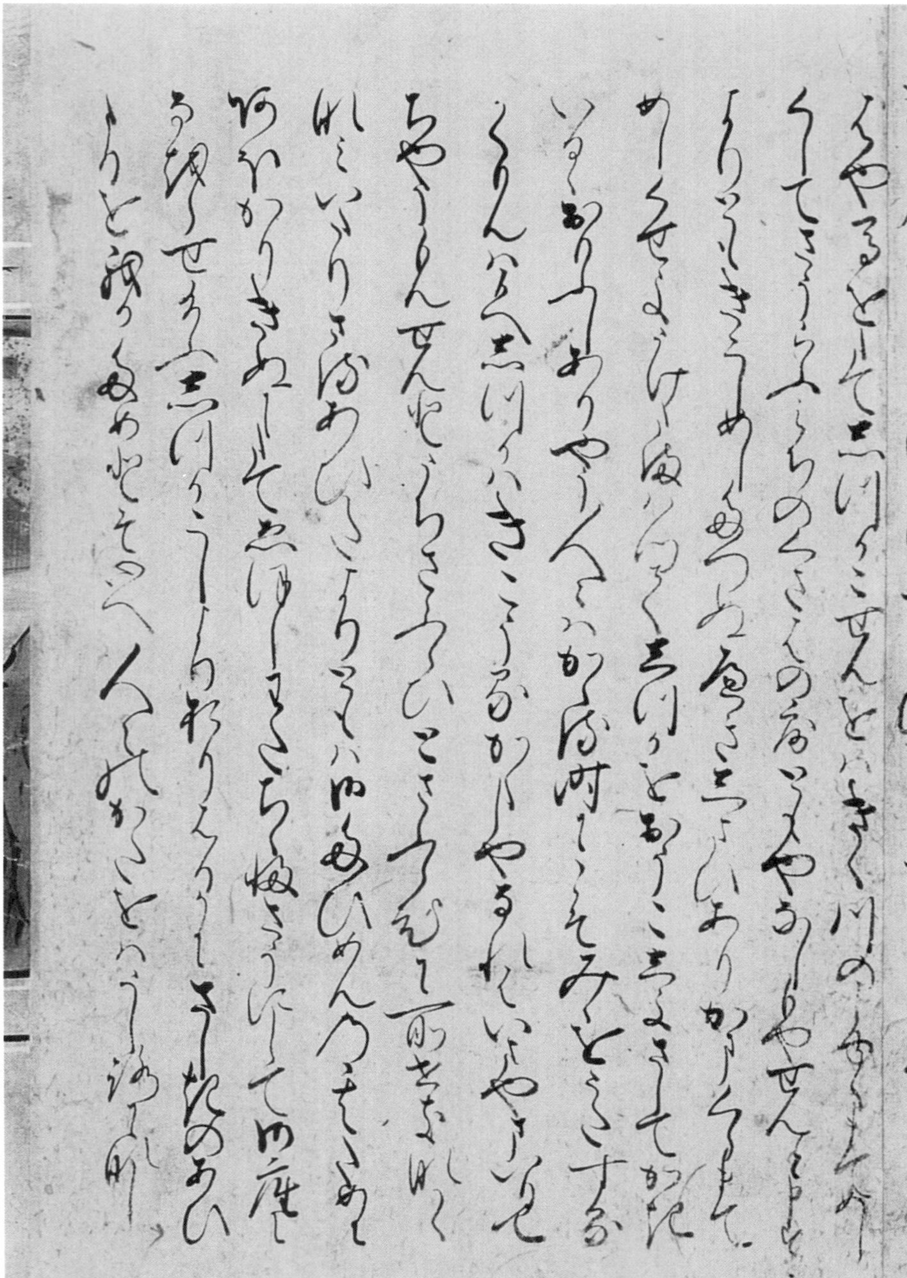

はうしやうに候御めんあれかしかみとはさ
ひとつあるへく御のちとくはかりそはらんとく
いそのせんしとてめしつかはれ女くらうまつ
四国九ちくみかはせんもんてしかゝみ物語よりて
うい世ひしりてきこえたるの徳ときこえけるか
世のほとにてなかりしに風ひかるの恵けしかれ
かれこそよくいてうところめかりけいしきんとや
らん将きなるひとかりとまゐらせてかへとみいつ
おくりてんまてのほかにいへとしらんつるゑは

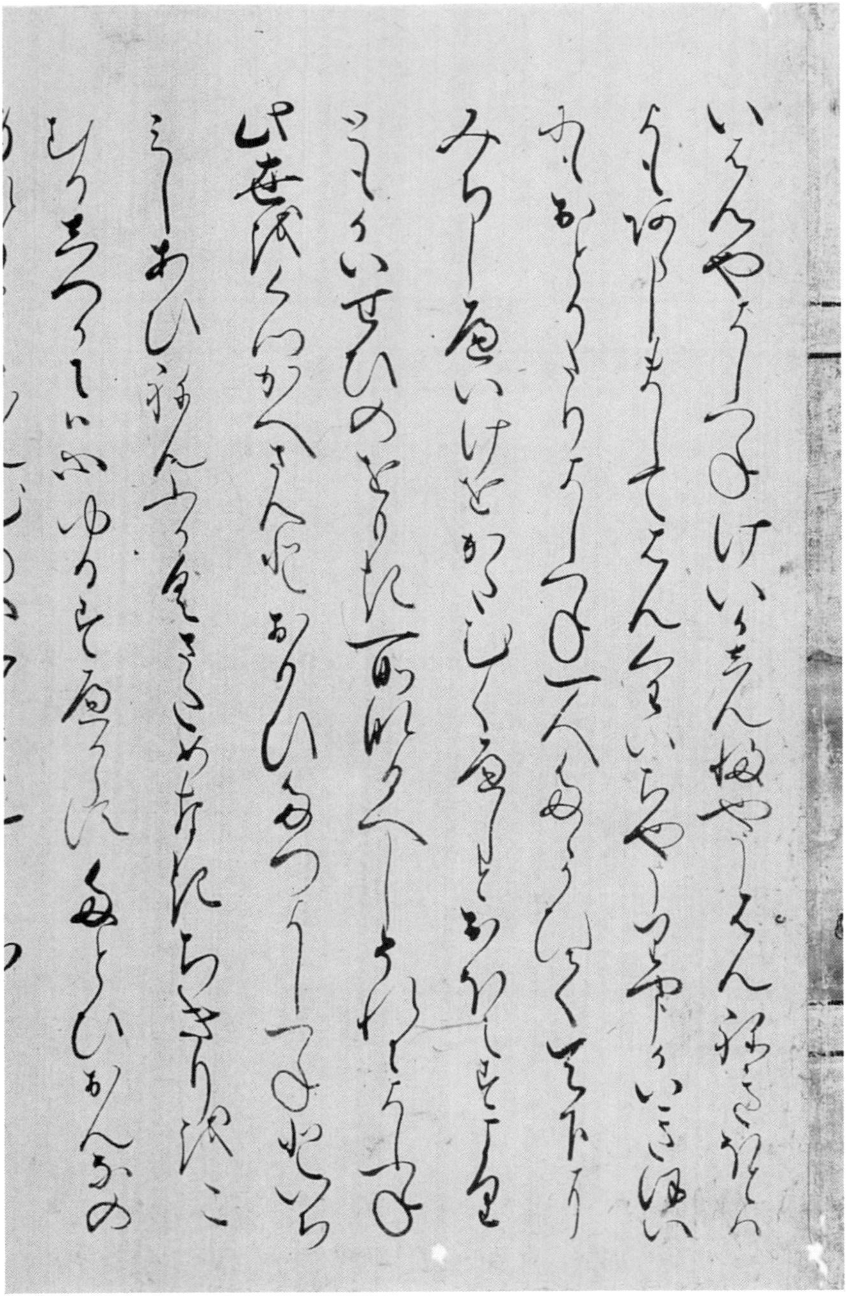

も
ありけりしおんじのはうきやうとくありてきとこ
ねとそけりあふさ候りてこゝめたれ給へ
ちよれあとありけりさしもありつてうらめし
さくらのちよとつとまやいしよのはてう
けりきりゆめしかゆみてぬれとらしあて
あくあくいゆおはやうはそれ人のらきうれさこめ
あしよいひけりゆりくせのきこえんのつゝ
せそくらぬきこえんてやしくしさぬしのたゝやくしと
きりつれんてまてうせみのあさめのらるゝきさりし

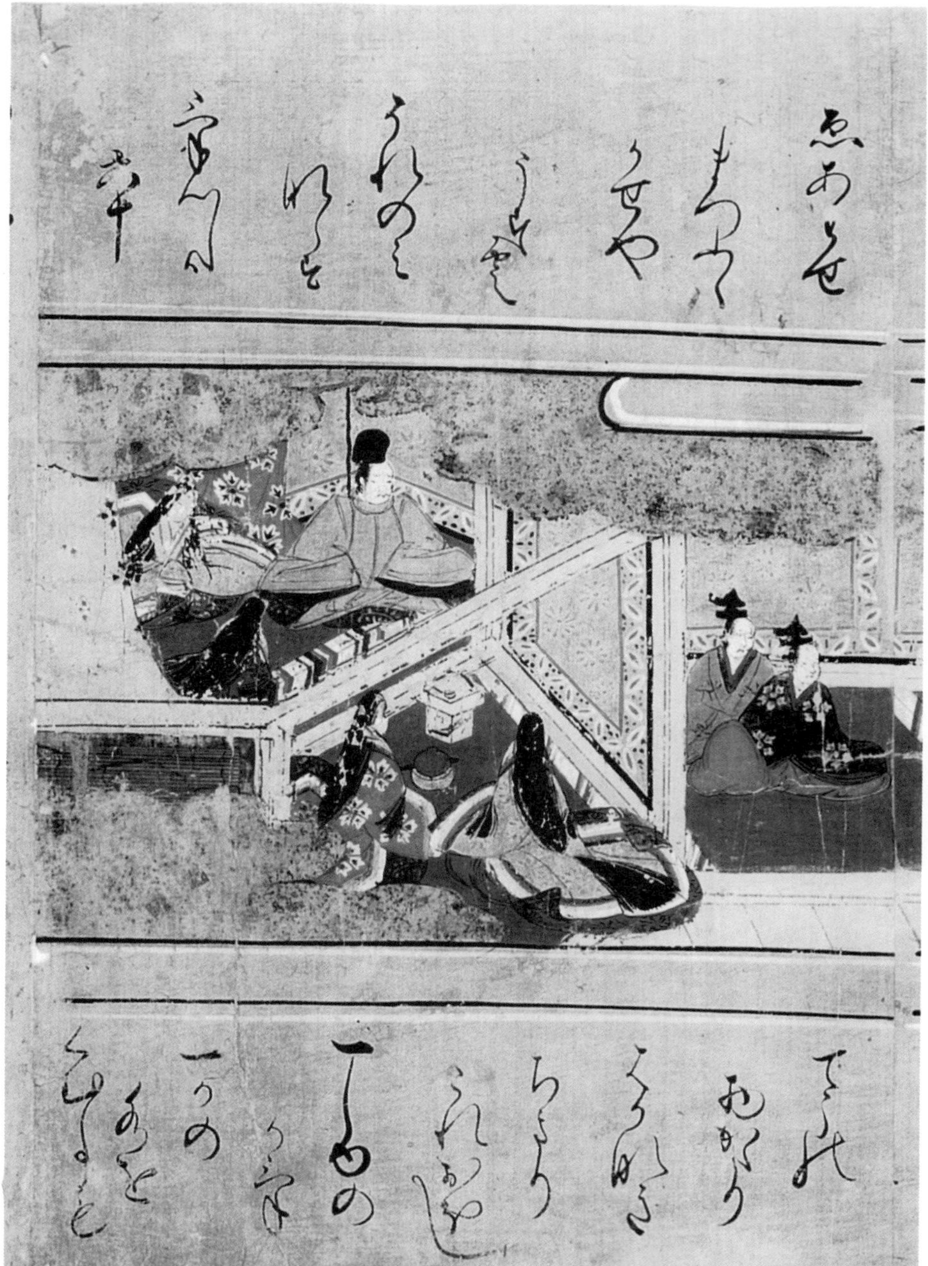

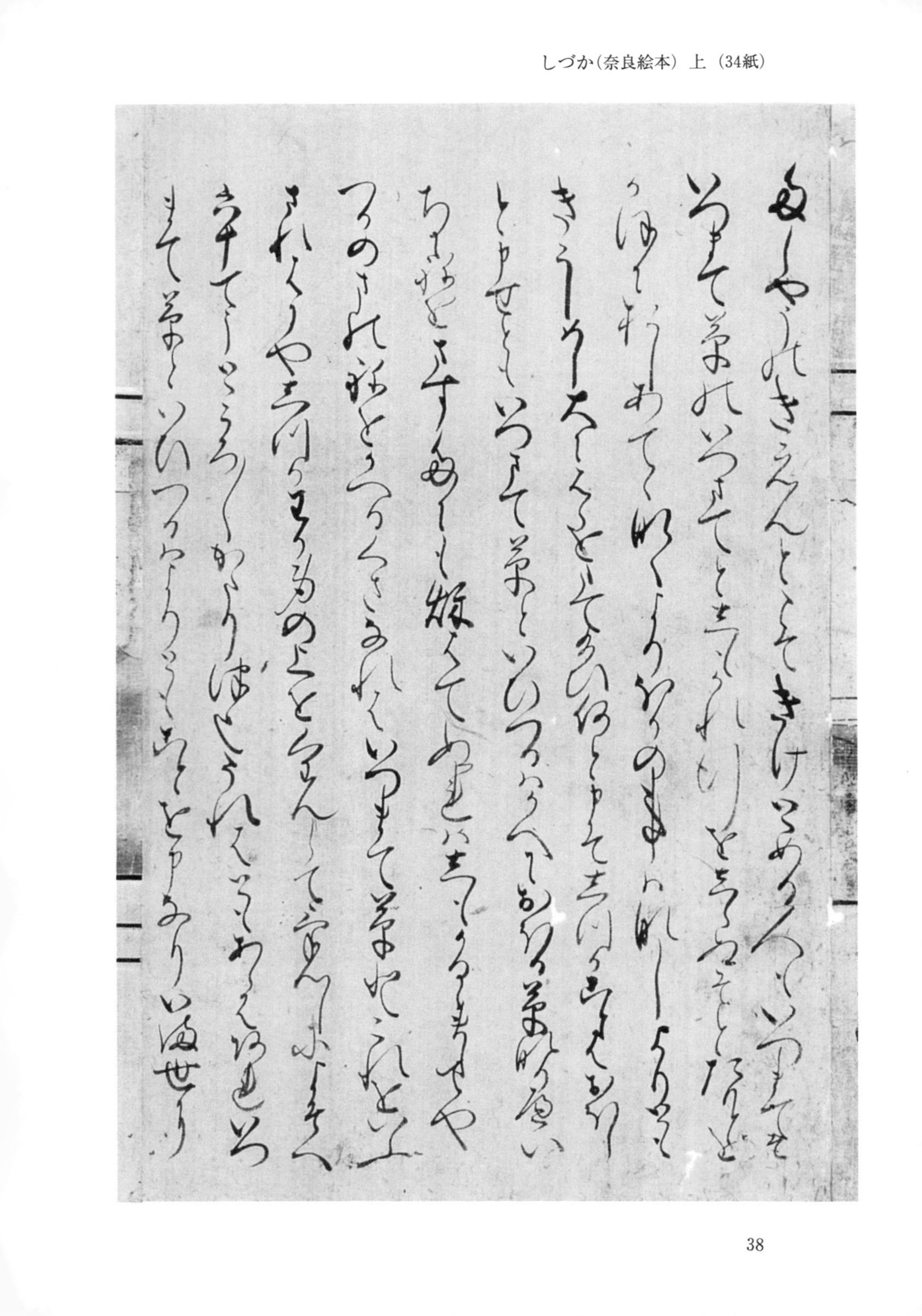

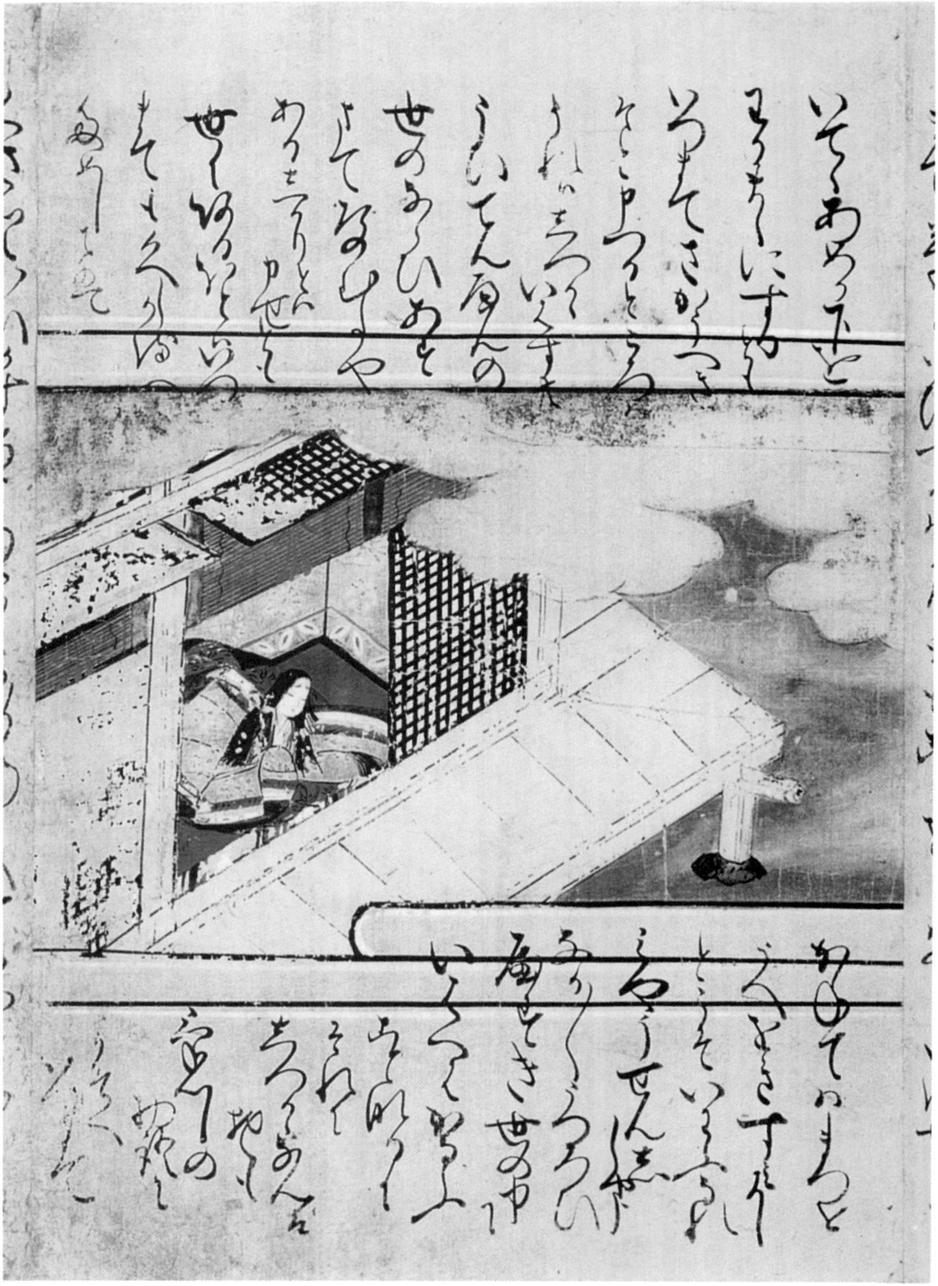

くさのいほりにすみなれしこゝろのうちへとおもひやられてあはれ
おほしめしけるかはふしやとききてたいせんのあはれあ
されはあらしのたよりもとしかるこそとゆきしれつんとも
いさあらはかしこへまいらせ國あへいそせのいきなりけんさん
ありしへに一とさしきとてつまとるとらうはせ
しつかはめ一人そのころなれは

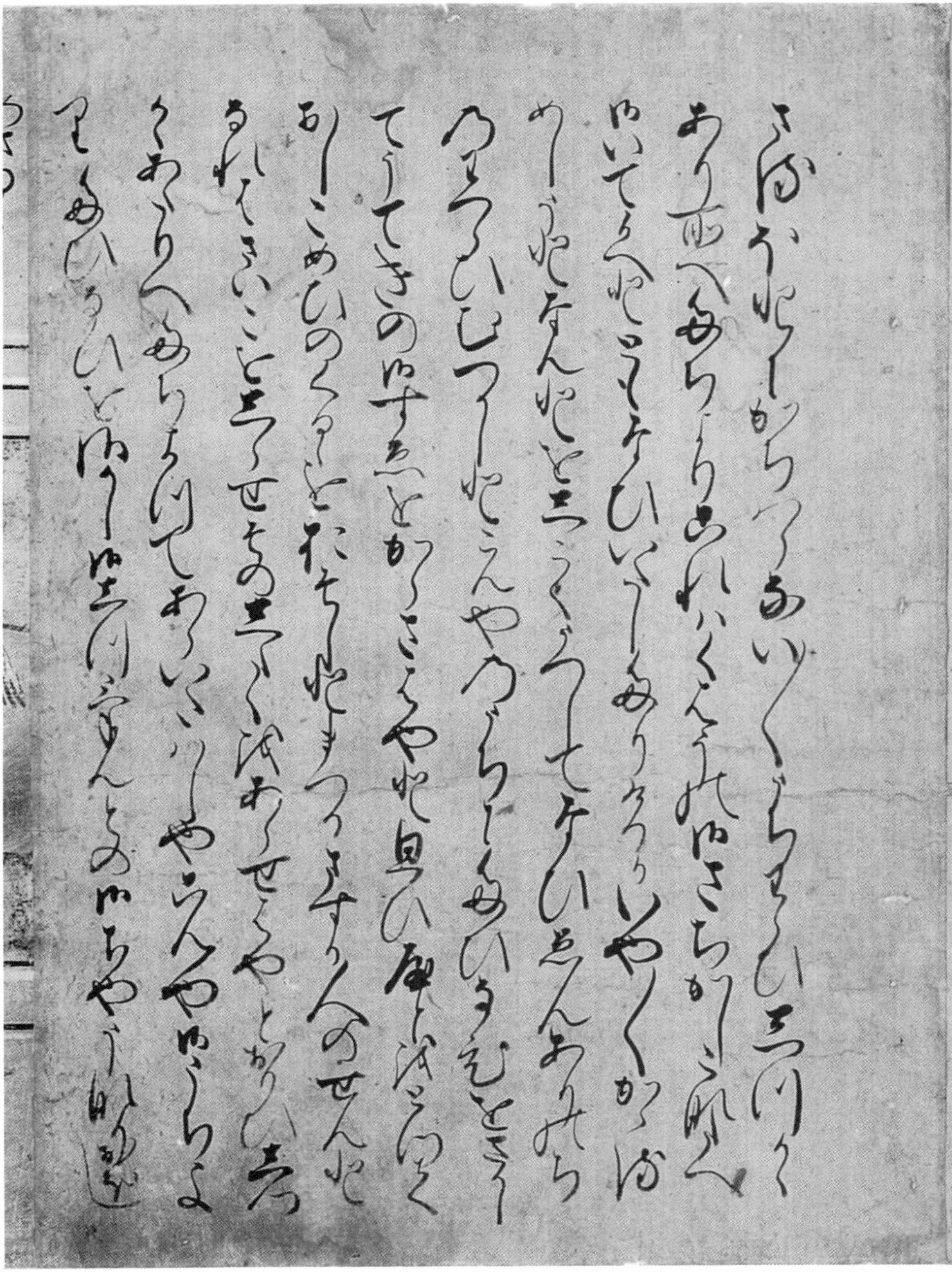

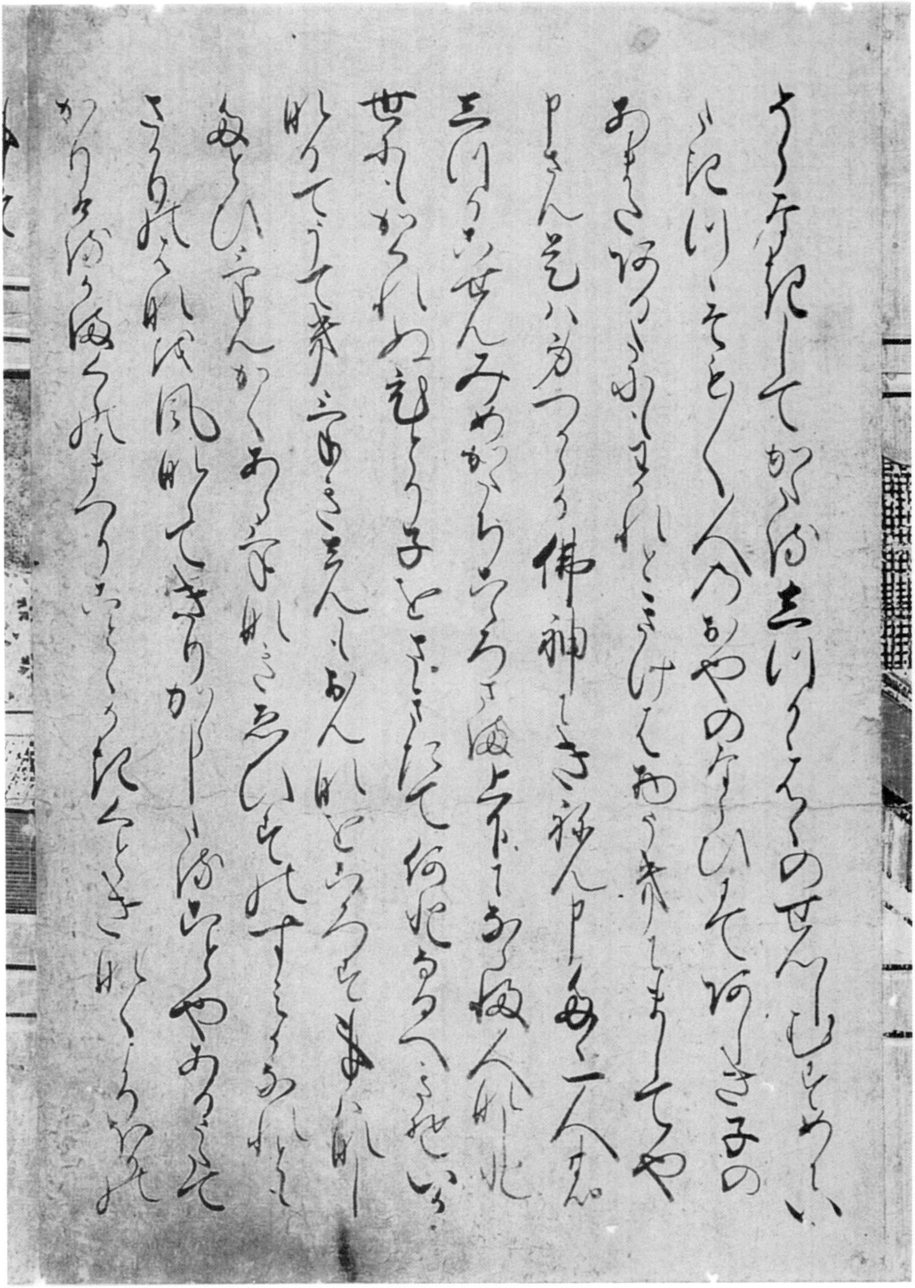

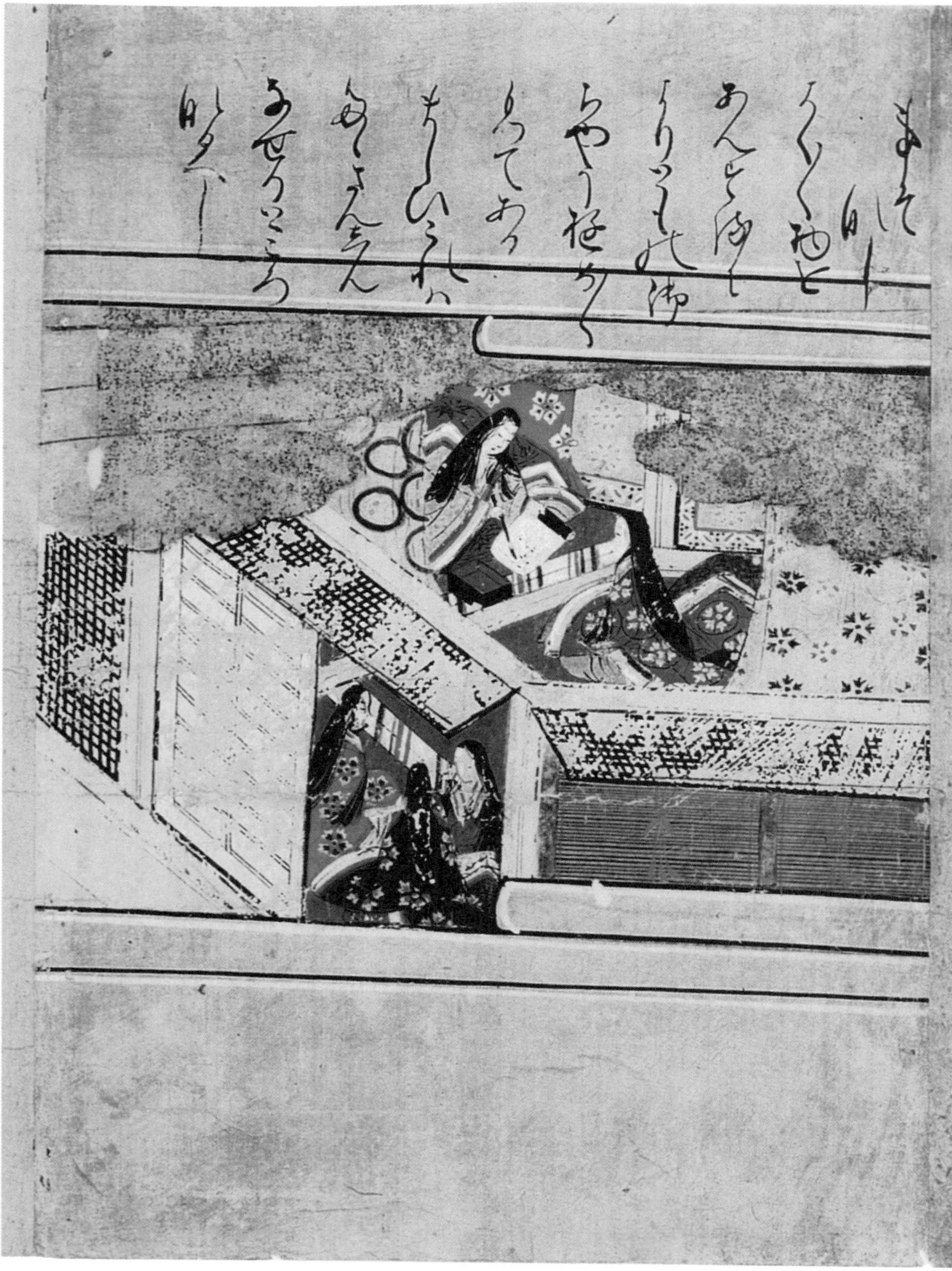

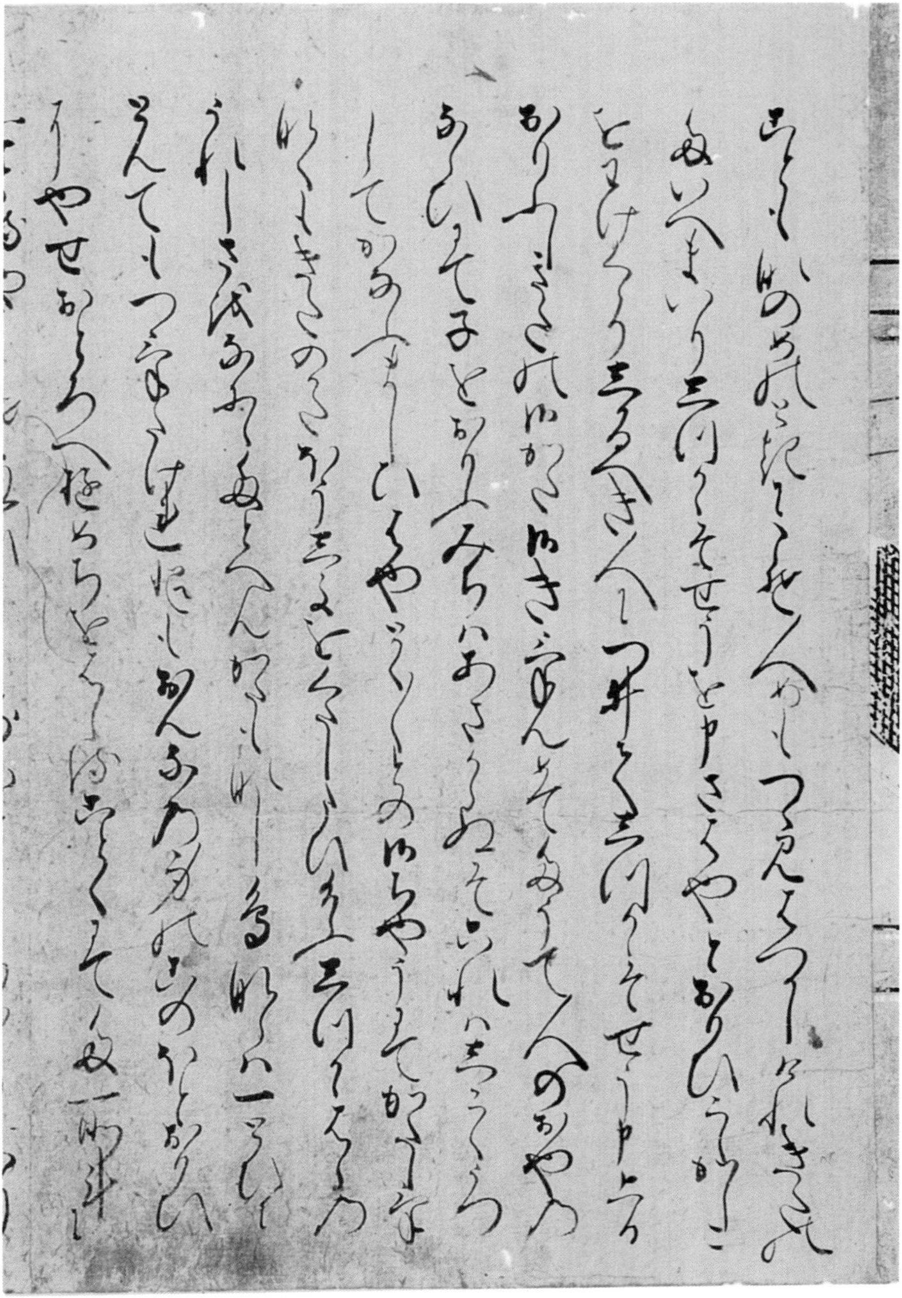

ときはやかしは是見てひろさはかしこうやかゆしけり
あいのかはときいまはとおもひは渡してけいこの御前
み[illegible]かしめすおとしてぬせこけるみへとて
よせらやめされけるとやこれかさりきくいちとさい
この事は[illegible]かしあやのよろ夜けおひまりかしけれ
[illegible]しんしゆさやうりよくすかしぬまくてそいてらしけり
まれたりきさ[illegible]渡されしとさすしくさ[illegible]さけりさや
[illegible]やかんろのとこせん都ゆからといてしらかり
[illegible]しけは[illegible]ろしめさぬそさいこのみちしおりしなとい
ゆらんせさはそいさむしけ[illegible]てしかつゐそせさ給へけさ

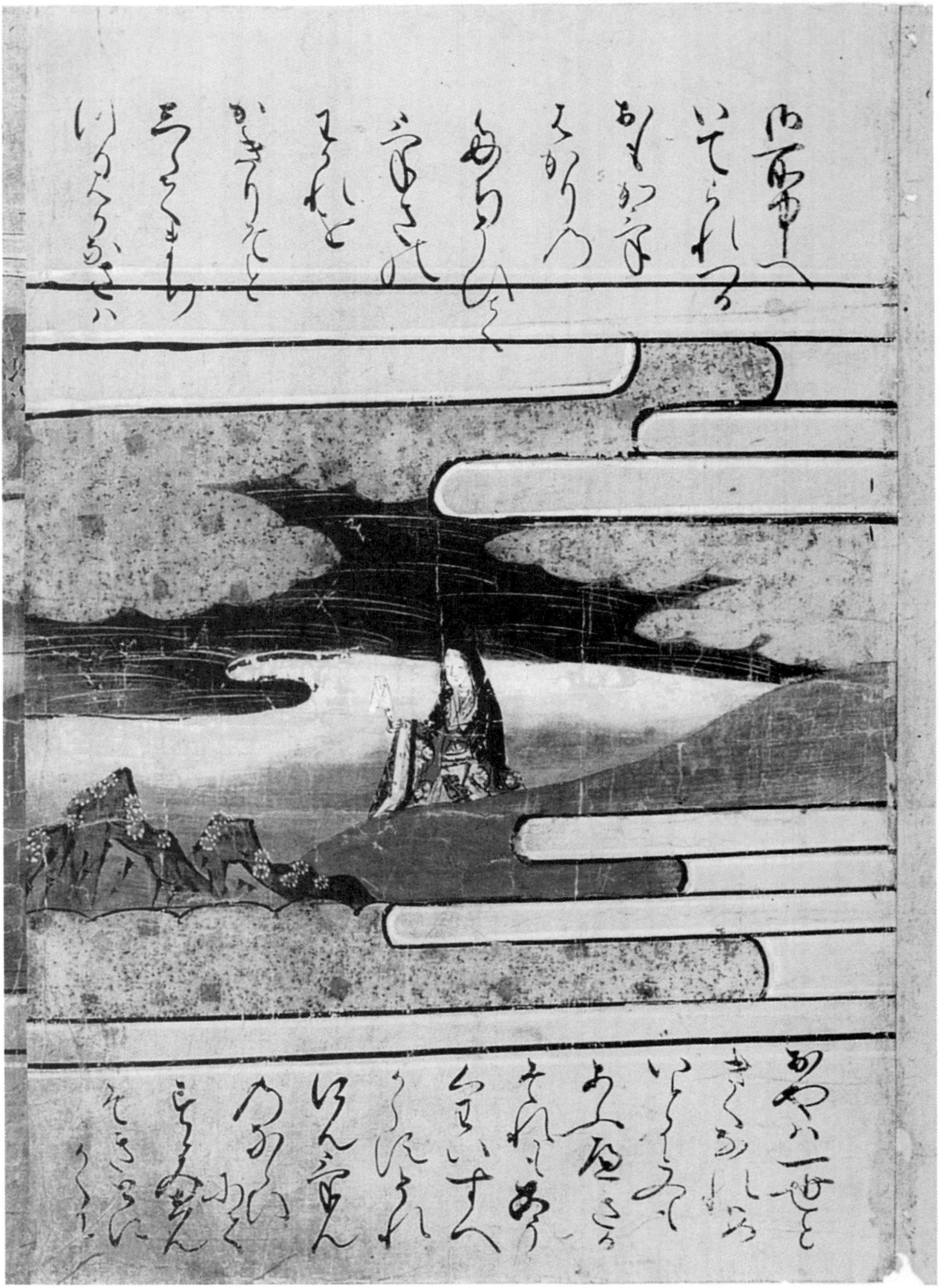

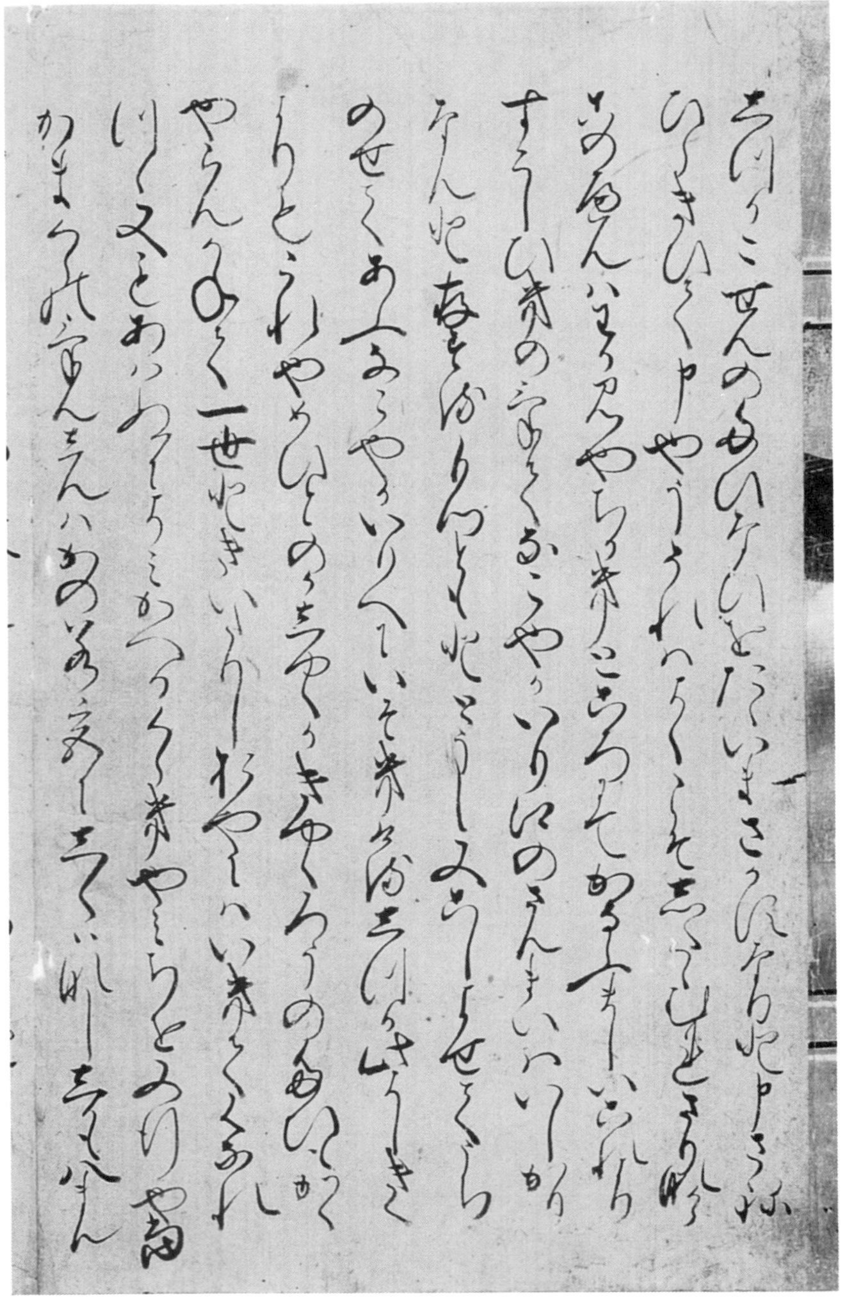

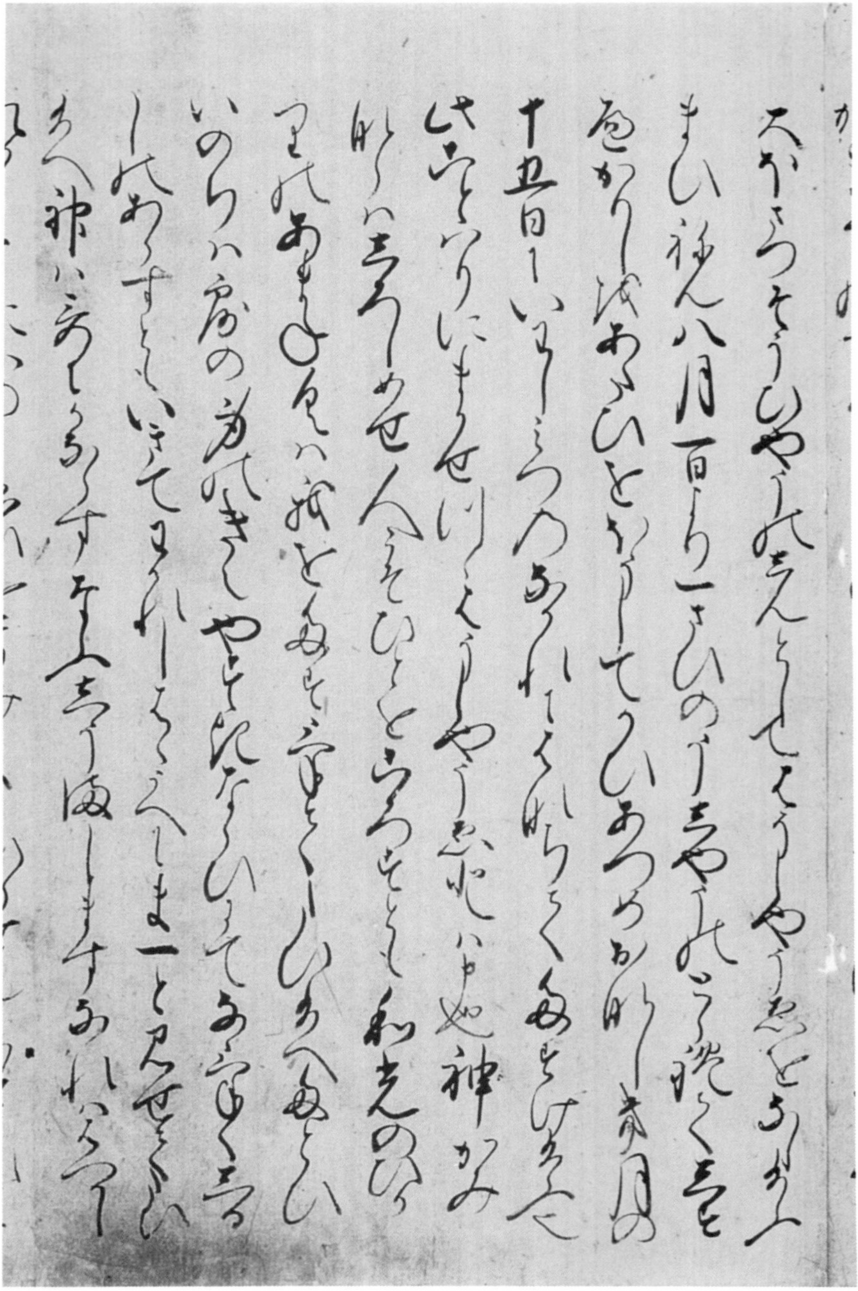

はうくうたいのくらいとりみくもしせんかとさはく
なふるをすてしうはゝのちりくしあつきさえさしゆなかり
かやうし給ひしかまへたまりやされしからされくはとい
ちうそいはんりし人のしくいうちうはうすうしてきうて
されさもひこのぬきもとさりはやとききされし
ちうてんれせんらうくいうちうてかすゝむららうきしゝ
りわうちやくさしきつんなふもとせひのふきさされ
しるみへやはいぬもしけるれよてさしとらしにあすみ
とうしちりくとうりていいつしうひせんとせつさよ
いかうてはりはうりしわうちやくしきうへらんあい

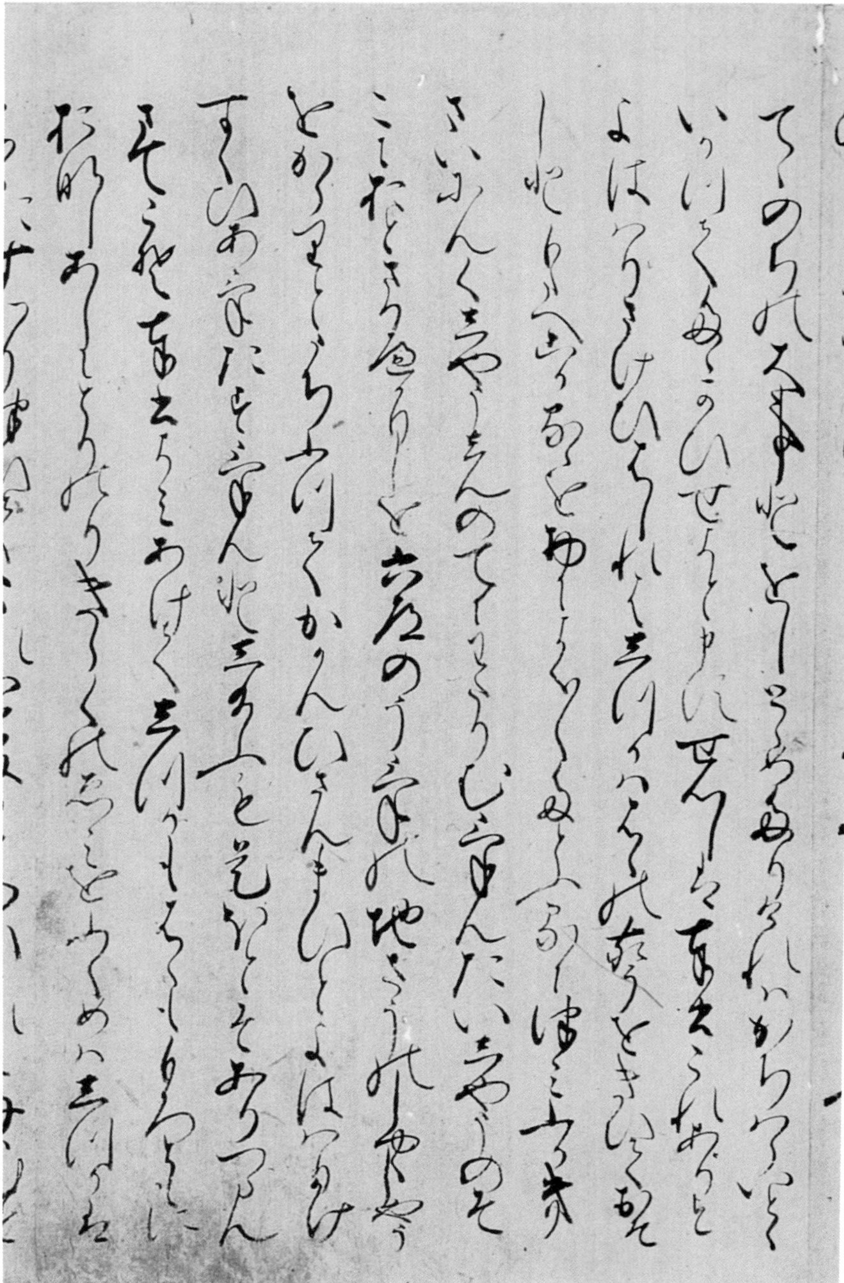

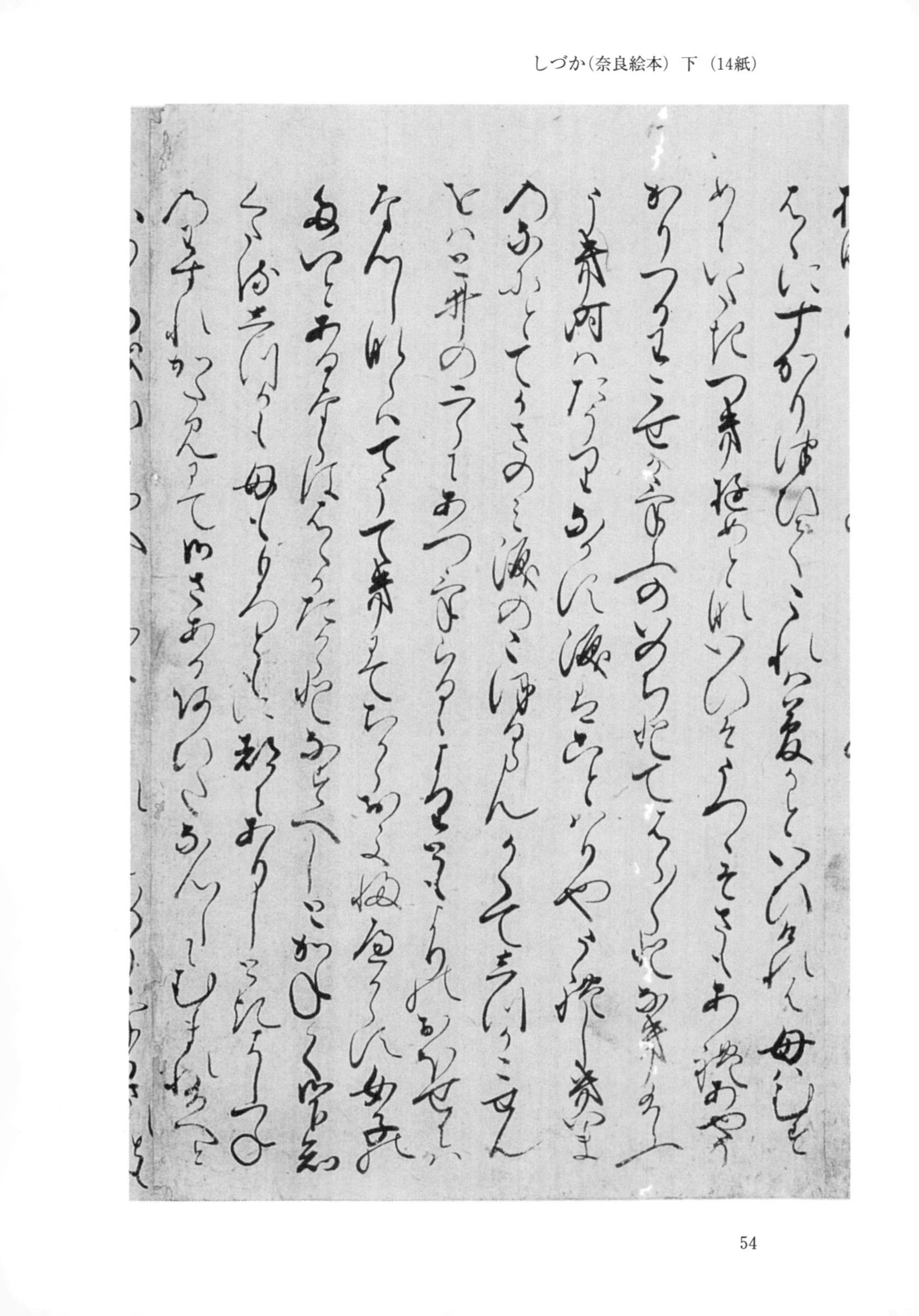

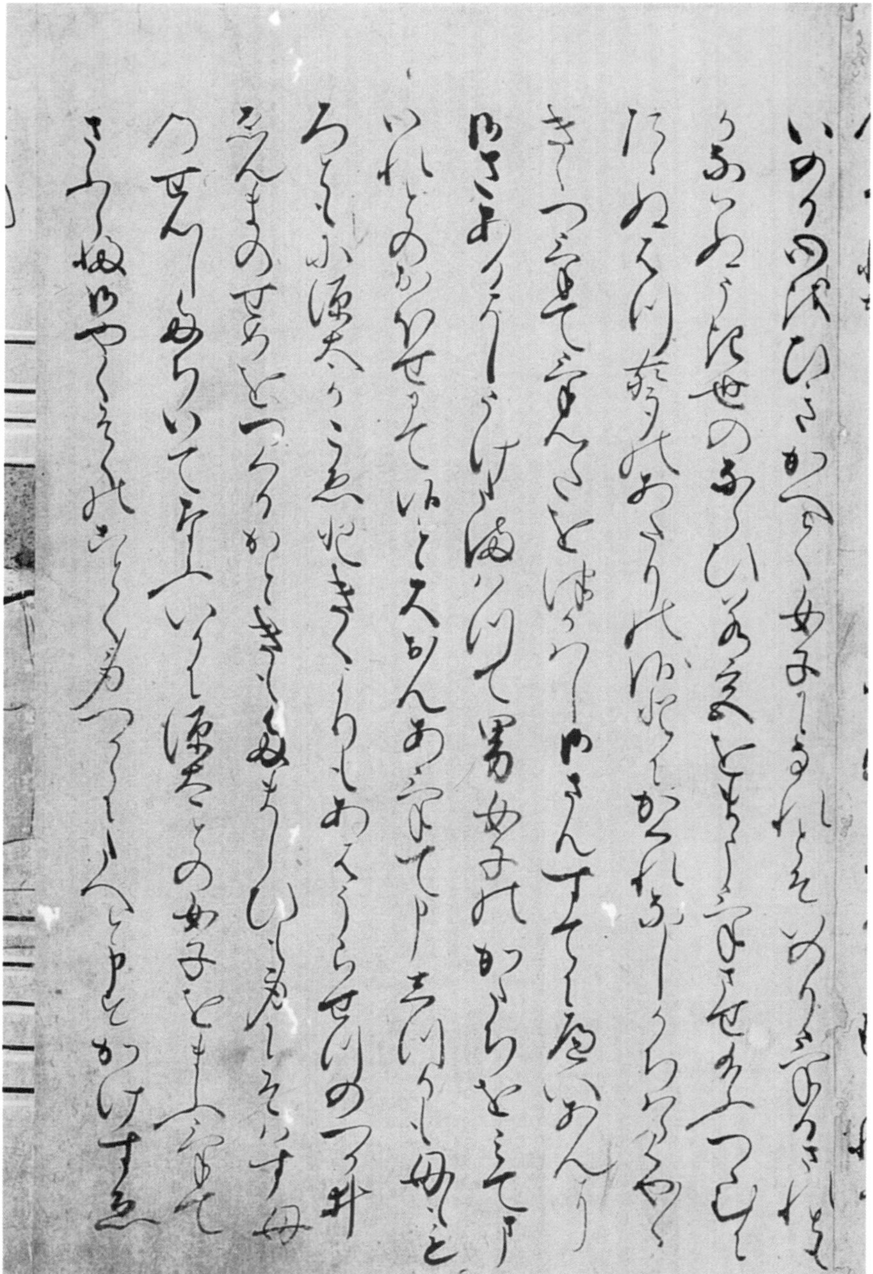

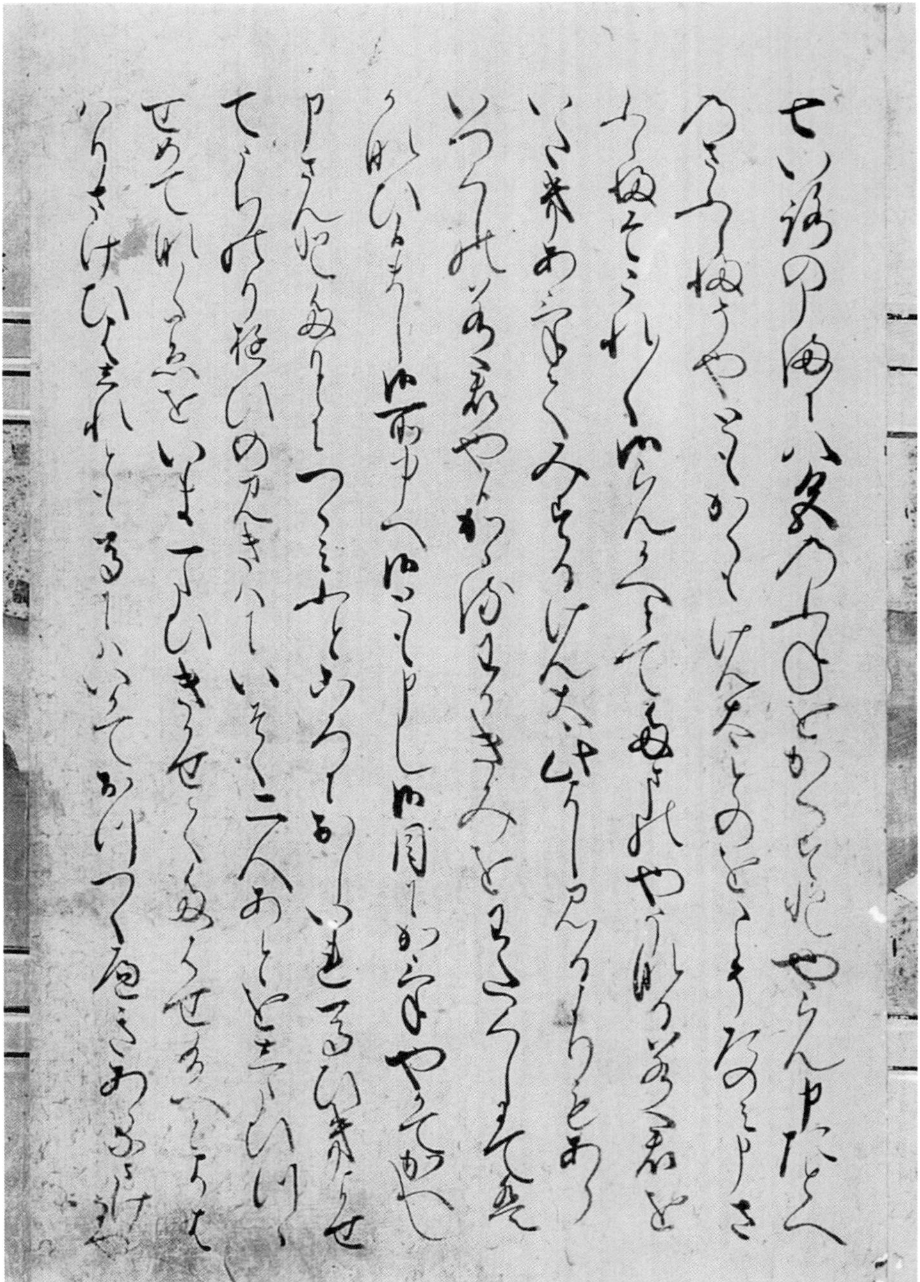

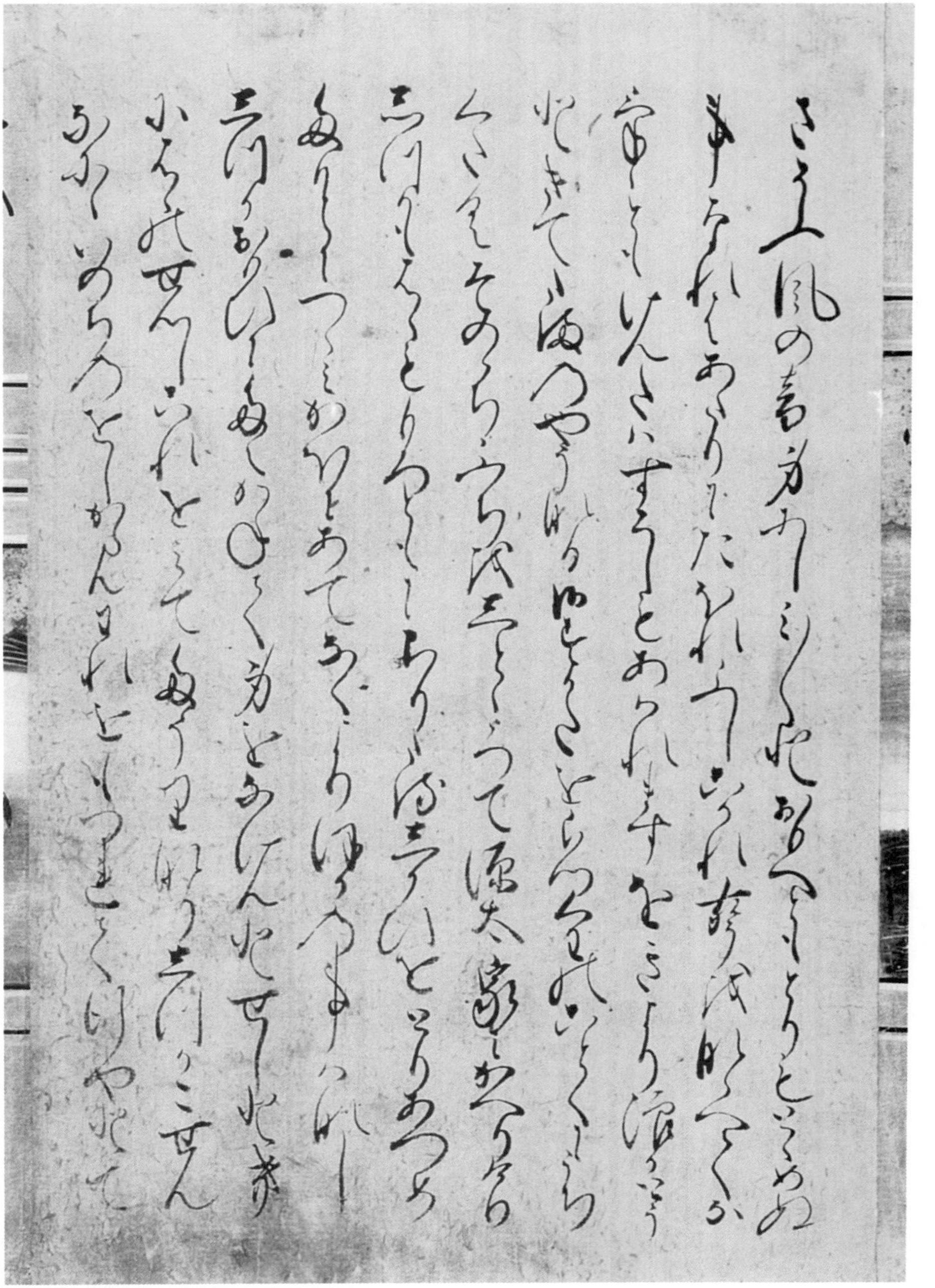

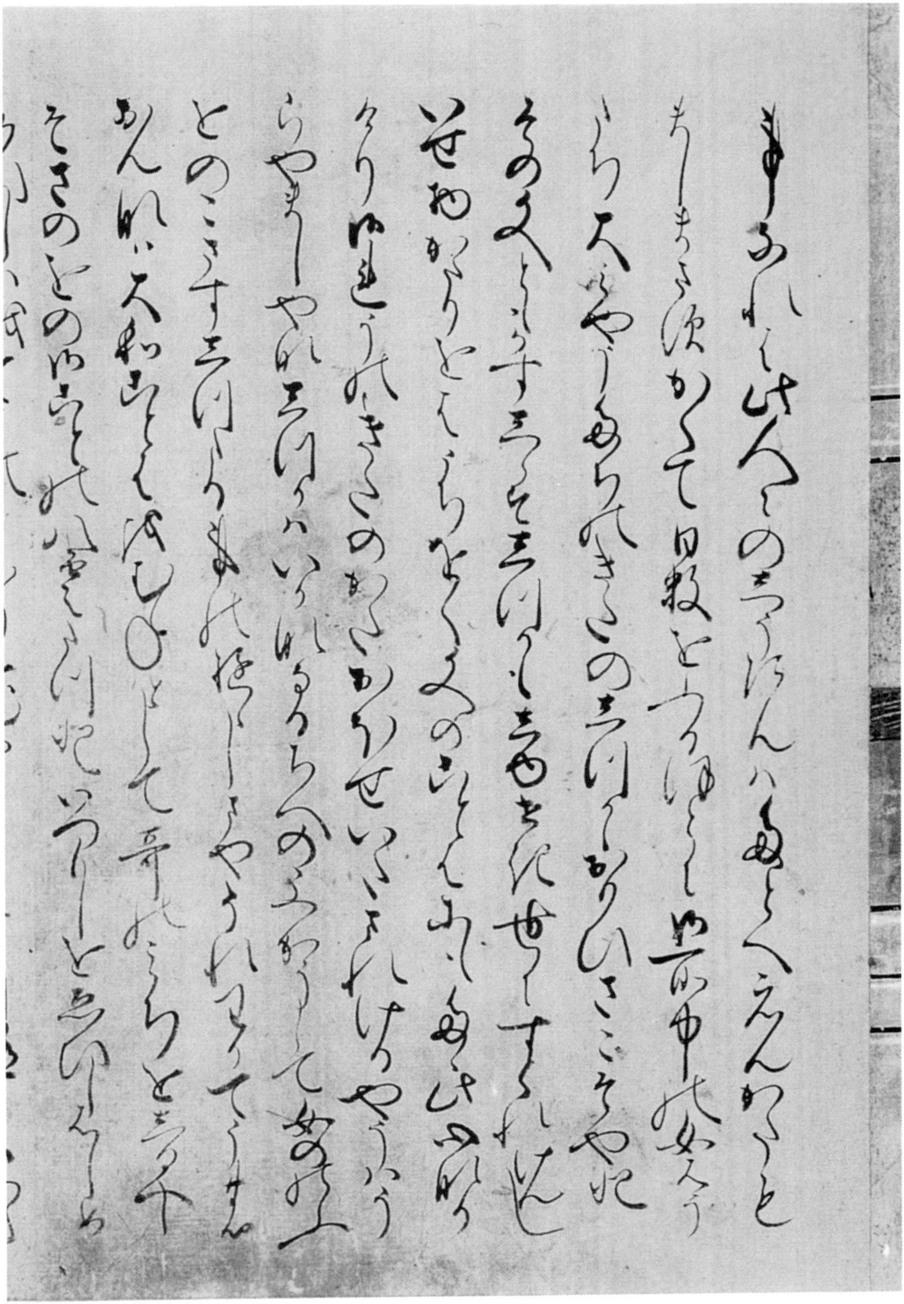

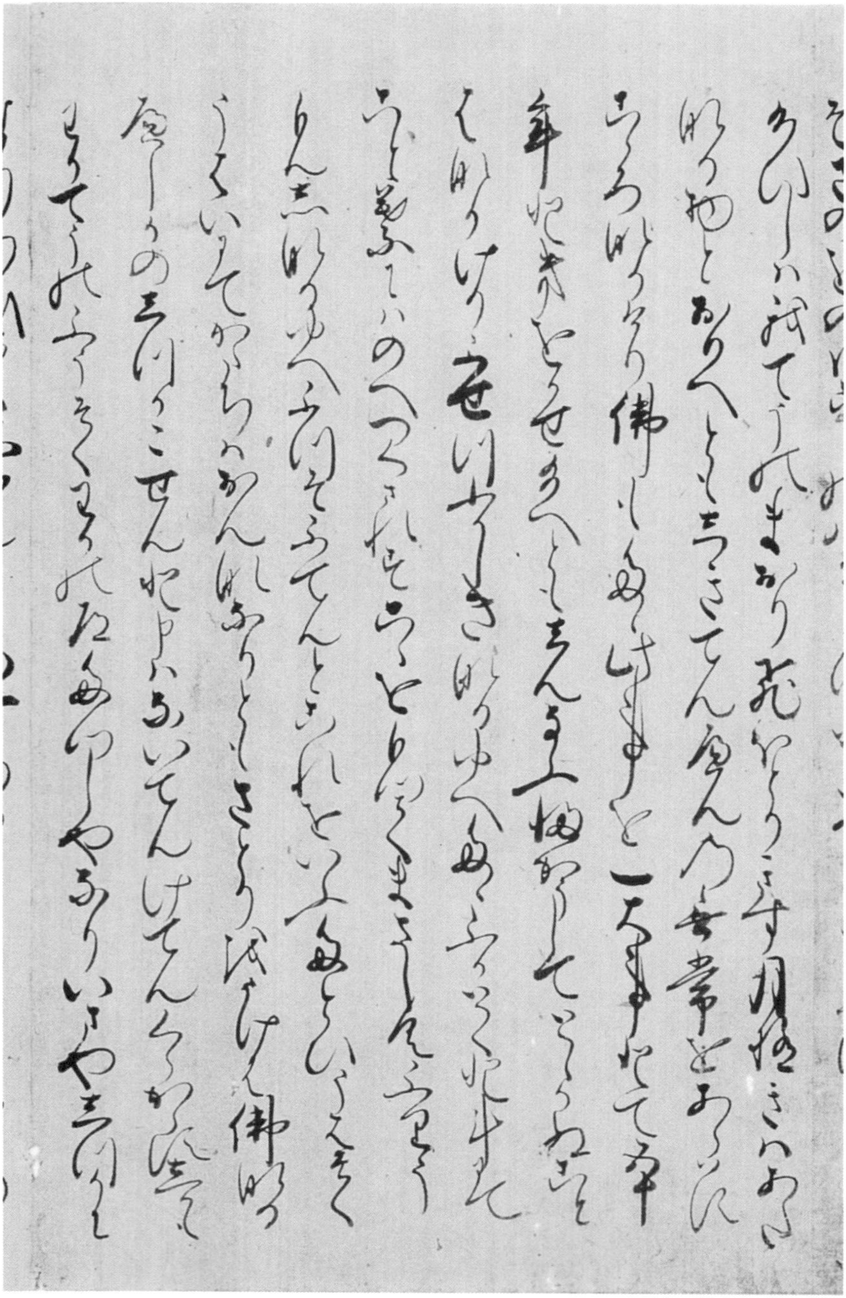

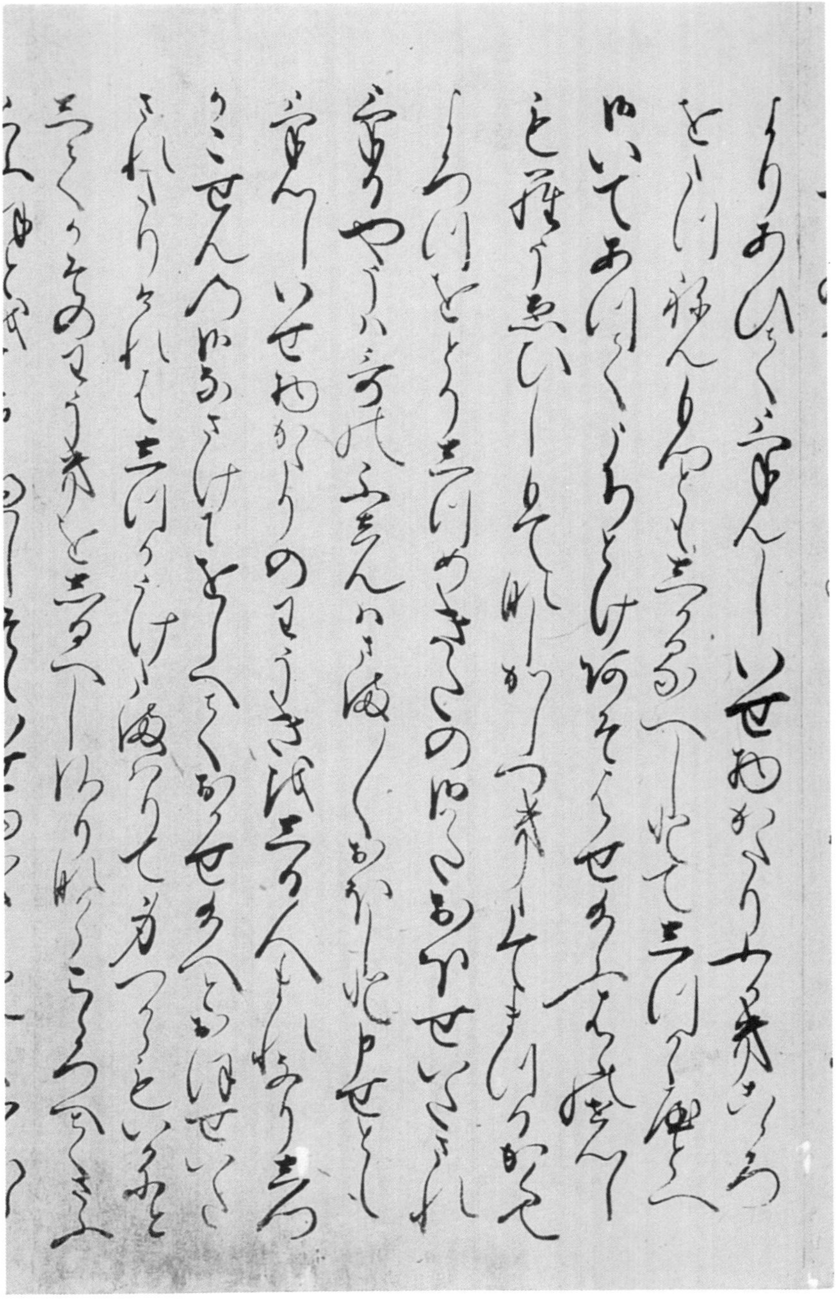

ら上はとのゝ御しそくいせの御かうりのへのみちの
の中しやうみいりしやうひとかゝりものゝえ
ひたちあひせいてんまうに第四の御子あちらん
まうし第五のまうしはらくくしんむしてんまうし
第八の御むすめいとうるはしんまみゆ御子てんらやう二品
きよしのさのふしくみてしまれあ上さやんまてんまう
のゆられせさいそてまいさんしやうきくりつくさ
まゐゆかとみ御時しらのまんしみまつりみそれたいりよ
あれみすくめいてさいくすさえはいめかつりとき
こせいのまいひちんてぬらゆくちの上とてかわる

さりしかりし又喜やうそし七年ふくらかくんとし寒
さしこれなれはしてこの御時かくのかりしあひせりめ
ありさまれ中ぬしやくれそきんつきてもろかの国
かの菩提ありしかいとくろてゆくくとてんしあさらし
まてのそてありきしの一しやうかいとうけなかきてしけめ
かくりとこうくそれ御前にくはくしれなうさし祇女のさみ
青のかとこ一人ほうしくしくしくとはめかりとつくろう
さしよれはされつしと哥二首いそんとつかまつりけれはは
そりかの御心とひられてその位中にしあよつかの神
かせや伊勢の三郎と義おりきてもしいさやすらん
かう

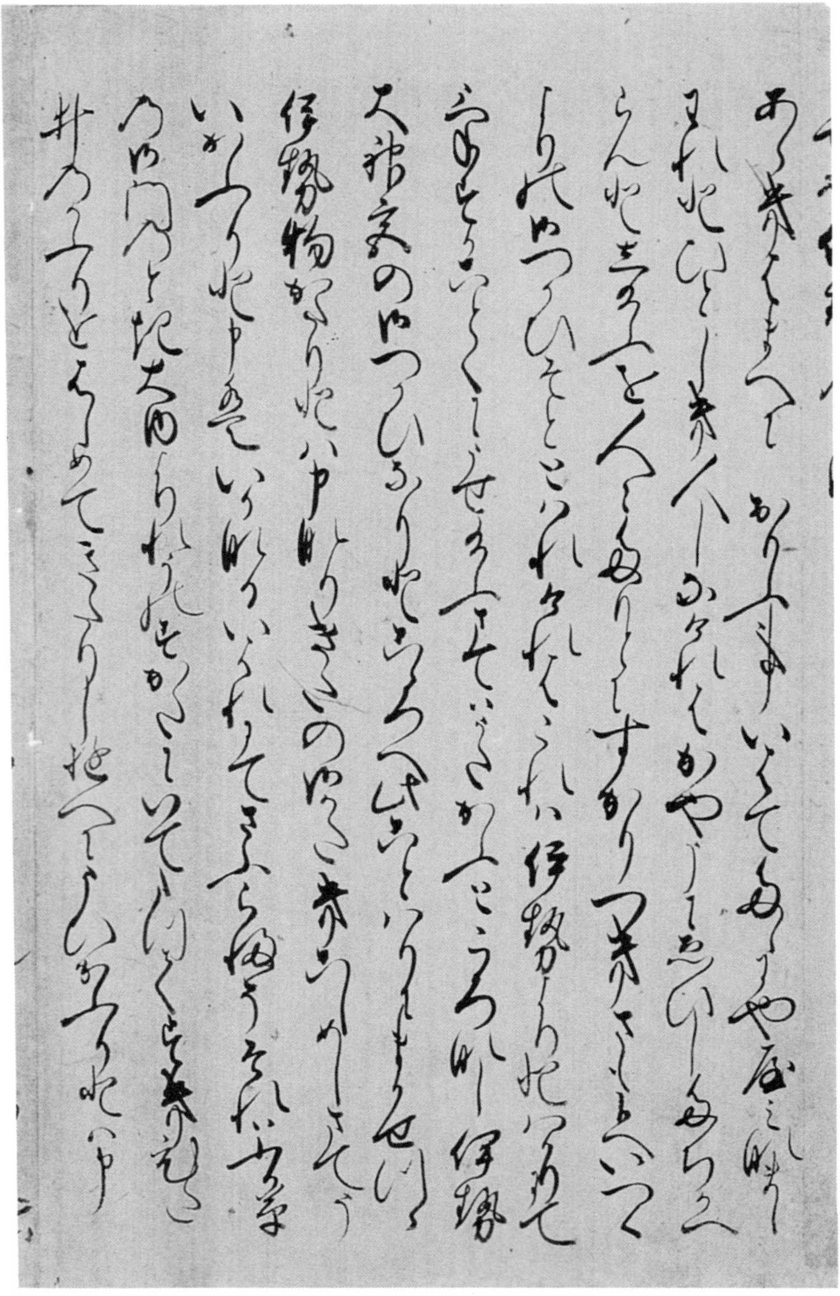

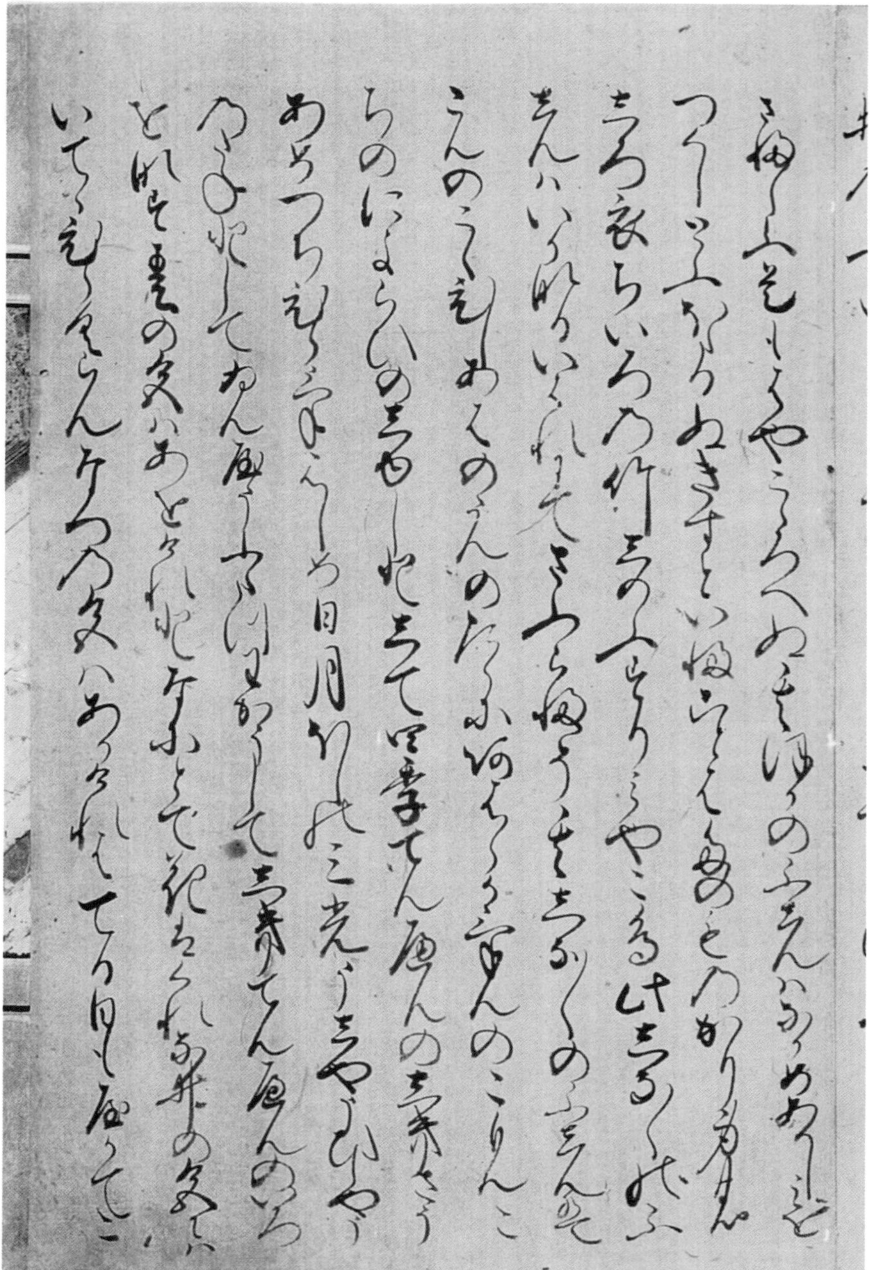

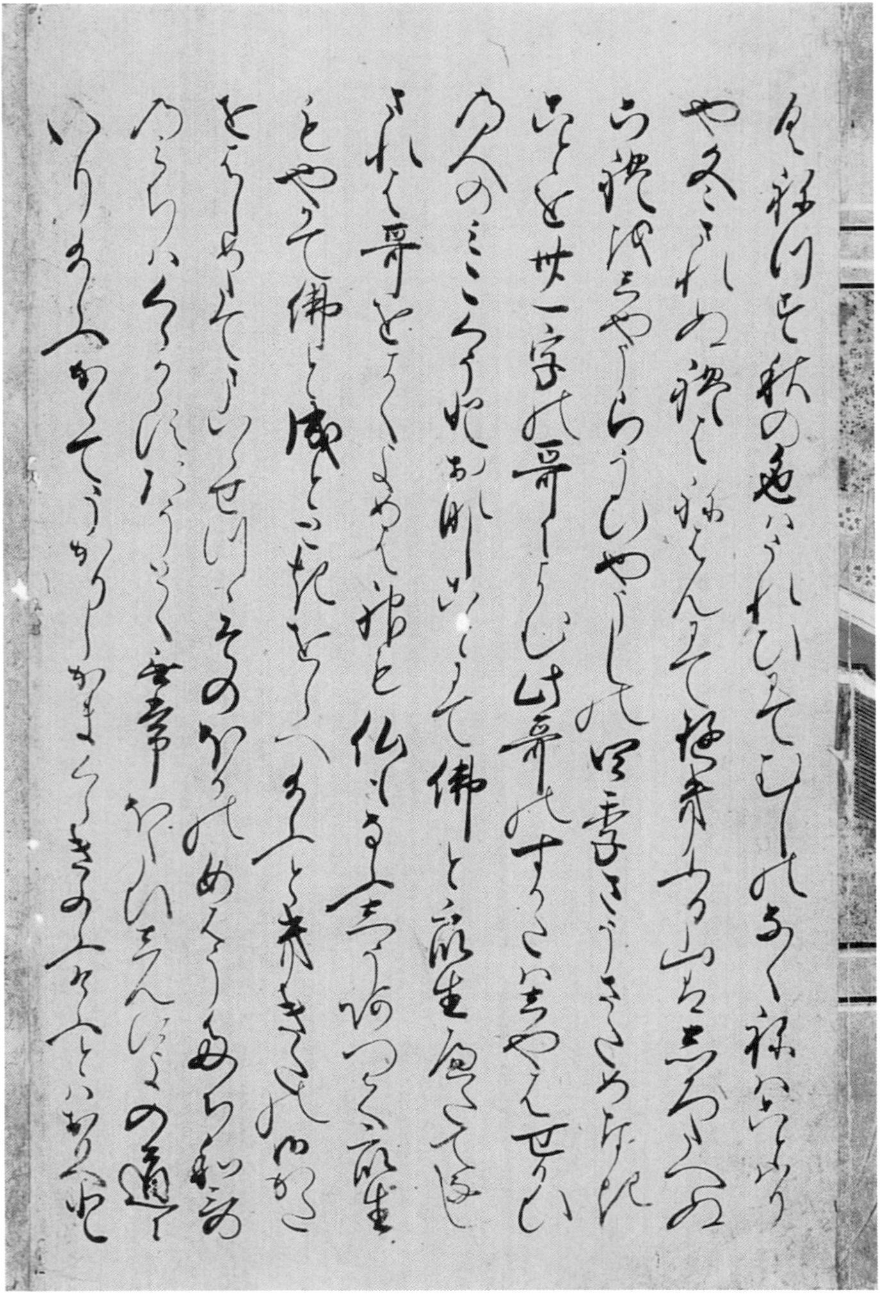

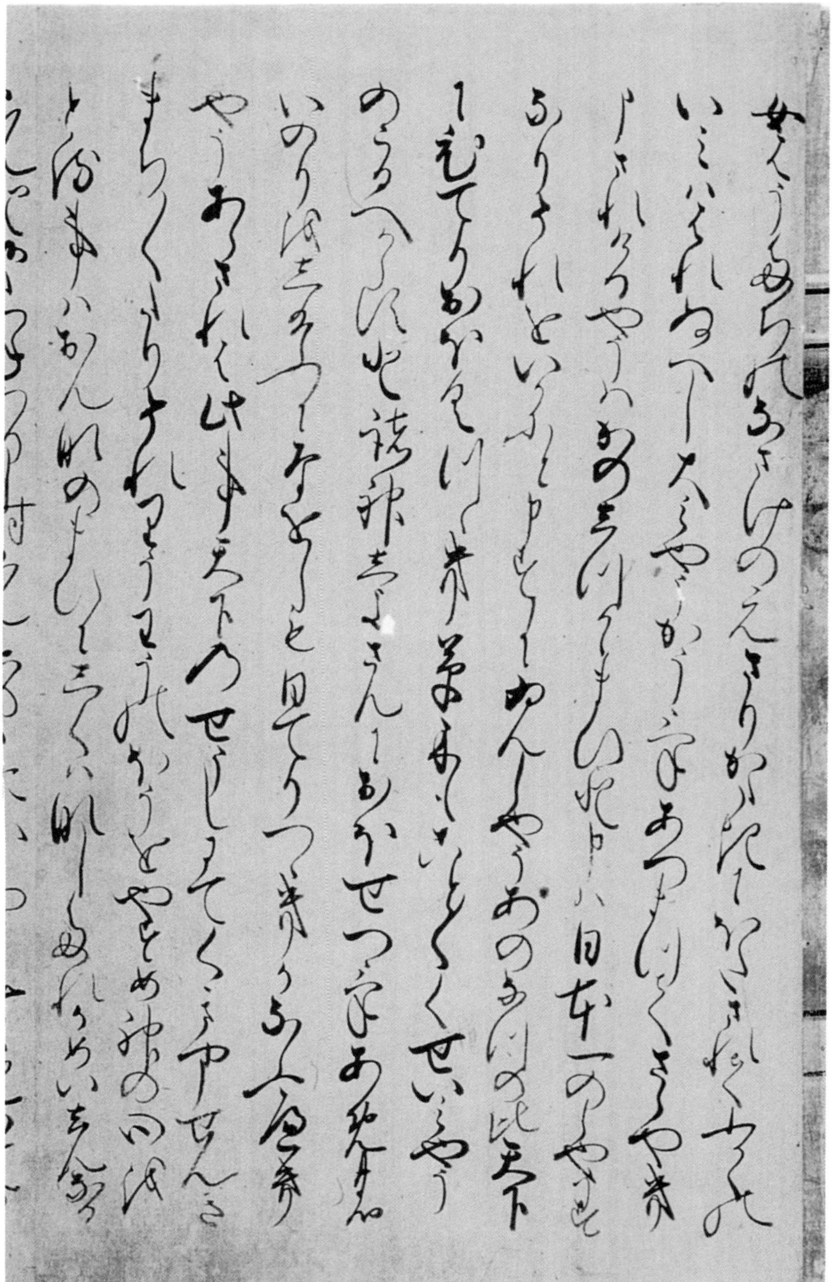

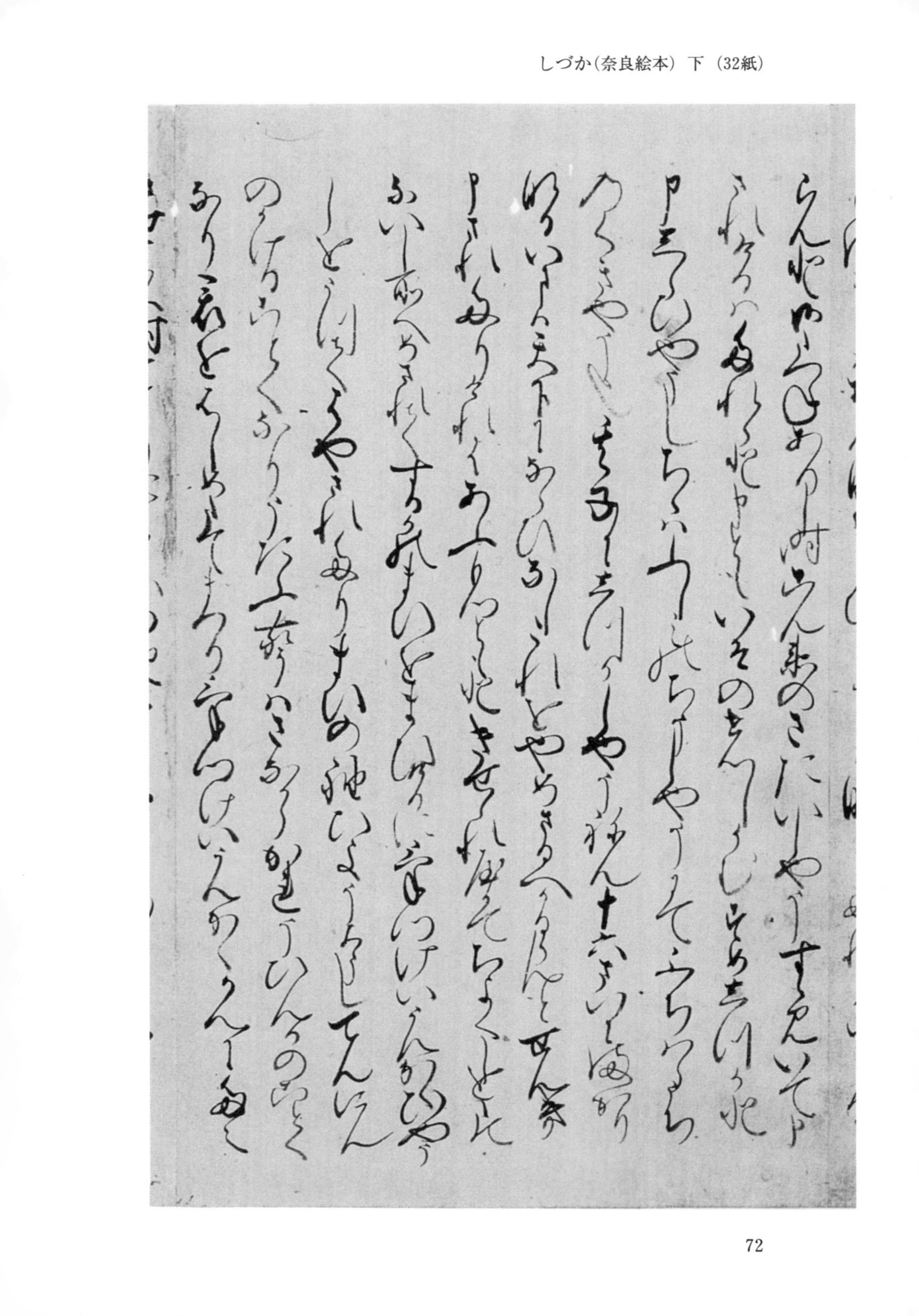

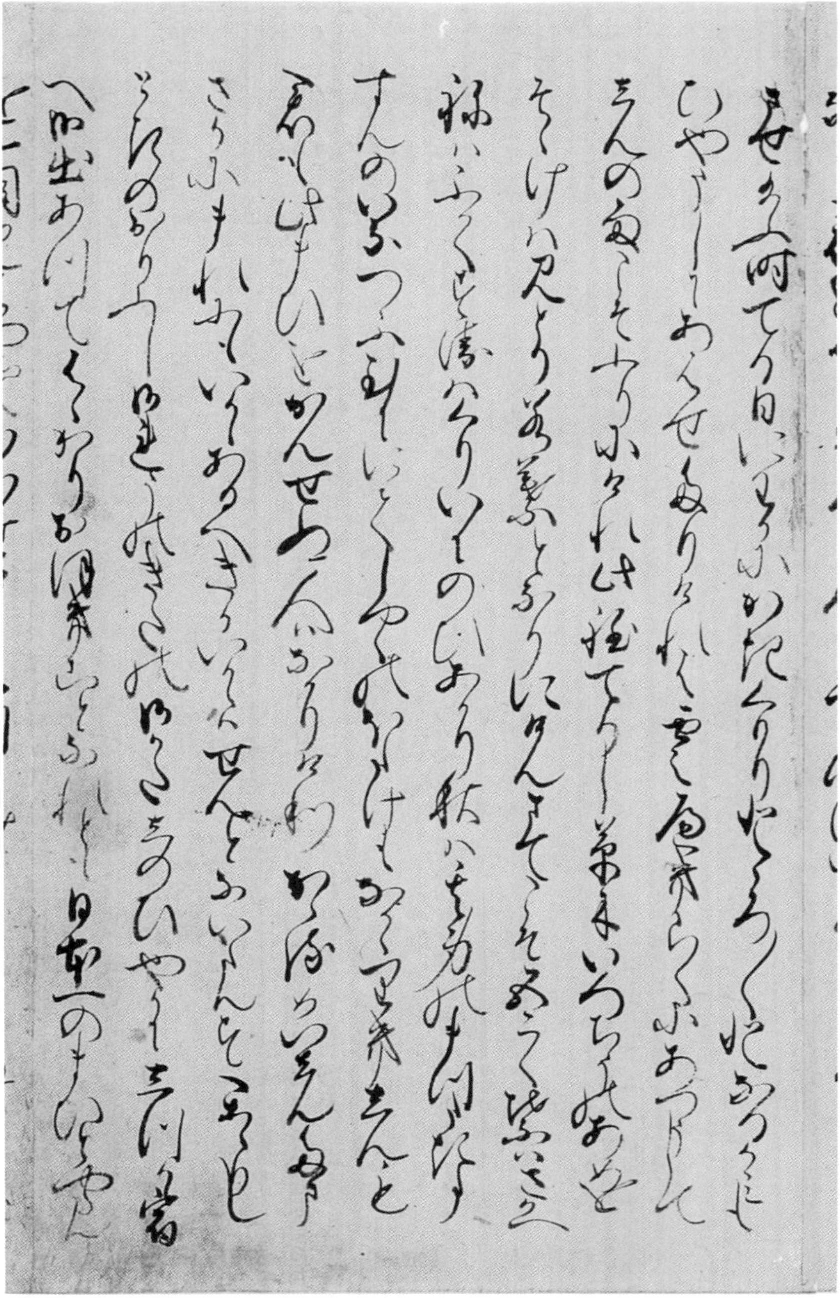

と一同にこゑをやかてあはせなきけれはまつみるめに
ふくのたふ参りいのちはめされしとゝまりしたこそはおもひそ
きみのみさけのうへをゆるしたまはるやうにおはしまさは
しされなりきこえめてたき事しめしたれやかてそ海
みるやうのすさりてみてちんつまさしけんさ
てとめとおもひ候ぬれは一はしんのひふさしみあかつき
たいのりかれいをもちてさしたまひおもしろくおほせられけれは
きりてしきれしさうしきりうくあかそてめのふさしたり
ふねんとてすてゝぬりのいてほそてみるやさしやなん
小大しやうのつめさし給まんゆくとひ給きりきとのゆきえ

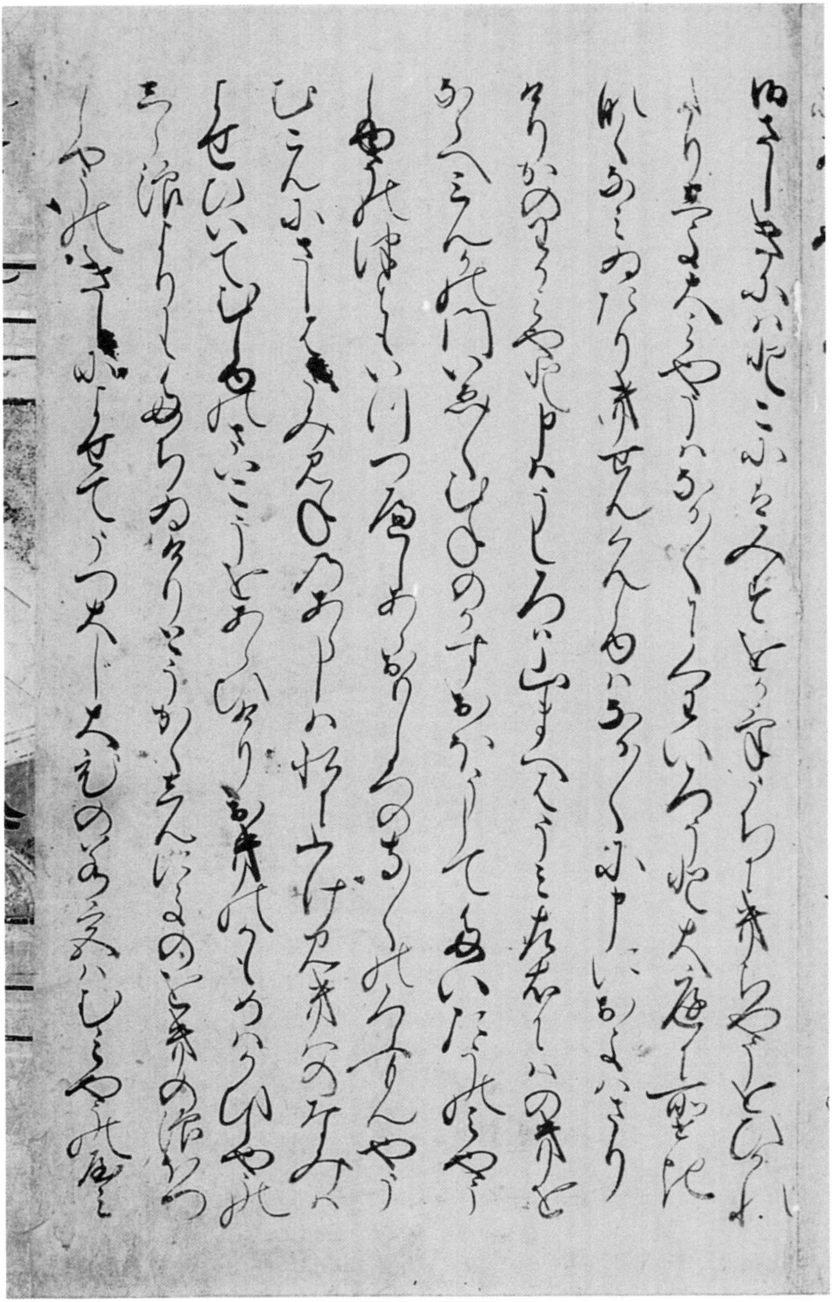

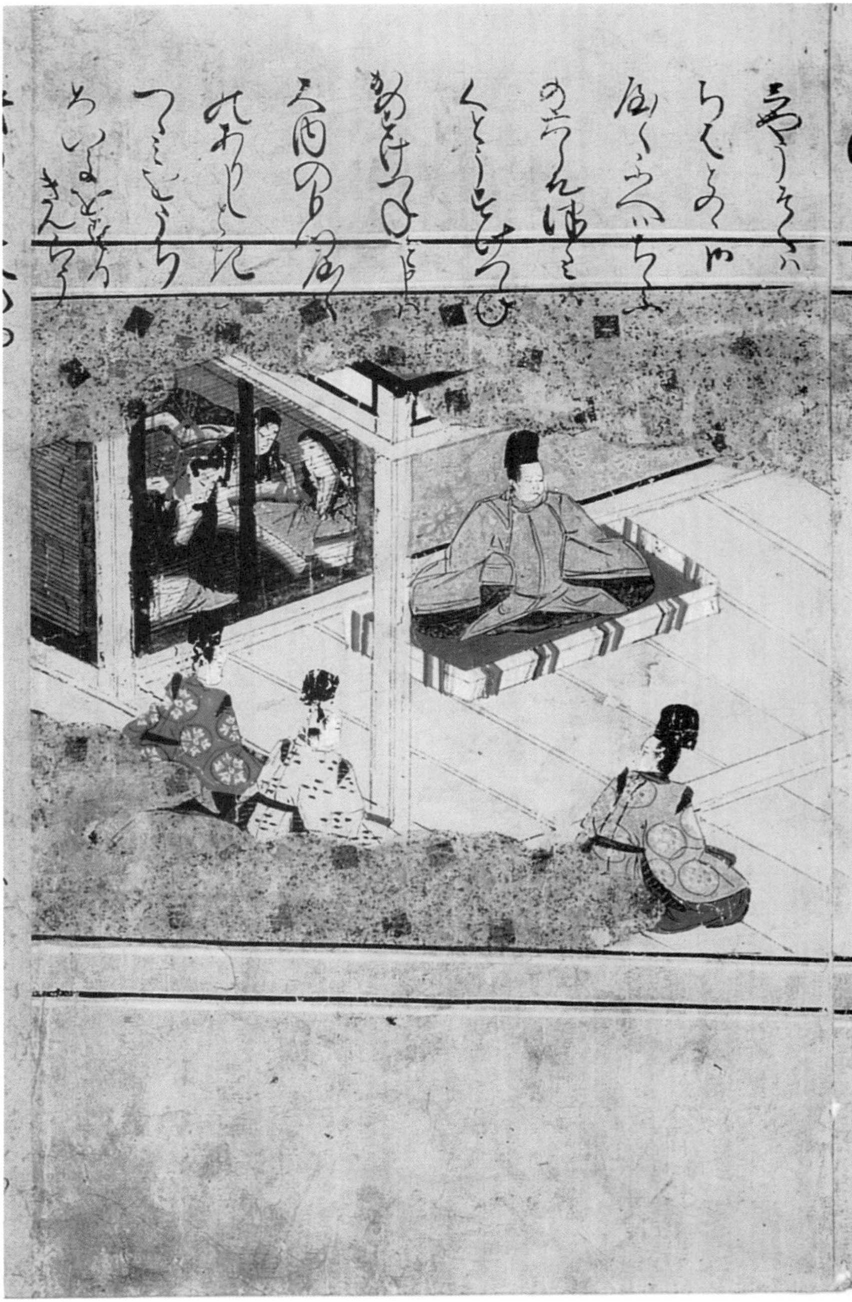

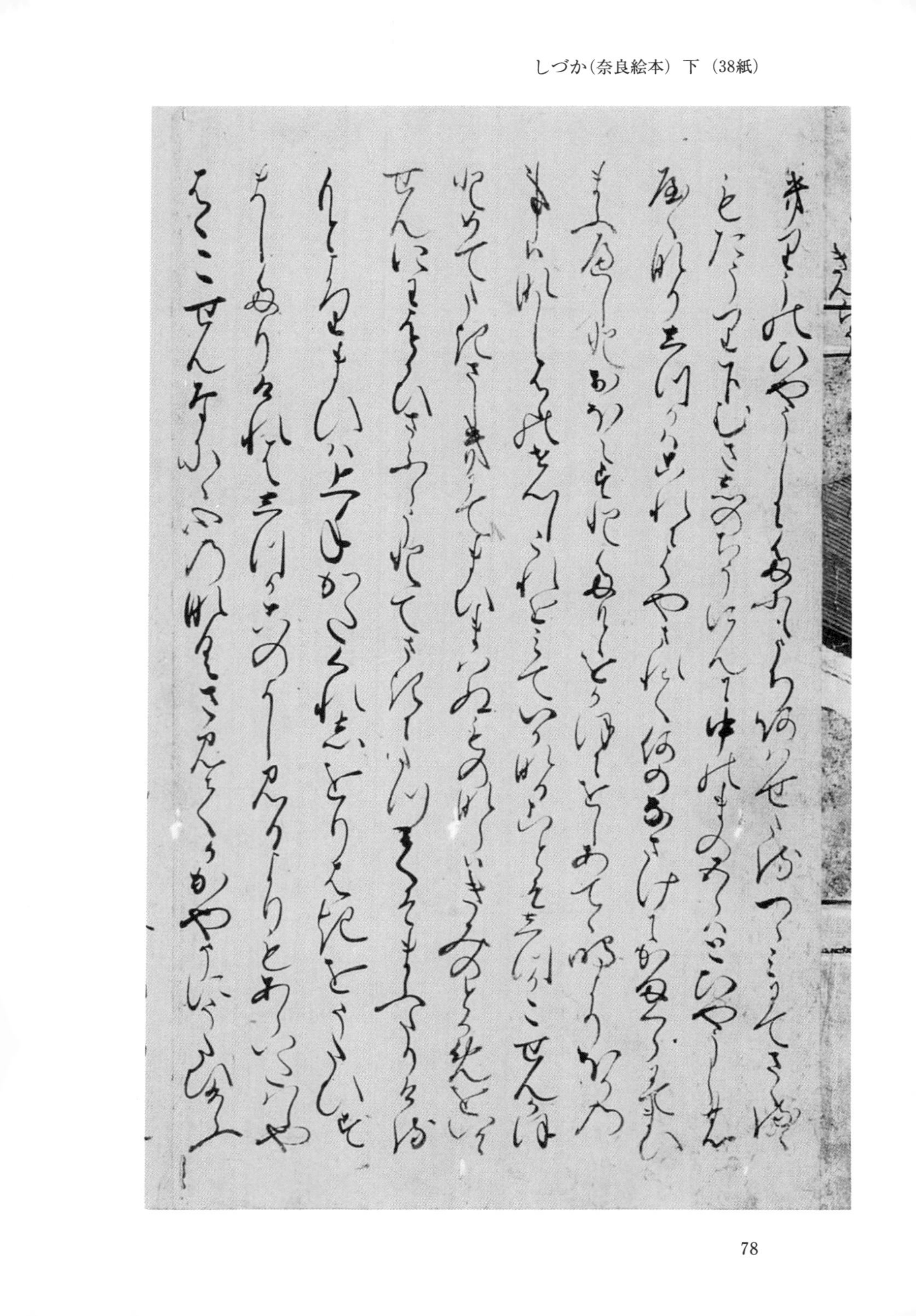

[illegible]

らん是とみえつるとはすさまじかりしそかしそ
給ひしみつみいはねさ給ひのあはれにもしは御あ給ひ
なしとおとろきとてせんまいらせんやはりおくもちら
いそかれしはのからさきそはおはりは御給ひぬり見まいらせ
からくはさせ給ひ給ふ人々いはまさらふはのおもはさひ
らくおやゆつの見やいはせ給ひ比殿まいらすかはさせ
人やあつ兼ひのはらはおはしけともいは大名かれけるぞ
しとしもひまつせらくみかまへてひしらてあはれつ
きのゑいんと書てくは給ふべし人々きくうり天人のあとへ
ゆうへさためるはおはりくしられその見つめしくつしや給ひ

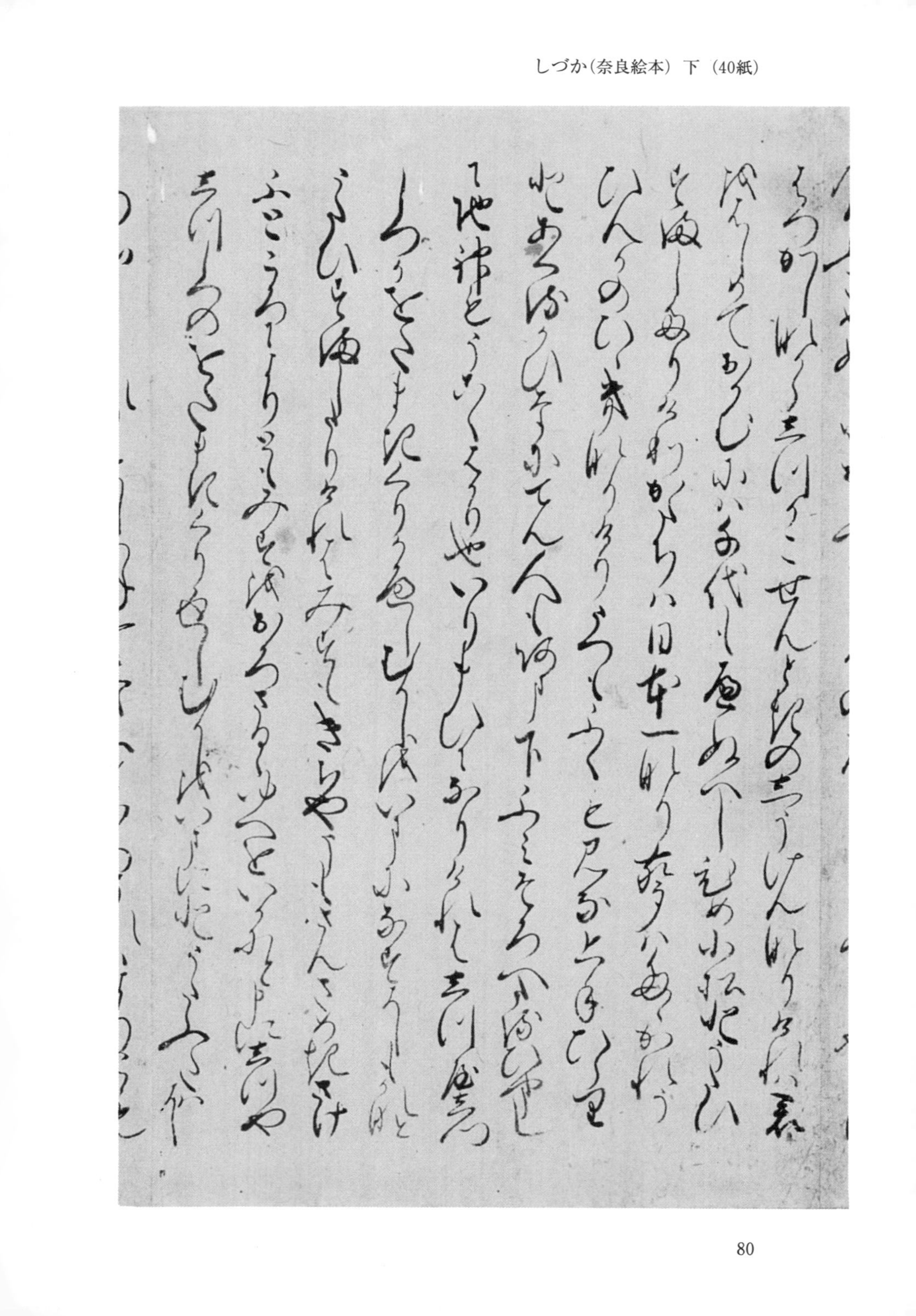

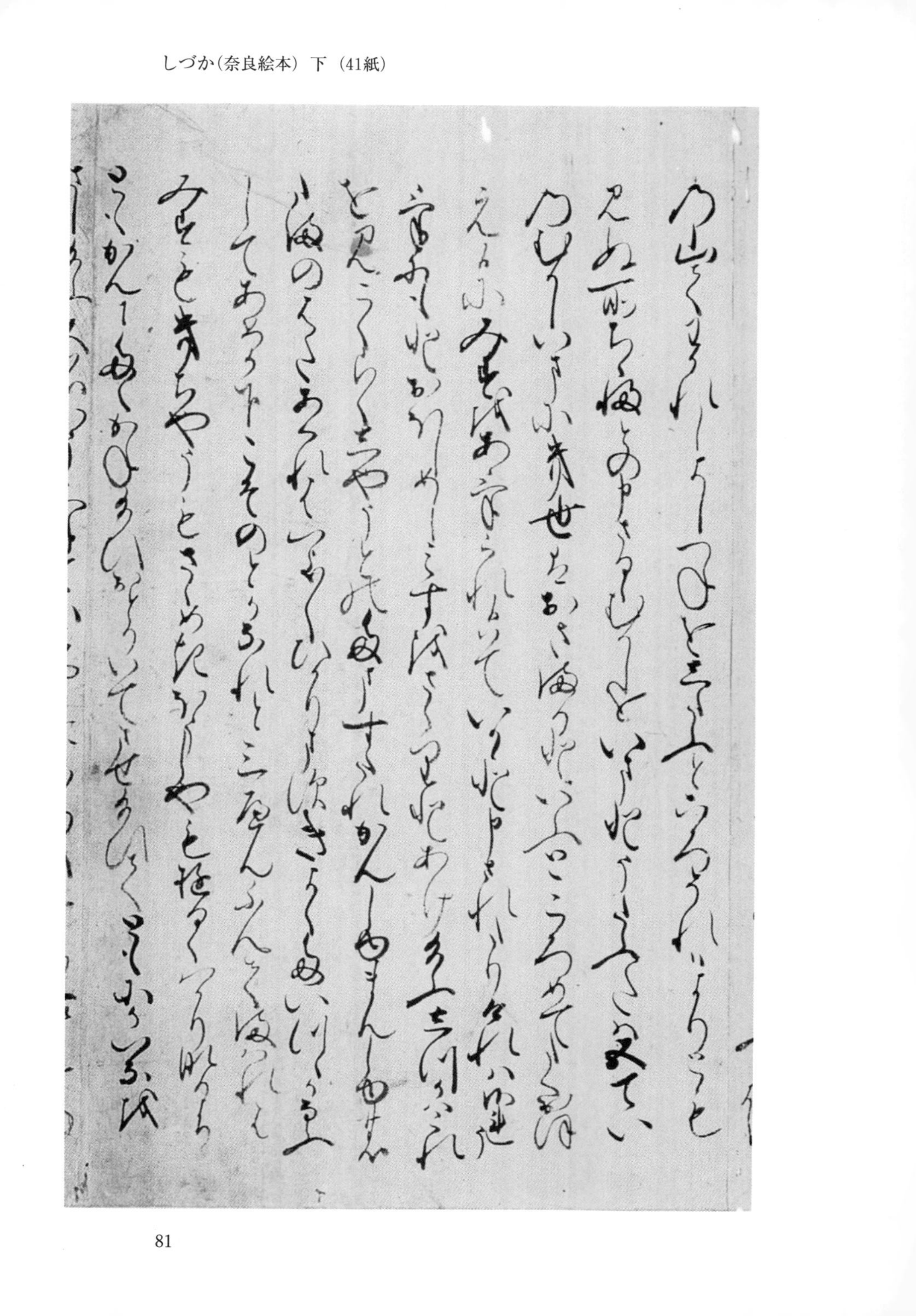

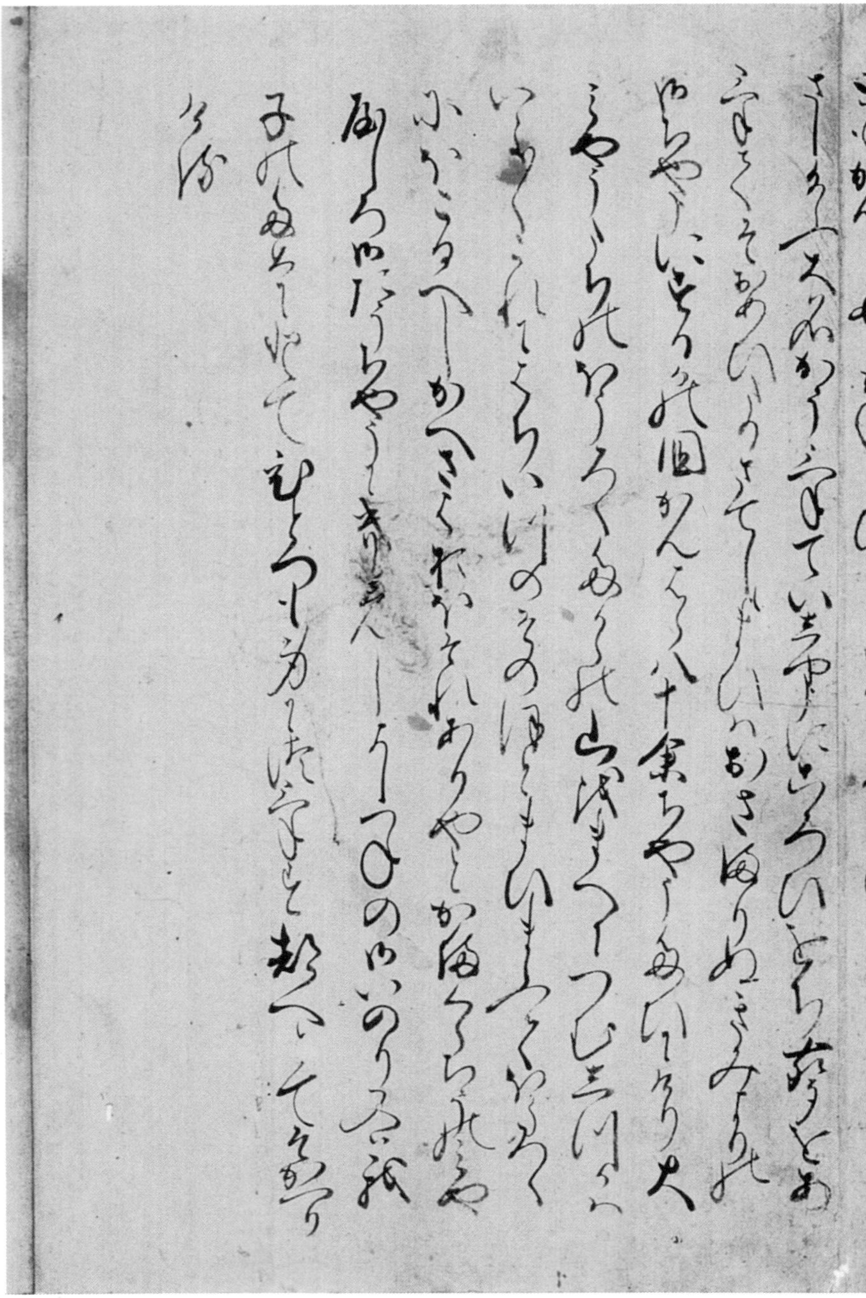

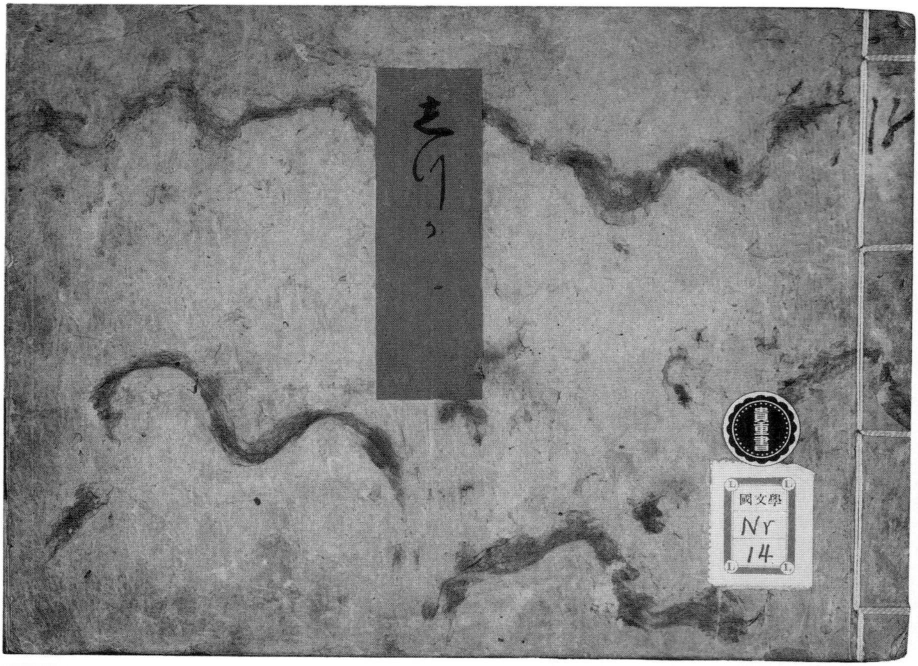
國文學

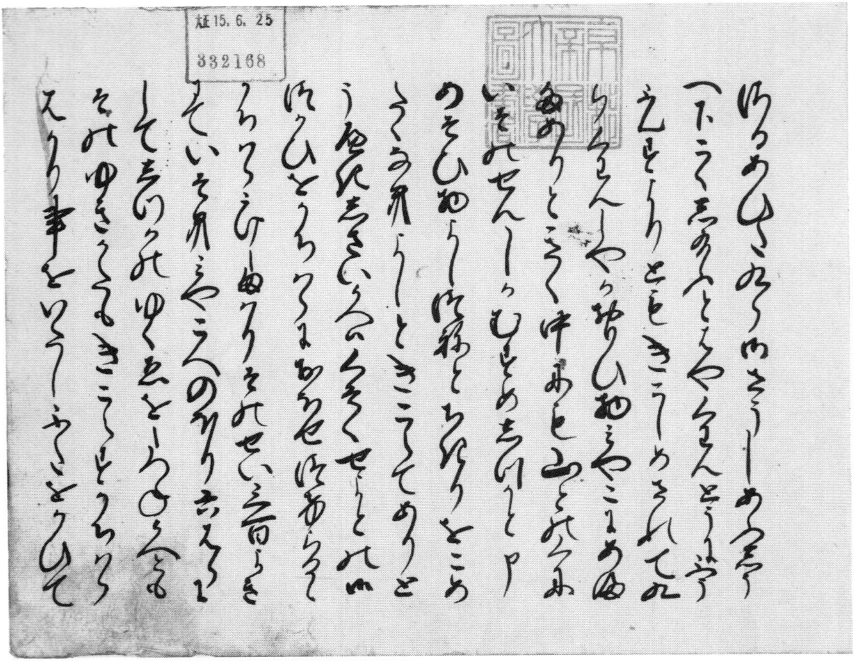

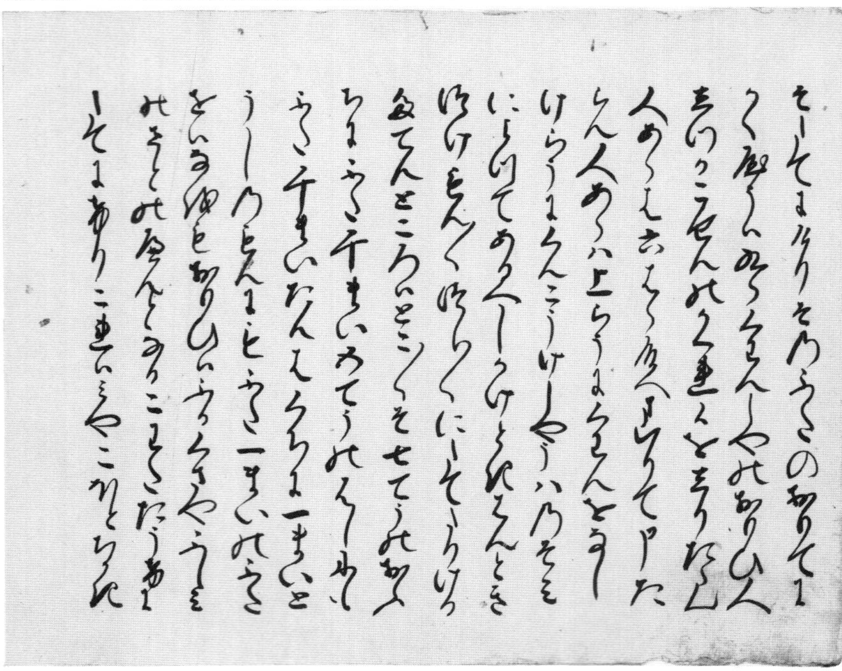

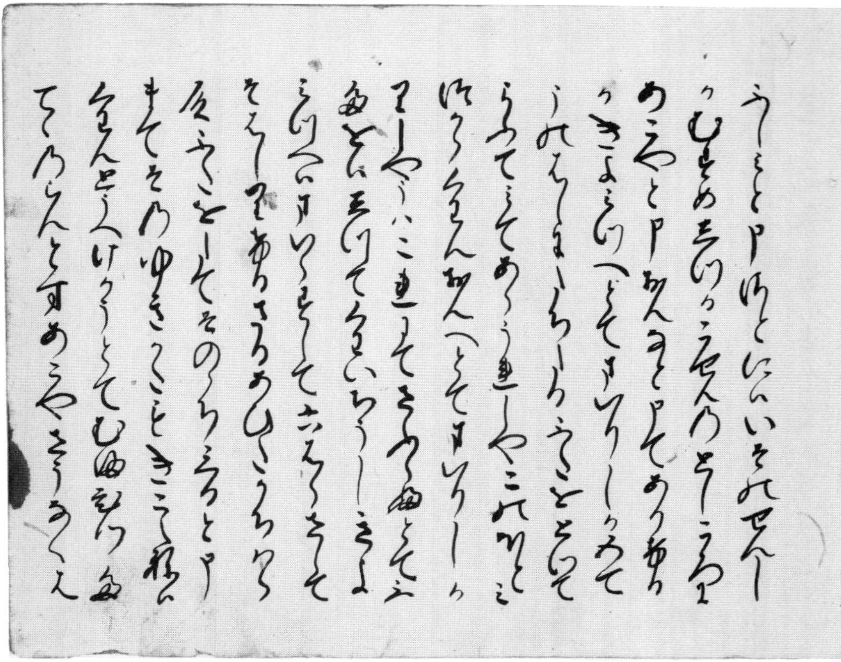

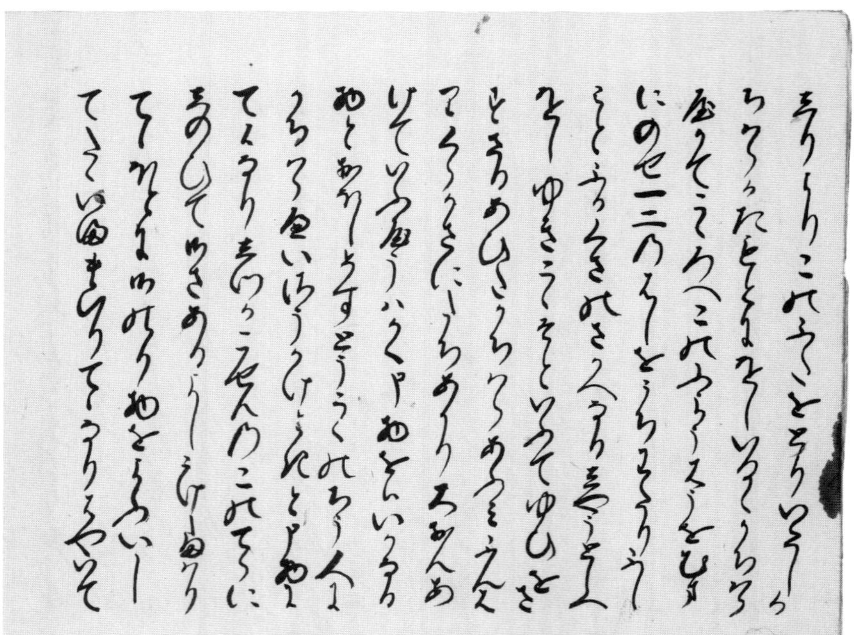

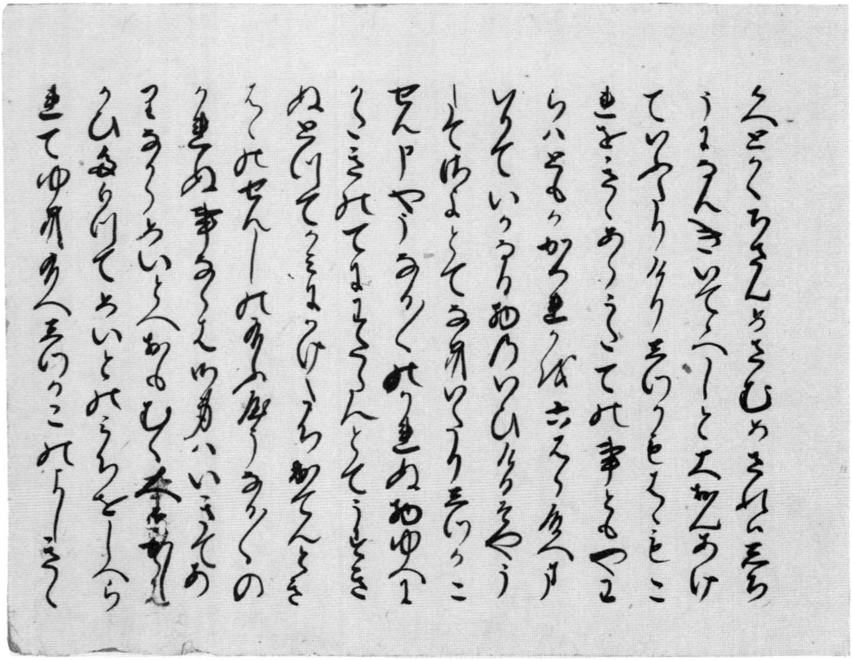

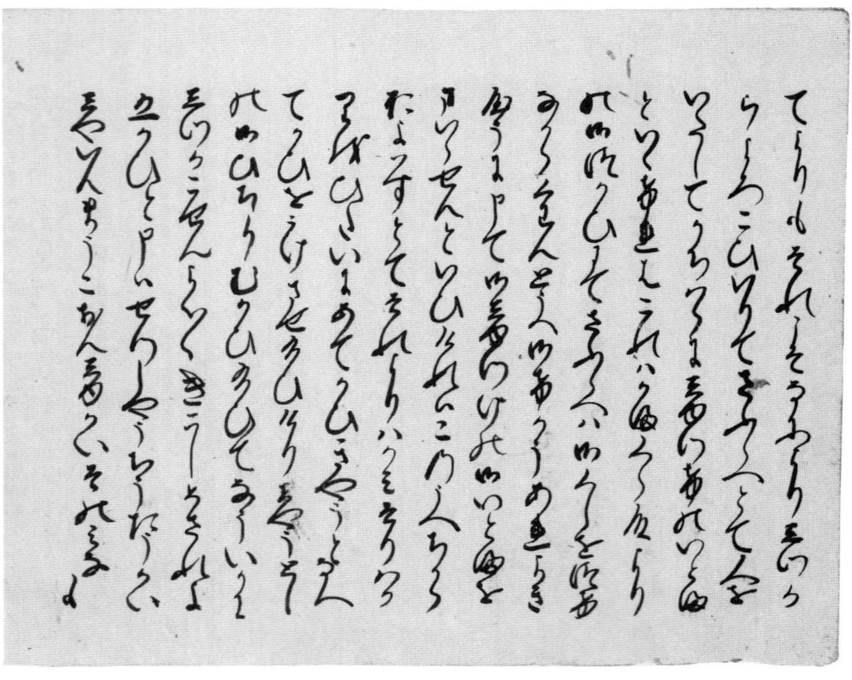

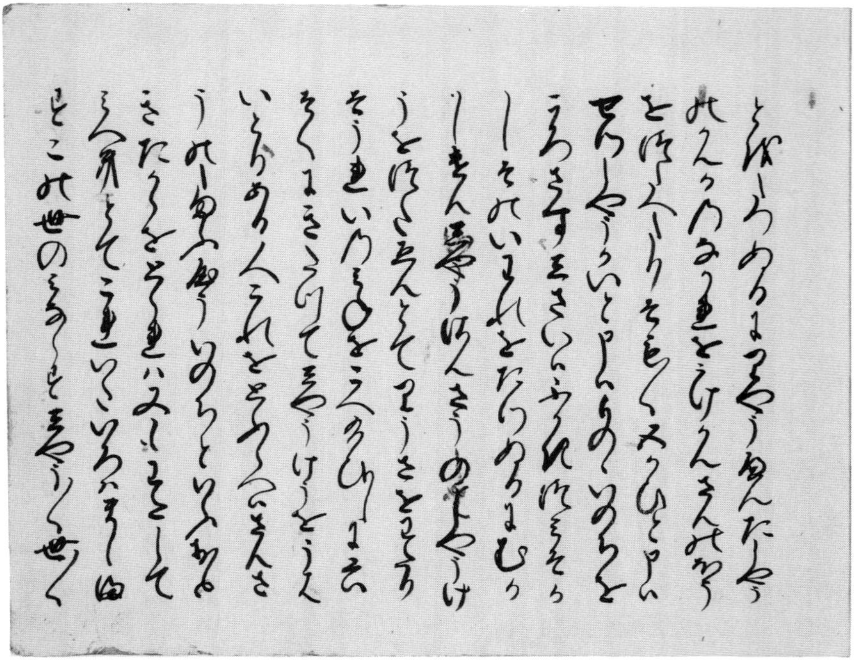

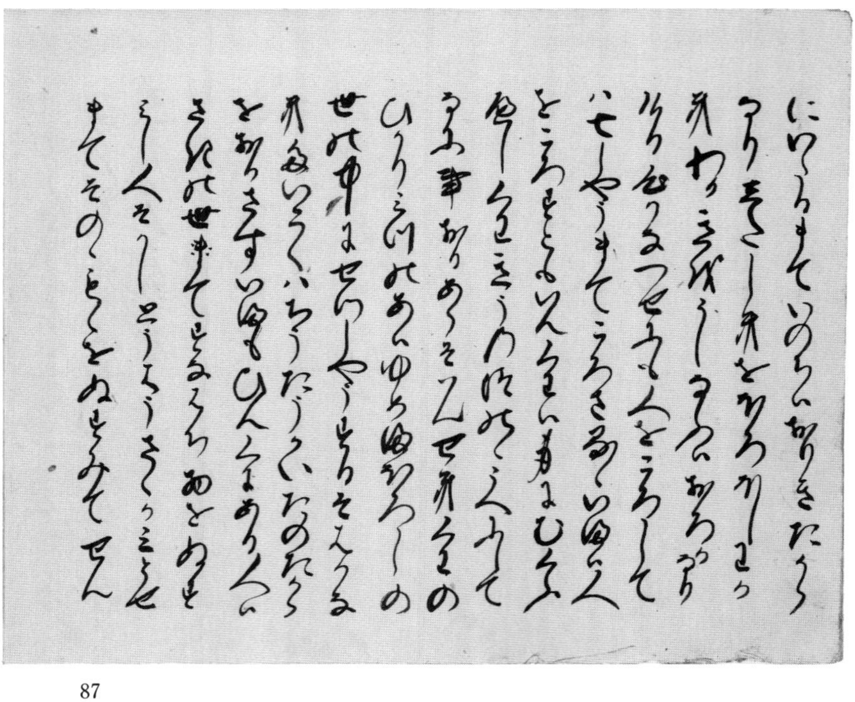

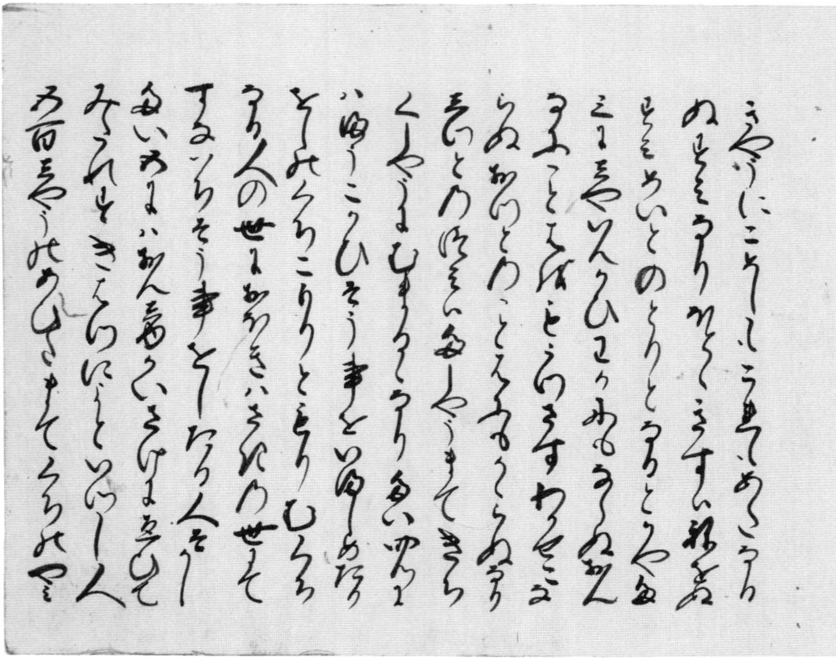

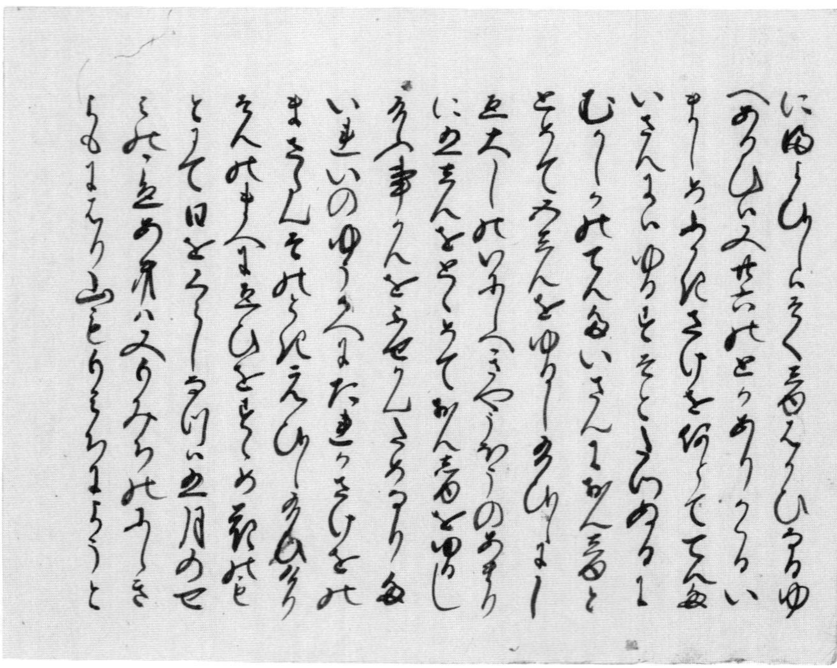

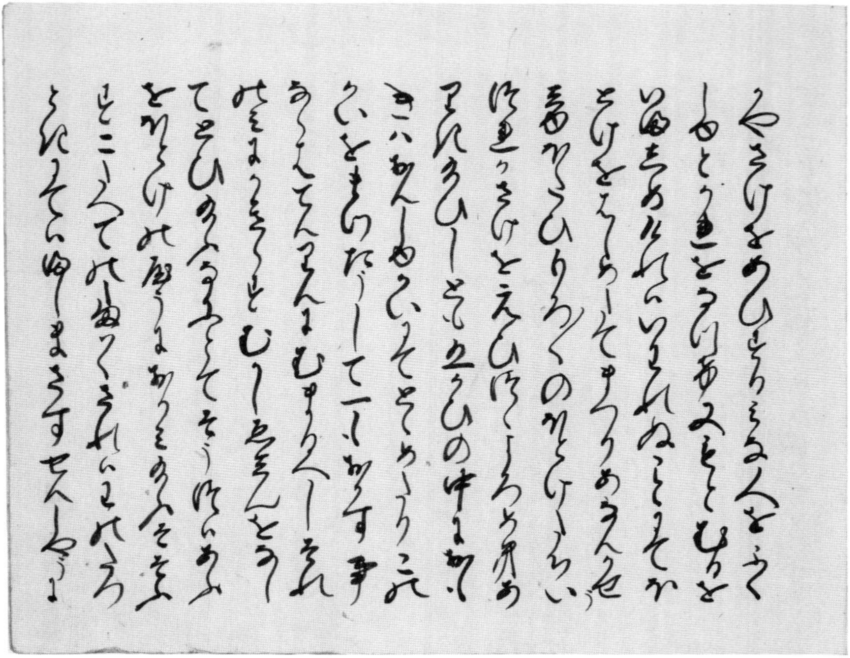

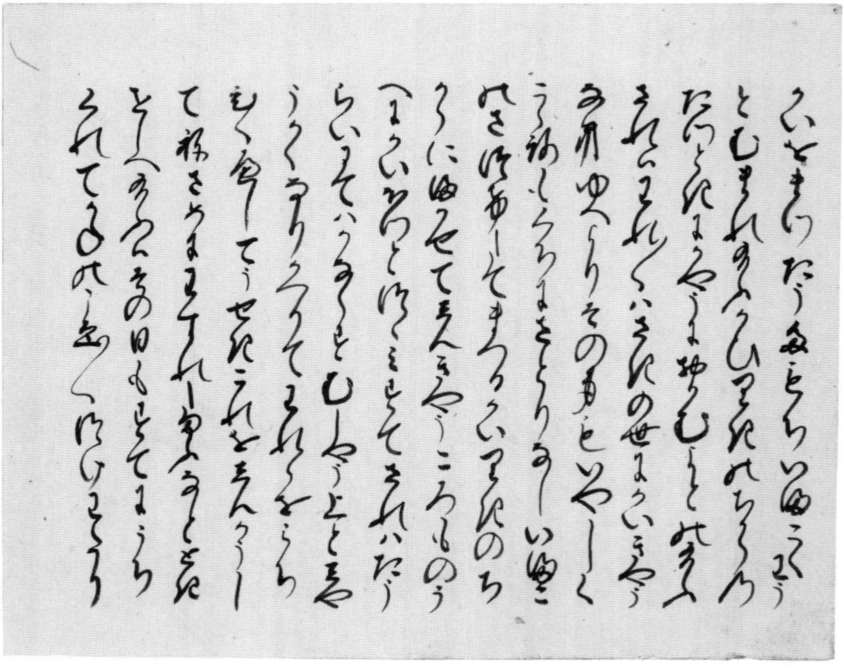

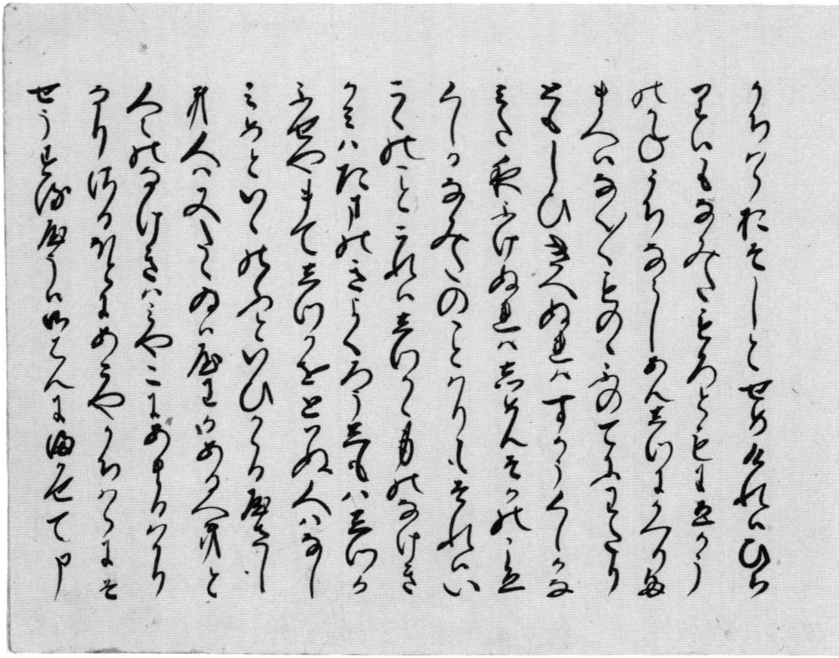

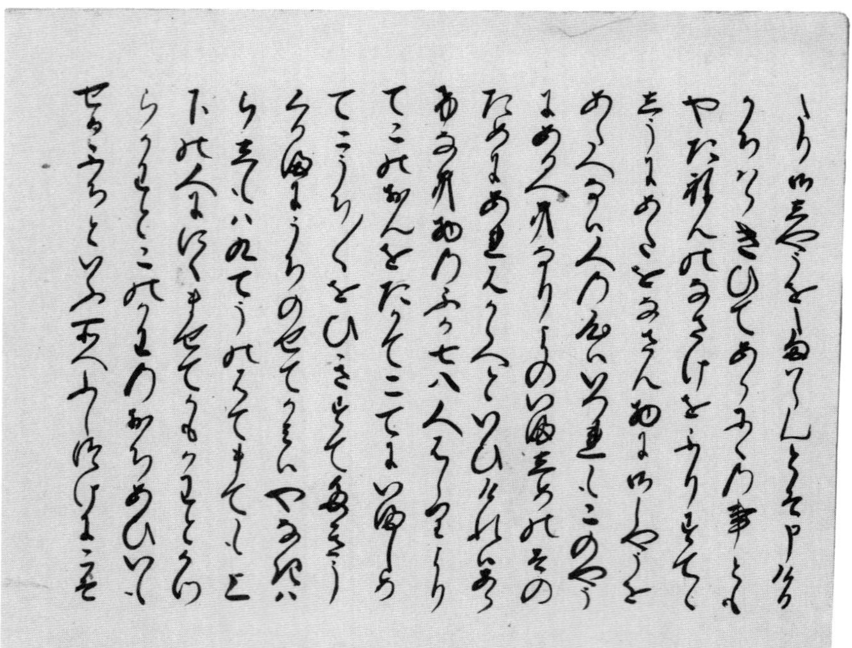

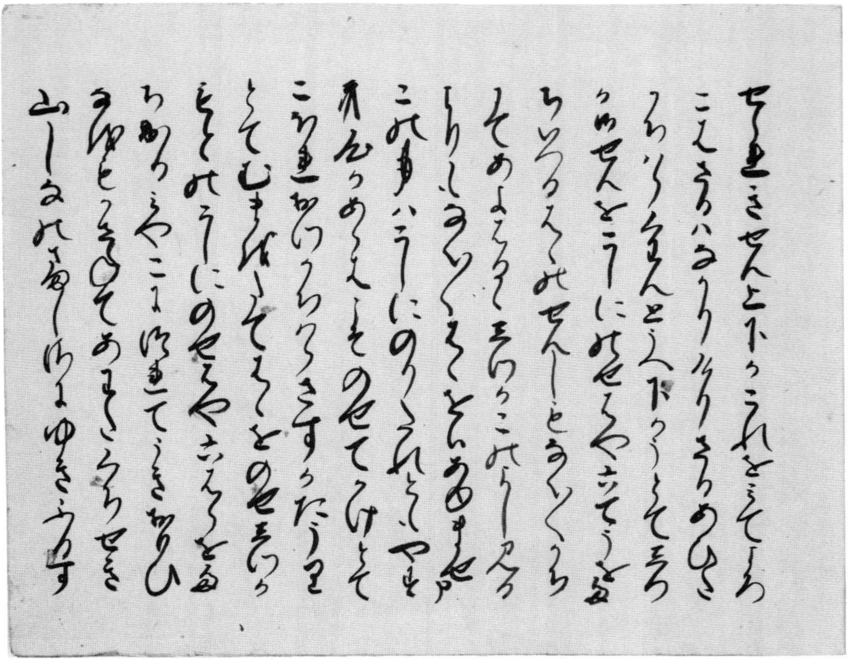

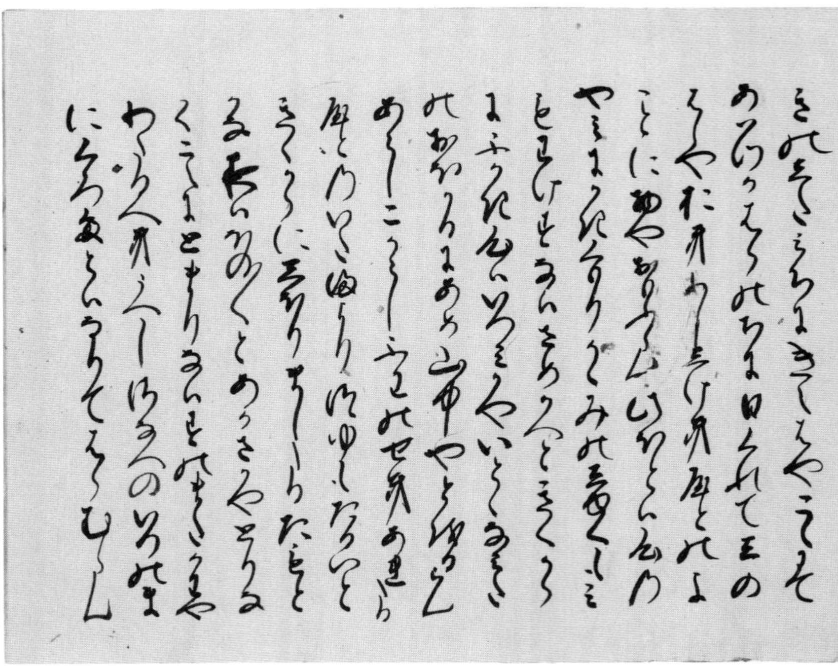

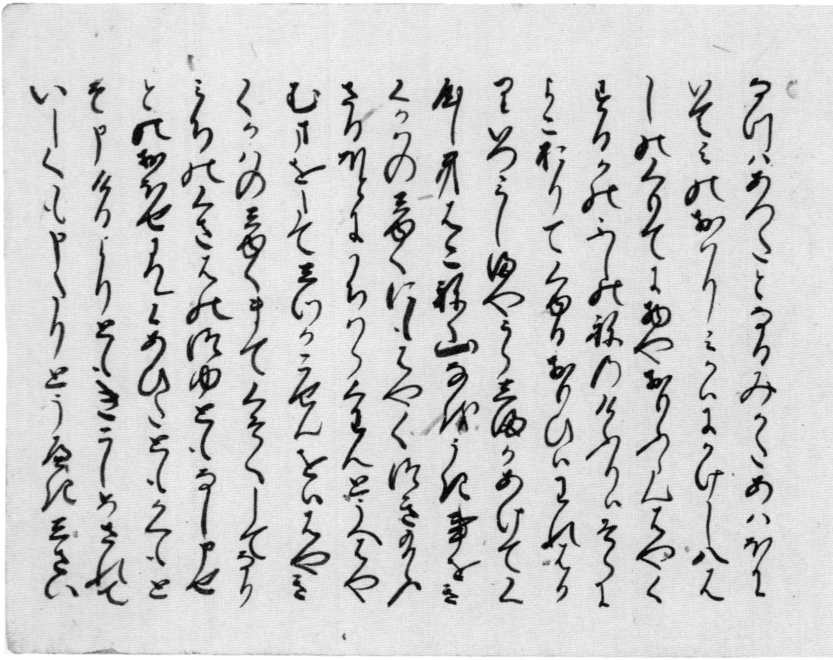

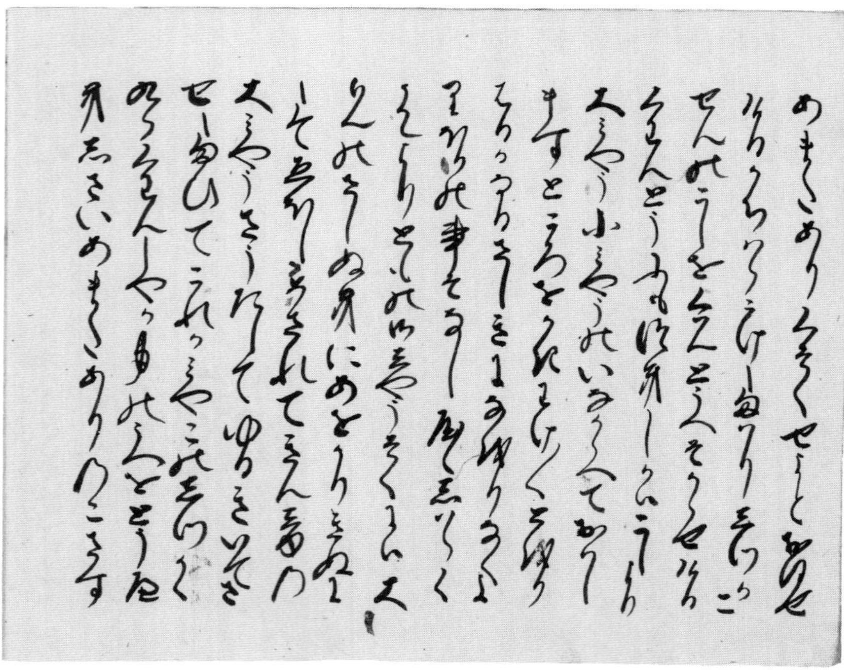

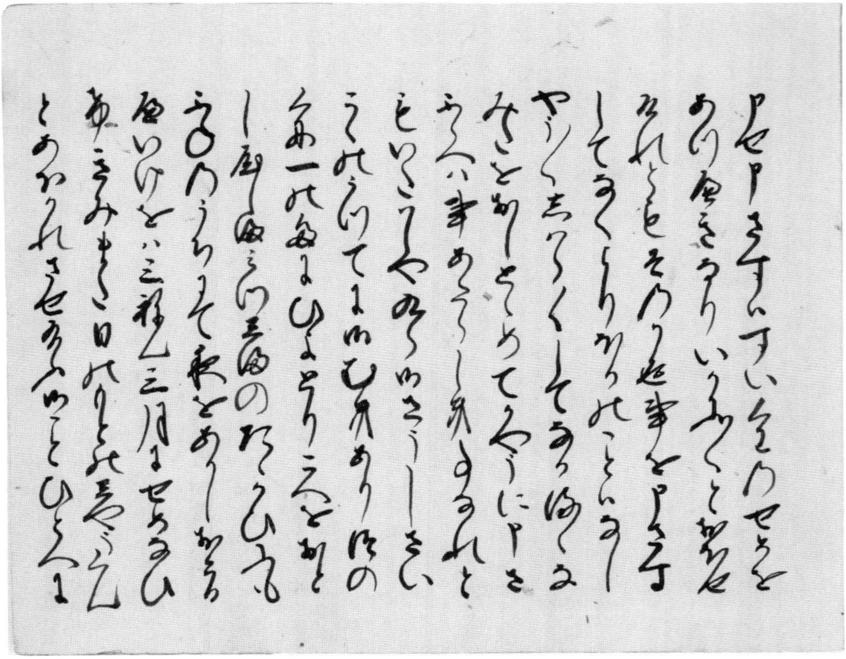

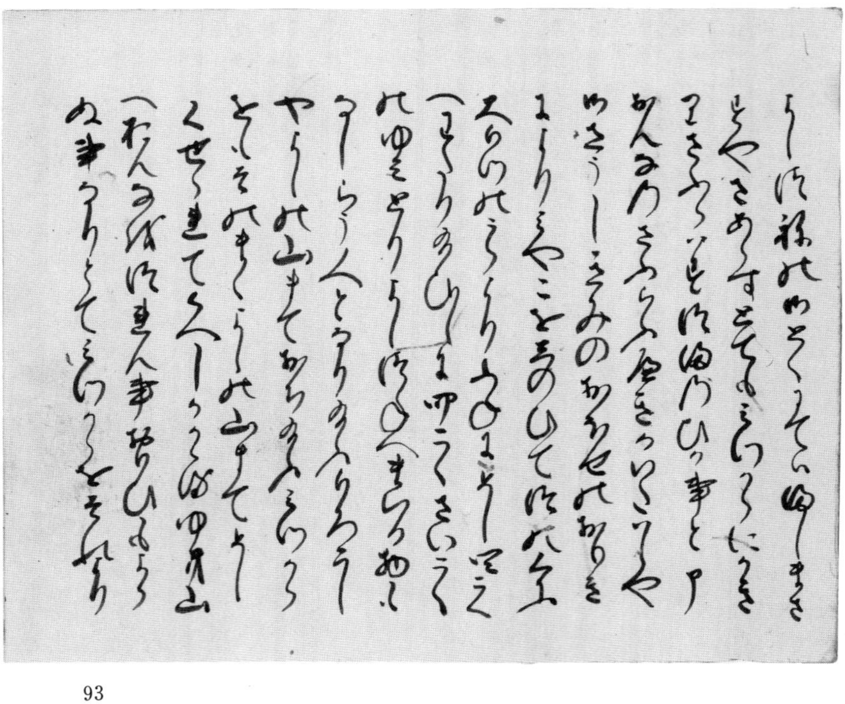

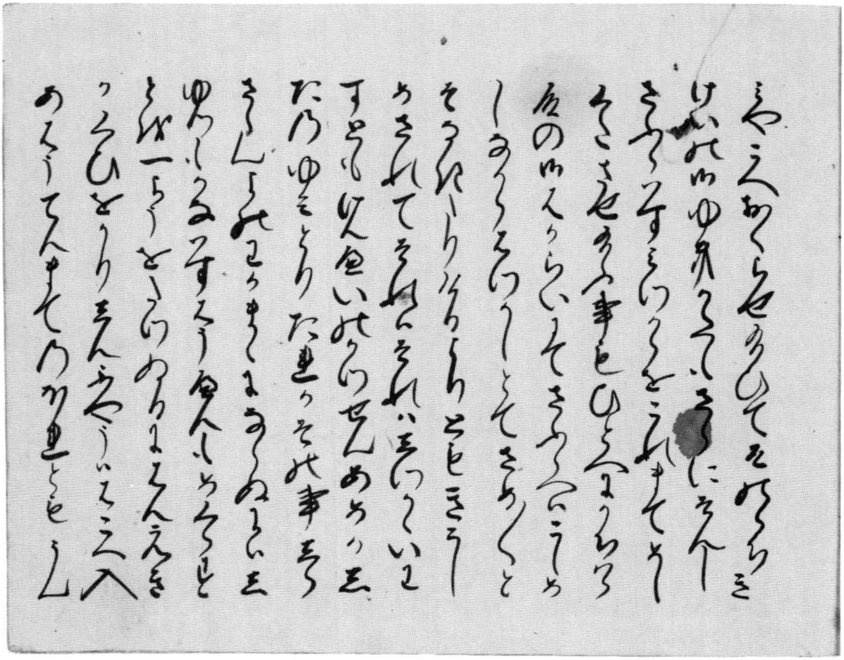

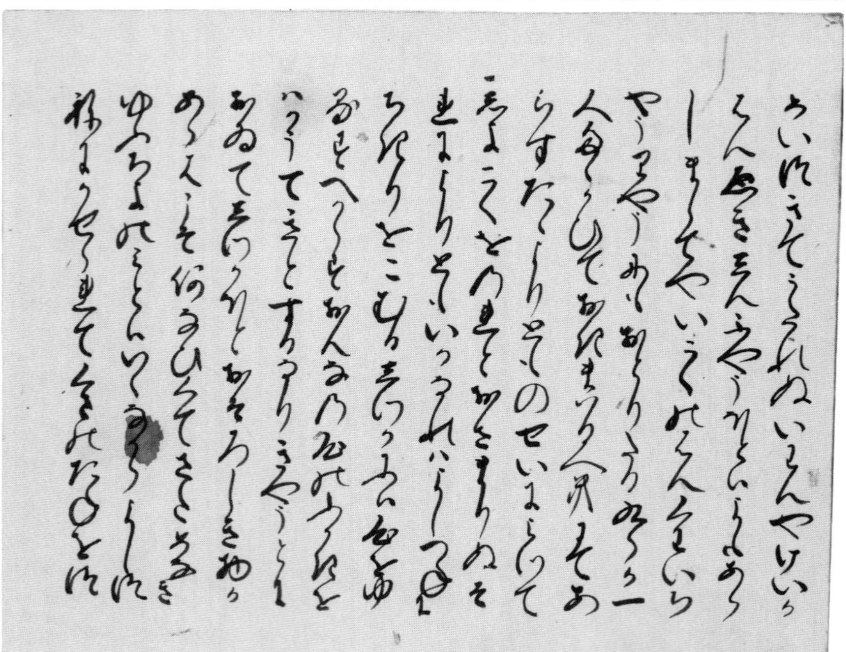

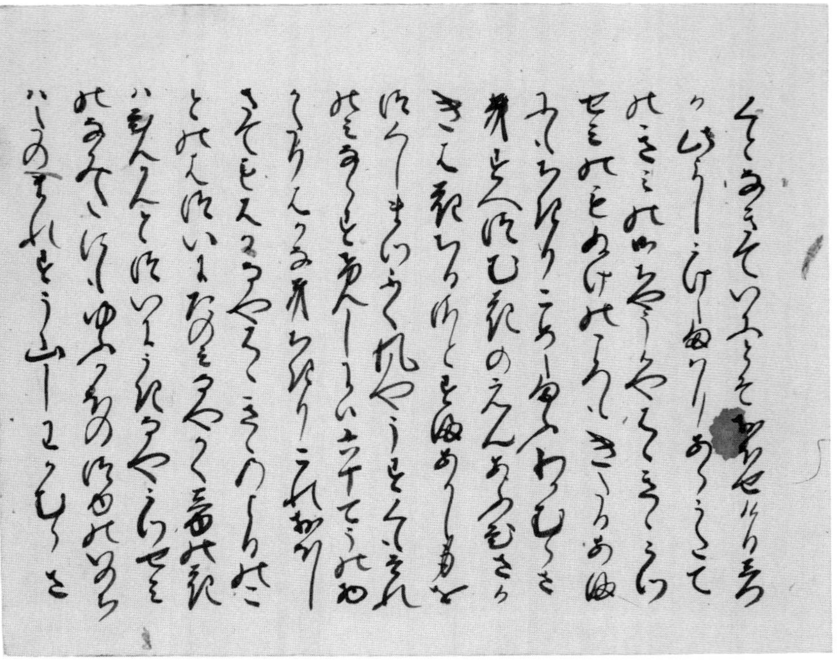

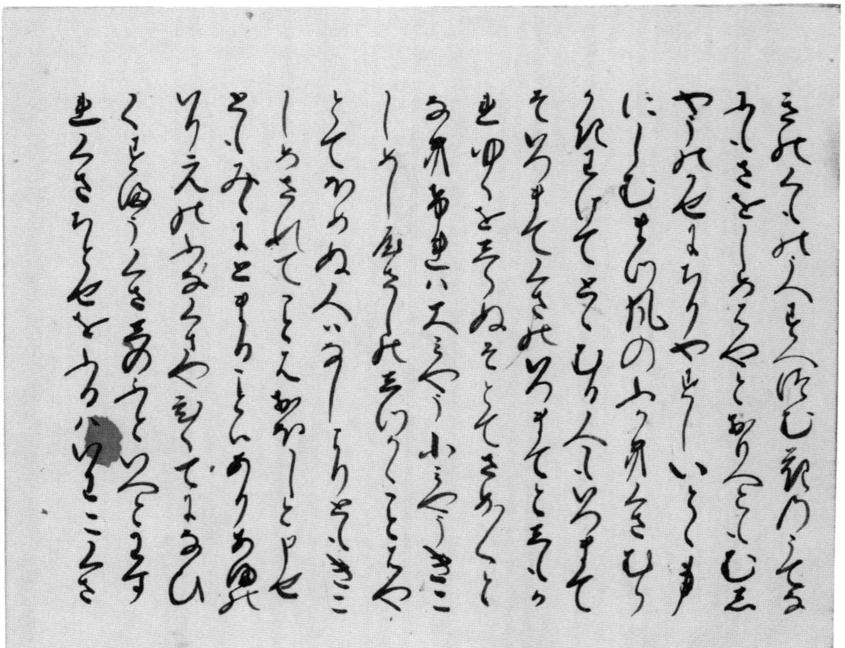

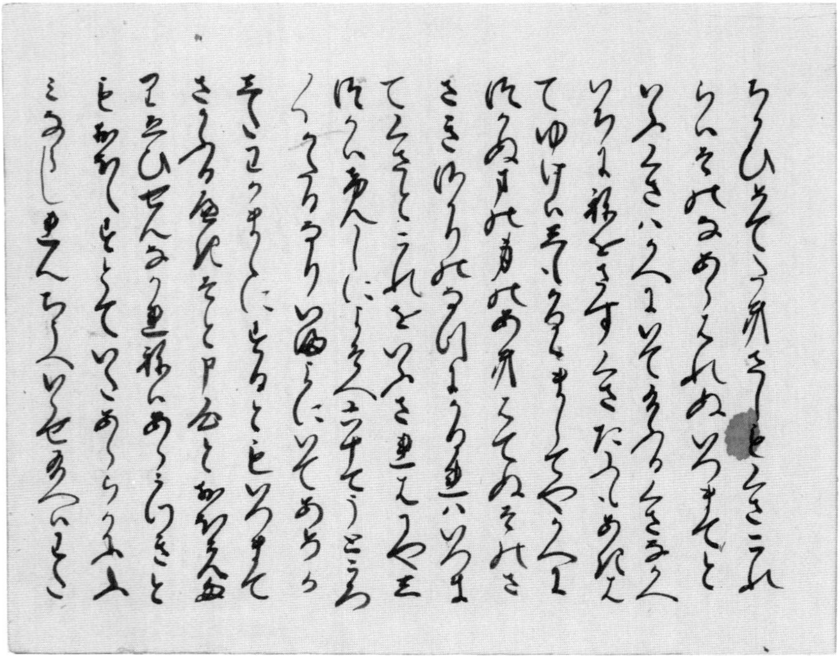

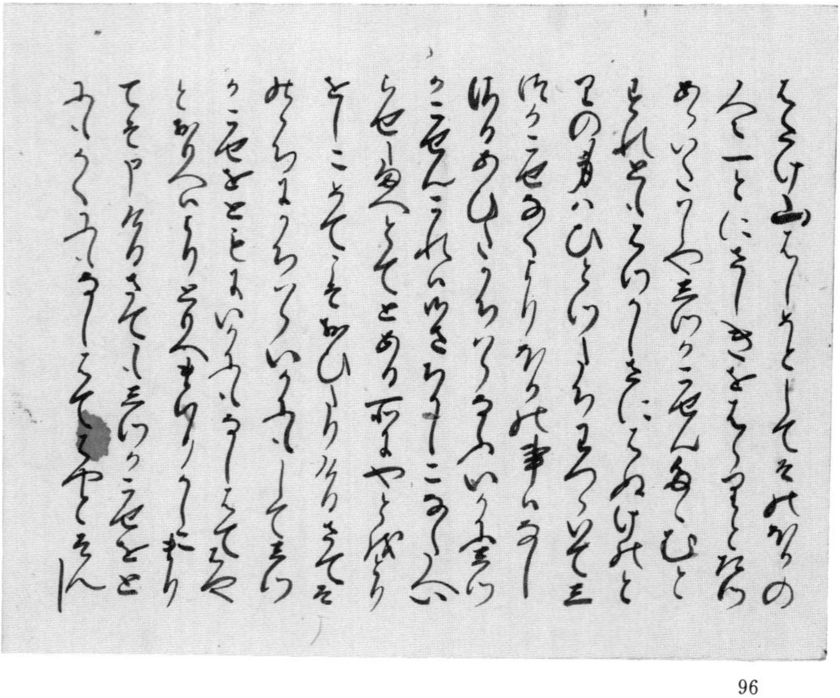

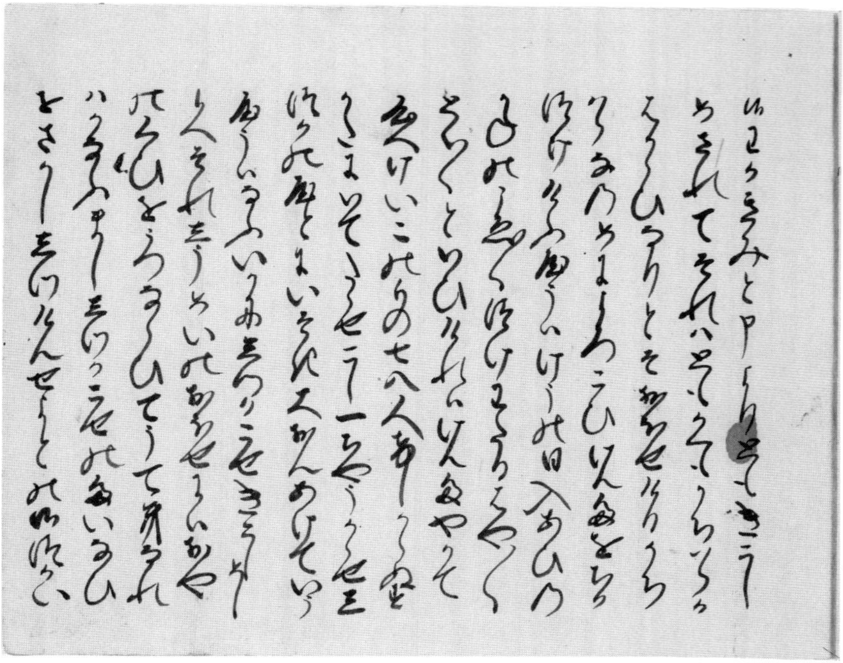

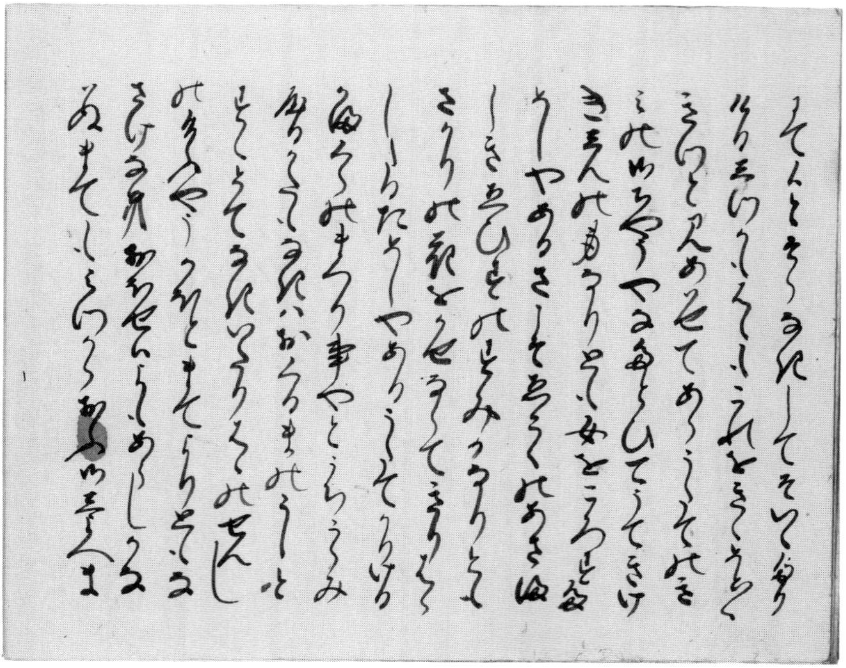

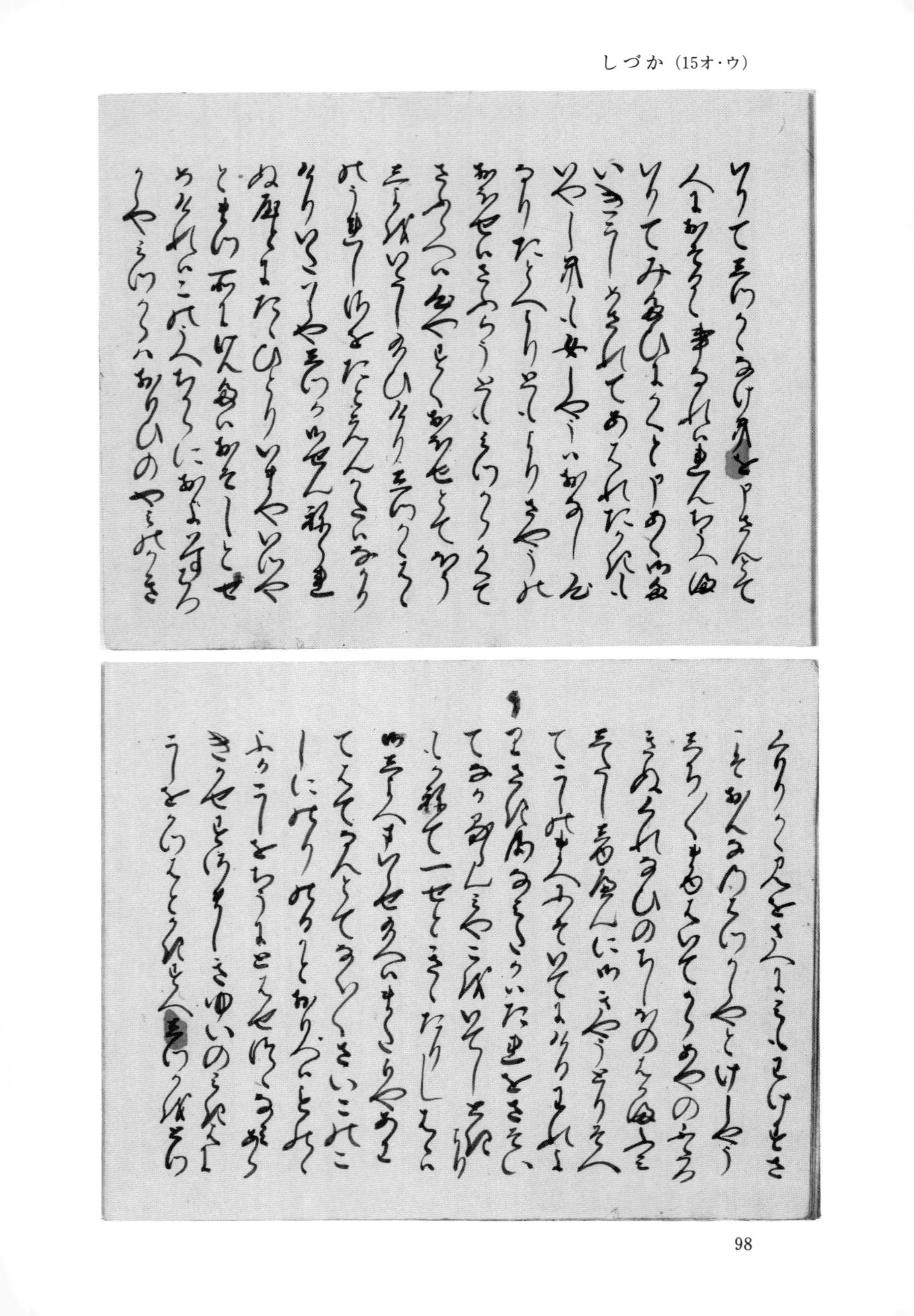

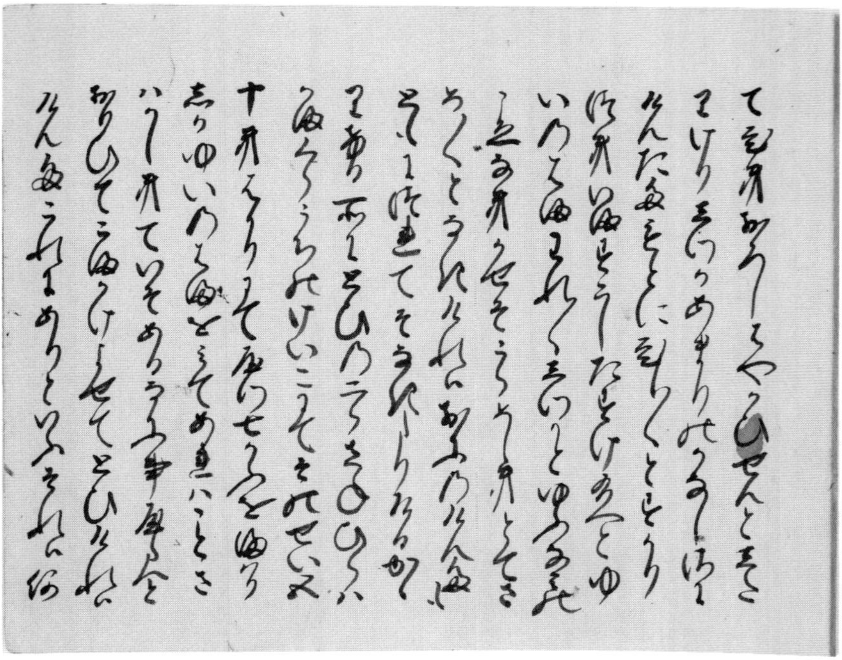

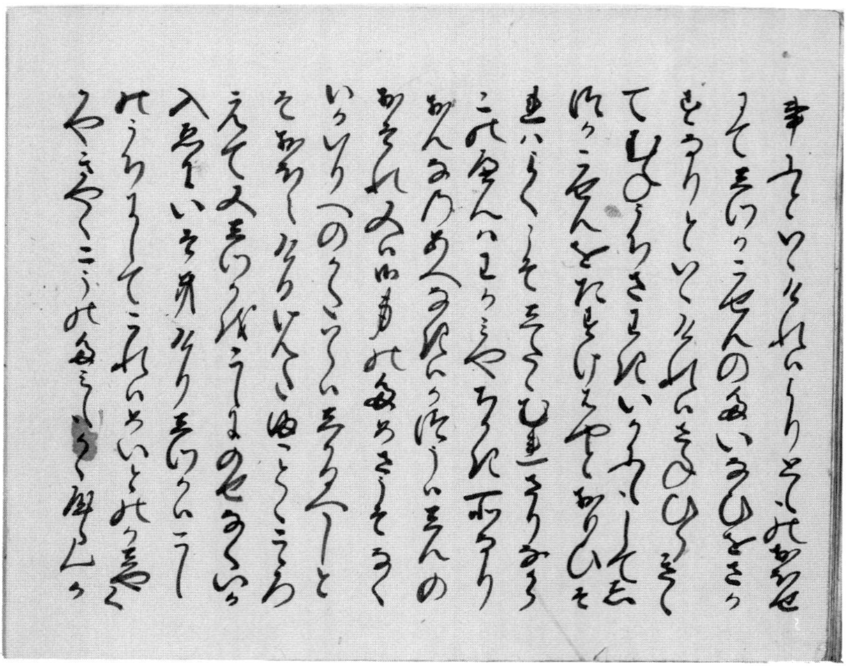

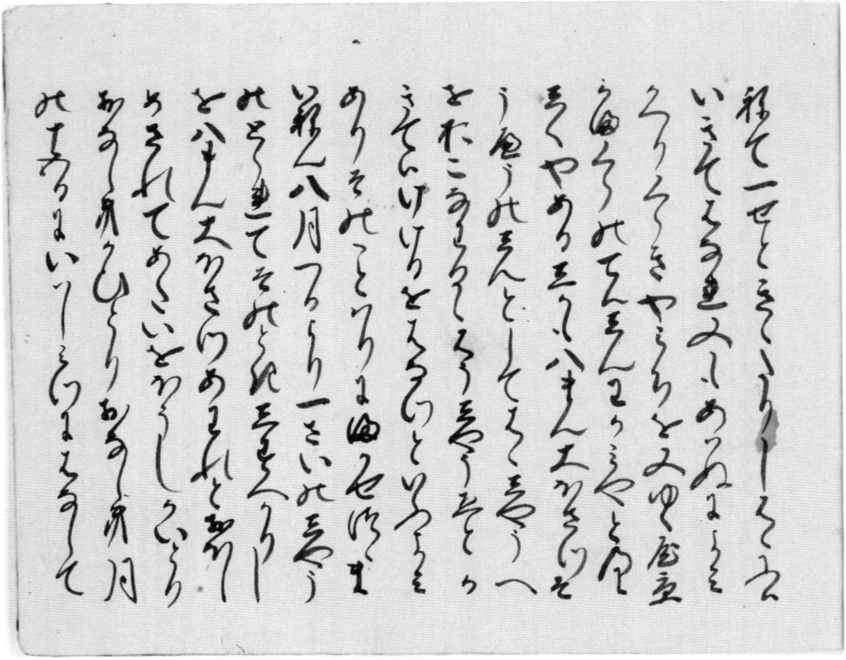

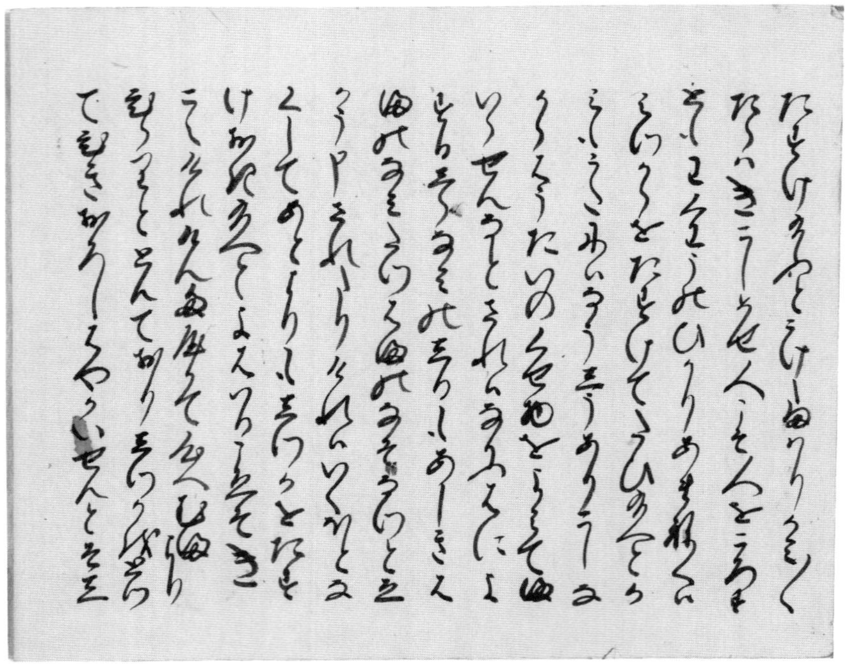

うらんあをしけくいそきせ
おりしこすふとりいう御うハ
とししわうまよくうらんをし御し
らくてありのうまうしとて
てとりとしろんあこれをそてあ
らうきうりをみいらやそこれ
きうへとていさゝうりあうりさ
まらくたゞまいとしう
てんあまらを申しうまいさい
くのこてそいかけとそいて八まん
ちつくへおてきんとせんとれちき
おそいハあるれをおりうしいゝ
あくちやうとうちてつへくを
さゆんいそハうと申、そをめけのひ
てらてみそのゆくへらいでとそひ

けり御ひてさい人ととけてひき
めけてへうとけさせきひししいゝ
てこれまうん御さらへゆくてみせんし
いいうれかうまうはそりいうひん
なおやいせんあん御いうまうはそり
めけなりしおりをいうてゆくみれん
きいうしてくしとあきおそうし
しこみりにくきうくをきはうく
そいきいゝのおりみうまて申よこ
大ハゆおうとひるなハゆちうそん
おれそうてをやさゝあまあ御う
りみ御ニをゝいゆみいわうる
されとうれんたゞてきりうまいき
ともみつふとてゝさりとまみさう
こりうんまいけゝのせとのすひてう

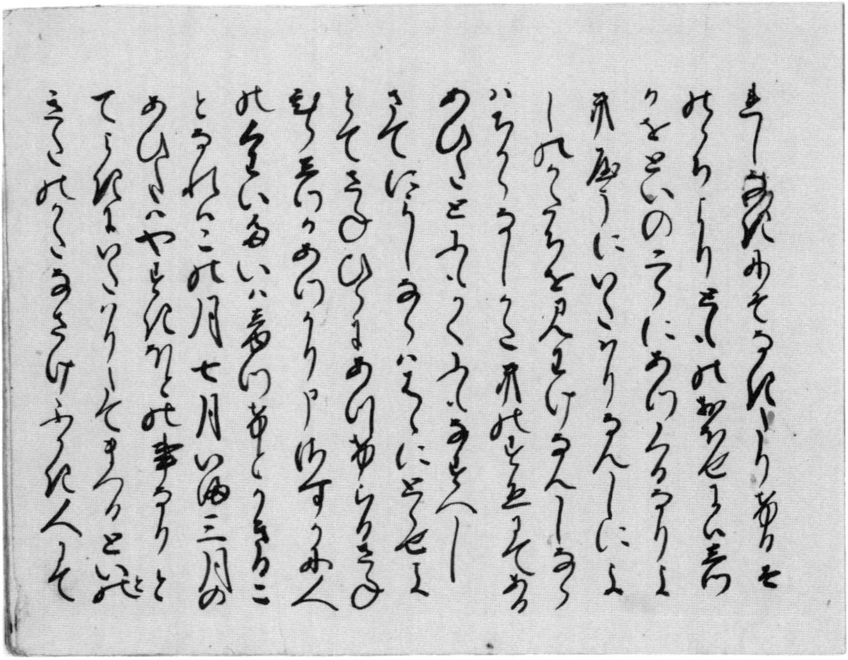

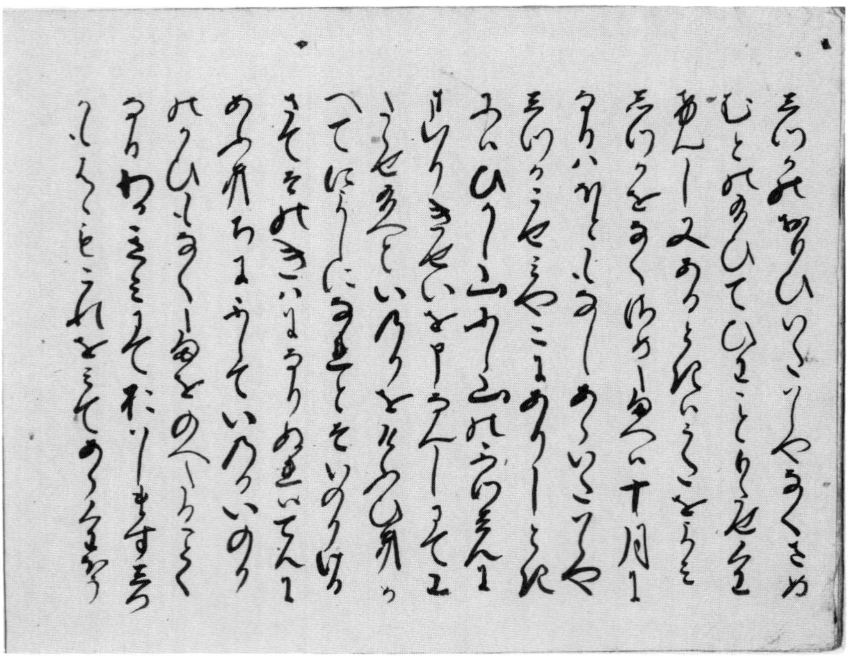

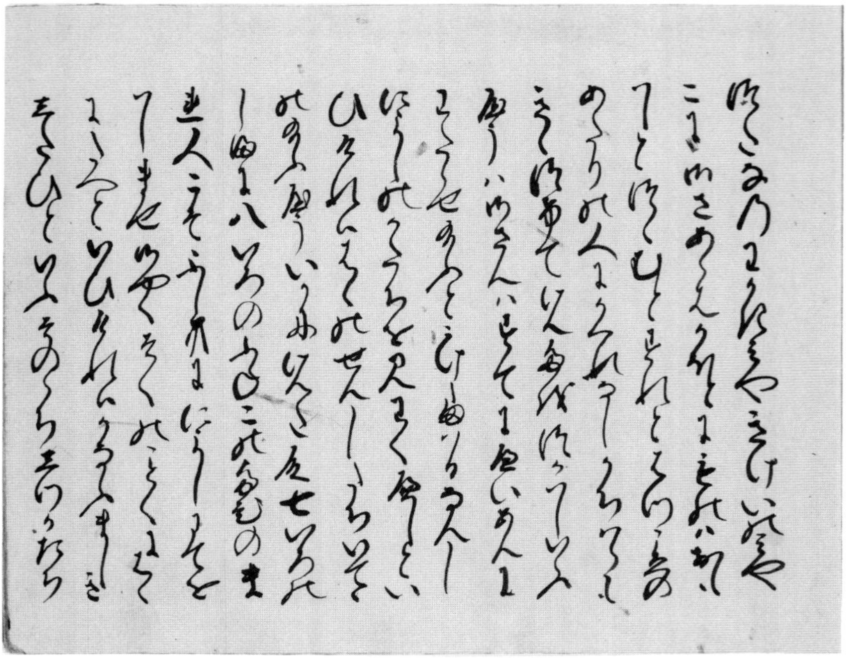

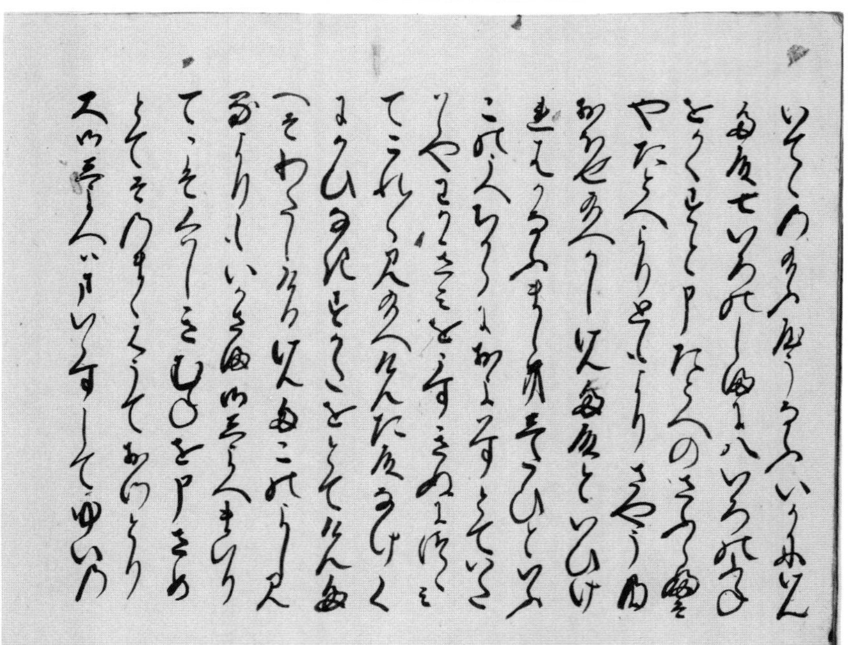

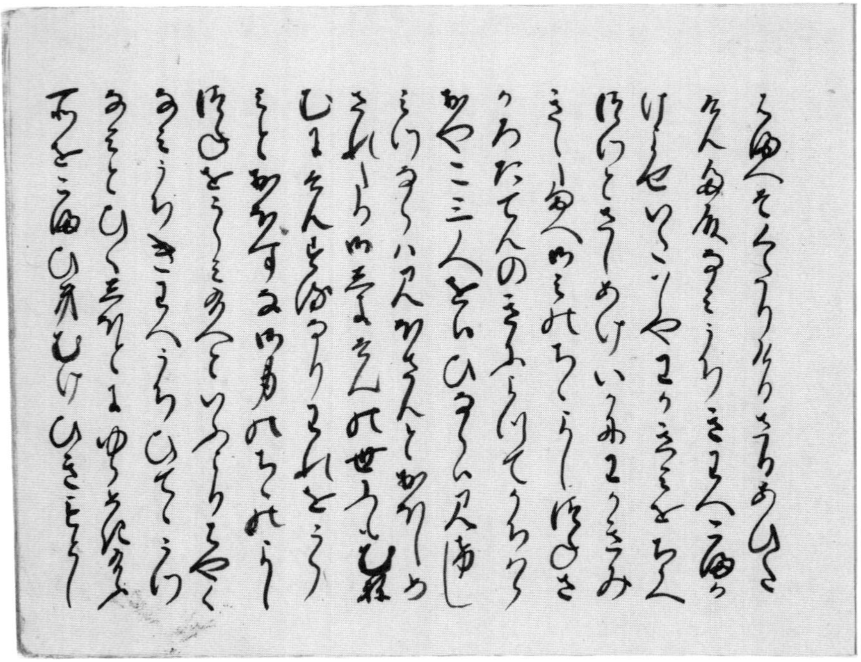

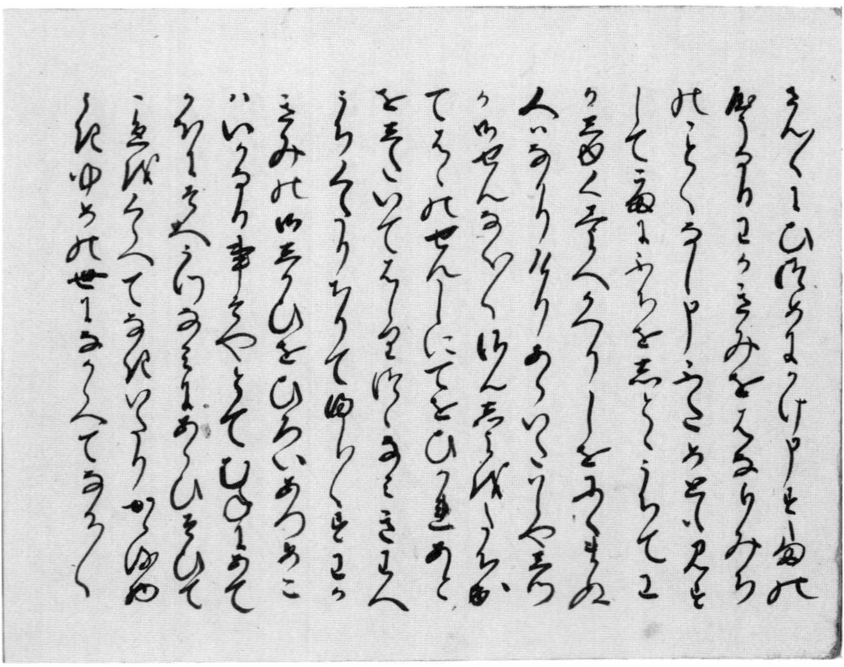

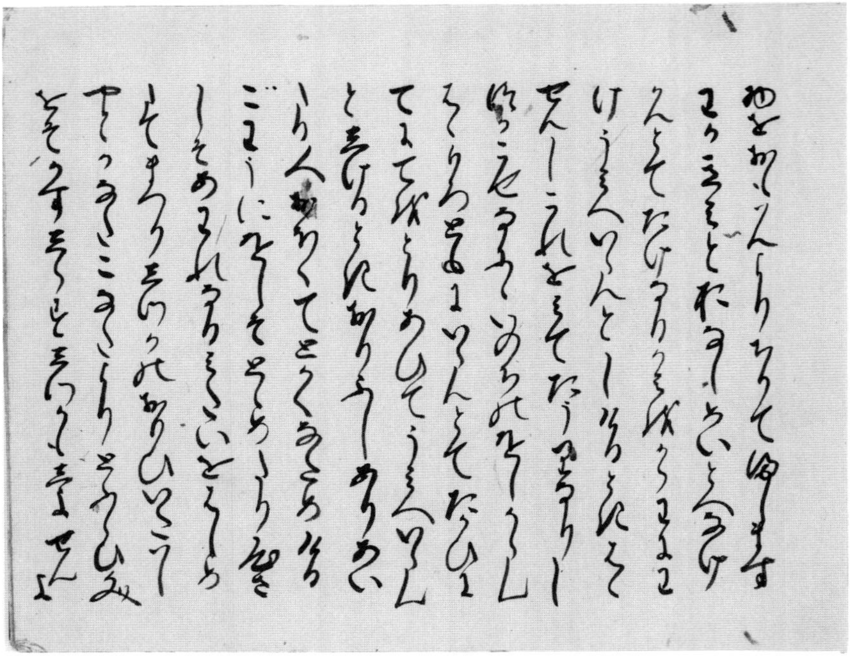

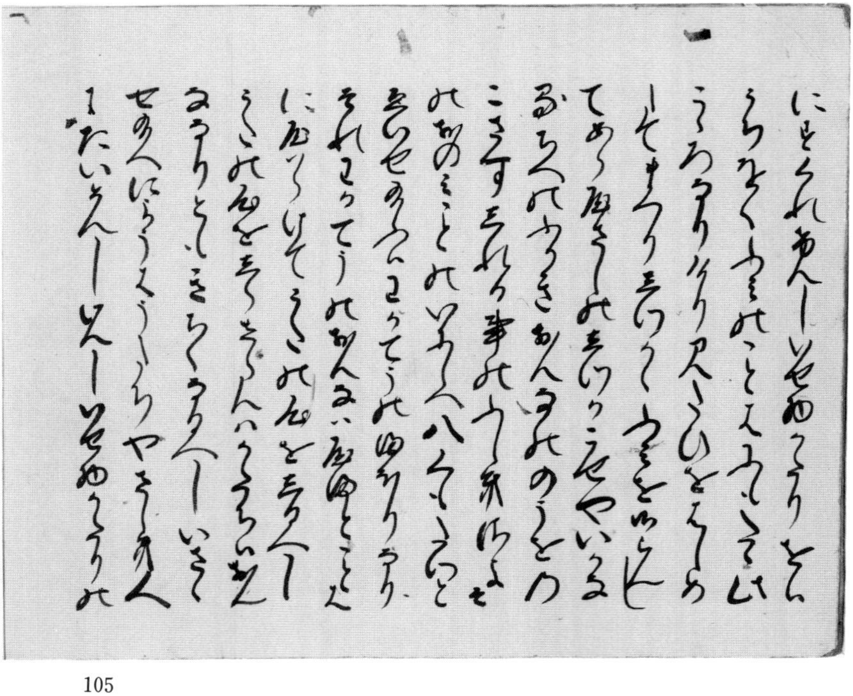

かゝる事をとゝてみなこいとし
めしそせうりきのひそゆきよらう
れにうつくしくうつされゆそもとと
そきこえしなりきゝかこれらしうけ
ゐかりあまりれくうけみきた
いきれいそめひたいきんやきのて
りきさいのおきせよかくいきふきり
かなせこれいありきのゝそてそ返
いせ給ゝりれふゝる事をきりた
なる人てやうすきりゆせのゆ
おきけなりしいせ給ゝりれふ
天事とゝりきんれゝれ世のゆ
おきけにありしくいきりかこれな
しうけ御ひりいゝてうゝハしけ
むしいせ給ゝりれふゝる事をきり

きふらへ御きりおりゆしなうきま
しゆせハところくまやきんとそう
りまらいてそうゝりなりきそしこ
れ御んしれ天やらいゆふなりおさ
かり新乃きれるけてたらひのゆく
入山と下れくせんきれおきけを
てゆ所のゆふ金れきかれ一ひと
むあうまれきいれきそ御くとて御
れゆとて御ひきとせれめひさめしかう
しんしきふの御ゆうらへらへおさく
てきれらゝりとうそゝてまけ
出きそてもこのかりひつとやい金
いせいてんまうは御いざのまうし
めりうきんまうはたい大のまうし
ゆくて見れおひきんまうれゆ二うり

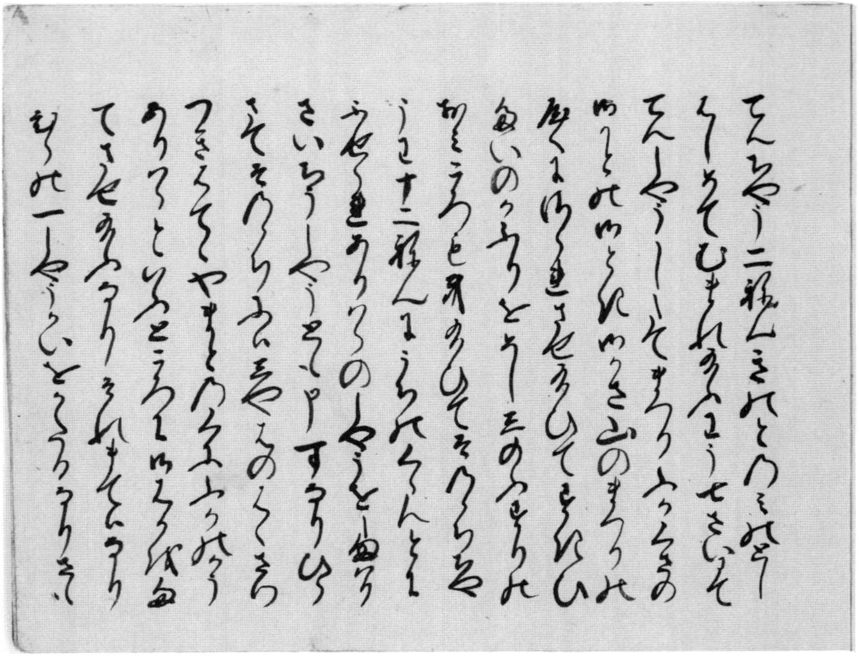

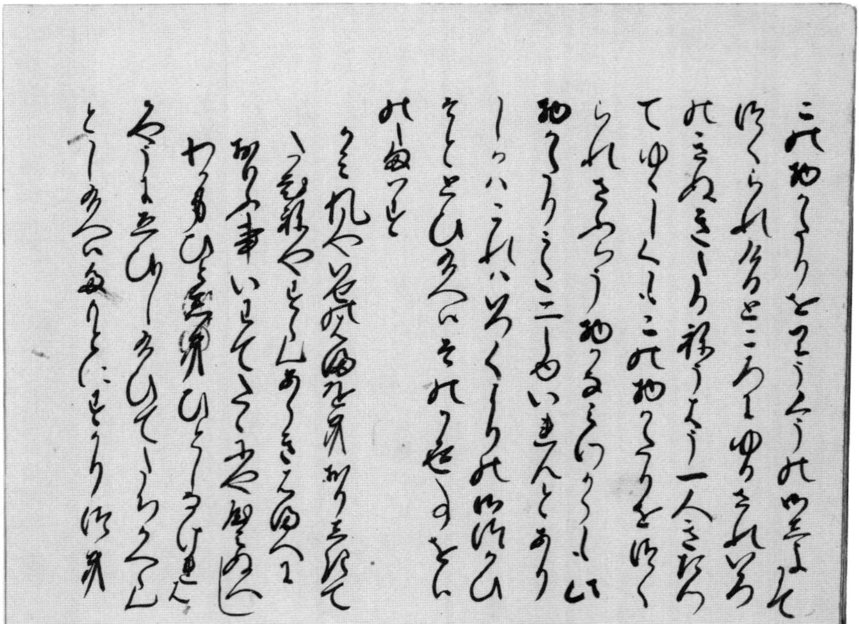

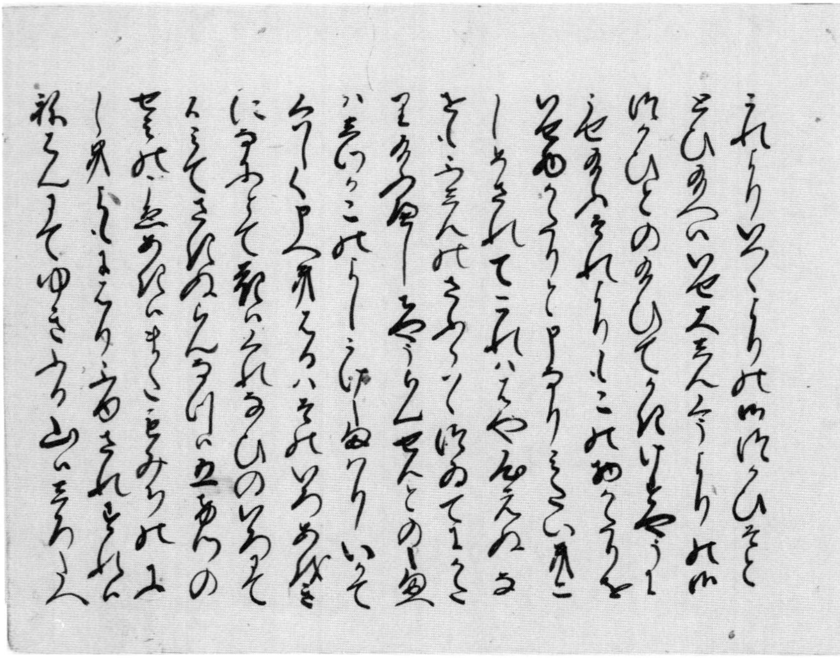

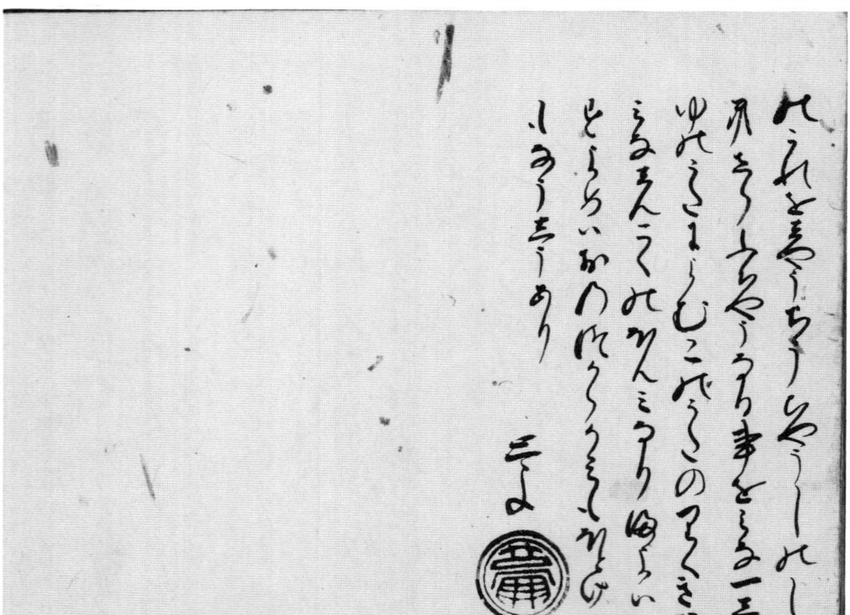

しづか

國文學
Nr
15.

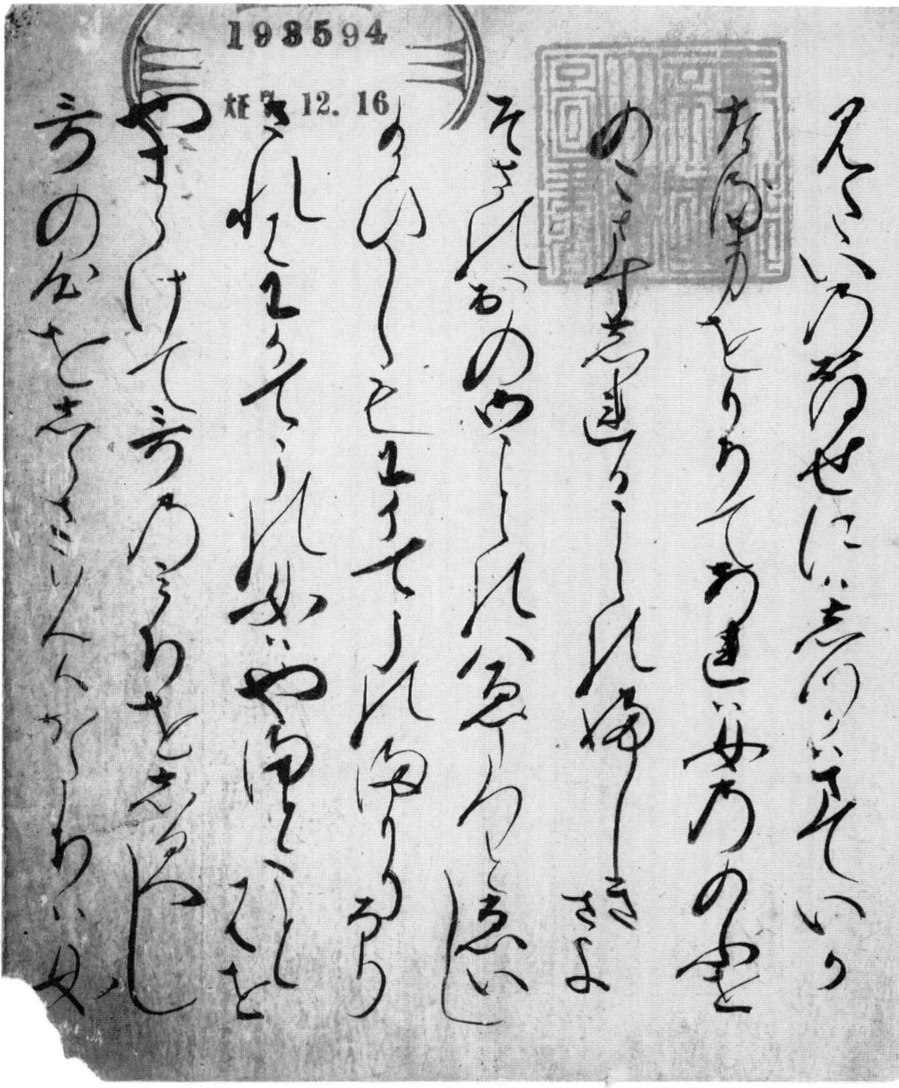

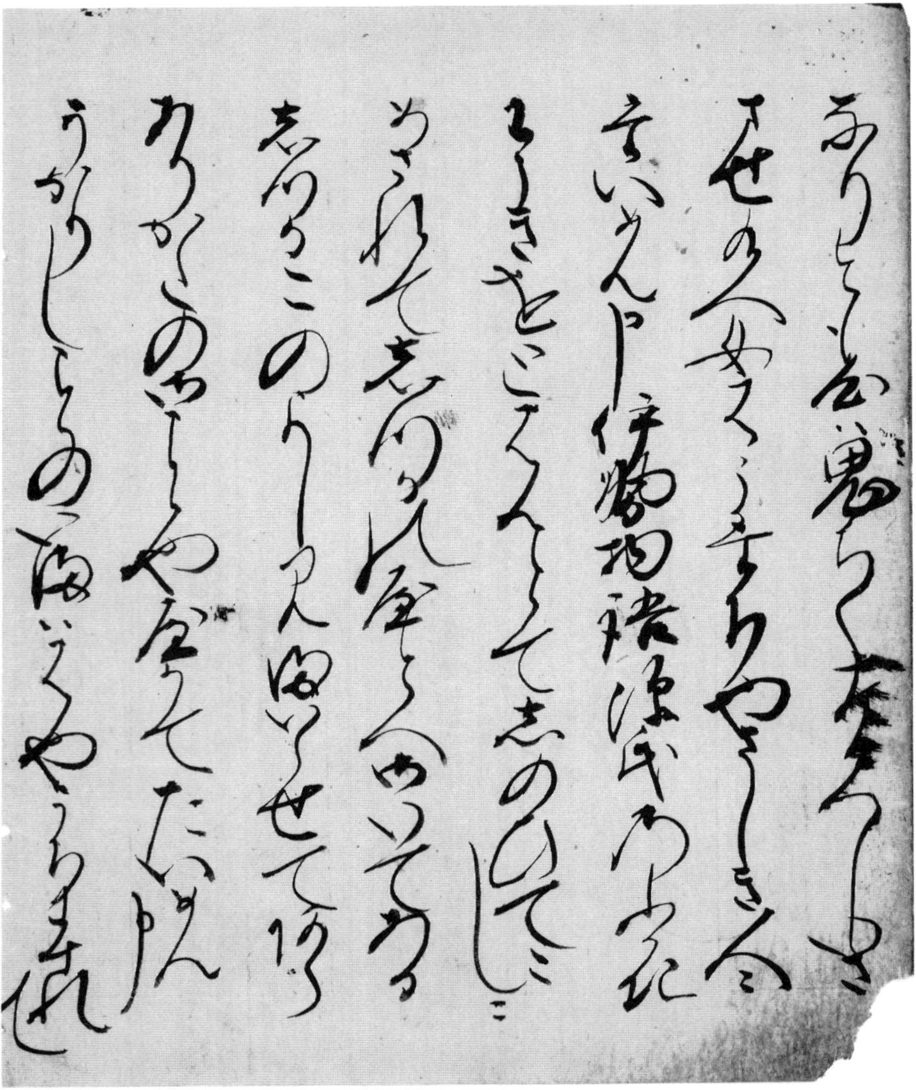
ありしに公君ち[illegible]しさ
さ世の人め[illegible]さらやさしき人に
さいめんと伊勢物語源氏[illegible]
ましきをとこくしくて志のひてこし
めされて志の[illegible]人[illegible]めへそまつる
志のとこのりしつ人[illegible]せて[illegible]
わかくのちしやなそてたいめん
うかりしらの[illegible]いくやうまれ[illegible]

花鳥かくりくちりあんさいの國々
せまいろふいかふきつかこせんこしたい
まのおくりそさ給ひて伊勢物語
源氏をよくよくよみて給すりのくの
やけうしに伊勢物語かりとおもはりさ
やくにたゝりんやしのちれ世わかれ
いそそるのせ給はさりつきやりてあへあ
ねんしもいそくしれなるとはせんし

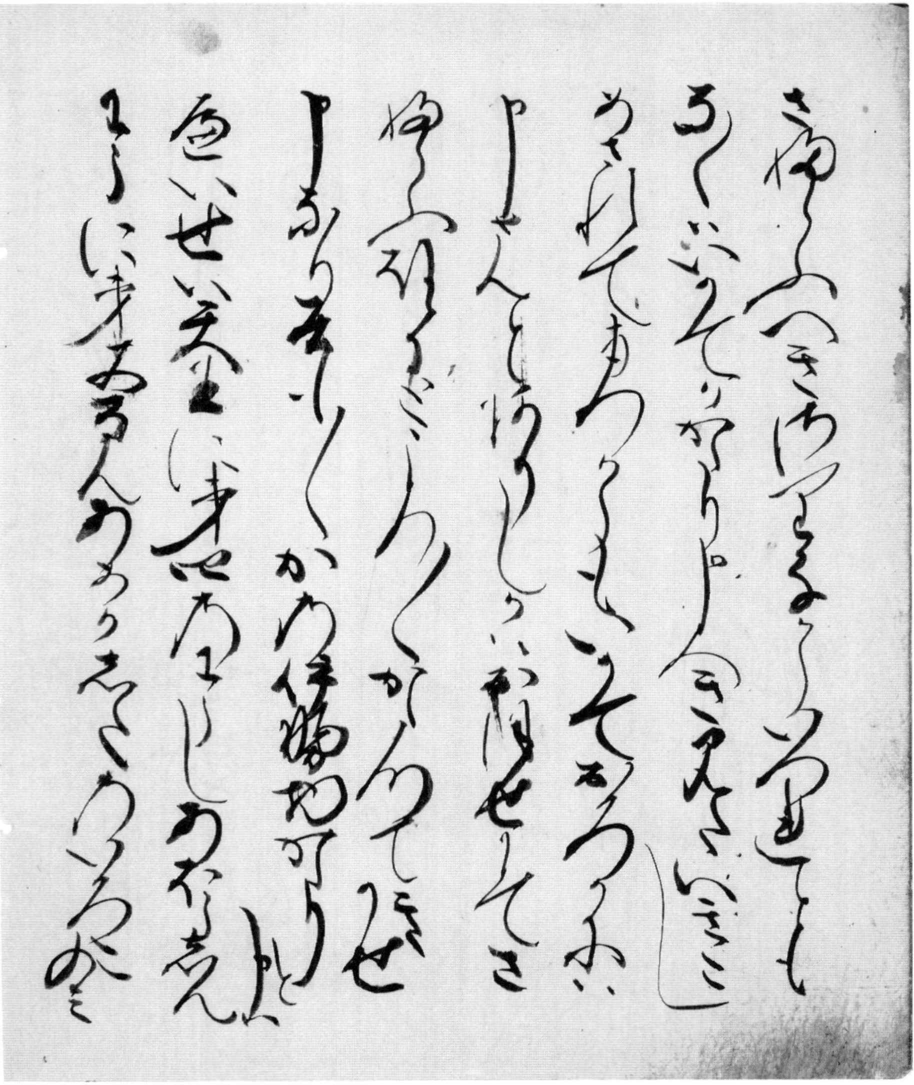

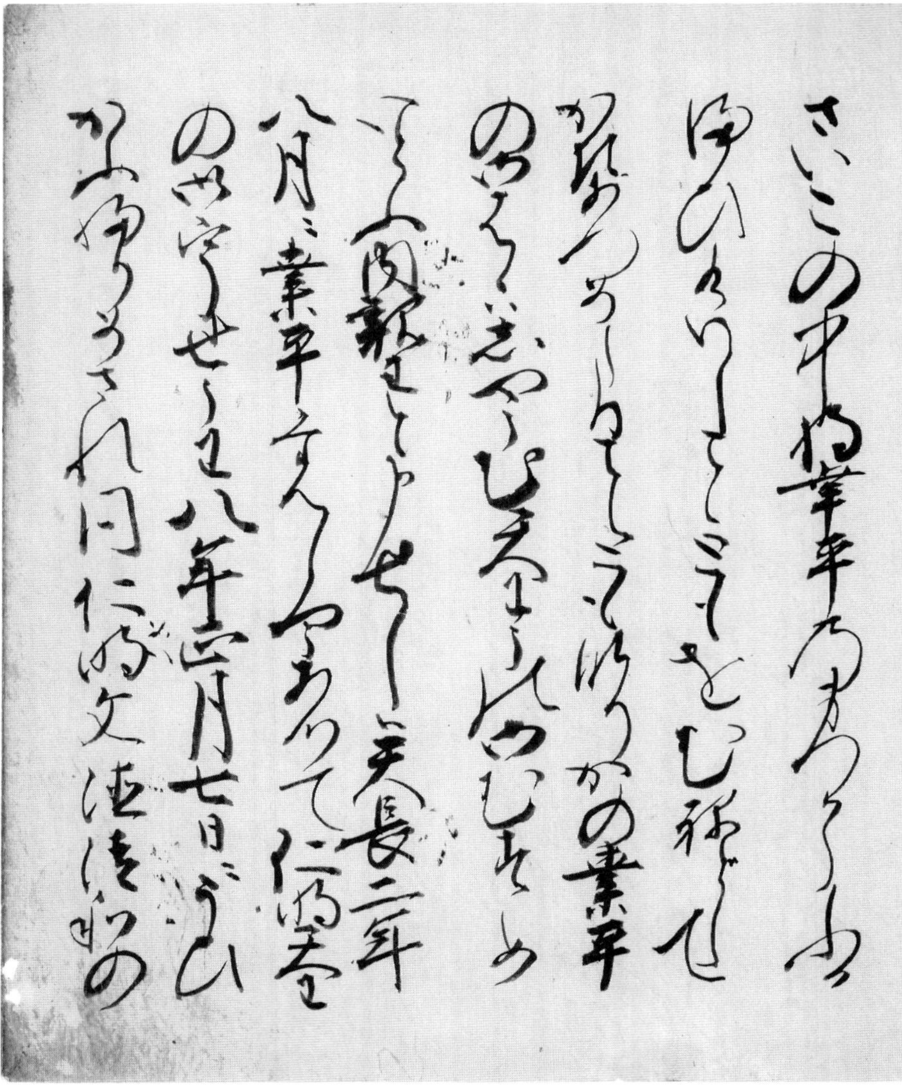

御門はまれりしまりてやうせい天皇の御宇
元けいは四年五月廿八日に大和国にて
のえんやこゝりうまるといふところに
てつかひしてさせ給ひされまして
業平のあそんしやうかいをかゝれたり
人ゝさいさいうつされてさてこそ伊勢
物かたりとは業平志とてそのらうせら
ほそりしとしうてうえんつくしけなり

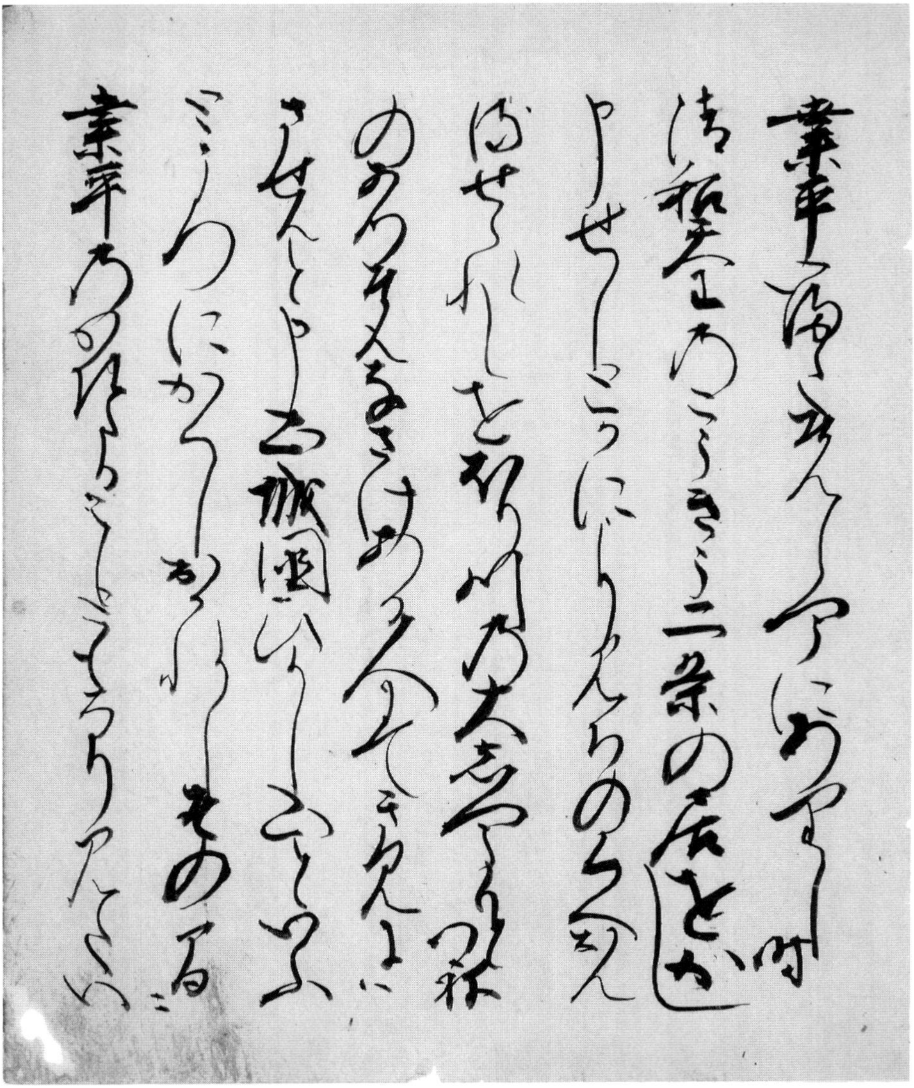
業平御ざいしやうにおはせし時
清和天王のこうきさき二条の后とか
やせしこうにしりんらのらくゐん
ばせられしをりふし大ぞうゑのつね
のおもひ入なるをきゝおよびて
させんとや武蔵国へしのびくだり
こゝろにかゝりしもの有ある
業平ちゝはゝとしらずしてまいりてさい

きこしめして伊勢物語とかたら
いはれしはいつは業平なりしたらいとろき
あやのおふかぬはさ物かたりは付ゆの
きしかみのやまへ一人まいり一首の
歌にかくくり　秋風や伊勢大ん
くるさとれなりけるてそひ移やれ
らんとけさくゆへまかやしに思ひし
まりかへらせ田ゝかくさとあれしかハ

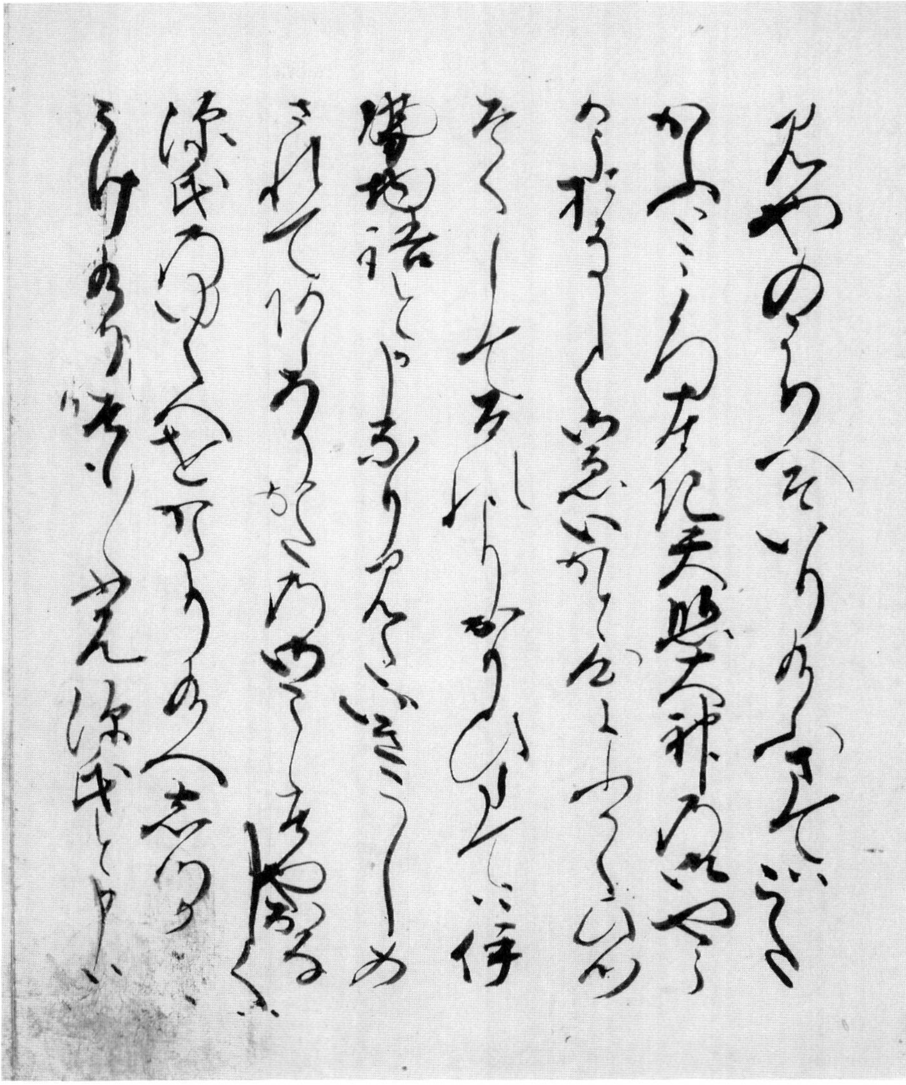

きりつぼの四ハ才二乃見二六
紫式部とゆもし三さいの四し
中かどおはしまくれほちんを
そへてくむしの羽けは
あさらふの羽けさ屋にほけ
たいしさてきうれさらさ
まそとくこらこなり四めくれん
いとかし辰ちしくだり十三て

うねかみねさわにしかくらいたくれさう
へしこゑしこゝろしもみちうちとや
かなをとれらしらしらうまゝに
ゝしろりろんてさいきこしつされて
源氏の物語にていはうろ人代のはるせと
わかせのそせんてかしさとやかてかき
わすりつれなかりをとくしかすそ
まろうちあさやくらんまいいせんめ

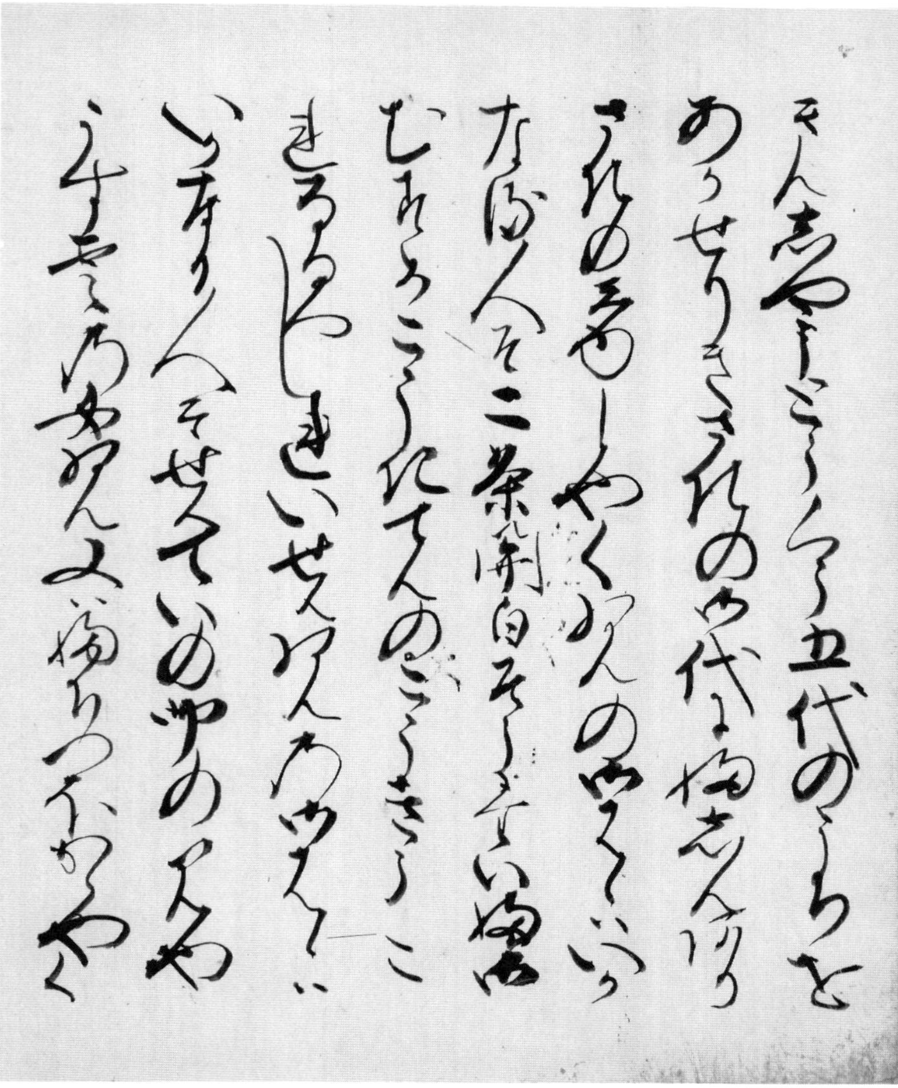

このころやとしらしへさて云人々の
ゆくゝは大政大臣にいたり源氏の御むすめ
かし中宮にたてられ冷泉十歳にて
いりこれ見えやうくしのわら帝に
の御生ていかなしつくのことゝを
かれしくに源氏は十七ことしあり
云のかすは七百七十余首それら
古今後撰拾遺金葉詞花等の

右京乃亮をさぬくかうのかみおよそ
源氏としゝ一ゝさ作乃まりつゐの
秋をとりひしけしきのそ右をのさ
のさよまて奉やすゝけ衆とせん
かきたり今をも人忘はもしつきうしき
都をつかうち露のきしりめ
いかれなかりしもりしさ作さめ
まいれなをそさなにくこらくこも尽す

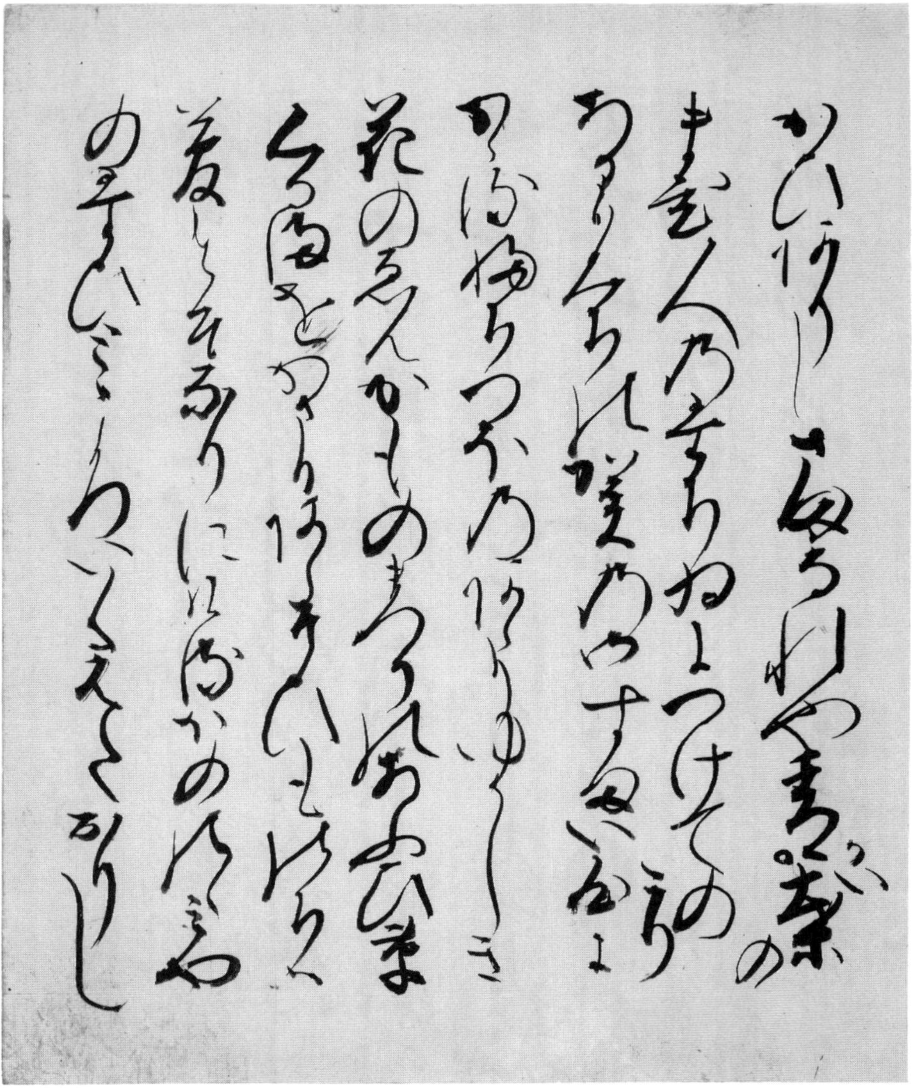

さなくてもたへしこゝろやかのせや
花ちる里とすみけるをとこり
す磨の浦わに行かよふうらかぜの
ますかゝ月よゐ君なれしはてひ
世はうしまをとはくしはらや
又たのまふよせにもそひさて
松風のさえてはたゝにさまの
うみのもそらあまれやるあかい

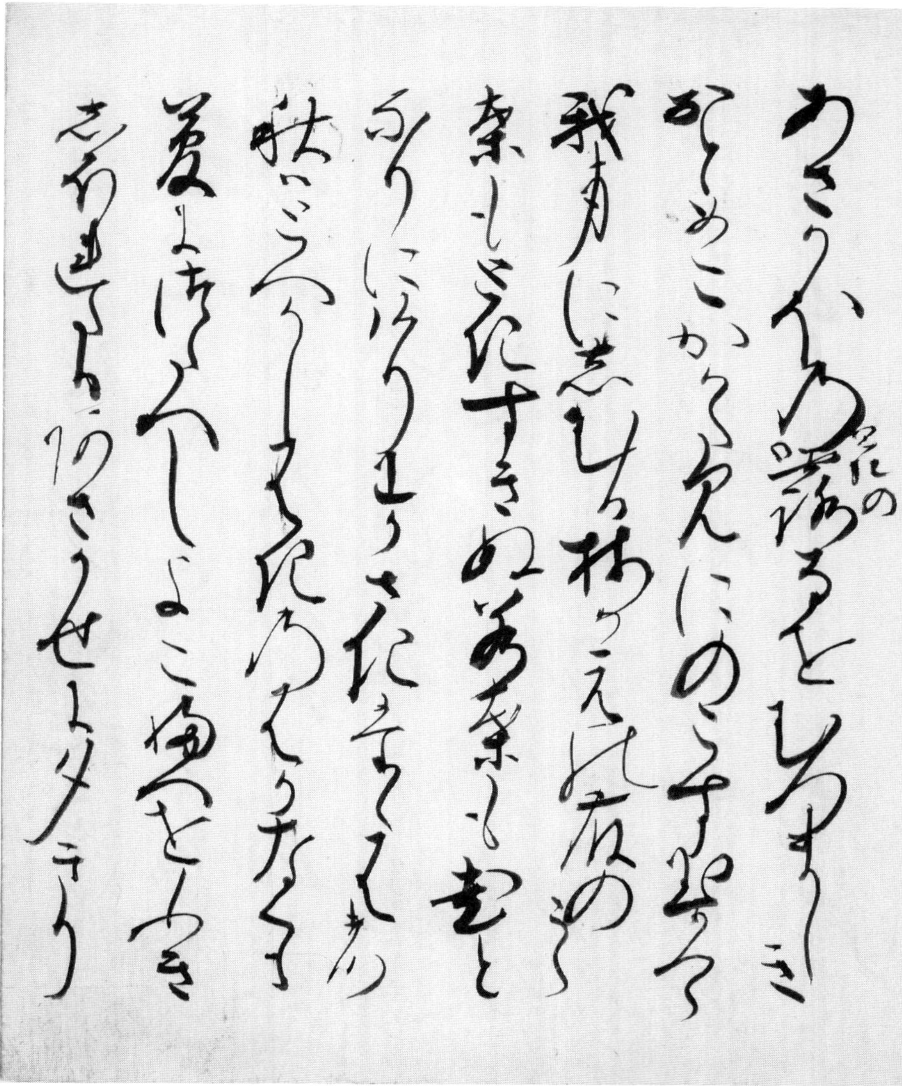

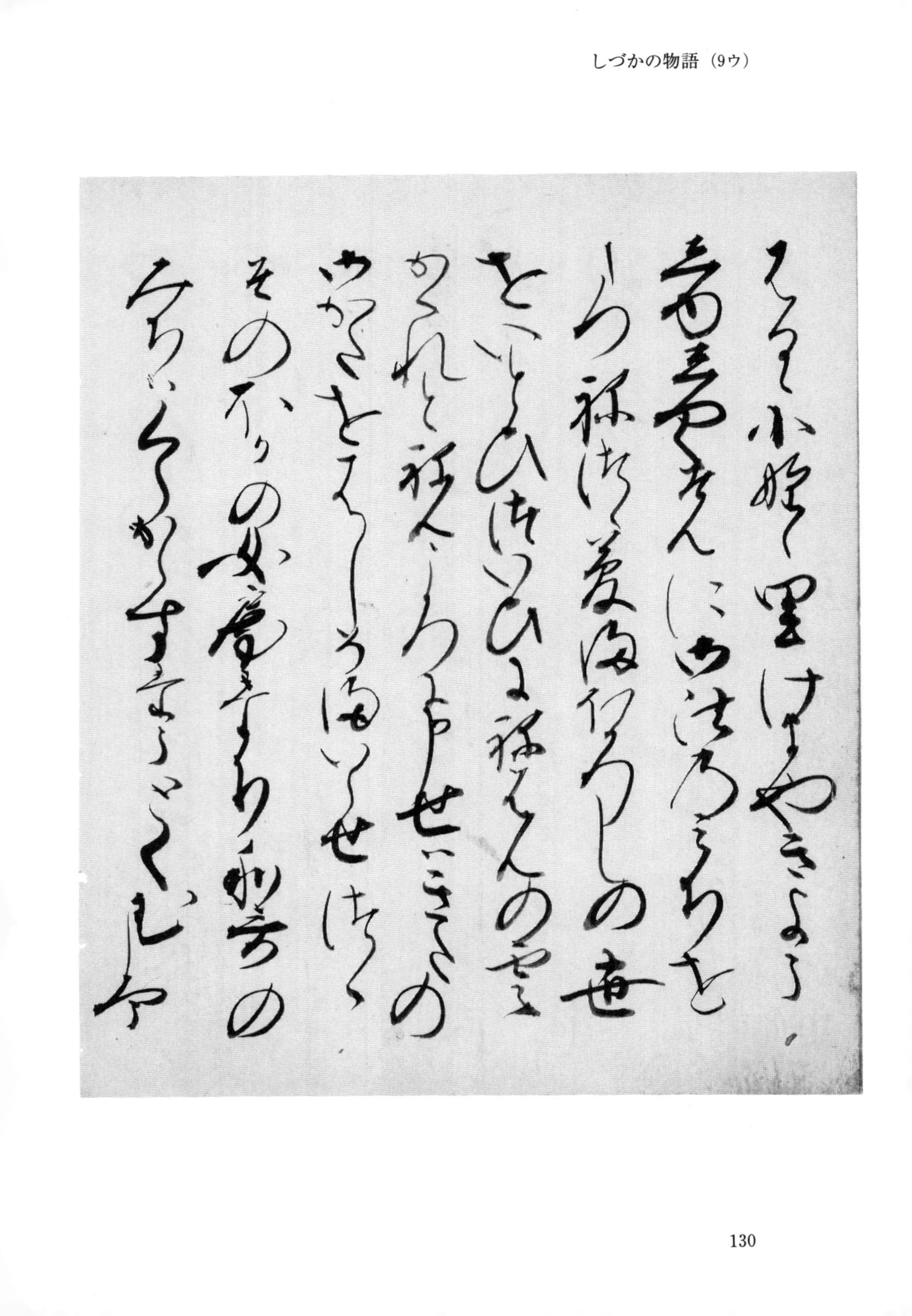

[illegible]

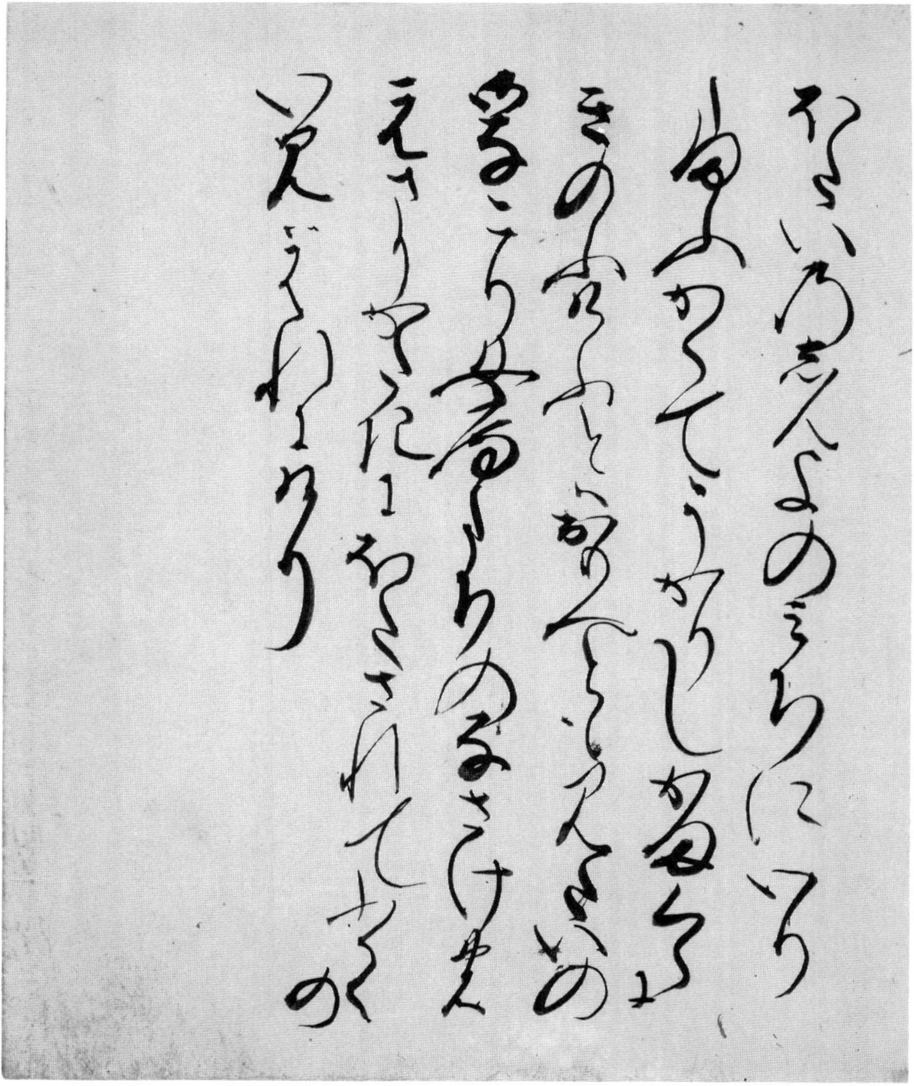

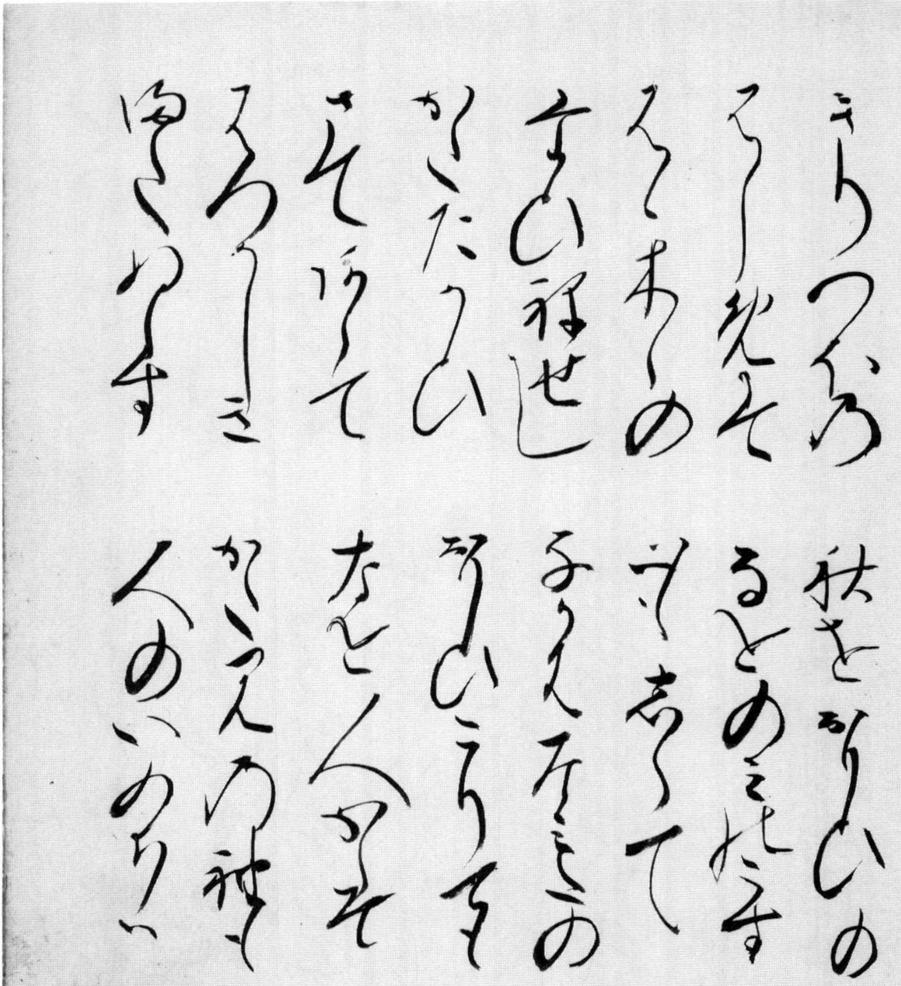

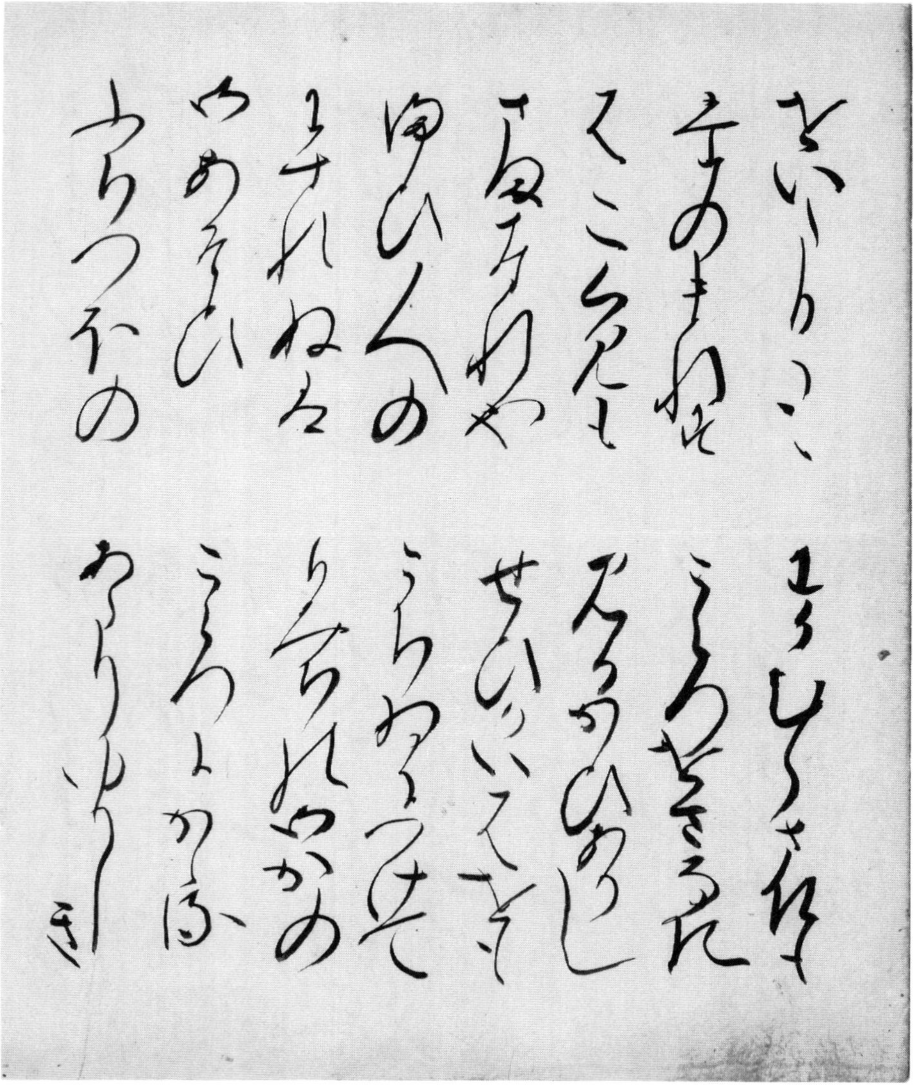

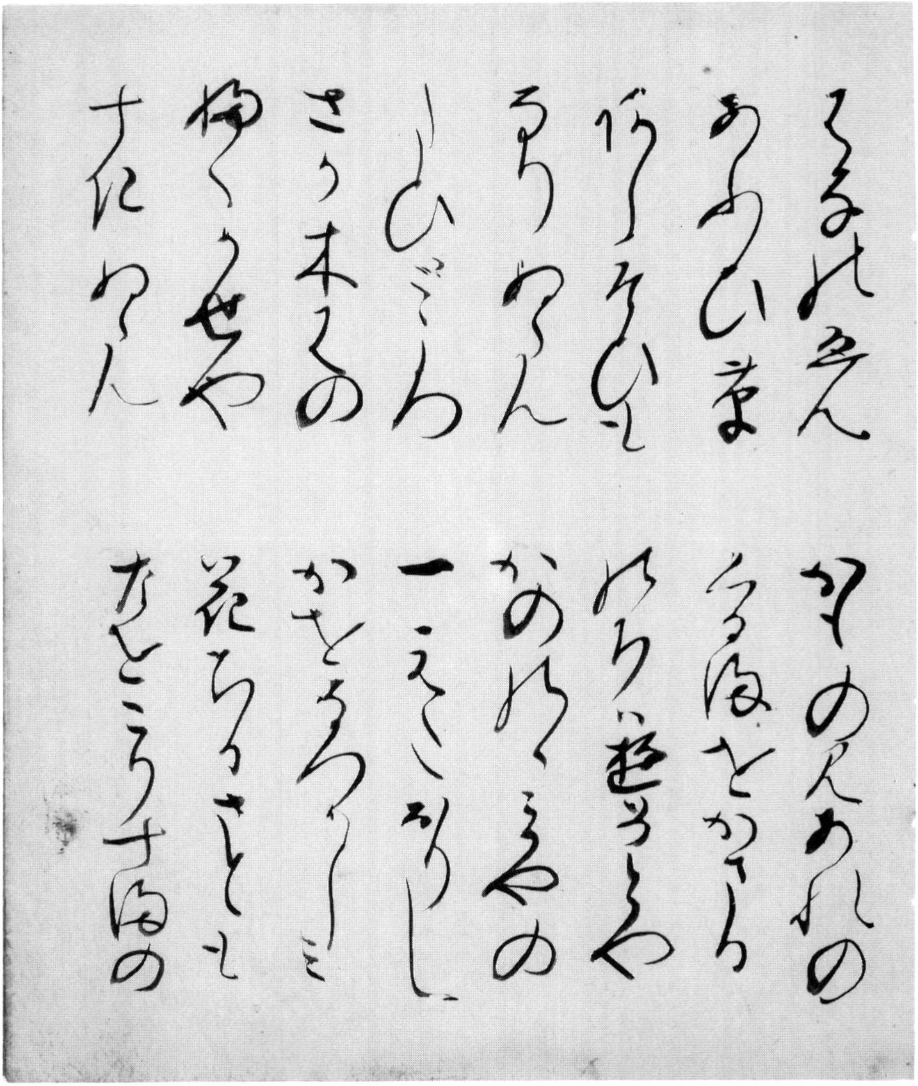

ものおもひ
うちふして
花のはく
うつひ
おもへ
ゑあませよ
まりませの
みすくての

まけあかつきの
よるしすゝよ
月よあくしの
なとかはたくし
ひとりやつれの
あふそひさて
花こくてはくよ
なつぬくそて

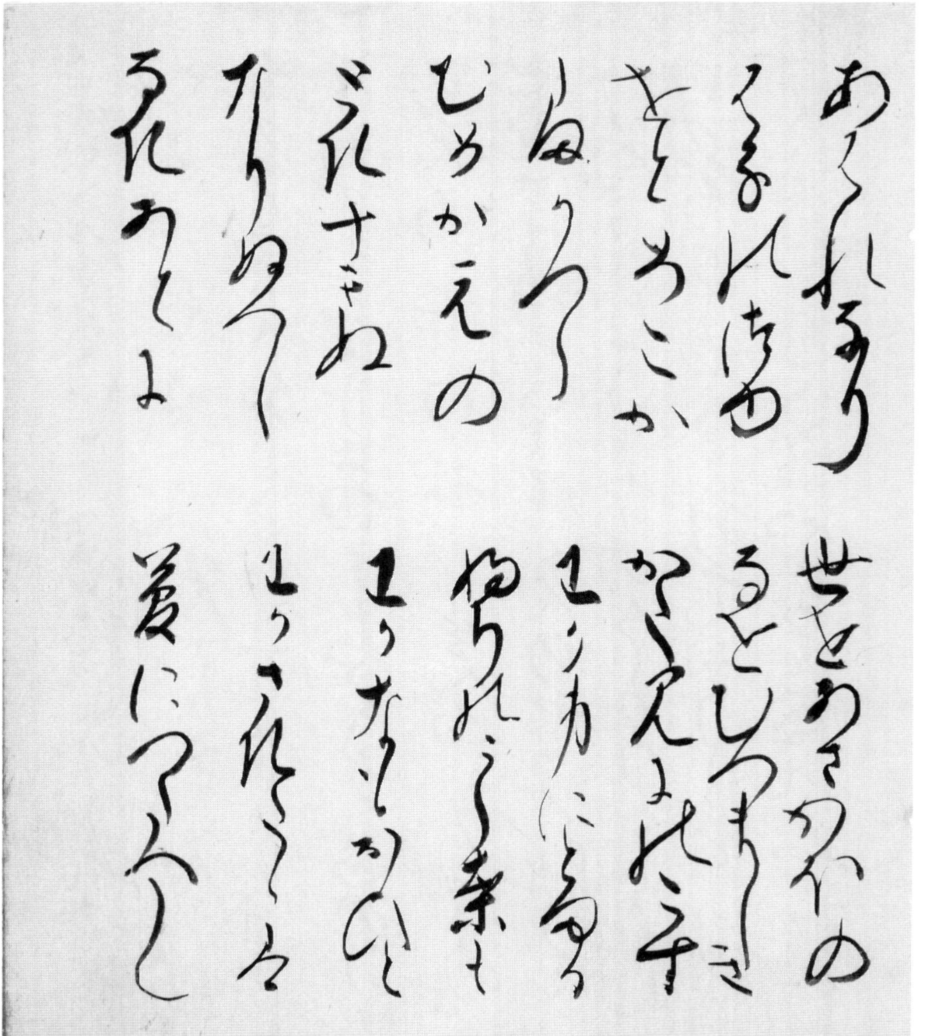

よこ雲を　物はよりそら
やまのせに　夕ぎりこめて
かのさとに
ありしこゝに寄りしかくあはれの
のあらしとふく秋の夜の夢のあめ
せとさえりつゝよ秋くるの雲かくれしさ
りつゝてにさりしやのくさかつくとさん
けのそらを見えくれて二乃月とふかく
さんこゆしきかるやそらを眺ながめ

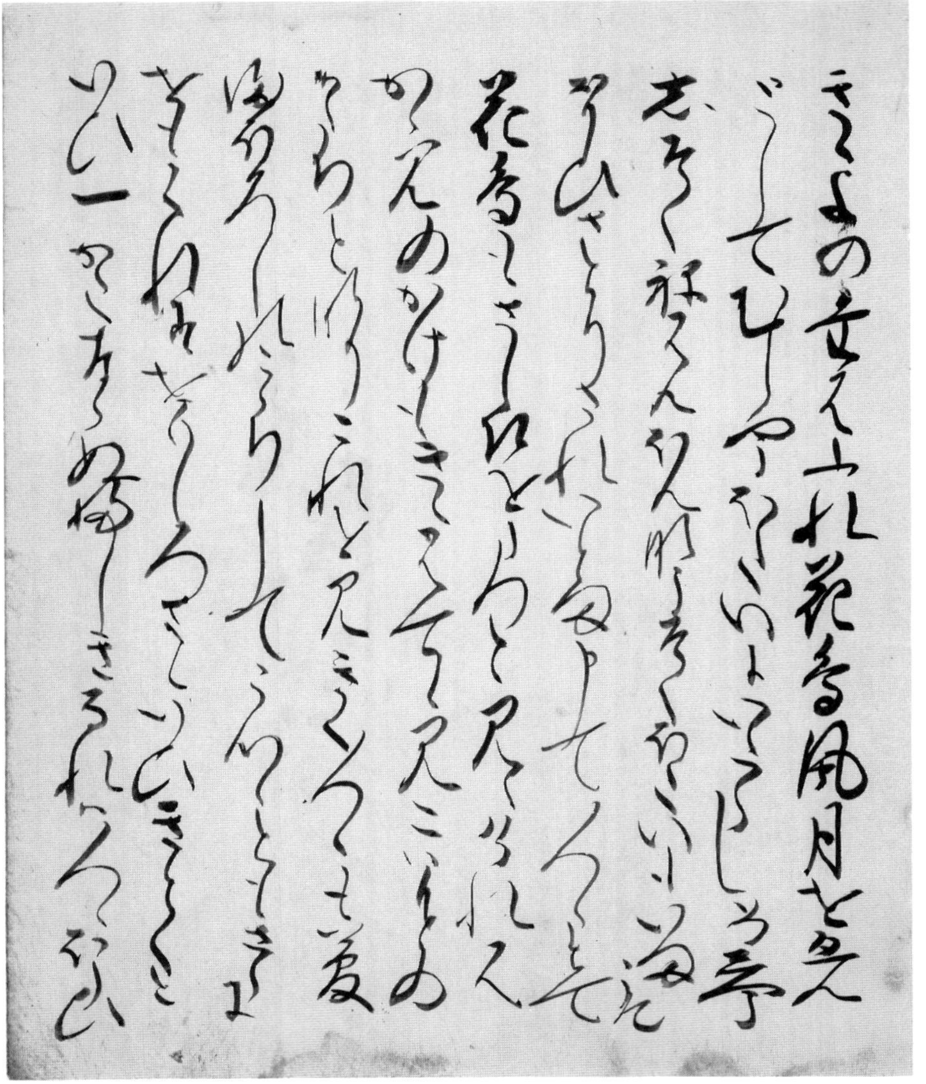

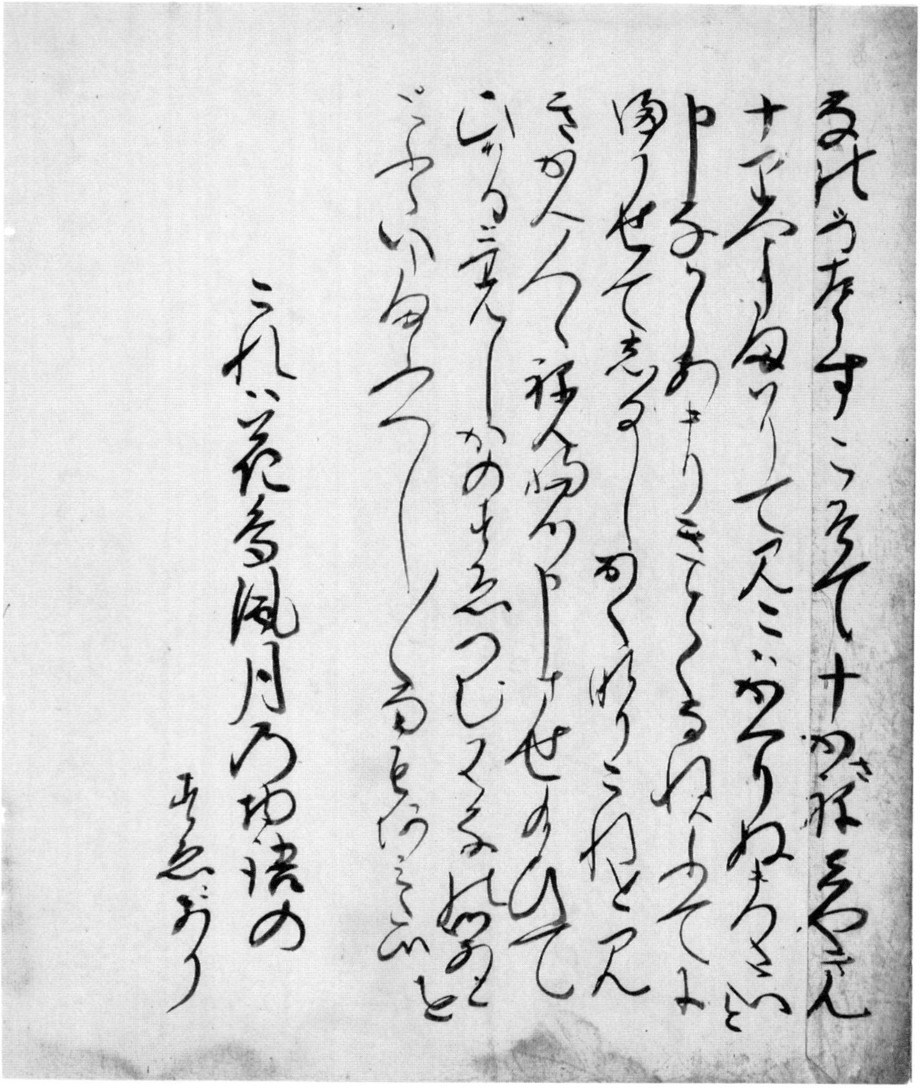

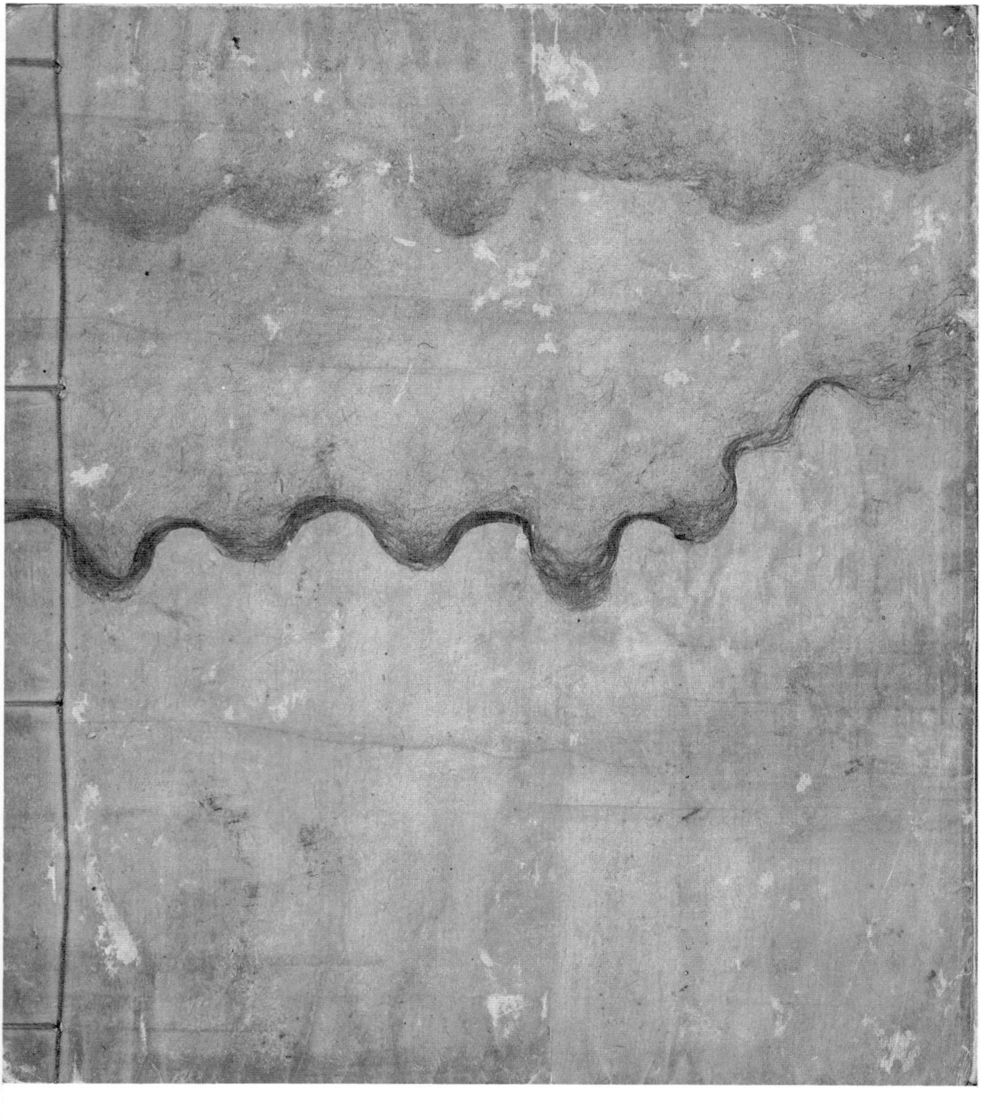

緑弥生

國文學
Nr
33

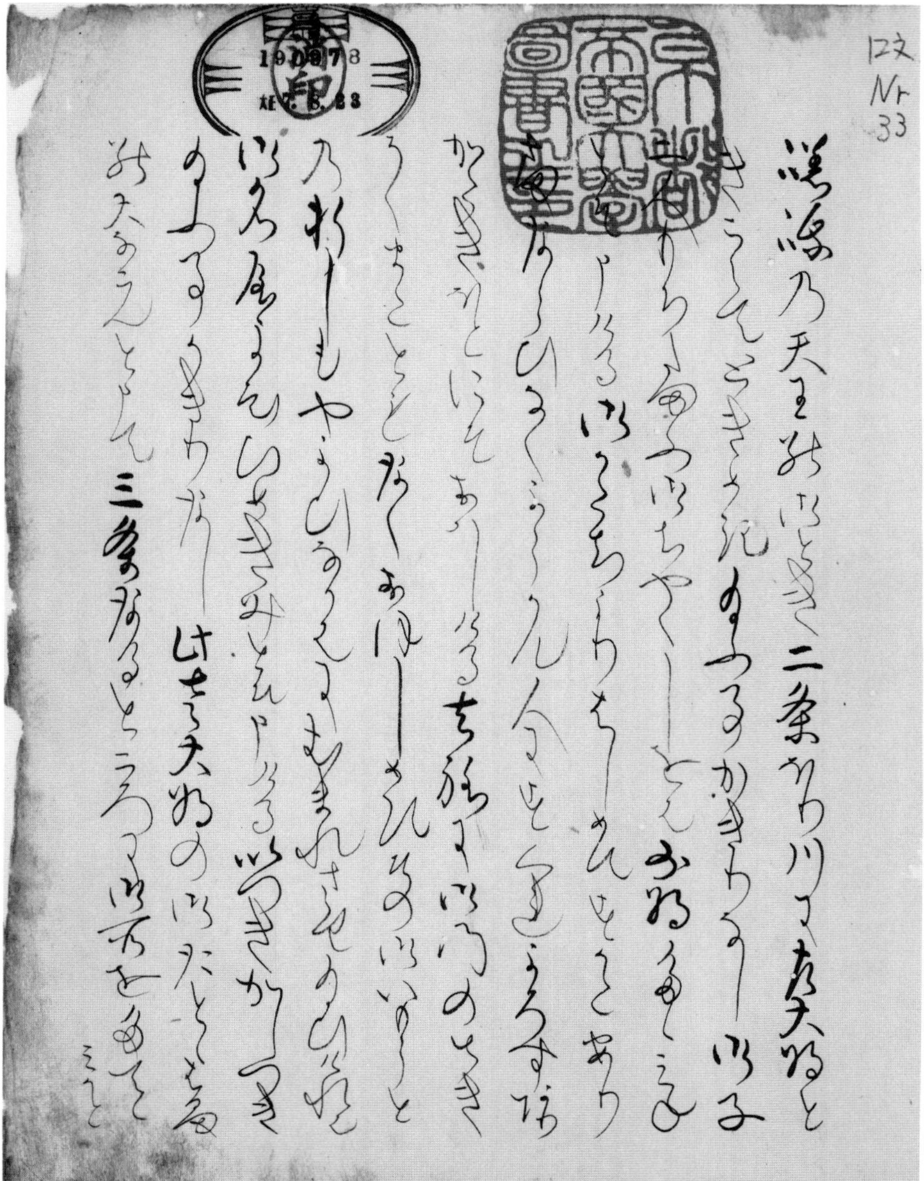

すゑ姫たるのきさき乃はさとは姫君みこと乃はな
もとゐよりあひ乃いやしとひとをとふいらする前世は
ちゝきみやけ天狗となりにめさしやめられ
よりくめでたくます勢ひよりおほとゞの御子なとさ
たゞひとりおきさきの姫君もまうけのひとなりし
かしづきのおほきさまかしたまふとんせのは
よそのきりのふよう様すゝみさんけひめ君
ともみとり乃ひめきこえしかれ後乃はかく
しやくのましりんけさまて勢ひて世紀しつき
おほしまさけ姫君のはこゝろはなれくてうろ
らく年月を過るまゝにひろうさしめうち

ちゝんあちらもかくやこけなり父母こそいのち
君のあはれみしくおもほしまはしよならずなるむくしめや
きりつきすしもけせまむまれのりさるとうこ
ろかれしおつきを紀こゝめえんとうろこひりつき
爲すかりまいことめきこ九つぬのすきあき
すゝ浅こゝこもうやまといふうんなやさうらい
舟のりし大すえ大きこおろきのひいろく
さそいくのきたいゆかりんあくてくあつ
まちんおーめともかねしめともうらもおしせい
さいうふきんらくけうとかるさみ御覧六七とにに
緑乃ちのうきんなんしもうちとぬのす大なえん八

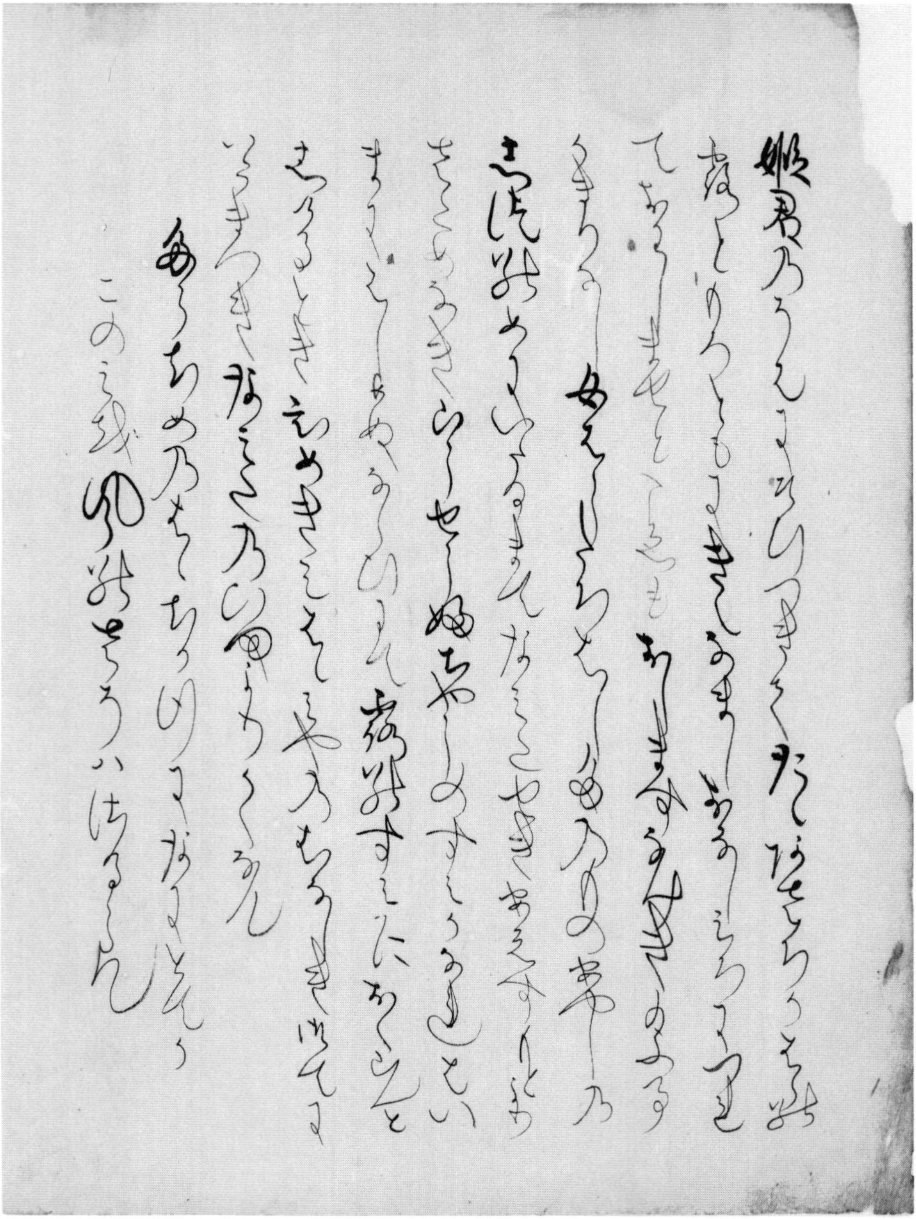

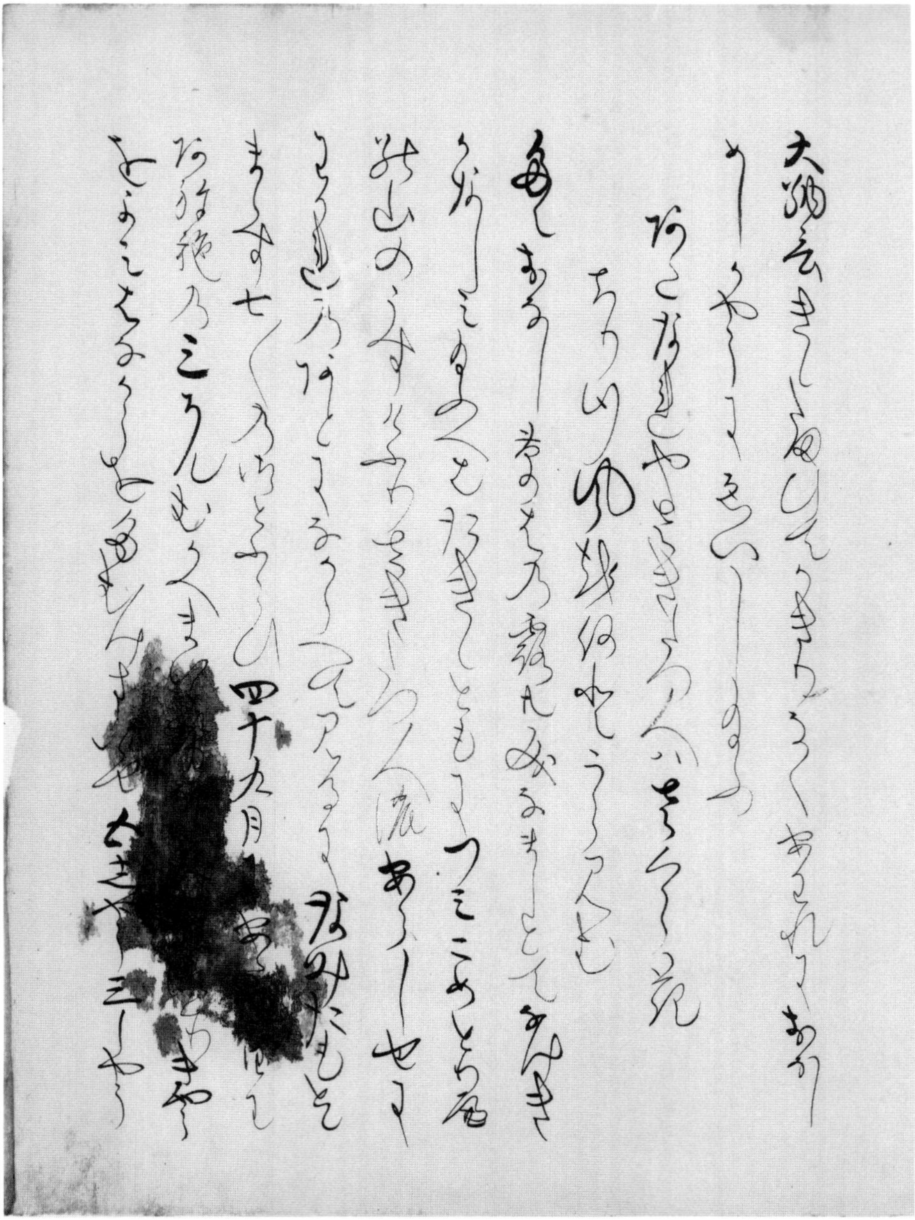

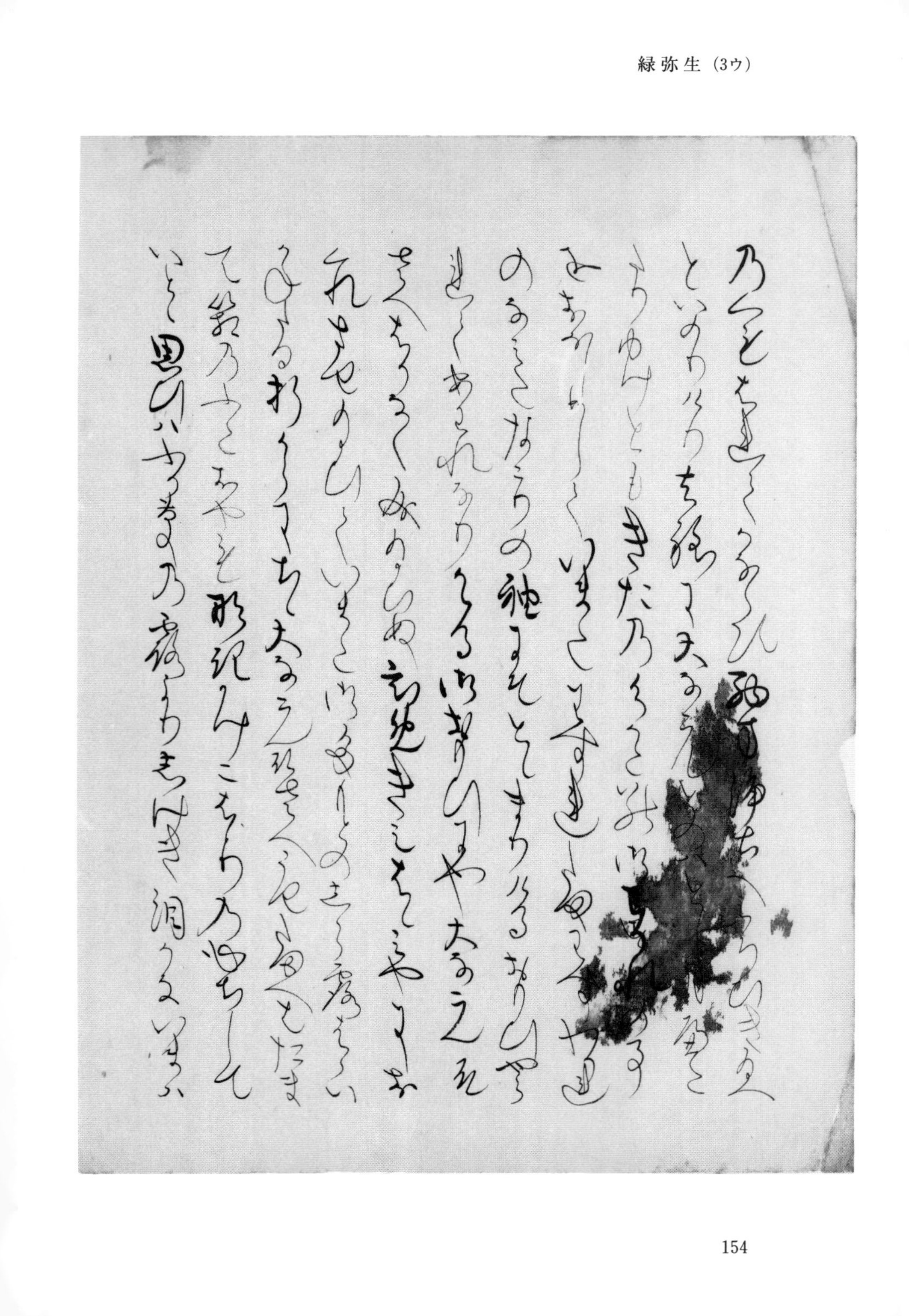

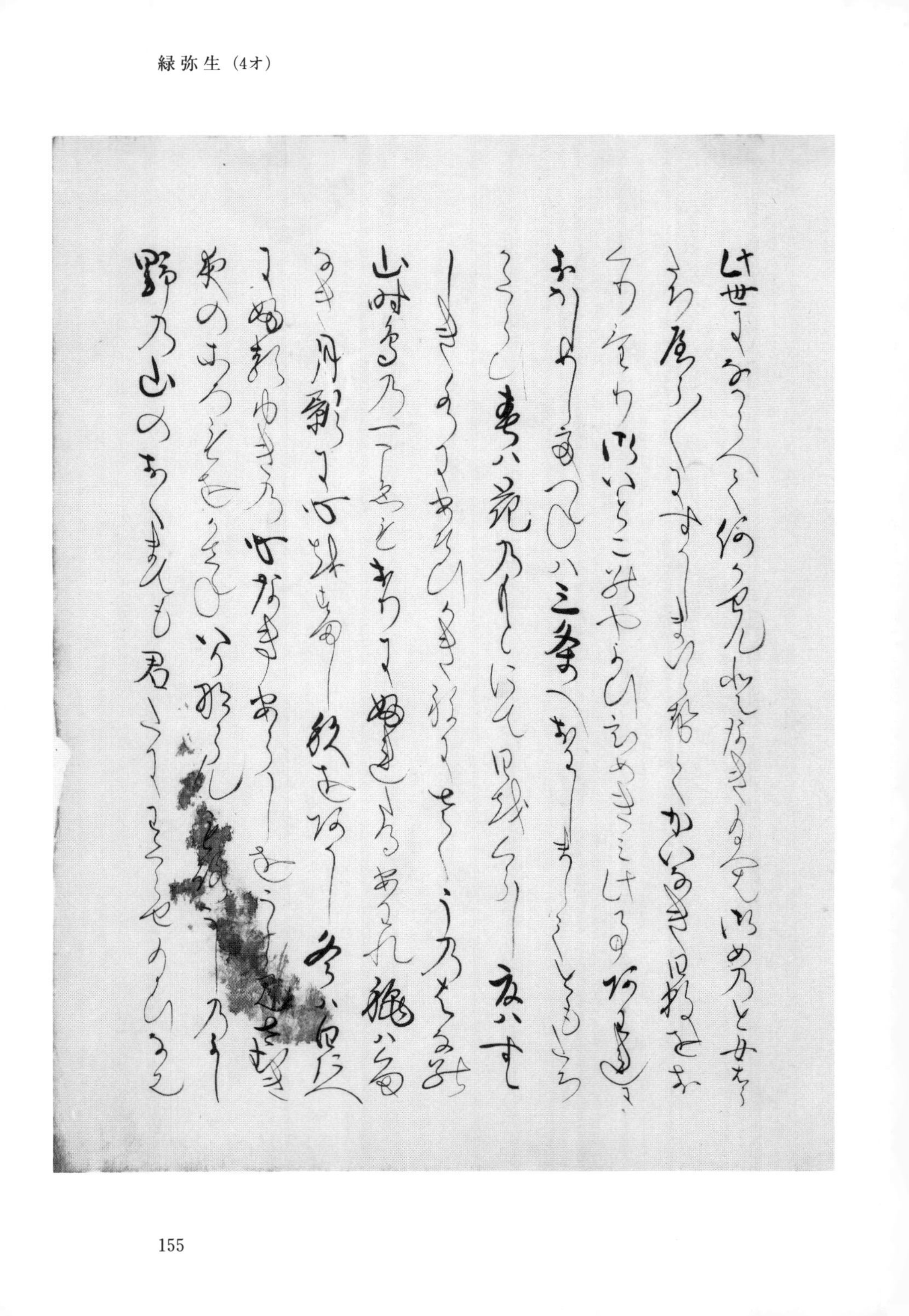

[illegible]

ゆへん弟越しおしもゆうと兄もしつこはりなく
おかれしてす礼さちのかるみ〳〵みもちの姫
君ハよめ入乃父母とものまゐりて御もいさく
くちをしく〳〵みだ落しきまするとこゝろなく〳〵
かなしく九日ま一度いでたちての御ちへまいり
よろしく念仏を申きやかゝる〳〵殺を伝申
て世しやしうしこのしくなしやいまんとこち
おきうくはくきゝ給へともさちもすかんやさしく
もくみしゆへんちぎや〳〵ゆるゆしゆきの
こゝさいの丸乃をつまやうきみうしこのうつき
おまうき三のえこてまくの越やせうく那とおくえ

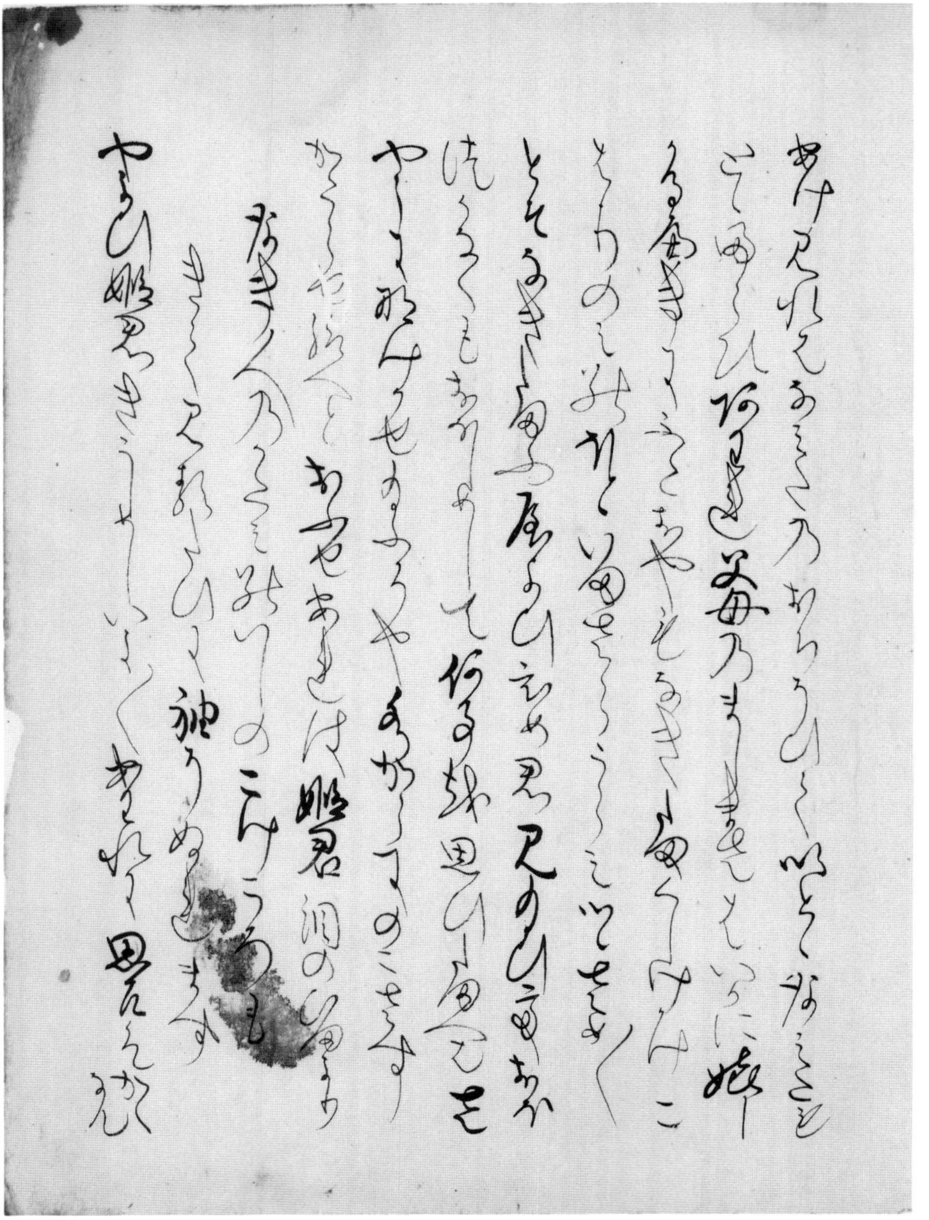

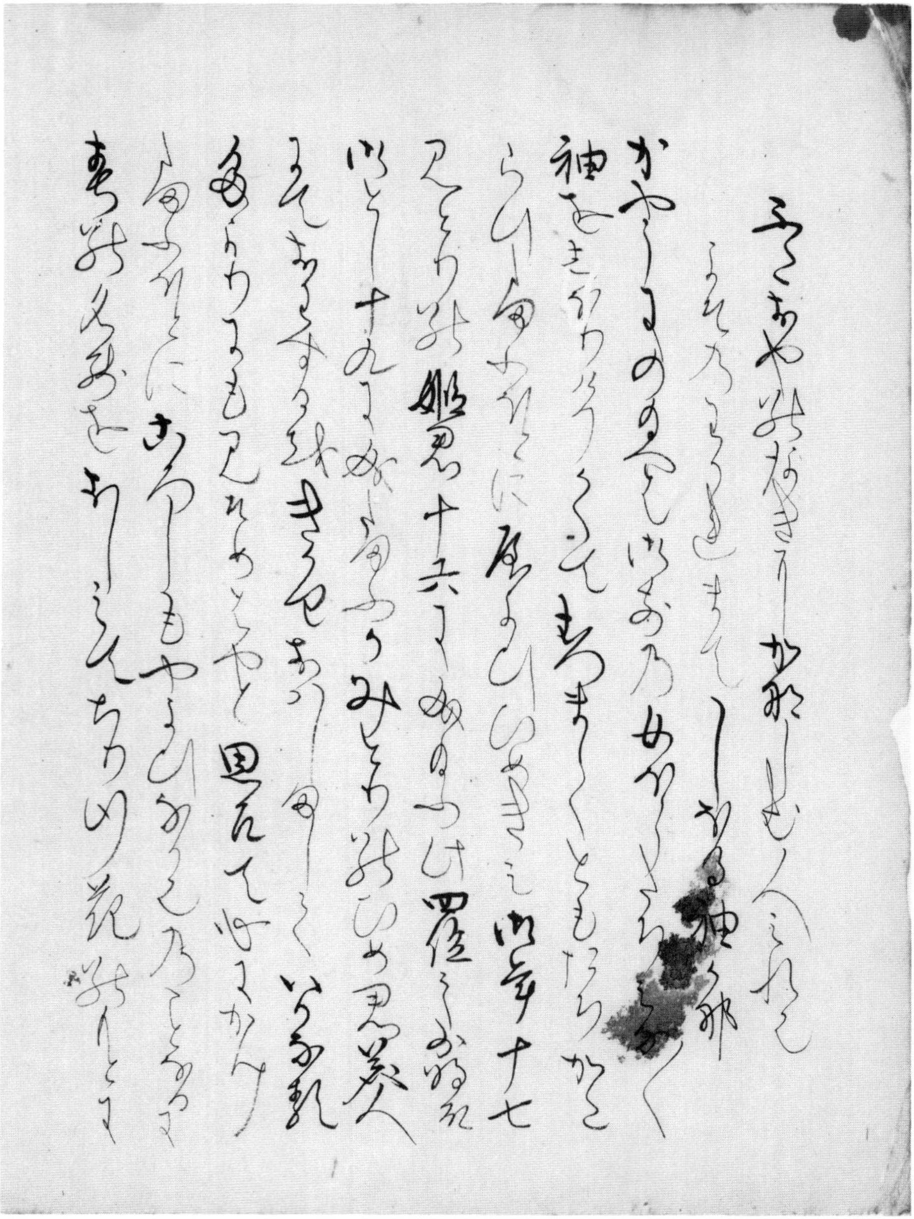

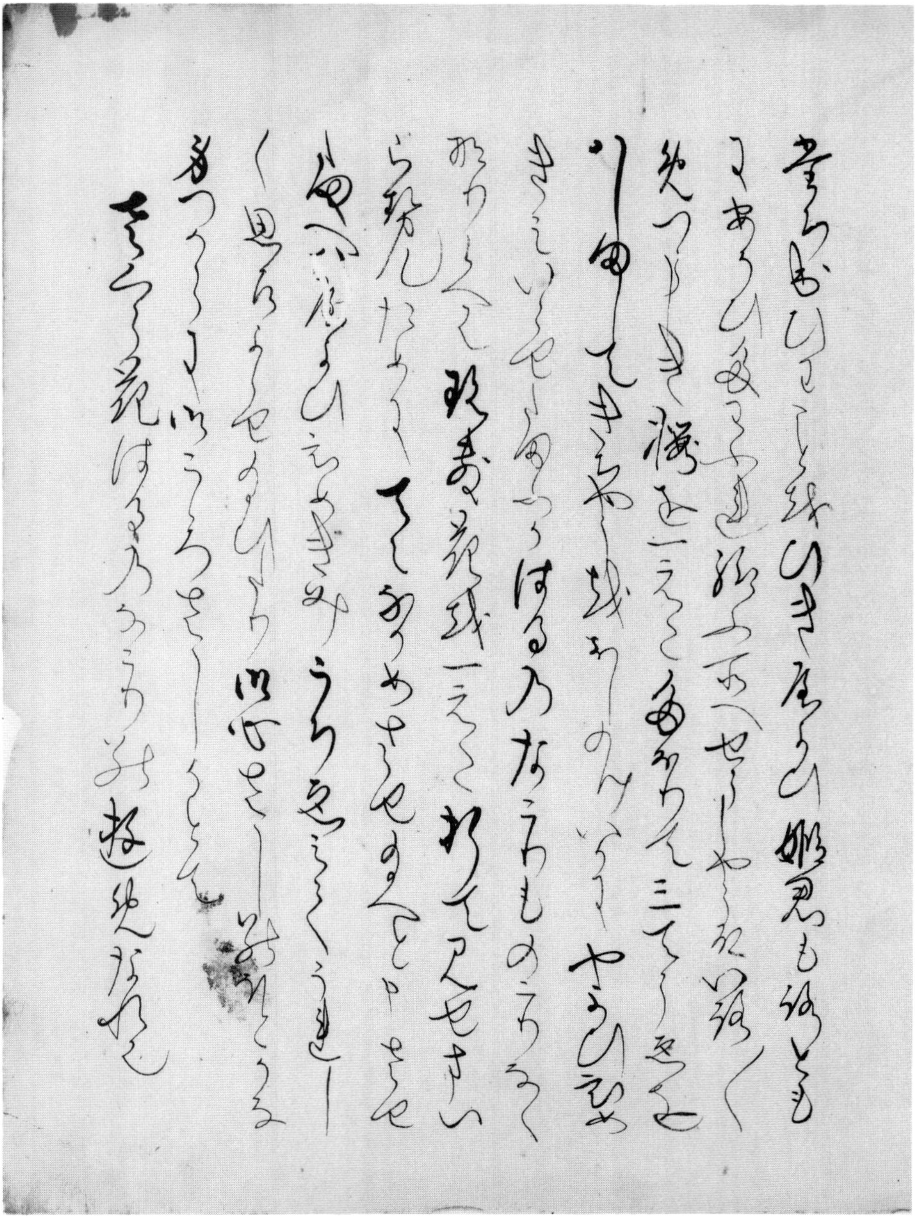

まつゐるとゆへりしまてすゝみし
はるひハみとりのひよ君とやらめのまくし
おなりしめ御も足まいや櫻なる
またれハはる哉おしまはれまし
やこさの御へてわきもとうしくかきわらし
こゝたらハ入九の人まさらしのならうききさと
うき袖きみくかたうきしくしゃしおきさ
おもひ御中けあるぬやひまん井らもてる
すこしハうへしんやかんしや我やさ人ゆさこ
もと木なまよめ侍をやなりかたろそれありまうら
ふけしきうらなみたくらひかくうらく

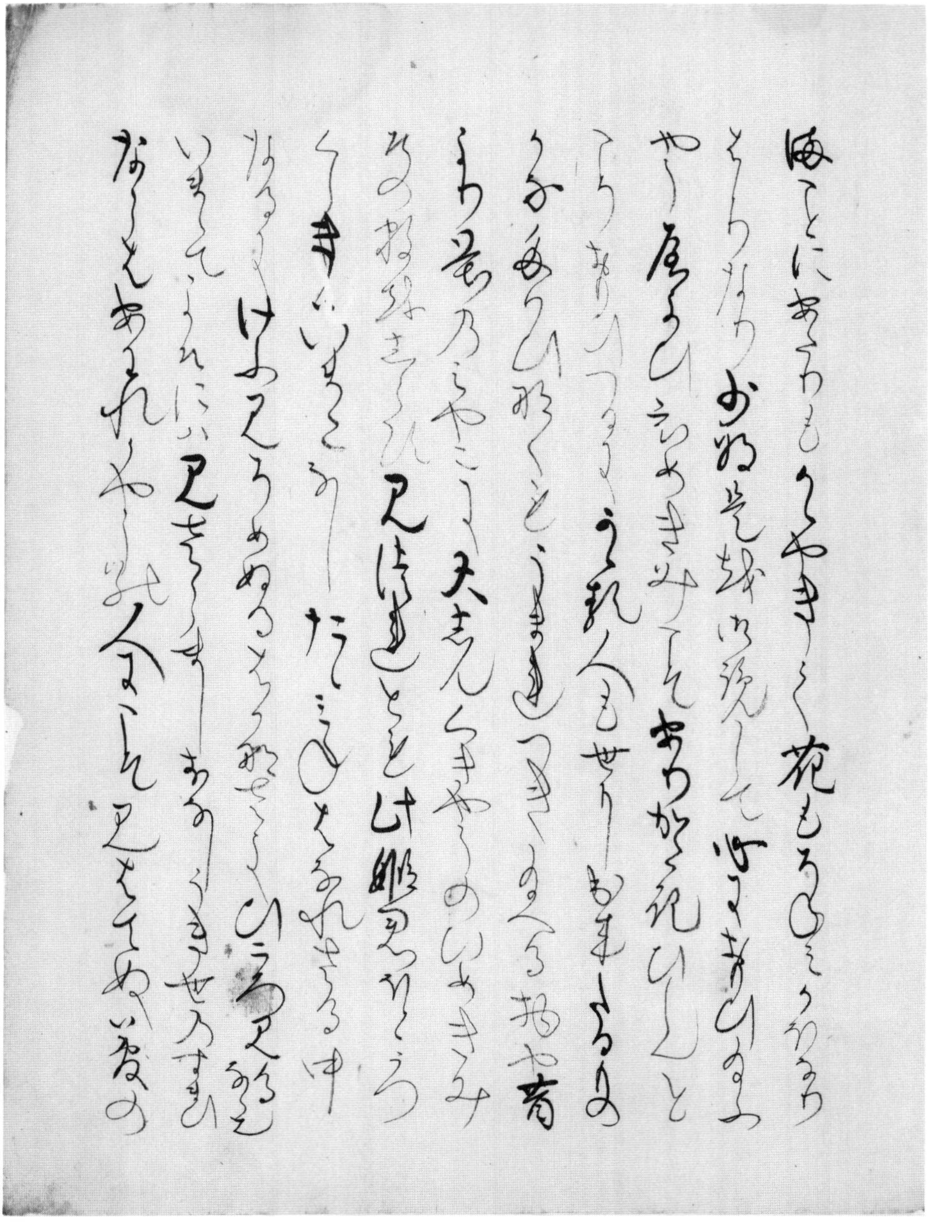

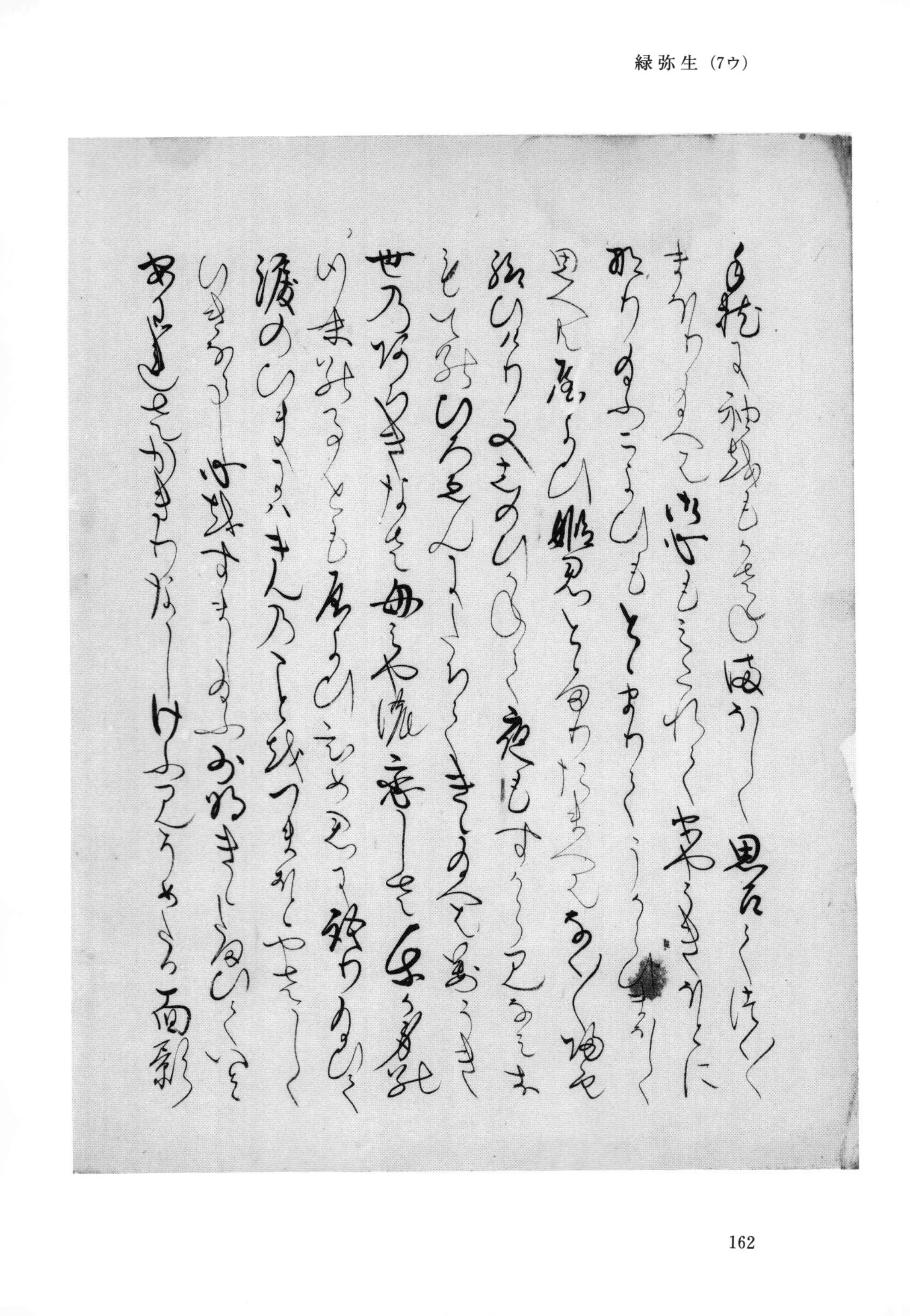

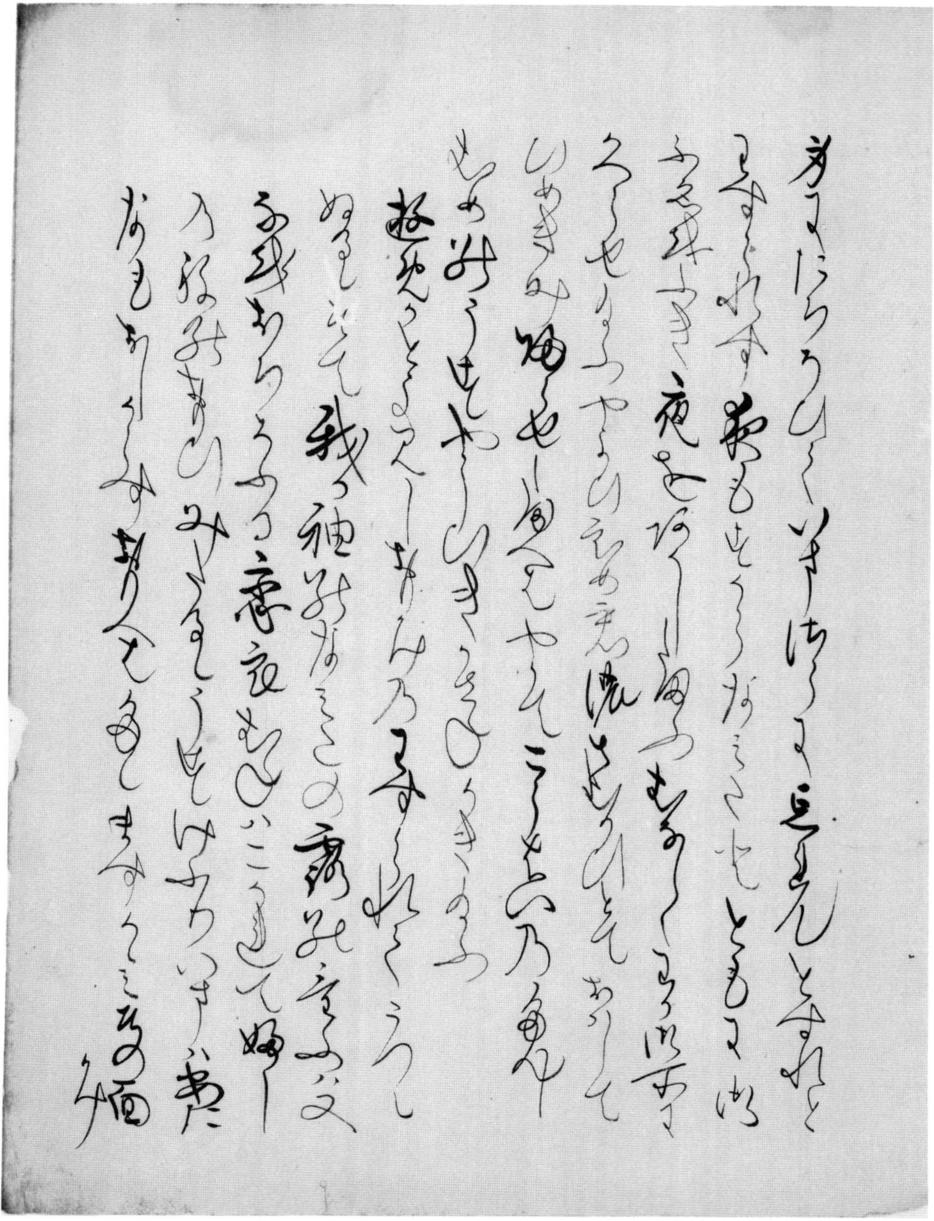

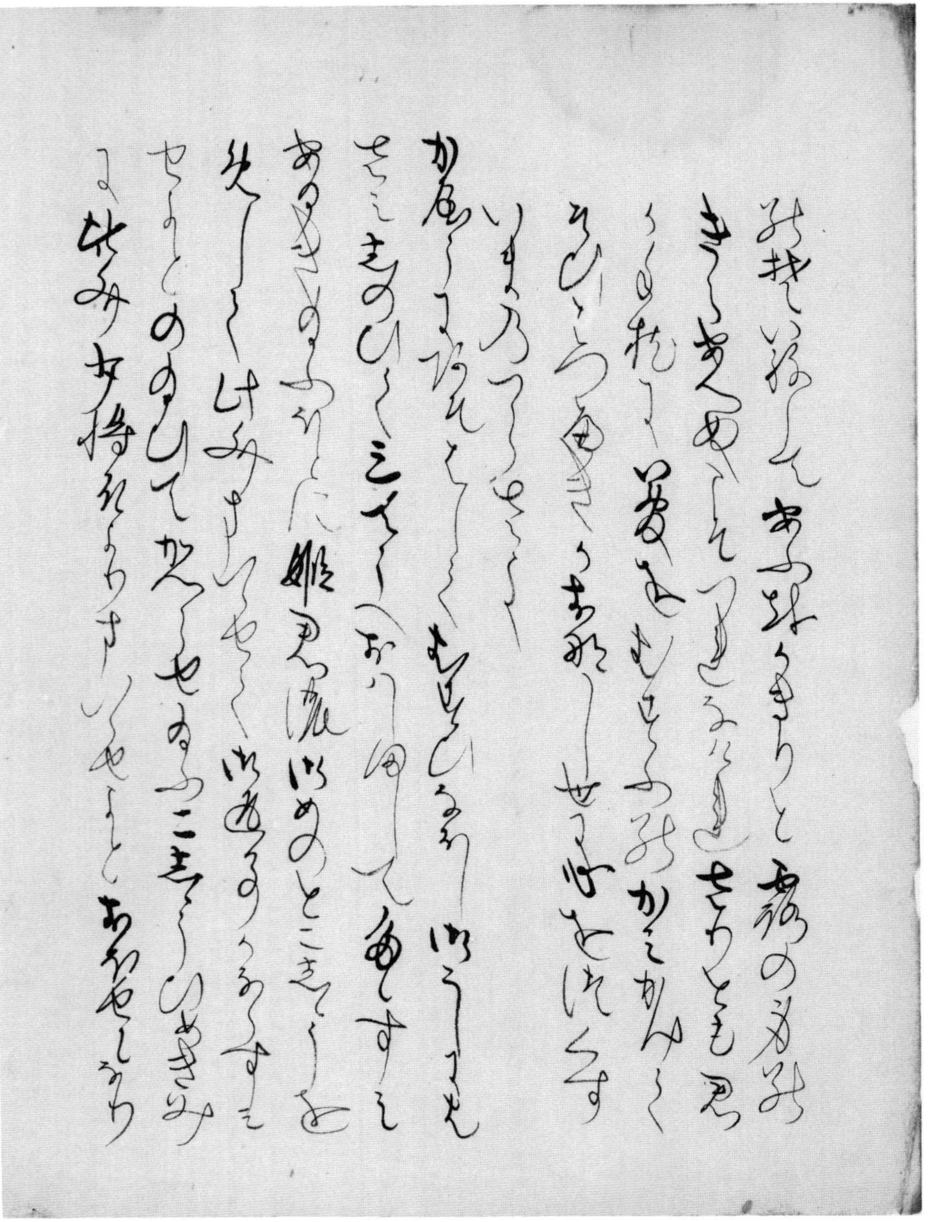

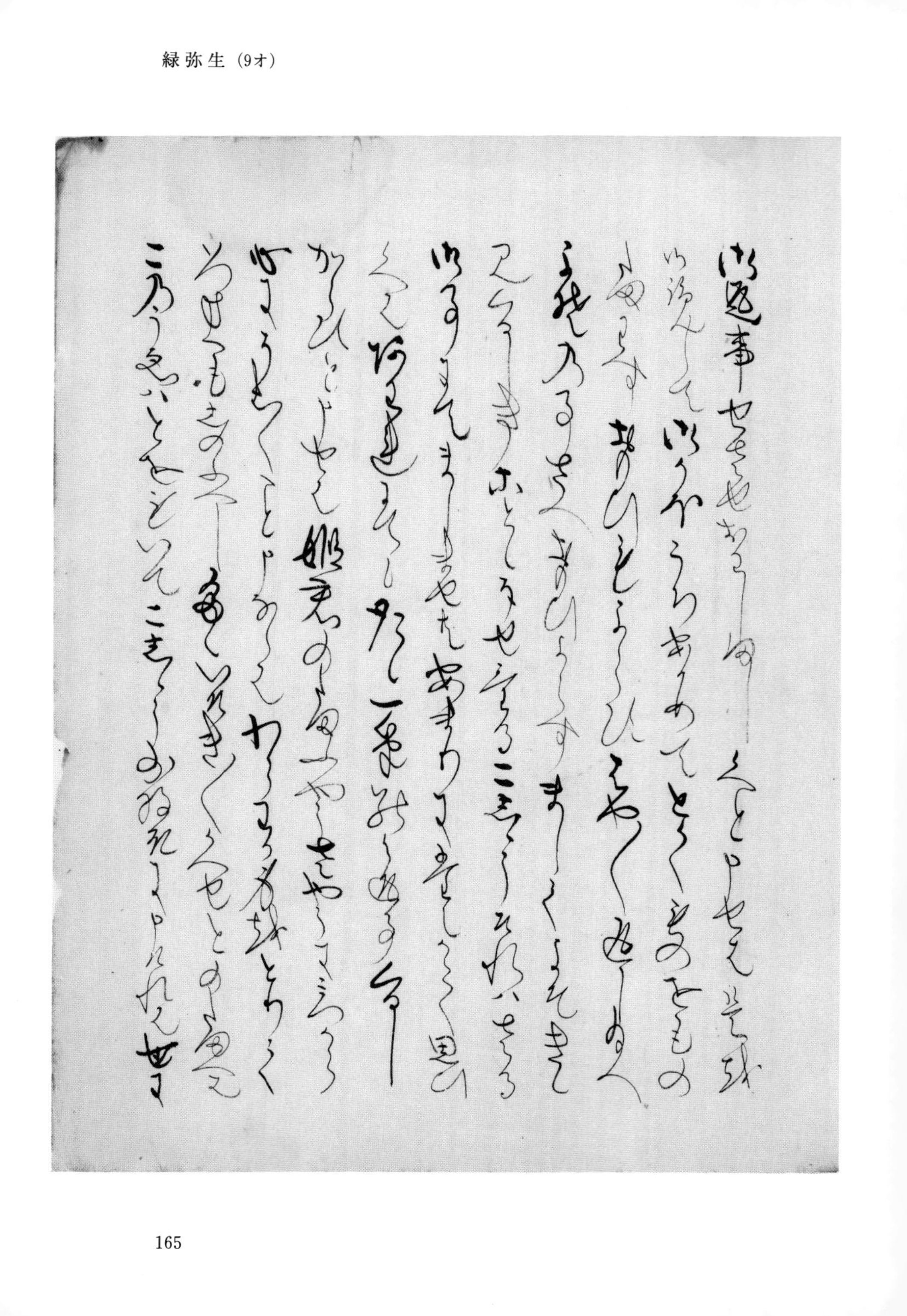

[illegible]

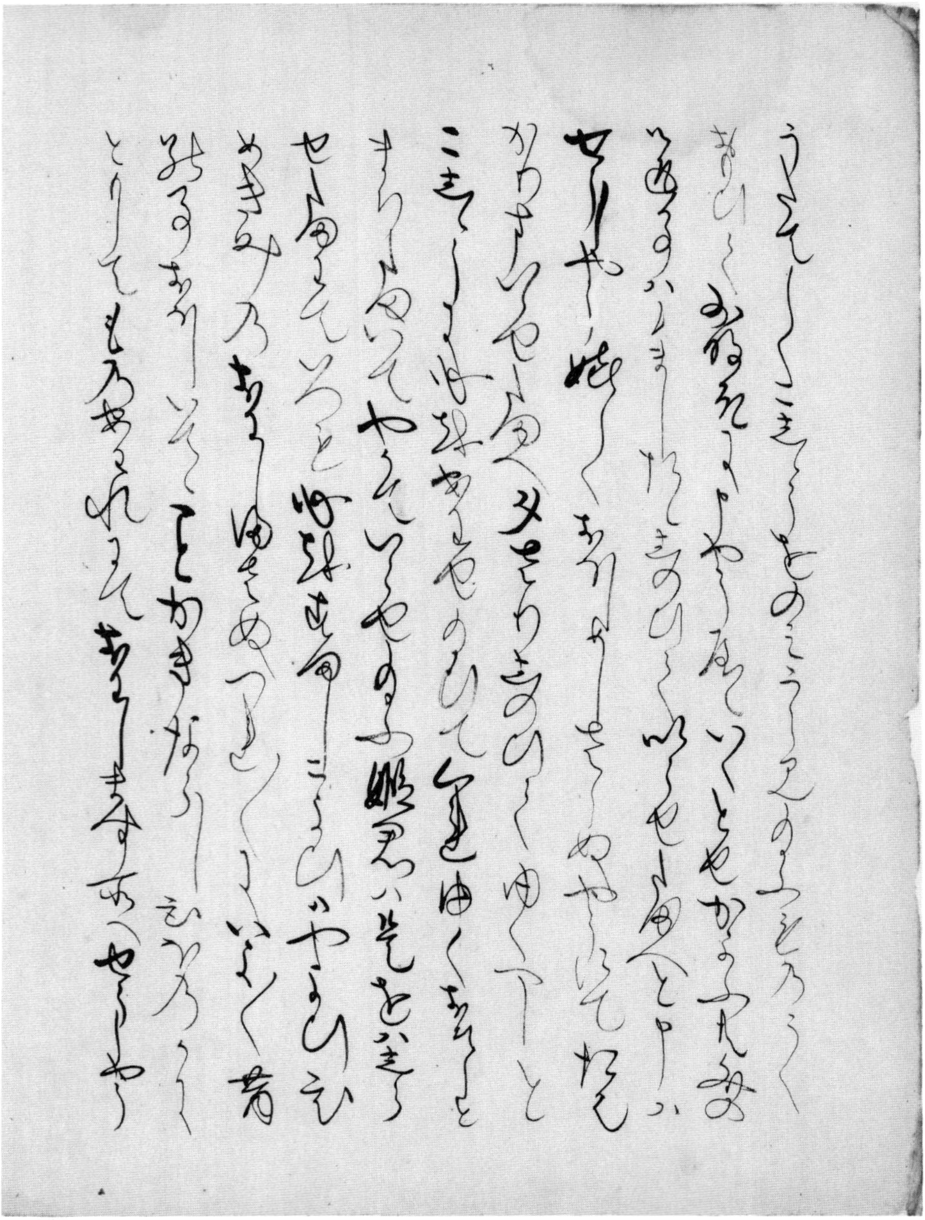

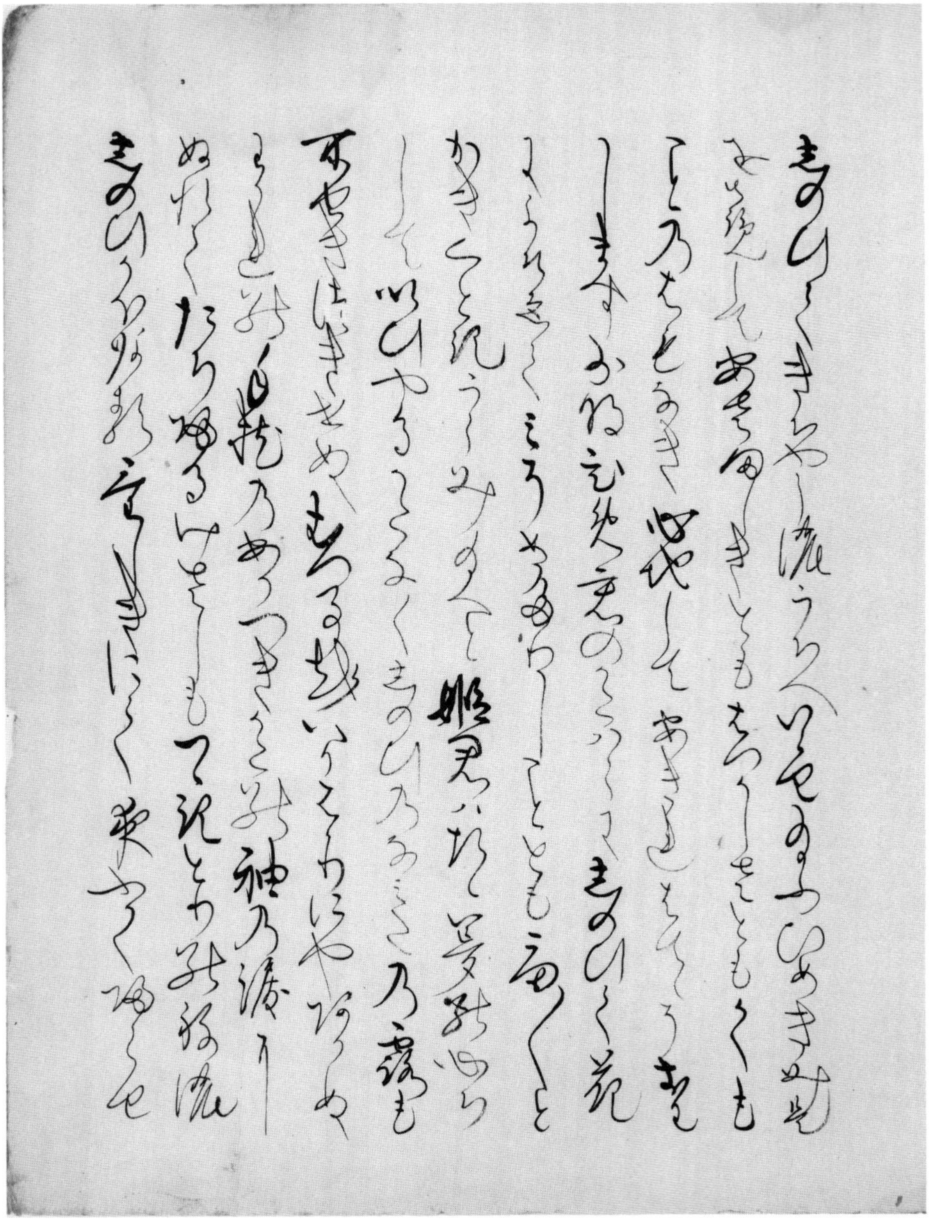

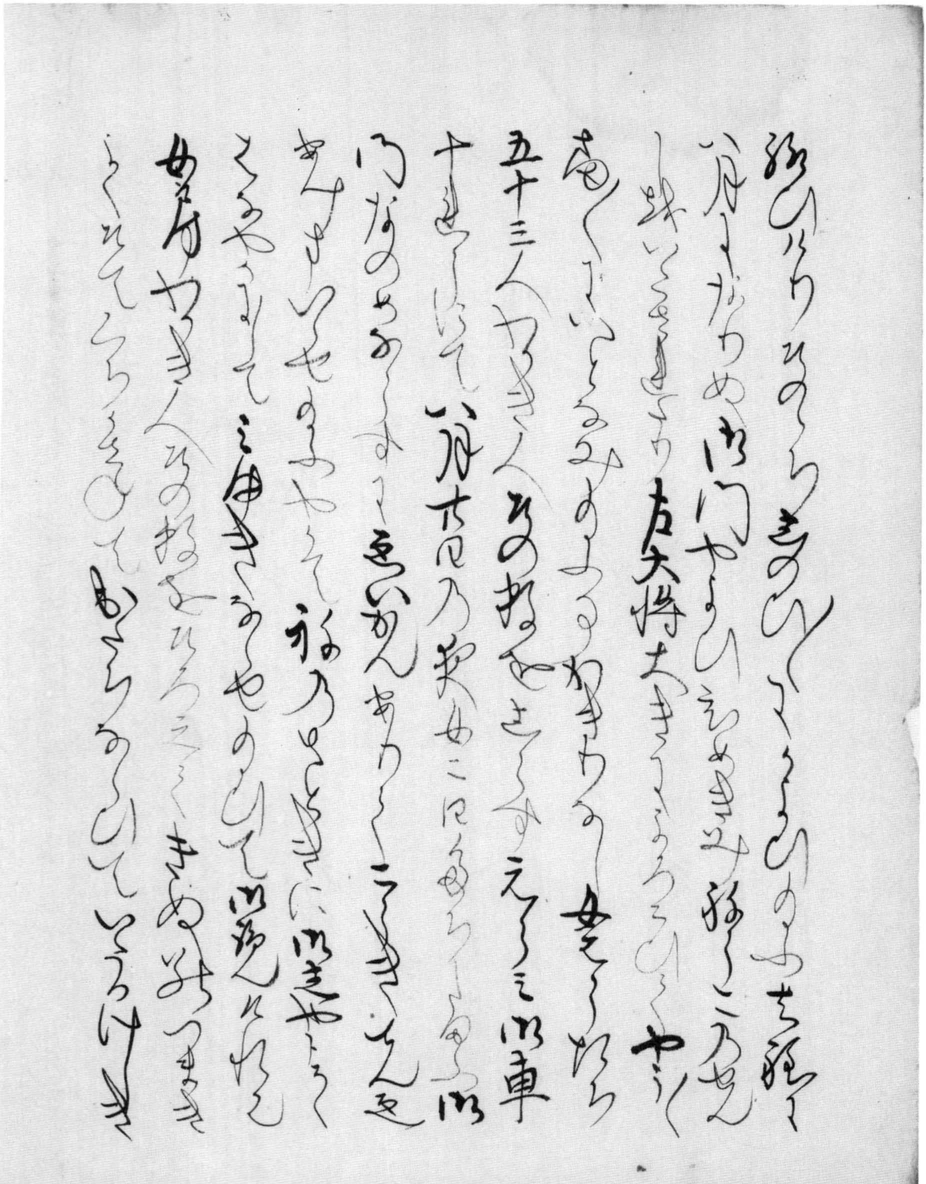

出くくおかさるし姫君を見まゐらせてさきたまひ
れく十六七とみえてさものひんこのみ乃れるにみ
なりかゝきぬめらう絹きのひゝくあしかきとし
るをしいろかくらかく大まへゝいろくしハいろきめのすれ
ひとくいろりみくくぬとあやしもかはらこと思ひ
ゐるきりけるハおもハれ我人ても人ハにほとかとおほ
しめしく常ハこゝき天女こそまさりてかくやとゐる
玄宗のときめきこハやうひこそやさしきためしにいますかれと
こそあるさもひかとをあらはるゝ月もしも桃乃よ
うさゝや庭てこゝしものゝハいとゝつまくかき
見ゆし淒さまくあらくゝのやせうしやし

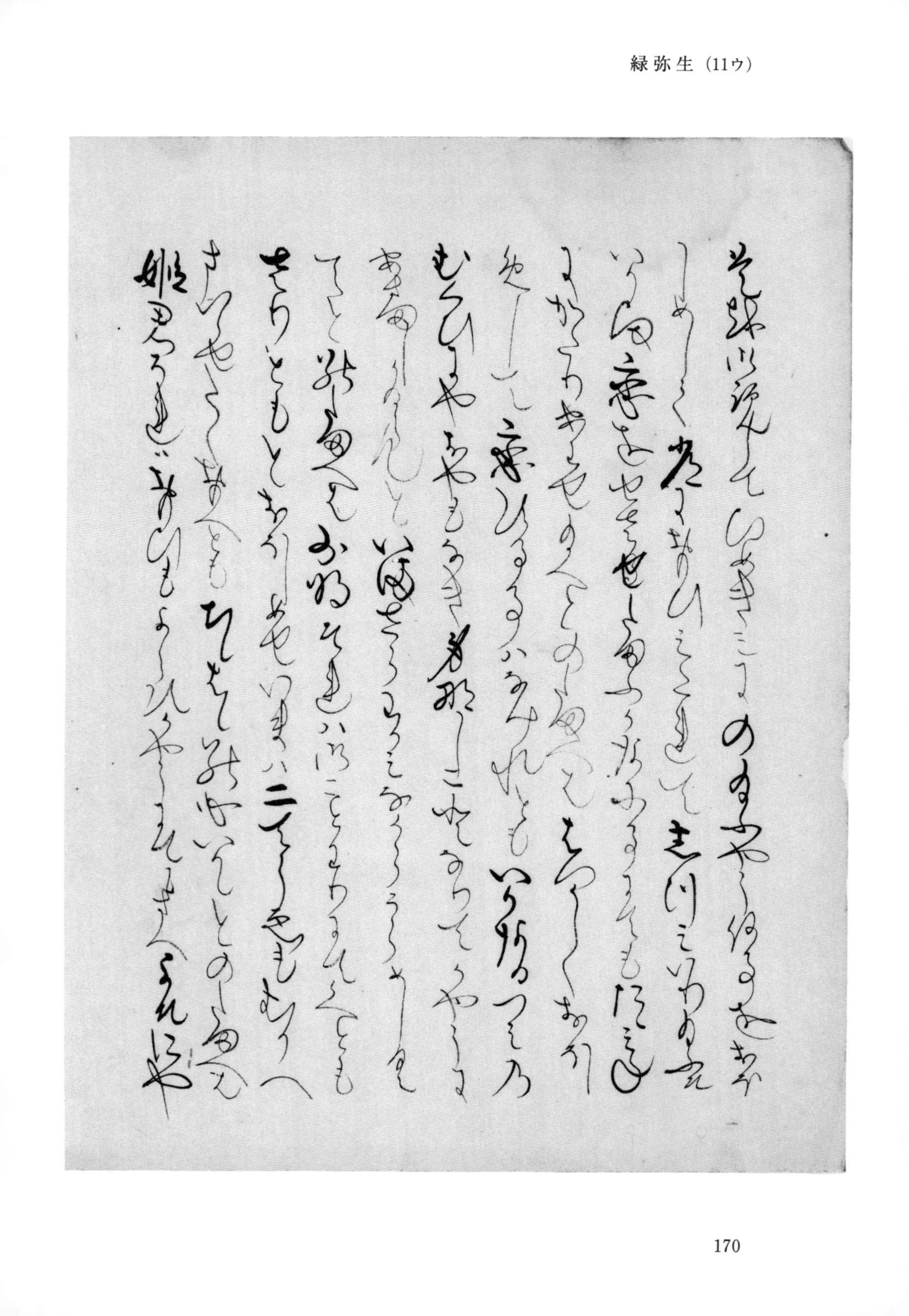

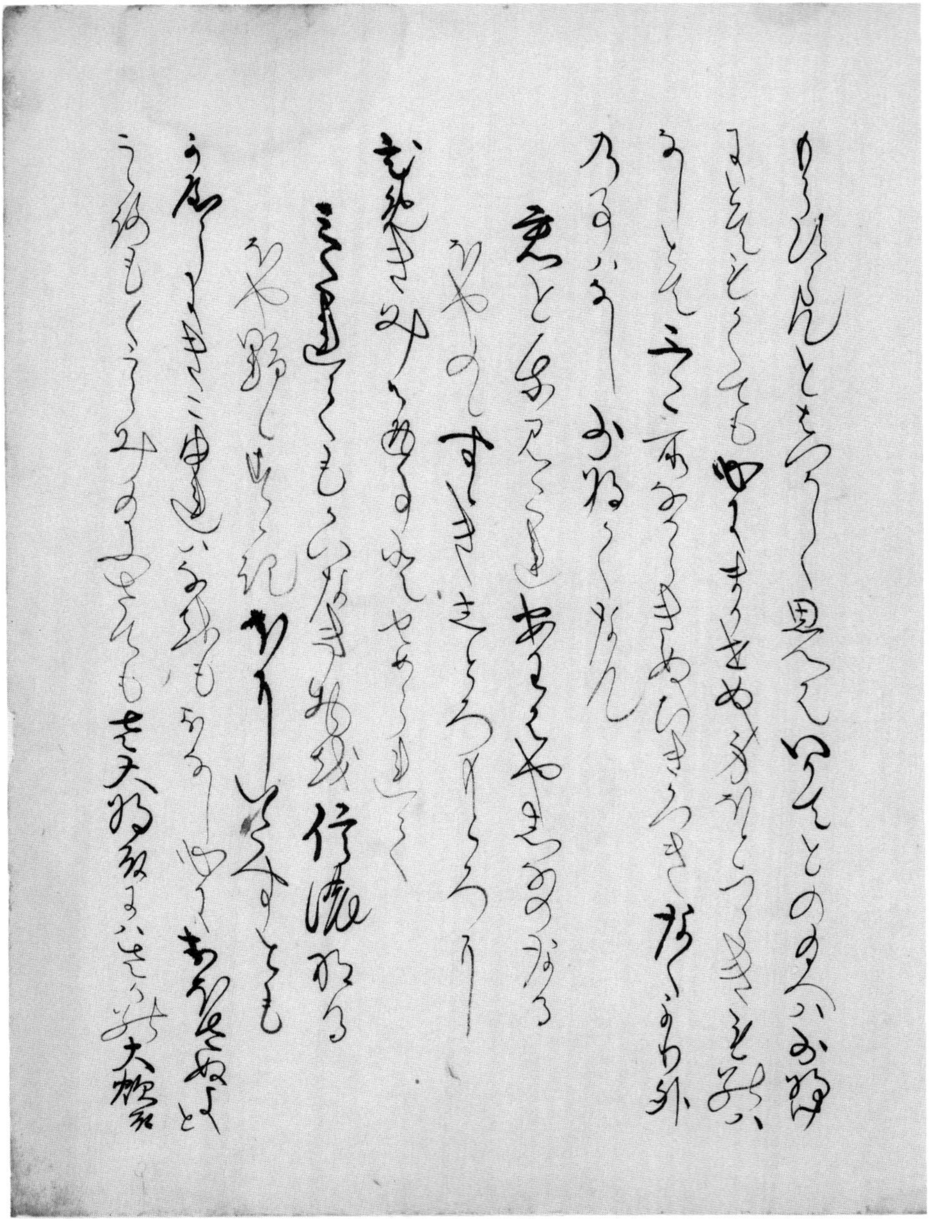

姫君もいときよらにおはしますに　まんめてたくおもふかきり
なし御とし十はかりなるほとに二こんける美人
まんおうなすめるをかれはもくゝすゝむ五月七日の夜
大殿をはしめきこえて二条の御方へいよいよいらせたまふ
せりやいふこや三日すきぬれは御方さんさんもありけり
ゝりう左大将殿へわたりせられしは御なかうはん五月六日
藤ふみそ御さしやいとゝかうやうにおもひとりして
みよのなくなけ五月廿七日より三つのふおんきぬの
つまきゝ神殿のゝくれ御はさへつきける
かきりこてゝ給ひ故君とやまことそつくる
としまてまゝしいくよき姫かきりとまうたき

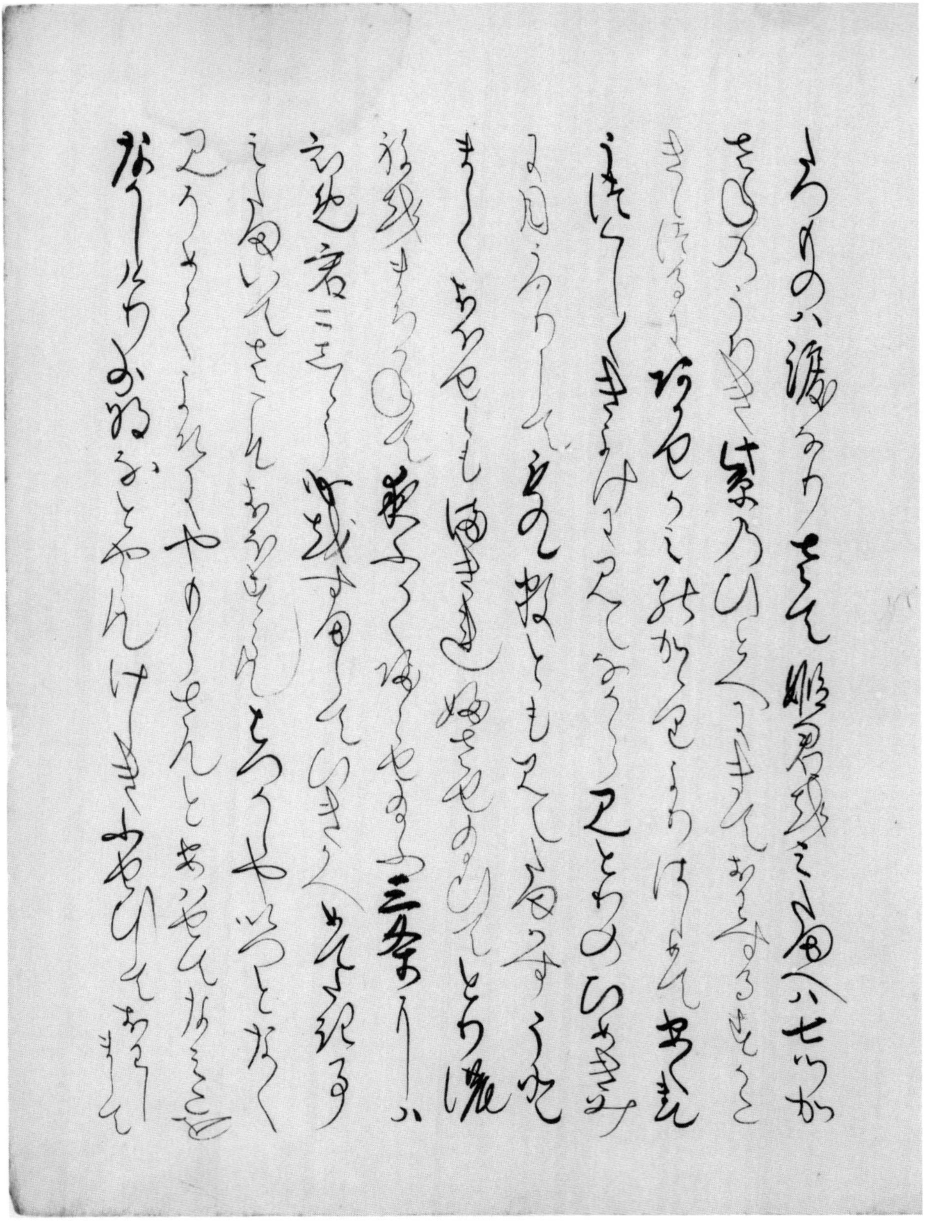

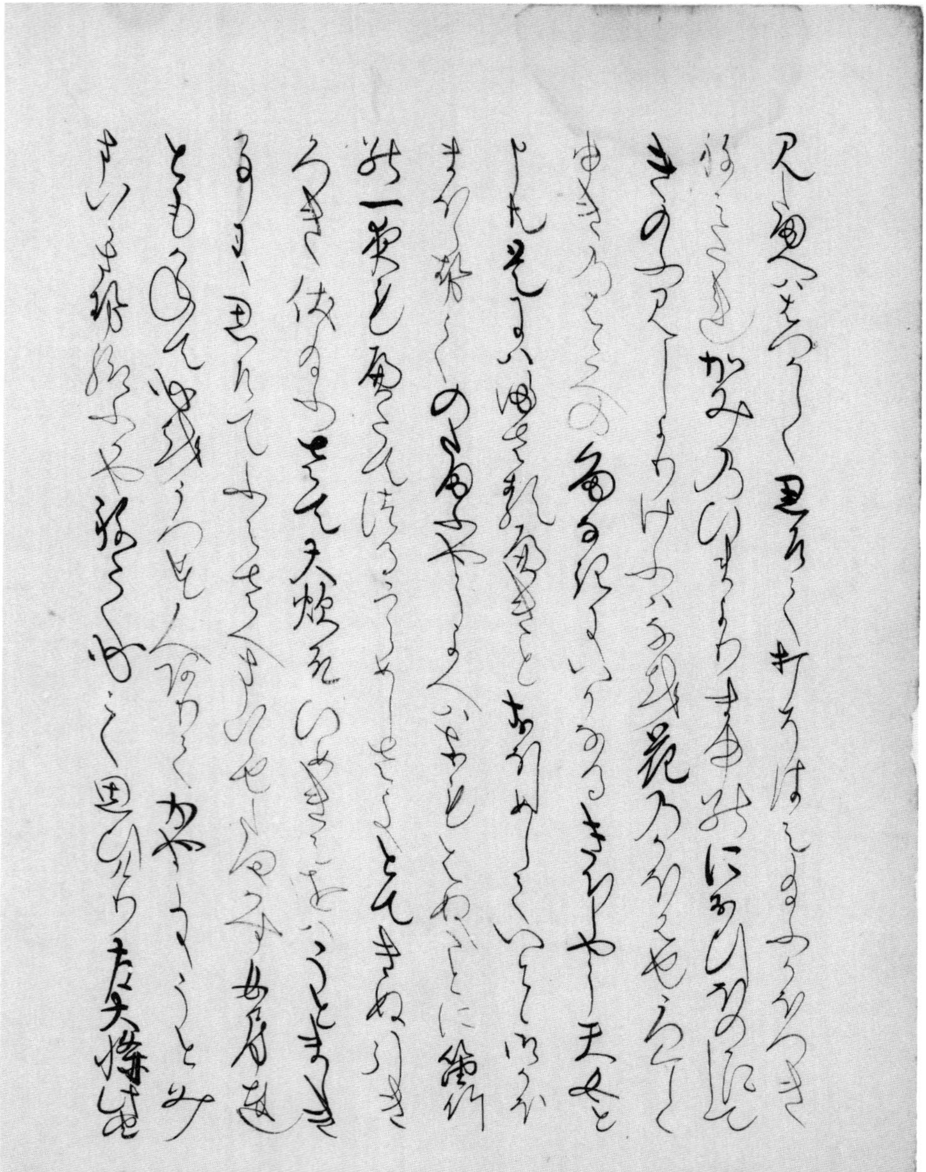

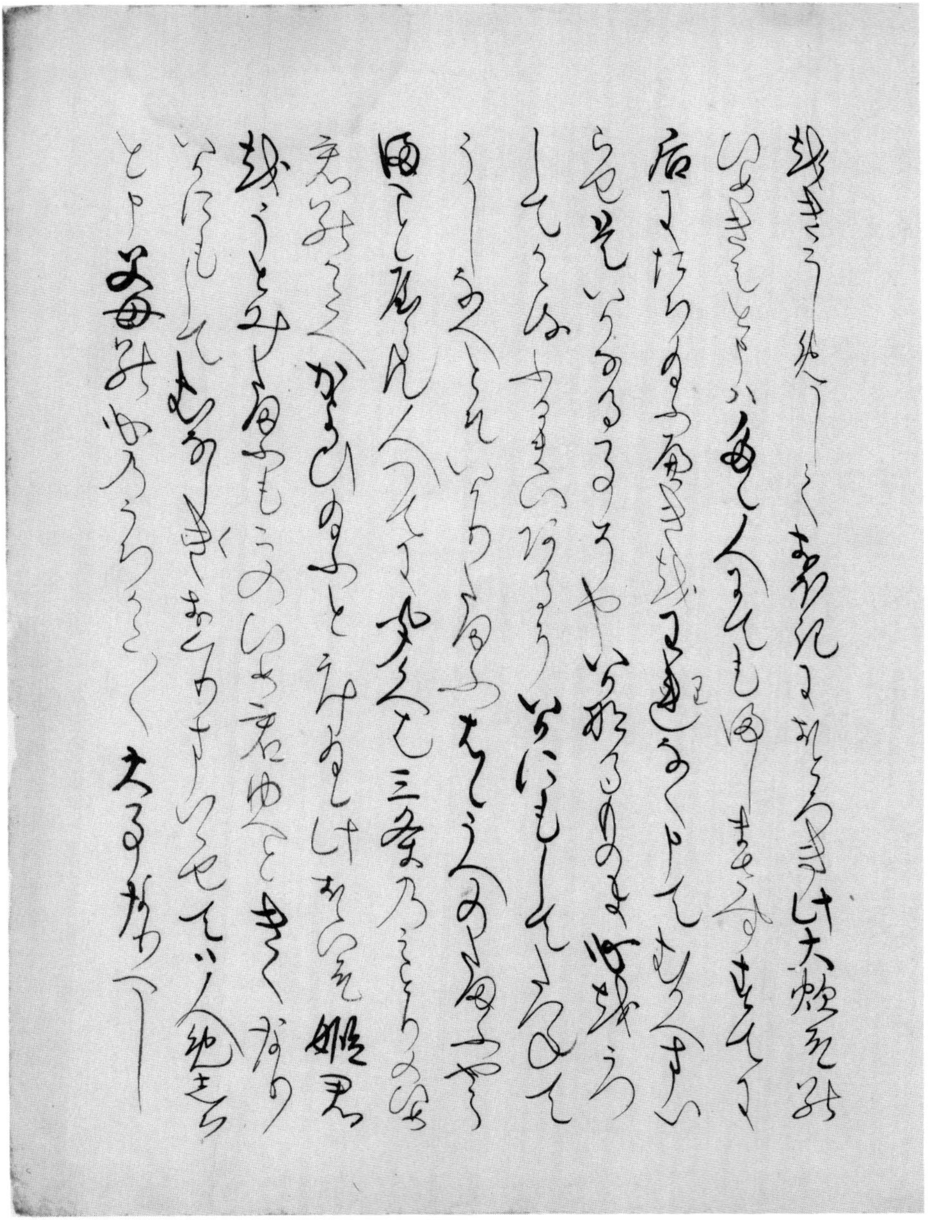

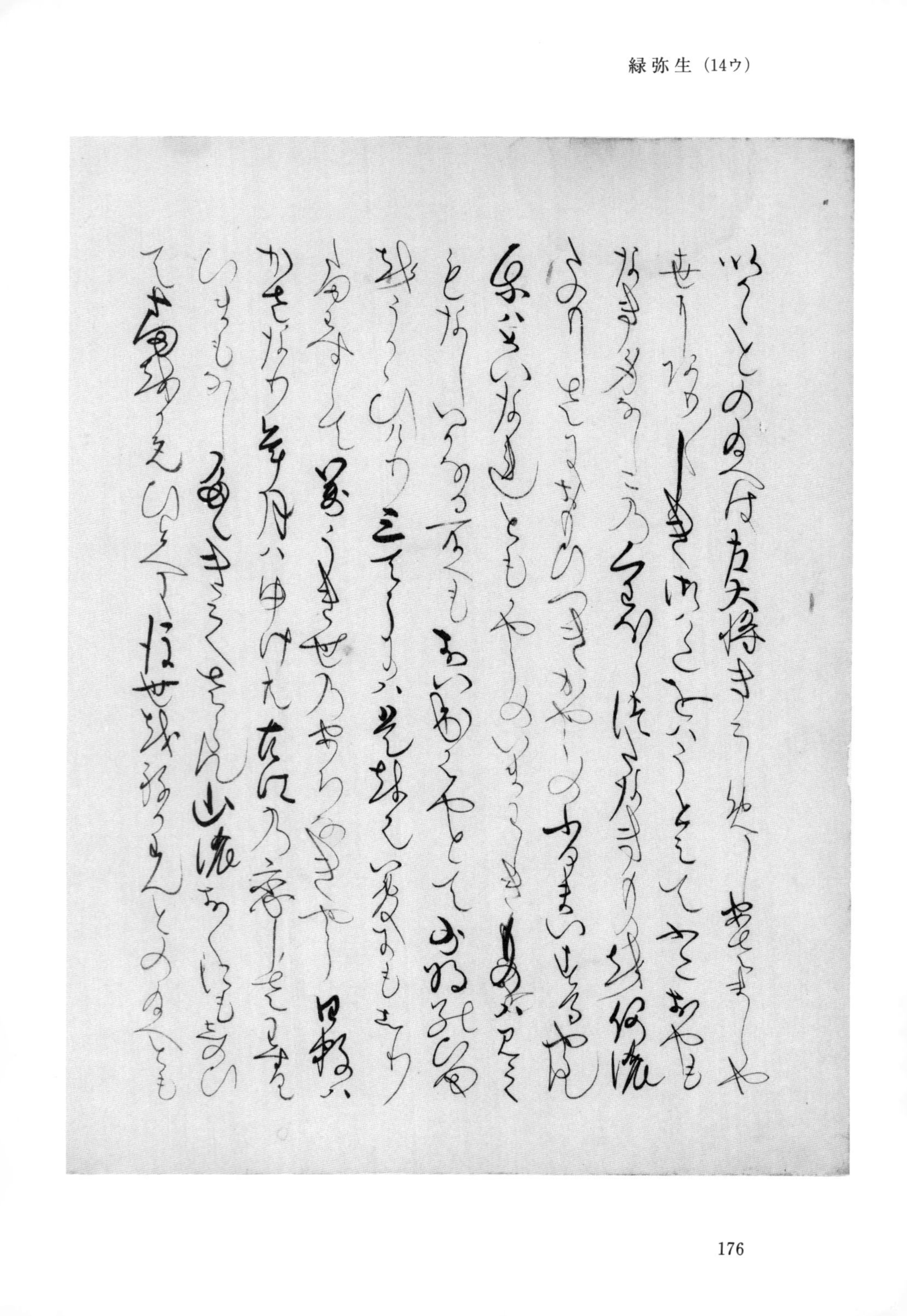

[illegible]

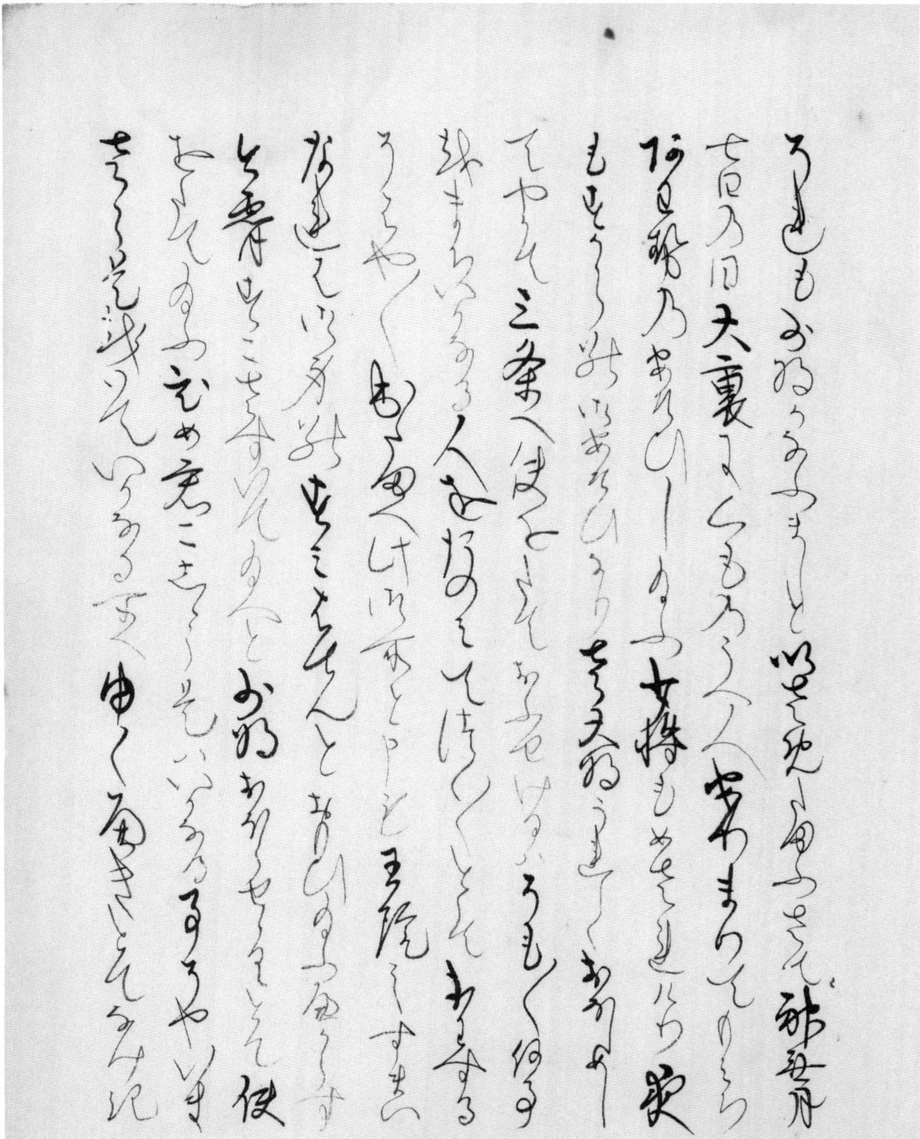

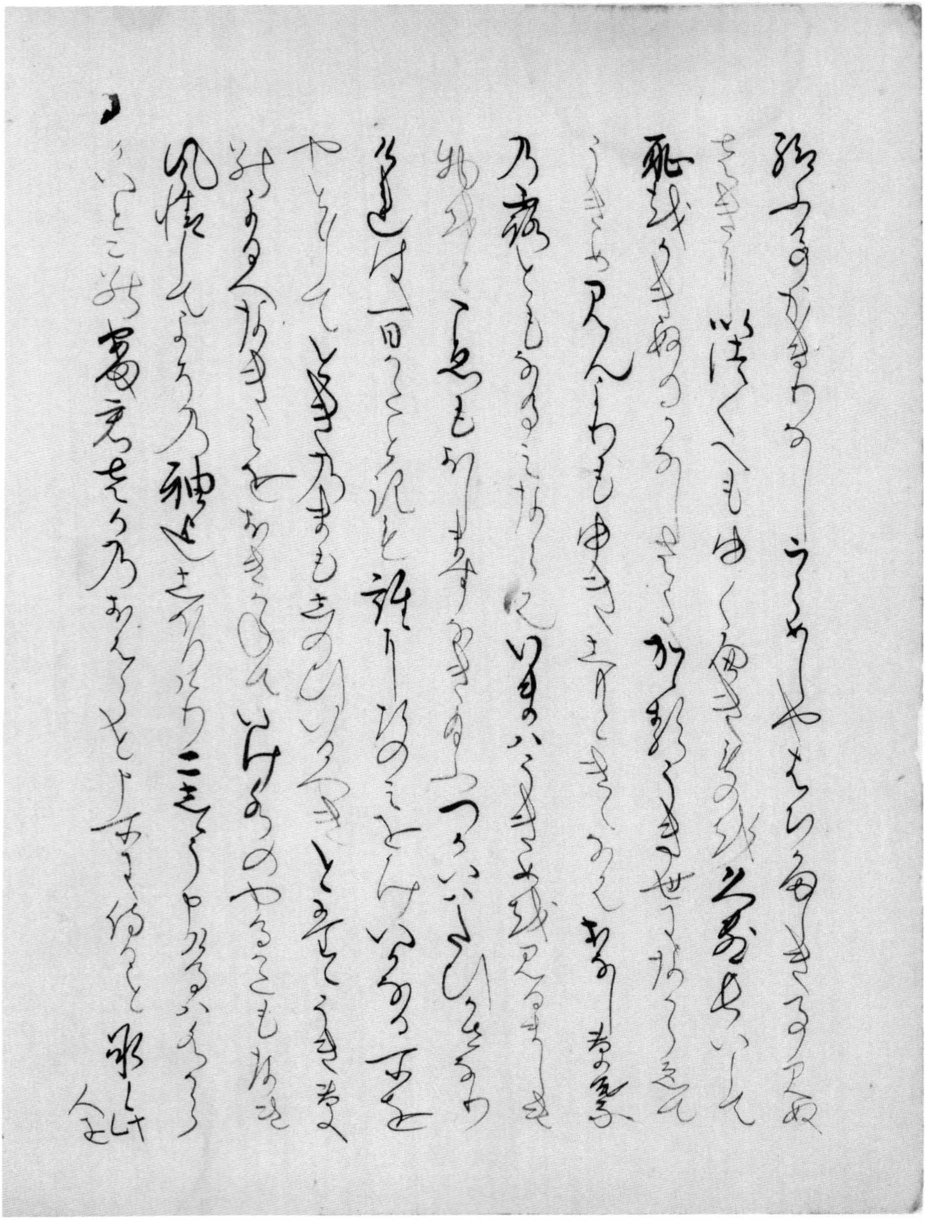

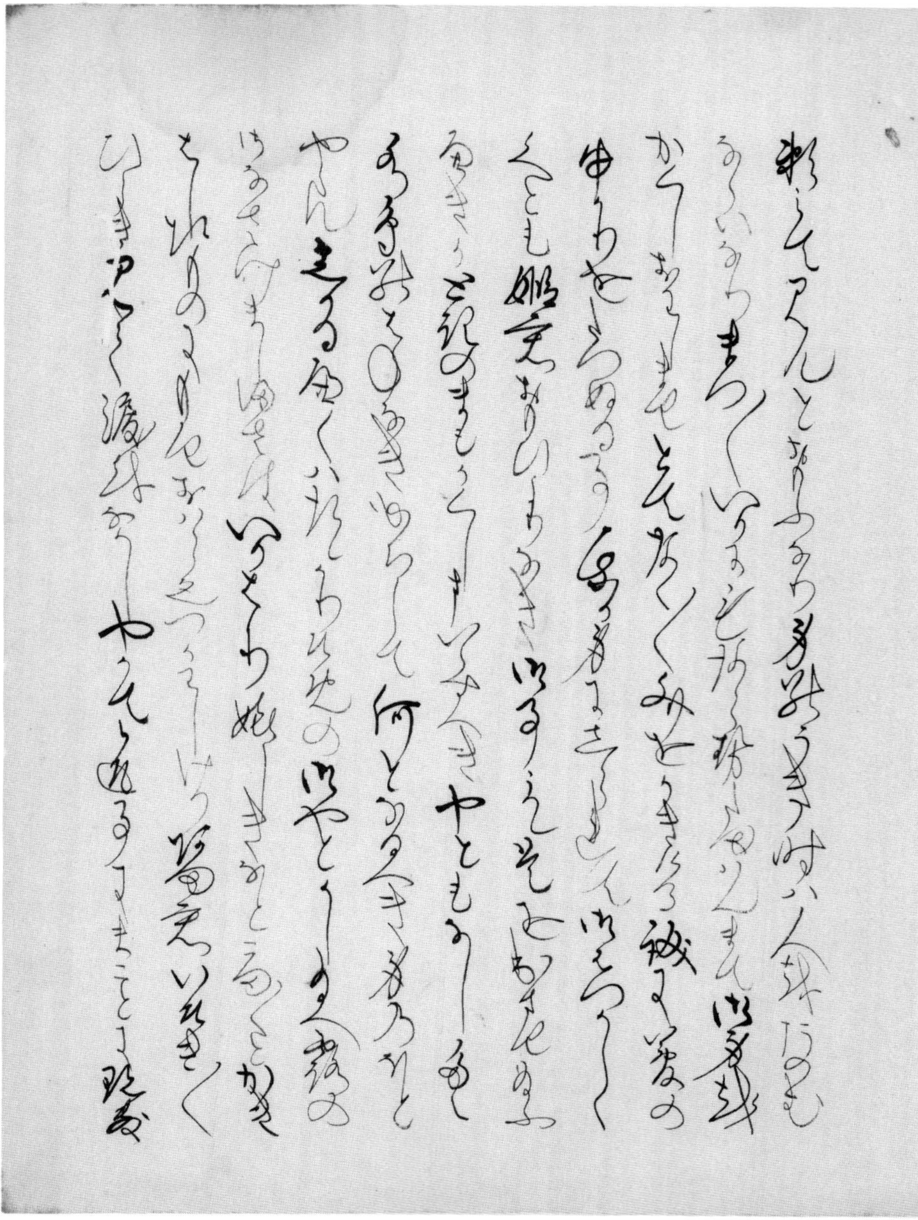

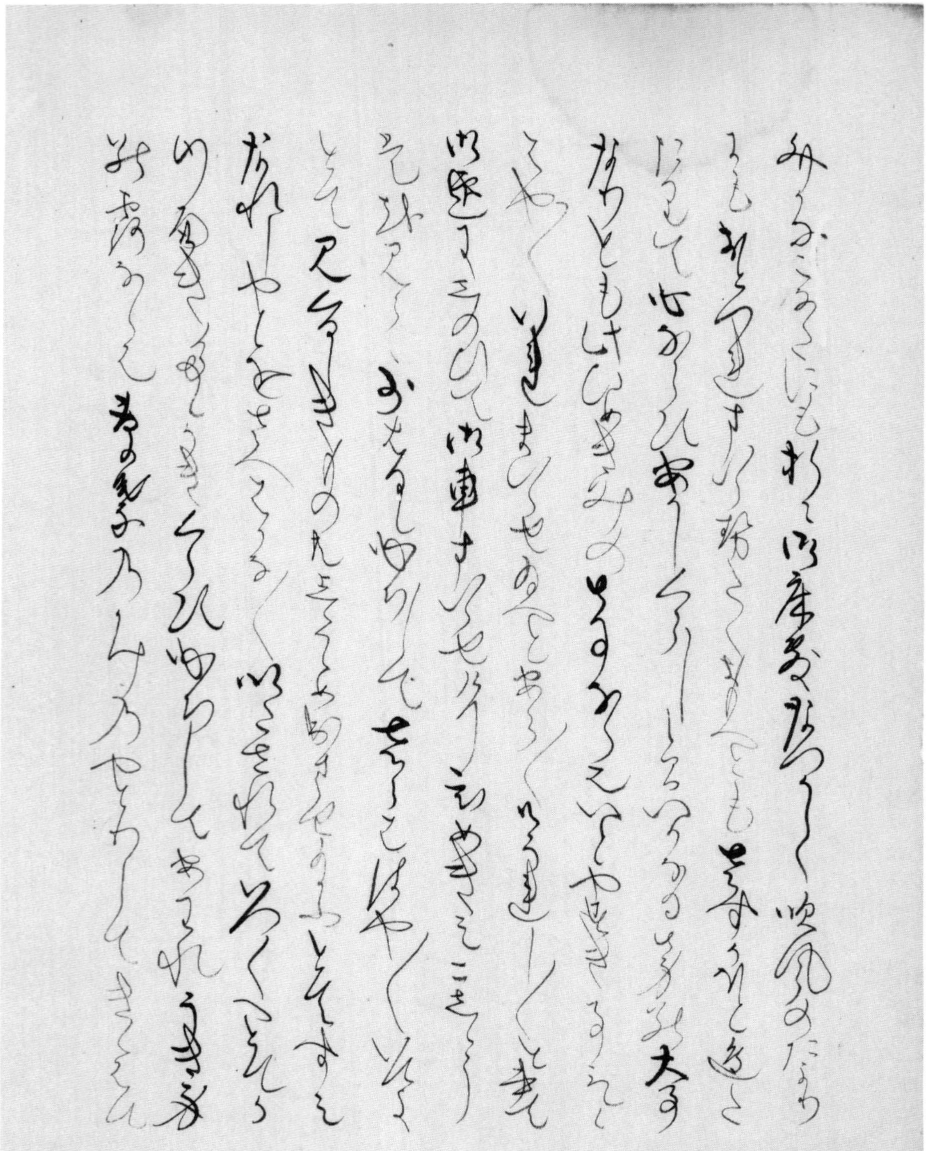

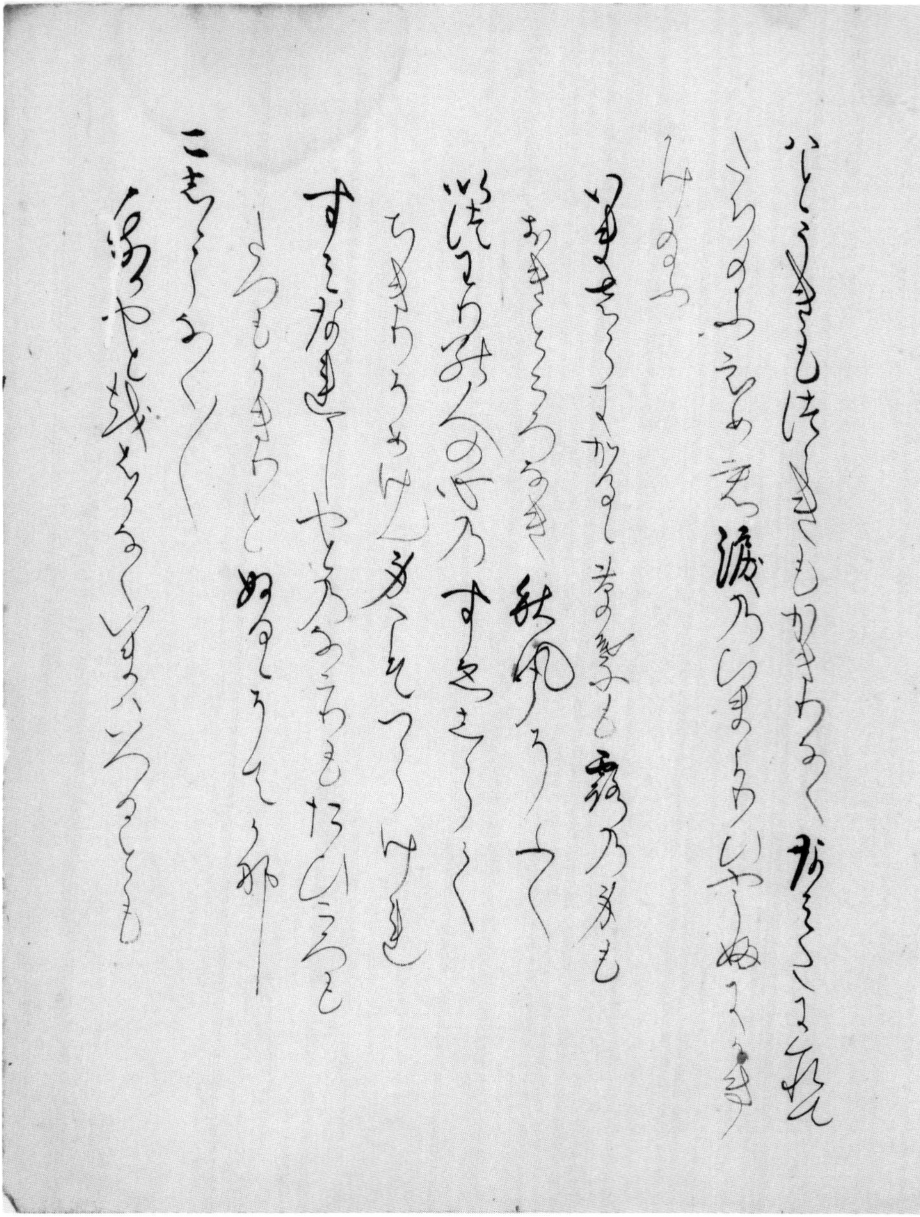

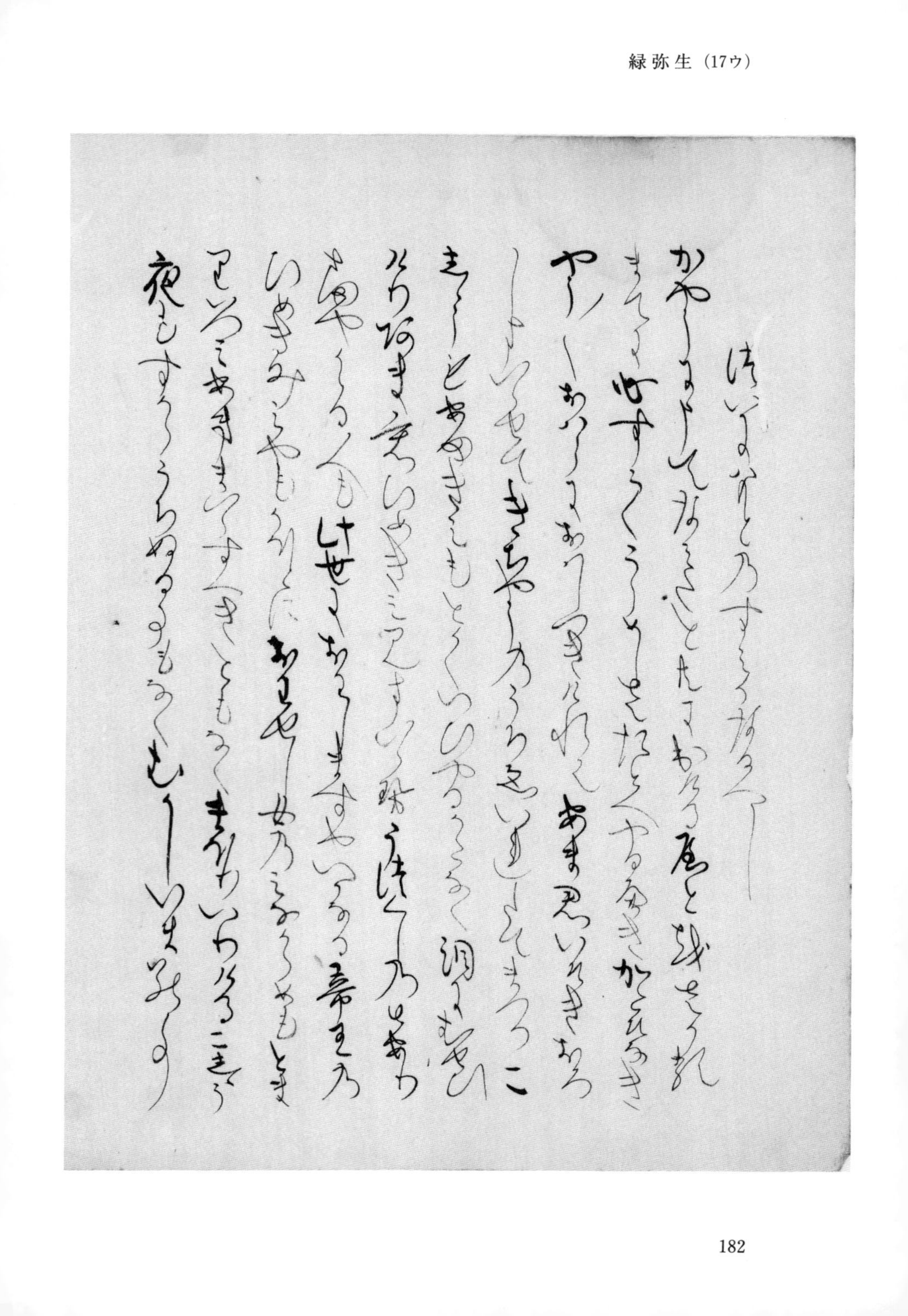

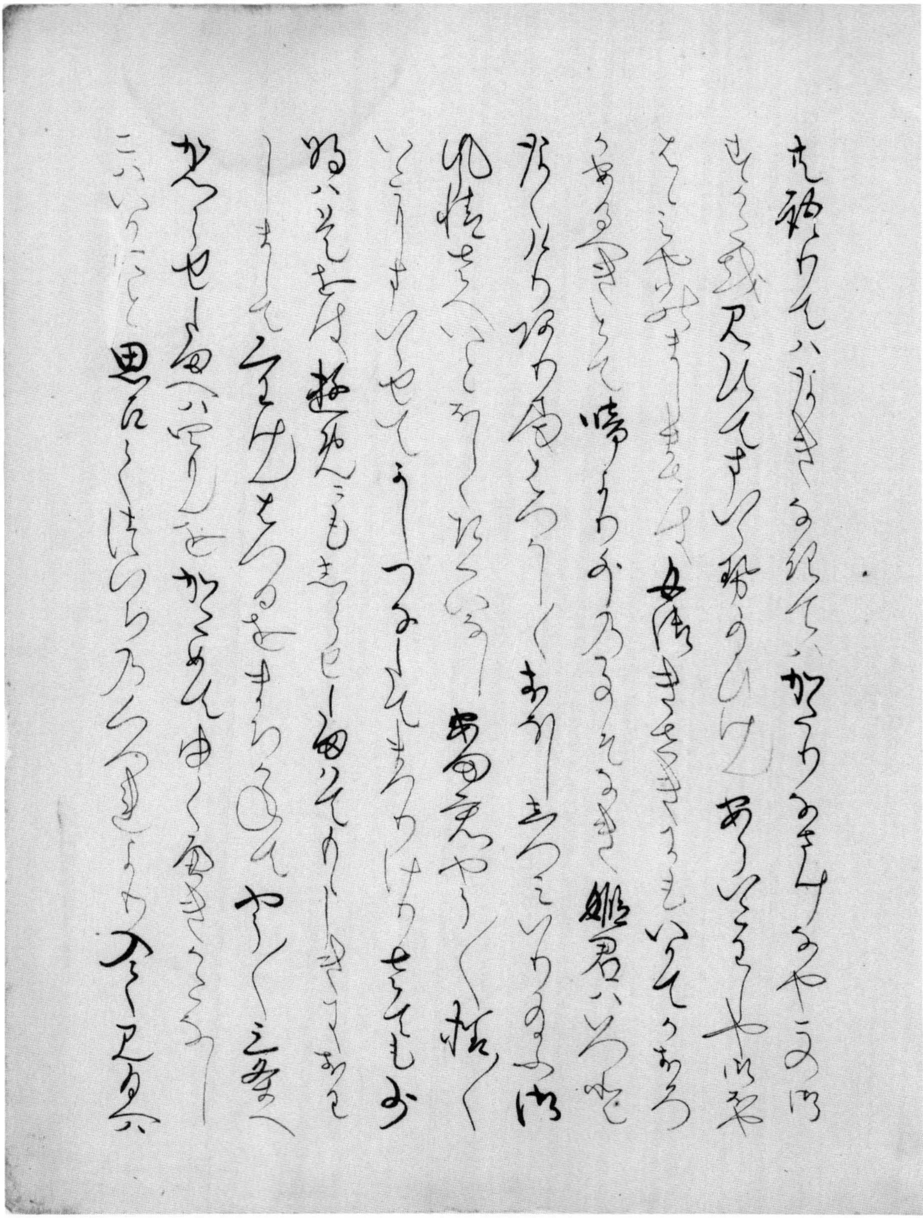

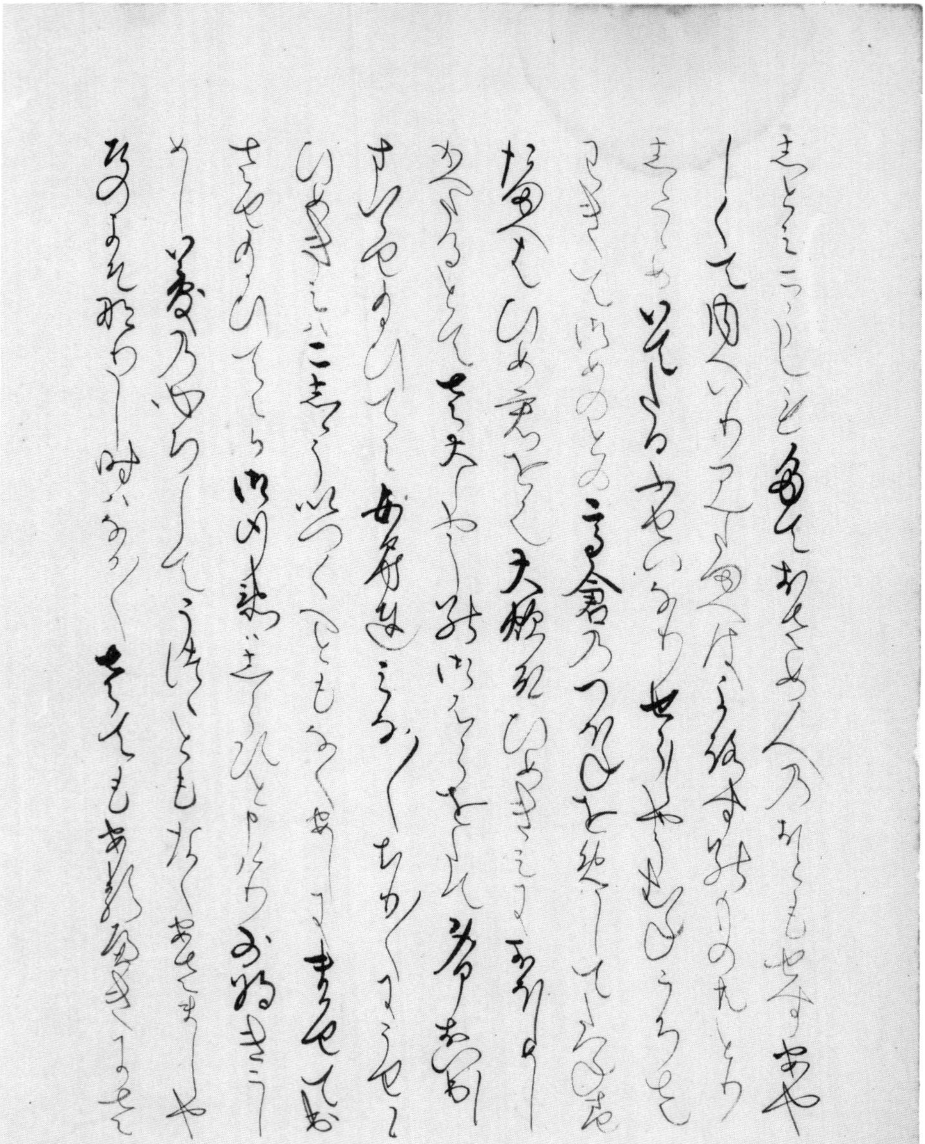

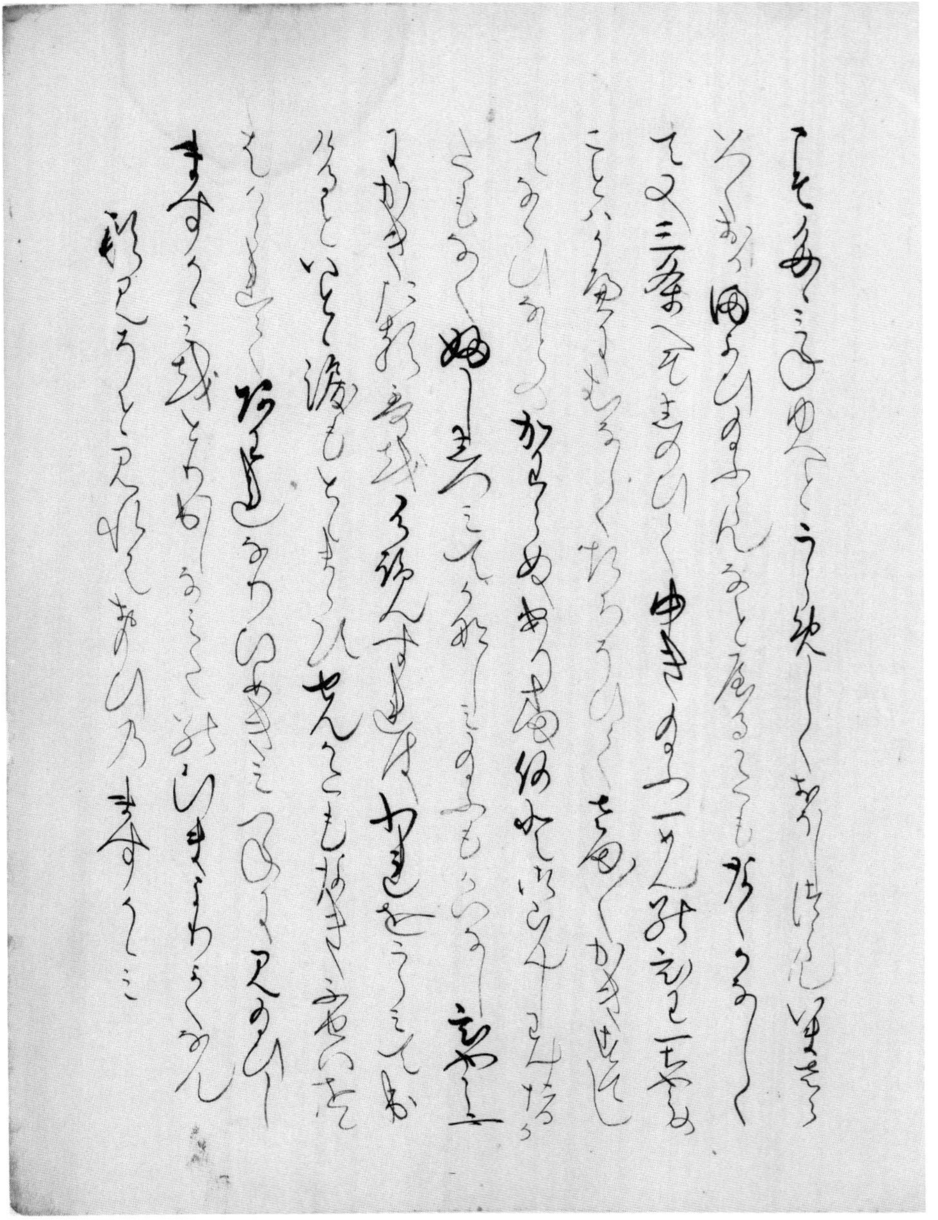

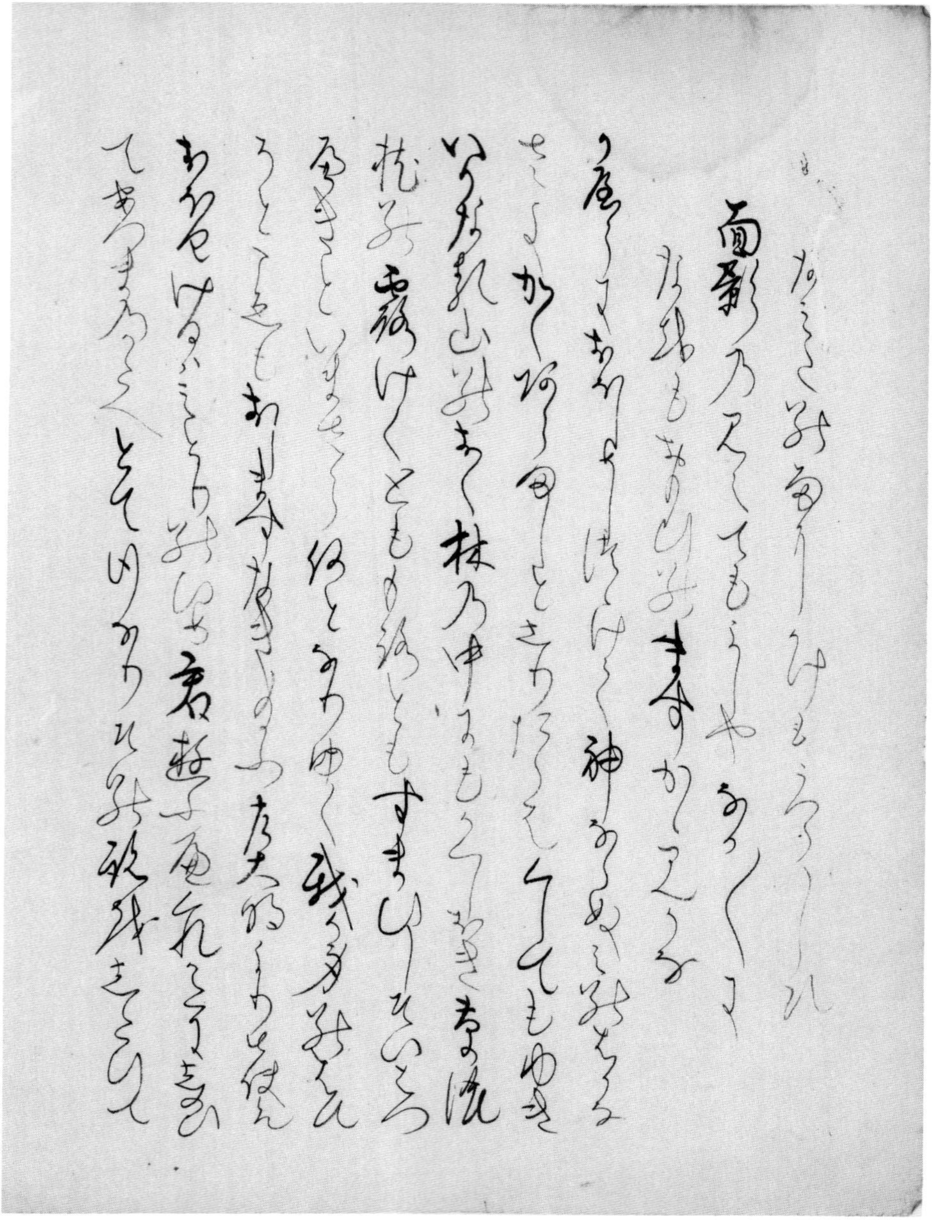

されてまたみなからちやく大姫君はやきことに時はやく
いもやすくとそおほせらるゝせうしやうかくきゝのまへ
もなくきみのまへなりけるは大姫君とまゝめゝと女房
はらはらこひしくおほつかなういそきとこそありひめん
なれともやゝありひめかれて程なく時くおはす
さよひのすゝんなとさゝいまはゆかしきとおほせ
みさゝやきのまへとかはれはこしもその孫なんよはたゝ
孫はまそやいきなるひめきかきのまへ
ぬるみとも山乃井しみつはちとせへん
いかにこそすみのきひしきりけん
千代まてとこそすゑいのりはく花ならめと

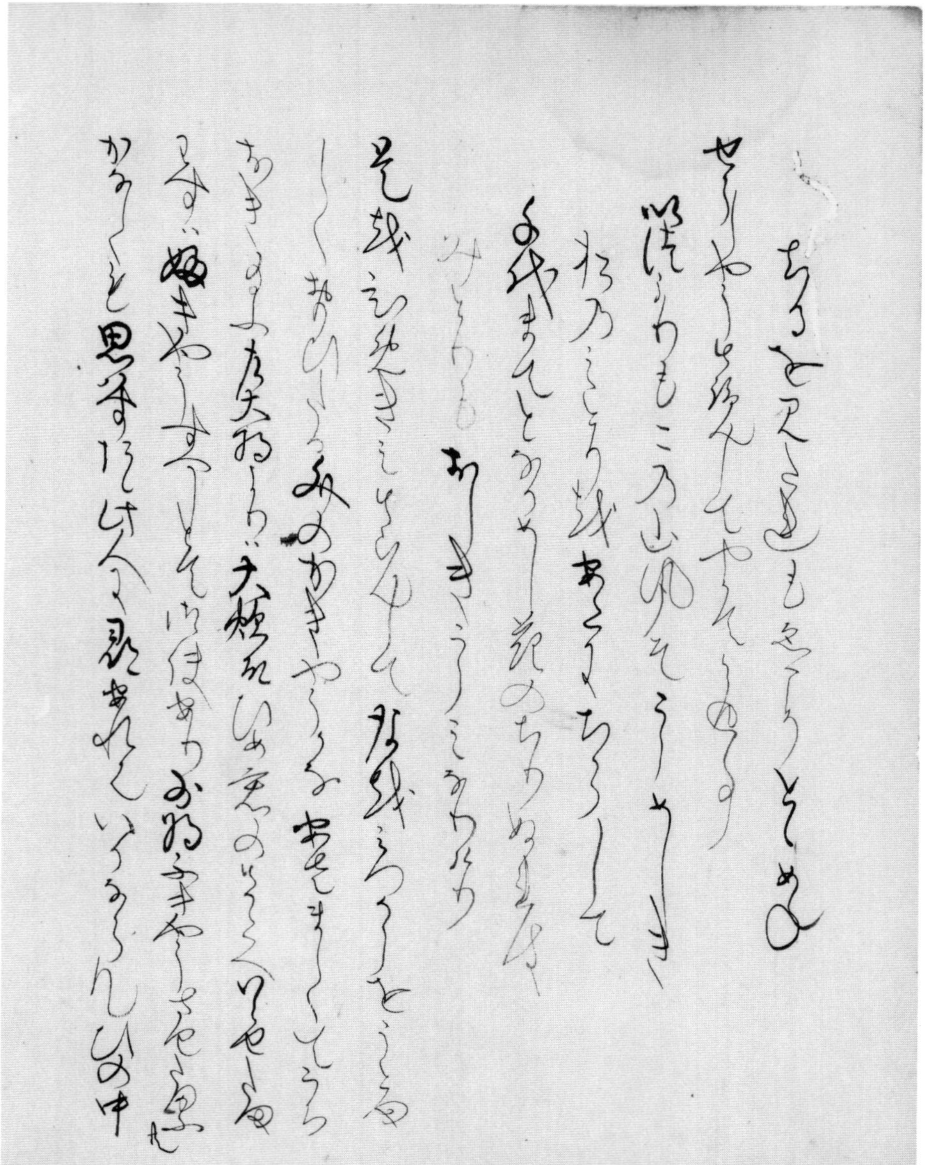

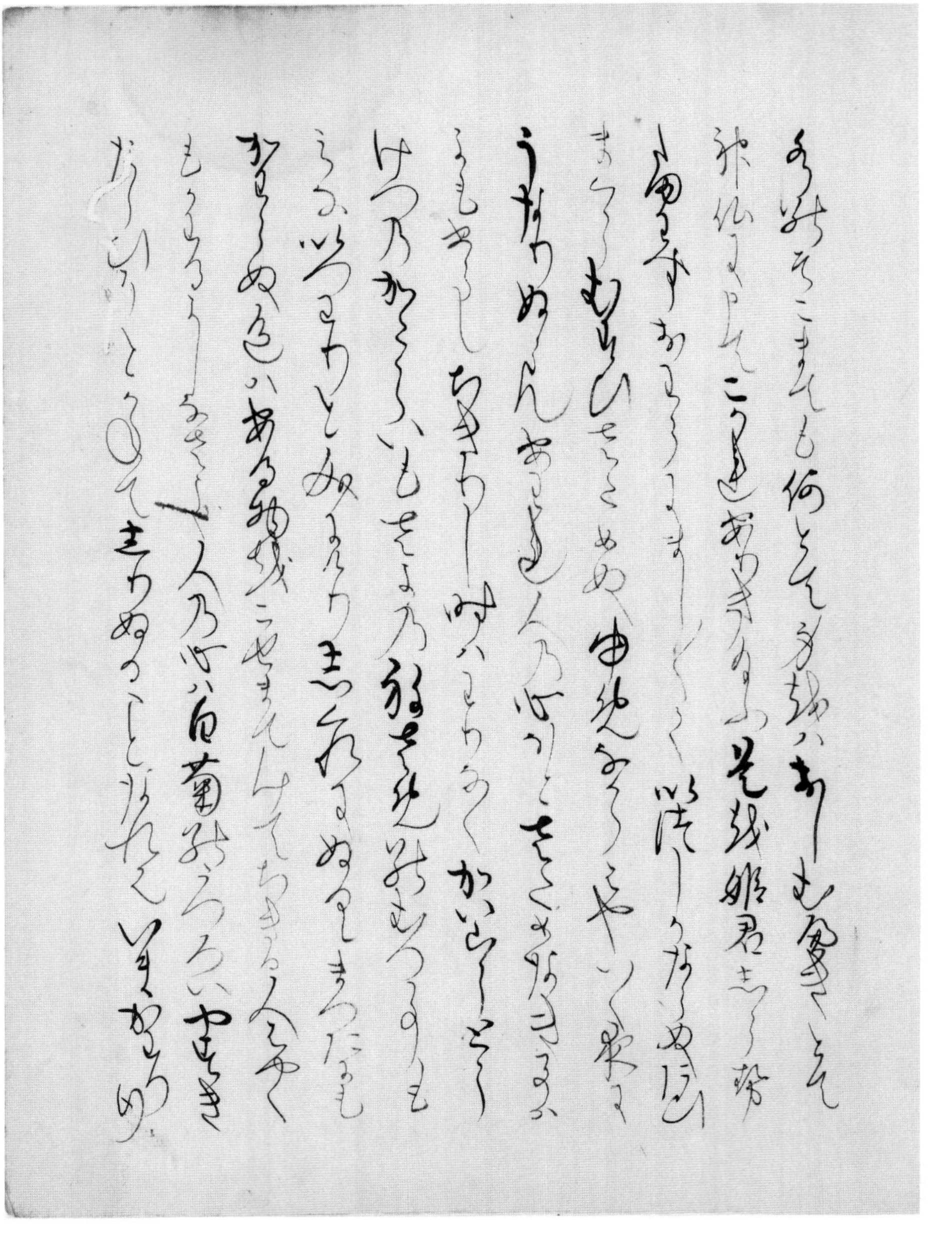

為さいふおもひもよらぬとおもひしに君やさしきは
うきもいかなりし比は神無月十日あまりなるすゑつかた
あらしこがらし村時雨あき風いやまさりけり
てらのかねもおとなひに心ぼそさすまひ哀
さやけき月にも哀をもよほしまくらの
とこにくまつもらぬをしのぶよりもこゝろめくもしの袖も
ころもなみだとともにまぎれてし袖もかきまぜ
きあけ月ことのさかひ袖もしぼるばかりに流きや
くいはまもりしのびてまつしく
こゝろとはなりてなみだ露のまするばかりし
いつもかくこそありけるかな

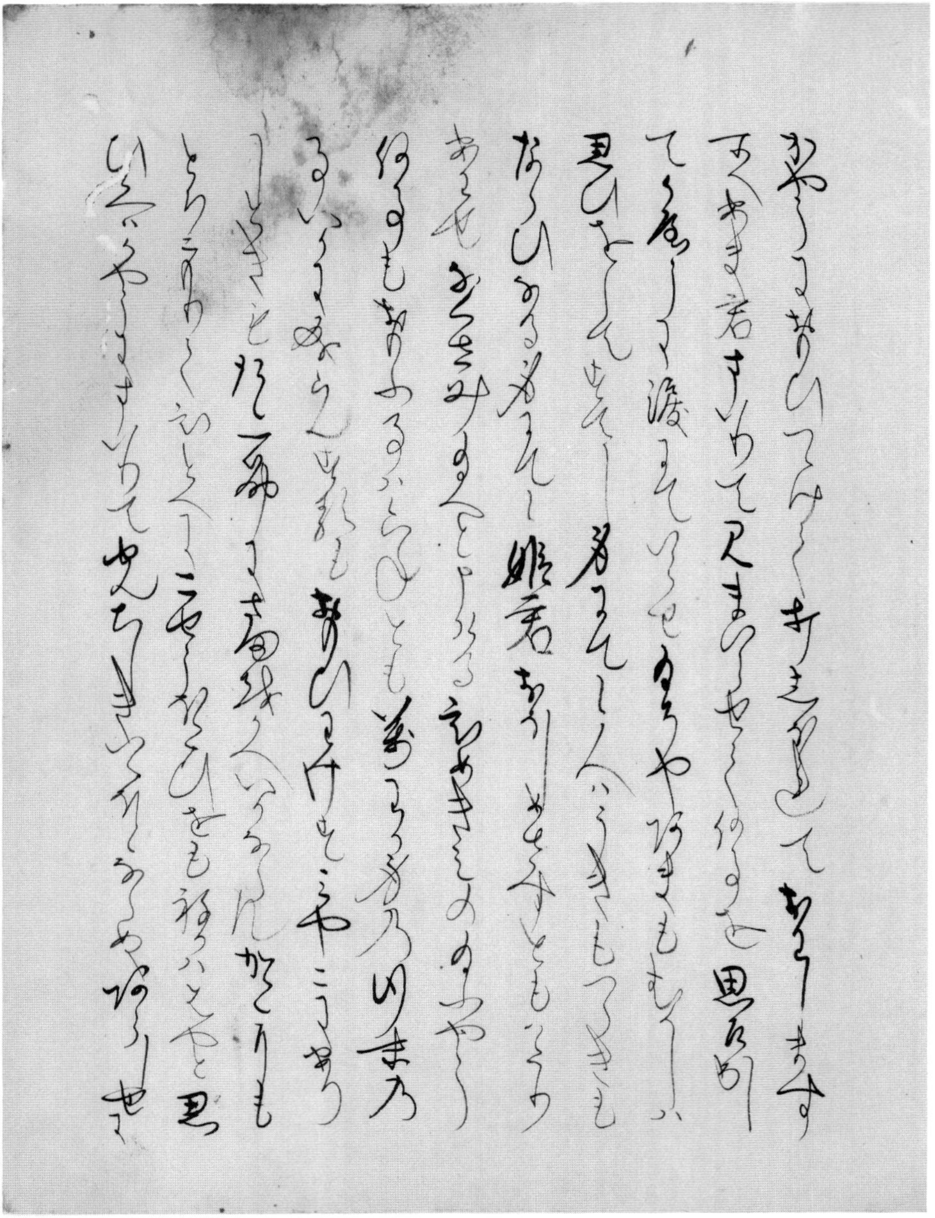

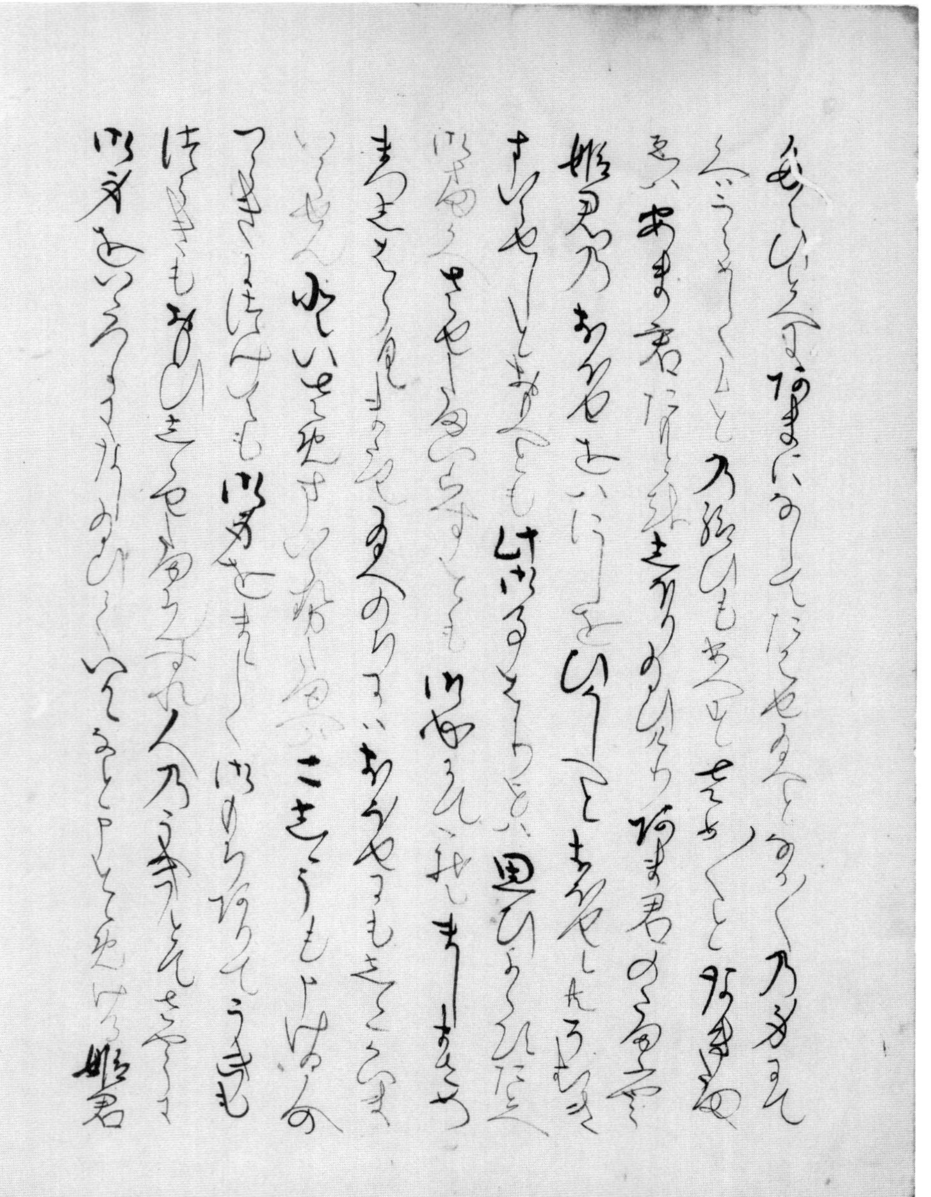

とうやしあれよ　こゝろハはなれまよふハ露も
きえしれさけ乃院まへきよわ花乃残色もみえ[illegible]
らせ南無頭光救済谷絶如来　頼むるハありし
まとくもんとかのへあやハ一世と[illegible]せんうつゝす生
せうれ恋きらそこゝ　あふ夜あらぬ[illegible]すの友
以なしのへとやしもせ[illegible]く　院せこそのまとうら
ひえて野路のつあやれ　まへ之山乃はなれしゆるゝふ
りやかなれのうつ　ちる夜ハ鉢あらし[illegible]
こともなく　こゝやこゝ乃　かこも恋しく
待かけは影もむけ乃こゝ[illegible]
なしとうきへ影ゝ恋しぐれ

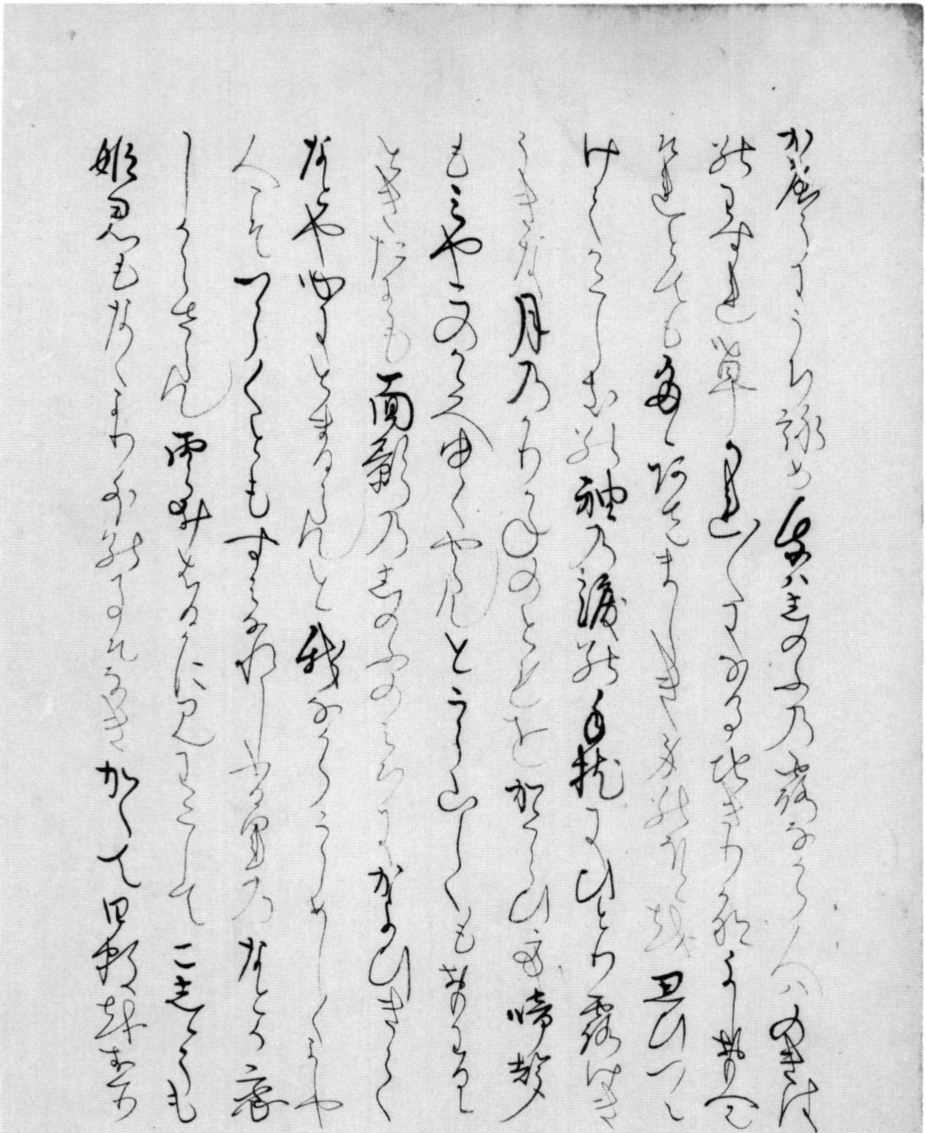

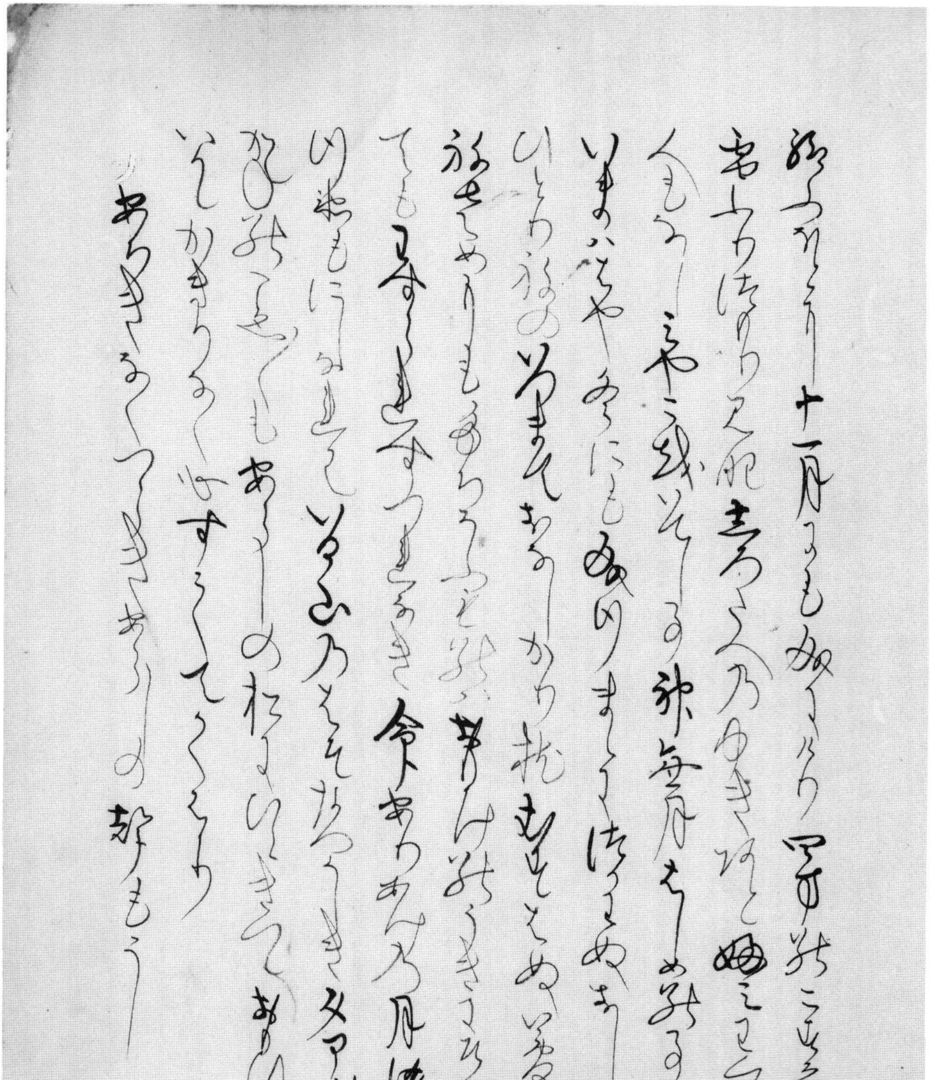

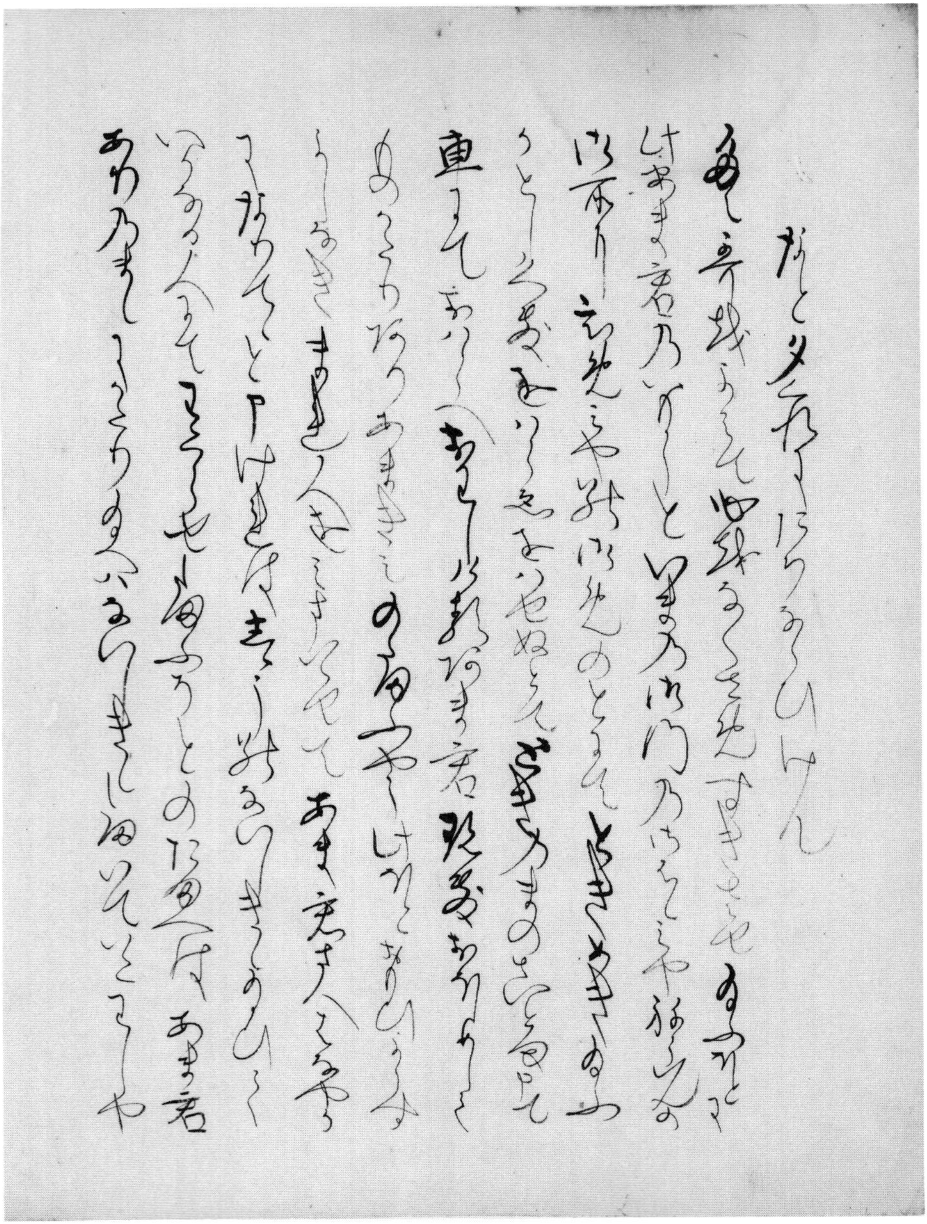

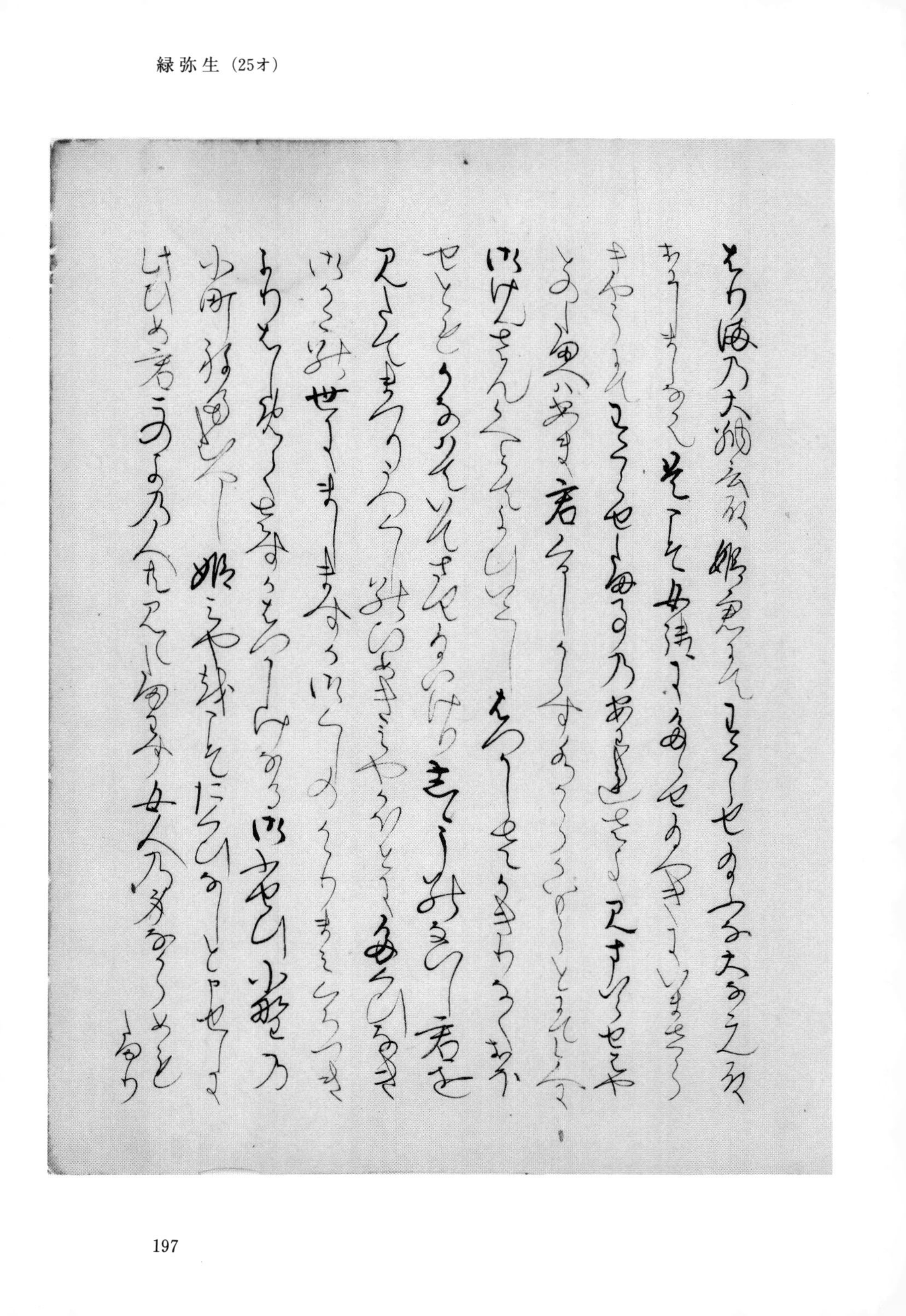

[illegible]

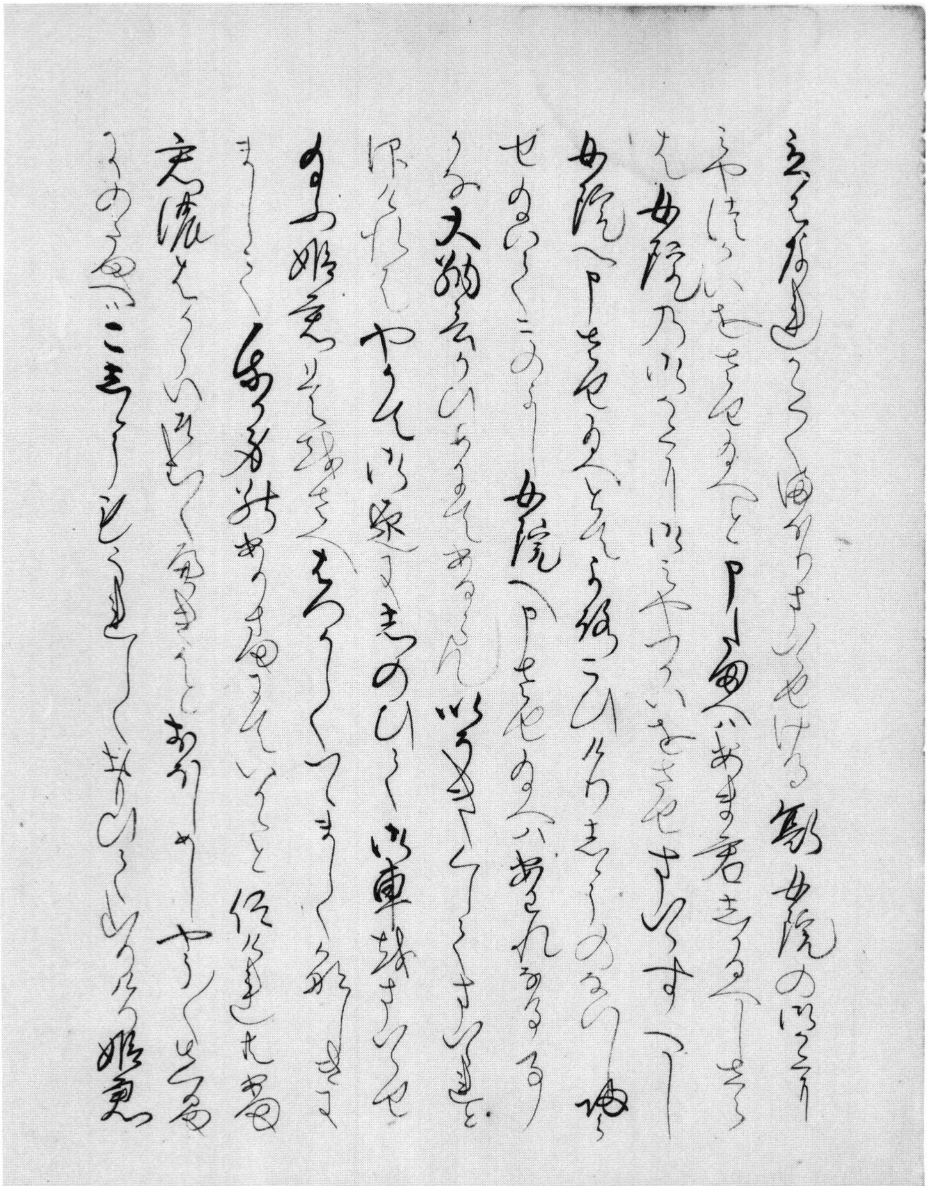

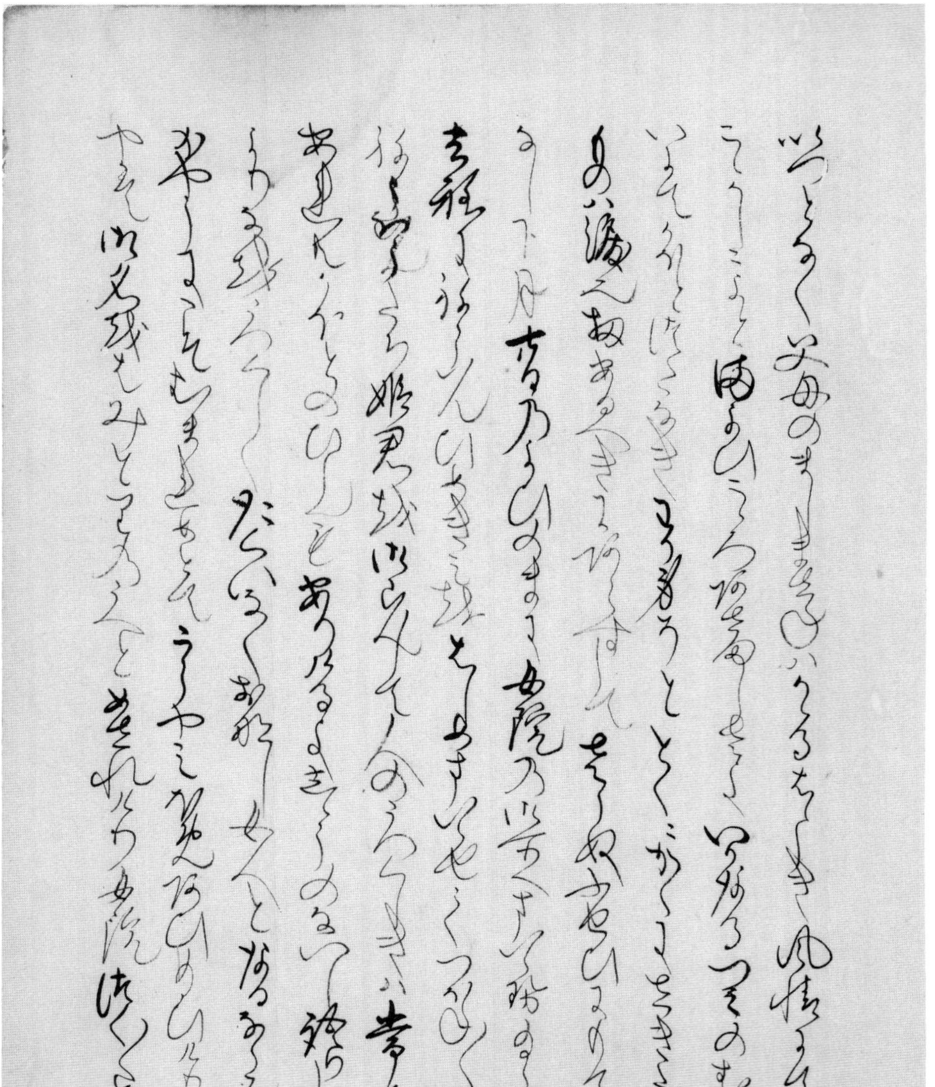

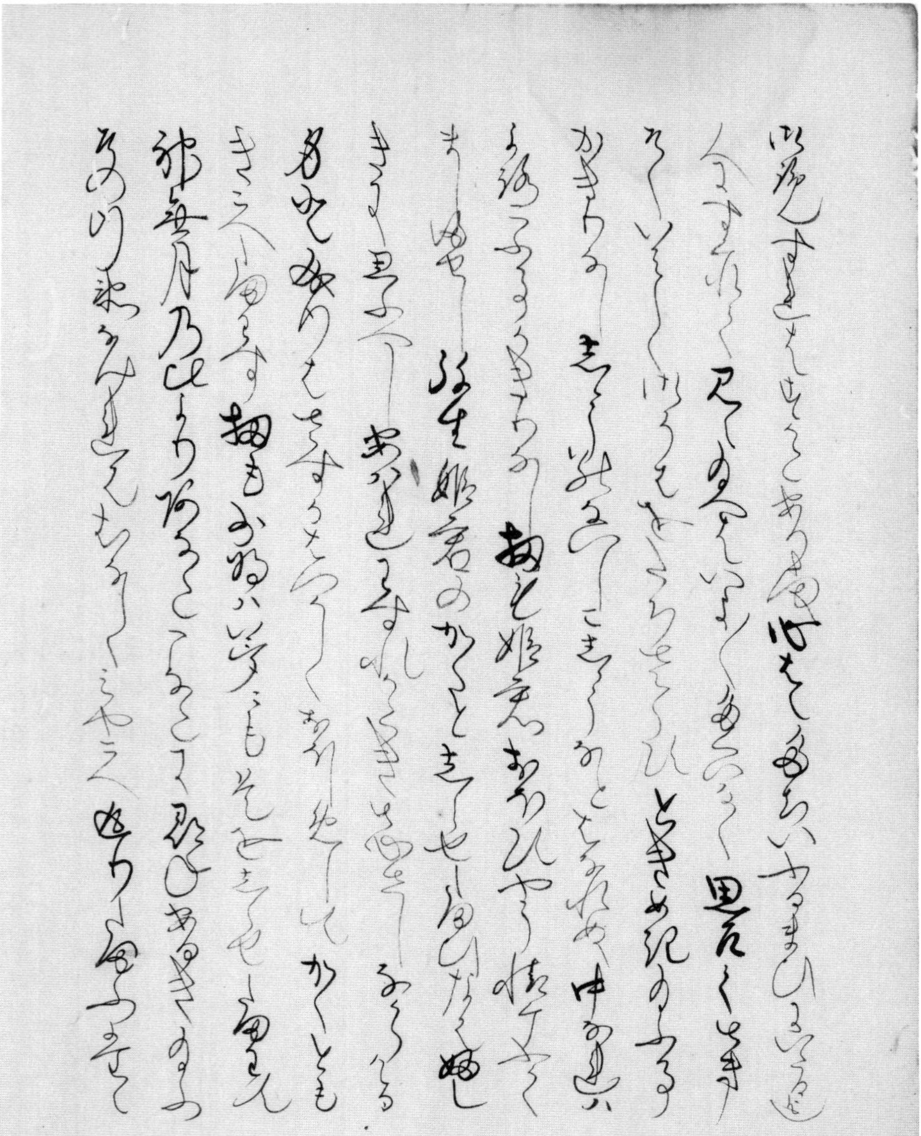

三条乃なかまにいれたるやとりなのおはんは越こえひとゑにこ
ゝろかよふこころ見えて恋なきにしも大和ゑ大幣とも
姉矣のおはさんをみぬ夢をせめても人はうつらずとも
きもありさきなかむさすなさこのめのほうり
うきよはかなき月の村雨の花のかけ
おもひきられぬ思ひとめりけり
以前ふたたひ恋話乃いのちもおしからす
まゝよ 草葉ふのまくらかな○も
なつかしき思ひ出はけふも書はひかりそまぬ恋するは
夜もすからさしむ袖はおもふこそ暁までぬれぬれ
八契乃ためものかたともふか情あるしもさたまる

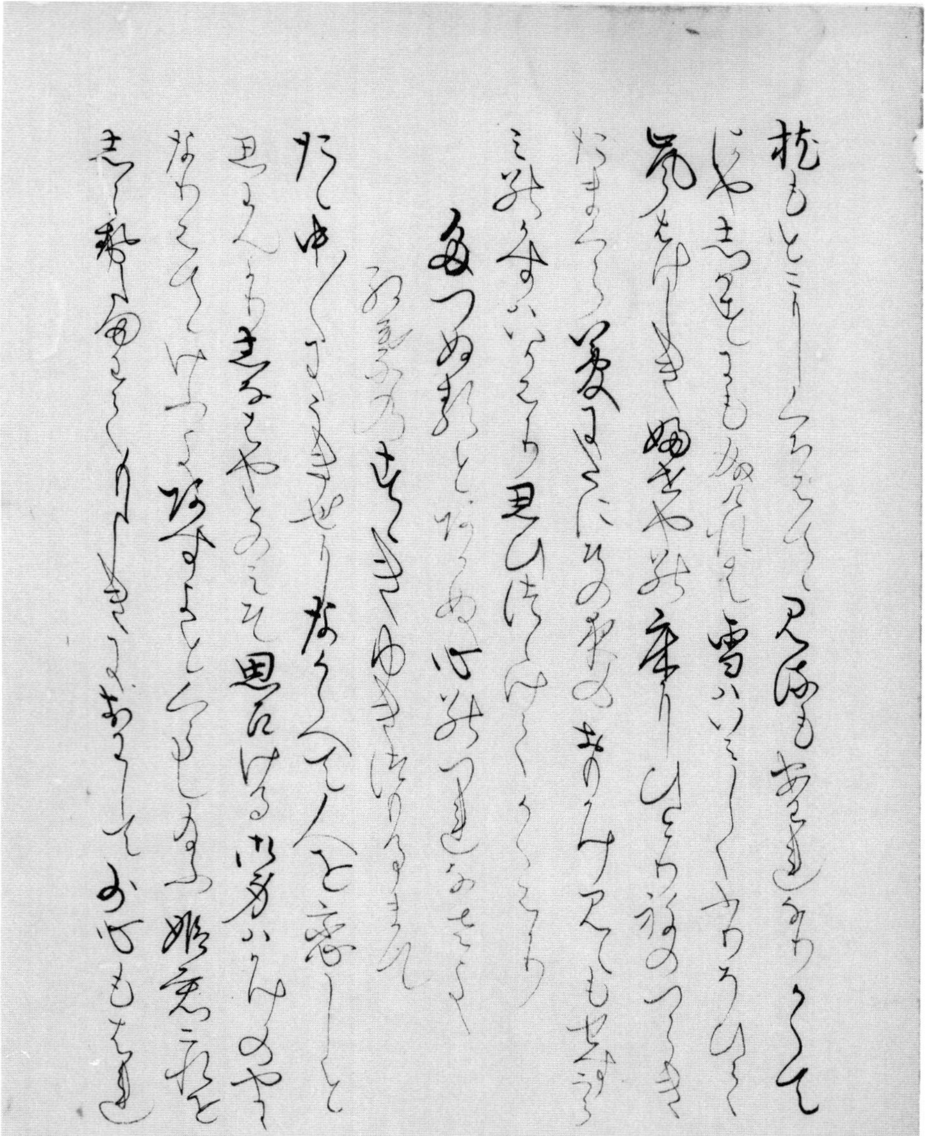

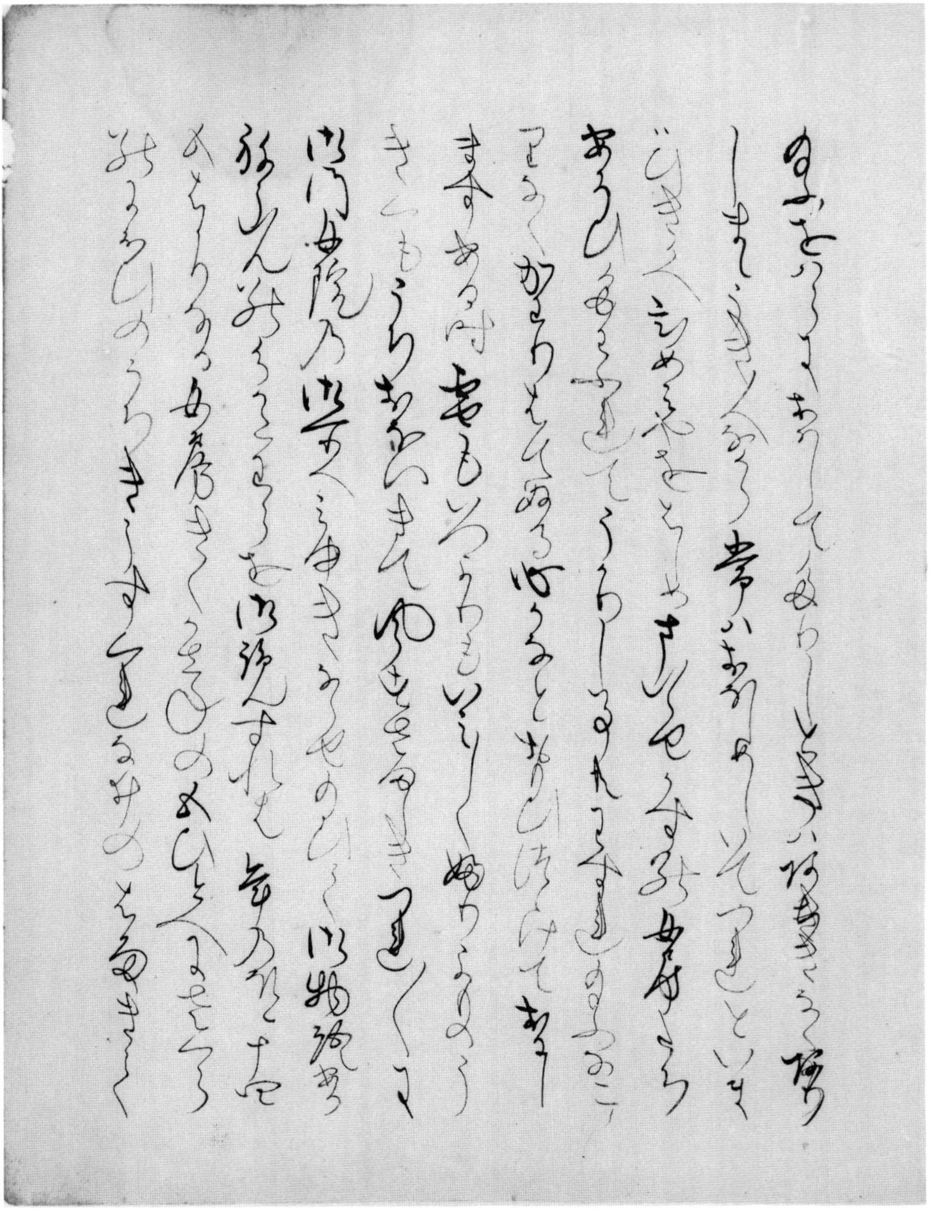

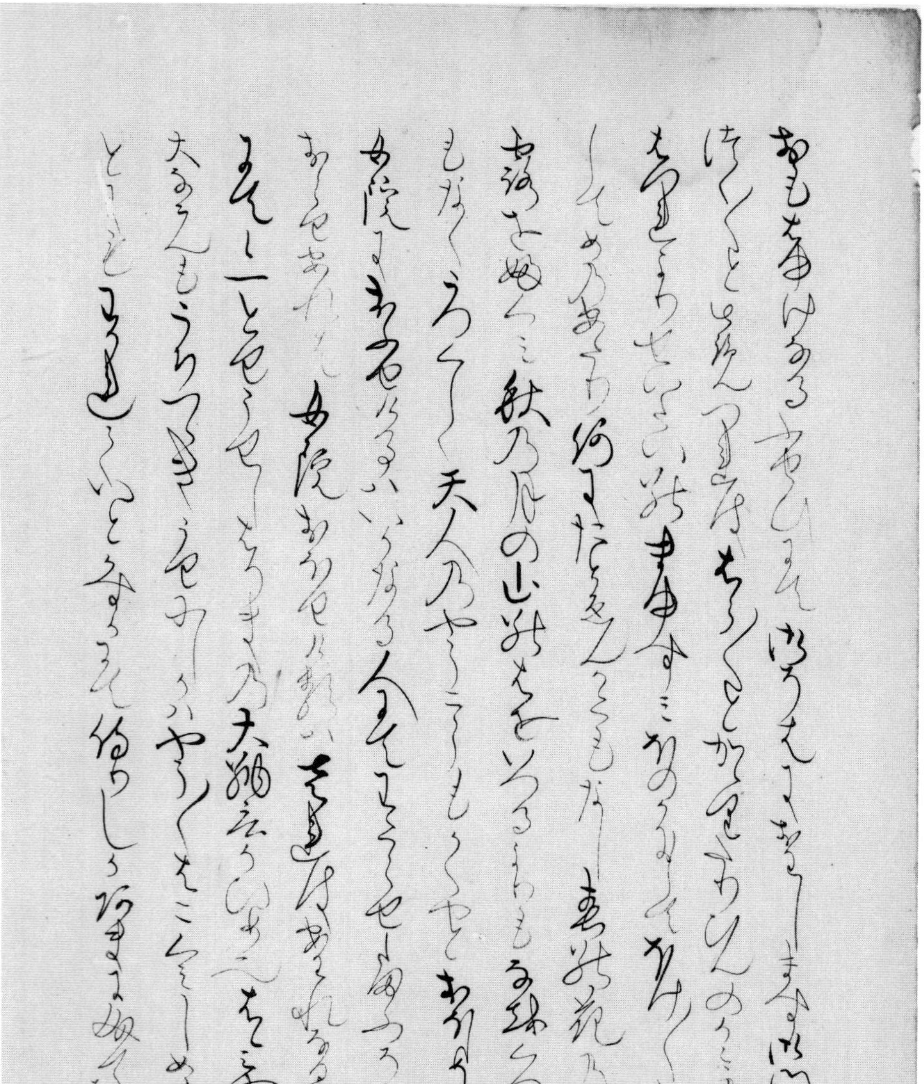

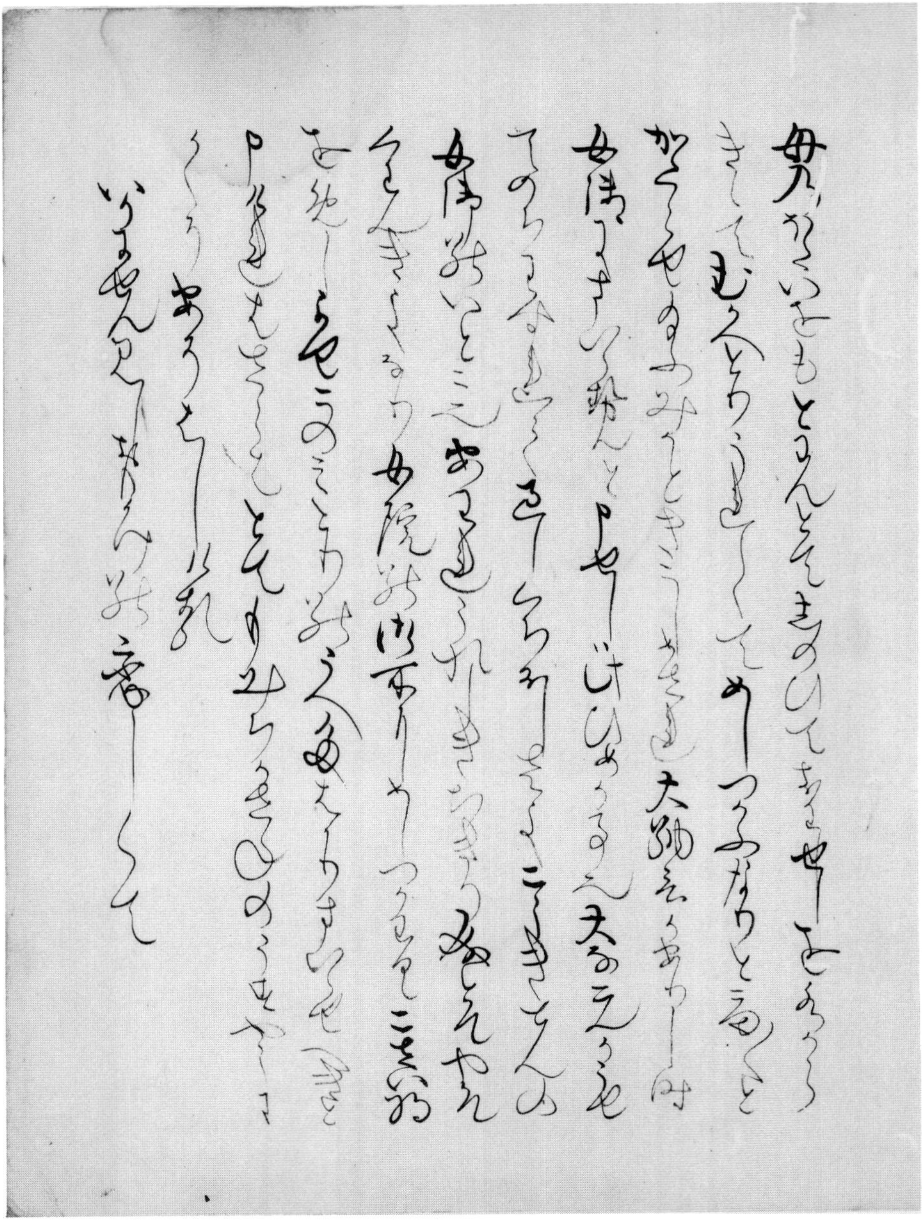

こゝまんとすませてことまとめぬ事
みとりはわかいまゝすゝさいめられて
ちうとゝ千代のおもひまいらせ
やしなひあそびして御めのとすゑすゑ見もゐて
てこそいおほさるゝみちひけることもさゝらひてけみ御
御あか姫君のめぬさゝきして我せと御之御ことし
すまゝくあひくとのなを御はことさしみゆきとか
姫君みさまゝまゝまゐるけみ御かつさしきのとし
てはやくめつの花のまへとのまへは姫君
みな給ひしなからはかゆへひとゝくのまゐらせ
御さらみをし見るしこやくめさまて

廿九

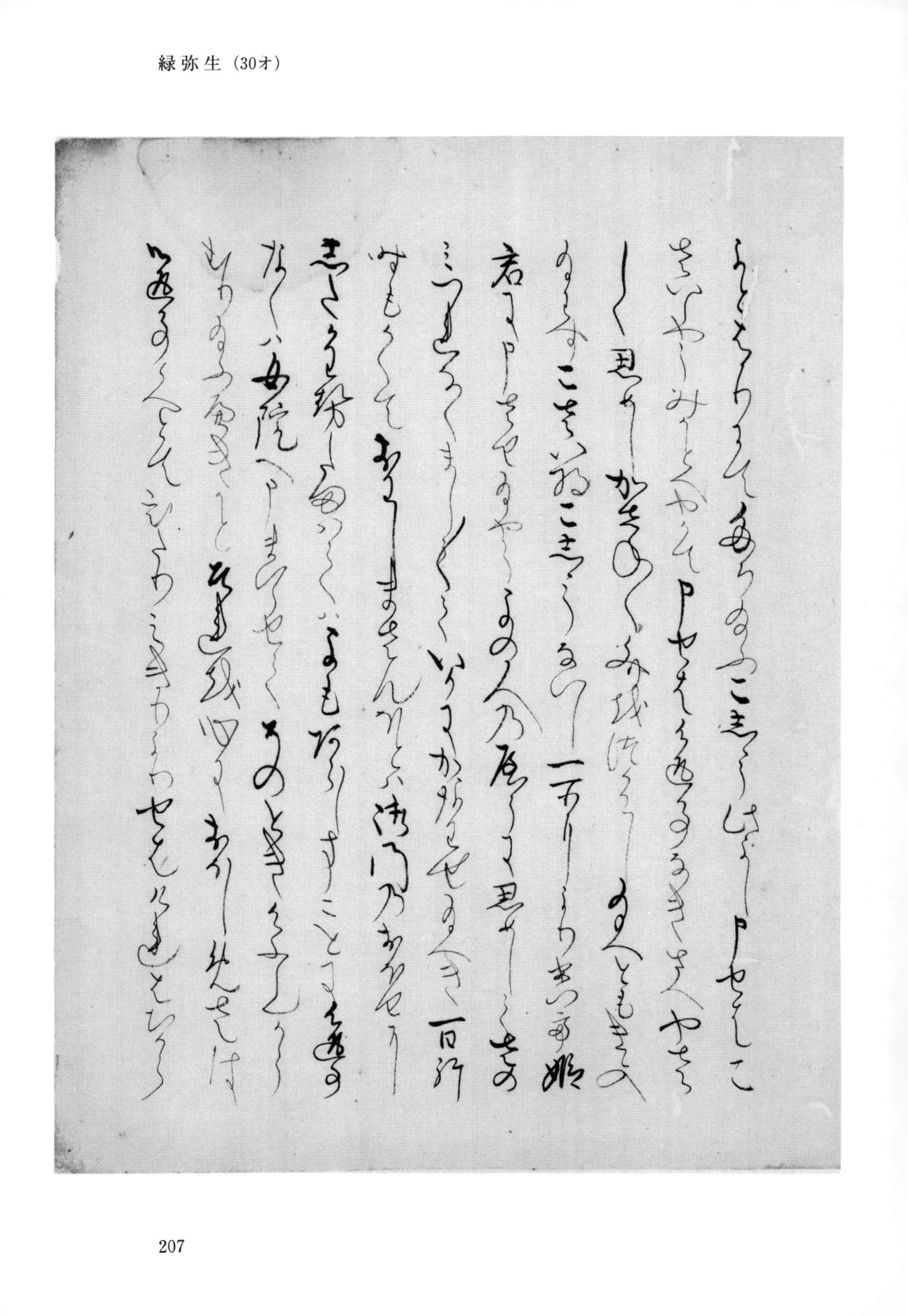

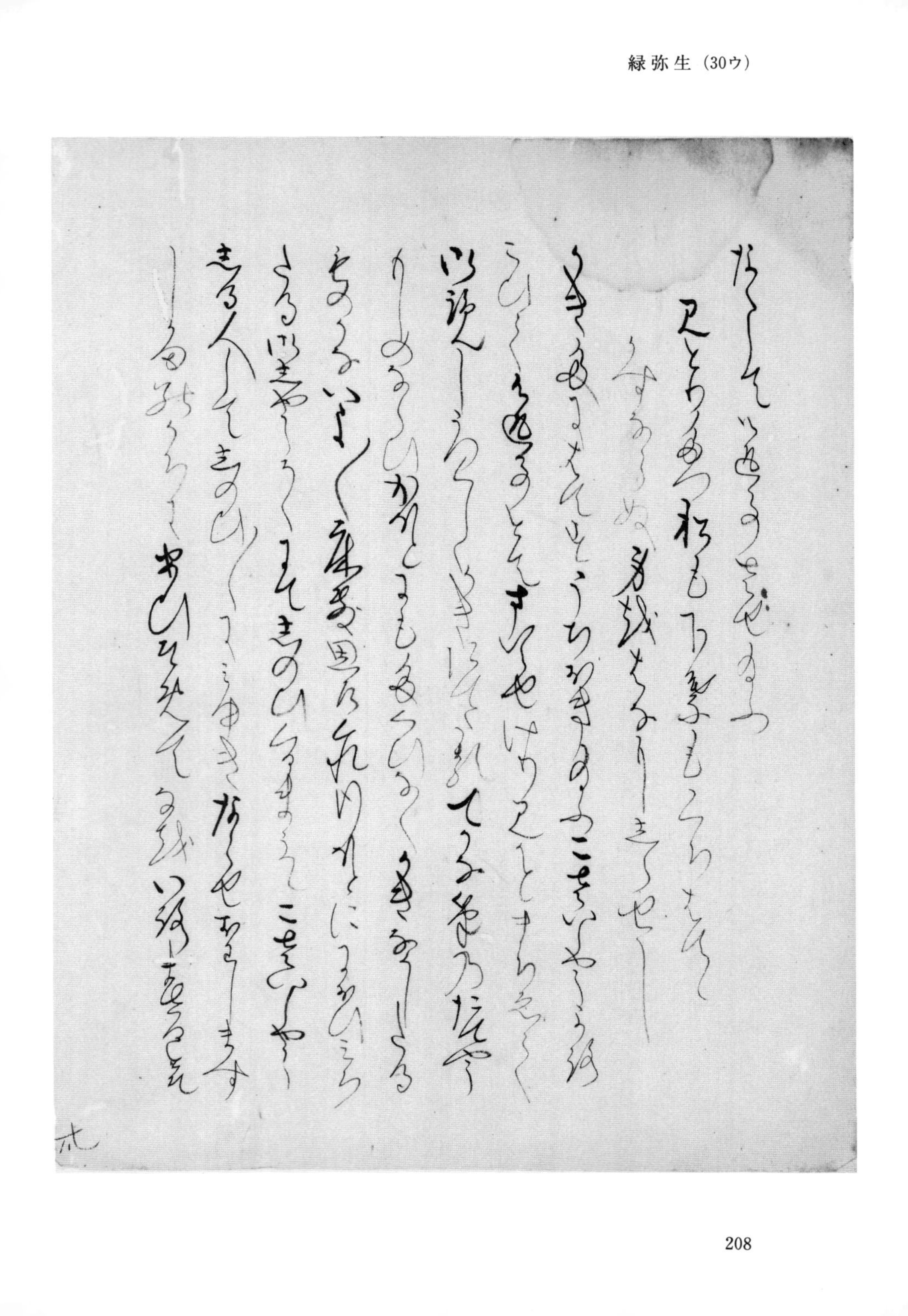

[illegible]

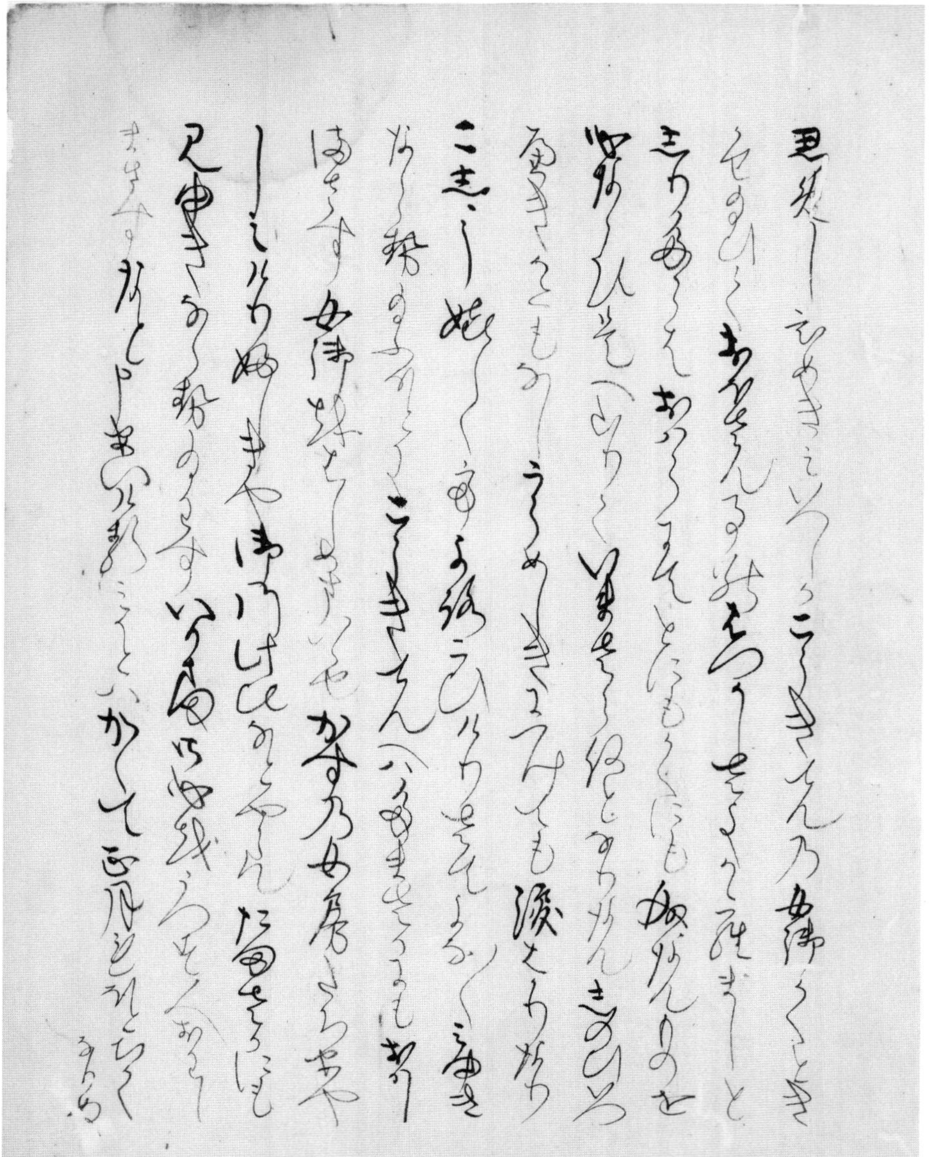

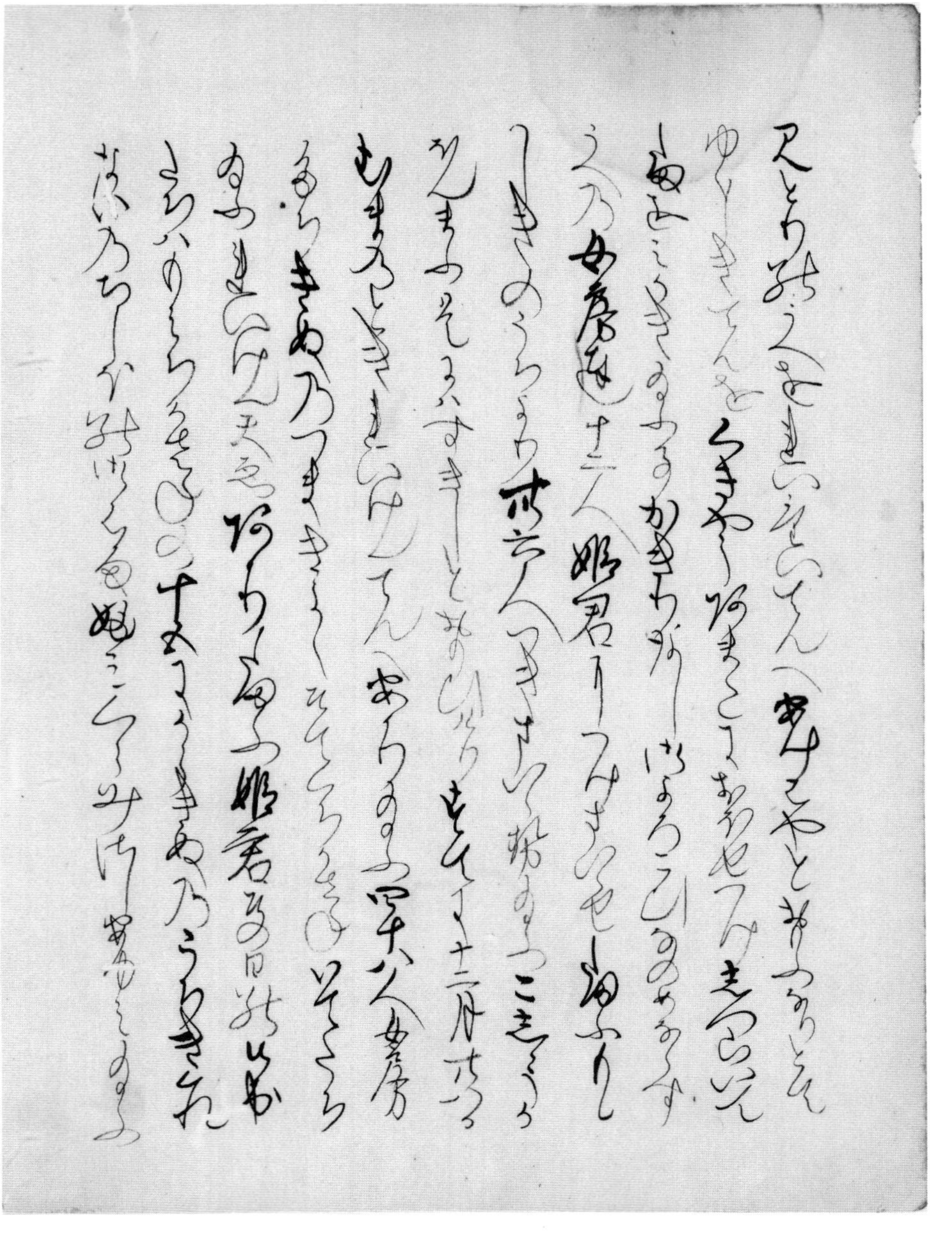

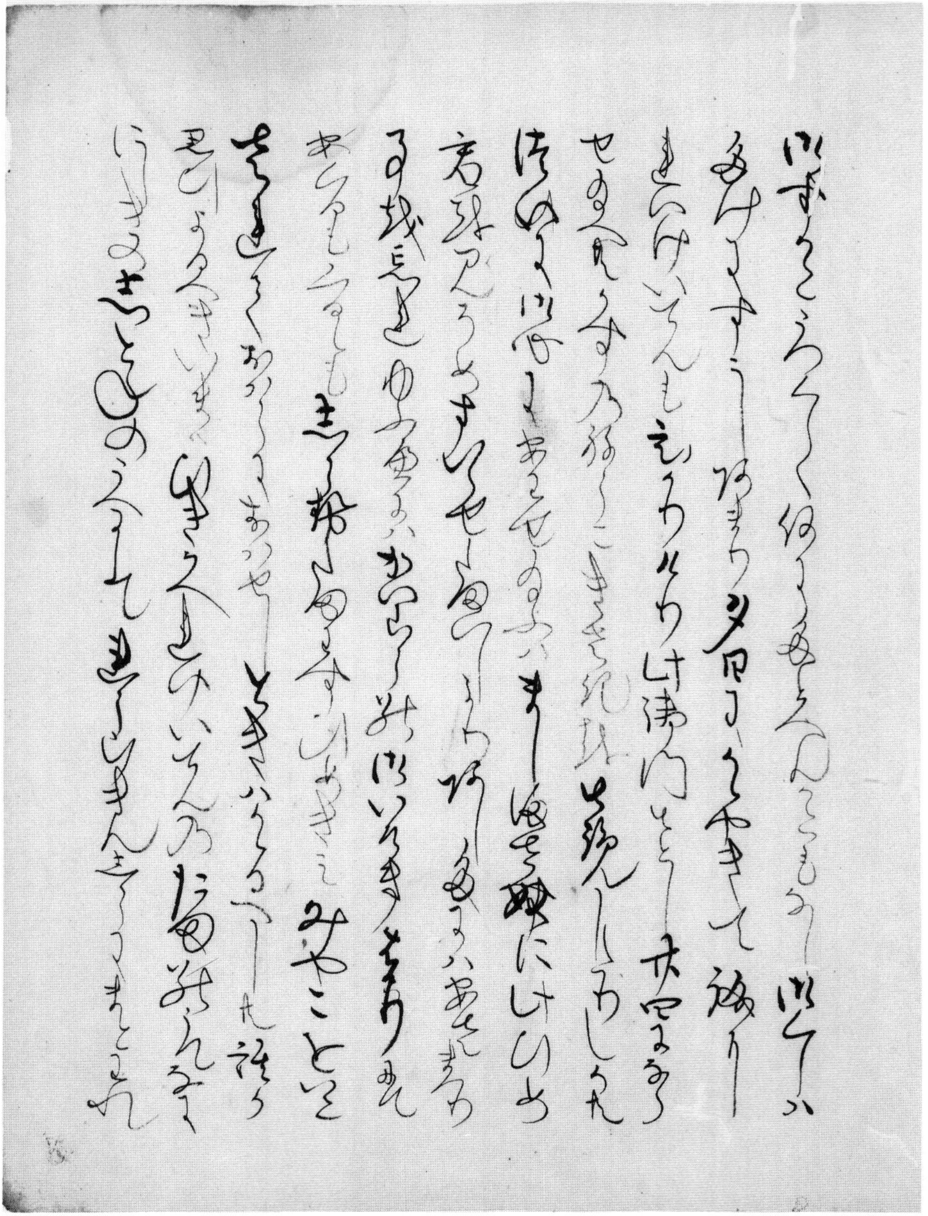

てらんしやみにうらひらくらく思はぬ御代にいら
きみみちのうつ嬉しくはきかれくさ紀のきみのすき
かきりなしされもうちきこえんみち女御きこえしめ
ことやんとは殿ゆはなんみの殿へことききて
らしもとききめきまゐらせきこえまいらせ人のひめ
君うとゆあるハある女房中納言まいらせ
ねとめやさしも思ひ乃思ひあまりし三条殿たち姫
きこえ女院のはかまきあそはせし之成御名残りし
やみそなたうちはいけいたんあはれやさしのかなと
ほかれなみハ山きこへしくなみまつりてあはれ
こしかたとともおもひねそ今すれそこなく又ともゆめの

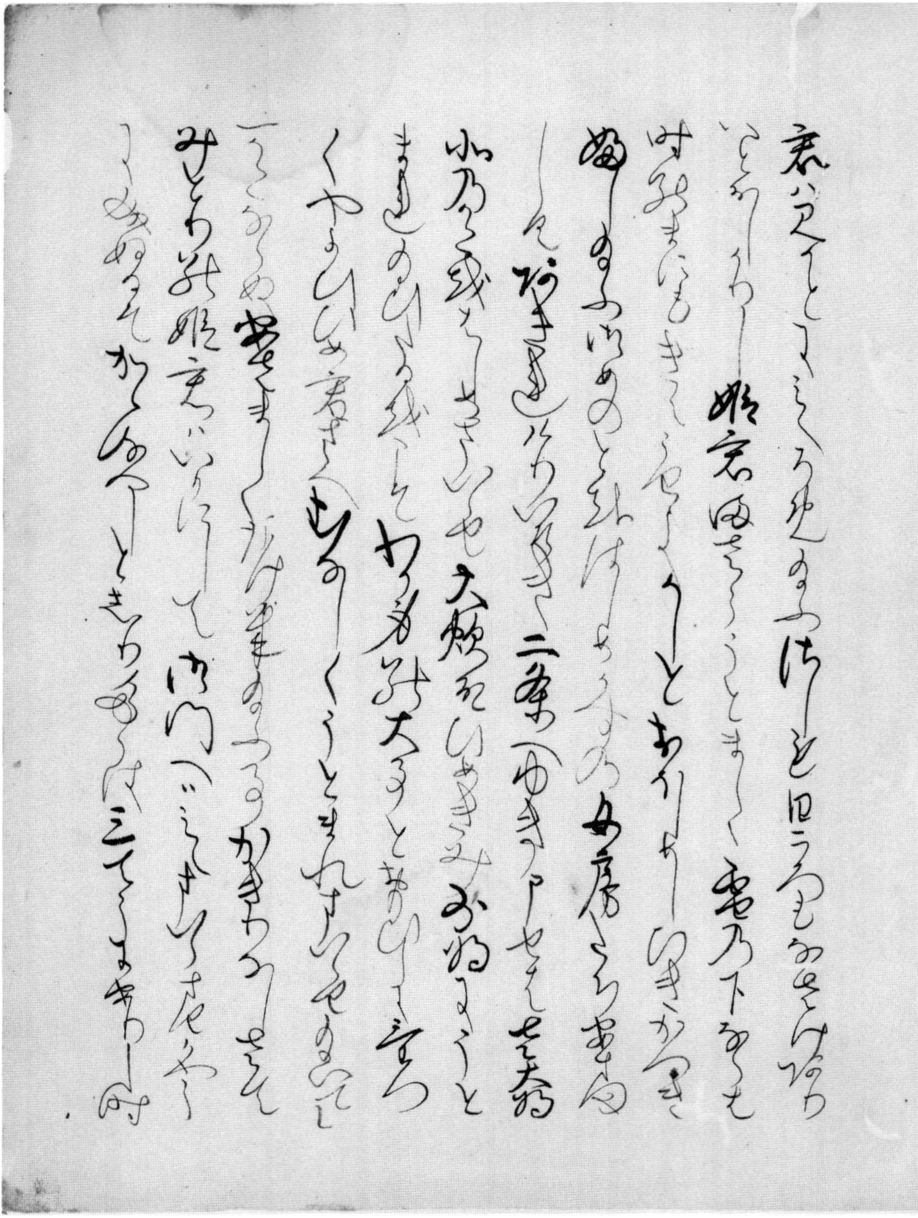

きぬやはらかしかみくきすのちる成きわまおいお
しほいたまひ人姫えんはゆうてまなさるゝこえる
をいはくつきらすあはれてまゝあひてみえて
きえんまあかこゑしもとはる風くまれける
正月にとなりけるそしるきいけいてんのあそ多て
うきさんの女房ひきさくとふるくをかたしく
みなきろもしめなるまきも取てきこつくもかね
うゝめきを花あまわたくわれするかえなきはめの
とゝくてへみきつ琴のくあまりさいくきとも
きるもののまとをはゝくるん
咲花もたいまふちつりいはくえゝゝて

廿二

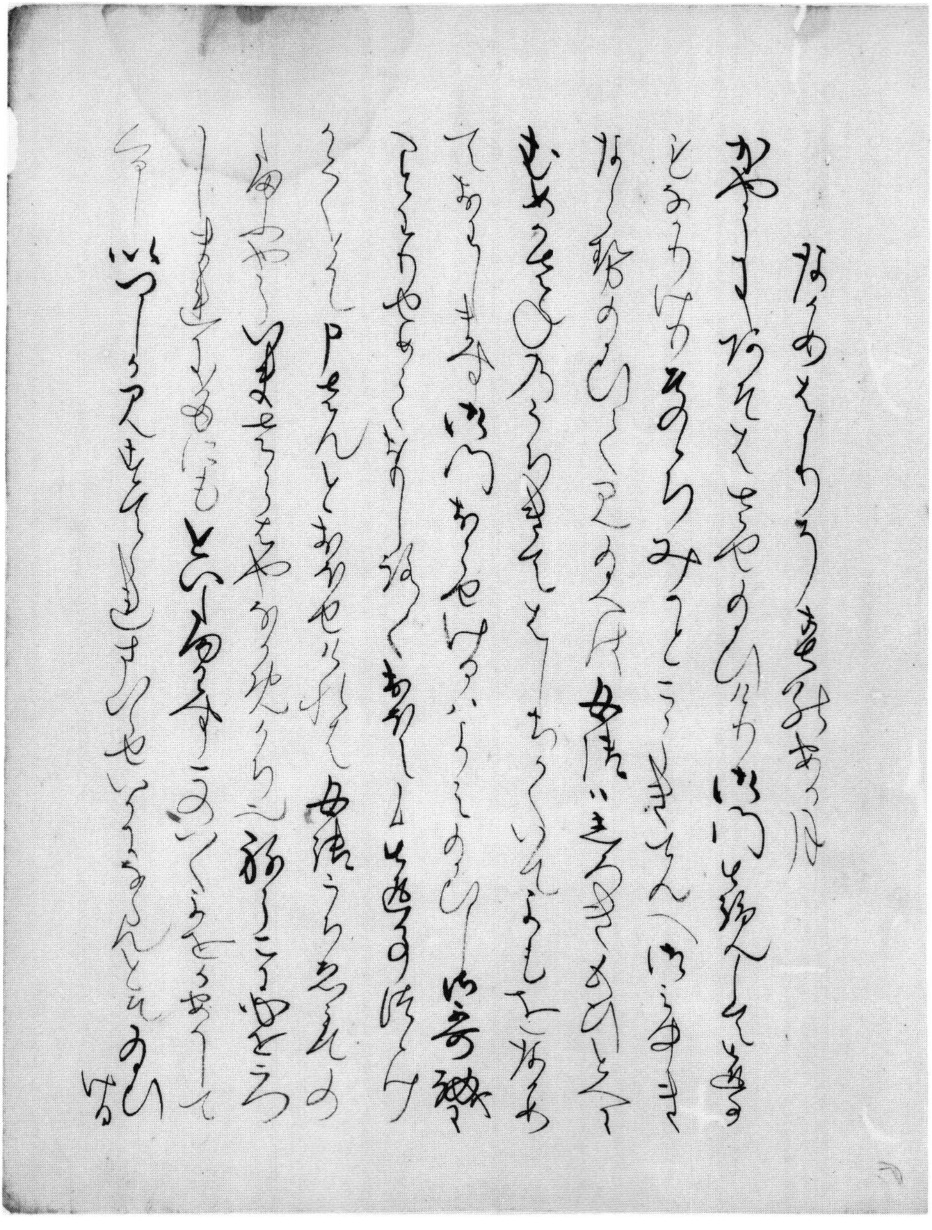

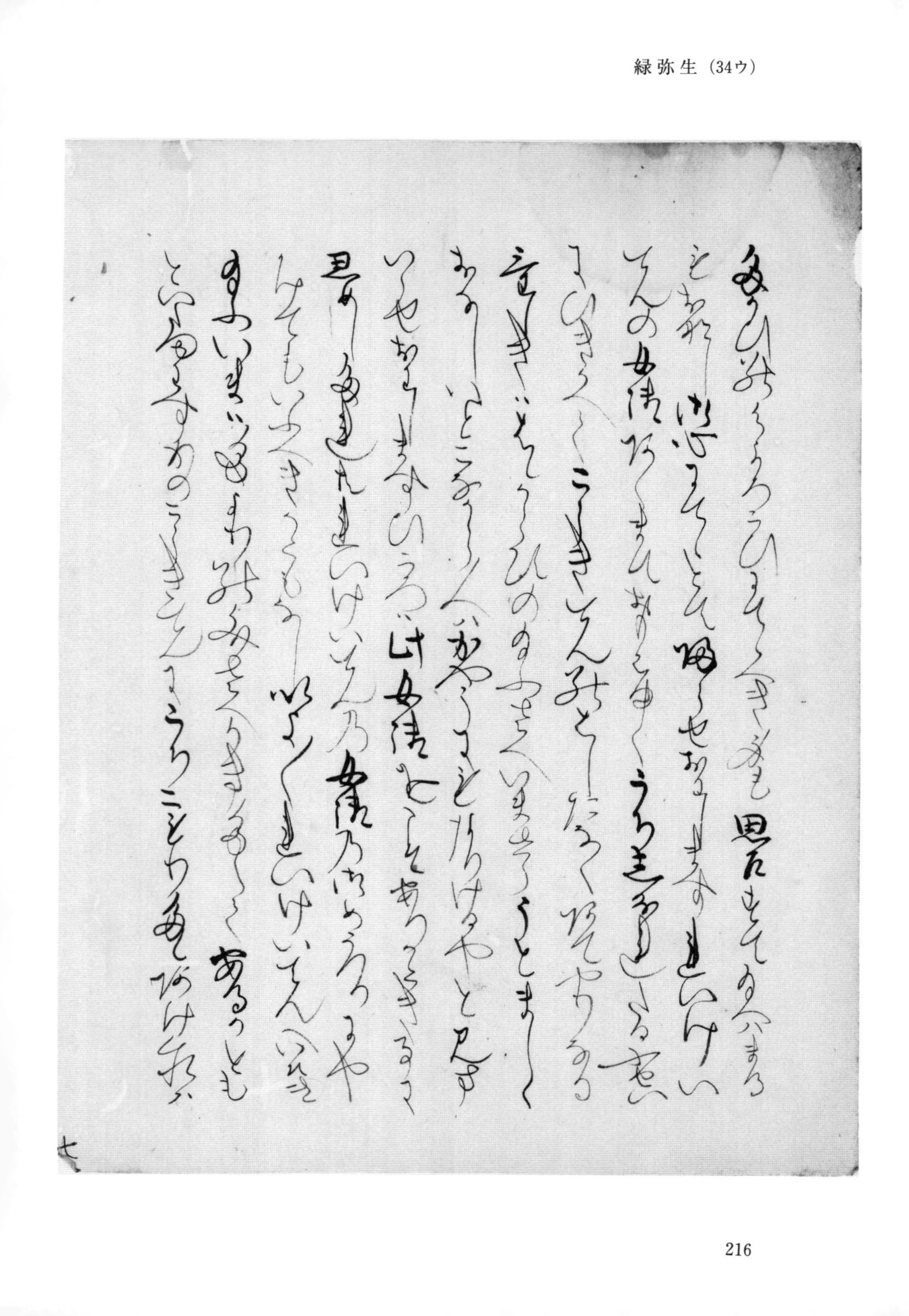

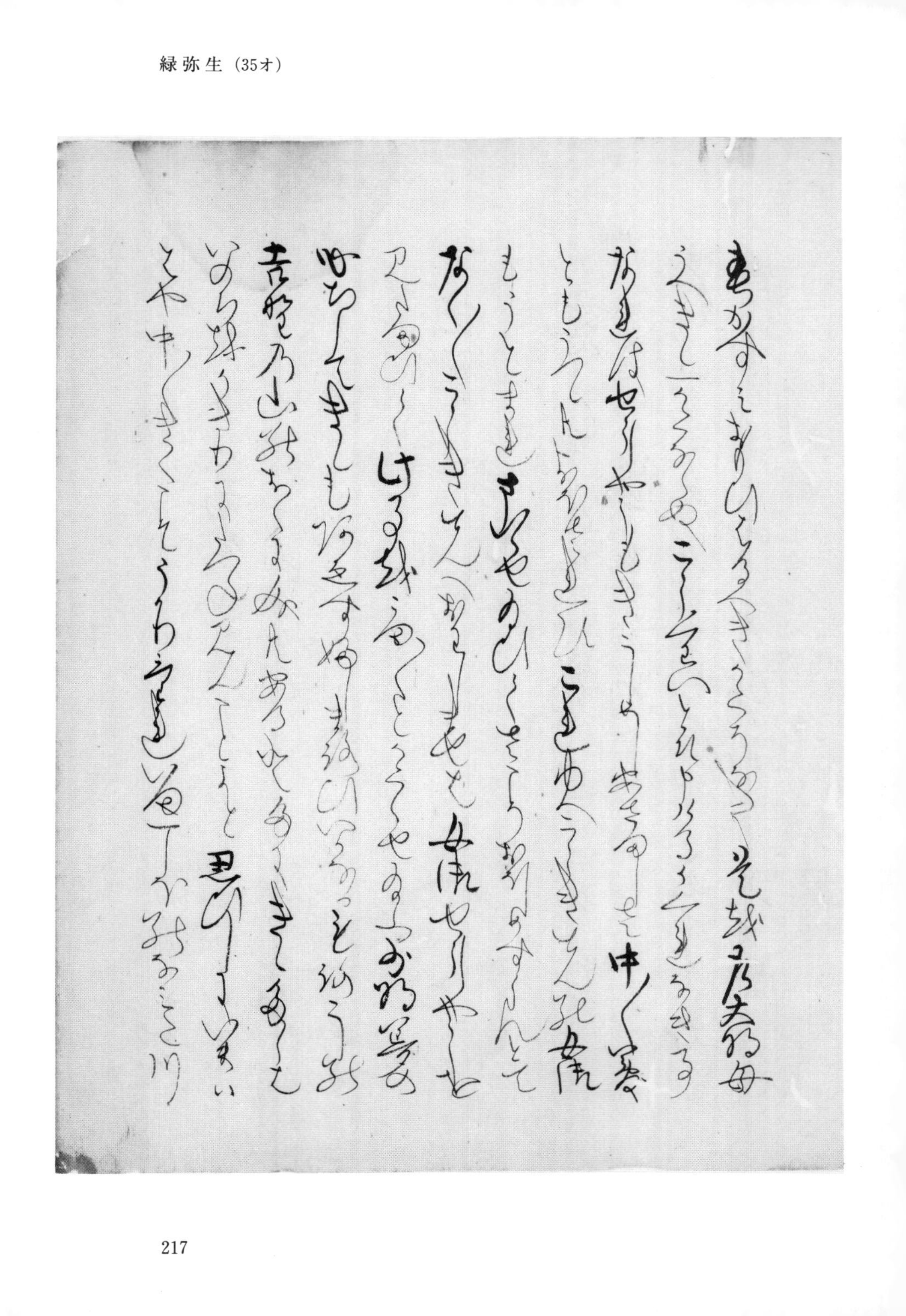

[illegible]

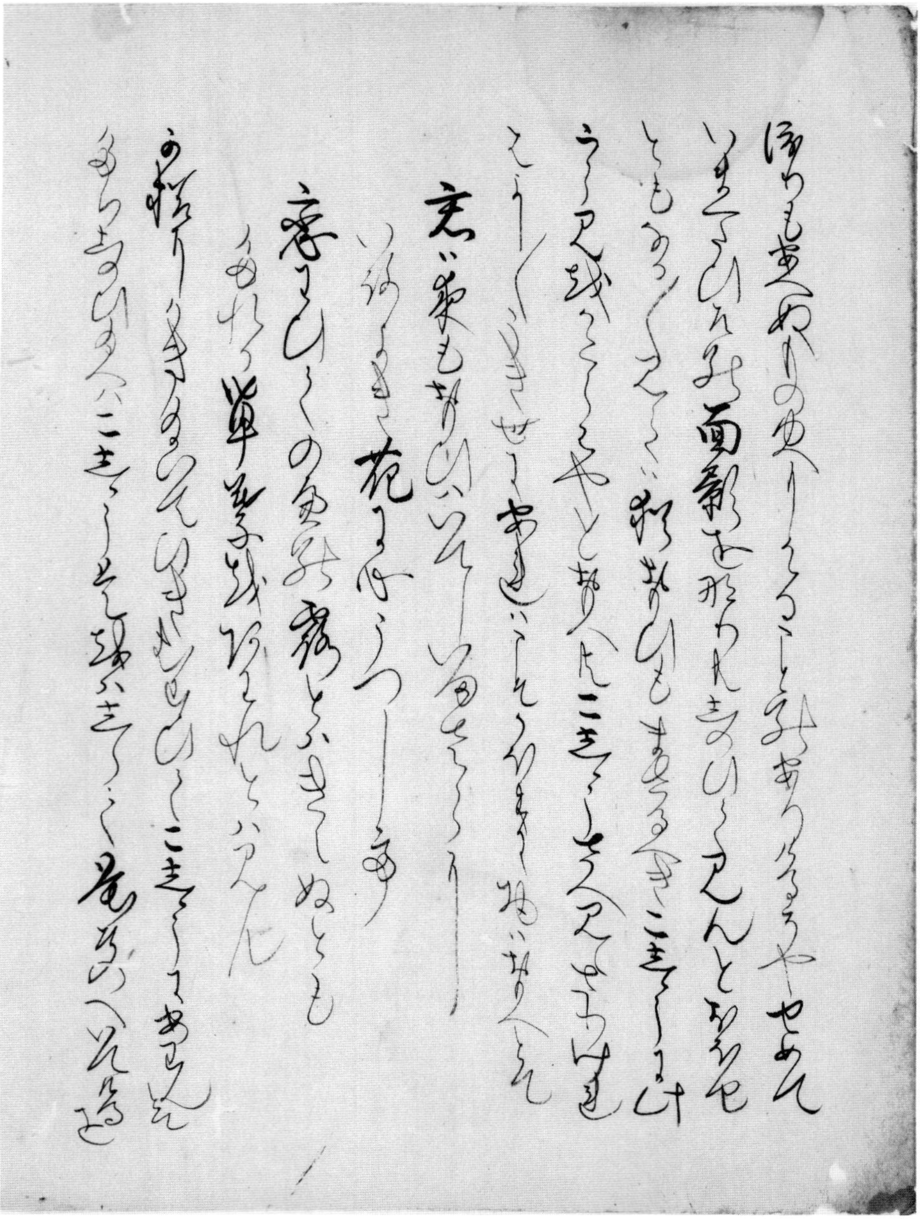

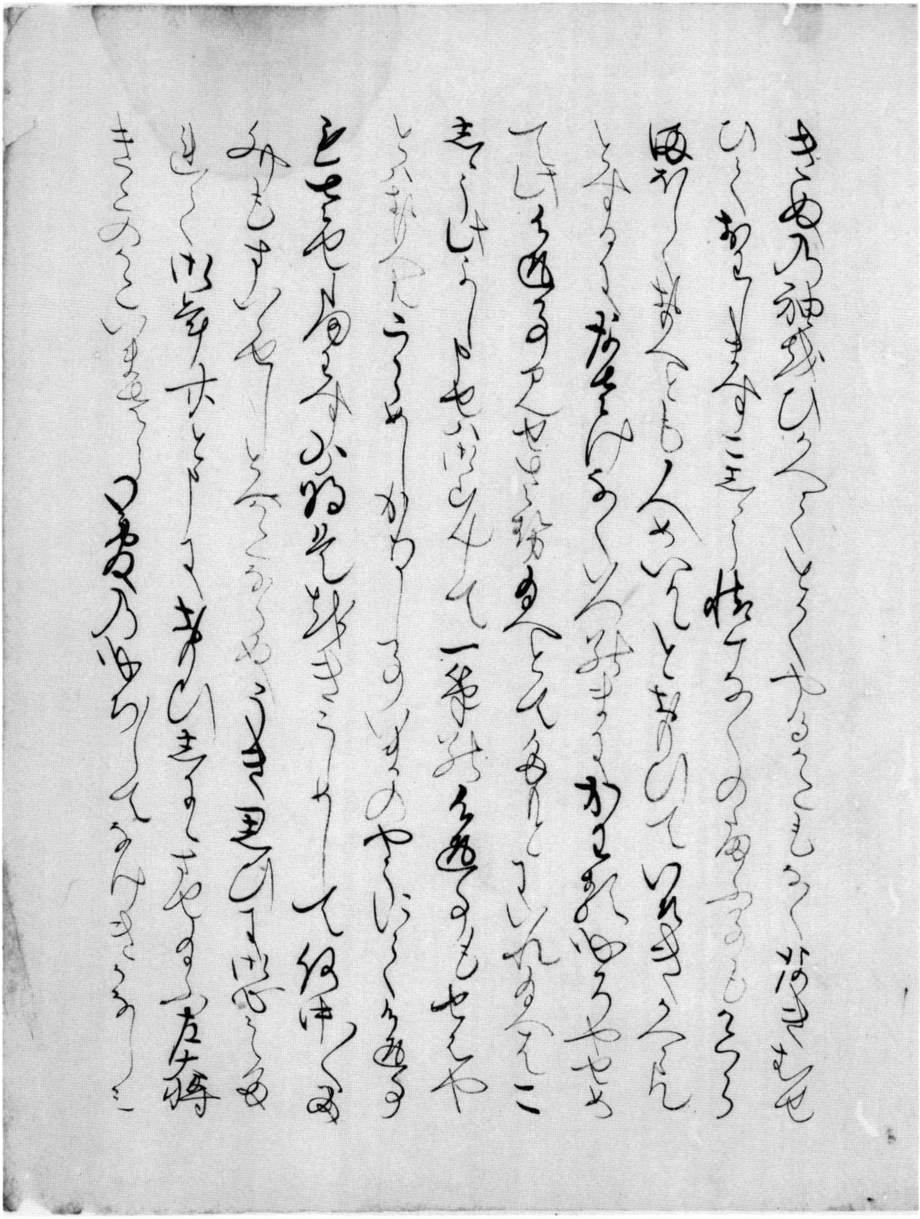

ますのころそゑみきう女御もろく大姫君ひめ宮たちに
わかれさせおとゝの御かた姫君の御かたへ
御いとまこひなされける二条の院には御いとま
きこえさせ給ふかたにも[illegible]せさせ給ふも
のゝしきこえしてあはれなる大将
法皇にもかなしくあはれやさしくおほせられ
こゑをかきりになきゐたりけりやさしく
さまへ[illegible]うしなひけんとかなしみける
[illegible]なりしふんの母御きこえ
さなんまは大しやうのもとへあはれ
法しは一条の院は[illegible]ときこえて

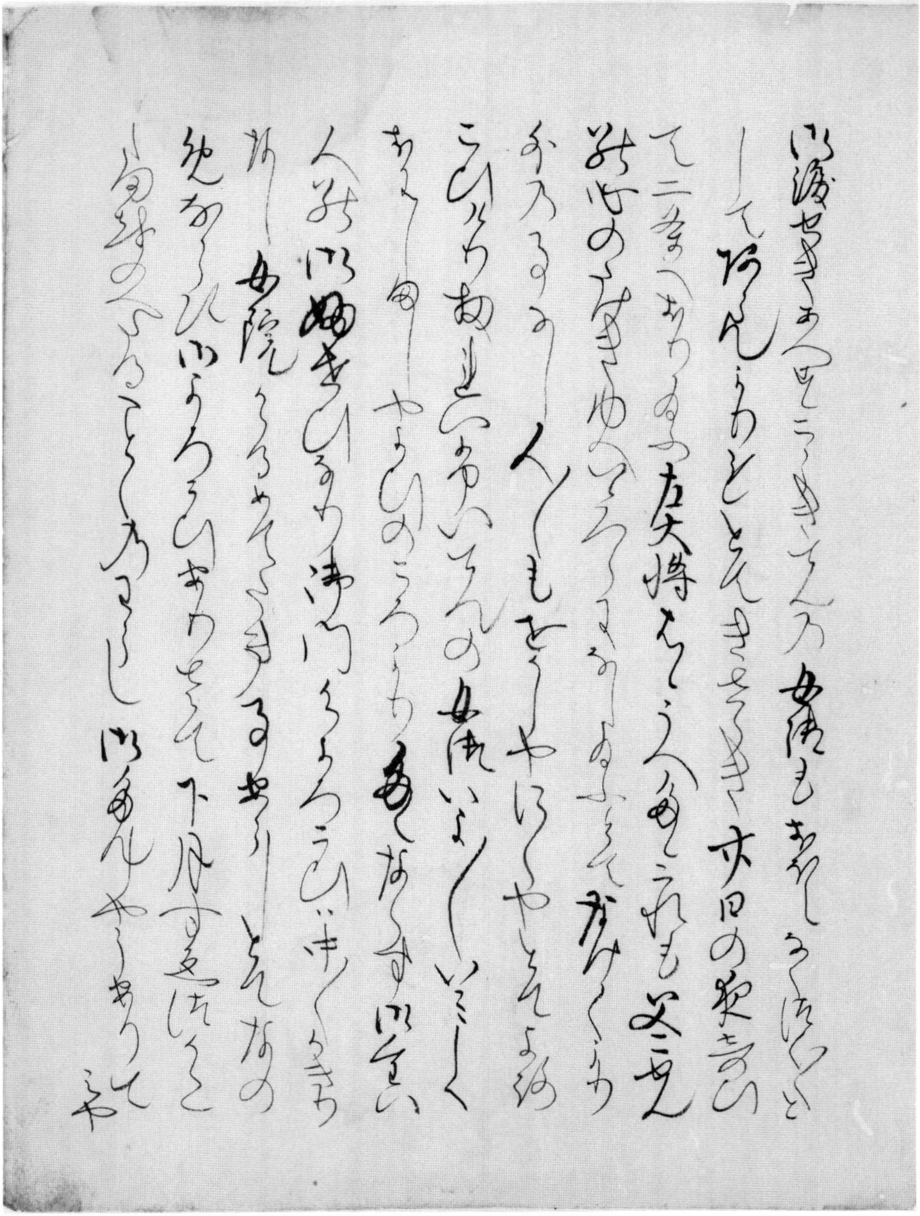

こゝろうちゝ給ひしより　おほいみやもとし三条殿をも
らく／＼おほせしに殿のする法門ハ二条殿けるうへに
やゝのすけ中院あさ大炊殿らもやしの人のおほせ
みけて式日やゝしまもおもしめて思ありしやうに聞
さい殿のすゑ二条殿ハ花戒きしいとかのみて
こゝろにしていとやさおほやけすゑにけるよろ
ひきろくてうしおきのまゝぬらハ后宮
こやとりやけるものゝわかし二人のめうや一人ハ
あれやかゝくゆかし十二歳さいはいを中
ほうさいしやのすゑひめのやとハ八十二乃はしめ伊勢殿
さいもへさゝめくさいせのすゑ二歳のやさ十歳

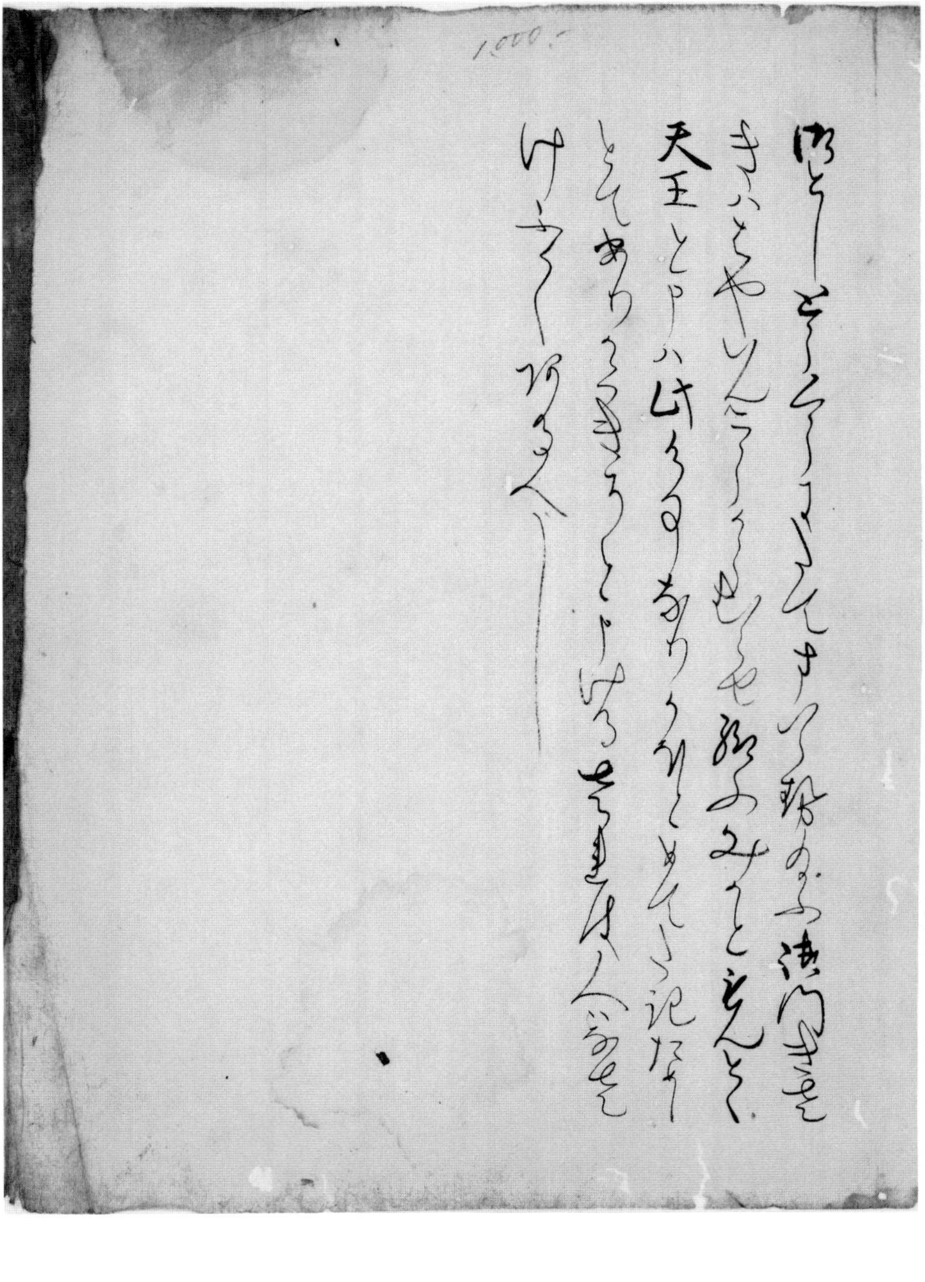

富士草紙

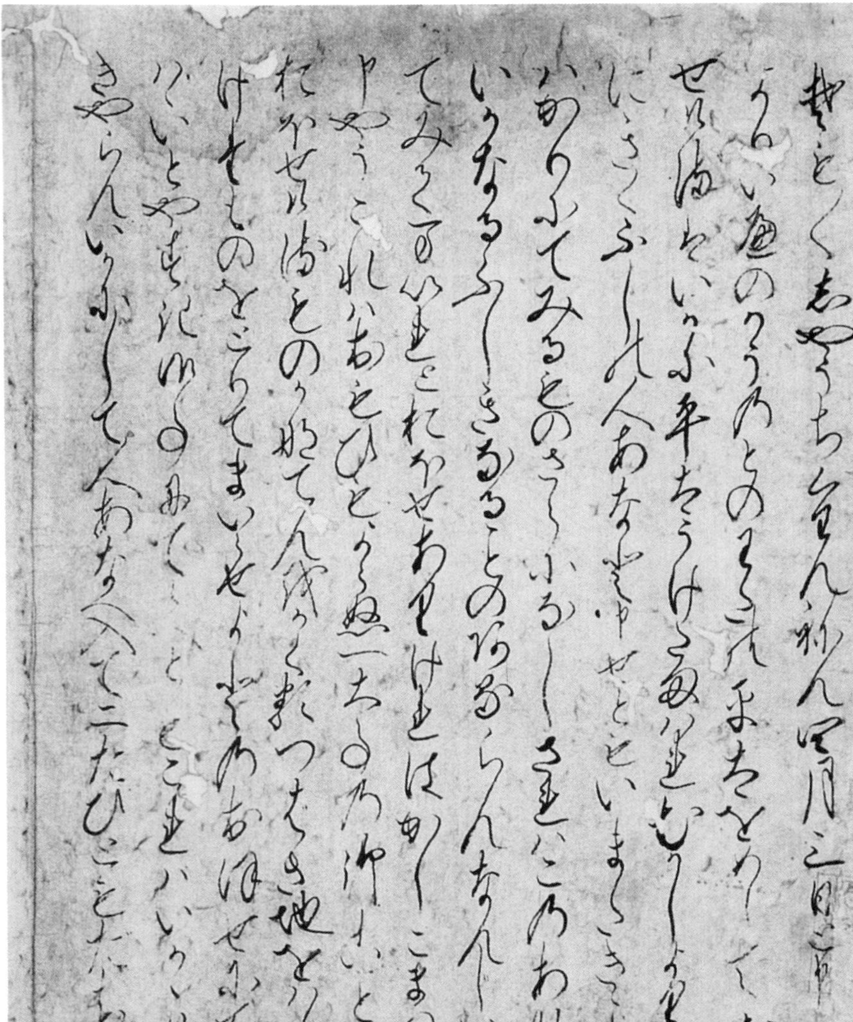

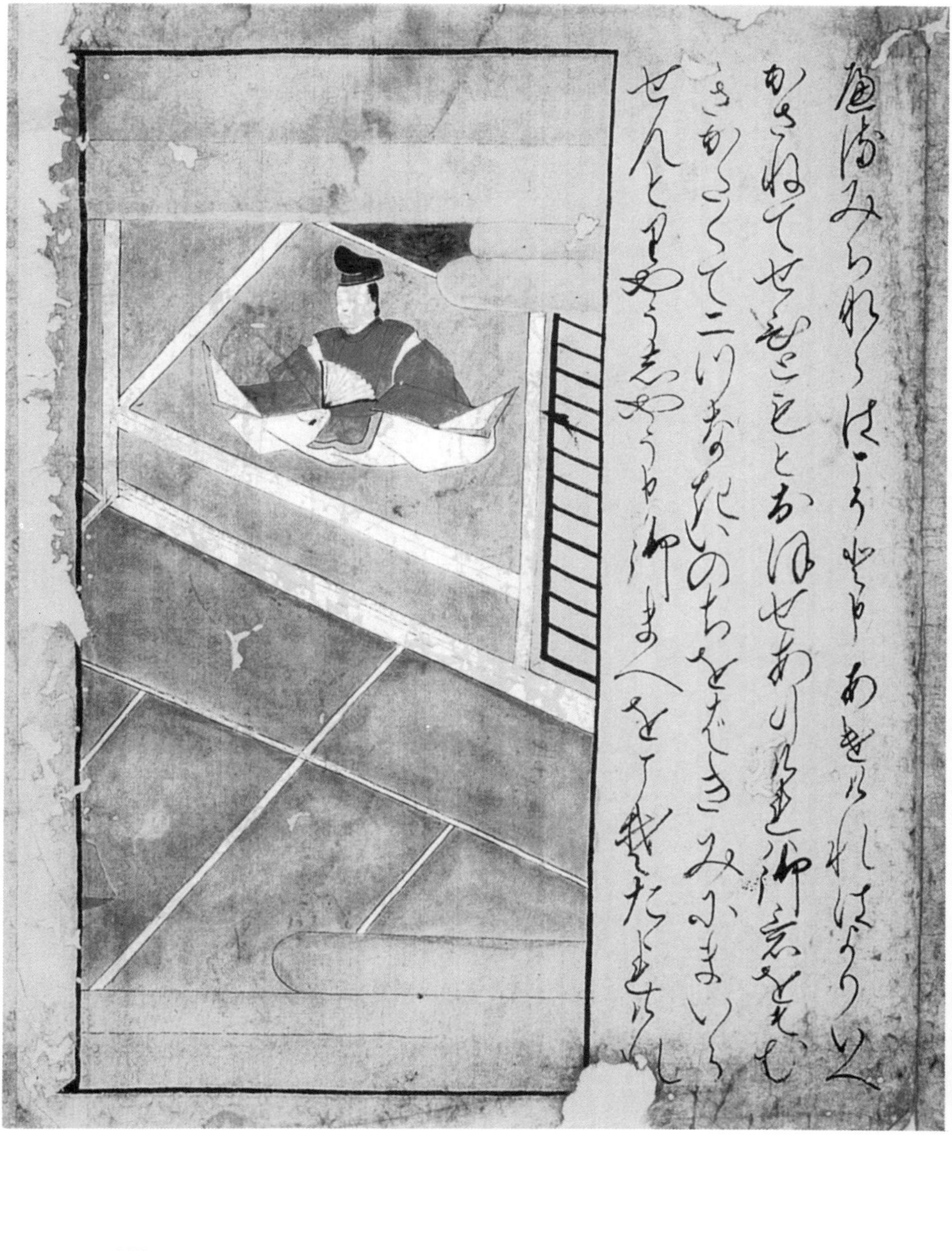

御はみられ候へはこゝろもなくあきれはしはらく
かさねてせんしとおほせありけれは御返事をも
さかくて二りやうのちをたにきゝみゝまいく
せんと思ふやうに御まへをまかりたちけれし

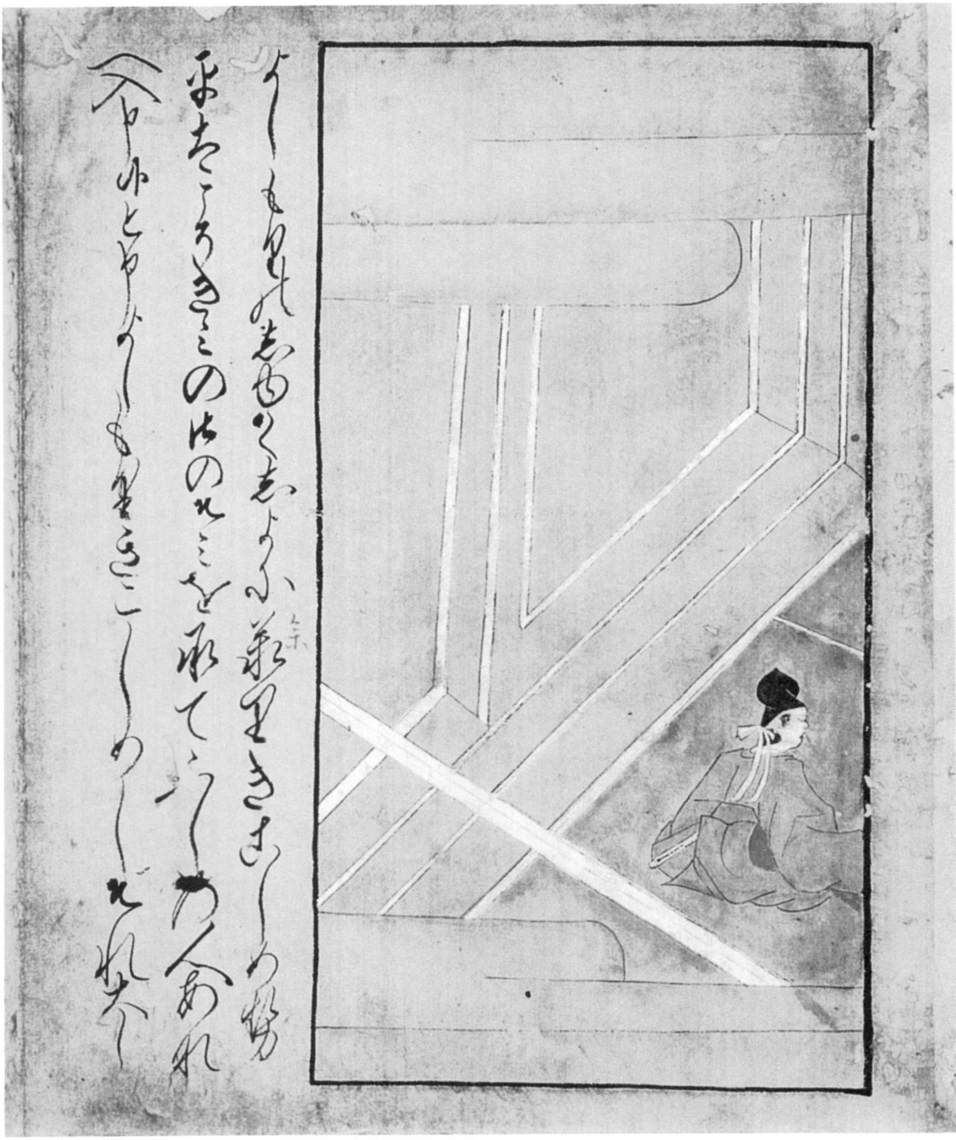

のほのれこゝに志せんの中のあはなりしは志せんと
ハ志やうなり一人入亀紀とそ多くこそをあめ
し給ふ座はつてよしもかれなせ事御やうか
あいかまへて申さ度なるはなし志ゝ海へ郎國こゝ一さん
のおかしくてこし給ふなとおは仏七仏ゑハ御の作
こそなりこゝうかへて本の高所にあさいなのこゝ
きこりそはかし修理御よりまさ女八寸は
里けるいの為法くりのさらをそれたてきことに
又すくつ給はひきのうへりもきわせ申さをそへこ
とにくんてなりし猶おとこの女しはかのよふは

らしにつかんおくのたよさぬゝひの見渡ここ許ふ
てなみだの人にふこすることみまんのたてこひなかれ
あまはとのれくひやうたをまとんの中にをはれ
我まにこかまてあくひやう成と申こと有こまえ
まかりたてとこそや手たきこいていゝにあさいな
とのれくひやうなかまとこも人りれこすいまかり海
哉ましきなりほんやまとれほしめし小池し
りきおとのとていそふりりあさいなきてかく
とうちまとひさまとこと手を夜かし哉むすに
むちといふ事あかまちしかにそむるゝれなみ井し
そむるふよりそいろをますなにゝしもこつきたく
かれゆく(ここ)をたて一人仕く札なきる為こつりぬるりかりゝ

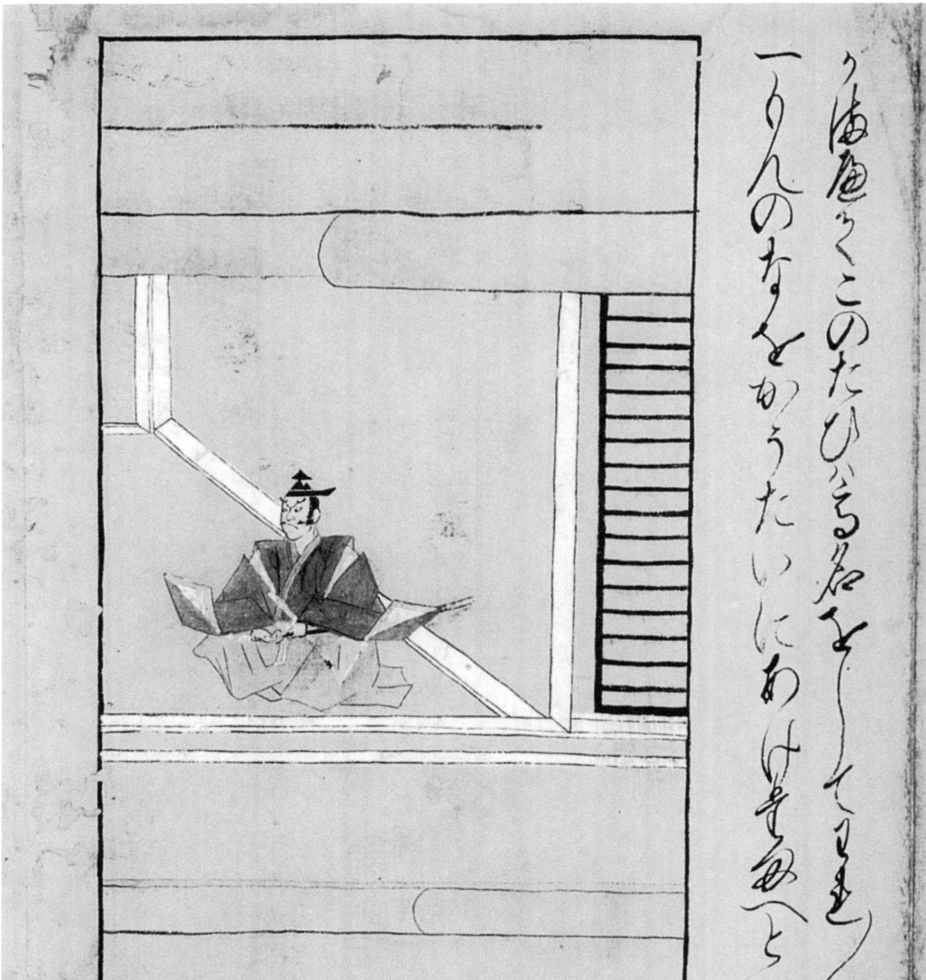

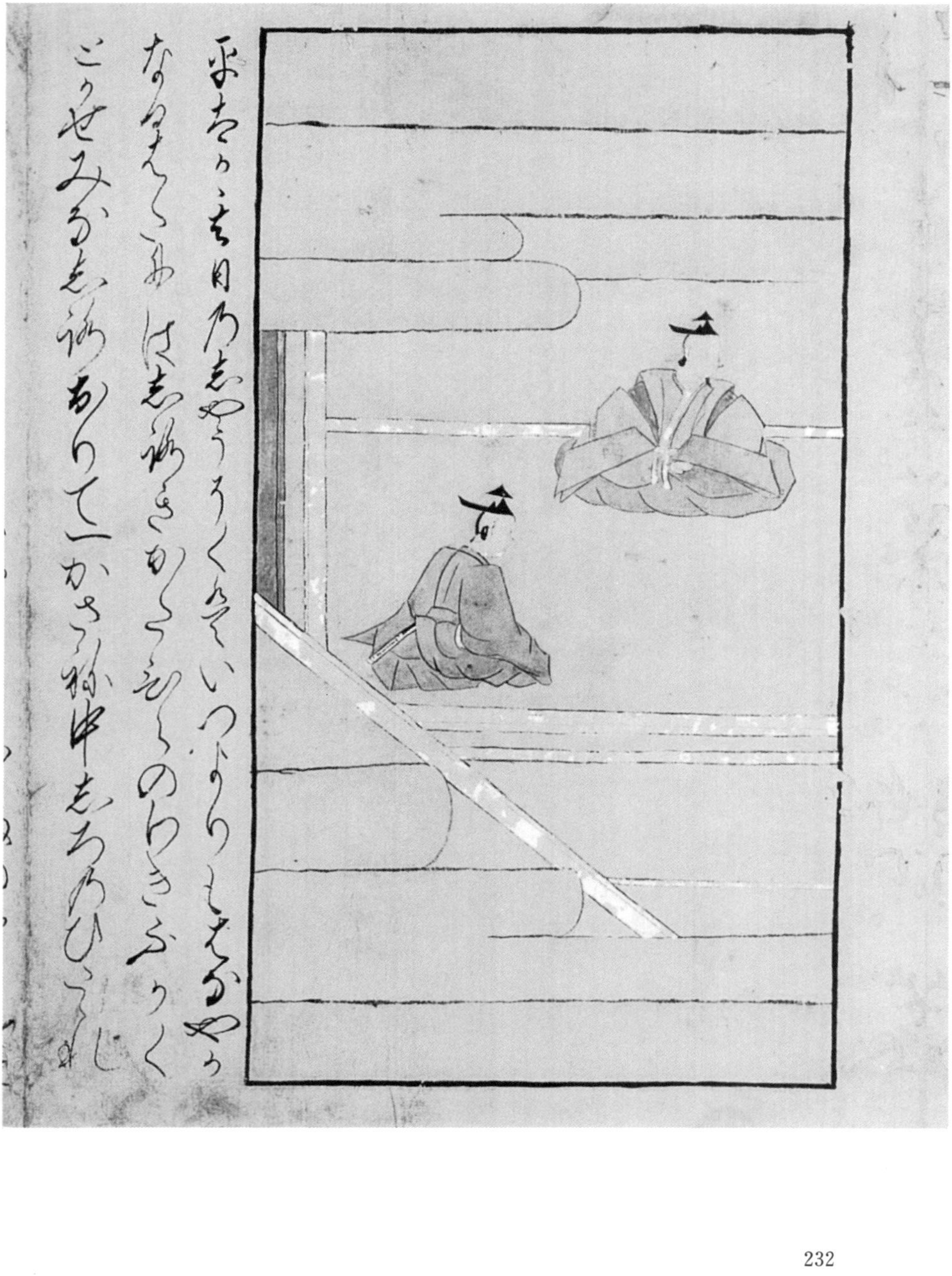

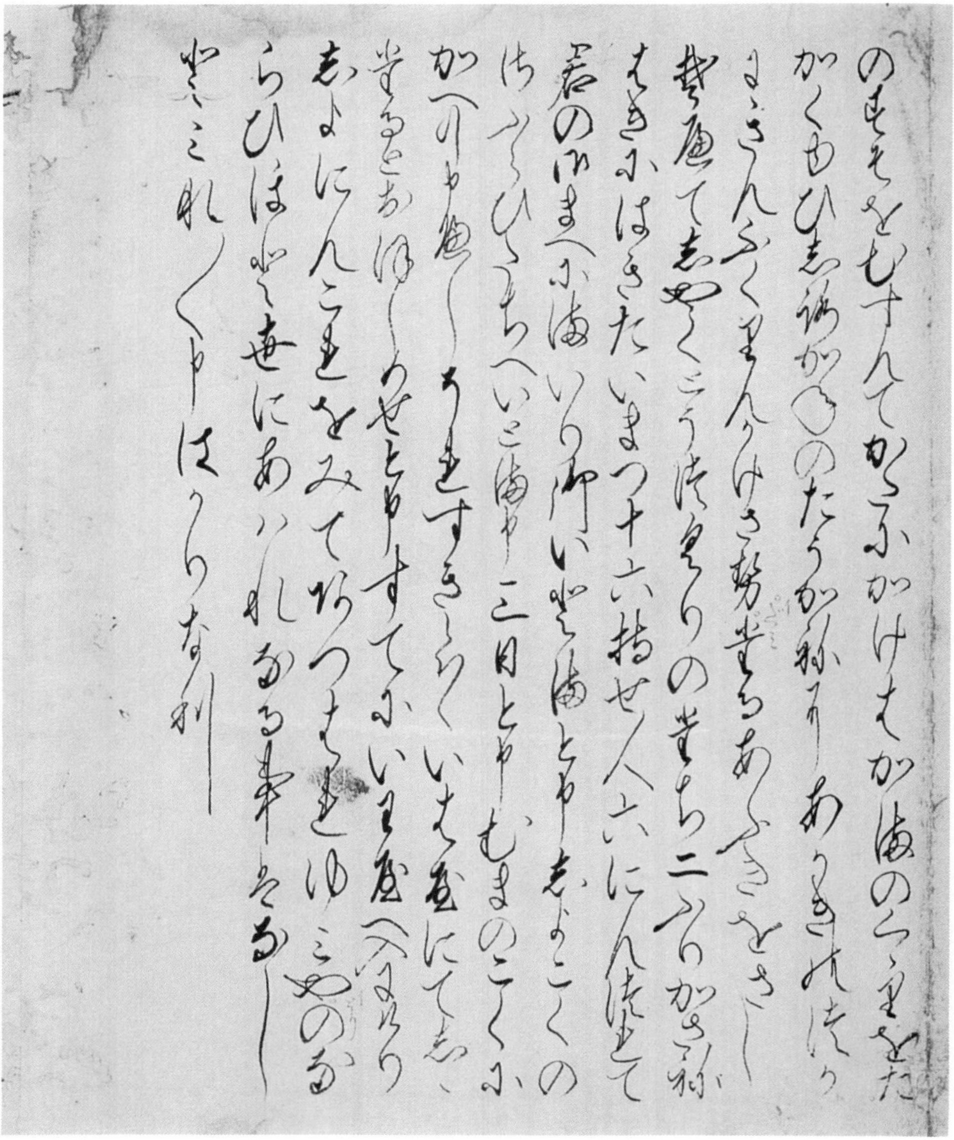

ゆていふちやのうちへ一ちやうばかり入てこれを
くちより言葉んをいたし常海くちあまさす
のきをり紀常なることなりけれをこひとへ
ゆきてみれはかまくらさき池梅さてあまりし
き華かさりるしかくしをみれハこしのよハい
十七八の女はう十二ひとへをきさかさ〇られなきれ
むかし海をふと志らひて二十二さいをくらそくして
たけなるかんなしハせいあいつたていくこそ
ちぎのもみをすらなかし　たるりことくなり
志給う〇れはすわらにきかかかのひをもつてを

たれりたる御身のしやうじんなるさいごにてある
にものなきはいりもみの御来世浄土のたね
ましいまちうけ給ふかまくらとのの御ゆくゑいにて
こうれい一期くわうの年たとへもみてかと
申女はうきこゝろしたこへたまふのゆくゑいひ給ふ
ことこつかくの浄へとたすまし給ふこまし
給ふしてこそ浄土ならば菩薩まちうけいのちをとる
御しあしよまの御身の菩薩へこつかうしうこと
給ふるよろしいふにとふになんしすてに給ふ
つかうにてさをゐし菩薩より在のたいまんには
九代のまへなりしそれはせたまひてねにいま在のおく

よき風ふきいて一もこもんてはやくうとおもへふた
ちとこ給もせ海らすいま花のくちへはやきく
さきてあはまくさふさきみたされてやうく
とあかんとするところ給へ前

いもやのうちよりまかりいで法師一念にてあん
しゐたりし八十八さいなり二十一といふ人の
るの三郎となのりまちうにんいつこの三郎と申を
の前かへりいてゆきなきをもかへんをたさしてう
たまんことはちちやうなりやよりまてらい
てん王のまいれいらへしさるかかるし物いまや
よりまかりの御りてかたらへこのへまいりとの
事を申いもやのふしぎとときこゆるくやれは

かまくらとのいまやわれくさみ人事をきよりて
むにれはめしくるふのうちにあきとこ路百ち
やうのとこ路ゆりゆもんなしていまも奥のおくを
みるへきのにてまゐる御さかしき金状につまれしを
み新人や守清はいのちありてまゐ志やうまやうし
のそこなきとてさらふ入御紀とやーとのなし
かくまれ歎とこ路にいつのくにれちくにん二たんの
四郎たゝつなとやーとのはことをうけたまわりぬ
うち所思ふやう志やまやう子上下百ちやうまった
あなりいま百ちやう半分りてまつりやうまつりぬ
二人のまとをにすちやう川、ころ物を奈と思ひ
かまくらとのへまいりゆまへにかしこまつてやを論い

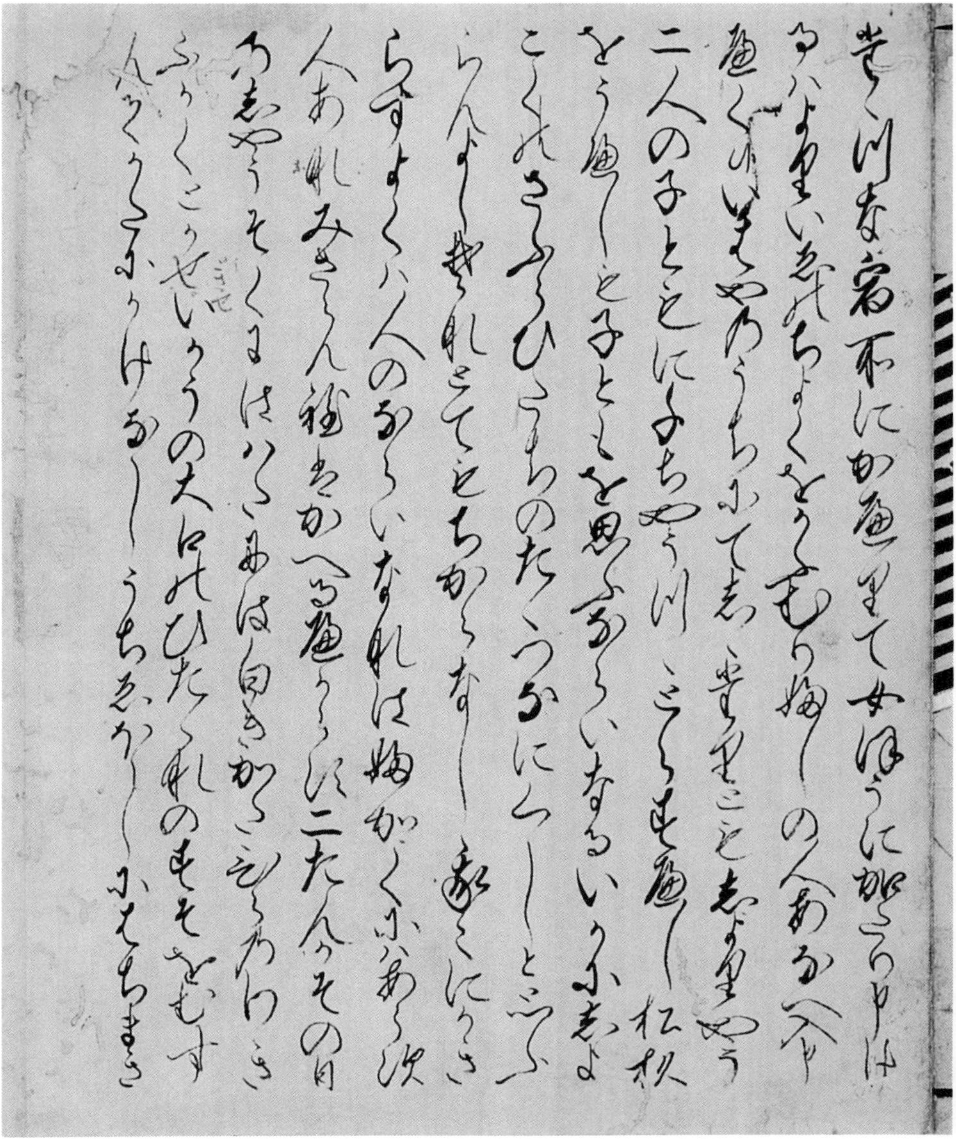

しもうまのくまをたうくよせよせ姫さ給くまれた
ちゝ志ゆうゑのさやまたもしてかくなさまく
とな井の扇子をさしつ入道ふいつの父母の御年五歳
たねつのせうもけもりをもうけしてたいまつ
三十もうせ七日とまさんに海のゆきすふいちや
のうちにしてしくたる海と思ふ石ゆへころくも
てかいちやへいり行ける海

又町はかりいきてみまさなふものもしたち
をねきて法方をうちいらひくこまとこしなふと
のもなし又みちやうまかりゆきて九まはふつか
ものことく月日のひかりあいれ光ちら又二町斗
ゆきてこまはもこしまいらへいてふれり
その地のいろハ又し紀なりこゝにかまあまた
今ひとのかゝりた清水をかほしくてかしれあこ
みえあれりこのかゝりてみまはひかしに
たうかりそれをと取りて見まハたくいま人
のかた里堂清とおほしくてく二ちやうハかりう
ちもきてこまハ八も○清らかれかれ志よ
かり花かゝ梅さいふ志くうけかきてはし

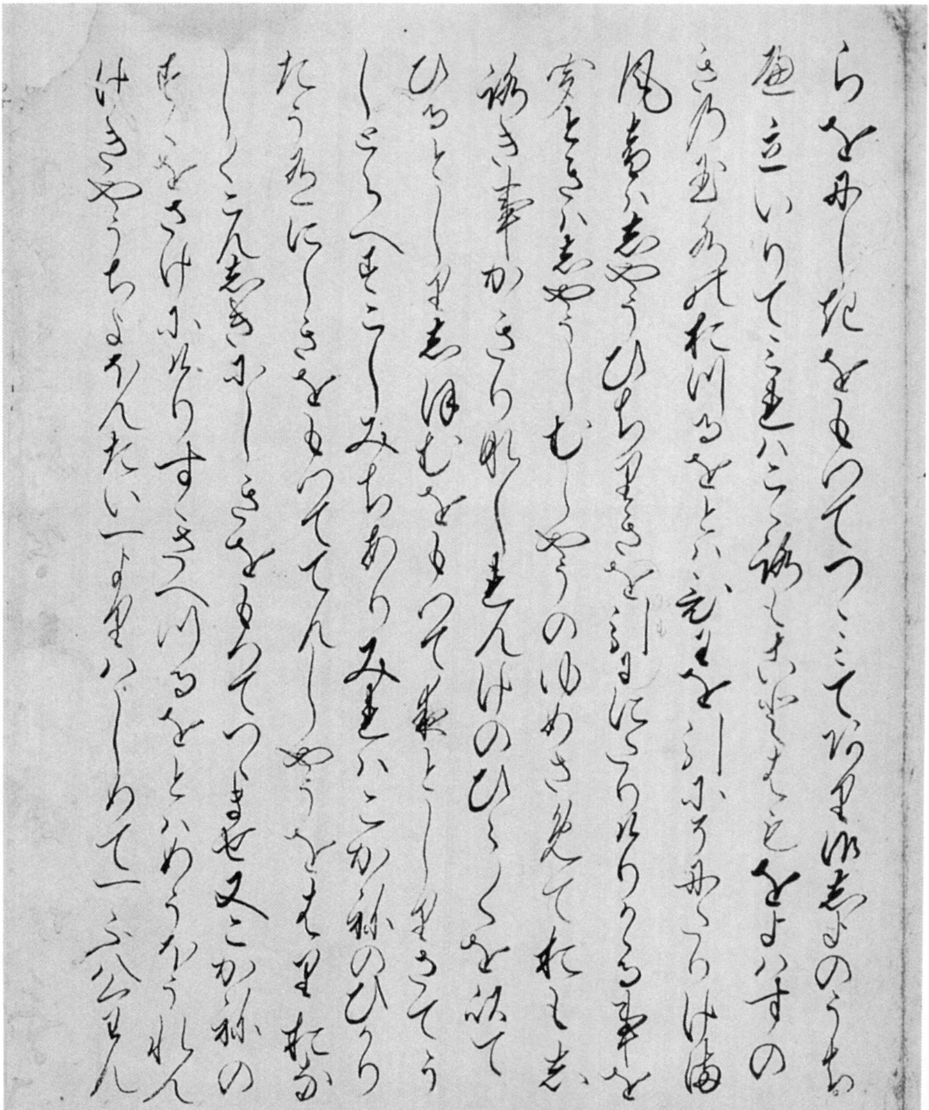

木八ほんさうゆてなくとおへりすゝまひゝき給ゝは
はゝきたんしやうしやのかねのこゑとゝくやくんと
おきたはへりなきうしらへゆきてみまは
ふさとちあらまうきたのまうを見まいけは
あまいけの中にちゝ海かり邈のうへにえん糸
こんのさいゝ㊂のひかり光のへも輝つくまかり
こゝ給もこと数ふをたよへれ次さてちま法く
抄へ八十九ほんのへしあり一まんま一つゝす、
給さけらまうつまいつまもこか称の玉なりにも
のすゝ妙法きんけきやう題となふまへ数まをは
めて八十九のすゝこを一部八くまん二十八ほんの文字
のかすを一しもおとさ次こ好へりろれ中有

うちよりまかりひ堂數こそ孫あて何
ものなまへは三つくらすみへいさゝ
海ろ光おくせわつてたもいてたをふ
八まそかく銭見まはこまたけ十ちやう
まかりる海からへ不十六の淸水ふりた
てにはまふきいすいさハ百ちやうまかり
わかりおくハ金五升のことくあり二た
むこれを見てれ多誠しき宝かまりる
し大れんわけてやゝうか海ろくとへよ

星の使よ星の大臣はまた十二代いつこの
大かこんは十二代二たん四郎たゝ清か弟
者なりこれまてありけりとか大しや变な
さまハよ星いさなんし続清かもしこつら
ゝ清うをこするひとへによ星いへゝうん
のきハわ光ふるりさら婦かゝなんし
ゝもら光海たちをこつらに給きつせ在
光給ゐけまハ二たん郎て給大八寸の大
ゐ刀を大しや不万ゝらせ乃る刀をと給きつせ在
光ゐけれはこ加ゝ清らの刀をさつ登をハ

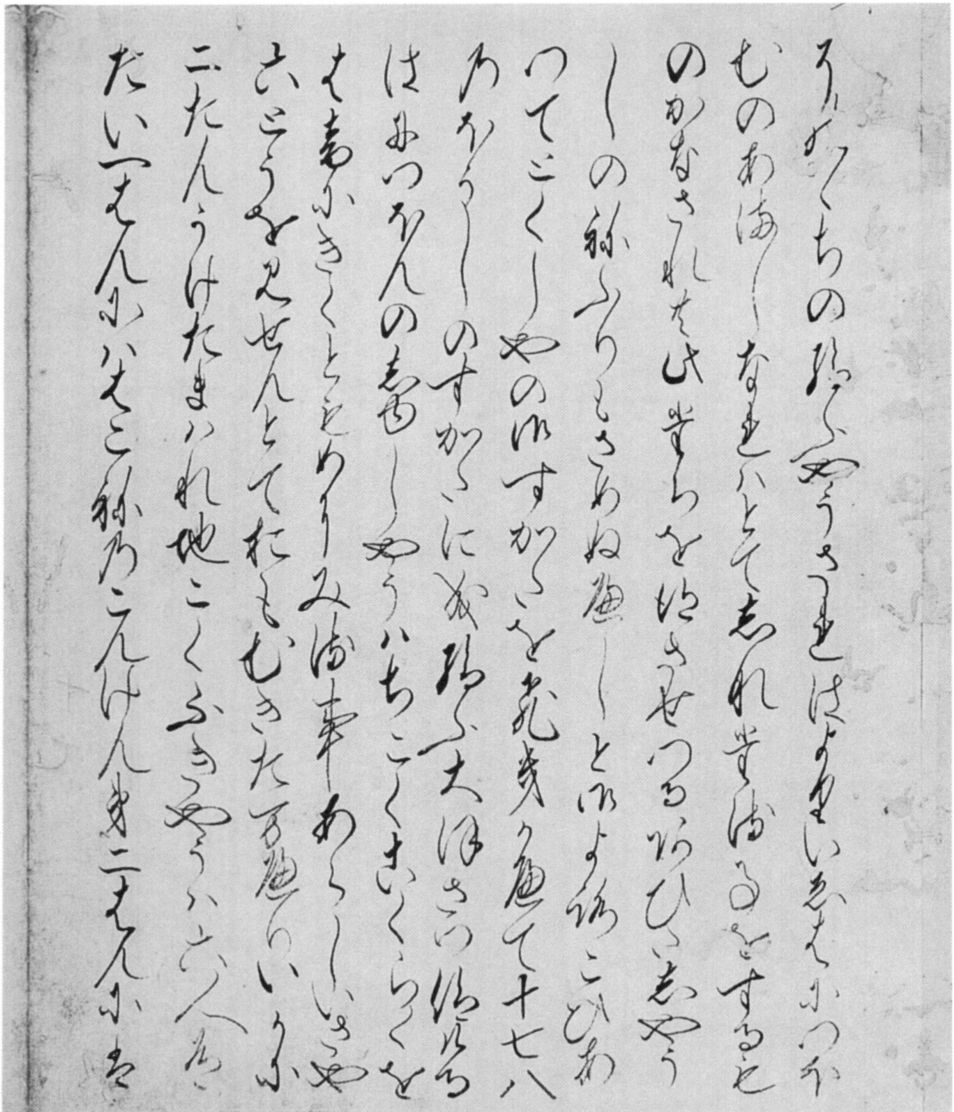

いつのきんせんたい、こんかハちくら山のこんかう
すゝ義ハこつからたい又まんはハこし侍の
こんけんすゝたいまんは悲つ中のはたて　文義
れまんせんこまはむ拳んにこくのあ部しにて
ましゅほこさま八幡さぬうふさなされ普済も
のはたすかりかくさなりま川さいのくら
に二つ三つ七つ八つ十二十こ斗のおさる哉めのと
そういくらまんともか次きくはずこねせわうの
かゝらにおさるきものゝいしのたちなくこわけ
てをけハわく湯いてくふさち次ときをあ
はわてくまんしくとするとこ縁ハかくらくら世
ますき色んせてこいしそかゝらしれのおかいも
へ

なきはれさきものともかのはしめんのう
あしこゝかけんとすれともまけもやすち、
よもつくよのときうけ御こしもそのうひとなかりゆり
さてかのほかもみてまつこつとなりやしま海
くわ里て比さうかきつかしやくしやうもつてう
きよ移くてもんにいりく寺んさついらいさも
まいりこつれんこんふ我くかおらいゆちきん分てう
たさね志よわくたうとこのきんをこ比へつ百へ
またとかくらうなすらまゆら二たんやける
いあまたいゝあるつこのとのふてゆとや大ほさ川
きこうしあまこうしやまにしてあやのた
いないかやこう九月のほとりもうしみやまこに

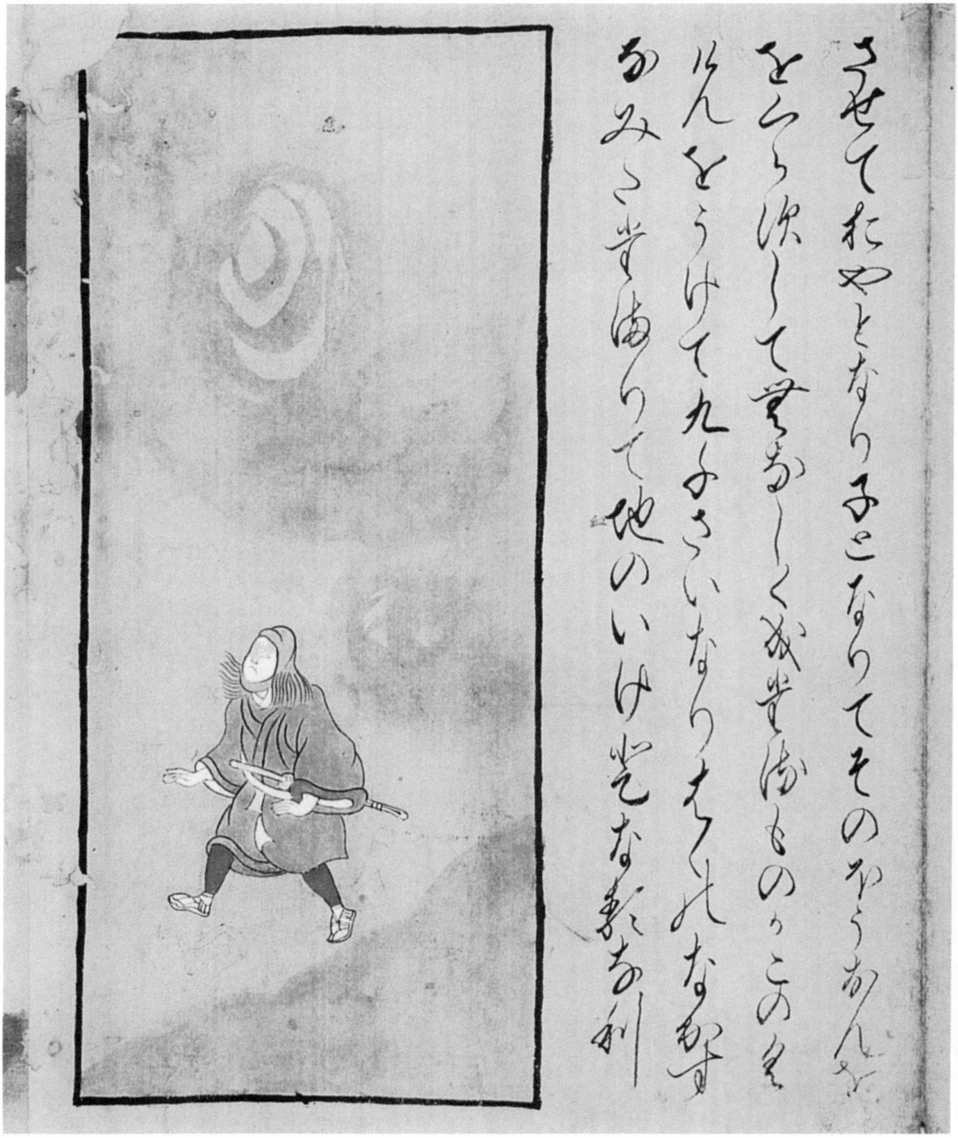

又すましゆきを見て、こまハ河のほとりの川
とをきこれなりかのかゝみのそこにそのさけ十志や
くゐのうちれ前かりしま淡まありハ志やうせん
のとしうへのたけ八十志ゆ、のたけ百二十へなり
すいしやうにと捌淡さいにんのいしやうをそ
きこゆきん志やのさかうけ給ふ胎地大日如来
の弟志んなり此とこ海をすきてみまは大海な
り志ての山とハ大いまなりのかるかと法海をこむ
るかとつ敬さりのほる魚きやうさうに捌しか、
敬取によりて海に志ゝ我すさめしくさまい之路
二たんこれをきつ、おまハいかなるものにて候と申
さんけん安房ありまたにんけん志ねまハ、うあらす志、

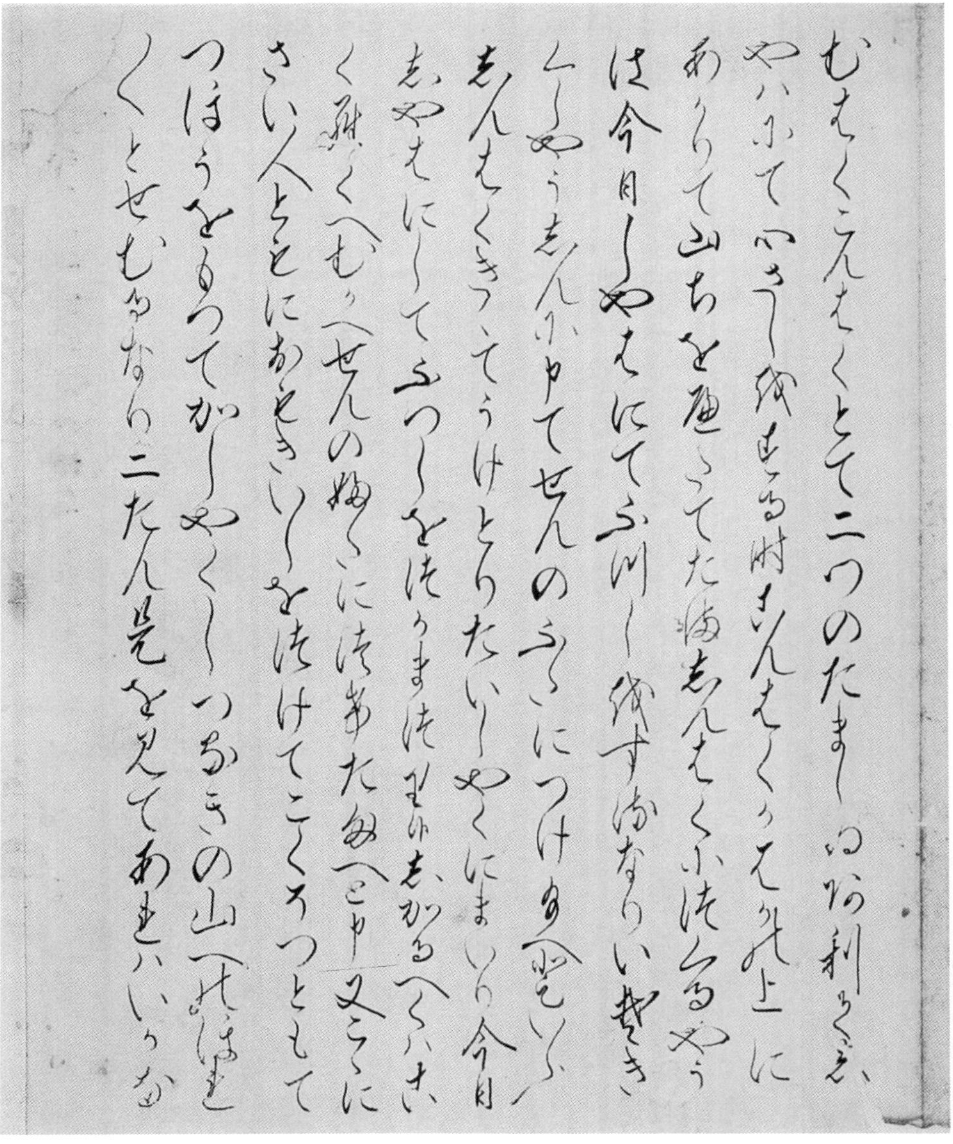

こ者にて候とや こんりんさいしれし わきハさや
まにてあきないをいつくしむまうし銭婢ひんこな
ともすれはもきぬを付せ免こ疏したるものな
まよくしやハかてこまよとのいそねとてたし
武蔵な心川宰相かすきさ馬うへつてあは
う飛せつとなりて磐むる事一百さいまれあい
たなり又うこハくを見れハさてい人ともなすら
より八しやくのたかきをうちとをしてつるき
の山へのほるくとせむるなつきよりまとかな
ちハらまなけれとくなりこれハおやこうのか
いをうむき事にすこは海ものやいかふとこ
うれやの中わにうしろ らく暮姫かまう へつらは

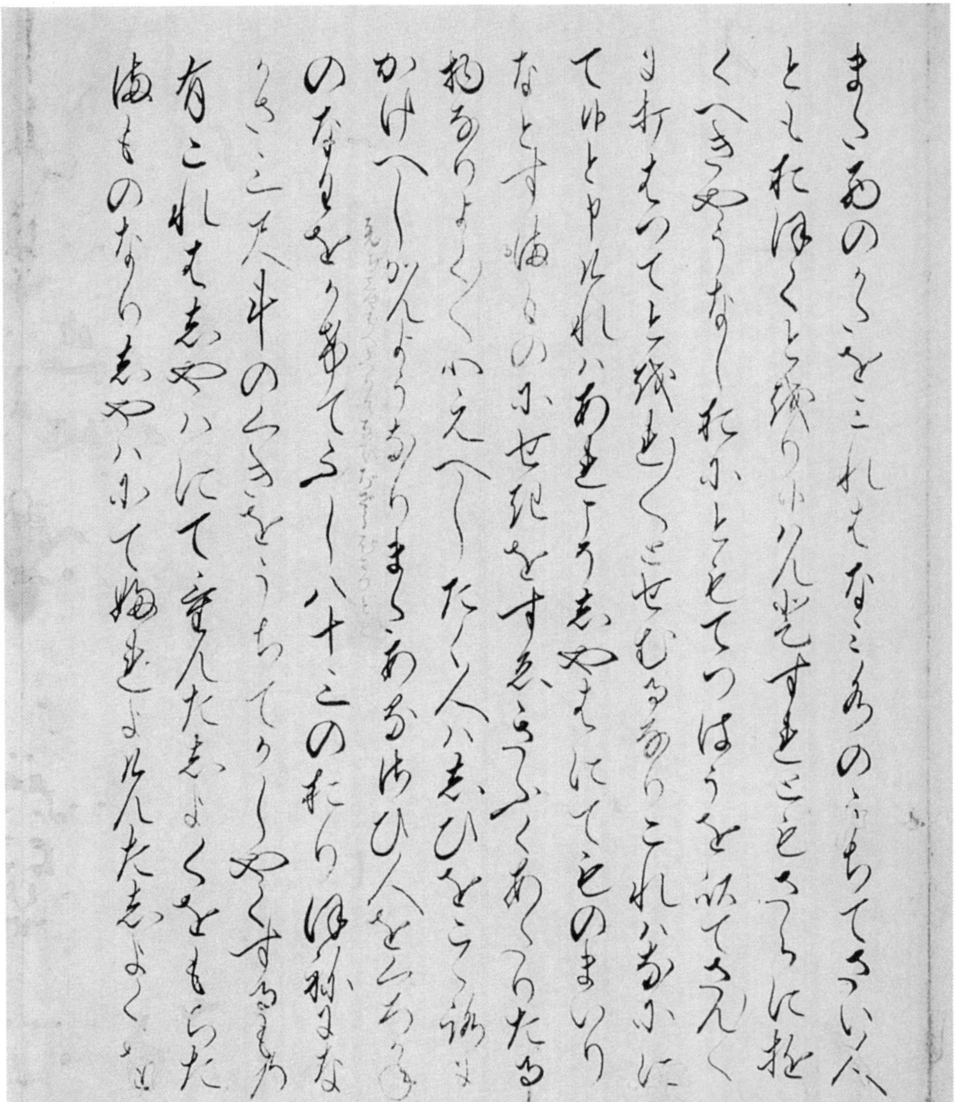

とつ事なりまつこふり給ふこのあらよくくんしえ
御し又こゝろふかきこうかり六道の衆しゆしかこあも
をちやくし菩薩かうしやう利生かうしれ給ま
へにさい人をあつまりてたすけ給へとてなから
ひねくらかのかうしふた給さまたものとい
おふことりさいなこ地こくへおとさすなり二大
むあまはいりなる御うしにゆとや大菩薩
あしめしあまこれ六たうめくる衆地蔵菩薩と
てたつとき給志ひふりさかさけにておかしめ給
な御やへしか給らすこくらくにむかい給ふ
なる二たん那生六道と各何事にてゆと
やこんけんきこしめしちこくこうかきこう

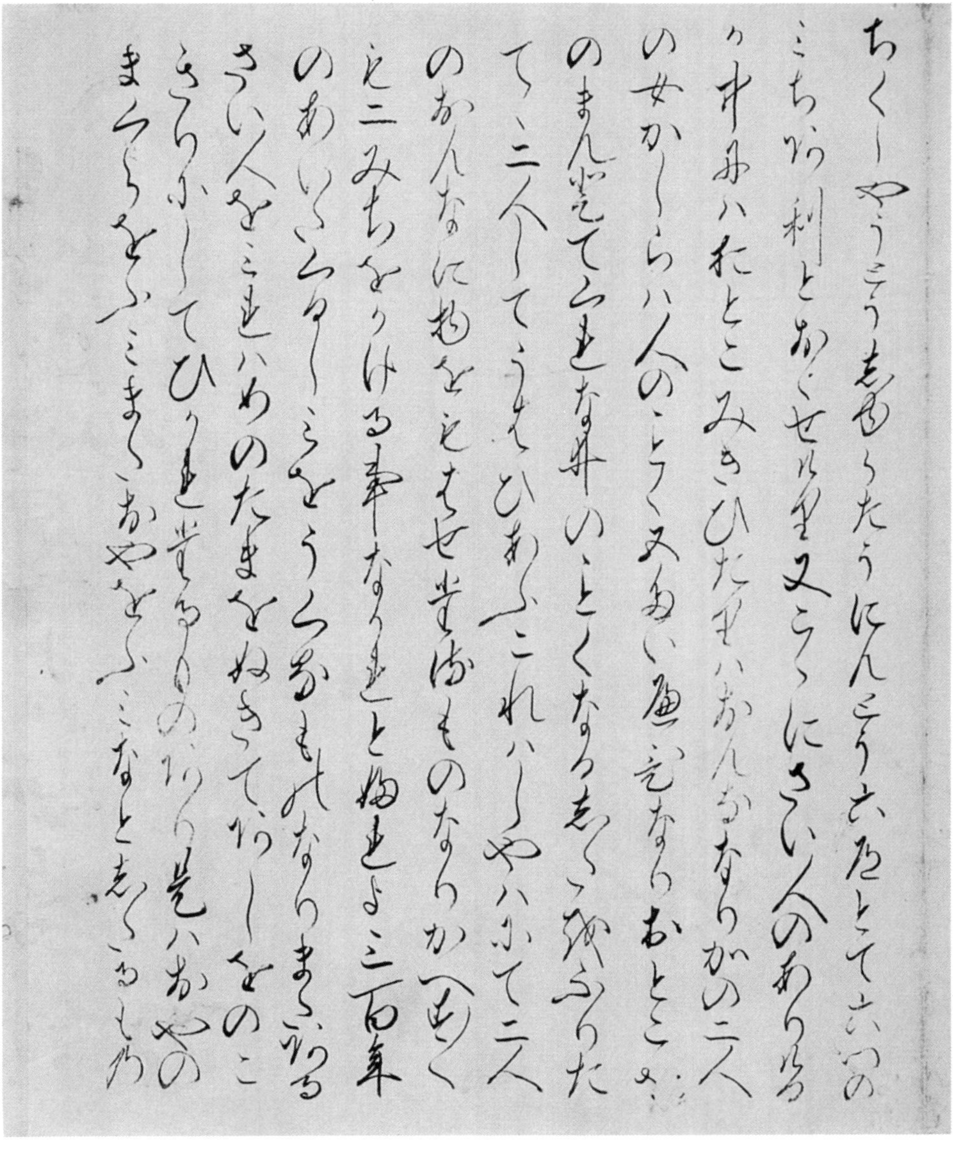

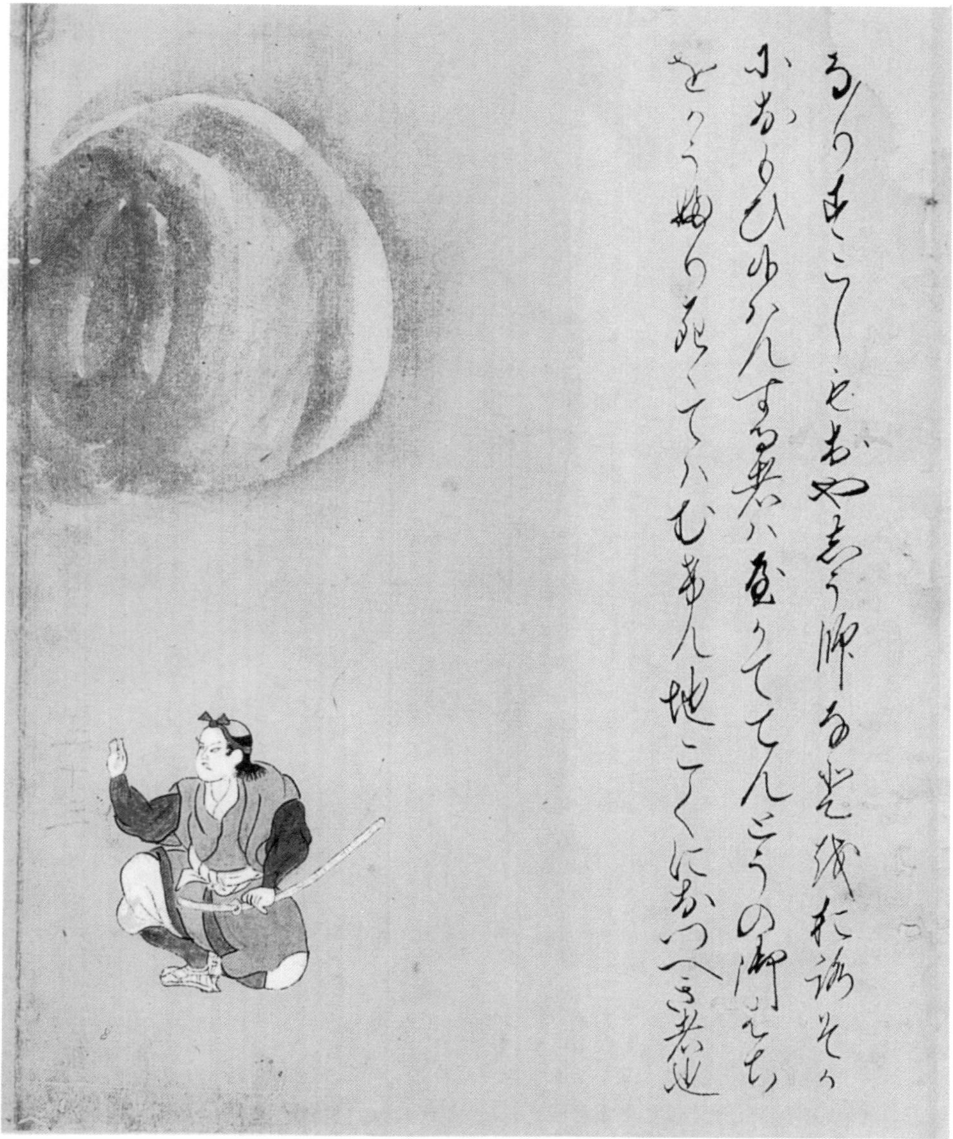

ましうこゝにあるさい人すなかさ一しやくのふ
さをうちたてゝさいまゐくものありされ
いまやれやまうけたわかうし給ふときとの
まかりそわかとれやまうなれをれあすりけり
おもひや退かくにんえへや退しまゝ看さてい
人にあまをうすし米流けてひつそりてい
こく世ら二たんあまはいゝあるさい丹人までほさ
外とやこんほんさこしわしあまこすかゝら流けり
のふかゝかめゝのきやうふうすいのあましてあ
まりらゝ人のよくなること様ハそねえあしく
なりをいよ給こひあさ地ふ不人あとりしよ
くねをとくれもなりかゝるかときもをいり

たゝきはいちみはらくわたまたうこうてらく
悪をまいらせ給なかうしれ一人もなやうする
こゝろをなしおさ夕せいちのいとなみは
うりかせきこゝやうりたかりおりひろひわこ
こ誠さししをはしもね悪ををたをゝ次わら
まゝに始こう小法りるるそのなりひこれ
せんこんなしとをいゝせるをさつてかれちの
無始いしもちんよりこうさの世をやうをと沈
よかしれらくけつくをしへをゝ数あまなきす
うしろもの法をこ我十まうのさんまんまこ
そかられゝをはあま始をちきにもれん地こく
へおちさるく二たんうけたぬりの野の地こく

道れつるゝはまれなりけれはほくれんかちこ
くへおつる罪なりされはおんなの心ふ事はあく
こうより悪心をおこしぬなり女のむ罪の
ふかきもう執よりかへつもおこしぬ此の世こうれ
むしやなうこ法をそりてつきのさいのとか
をあつるさまはそここの女にちゝ法りをつゐ日の一年
に八十日也かやうのことく後にきまへすして せん
こんをいひつね事こそあるまれしなりをそれにも
まよい人はわくりんよりはうさむまさるゝ也よ
きくは悪へしたゝおもひをおさゆふ物ことに
わかみを心ふ道し文あるかくいらをみまえそ
諸仏の山のうへにすこのいろなる人たうねて

子おことかす志ら次あゝひねらりて人井八
ム万かのあみをもりきくろ川ことら火をた
我てせ入たうをひつまりてあふゝとかまてかし
ろのさい人ことい〻なりのまてゆとたの狩はは
もはこんれんきこしわしかまい志やにて
こつ志紀をしてよ終つの人をむさねりこり
たうと華に見こまりまゝにまる海ひ出る入
為なりあの色をうゑて又十こうをふらあい
二たんよくしく那をのふとなりし志あけり
田はこけをはそりとしくわれ色を挑た
う恋はくもいきのみこ奉をもつて志人今う
をはこさ人まはあこしほさこしせんこんを

といつしたうこうてうくなとくもあらはれは
むかしか龍女へさるものなり濁世のかりの世
みゝ後の世無をあはれよと思ひあはせて志や
うをねかうへし又ことにひのらはにのり
来教物をわかことゝうけこりてひの語う
へて四方より法る義をもつてさうし成
せむるとの有二たん見ハいかなる者ふてゝ
さんらん関あしあまハたうこ成このふ母ハ
そてとれくこやの数きなりしゝ神母無か
う兼をとたもあやさすかこの志や里やうとハ
むさなりこうさいしをふちしまつるこ
もいさうすされをとかしいもと称くれとハ

えすけうまゝにふるまい名利をめりとふ
ちしまつまる光もいゝさすうれをとかも
ぬもと称く於をはをけうまゝにふる舞
称のゆかうこうをかもいゝさす称の法網
然清い世しれんをもれらやさを小息
又かゝいらをこれハ志くゝを二元ゐをかり
ぬき出されおめさゝ無ふさい人有見ハ
志世ふ打あ里し時地こくれす論しさとて
か施り業清みのあしと云もの有り大むれ
んふおこさらくなりくの世うのるをさって
はにをとち足くをふさ纔き施かく深能

くらゐへし又こゝにて縁をときしにまかせ
れんのたゝをもひまいらめこそりしてあさん
とを法なうしあらこまへ志やハふあらしは
かなの一しもたらてしして物しをかへをし
て佛法をハへたまたうこのうをのしかはる
まねふせとやらんないしんなハ光とのわをそら
まかしたう法の心ありふひとしやう
れみちをハゆめくたもひよし被物こ
とにう縁んのみふてゆゝまゝにふるまいたる法師之

文有かくはくをみまいらせやう雅くのすゝ歟
清く獄こしにれら当時女きやうこん志きの
はくをさらせて大日の像にまかせて志よふつ
当ち十二乃かさらたちれさかくをさく北斗の
くやうかう志顕ふ物りてんちをひかう御し
志やう光へまいる女かやうかう二たんまいいら
ある女かうふてゆとおも大かさうきこてわし
あまい記たちのふくあふしらのさらしい百志
詠のきくたのこ仙りう御くにある女仙その
ふ川きのい御にむまい又らいをたりちこまう
をたしあこやこて縁に志ひをとちさむは
なるりのまいい志やうをとらせひたる者なゝる

とのはしさきをわたしほとけのみまへにてはさう
をとゝまきをつゝねんふつこまいめしてせき
やうをひきこせうを一大事とおもひ生死
なりしやハにて物もよからそわにもあし給
ことをいまそしひをもちましやう一大事とた
とひゆ申くけこんしやうハゆめのこと流ね
のすこかは地こくなりまく〳〵夜にて縁もを見た
る人たを松ハこともひをたきて座もうをひつき
つてわうる物りすまハしやハにてひとあん法し
をうあてちさいをいへ人よりさき地ハうのさ
を尊き地きやうをこともよものす法せんこくたうをと
いくさみすね尊とてね尊海しよりつはゆ物りぬくて
いくあすみす川尊ハせわてんのたしなすこかんおうえ

よく〳〵かんかへて人〳〵に悪まよあるさいにん
をわかことくふせてはをひ承る紀しくらち
のうへあをものちをくゝみ入るところあるのまし
とすまとももてつかうをもちてちやうちやく
するなりこれは志やはめてさけをのこのこまて
志せをも志らま大地へうちこ承したるものゝ
ものことによく〳〵志せを思ふ悔しこしやうの
さわり三織なり又こく〳〵にさいかんを覚やうの
悔なとをきゝりをもつてもこさいな悔ある〳〵の
いくよおもとをもかく〳〵りまをは人のわをゝら
まかしぬまこゝをいふへしちる事をいふて
常悔めのなりいふに二たん羽まし志やく

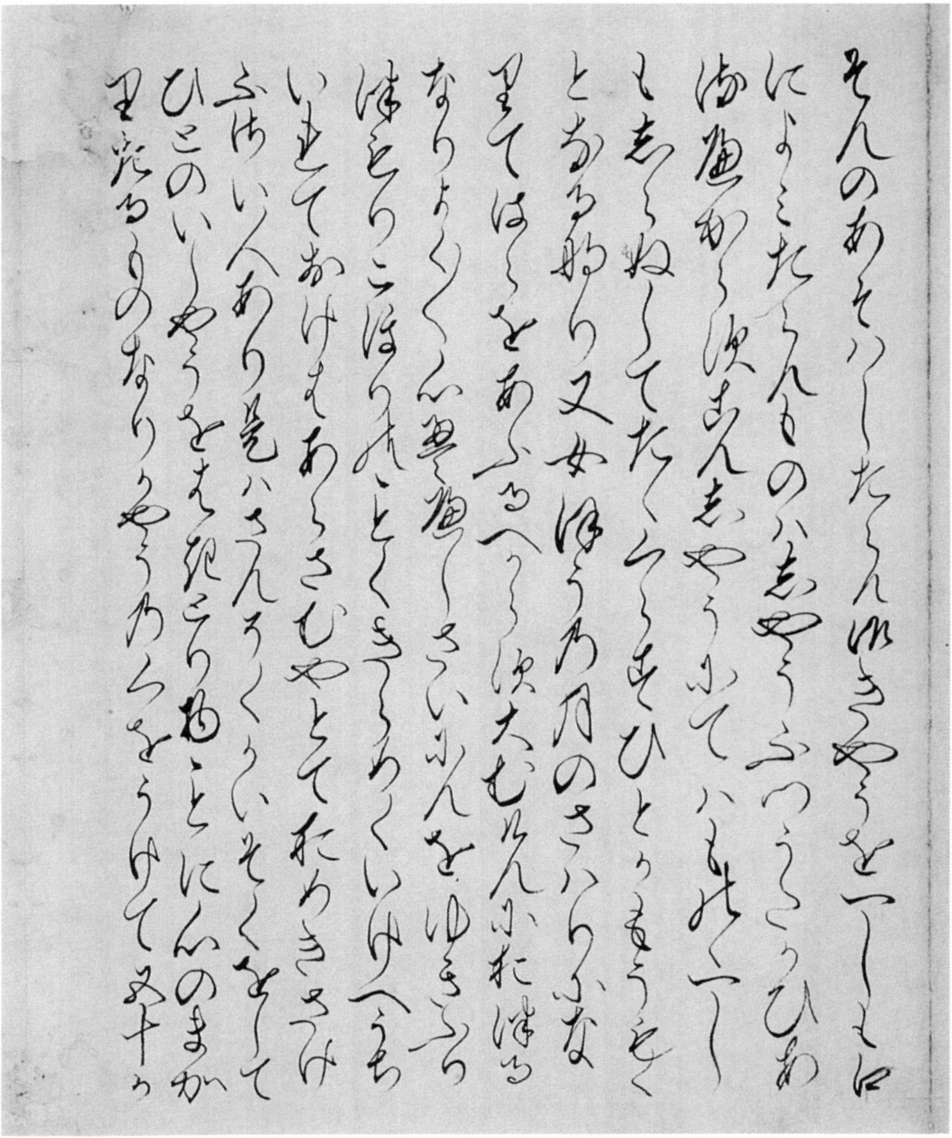

うき物なりけり又こゝにあまのありけるかはゝや
ましほ称かふきをうたせて月まれよりちをか
うしなはせけ物あまありこれはわかきしに
あまになりてこゝろさしておさなきをしてか
をなやし子をうしなふものゝあまにてものよ
あまりけるかはこゝの世しあはれなかりけるよし物
又ある女ほうにましけれはふきをうたせたまふこの
なりあるかこゝろをに十二ひとへをかさねたる
女なりしその上にあかりてころもぬきさし
ふいすて、その上はかりのこりてわかきさはけ
のあまこれはしやかにてけいせいをたてゝよ
つのたとこを業さ物りあはいはさうほうし

をたこしかれをさうらし。人々によくたしと申
ねともかりたりひたるとの物利志やハかて
物申よきこりし笑るなよつこふり紀率なり
又あ浩示をこれも女ほうのわりけなりは
まかり合ゑんのうちへつしかてやきこう浩ゐ
たんるわりこれハ志やかすていひをもりやせし
と紀ひとあらふをいとひていくさつのうちへかい
たくさつい申そしちあけすしてたしやくと
おりひ笑る女ほうなりかようれくをうけ
て又十こうかうかほとくをうらふしの物り牧
もなくはく申せ波とも人のきこうらんをいこめて
物なくこしあいそうしちや拵とのませとてゐ

三十五

ところにねんなのありけるかこれなうさ面白
やうなるもりねやしかとのうちハ白まんにもえる
女ありこれハ人此かこのなすり比をうろやこた流
ねんなのなりゆみくりやうのとを思ふ恋のうら波
津とふりき事なり又かんれのうへまふきをす
こさまを紀くうちておわきさるふ秘りこれ
ハ生りうミれね川るとをりかしこ世治もの
なりまして子を一人もちけるぬ女侍りか世なん
ま落さすくもありよくしくこやうを移こうへ
又あるさい人ま縁うまのふしをさうしてねふさ
とりひをたまてあふ治りのありこともはねやにて
もあさ物をねやとして我をたてらまたるもの

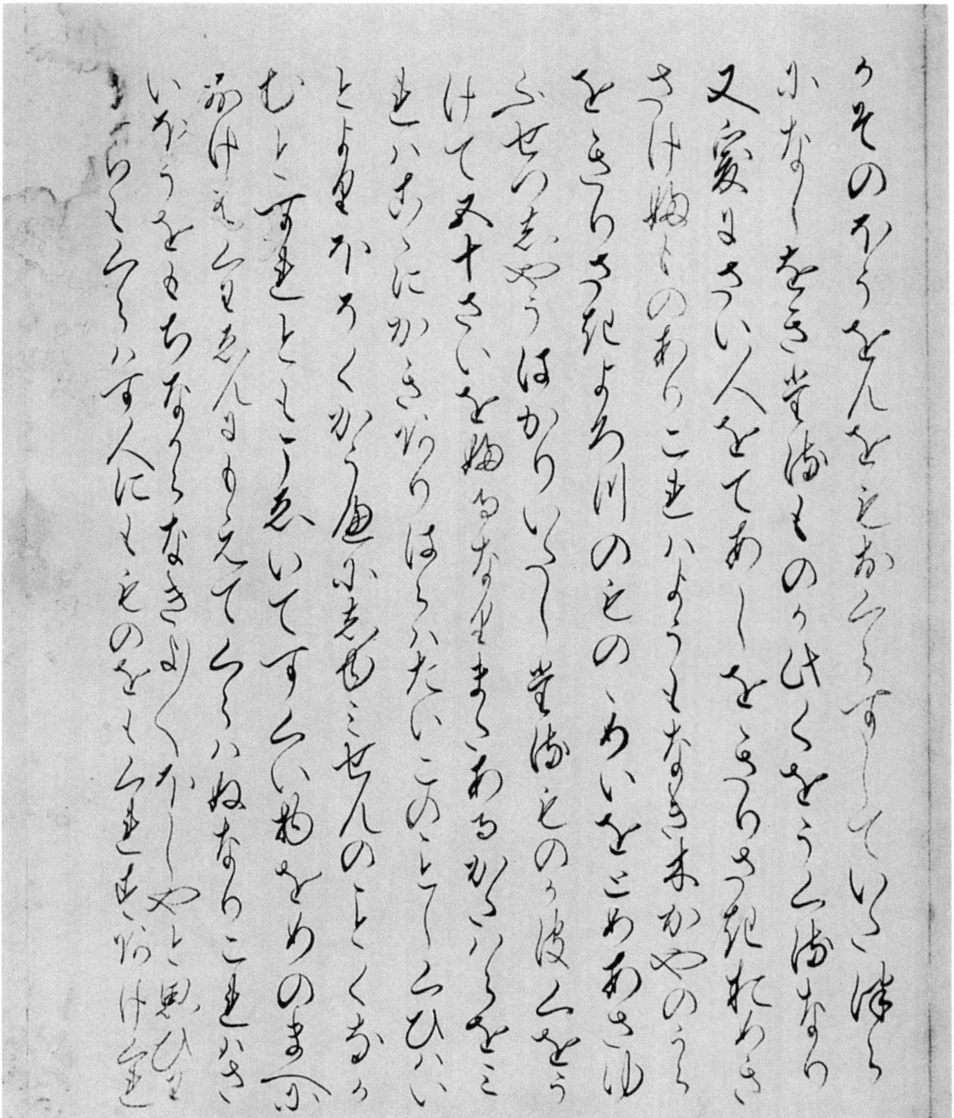

やちへんをしてねことにいやしきかりにんを
とふ堂法とのなりたるへハ人ハねつきのいへまかる
ハ人小とかやこしせんこんをとき迷し此世小
かる時乃かこちおてゆめ小とこ教おりよく
しくん縁迷し又おさていにんのくちすこあをふ
くませてくちをぬいねさかまってもれのあかよき
これをこはしたわさつけねものかりこ重ハ人の
米をぬきこけひと川ともたとハ次法いし
あるとこにくれ堂るものなりもれのあかよき
いゝすこれをこれハくゆの子ありし
なりたゝ人多かりそ免小とんのま
かり堂法君はたやうねつきる事なしよく

まつ家に死人のくちをひらきさ〻[illegible]のふ
うになかさ八寸のくきをうつまゝかなしむと
のなりこれハ人まよきあい人のうハさをい又ハ
人のあらをいゝさま菩薩者也をこしし人のうへ
をなしくいふとなかをつくふきさのなり
又家に法うしれく鬼へなりにたんこまは
いな始る法うしみて仏となり大菩薩きこて
めくまなりまは三途の國をひらきれにはり
になりを慈悲よのわりきく偏せんとえをきらし
にかきてをけまさのふう始れ二人のためこに
とてれほんの志やう光にかくされひかりた

をたて給ふなりけうして一百三十六地
ごくをことごとくみせたまひちくしやう
こうのくるしみさましゆらの道におよはす
てん残らく終つきさ地をはしかけたるもの
いろ/\終まてこう福やせきとなし文さうにさて
人にはたとへにをはけてあつさ二十丈ばかりの
はるゝ上へのはしくせむる家はりの
わうんごまとともまんくにきこまくたちて
ゆくなりにてぞんごまいるまいらぬ終ものにて外
そこへ権現きこしめしあまはゆへなきひこ
をりとねてうまわりこいりとしたとへすさ
いしを始らしそのたやきやうたいまなゆき
をさらせし共ありかまそわにと人のとのやこれ

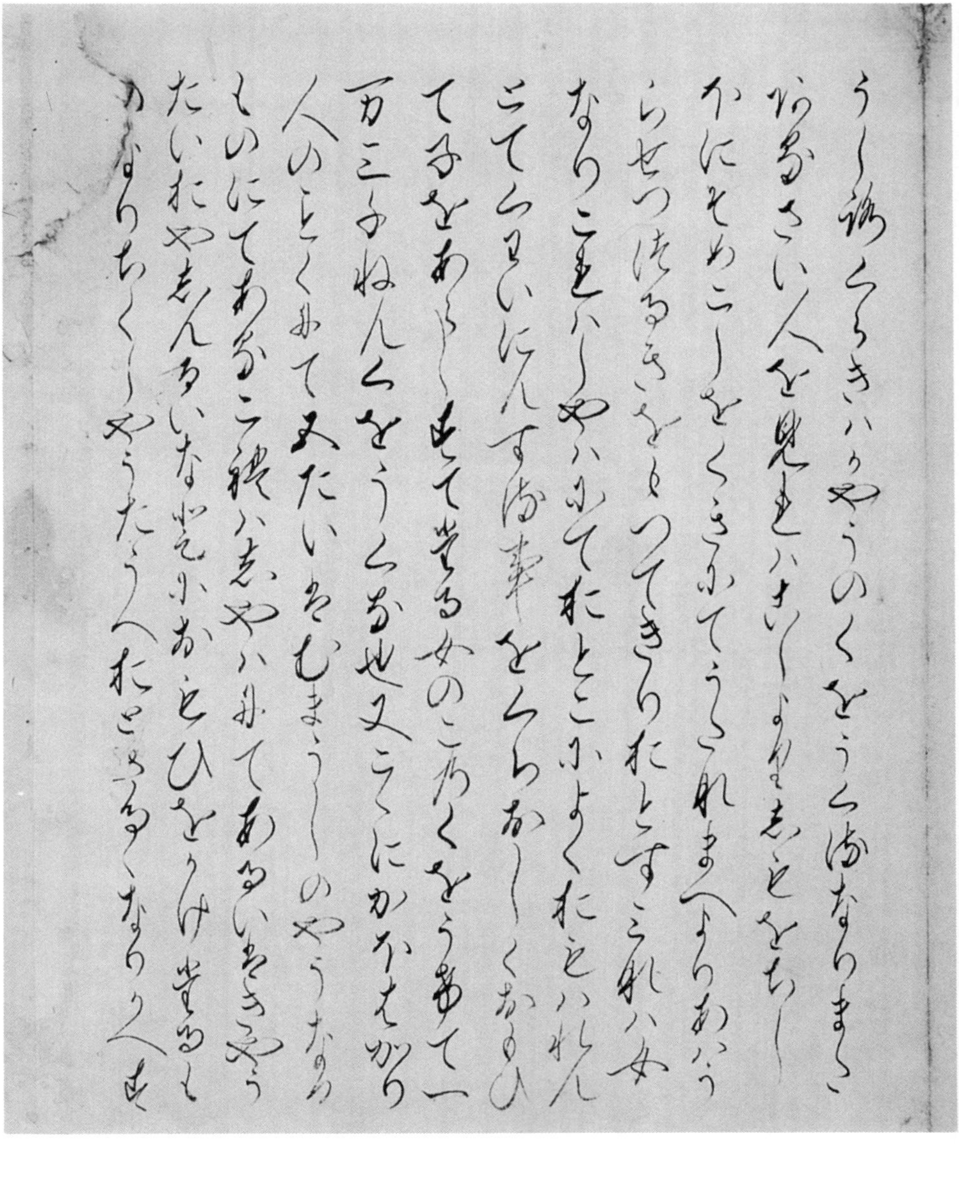
うし給ふくるしきハりやうのくをうけ給なりまして
おなさい人を見ましハさいしよりしとをもちし
かにそめこしをくるふてうられまへりあハう
らせつ法るさをもつてきられたとすこれハ女
なりこれハしやふてたとこふよくたとハれん
こてるよいにんす法華をくらおしくおもひ
て子をあらしまて当る女のこわくをうるあて一
万三子ねんるをうるあ地文こくにかなたかり
人のとくあて又たいそもうしのやうなあ
ものにてあるこ経ハ志やハふてあるいおきやう
たいたやちんあいなしかおとひをうけ当ると
かなりちくしやうたうへたさやるくなりへし

りやうせんりくあをへつゝ渡といふつた海よ
法こうくにおつとはなつけなとゝをたにし
たゞ女はうなりよくくハえへしまうあ
らうこうのくさんハあまくまし人をきらハう
人まうつゝれはかくきをきらはくもとゝくく
やにおよハ渡らすしこうをうけて二せんさいを
物おなりはてさんまのちやうをみせんとてお
とむきたまへハおかゝ旅ちらえらやうちに大
まうれハしま渡せたうをハしめやしてあま
たの御堂に利十りう一たいま一同つなり大
むしやうをおこるものをハくしやうさんうけこら
てかなしすこかひのれハ佐けたまふさい人
をハちやうハ其の瀧にひきむけてゆゝんす

まハ七さいの年より法くましつゝのくわん
なくかゝらうちにあきらかふ見ゆなるり
わらそいやしにれよハす我のさんたんのあいさハ
れみな十わうのゆまへふりしこまりてまち
やつこのぶう紀をハいそさころゝ海につ
たゑへうけこりやさんこ一色くふやみけ
さい人りう入を化ふ法まてやるしやハにあり
しこ紀より一ふふたのこゝなる我を掌すき女
まへとや十きられかせ京海やうハそかなるの女ろ
こしやなふとて志やをみて伝とけのこれをとな
海やさねものゝかやうにせむるも海らの者みて
ハなしあんしはくましうこゝういまか風りて
させむるなんといちくふ秘　せんりはりあか

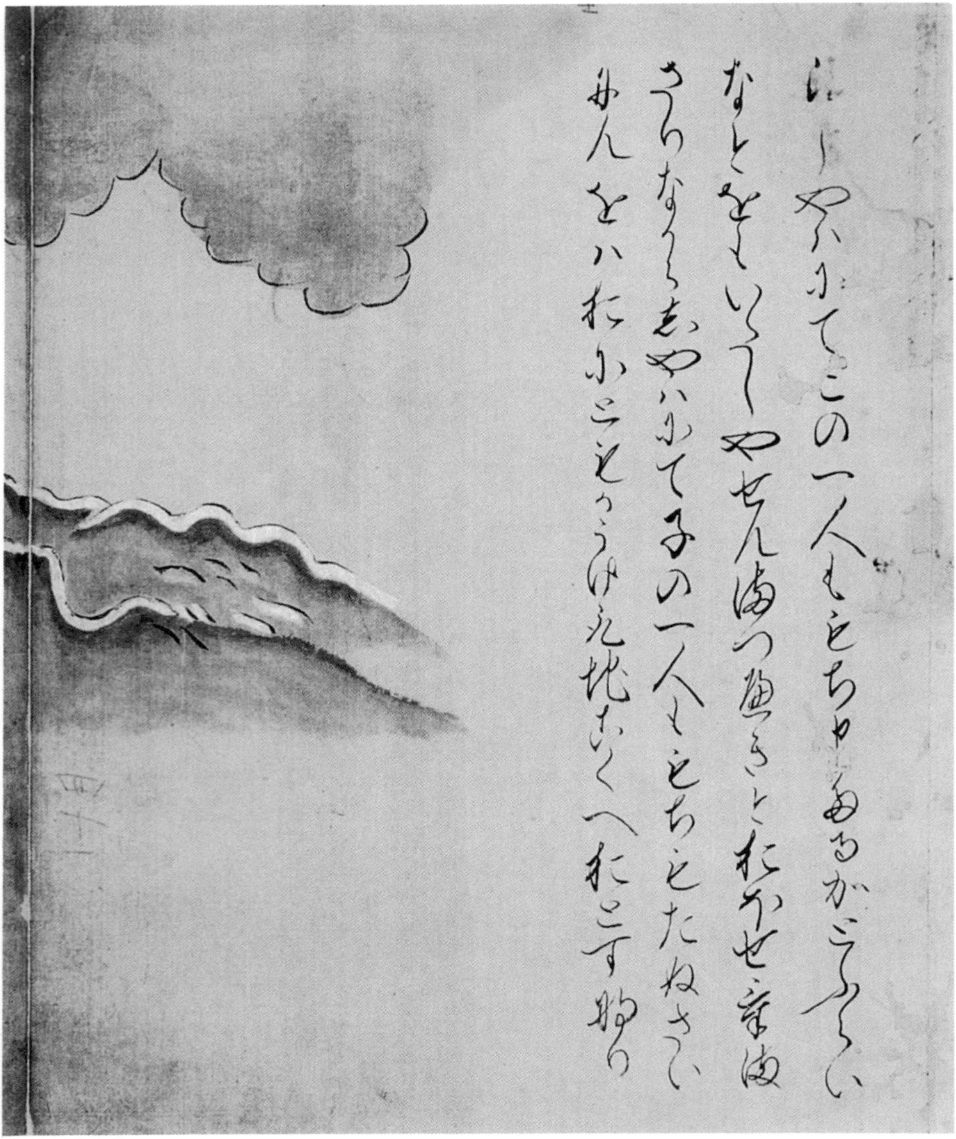

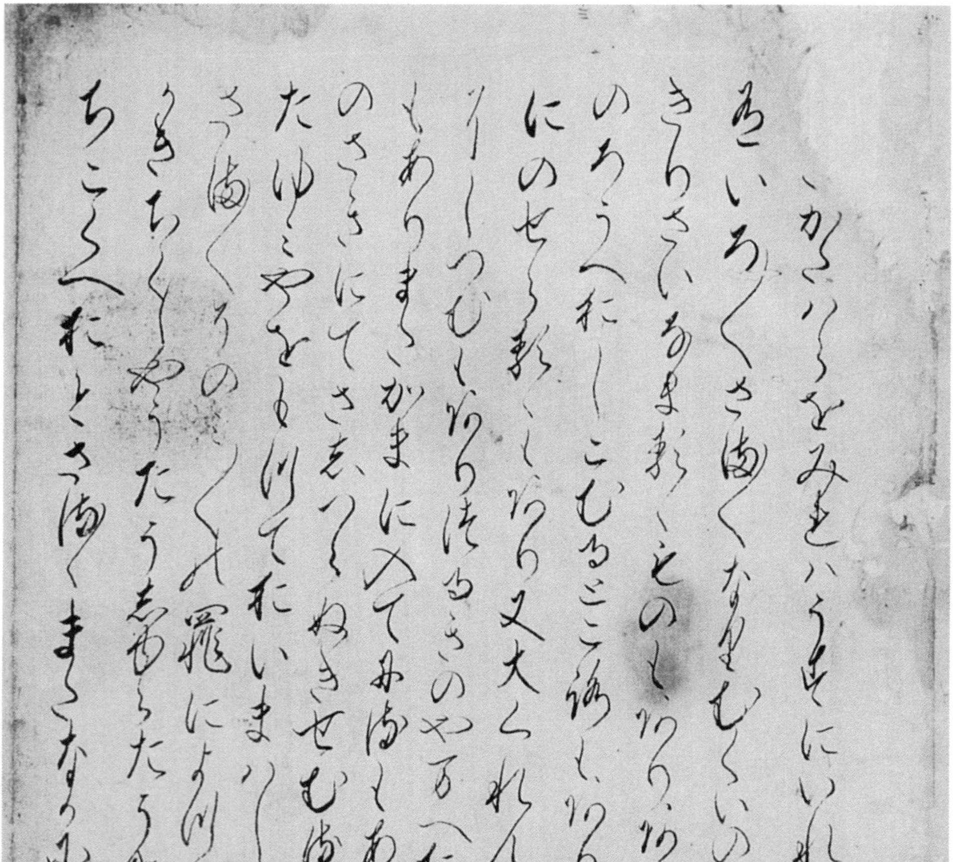

らぬそうかうしやう人をたちかりやうとは
にうりをして人のせもつをうけたるもの
くうりきけ地獄におつる也志ゆつけによく
はこへよまうしくたらん人のあこをハよく
こうふへしかあらす七日くをまつ孫ふる
もにとこうふりのちハ百か月又一志ゆうきくまてま
ちらあふそれなしと始らハねハたにたりやけ
あハかはとにはこふうきものとしをさうやうに
ぬまらあらんまゐいり川まてまちやへしうけ
こりやさんとてよみくにや十生いのあして
ぬひんまてゆほとにたにのてまへはいつす
きとたかしわし七年こきをするこ

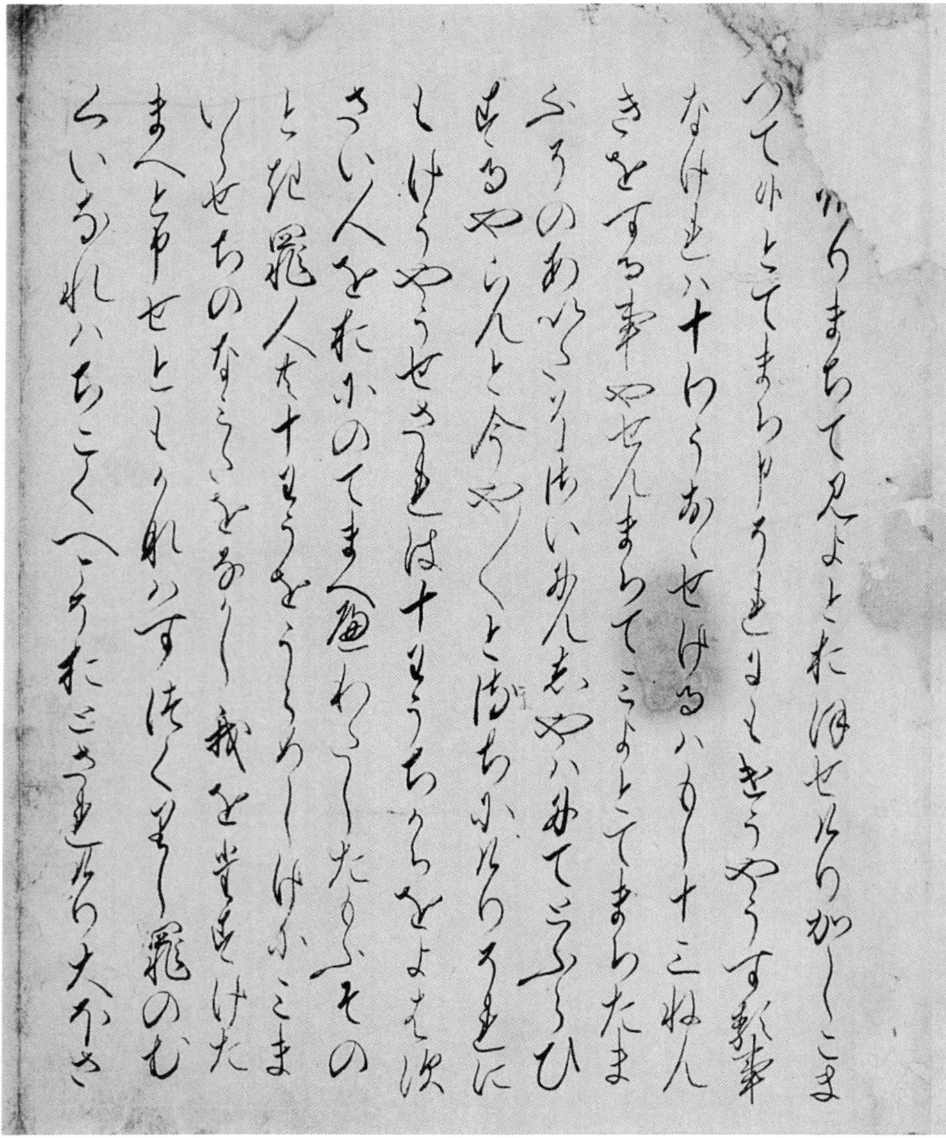

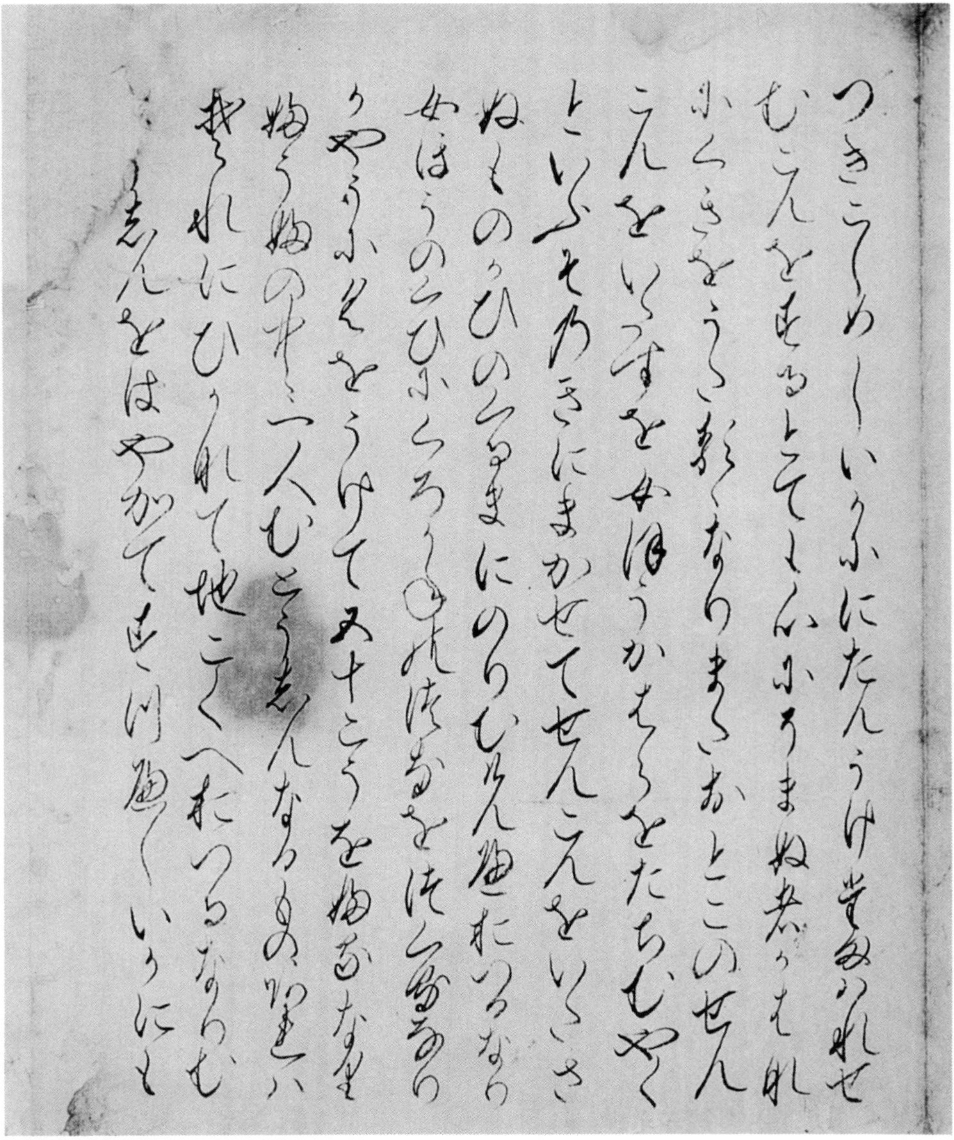

つきこしめしいうふにたんうけ給りれせ
むこんをよるとてしんふうまぬ者もれ
ふくきをうこ(?)となりまくおところのせん
こんをいつすを女ほうかちうをたちむやく
といふそれきにまかせてせんこんをいくさ
ぬものうひのしまにのりむけんおつるなり
女ほうのことひふくろうれ法まをし(?)なり
かやうふそをうけて五十こうを物(?)な
物う物の中に一人むこうきんなるもの八
我うれにひうれて地こくへおつるなりむ
きんをはやかて五川しいうにも

くねをこの世を一せんのゆめの世な
るのちの世ハ地こくかれハおちゐるにふ
為からすせんこんの為に入りハ入事をたこ
してわしこふ為からし大ほさつ經のは
十ぢうさんたんをしたせいさつやこく經くた
やうれき經みせんとてあもむき經へハここに
こうるのうけいしありこれはしハせん人の
またりけとて二たんを引らしてわつらせあふ
なりたれハちたやうきへ海いるなりらたう
こやうらくやらんとしてあきやうなり花のた
むけ吉のこをたをなからへいきやうらんしてお
たし給ひる云義小たの為りつし仏の法

かをみせんとて、阿弥陀の法かしや外道こ
の勢至のすこの地さうのはここのとてかとは
のすゑせたりふところをいちくれの海せた
まふなりなんちにれの海せ堂るちこて極楽
をこつかり海うしかの我てうら山海なり
ひたりのけさにおさめて二十一のさしいり
の山かてにつかん一ひ弥う山地蔵地こくまく
離くとしふとしめに見海る勢しかこいふを
のにはさうしをみ山蔵しりいかゐいてこう
うらりしかくるなすよこれをうむ、さてかくつる
むらふなりんしをともすまいゑをとへのらを

し三十一といもんと給まてこのさうし
をよまいふにこす歌をそいさやにつほん〳〵
の歌さん三郎こきいりやわらちへいてかふそ
わまく〳〵れハうせ給ふなりさて二ふんきこ
のはまへ来り乃生ハ大こやうにらやうあ川
まりてしく〳〵あるとのよこかへ申やうにやく
けふ給ハこ君をハしめ上下をしるわよる
こひ歌へ給いけり

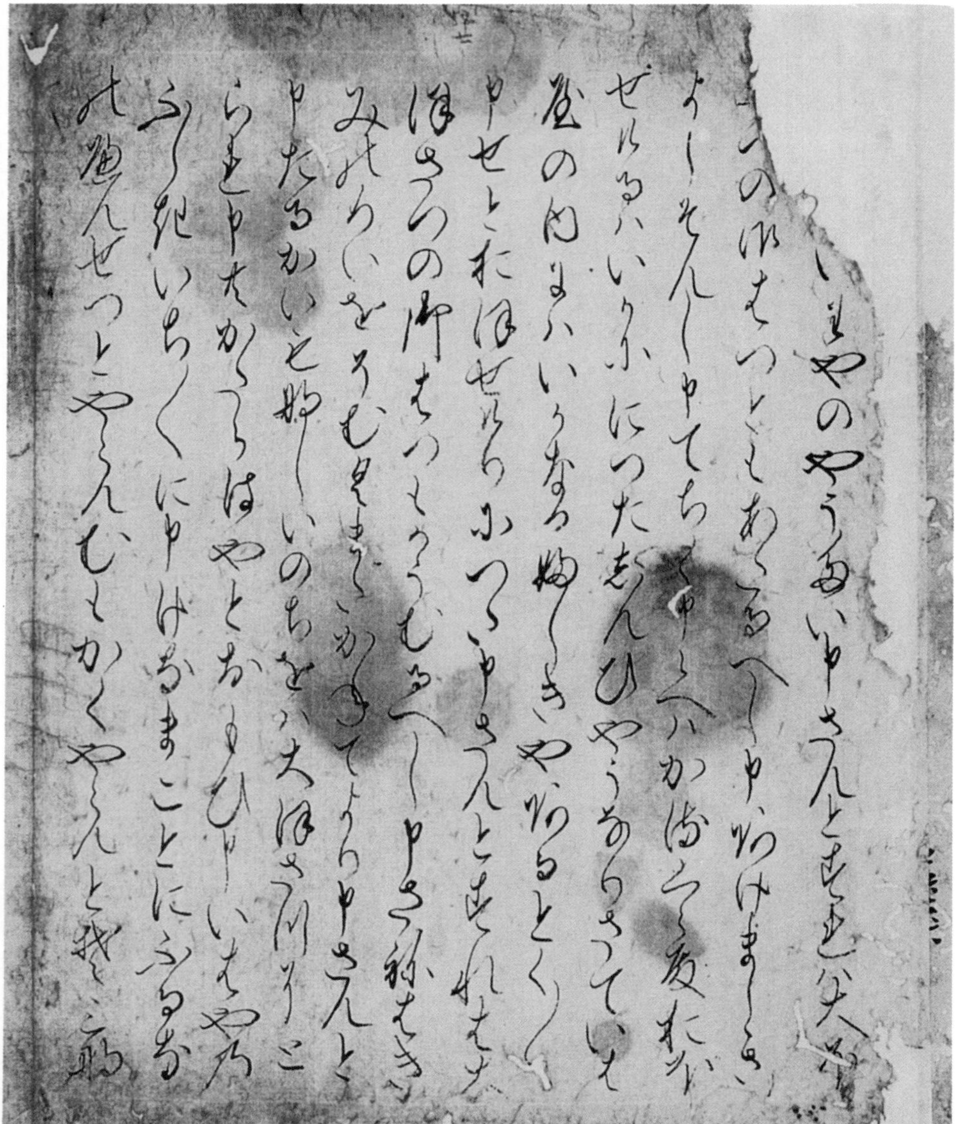

くわさまたりにつゝいまやのことさかさえ
てねにてんまうゑあわてすくらけ數やうこさ
つゝうはらからをかくるあいゝ事こそまちは
かしくよもいゑゝ命をとれれへ此あつとい
うつもしなりし法ならぬれにう物にあり
さのさうしをこそく人ぶしれさんせんに一家
ましり菩薩にかつてあなりよくしんをかは
てうゝい地くこしやうをねかうへしきこて
もうこかいあまい八ぶ六さうの法をつとあるまし
本まはかつてうえいうふとこしやう一大事なれ
よしふ經しけ經しあむ大さん事んとへ經ん
しただつとむ經しきんま經し

翻刻

翻刻凡例

・本文はすべて原本通りとし、誤写・誤脱と思われる箇所もそのままとした。
・虫損・破損などにより判読不能な文字は□で示し、推定可能な場合は（　）で括って傍記した。
・字体は原則として通行のものに統一した。
・通読の便を考慮し、濁点・半濁点、句読点を施した。
・冊子本の丁移りは」（1オ）、巻子本の紙移りは」（1）のように示した。
・和歌は改行し二字下げとした。
・挿絵には通し番号を付し、数葉にわたるものには丸番号を付した。
・各本独自の処理を行った場合には、それぞれの翻刻の前に補足の凡例を付した。

『しづか（三種）』の翻刻は橋本正俊、『緑弥生』は柴田芳成、『富士草紙』は本井牧子が担当した。

しづか（三種）

しづか（奈良絵本）

（上）

しづか上」（1）

（第1図）」（2）かぢはらへいざうかげときは、かまくらをたち都につき、はうぐわんどのゝおもひ人、いそのぜんじがむすめに、しづかごぜんの行ゑをたづね給へど行かたなし。つじ〳〵にふだをたて、そのつうげをまつる。みやこの上下これを見て、九のへのうちにもあはれしづかゞのがれよかし。たとひくんこうあるべくと、しづかごぜんの行ゑを六原どのにまいりて、たれやの人か申べきと上下なみだをもよほし、あはれとはぬ人はなし。かゝりけるところに、はゝのぜんじのめしつかひしあこやと申おんな、あるふだをようでみるに、はうぐわん殿のおもひ人、いその」（3）ぜんじがむすめに、しづかごぜんの行ゑを、六原殿にまいりて申たらんずるともがらには、上らうならばくわんをなし、下ならばいとのしやう、かげとき（第2図）」（4）はんとかきとめたり。あこやさうなく此ふだをくわいちうし、六はらさしていそぐ。さるあひだ、かぢはらはしづかごぜんをたづねかね、くわんとうげかうとて、むまひつたてゝのらんとす。あこやいそぎはしりより、人めをはゞかりて此ふだをかげときがたもとにおしいるゝ。かぢはらやがて心へ、このおんなをとつてさき馬にのせ、六原をいづる。おんなたづなをひきむけて、やまとをうぢわたり、一二のはし」(5)（第3図）」(6) うちわたり、ほうしやう寺をばゆんでにみて、ふしみとふか草とのさかひなる、じやうどうじへのりいれて、こゝぞといふて馬をとむ。かぢはらむまにのりながら、大おんあげて申、はうぐはんどのゝおもひ人、いそのぜんじがむすめ、しづかごぜんのこのてらにましますよしをうけたまはりて、くはんとうのかぢはらが御むかひにまいりて候。はやく〳〵御いで候へと大おん」(7) あげて申。しづかもはゝもろともに、ゆめにも人のしらじと、ふかくたのみをかけつるに、たれやの人のまいりて、六原にてかくと申つらんうらめしさよとかきくどく。すだれのまより見わたせば、（第4図①）」(8) としごろめしつかいしあこやと申おんな、さき馬にのりてきたりたり。さてはや此おんながちうしんによりにけり。とんよくまうねんはなさけをもふりすてゝ、はぢをもさらにかへりみず。あこやがしるべをするうへは、なにと（第4図②）」(9) おもふとかなふまじ。いかゞはせんとかきくどき、なくよりほかのことはなし。はゝのぜんじたちいでゝ、かぢはらにみえければ、まづあまさじととらんとす。ぜんじこのよし見るよりも、なふいかにかぢはらどの、しづかごぜんはきのふまで、此てらにさふらひつるが、やまとのかたをこゝろがけ、さ夜ふけがたに出つるが、おとこをつれぬ夜みちにて、うぢのかたにぞまよふらん。をひてをかけさせ給へと一たんいつはりたりければ、かぢはらきひて、まづ寺中をさがし申て、げになくは、をひてをかけ申べし。ひがしはあくるつがるのはて、にしはろかひのとゞかんずる程、あめが下のそのうち、さがさぬところあるまじ。たれかある、まいりて寺中」(10) をさがし申せや、つは物どもとげぢすれば、しづかこのよしきくよりも、なふそれまでもさふらはず、身づからはこれにさふらふぞや。しばらくいとまたび給へ。此ほどなじみ申びくにたちに、おいとま申、やがてまかりいづべし。のり物よういしたまへ、かぢはらどの。かぢはらきひてはらをたて、さらばとくにも此みちを、かくとはおほせはなくて、そのあひだはもんぜんにまちこそ申さゝらはめ。やう、こなたへしされつは物と、もんよりうちへいれにけり。あらいたはしやしづかごぜん、此ほどなじみ申びくにたちに、おいとま申、なく〳〵いでんとしたりしを、はゝのぜんじこれを」⑪ みて、しばらく、なふ、しづかごぜん、いとゞだにおんなはごしやうさんしやうにえらばれて、つみのふかひとうけたまはる。よしつねの草のたねやどして、つゆのきえもやらず、たらちねの其うちまでさがせといふことのあらば、めいどにおもむく人ぞかし。かたきのてにわたらぬまに、かみそりころもぬぎかへて、かひたもつてめいどのみちをしへられさせ給へ。しづか此よしきくよりも、ひじりをしやうじたてまつり、人をいだしてかぢはらに、しゆつけのいとまをこひければ、かぢはらきひて、これもくはんとうよりの御つかいなり。わたくしにてはかなひ候まじひ。おぐしを付ながら御下かうあれ。よきやうに申なし、御しゆつけのいとまをばま」⑫ いらせん、と申。げに〳〵これはだうりとて、かみをばいまだつけながら、かみそりばかりひたいにあて、かいきやうのもんをとなへて、五かひをさづけ給ひけり。そも〳〵五かひと申は、せつたういんもうごおんじゆ。此みなもとをあんずるに、りやうべんたしやうのか、のながれをくんで、がんじんのほうをつたへたり。てんぺいせうほう六年に、ならの都にかひだんをたて、しやうむくはうていはじめてじゆかいをたもち給ふ。又てんだいのかひだんは、ほうねん五年に、きんざすのたてさせ給ふ。上下ばんみんをしなべて、まことの道にいる人の、たれかはかひをうけざらん。そも〳〵第一にせつしやうかいと申は、物のいのちをころさぬなり。そのいはれをあんずるに、むかし」(13) げんじやう三ざうのしやうげうをわたさんため、りうさをわたりさうれひのみねをこへさせ給ふとき、ろくぞくわうきたつて、しやうげうをうばひとる。見る人これをとぶらひしに、三ざうのたまはく、おろかなり。たとひしようげうはとらるゝとも、しやう〳〵せゝのいのちといふをもきたからをとらねば、さしてかなげかんと、うれいたるいろもましまさず。其いはれをしらずして、あるひはとんにたえず、したしきをうしなひ、うときをほろぼすは、ぐちのいたせるところなり。いまは人をころすとも、いんぐはは身につもるべし。いつせに物をころしては、七しやうまでころさるゝ。くわぎうのつのゝうへにして、なに事をかあらそはん。せき」(14) くわのひかり水のあは、たゞまぼろしの夢の世に、いつたんのとんにふけつて、せつしやうをするぞはかなき。そも〳〵第二にちうたうかひと申は、他のたからをおかさぬ也。いまもひんくにある物は、さきの世に人の物をぬすみしとおもふべし。とうばうさくが三たびまでせんのもゝをぬすみ、せんきうにこめられしも、さこそはくやしかりつらん。とを山鳥の花の色、かすみにこめてみえねども、にほひをぬすむ春の風、おなじ其名はたちながら、とがにはおちじとぞ思ふ。おさへてあやめらるゝこそ、さんくはうのふかき夜になくほとゝぎす、ねをぬすみめいどのとりになりにけり。あらあさましや、かりにもちうたうをかす事」(15) なかれ。そも〳〵第三にじやいんかひと申は、我がいもならぬおんなにことばをもかけず、わがせならぬおとのこと葉をもかゝらず。しつとのつみはたしやうまで、きちくしやうにむまるゝなり。むらかみのあんしのにようゐんは、せいりやうでんのくはうぐうにねたまれさせ給ひて、しんゑんのじやとなつて、むそぢのながき秋の夜も、くらきやみぢにまよへり。じやうりやうせんといつし人は、やうきひにねたまれ、しゆじやくゐんのおにと（第5図）」(16)なる、をそれても猶あまりあり。じやゐんかいをたもつべし。そも〳〵第四にまうごかひと申は、そらごとをいましめり。いつはりおほきこと葉には其とがおほき物也。さればきたの〻天神のかんせうじやうにておはせしとき、じへいのおとゞにざんせられ、心づくしへながされて、ゑの木寺にてうせ給ふ。其とがにおとゞはならくにしづみ給へば、かんせうじやうはまさしくも、いまもきたの〻かみとなる。まうしやうくんがいたづらに、鳥のそらねにせきをあけて、かたきにうたれ給ひけり。なをいましめのふかき事は、まうごまかひでとゞめたり。そも〳〵第五におんじゆかいと申は、さけにゑいてひれふし、うりかふ事をいましめり。きくわとう女といつし人は、」(17)五百しやうのあひだぐちのやみにまよひしも、しやくしゆはかいなるがゆへ、あるひはじゆぶうせんのいましめとがうし、またはは卅六のとがありときしくり。かゝるいましめふかきさけを、なにとててんだいさんにはゆるすぞとたづぬるに、むかし天だいさんにおんじゆをいましめ、酒をきらひ給ひしに、九でうのそうじやう御とうざんのありしとき、きやうわうのあまりにはじめてさけをゆるす事、かんをふせがんため也。たいれひのゆふかんに、なを此さけをゆるせり。ましてくていのゆうゑいに、たれかわさけをのまざらん。

そんのまへにはゑいをすゝめ、きよくすいにさかづきをうかべ、しうのちやうやを見わたせば、山ももみぢにゑうと」(18)かや。酒をあひする人をばふくじゆとこれをなづけ、のむ事をゆるし、うりかふ事をいましめり。それはいはれぬところ、仏をはじめたてまつて、あなん、かせう、しゆぼだひ、いづれかさけをこのみ、よろぼひありき給ひしに、ゑひてはこゝろみだれつゝ、おのづからしたをたちまちせつがいす。なをいましめのふかきはおんじゆかいにてとゞめたり。かゝる五かひをまたうして、ひとつもやぶる事なくは、てんりんわうとうまるべし。むかしゑしんのそうづ、わうのぎやうかうをからずおがみ給ふ。そうづのをばあんにやうのあま、ふしんをなしてとひ給ふ。何とてそうづは仏のやうにわうをおがませたまふぞ。そうづこたへていはく、」(19)わうのたつきにあらず、さき世によくかひをたもち、いまこくわうとうまれ給ふ、しゆくぜんのちからのたつとさにおがむよとおほせけり。いかにも我らさきの世に、かひぎやうなきがゆへに心もぐちにさとりなし。いまこのさづけ申かひぎやうによつて、しんぎやうはころものうへに、かひふつとつゝみすてされや。たうらいにては、かならずじゆかひのじゆもんあさからず。無じやうとくだつなり給へ。かへつて我を道びくべし。ねざめにわすれ給ふなとときをしへ申。其日すでに入あひのかねつく〴〵とちやうもんす。かぢはらはまちかねて、おそしといふてせめければ、ひじり涙をながし、ゑかうのかねうちならし、とう明をけし、あんじつにいらせ」(20)給へば、しづかは物のふの手にわたる。とぼしびくらふしてはすかふぐしがなんだ、よふけぬればしめんそかの声とは、ぐしがわかれをかなしびてつくり給ひし詩にてあり。それはいこくの物語、これはしづかゞ身のなげき、かんとわちうはかはるとも、おもひの色はひとつ也。かみはぎよくらふきんでん、したはしづがふせ屋まで、しづかをおしまぬ人ぞなき。みめといひのふといひ心のなさけの道といひ、るあはれをもよほすところに、にくき事こそ候らひけれ。あこやと申女、かぢはらにそせうするやうは、(第6図)」(21)　たぐひもやわかあるべきと、人々のなげきしうたんは、よもにもあまるばかりなり。かゝ御やくそくのほうろくを身づからにたべといふ。かぢはらきひてはらをたて、これほどしづかごぜんのくわんとう下かうとて、上下ばんみんおしなべて、あはれとはぬ人もなきに、申さんや、なぢはきのふがけふにいたるまで、其みうちにありし物ぞかし。わかれをばかなしまで、ほうろくのこいやうこそ心へられね。あまりに物しらぬおんなに、いんぐわれきぜんのだうりをかたつてきかすべし。それにてよくちやうもんせよ。よひにはろうげつともてあそぶといへども、あかつきはべつ」(22)　りの雲にかくれぬ。心はこくうじやうぢうにして、かたちばかりはかりの宿、みゝはとせひのみゝ、めはじやうはりのかゞみ、したはわざはひのね、くちはわざはひのかど、した三寸のさへづりにて、五しやくの身をぞはたす。やうたれかある、あのおんなにひきで物とらせよ。うけたまはると申て、ざうくるまにとつてうちのせて、わたす所はどこ〳〵ぞ。上は一でう柳原、下はから九でう、こうぢ〳〵をわたして見る物ごとににくませて、のちには此女をかつら川のふかき所にたづねて、ふしづけにしたりけり。都の上下これをみて、物ゆひしたる女ばうの、しよちをばたまはらで、よみの国の大こくをたまはつたりやと申つゝ、見る人きく物をしなべて、にくまぬ物はなかりけり。」(23)　しづかごぜんをこしにのせ、じやうどう寺をいづる。はゝのぜんじもなく〳〵かちにてあこがれいづる。しづか此よし見るよりも、はゝをかちにてあよばせ申、その子がこしにのりたればとて、やすき心のあるべきか、としよりたるはゝうへをのせてかけとてこぼれをつる。げに〳〵これはだうりとて、馬をたてはゝをのせ、都になごりうき思ひ、物うきことにあはたぐち、我をばとめよせき山しなのすさまじさに、杉ふる雪の下道を、あとよりもたれかおうつのうら、きえばやこゝにあはづが原、おもひはなをもせたのはし、のぢに日くれてしのはらや、おきふししげきかりのやどの、夜ごとに物やおもふらん。此程は心のやみにかきくもり、かゞみの山もみもわかず」(24)なはさめがひときくからに、ふかき心はいづみかな。いとゞなみだのおほかるに、あめ山中やとをらむ。嵐こがらしふはのせき、月のやどるか袖ぬれて、あれたるやどのいたまより、露もたるひときくからに、しぼりかねたるたもとかな。夜はほの〴〵とあかさかや、うちこそわたれくんぜ川、うへしさなへのいつのまに、くろ田とはなりてはらむらん。なつはあつたとなるみがた、三川にかけし八はしの、すゑをいづくとをたうみ、恋をするがのふじのねの、けぶりは空によこほれて、くゆるおもひは我ばかり、いづのみしまやうらしまが、あけてくやしきはこね山、さがみの国に入ぬれば、猶うき事をきく川の、しゆくにもつかせ給ひけり。かぢはら道よりも」(25)はや馬をたて、しづかごぜんをばきく川のしゆくまでめしぐしてさうらふ、みちのくさばの露ともやなしもやせんと申す。よりともきこしめし、たづぬべきしさひあり、かまくらまでめしぐせよ。うけたまはつてしづかをおうごしよさしてかきいるゝ。おりふしありやう人々は、かゝる時にこそみゝをうたするがくもんは候へ。

しづかはきこうるがくしやなれば、いざやまいりてちやうもんせんと、うちさぶらひとさぶらひに所せきなくなみいたり。さるあひだ、よりともは御たひめんの其ために、あほかりぎぬにたてゑぼし、わだち丶ぶさうにして、御座になをらせ給ふ。しづかこしよりおり、はるかにざしきのあひたるを我がためとぞ心へ、人々のかたをばうしろになし、」(26)（第7図）」(27)つ丶むにこぼる丶涙の色、みだれてかみをつたひてつらぬくたまのごとくなり。よりとも御らんじて、いそのぜんじがむすめにしづかとは女ばうが事か。四国九こくのかつせんめづらしからぬ物語、よりともがいせひによつてし□（よ）こくはおのれとしづまりぬ。世がわがよにもならぬには、へひほうのじゆつもかなはず。とをくいてうをたづぬるに、けいか、しんぶやう、はんねきがくびをかつて、しくはうていをねらひ、あはうでんまでのぼるといへども、うんつきぬれば」(28)うたれぬ。（第8図）」(29)いはんやよしつね、けいかしんぶやうはんねきほどはよもあらじ。ましてはんくわいちやうりやうがいきほいにもおとりたり。よしつね一人た丶かひて、天下にみちしへいけをかたむくべしとおぼえず。よりともがいせひのをもき所なるべし。それによしつね、此世をくつがへさんとおもひたつ。よしつねといちみし、あひねんふかくさだめなきちぎりをこむるしづかには、心ゆるすべからず。たとひおんなの」(30)身なりとも、おんむの心ふかきをばがうてきとこれをすなり。なにさまひくてさだめなきゆふぢよの身とありながら、さしもよりともがうらめしきくさのたねをつぐときく。やういかにとの御でうなり。しづかうらめしがほにして、たもとをかほにあてながら、なく／＼申けるやうは、それ、人のちぎりのさだめなしとはいひながら、しやう／″＼せ丶のきうえんのつきせずくちぬきゑんにや。むかしげんじの大しやうも、きりつぼ、はゝきゞ、うつせみの、もぬけのころもきたりし」㉛あまにも、ちぎり給ひぬ。わかむらさき、すゑつむはな、もみぢのが、花のえん、あふひ、さかき、花ちるさと、すまやあかし、みほつくし、せきや、よもぎう、（第9図①）」㉜ゑあわせ、まつふくかぜやうす雲、それのみならずげんじは六十でうの物がたり、はかなきちぎりこれおほし。一じゆのかげ一がの水をくむ事も、（第9図②）」㉝たしやうのきえんとこそきけ。とめる人もいつまでぞ。いつまで草のいつまでと、しもがれ行をしらぬぞと、たもとをかほにおしあてゝ、なくよりほかの事はなし。よりともきこしめし、大にはらをたて給ひ、何と申ぞしづか、ことばおほしと申せども、いつまで草といひつるはかべにおほる草なり。へいちにねをさすだにも秋はてぬればしもがるゝ。ましてやつかのまのねをかへるくさなれば、いつまで草とこれをいふ。さればにや、しづかわが身の上をくわんじて、げんじによそへ六十でうところ〳〵かたりつ也。それはともあらばあれ、いつまで草といひつるは、よりともことを申なり。いま世に」㉞いでゝ、あめが下をわがまゝにするとも、いつまでさかうべきぞと申つるところ、それはしづかゞいはず共、うひてんべんの世のならひ、あすまでたのむ事やある。しかりとは申せども、世にあるほどはいつまでも久しかるべきためしごとは、かねてはまつをうへをき、すみよしとこそいわふなれ。みやうせんじしやう、なか〳〵うつろひやすき世の中に、いはへばかなふことなるに、それにしづかゝなんぞ、そもげんじの物語にかぞへ、いつまで（第10図）」㉟ぐさといひかすめ、よりともが身のうへをちやうぶくするとおぼえたり。かゝるふじやうをきくみゝ、ゐいせんのながれあらざれば、あらふつべしともおぼえずと、御ざしきづんとたち、いたあらゝかにふみならし、内所へいらせ給ひけり。げんざんありし人〻、一どにざしきをはらりとたつ。こゝろぼそくもしづかはたゞ一人ぞのこりける。」(36)

(下)

さるほどに、かぢはらない〳〵うちわらひ、しづかゞあり所へたちより、これはくばうの御ざちかし。こなたへ御いで候へと、ともなひいだしたりけるが、いや〳〵、かゝるめしうとなんどを、じこくうつしてなひゐんあり。のちのわづらひむつかしと、こんやのうちにたひなひをさがし、てうてきの御すゐをからさばやと思ひ、やどをとつておしこめ、ひのくるゝをおそしとまつる。さすが人のせんどなれば、さいごをしらせそのしたくをあらせばやとおもひ、しづかゞあたりへたちよつて、あらいたはしや。こんや御うちよりたひなひをさがし御じつけんとの御ぢやうなり。おぼし」(1)めさるゝ事のたゞ何事をも、はゝごぜんにおほせをかれ候へと(第11図)」(2)そらなきしてかたる。しづかゞはゝのぜんじ、むすめにいだきつゝ、そも〳〵人のおやのならひにて、あしき子のあまたあるだにも、わかれときけば物うきに、ましてや申さん、是は身づからが仏神にきねん申たゞ一人のしづかごぜん、みめかたちこゝろざま、上下にならぶ人なしと、世にもかくれぬひとり子をさきだて、何となるべきぞ。いかなるてうてきげきしんも、おんなをころす事はなし。たとひけんがくあらけなきゐびすのすみかなれども、さかりのはなを風なくて、きりからしたることやある。うたてかりけるかまくらのまつりごと、かきくどき、なくよりほかの」(3) 事ぞなし。よく〳〵物をあんずるに、よりともの御ぢやうゆめ〳〵もつてあるまじひ、これはたゞざんしんなせるところなるべし。(第12図)」(4) こともなのめのときにこそ人めもつゝみはづかしけれ、きたのたいへまいり、しづかゞそせうを申さばやとおもひ、こゝかしこをわけくゞり、しかるべき人につゐて、しづかゞそせう申上る。おりふしきたの御かた、御きげんめでたうて、人のおやのならひにて、子をおもふみちはあさからぬぞ。これはじこくうつしてかなふまじひ、はやとく〳〵との御ぢやうにて、かたじけなくもきたのかた、ほうしよをくだしたび給ふ。しづかゞはゝのうれしさを、なにゝたとへんかたもなし。鳥ならば一とびにとんでもつげたけれども、おんなの身のこのほどおもひにやせおとろへ、ゆめぢをはしるごとくにて、た所斗に」(5) をどるやうにぞ思ひける。さるほどにかぢはら、日もいりあひのかねをきゝ、いまはとおもひすまして、けいごの物四五人けしからぬすがたにてたゝせ、しづかゞやどへをしよせ、はやめされよと申。しづか此よしきくより、いまをさいごのことなれば、からあやのふたつ衣、かけおび、まぼりかけながら、じゆへんに御きやうとりそへて、こしのまへゝぞいでられける。われよりもさきの涙は、たれをさそひてさきだつぞや。などやかんろのはゝごぜん、都のうちをいでしより、かゝるべしとはしろしめさぬぞ。さいごのみちにおもむくをば、御らんぜざるぞいたわしき。とてもかなはぬそせうゆへ、けさ」(6) 御所中へいでられつる、おもかげばかりのたちそひて、けさのわかれをかぎりぞと、しらでまちつるはかなさは、おやは一世ときくなれば、めいどに又もあふべきか。それもこうくわいすべからず。それにんげんのならひにて、すゝみしんぞきとにかくに、（第13図）」（7） 物うかるべきうき世かな。心にまかせざりけるは、しやうしむじやうの世なりけり、かきくどき給ひて、さひごのこしにのり給ふ。のるかとみれば物のふども、こしをちうにとばせ、ゆいのみぎはにいそぐ。（第14図①）」（8） こゝにてたいなひをさがさんとたちかくすところに、どいの二郎さねひら、かまくらのけいごにて、くるれば十き二十きにて、かまくらうちをまはりしが、何とはしらずはまはたに、あや敷人のみえければ、こまうちよせてたそといふ。かぢはらきゐて申やう、さん候、（第14図②）」（9） しづかごぜんのたひなひを、たゞいまさがすなりと申。さねひらきひて申やう、それはよくこそしたゝむれ。さりながらこのへんはわかみやちかきところにて、かなふまじい。これよりすこしひきのけてなごやがいり江のさんまいは、いしかりなんと存ずる。もつともとどうじ、又こしよせてうちのせて、あふ、なごやがいりへにいそぎける。しづか此よしきくよりも、これやめひどのかしやくか、ぎやくろうのたびもかくやらん。かねて一世ときいたりし、おやにはいきてはなれつゝ、又もあはぬによみがへる、くらきやみぢを又行や。当かまくらのげんしんは、かの若宮にしくはなし。しかも八まん」（10） 大ぼさつ、そうびやうのしんとして、はうじやうゑをなし給ふ。まひねん八月一日より、一さひのうじやうのとられてしすべかりしを、あたひをほうじてかひあつめ、おなじき月の十五日に、いわしみづのながれにはなちてたすけ給ふ也。此ことはりにまかせつゝ、はうじやうゑとは申也。神がみならばしろしめせ、人こそひとをころすとも、和光のひかりのあまねくは、我をたすけてたび給へ。たとひいのちは露の身の、きえやすきならひにて、なげくしるしのあらずとも、いきてわかれしは、うへに、ま一ど見せてたび給へ。神は歌にかならずなふじうましますなれば、はづかし」(11)ながらはうだいの、ぐゐひをよみてまひらせん。

などされはなにはにすてしうらなみのしづかもあらきはまの名はたつ

かやうにゐいじ若宮へゐかう申されたりければ、何とはしらずあとよりも、人のよばはる声はかすかにこそきこえけれ。けひごの物きもをけし、何事ぞやときゝければ、しづかゞはゝのぜんじがよばはる声はかすか也。かぢはらきひて、もしほうしよやくだし給ふらん。なにともぜひのなきさきに、はからへやつは物ども。うけ給ると申て、こしをちうになげをとし、しづかをとつてひいだし、がひせんとせし時に、さねひらかうてありながら、もしほうしよやくだし給ふらん、あは」(12)てゝのちの大事とをしとゞめたりければ、かぢはらいとゞいかつて、たゞがひせよと申す。ぜんじは奉書これありと、よばはりさけびはしれば、しづかははゝの声をきひて、おそしともだへこがるゝを、物によく〳〵たとふるに、つみふかきざいにん、くしやうじんのてにわたり、むけんたいじやうのそこにおとさるべかりしを、六道のうけの地ざうの、しやくじやうをからりとうちふつて、かかんびさんまひと、よばはりかけすくひあげ、たすけんとし給ふも是ほどぞありつらん。さてこそ奉書よみあげて、しづかもはゝもろともに、おなじこしにとりのり、きらくのゐみをふくめば、しづかは」(13)はゝにすがりつひて、これは夢かといひければ、母はむすめにいだきつき、ゆめとないひそ、うつゝぞ。さもあれ、あやうかりつるわごぜがけふのいのちとて、はら〳〵となき給ふ。うき時はだうり、ながす涙はことはりや。うれしきいまのなにとてか、さのみ涙のこぼるらん。かくてしづかごぜんをば、どゐの二郎にあづけらるゝ。よりともよりのおほせには、なんしならばてうてきにて、ちからおよぶべからず。女子のたいとあるならば、はゝがたからとなすべしとかねて御ざあるあひだ、なんしにむまれ給へと」(14) いのる心をひきかへて、都にありしとき、よしつねのわすれがたみにて御下知くだる。しづかも母もろともに、女子になれとぞいのりける。されどもかなはぬうき世のならひ、若宮をまうけさせ給ふ。つゝむにたゝぬはつ声の、あたりのさとにかくれなし。かぢはらはや〳〵きゝつけて、げんたをつかはし、御さんすでにへいあんに御ざあるよしうけたまはつて、男女子のかたちをみてまいれとのおほせにて候と、大おんあげて申。しづかも母ももろともに、源太がこゑときくよりも、あばうらせつのつかゐ、ゐんまのせめをつぐるかと、きもたましひも身にそはず。母のぜんじたちいで、なふいかに源太どの、女子をまふけてさふらふ。御やくそくのごとく、身づからにたべと申す。かげすゑ」(15) きひて、なにさま一めみまひらせ、やがてかへし申さんといふ。しづかさんじよをいで、げんにむかひ、なくよりほかの事はなし。（第15図）」(16) 七いろのしまに八色のふねをかくすとやらん申たとへのさふらふぞや。ともかくもげん太どのをこそたのみ申さふらふぞ。これ〳〵御らん候へとて、たまのやうなる若君をいだきあげてみする。げん太此よし見るよりも、あらいつくしの若君や候。かゝるわかぎみをわたくしにてはかなひ候まじ。御所中へ御とも申し、御目にかけやがてかへし申さんと、たもとにつゝみふところにおしいれ、馬ひきよせてうちのり、ゆひのみぎわにいそぐ。二人あとをしたひつゝ、せめてなくこゑをいま一たびきかせてたばせ給へとよばはりさけびはしれども、馬にはいかでおつつくべき。あらなさけなや、」(17) げんたゆゐのはまにてとりはづしたるてひにて、なみうちぎはにてをとしけり。いそうつなみ、なく声、はままつを(第16図)」(18) さそふ風の音、身にしみ〳〵とおもへども、とりもとゞめぬ事なれば、あたりにたほれふしこがれ、声をならべてなげゝども、げんたはすこしもあはれまず。をきより浪がどうときて、たまのやうなる御すがたを、らつくわのごとくにうちくだく。そのゝちぶちをしとゞうつて、源太家にかへりけり。しづかもはゝもろともに、ちりたるしがひをとりあつめ、たもとにつゝみかほにあて、なくよりほかの事はなし。しづかおもひにたえかねて、身をなげんとせしときに、はゝのぜんじこれをみて、だうりなりしづかごぜん、なにゝいのちのをしからん。われをもつれて行やとて、」(19) 二人てにてをとりちがへ、身をなげんとせしときに、おりふしありあふ人ゝが、すがりつきてぞとゞめける。思ひきりぬるみちなれども、こゝろにまかせせぬ(第17図)」(20) 事なれば、此人ゝのしうたんは、たとへえんかたもましまさず。かくて日数をふるほどに、御所中の女ばうたち、大みやうたちのきたの、しづかゞおもひさこそやと、その文どもかずしらず。しづかもしゆせき世にすぐれ、げんじいせ物がたりをば、うちをく文のことばにも、たゞ此心なりけり。御れうのきたのかた、おほせいだされけるやうは、うらやましやなしづかは、いかななるちへのふかうして、女ののふをのこさずしつたる事のゆゝしさや。それわがてうのおんなは、大和ことばをむねとして、歌のみちをしるべし。そさのをの御ことの、八雲たつといつもじをゑひじはじめ」(21)給ひしは、我てうのまおり、飛ほとりぎす月ゆきは、あだなる物とおもへども、しきてんぺんの無常をあらはすこゝろなりけり。仏もたゞ此事を、一大事とて五十年ときをかせ給へども、しんなふふかうしてとゞかぬことばなりけり。ふせつふかしぎなるゆへ、たゞふかとくと斗にて、こと葉にはのべつくされず。こゝをもつてまさしく、ふりうもんじなるゆへ、ぶつそふでんとこれをいふ。たとひうばそくうばいにて、かたちはおんななりとも、さとりをうけば仏なるべし。かのしづかごぜんと申は、ないでんげでんくらからず。しかもわがてうのふうぞくわかの道たつしやなり。いざやしづかに」(22)よりあひて、げんじいせ物がたりふかきこゝろをたづねん。もつともしかるべしとて、しづかゞやどへ御いであつて、うちとけあそばせ給ふ。はゝのぜんじもらうゑひし、もてなしかしづきたてまつる。かくてよろづをとりしづめ、きたの御かたおほせいだされけるやうは、歌のふしんはさま〴〵おほしと申せども、げんじいせ物がたりのわうぎをしる人まれなり。しづかごぜんの御なさけに、をしへておかせ給へとおほせいだされたりければ、しづかうけたまはりて、身づからもいかにとしてかそのわうぎをしるべし。さりながらこゝろへてさふ」(23)らふほどをば申べし。そもいせ物がたりと申は、ならひらの中じやうのいつしやうがひをかたるなり。かのならひらと申は、へひぜいてんわうに第四の御子、あほうしんわうに第五のわうじ是なり。はゝはくわんむてんわうに第八の御むすめ、いとふなひしんわうの御子。てんちやう二年きのとの巳のとしはじめてむまれ給ふ。じゅんわてんわうの御とき、七さひにてわらはてんじやうしたまへり。ふかくさの御かどの御時、かすがのりんじのまつりのとき、だいりよりれうのすがたにいでたつて、すきびたいのかぶりをき、ごせつのれひじんにたちしゆへ、しのぶずりのおみ衣を」(24)きたりしなり。又じやうわう七年にうぢのくらんどにふせ給ふ。これたかの御ことの御時、かたのゝかりにあひぐせり。かのなりひらの中将しやばのほうさんつきはてゝ、大和の国ふるのごうありはらといふところに御はかをてんじ給ふ。これまではなりひらの一しやうがひをかきたるなり。さても此物がたりをとうぐうの御前にてつくられけるに、ふるざれ色のきぬきたるおとこ一人きたつて、ゆゝしくも此物がたりをつくり給ふ物な。それがしも歌二首いれんとありしとき、いづくよりの御使ととひければ、その返事にもおよばず、

神かぜや伊勢のはまをぎおりしきてたびねやすらん」(25)あらきはまべに

おもふ事いはでたゞにややみなましわれとひとしき人しなければ

かやうにゑひじ、たちかへらんとし給ふを、人々たもとにすがりつき、さも候へいづくよりの御つかひぞとはれければ、これは伊勢よりとばかりにて、けすがごとくにうせ給ふ。さてはうたがふところなし、伊勢大神宮の御つかひなりとこゝろへ、此ことはりにまかせつゝ、伊勢物がたりとは申なり。きたの御かたきこしめし、さてういかぶりと申はいかなるいはれにてさふらふぞ。それはふか草の御門のとき、大内よりれうのすがたにいでたつて、すきびたゐのかぶりをはじめてきたりしゆへに、うひかぶりとは申」(26)さふらふ。是もはやこゝろへぬ、其ほかのふしんは、ながめあかし、みをつくし、とぶほたる、ぬきすといふことば、たのものかり、みのしろ衣、ちいろの竹、しのぶずり、みやこ鳥、此しな

〲のふしんはいかなるいはれにてさふらふぞ。其しな〲のふしんはこんのごくひじ、あばのうんのだらに、あばらかけんのごもん、ごちのによらひのしゆしとして、四季てんべんのしきさう、あめつちひらけはじめ、日月ほしの三光うじやうひじやうのたねとして、ゐんやうふたつわがうして、しきてんべんのいろをなす。春の色はあをけれど、なにとて花はくれなゐの、色にはいでゝひらくらん。なつの色はあかければ、てる日もやがてご」(27)（第18図①）」(28)（第18図②）」(29) くねつす。秋の色はうれひにて、むしのなくねはことはりや。冬されぬればねはんにて、ゆきふる山はしろたへぬ。これをしやうらうびやうしの四季さう、さだめなきことを丗一字の歌によむ。此歌のすがたはしやばせかひの人のみ、こくうとおなじことにて、仏と衆生へだてなし。されば歌をよくよめば、神も仏もなふじうあつて、衆生もやがて仏と成とときをしへ給ふとき、きたの御かたをはじめたてまいらせつゝ、そのほかの女ばうたち、和歌のみちはくらからず、たうとく無常ぼだひしんによの道にいり給ふ。かくてうかりしかまくら、きのふけふとはおもへど、」(30) 女ばうたちのなさけの、えさりがたきにほだされて、ふかくのいみはゝれぬべし。大みやうかうけあつまつて、さゝやき申されけるやうは、かのしづかゞまひと申は日本一のじやうずなり。それをいかにと申すに、ゐんじやうあのなつの比、天下にひでりおほくつゞき、草木もこと〲くせいみやうのこるべからずと、諸神しよざんにおほせつけ、あめのいのりをし給ふに、なをしも日でりつゞき、かなふべきやうあらざれば、此事天下のせうしにて、くぎやうせんぎまち〱たり。それりうわうのほうをやすめ、神の心をとる事は、おんなのまひにしくはなし。たれかめいじんなる」(31)らんと御たづねありし時、こんゐのさだいしやうすゝみいで申されけるは、たれ〳〵と申とも、いそのぜんじがむすめ、しづかと申しらびやうし、ちゝはふしみのちうじやうにて、ふぢはらうぢのくぎやう也。其子にしづかしやうねん十六さいにまかりなる、いまは天下にならびなし。これをやめさるべかるらんとせんぎ申されたりければ、あふ、もつとももとぎせられ、やがてちよくしをたて、ないし所へめされて、するがのまひをまひけるに、げつけいうんかくひやうしをうつてはやされたり。まひの袖ひようようし、てんにんのかけるごとくなり。うたふ声はさながらかれうびんがのごとくなり。君をはじめたてまつり、げつけいうんかくかんにたえ」(32)させ給ふ時、てる日にわかにかきくもり、とゞろ〳〵となるかみも、ひやうしにあはせたりければ、雲へきらくにあつうして、しんの雨こそふりにけれ。此程てりし草木、いつちうのあめをそゝけば、みどり若葉となりにけん。さてこそ五こく葉はさかへ、ねはふかく、すゑはくりいにのびあがり、秋は其身のまつたき事、すんのいなつぶ玉ににて、しやくのほたけもながゝりき。しんも君も此まひを、かんぜぬ人はなかりけり。かゝるめいじんたまさかに、まれにもいかゞあるべきか、いかゞはせんとないだんす。かゝりしときのおりふし、御れうのきたの御かた、しのびやかにしづかゞ宿へ御出あつて、はゞかりおほきことなれども、日本一のまひとやらん」(33)を、一目見ばやとおほせけり。しづかうけ給り、まはぬとがめにふたつとなきいのちはめされゝども、まはじとこそはおもへども、きみがなさけのふかければ、まはばやとおもひ、したうちとけて申されけり。きたの御かたきこしめし、うれしやまはせたまはゞ、わかみやどのゝすきらうにては、しんりよもしよにんまでもめをおどろかす物ならば、一はしんのかひなざし、又は我が身のいのり、かれこれもつてめでたしと、おの〳〵おほせられければ、しづかもこれにどうじ、吉日とつて若宮にて、かひなざしとふうぶんす。すでにたう日にも成しかば、わかみやのしやうめんに、大しやうどのゝ御ざしきまんまくをひかれたり。きたの御かたの」(34) 御ざしきにはとこにはみすをかけ、うちにきちやうをひかれたり。しよ大みやうはなか〳〵に、くわいろうと大庭に所せきなくなみゐたり。きせんくんじゆはなか〳〵に、申におよばざりけり。かのわかみやと申は、うしろは山、まへはうみ、左右にはのきをならべ、みんかの門いゑ〳〵むねのかずおほうして、だいたうのみやうしやうの津ともいつつべし。あらおもしろの寺〳〵のろふもんや、うむこんにさしはさみ、みねのあらしは松にふけ、みぎはのなみはよせひいて、むしゆのざいごうをあらひけり。おきのかもめはかひじやうの、しら浪よりもたちゐけり。とうがくしんによのをきの浪、ほつしやうのきしによせてうつ。大じ大ひの若宮は、むみやうのやみ」(35) をてらさんと、かぐらおのこのしやうこのおと、きねがたもとになるすゞ、いづれをきくもいさぎよく、わくわうの影ぞすゞしき。しづかゞまひの（第19図①）」(36) しやうぞくは、ちばどのゝ御やく、ふへはちゝぶの六郎殿、つゞみはくどうすけつね、かのすけつねと申は大内のもつやくのありしとき、つゞみをうちめいよをする。きんらう（第19図②）」(37) きりうのひやうしにだにも、うちあはせたるつゞみにて、さゝるゝもだうり、下むさしのぢうにんに中のまの五郎は、とびやうしのやくなり。しづかはこれにはやされて、何のなさけにかまくらにて、まひまふべしとおぼえずと、たもとをかほにをしあてゝ、鳴よりほかの事はなし。はゝのぜんじこれをみて、いかなることぞしづかごぜん、かほどめでたきざしきにて、まひまはぬものならば、きみのとがめをいかゞせん。にわはらひさふらうとてさきにたつてぞまふたりける。もとよりまひは上手、かたくれしをりはぎをうたひすましたりければ、しづかこのよし見るよりも、あらいたはしやはゝごぜん、なにゝ心のなぐさみてか、かやうにうたひ給ふ」(38)らん。是もたゞ身づからをたすけんためのまひぞかし。それに身づからたゞいま、物うき心のあるまゝにまひまはぬ程ならば、はゝのとがめをいかゞせん。まはばやとおもひてたちいでたりし心のうち、さこそとおもひやられたり。見わたせばれき〳〵とさせられたる人々に、わだ、ちゝぶどの、ゑど、かさひ、ちば、おやま、うつのみや、いづれか日比我まゝに、ふるまはざりし人やある。ぎけひのつまとありしほどは、大名かうけおそれをなし、まひまはせてみるまでは、おもひもよらでありつるが、きのふは人をしたがへつゝ、けふは人にしたがへり。天人の五すひの、けふさめぬるとおもへば、よその見るめもはづかしや。はづ」(39)はづかしながらしづかごぜん、ときのしうげんなりければ、君をはじめておがむには、千代もへぬべしひめ小松とうたひすましたりけり。かたちは日本一なり、声はたゞかれうびんがのひゞきなりけり。うつもふくもみな上手、ひらりとあぐるかひなに、てん人もあま下、ふみそろへたるひやうしに、地神もうごくばかり也。いりまひになりければ

　　しづやしづしづがをだまきくりかへしむかしをいまになすよしもがな

とうたひすましたりければ、みすもきちやうもざんざめきさけぶところに、よりともみすをおろさるゝ。

ゆへをいかにと申に、しづやしづしづのをだまきくり返し、むかしをいまにとうたふたは、よし」(40)の山でわかれしよしつねをしたふところ、それはよりとも見ぬ所。ちゝぶどの申さるゝ、むかしをいまとうたふたは、五ていのむかしいまにき、世はおさまるといふところ、めでたくおぼえ候に、みすをあげられ候はでいかゞと申されたりければ、御れうげにもとおぼしめし、みすをざらりとあげ給ふ。しづかはこれを見、ごくらくじやうどのたますだれ、かんじゆまんじゆのたまのはた、あぐればいよ〳〵ひかります、ぎよくたいつゝがなふして、あめが下こそのどかなれと三べんふんでまはれば、みすもきちやうもさゞめき、ぼうしやもゆるぐばかりなり。よりともかんにたえかね給ひ、おどりいでさせ給ひて、ともにかいなを」(41)さし給ふ。大名かうけていしやうにころびをち、声をあげてぞおめひたる。さてしもまひはおさまりぬ。きみよりの御ぢやうにするがの国かんばら八十余ちやうたびにけり。大みやうたちのほうろく、たからの山をまへにつむ。しづかはいよ〳〵これにはぢ、いつのそのほどまひまふて、ほうろくにほこるべし。かへさばおほそれありやと、かまくらぢうのみややしろ、御だうぢやうにきしんし、よしつねの御いのり、又は我子のためにとて、ひとつも身につけず、都へとてぞかへりける。」(42)

※挿し絵、第1図中に「かちはら」、第13図中に「とひの二郎さねひら」とある。
※本文中、摺り消しによって文字を訂正している箇所がある。次に挙げる通りである。訂正箇所には傍線を引き、

元の文字が判読できるものには後に（　）で記した。

上5・8　六原をいつる
上12・4　いふことのあらは
上17・1　おにとなるをそれても
上22・1　たくひも（は）やわかあるへき
下2・5　おほせをかれ候へと
下12・6　かちはらきひてもしほうしよや
下21・3　大み（め）やうたちの
下25・4　ふるのこうあ（かうり）りはら
下30・10　しんによの道にいり給ふ
下39・6　うつのみやいつれも

上8・8　かきくとく
上14・1　けんしやう三さう
上20・9　かちはらまちかねて
上23・7　見る物ことににくませて
下3・9　きりからしたる
下19・5　源太家にかへりけり
下24・4　第五のわうし
下27・1　なかめあかし
下33・1　たえさせ給ふ時
下42・7　きしんし

しづか

さるあひだ九郎御ざうし、あふしうへ下こくし給ふと、はやくわんとうにふうぶんす。よりともきこしめされて、九郎くわんじやがおもひ物みやこにあまたありときく、中にも山とのくにいそのぜんじがむすめしづかと申あそび物、よしつねとちぎりをこめ、たゞなきよしときこえてあり。とうべきしさい候へばぐそくせよとの御つかひを、かぢはらにおほせつけらるゝ。かぢはらうけたまはり、そのせい三百よきにていそぎみやこへのぼり、六はらにしてしづかのゆくゑをたづね候へども、そのゆきかたもきこえず。かぢはらはかり事をいたし、ふだをかひて」(1オ) ぞたてにけり。そのふだのおもてにかくやうは、九郎くわんじやのおもひ人、しづかごぜんのかくれ候をしりたらん人あらば、六はら殿へまいりて申たらん人あらば、上らうにくわんをなし、げらうにくんこう、けじやうはのぞみによつてあるべし、かげときはんときつけ、もん〳〵つじ〳〵にたてたりける。たてんところはどこ〳〵ぞ。七でうのおふぢにふだ千まい、五でうのはしにもふだ千まい、たんばぐちに一まい、とうじのもんにもふだ一まいの、ふだをばなをもおもひはふかくさや、ふしみのさとのへんどなる、こわたたうげにたてにけり。これはみやこほどちかき」(1ウ) ふしみと申さとには、いそのぜんじがむすめしづかごぜんのとしごろに、あこやと申おんなと申てありけるが、きよみづへとてまいりしが、五でうのはしにたちたるふだをとつてよふでみて、あらうれしや、このほどみづからくわんおんへとてまいりしが、りしやうはこれにてさふらふとて、ふだをはしつてくわいちうし、きよみづへはまいらずして六はらさしてぞはしりける。さるあひだかぢはら殿ふだをたて、その〻ち三日と申までそのゆきかたもきこえねば、くわんとうへげかうとて、むまひつたて〻のらんとす。あこやさうなくは」(2オ)しりより、このふだをとりいだし、かぢはらがたもとにをしいる〻。かぢはらやがてこ〻ろへ、このにようばうをむまにのせ、一二のはしをうちわたり、ふしみとふかくさのさかへなるじやうどじへをしゆき、こ〻ぞといふてゆびをさす。さるあひだかぢはらあぶみふんばりくらかさにたちあがり、大おんあげていふやうは、かく申物をばいかなる物とおぼしめす、とうごくのぢう人にかぢはらへいざうかげときと申物にて候なり。しづかごぜんのこのてらにしのびて御ざあるよし、うけたまはりて候ほどに、御のり物をよふいしてた〻いままいりて候なり。はやいで」(2ウ)候へ。とかくちさんめさむめされば、じちうになんぎいで候べしと大おんあげていふたりけり。しづかもは〻もこれをき〻、あらうたての事どもや。わらはどもがかくれがを六はら殿へまいりて、いかなる物のいひけるぞや。うたてさよとてなきいたり。しづかごぜん申やう、なか〱のがれぬ物ゆへにかたきのてにわたらんとて、うすぎぬとつてかみにかけたち出でんとき、は〻のぜんじの給ふやう、なか〱のがれぬ事ならば、御身はいきてありながら、めいどへおもむく人ぞかし。かひたもつてめいどのみちをしへられてゆき給へ。しづかこのよしき〻」(3オ)てよりも、それこそなによりしづからよろこびいりてさふらへとて、人をいだしてかぢはらに、しゆつけのいとまとい〻ければ、これはかまくら殿よりの御つかひにてさふらへば、御ぐしをつけながらくわんとうへ御げかうあれ。よきやうに申て、御しゆつけの御いとまをまいらせんといひければ、このうへちからおよばずとて、それよりはかみそりばかりをひたいにあて、かひきやうとなへてかひをうけさせ給ひけり。じやうどじの御ひぢり、むかひ給ひて、なういかにしづかごぜん、よく〳〵きこしめされよ。五かひと申はせつしやう、ちうたうかい、じやいん、まうご、おんじゆかい。そのみなも」（3ウ）とをたづぬるに、りやうべんたしやうのかんかのながれをうけ、かんさんのほうをつたへたり。そも〳〵五かひと申は、せつしやうかいと申は、ものゝいのちをころさず。しざいはふかきつみぞかし。そのいわれをたづぬるに、むかしげんじやうさんざうのしやうげうをつたゑんとて、りうさをわたり、そうれいのみねをこへ給ひしに、六ぞくにきたつてしやうげうをうばいとる。ある人これをとぶらへば、さんざうのたまふやう、いのちといふおもきたからをとられば又もわたしてみべきとて、これいたいろはまします。この世のみならずしやう〴〵世〳〵」（4オ）にいたるまで、いのちはおもきたからなり。したしきをほろぼしわかきわかきをうしなふはおろかなりける心かな。一せにも人をころしては七しやうまでころさるゝ。いまは人をころすともいんぐわは身にむくふべし。くわぎうのつのゝうへにして、なに事おかあらそはん。せきくわのひかり、みづのあは、ゆめまぼろしの世の中に、せつしやうするぞはかなき。だい二ゝはちうたうかい、たのたからをおかさず。いまもひんくにある人はさきの世まで、すなはち物をぬすみし人ぞかし。とうばうさくが三とせまで、そのゝもゝをぬすみてせん」（4ウ）きやうにこめしも、これもあだなるぬすみなり。ほとゝぎすはねをぬすみめいどのとりとなるとかや。た三にじやいんかひ、わがにもならぬおんなにことばをもうつさず、わがせこならぬおつとのことばにもかゝらぬなり。しつとのつみはたしやうまで、きちくしやうにむまるゝなり。だい四つにはまうごかひ、そう事をいましめたり。をしのくちごもり、どもり、むくちなる人の世におほきは、さきの世にてすなはちそう事をしたる人ぞかし。だい五にはおんじゆかい、さけにゑひてみだれず。きはつによといつし人、五百しやうのあひだまでぐちのやみ」(5オ)にまよひしは、そくしゆはかひなるゆへ、あるひは又、廿六のとがあり。かゝるいましめふかきさけを、何とててんだいさんにはゆるすぞとたづぬるに、むかしかのてんだいさんにおんじゆとどめて五しんをゆるし給ひしに、じゑ大しのいにしへ、きやうほうのあまりに五しんをとゞめておんじゆをゆるし給ふ事、かんをふせがんためなり。たいれいのゆうかへにたれかさけをのまざらん。そのときえひじ給ひけり。そんのまへにゑひをすゝめ、花のもとにて日をくらし、なつは五月のせみのこゑ、あきは又もみぢのにしきよもにはり、山ももみぢにようと」(5ウ)かや。さけをあひするみな人を、ふくしゆとかれをなづけ、又もとむるをいましめければ、いわれぬことにてほとけをはじめたてまつり、あなん、かせう、しゆぼだひ、もろ〳〵のほとけたち、いづれかさけをえひつゝ、よろめきありき給ひしとも、五かひの中におもきはおんじゆかいにてとゞめたり。このかいをまつたうして一もおかす事なくは、てんりんにむまるべし。それのみにかぎらず、むかしゑしんをなしてとひ給ふ、なにとてそうづはあふをほとけのやうにおがみ給ふぞ。そふずこたへてのたまはく、されば王のたつときにてはましまさず。

ぜんじやうに」(6オ) かいをまつたうたもち、いまこくわうとむまれ給ふかひりきのちからのたつときに、かやうにおがむよとの給ふ。さればわれ〳〵はさきの世にかいぎやうなきゆへより、その身もいやしくこゝろもぐちにさとりなし。いまこのさづけたてまつるかいりきのちからにまかせて、しんぎやうころものうへにかいほつとつゝみすてされば、たうらいにてはかならずむじやう上としやうがくなり。かへりてわれらをみちびくべし。てうせきこれをしんがうして、ねざめにわすれたまふなとときをしへ給ふは、その日もすでにうちくれて、かねのこゑ〴〵つげわたり、」(6ウ) かぢはらおそしとせめければ、ひぢりはもなみだもろともにゑかうのかねうちならし、あんじつにかへりたまへば、なく〳〵ものゝふのてにわたり、ともしびきへぬればすかうぐしがなみだ、夜ふけぬればしめんそかのこゑ、ぐしがなみだのことはりも、それはいこくのこと、これはしづかゞ身のなげき、かみはたまのぎよくろう、しもはしづがふせやまでしづかをとはぬ人はなし。みめといゝ、のふといひ、かゝるやさしき人は又たぐゐはやわかあるべきと、人〻のなげきはみやこにあまるばかりなり。さるほどにあこや、かぢはらにそせうするやうは、御はんにまかせて申」(7オ) たり。御しやうをたまはらんとぞ申ける。かぢはらきひて、あらにくの事どもや、たねんのなさけをふりすてゝ、しうにあたをなさん物に、御しやうをあたへなば、人の心はいづれもこのやうにあるべきなり。よのいましめのそのために、あれはからへといひければ、あらけなき物のふが七八人はしりよりて、このおんをたかてこてにいましめて、こうぢ〳〵をひきすてたきうくるまにうちのせて、かみはやなぎはら、しもは九でうのはてまでも、上下の人ににくませて、かもがわとかつらがわとこのかわのおちあひ、いもせがふちといふ所へ、ふしづけにこそ」(7ウ) せられ、きせん上下がこれをみて、よろこばざるはなかりけり。さるあひだかぢはら、くわんとうへ下かうとて、しづか御ぜんをこしにのせ、はや六でうをたちいづる。はゝのぜんじもなく〳〵かちにてあよばるゝ。しづかこのよし見るよりも、なく〳〵、はゝをばあゆませ申、この身はこしにのりたれども、やすき心があらばこそのせてかけとてこぼれおつ。かぢはらさすがだうりとて、むまをたてはゝをのせ、しづかもとのこしにのせ、はや六はらをたち出る。みやこにつれてうきおもひ、なをもかさねてあわたぐち、せき山しなのさましさに、ゆきふるす」(8オ) ぎのしたみちに、きえばやこゝにてあはづがはら、のぢに日くれてしのはらや、おきふししげきやどの、よごとに物やおもふらん。此ほどは心のやみにかきくもり、かゞみのしゆくもみもわけず、なはさめがへときくからに、ふかき心はいづみかや。いとゞなみだのおほかるに、あめ山中やとをるらん。あらしこがらしふわのせき、あれたるやどのいたまより、つゆもたるいときくからに、しほりましたるたもとかな。夜はほの〴〵とあかさかや、とりなくこえにとまりなば、すのまたがわやわたるべき。うへしさなへのいつのまに、くろだとはなりてはらむらん。」(8ウ) なつはあつたとなるみがた、あはほにいでみのおはり、みかはにかけし八はしの、くもでに物やおもふらん。はやくするがのふじのねの、けぶりはそらによこおりて、くゆるおもひはわればかり、いづみしまやうらしまが、あけてくやしきはこね山、なをうき事をきくがはの、しゆくにもはやくつき給ふ。さるほどにかぢはらくわんとうへはやむまをたて、しづかごぜんをばはやきくがはのしゆくまでぐそくしてなり。みちのくさばのつゆともなし申せとのおほせにて候あひだ、ともかくもとぞ申ける。よりともきこしめされて、いしくも申たり、とうべきしさい」(9オ)あまたあり、ぐそくせよとおほせける。かぢはらうけたまはり、しづかごぜんのこしをくはんとうへぞかゝせける、くわんとうにもつきしかば、こしより、大みやう小みやうのいながらへておはしますところを、かきわけ〳〵とをり、はるかなるざしきになをり、なくよりほかの事ぞなし。やゝしばらくにて、よりともの御しやうぞくには、大もんのさしぬきにあをかりぎぬにたてゐぼしめされて、きんじゆの大みやうさうたして、ゆるぎいでさせたまひて、これがみやこのしづかゝ、九郎くわんじやが身のうへを、とうべきしさいあまたあり。のこさず」(9ウ)申せ、申さずはすいくわのせめをあつべきなり。いかに〳〵とおほせけれども、その御返事を申さずして、なくよりほかのことはなし。やう〳〵しばらくして、ながるゝなみだをおしとゞめて、かやうに申さふらへば、事あたらしき事なれども、いたはしや九郎御ざうし、さいごくのうつてに御むきあり、つのくに一のたにひよどりごへをおとし、やしまみづしまのたゝかひにもふねのうちにて夜をあかし、おごるへいけをば三ねん三月にせめなびけ、きみまた日のもとのしやうぐんとあほがれさせ給ふ御こと、ひとへに」(10オ)よしつねの御とくにてはましまさずや。さあらずとても、みづからにかぎりさふらはず、つまのひが事と申、おんなのさふらふべきがいたはしや。御ざうしきみのおほせのおもきにより、みやこをしのびてつのくに大もつのうらよりふねにめし、四こくへわたり給ひしに、四こくさいこくのゆみとり、よしつねへまいる物もなし、らう人となり給ふ。もろこしやよしの山までおち給ふ。みづからをもそのまゝよしの山までめしぐせられて候へしが、かゝるゆき山へおんなをつれん事、おもひもよらぬ事なりとて、みづからをそれより」(10ウ) みやこへおくらせ給ひて、そのゝちぎけいの御ゆきかたもさらにぞんじさふらはず。みづからをこれまでめしくださせ給ふ事も、ひとへにかぢはら殿の御はからいにてさふらへば、こしめしながらはづかしとて、さめ〴〵とぞなきたりける。よりともきこしめされて、それはそれはしづかゞいわずとも、げんぺいのかつせん、あめがしたのゆみとり、たれかその事しらざらん。よのわがまゝにならぬにはじゆつもかなはず、はうべんもめぐらず。とを一ようをたづぬるに、はんえきがくびをかり、しんぶやうははこへ入、あはうでんまでのぼれども、うん」(11オ) めいつきてうたれぬ。いはんやけいか、はんゑき、しんぶやうほどはよもあらじ。ましてやいこくのはんくわい、ちやうりやうにもおとりたる九郎が一人たゝかひて、おきまいるべきにてあらず。たゞよりとものせいによつてしよこくをのれとおさまりぬ。それによりともいかなれば、よしつねにちぎりをこむるしづかには、心をゆるすべからず。おんなの心のふかきをばがうてきとするなり。きやうとにおゐてしづかほど、おそろしき物があらばこそ、何なひくてさだめなき、ゆふぢよのみとはいゝながら、よしつねにかせられて、くさのたねをつ」(11ウ) くとなきていふとぞおほせける。しづか此よしうけたまはり、あらうたてのきみの御ぢやう候や、はゝきゞうつせみのもぬけのころも、きたるあまにもちぎりこめたまふ、わかむらさきすへつむ花のえん、あふひさかきば花ちるさと、すまあかし身をつくし、まつふく風やうすぐも、それのみならずげんじには、六十でうの物がたり、はかなきちぎりこれおほし、さてもはかなやはゝきゞの、よるのことのはついにたのみなや。かくじゆの花はひんかんと、ついにうきなやうつせみの、なみだにもゆふがほの、つゆのいのちはたのまれず。ゟ山しわかむらさ」（12オ）きのくものうへ、すへつむ花のうてなにも、さをしめばやとおもへども、むじやうのかぜにちりやすし、いとゞ身にしむまつ風の、ふかきくさむらかきわけて、とゞむる人もいつまでぞ。いつまでぐさのいつまでと、しもがれゆくをしらぬぞとて、さめ〲となきければ、大みやう小みやうきこしめし、やさしのしづかゞことばやとて、ほめぬ人はなし。よりともきこしめされて、ことばおほしと申せども、みゝにとまることばあり。あまのいりえのふなくさや、ひくてになびくすまうぐさ、しのぶといへどわすれぐさ、ちとせをふるはいわこぐさ、」（12ウ）ちかひめでたきさしもぐさ、これらはそのなあらはれぬ。いつまでといふくさは、かべにいで給ふるくさなか、へいちにねをさすくさだにも、あきはてゆけばしもがるゝ、ましてやかべにつかぬまの、身のあきはてぬそのささき、さかりのなつにかゝるれば、いつまでぐさとこれをいふ。さればにや、しづかはげんじによそへ六十でうところ〲かたるなり。いまよにいであめがしたわがまゝにするとも、いつまでさかふるべきぞと申心とおぼえたり。ゑひせんながれねば、あらうつきともおぼえずとて、いたあらかにふみならし、れんちうへいらせ給へば、わだ、」（13オ）はたけ山はじめとして、そのほかの人ゝ一どにざしきをはらりとたつ。あらいたはしや、しづかごぜん、たゝむとすれどもはづかしさに、はぬけのとりの身はひとつ、たちわづらいてしづかごぜ、なくよりほかの事はなし。さるあひだ、かぢはら、なふ、いかにしづかごぜん、これは御ざちかし、こなたへいらせたまへとて、とある所にやどをとり、をしこめてこそおひたりける。さてその、ゝちに、かぢはらいかにもして、しづかごぜをともにいかにもなしはてばやとおもへば、よりともへまいり、かしこまりてぞ申ける。さてもしづかごぜを、とにもかくにもなしはてばやとぞんじ」(13ウ)候、わがきみと申。よりともきこしめされて、それはともかくもかぢはらがはからひなりとぞおほせける。かぢはらなのめによろこび、げんたをちかづけけふやうは、けうの日、入あひのかねのこゑ〴〵つげわたる。はや〳〵とく〳〵といひければ、げんたやがて心へ、けいごのもの七八人けしからぬすがたにいでたゝせ、こし一ちやうかゝせ、しづかのやどにいそぎ、大おんあげていうやうは、なふ、いかにしづかごぜ、きこしめし候へ。それしうめいのおほせには、おやのくびをうつならひ、てうてきなればかなふまじ。しづかごぜのたいなひをさがし、じつけんせよとの御つかい」(14オ)にて候と、そらなきしてぞいゝたりける。しづかもはゝもこれをきゝ、めと〳〵きつと見あはせて、あらうたてのきみの御ぢやうやな、たとひてうてきげきしんの身なりとも、女をころすためしやある。さこそゑこくのあさましきゑびすのすみかなりとも、さかりの花をかぜならできりはらしたるためしやある。うたてかりけるかまくらのまつり事やとうちうらみ、やるかたもなきは、おぐるまのうしとすぐとてなきいたり。はゝのぜんじの給ふやう、かほどまでよりともなさけなきおほせはよもあらじ、かなはぬまでもみづから、おふ御しよへま」(14ウ)いりて、しづかゞなげきを申さんとて、人におそるゝ事なれば、れんちうへまいりて、みだひにかくと申あぐ。御だいきこしめされて、あはれたかきもいやしきも、女しやうはおなじ心なり。たとへよりともよりさやうのおほせはさふらうとも、みづからかくてさふらへば、心やすくおぼせとて、ほうしよをいだし給ひけり。しづかゞは丶のうれしさをたとえんかたはなかりけり。いたはしやしづか御ぜん、ねられぬやどにたゞひとり、いまやいつやとまつ所に、げんたはおそしとせめければ、このうへちからにおよばず、はづかしや、みづからはおもひのやみのかき」（15オ）くもり、かゞみをさへにみもわけず、さこそおんなのはづかしやと、けしやうしち〳〵まゆはいて、からあやのふたつぎぬ、くれなひのちしほのはかまふみしだし、じゆへんに御きやうとりそへて、こしのまへにぞいでにける。われよりさきのなみだがは、たれをさそいてながるらん、みやこをいでしときよりも、かねて一せときゝたりしは丶は、御しよへまいらせ給へば、またもやあわではてなんとて、なく〳〵さいごのこしにのり、のるかとおもへばもの丶ふがこしをちうにとばせつ丶、なみあらきかぜすさまじき、ゆいのみぎはにこしをかつぱとかきすへ、しづかをとつ」（15ウ）てひきおろし、はやがひせんとしたりけり。しづかあまりのかなしさに、げんたたもとにひし〳〵とすがりつき、いますこしたすけ給へとゆいのはま、われ〳〵しづかとゆふなみの、こゑなきかぜぞうらめしきとて、さめ〴〵となきければ、おにのげんたもともにつれてぞなきたりける。かゝりける所にどひの二郎さねひらは、かまくらうちのけいごにて、そのせい五十きばかりにて、やつ七がふをまはりしがゆいのはまをみて、あれはことさはがしきていぞある、なに事やらんとおもひてこまかけよせてとひければ、げんたこれにありといふ。それは何」（16オ）事にとい丶ければ、よりとものおほせにて、しづかごぜんのたいなひをさがすなりとい丶ければ、さねひらき丶てむねうちさわぎ、いかにもしてしづかごぜんをたすけばやとおもひ、それはよくこそしたゝむれ。さりながらこのへんはわかみやちかき所なり。おんなのあへなきはかつうはしんのおそれ、又は御身のためさうぞ。なぐいがいりへのかたはらはしかるべしとぞおぼえける。げんたまことゝこゝろえて、又しづかをこしにのせ、なぐいが入ゑにいそぎけり。しづかはこしのうちにして、これはめいどのかしやくかや、きやくこうのたみもかくやらん、か」(16ウ)ねて一せときゝたりしは、にはいきてはなれ、又もあはぬによみがへり、くらきやみぢを又ゆくや、京かまくらのてんじん、わかみやどのにしくやある。しかも八まん大ぼさつそうべうのしんとして、はゝじやうへをおこなわるゝ。はうじやうゑとかきて、いけけるをはなつといふよみあり。そのことはりにまかせつゝ、まいねん八月一日より、一さいのしやうのとられてそのときしすべかりしを、八まん大ぼさつあわれとおぼしめされて、あたいをほうじかいとり、おなじきかひとり、おなじき月の十五日にいはしみづにはなして」(17オ)たすけ給ふとうけたまはり。かみ〴〵たらばきこしめせ、人こそ人をころすとも、わくわうのひかりあまねくは、みづからをたすけてたび給へと、かみもうたにはなうじうあり。こしながらはうだいのくせ物をよみてまいらせん、

などされぱなにはによするしらなみのしるもあしきはまのなみたつはまのなぞなつ

とゑかう申されたりければ、いくほどなくしてあとよりも、しづかをたすけおき給へとよばはるこゑぞきこえけれ、げんたやがて心へ、むまよりひらりととんでおり、しづかをとつてひきおろし、はやがいせんとぞし」(17ウ)たりける。さねひらつゞいてとんでおり、かたなにすがりいふやうは、もしもほう

しよくだるらん。さねひらかくてありながらしばしとい〻てとりとむる。げんたこれをみて、あらみたからすのどい殿や。そこのき給へとていさみたるありさま、物によく〳〵たとふれば、めいどにとつてはあばうらせつ、つみふかきざい人のごくそつがうけとつて、八まんぢごくへおとさんとせんとき、ぢざうぼさつはあはれみおぼしめし、御しやくぢやうをうちふつて、ほんかくびさまへいそはかと、御こゑをあげ給ひて、ぢごくのその中へかつぱととび」(18オ) いりたまひて、ざい人をとつてひきあげてたすけさせ給ひしも、いかでこれにはまさるべき。は〻のぜんじはいそぎほうしよをとりいだし、げんたにわたせば、げんたほうしよをとりあげ、をしおがみいたゞきければ、しづかもは〻ももろともに、おなじこしにのりつ〻、きら〳〵ゑみをふくめば、しづかあまりのうれしさに、これはゆめかといひければ、ゆめにてはなきぞ、うつ〻ぞや。さもあれ、あやうかりけるはごぜがいまのいのちかな。うきときはだうりなり。うれしきいまのなにとてか、さのみなみだのこぼるらん、しづか御ぜとの給ひて、う」(18ウ) れしなきにぞなきたりける。そのゝちよりとものおほせには、しづかをどいの二郎にあづくるなり。よきやうにいたはり、なんしによしのかたちを見わけ、なんしならばちからなし、かたきのすゑにてあるあひだ、とにもかくにもなすべし。さてによしならばは〻にとらせよとて、さねひらにあづけらる。さねひらしづかあづかり申、さすがに人のくわいたいはじゆつけとかぎることとなれば、この月七月いま三月のあひだはやすきほどの事なりとて、よきにいたはりたてまつる。どいの(と)きたのかたなさけふかき人にて、」(19オ) しづかのおもひいたはしや、なぐさめむとの給ひて、びわこともたせくわげんし、又あるときはうたをよみ、しづかをなぐさめたまへば、十月になるはほどもなし。あらいたはしやしづかごぜ、みやこにありしときには、ひがし山にし山のぶつしんにまいり、きせいを申、なんしにてわたらせ給へといのりを、けふひきかへてによしになれとぞいのりける。さてそのきはになりぬれば、てんにあふぎ、ちにふして、いのるいのりのかひもなく、たまをのべたるごとくなるわかぎみにておはします。しづかもはゝもこれをみて、あらくわほう」(19ウ)つたなのわかぎみや。ぎけいのみやこに御ざあらば、かほどにものはおもはじと、つゝむとすれどはつこゑの、あたりの人にかくれなし。かぢはらもきゝつけて、げんたをつかはしいふやうは、御さんはすでにへいあんにわたらせ給ふとうけたまはる。なんしによしのかたちを見わくべしといひければ、はゝのぜんじたちいでゝの給ふやう、いかにげんた殿、七いろのしまに八いろのふね、このたびのまれ人こそふしぎによしにてをはしませ。御やくそくのごとくにはゝにたべといひければ、かなふまじきしだひといふ。そのゝちしづかたち」(20オ)いでゝの給ふやう、なふ、いかにげんた殿、七いろのしまに八いろのふねをかくすと申たとへのさふらふぞや。たとへよりともよりさやうのおほせ給へかし、げんた殿といひければ、かなふまじきしだひといふ。このうへちからにおよばずとて、いたはしやわかぎみをうすぎぬにつゝみて、これ〳〵見給へげんた殿、なげくにかひなきすがたをとて、げんたへぞわたしける。げんたこのよし見るよりも、いかさま御しよへまいりてこそ、くはしきむねを申さめとて、そのまゝはうておつとり、大御しよへはまいらずして、ゆいの」(20ウ)はまへぞくだりける。さるあひだげんた殿、なみうちぎわへこまかけよせ、いたはしやわかぎみを、ちうへつつとさしあげ、いかにわかぎみきゝたまへ。御みのちゝよしつね、さかろたてんのぎによつて、かぢはらおやこ三人をば、ひならば見けしみづならば見ほさんと、おぼしめされたる御しよぞんの、世にもむねむにぞんずるなり。われをうらみとおぼすな。御身のちゝのよしつねをうらみ給へといふよりはやく、なみうちぎわへうちひでゝ、うつなみとひくしほとにゆらめき給ふ所を、こまひきむけひきもどし、(21オ)さんぐ〳〵にひづめにかけ申す。たまのやうなるわかぎみを、はなもみぢのごとくなし申、ふためとも見ずしてこまにぶちをしとゞうちて、わがしゆくしよへかへりしを、にくまぬ人はなかりけり。あらいたはしやしづか御ぜん、なく〳〵さんじよをたち出て、はゝのぜんじにてをひかれ、あとをしたいてはしりつゝ、なみぎわへうちくだり、ちりてまし〳〵すわかぎみの御しがひをひろいあつめ、こはいかなる事ぞやとて、むねにあてかほにそへ、うつなみにあらひそひて、こゑをくらべてなきいたり。かゝる物うきゆめの世に、ながらへてなか〳〵」(21ウ)物をおもはんより、ちりてましますわかぎみと、おなじめいどへなげかんとて、たけなるかみをからわにわけ、うみへいらんとしけるとき、はゝぜんじこれをみて、だうりなりしづかごぜ、なにゝいのちのをしからん、はゝもろともにいらんとて、たがひにてにてをとりあひて、うみへいらんとしけるとき、おりふしありあいたる人おほくて、とかくなだめけるこわうにをしぞとゞめたり。心ざしぞあわれなる。みだいをはじめたてまつり、しづかのおもひいたはしやと、かなたこなたよりとぶらひ文をぞかずしらず。しづかもしよせんよ」(22オ)にすぐれ、げんじいせ物がたりをば、うちをくふみのことばにも、たゞ此こゝろなりけり。みだひをはじめたてまつり、しづかゞふみを御らんじて、あらやさしのしづかごぜや、いかなるちへのふかきおんなの、のうをのこさずしれる事のふしぎさよ。そのおのみことのいにしへ、八くもたつとゑいぜ給ふは、わがてうのまぼりなり。それわがてうのおんなはやまとことばにやはらげて、うたの心をしるべし。うたの心をしらざらんは、かたちはおんななりともきちくなるべし。いざゝせ給へにようばうたち、やさしき人にたいめんし、げんじいせ物がたりの」(22ウ) ふかき事をとはんとて、みだいをはじめたてまつり、しのびて御しよぢうのにようばうたち、われ御ともとぞきこえける。しづかこのよしうけたまはり、あまりのかたじけなさにいそぎいであひ、たいめん申。そのゝちみだいのおほせには、なふいかにしづかごぜ、これはあづまのはてにて、げんじいせ物がたりのふかき事をしりたる人も□(さ)ふらはず。しづか御ぜの御なさけに、げんじいせ物がたりのふかき事をかたり給へ。のちの世の御なさけにありしかば、しづかこのよしうけたまはり、いかでわらはもげむじいせ物がたりのふかき事をしり」(23オ) さふらうべき。さりながら御たづねましませば、ところ〴〵に申さんとて、うちわらいてぞかたりける。さてもこのげんじの大しやうは、ゆふがほのあだなる花のさきかけて、たがひのつくば山上下のたへせぬそのなさけ、きりつぼのゆふべのけぶりの一むすびあらわれ、きぬのそでまくら、すまの御すまひみとせのあひだ、あかしがたへもきふのつゆうちはらふ物がたり、ときうつるほどこそかたられけれ。さてもこのなりひらと申は、へいぜいてんわうにだい四のわうじ、あほうしんわうにだい五のわうじ、御はゝいつのなひしんわうの御こなり。」(23ウ) てんちやう二ねんきのとのみのとし、はじめてむまれ給ふ。わう七さいにててんじやうしたてまつり、ふかくさの御かどの御とき、御かさ山のまつりのやくにさられさせ給ひて、すきびたいのかぶりをめし、しのぶずりのおみごろもき給ひて、その、ちちやうわ十二ねんに、うちのくらんどにふせられ、ありはらのしやうをたまはり、ざいちうじやうとも申す。なりひらさてその、ちには、しやばのは、さつつきはて、、やまとのくにふかのがうありはらといふところに御はかをたてさせ給ふなり。それまではなりひらの一しやうがいをかたるなり。さも」（24オ）この物がたりをりうくうの御しよにてつくられけるところに、ゆるされいろのきぬきたるねうばう一人きたつて、ゆ、しくもこの物がたりをつくられさふらう物かな。みづからも此物がたりうた二しゆいれんとありしかば、これはいづくよりの御つかひぞととひ給へば、その御返事をばのたまはず、

かみ風やいせのはまをぎおりしきてたびねやすらんあらきはまべに

おもふ事いわでたゞにややみぬべしわが身ひとしきひとしなければ

かやうにゑひじ給ひて、たちかへらんとし給へば、たもとにすがりつき、」（24ウ）これよりいづくよりの御つかひぞととひ給へば、いせ大じんぐうよりの御つかひとの給ひて、かきけすやうにうせ給ふ。それよりもこの物がたりをいせ物がたりと申なり。みだいきこしめされて、これはや心えぬ。なをもふしんのさふらはゞ、つゐでにかたり給ふべし。ちやうもんせんとのたまへば、しづかこのよしうけたまはり、いかでくはしく申べき。はるはそのいろあをきに、なにとて花はくれなひのいろにて候、みてさきぬらん。なつは五げつのせみのこゑ、あきはまたもみぢのにしきよもにはり、ふゆされすればねはんに

て、ゆきふる山はしろたへ」(25オ)の、これをしやうちうびやうしのしきさうふぢやうなる事を、みな一しゆのうたによむ。このうたのりくぎは、みなしんこくのほんみなり、まよはずよめばおのづから、かみもほとけもなうじうあり。」(25ウ)

※本文中、摺り消しによって文字を訂正している箇所がある。次に挙げる通りである。訂正箇所には傍線を引き、元の文字が判読できるものは後に（　）で記した。

3オ13　おもむく人そかし（事あらは）　4オ7　けんしやう（さう）さんさうのし（して）やうけう
5ウ11　えひし給ひけり　7ウ15　いもせか（と）ふち
13オ5　しもかるゝ（ゝる）　19オ1　うれしなき
23オ10　人もさふら（□し）はす　24ウ13　わか身ひとしき（つの）

また15ウ7「さきの」は「に」に、20ウ4「さやうの」は「に」に上書きしたものである。

しづかの物語

みだいのおほせには、しづかはさていかなる身をもちてあれば、女ののふをのこさずしれることのふしぎさよ。そさのおの御ことの八ゑたつとゑいじ給ひしも、わがてうのまもりなり。さればわがてうの女は、やまとことばをやわらげて歌のみちをしるべし。歌の心をしらざらんはかたちは女」(1オ)なりとも心は鬼ちくたるべし。いざさせ給へ女ばうたち、やさしき人にたいめん申、伊勢物語源氏のふかきわうぎをとはんとて、しのびてこしにめされて、しづかのやどへ御いである。しづかこのよし見まいらせて、あらありがたの御ことや。やがてたいめん申、うかりしことのいまははやうちわすれて」(1ウ)御物がたりばかりなり。みだいのおほせには、なふいかにしづかごぜん、これはあづまのおくにてさふらふほどに、伊勢物語源氏をきくこともさふらはず。たま〳〵の御げかうに伊勢物がたりを御物がたりさふらへ。ちやうもん申、のちの世の御かたみとぞおほせける。しづか申けるは、身づからもいかでくわしき事をばぞんじ」(2オ)さふらふべき。さりながらいづれともなくは、いかでかかたり申べき。みだいきこしめされて、身づからもいかでおろかには申さんとありしかば、おほせにてさふらふほどに、ところ〴〵かたつてきかせ申なり。そも〳〵かの伊勢物がたりと申は、へいぜい天王に第四のわうじ、あほうしんわうに第五なん、あめがしたのいろごのみ、」(2ウ)ざいごの中将業平の身づからふるまひ給いしことどもをむねとして、かきあつめたることどもなり。かの業平の御はゝは、しやうむ天わうの御むすめ、いとふ内親王と申せしは、天長二年八月に業平たんじやうあつて、仁明天王の御宇ぜうわ八年正月七日にうひかふぶりめされ、同仁明(めい)文徳清和の」(3オ) 御門につかうまつて、やうぜい天王の御宇ぐわんけい四年五月廿八日に、大和国ふるのみやこありわら寺といふところにはかをたてさせたまう。これまでは業平のいつしやうがいをかたるなり。みだいきこしめされて、さてかの伊勢物がたりをば業平しらで、そのゝちいせがつくりしことどもか。しづかうけたまり、」(3ウ) 業平いまだぞんじやうにありし時、清和天王のこうきう二条の居をかし申せしとがにより、みちのくへおんるせられしを、ほり川の大しやうもとつねのあつそんなさけある人にて、きみにはさせんと申、山城国ひがし山といふところにかくしおかれし、その間に業平のかきたることどもなり。みだい」(4オ) きこしめし、さて伊勢物語とかきたるいはれはいかに。業平、かりのつかいにいつきのみやのおにのまにさふらいし時、ゆるされ色の女しやう一人きたり、一首の歌にかくばかり、

　神風や伊勢のはまをぎおりはへてたびねやすらんあらきはまべに

かやうにゑいじ、たちかへらせたまふかたを見れば、」(4ウ) みやのうちへぞいり給ふ。さてはうたがふところなき天照大神の御やうがう、おなじく御ゑいかと心にふかくひつそくして、それよりおもひたてば伊勢物語と申なり。みだいきこしめされて、あらありがたの御ことぞや。おなじく源氏のゆくへをかたり給へ。しづかうけ給り、そも〳〵光源氏と申は」(5オ) きりつぼの御門に第二のみこ、六条ゐんと

申せしが、三さいの御とし御はゝかうゐにおくれたまひ、なみだをそへていとゞしく、むしのねしげきあさぢふの、露けきやどにあけくれし、こはぎがもとのさびしさまでも、はごくみたまいし御めぐみ、いともかしこきちよくにより、十二にて」（5ウ）うゐかうぶりめされ、かうらいこくのさう人にこもうどいひし物が、ひかると申御なをつけしより、ひかるげんじと申なり。みだいきこしめされて、源氏の物語にていわうなん代の御事をあかせるぞ。せんていのことをばさておきぬ。きりつぼの御門をはじめたてまつり、しゆじやくゐん、れいぜんゐん、」（6オ）きんじやう、とうぐう五代のうちをあかせり。きさきの御代にふしんあり。さきのしゆじやくゐんの御はゝはいかなる人ぞ。二条関白そうたいふ御むすめ、こうきでんのこうきうこれなるべし。れいぜんゐんの御はゝはいかなる人ぞ。せんていの四のみや、うす雲の女ゐん又はふぢつぼ、かゝやく」（6ウ）ひのみやとも申。さてきんじやうの御はゝは、大政天王ひかる源氏の御むすめ、あかしの中宮これなり。宇治十でうは、ひかるぎみ雲がくれののち、兵部卿の親王とかほる大しやうのことをかきくわへ、源氏六十でうと申なり。歌のかずは七百七十余首、そのうちに古今後撰拾遺金葉詞花等の」（7オ）各歌の心をさま〱かきたり。およそ源氏と申は、一はさきのきりつぼの秋をおもひのはじめにて、名をのみのこすはゝきゞや、なか河やどのかたがへ、なを人しれずむつまじき、ゆふがほの露のきえしより、人のいのちのおいたるも、わかむらさきもたのまれず、心をさなきはごくみも、見る」（7ウ）かひありしさまなれや、青○（がい）はのまひ人の、たちゐにつけてのこりある、もみぢの賀の御すまい、心にかゝるふぢつぼの、あたりゆかしき花のゑん、かものまつりのあふひ草、くるまをかざるあらそひも、のちは夢とぞなりにける、かのの丶みやのたびどころ、いくえだおりし」(8オ) さかきばを、なつかしみふくかぜや、花ちる里をすぎゆけば、なをこりずまの物おもふ、竹のあめるかきのよもすがら、月に明石のうらづたひ、世は何事も身をつくし、ひだりやみぎのゑあわせに、あらそひさはぐ松風の、きえていづくにうす雲の、けぶりのはてもあわれやな、身は」(8ウ) あさがほの○(花の)露、なをむつまじきおとめごが、かたみにのこす玉かづら、我身にしむる梅がえの、藤のうら葉もときすぎぬ、若葉も老となりにけり、わがさきだ丶ばまつ秋は、とへかしはぎのはかなくも、夢につたへしよこぶへを、ふきしほれたるあさかぜに、夕ぎり」(9オ) はる丶小野丶里、げにやきようしゆしやくそんに、御法のみちをたづねつ丶、夢まぼろしの世をいとひ、ついひにねはんの雲がくれと、ねんごろに申せば、きたの御かたをはじめまいらせつ丶そのほかの女房たち、和歌のみちはくらからず、たうとくむじやう」(9ウ) ぼだいのしんよのみちにいりたまふ。かくてうかりしかまくらに、きのふけふとはおもへども、みだいの御なごり、女房たちのなさけのえさりがたきにほだされて、ふかくのいみははれにけり。」(10オ) (白紙)」(10ウ)

きりつぼの　秋をおもひの　はじめにて　なをのみのこす　は丶きゞの　心もしらで　たびねせし　なかはなみだの　かたたがひ　おもひこりても　さてあらで　なを人がらぞ　はづかしき　かたみの袖も　またぬらす　人のいのちは」(11オ) をいたるも　わかむらさきも　たのまれず　こ丶ろをさなき　はごくみも　見るかひありし　さまなれや　せひがいはをも　まひ人の　たちゐにつけて　わすれぬは　もみ

ぢの御がの　御あそび　こゝろにかゝる　ふぢつぼの　あたりゆかしき」（11ウ）はなのゑん　かものみあれの　あふひ草　くるまをかざる　あらそひも　のちはゆめとや　なりぬらん　かのゝみやの　たびどころ　一えだおりし　さか木ばの　かをなつかしみ　ふくかぜや　花ちるさとも　すぎぬらん　なをこりずまの」（12オ）ものおもひ　たけあめるかきの　うちにして　よるもすがらに　おきゐつゝ　月にあかしの　うらづたひ　なを身をつくし　おもふゆへ　ひだりやみぎの　ゑあわせに　あらそひさはぐ　まつかぜの　きえていづくに　うすぐもの　けぶりのはても」（12ウ）あはれなり　世をあさがほのはなのつゆ　なをむつまじき　をとめごが　かたみにのこす　たまかづら　わが身にとまる　むめがえの　ふぢのうら葉も　ときすぎぬ　わかなもおひと　なりぬべし　わがさきだゝば　なきあとに　夢につたへし」（13オ）よこぶえを　ふきよはりたる　やまかぜに　夕ぎりはるゝ　おのゝさとかな

そも〳〵けうしゆしやくそんは、御のりのみちをたづねつゝ、夢まぼろしの世をさとり、ついにねはんの雲がくれ、いざもろともにざいしやうのくもあつくとも、さんげのくどく、やみはれて、心の月をあらはさん。うれしきかなやたゞいまの、きやうげん」（13ウ）きゞよのたはぶれ、花鳥風月をゑんとして、むじやうぼだいにいたらしめ、しやうじそくねはん、ぼんなうそくぼだいもいまこそおもひさとりたれ。いとま申て人ゝとて、花鳥もざしきをたつと見えければ、かゞみのかげもきえはてゝ、みこはもとのかたちとなり、これを見きく人ゝも夢まぼろしのこゝちして、うつゝともさらにをもはれず、をもしろさといひきどくといひ、一かたならぬふしぎなれば、人ゝほうび」（14オ）なのめならず、こそで十か（さ）ね、しやきん十りやうたまはりてみこはかへりぬ。まつだいと申ながらあまりきどくなれば、ふでにまかせてしるしおくなり。これを見きかん人〻、ねんぶつ申させ給ひて、ひかるげんじ、かのすゑつむはなの御あとをとぶらいたまふべし〳〵。南もあみだ仏。

これは花鳥風月の物語のすゑにあり。」(14ウ)

※本文中、摺り消しによって文字を訂正している箇所がある。次に挙げる通りである。訂正箇所には傍線を引いたが、元の文字は判読不能である。

2オ7　しつか申けるは身つから　　2ウ8　第五なんあめかした

5オ8　しつかうけ給り　　5ウ4　むしのねしけき

7オ3　宇治十てうは　　7オ6　源氏六十てうと

9オ6　秋はとへかしはき

この他にも後筆と思われる振り仮名が摺り消された跡が多数あるが、3オ8「仁明(めい)」は残っている。また8オ1「青(かい)◦は」、9オ1「あさかほの(花の)◦露」の傍書も後筆であろう。6ウ5「こうきてんの(大)◦こうきう」の「大」は傍に書き加えた後、摺り消されている。6ウ7「四のみや」は「中」を訂正したものか。

緑弥生

『緑弥生』凡例

・物語中の和歌には番号を付した。

嵯峨の天王の御とき、二条ほり川に左大将ときこえてときめき給ふ事かぎりなし。御子二人もちたまふ。御ちやくしをば少将たゞみねとぞ申ける。御かたちよりはじめて、すがたありさまならびなく、ようがん人にすぐれ、よろずありがたきほどにぞおはしける。去程に、御門の御きそく、またともなくおぼしめす。その御いもうとの、折しもやよひなかばにむまれさせ給ひければ、御名やよひひめぎみとぞ申ける。いつきかしづき給ふ事かぎりなし。此左大将の御おとゝ、はりまの大なごんと申て三条なるところに御所をたてゝみかと」(1オ) すみ給ふ。そのきたの御かたは、ふるきみかどの御すゑに、あおひのみやと申せしを、いかなる前世の御ちぎりにや、此大納言殿見そめまいらせ給ひてより、人めもつゝまず契り給ひてすぎたまふほどに、たぐひなきほどの姫君をまうけ給ひて、よろこびかしづき給ふ事かぎりなし。ちゝ大なごん、世の中に久しきものはまつなり。松によそえて此ひめ君をばみどりのひめぎみとぞ申ける。めのと、かいしやく、かずしらずかけまいらせて、いつきかしづきおわします。此姫君の御かたち日にそへてうつくしく、年月かさなるまゝにひかりさしそふ心」(1ウ) ちして、あたりもかゝやく斗なり。父母、このひめ君のおとなしくなるまゝに、いかなるむかしのやうきひりふじんも此世にむまれ給ひたるとうたがふほどなり。きさきにたてんとよろこびかしづきたまふほどに、ひめぎみ九に成給ふきさらぎすゑつかたに、はゝみやれいならずなやみわづらいたまひて、大なごん大きにおどろき給ひ、いろ〳〵さま〴〵のきたう何ならず、おゝくの人々あつまりて、おしめどもかなしめどもかいもなし。せいめいがふ、ぎばがくすりもかなわず。御年廾七と申に、露の御いのちきえはてゝ、むかしがたりと成給ふ。大なごんは」（2オ）姫君のそばにそひつきて、たゞあさぢがはらの露ともろともにきえなまし。おなじみちにつれておわしませと、こゑもおしまずなげき給ふ事かぎりなし。女ばうたち、はしたのもの、あやしのしづのめにいたるまで、なみだせきあえず。もとよりさだめなきらうせうふぢやうのすみかなれば、いまにはじめぬならひにて、露のすみかにおくらんとしけるとき、ひめぎみ、はゝみやのむなしき御てにいだきつき、なみだのひまよりかくなん、

1　たらちめのはゝちり行になにとてか　このみを風のさそはざるらん」（2ウ）

大納言きゝ、たまひてかぎりなくあわれにおぼしめし、かやうにゑいじ給ふ、

2　あだなれやさきだつ人はさくら花　ちり行風を何とうらみむ

たゞおなじ草ばの露共成なましとてなげきかなしみ給ふへば、たきゞともにつみこめ、とりべの山のうすけぶり、さきだつ人のあらじ世に、わかれのあとにながらへて、見るになみだもとゞまらず。七〳〵の御とぶらひ、四十九月にあたる日わ、阿弥陀の三ぞんむかへまいらせ、ほとけをつくりきやうをよみ、はなかうをたむけまいらせ、五しやう三しやう」（3オ）のくもはれて、かならず西方浄土へみちびき給へといのりけり。去程に、大なごんどのは、とし月へだたりゆけども、きたの御かたの御わかれの事をおぼしめして、いまだわすれたまわず。わかれのなみだ、なごりの袖にぞとゞまりける。おもひやられてあわれなり。かゝる御おもひにや、大なごん殿さへはかなく成給ひぬ。ひめぎみ、はゝみやにおくれさせ給ひて、いまだ御たもとのしら露はらいかねたる折からに、ちゝ大なごん殿さへうせたまへば、たまて箱

のふたおやもなきかけごばかりの心ちして、いとゞ思ひはふか草の、露よりしげき泪かな。いまは」（3ウ）此世にながらへて何かせんとなき給へば、御めのと、女ばうたち、やう〳〵にすかしまいらせて、かいなき日数をおくりけり。御いとこのやよひひめぎみ、此事あわれにおぼしめして、つねは三条へおわしましてともだちがたらひ、春は花のもとにて日をくらし、夏はすゞしき水にあそび、かきねにさくうのはなの、山時鳥の一こゑも、おりにふれたるあわれ、秋はくまなき月影に心をすまし夜をあかし、冬は白たへにふるゆきの心なきあらしをうらみ、さむき夜のころもをかさね、いかならんもろこしのよし野の山のおくまでも君だにわたらせ給ひなば、」（4オ）何とて身をばおしむべうとたがひにわりなくおぼしめしてすぎさせ給ふ事なり。みどりの姫君は、よの人の父母よとの給ふにつけても、いよ〳〵ちゝはゝの恋しき事やるかたもなくて、かならず日に一度づゝちゝはゝの御はかへまいりたまひて、念仏を申、きやうをよみ、よをくわんじて無じやううらみ給ひて、などやいまゝでとゞめおき、かゝるうきめを見せさせ給ふぞや。とく〳〵むかへ取たまへとて、はゝみやのめしたりしゆきのこうばいの九のゑに、やなぎのうらばのうすぎぬを、まき三のはこに入たるを、せめて形見とふたを」（4ウ）あけ見れば、なみだのおちそひていとゞなみだもとゞまらず。あわれ、父母のましまさば、いかに嬉しかるべきに、ふたおやもなきたまくしげ、かけごばかりのみのほど、いまさらうらみつゝさめ〴〵とぞなきたまふ。やよひひめ君見給ひて、おぼつかなくもおぼしめして、何事を思ひたまへばさやうになげかせ給ふぞや。水からにのこさずかたらせ給へとおふせあれば、姫君泪のひまより、

3　なき人のかたみのいしのこけごろも　きてみるたびに袖ぞぬれます
やよひ姫君きこしめし、いよ〳〵あわれに思召てかくなん、」（5オ）
4　ふたおやのなきにかなしむ人みれば　よそのわかれまでしほる袖かな
かやうにの給へば、御前の女ぼうたち、みな〳〵袖をしほりけり。かくてむつまじくともだちがたらひたまふほどに、やよひひめぎみ御年十七、みどりの姫君十六に成給ふ。此四位の少将殿御とし十九に成たまふが、みどりのひめ君美人にておわするをきかせおはしまして、いかなるたよりにも見そめばやと思召て心にかけたまふほどに、ころしもやよひなかばのことなるに、春の名残をおしみてちり行花のもとに」（5ウ）たち出、びわ、ことをひき、やよひ姫君もろともにあそびたわぶれ給ふ所へ、せうしやう殿、いろ〳〵めづらしき桜を一えだたおりて三でうゐをはしまして、きちやうをおしのけ、いかにやよひひめぎみいらせたまふか。はるのなごりものこりなくなり候へば、珍敷花を一えだ折て見せまいらせんためにて候。ながめさせ給へと申させたまへば、やよひひめぎみうちゑみて、うれしく思召よらせ給ひたり御心ざしのほどかな。身づからに御こゝろざしかとて、
5　さくら花はるのなごりのゆめなれば」（6オ）けふながむると風にしらすな
此たびはみどりのひめ君とせめ給へば、
6　数ならぬ我も見よとや桜ばな　しらずははるをおしまざらまし
かやうにのたまへば、御すがたうつくしくかぎりなし。こうばいの九のへに、さくらがさねのうちきし

どろにひきかけて、かたわらにことさしおきて、おもはゆげなるふぜひにて打そばみたる御すがたは、とうがんせいがんあをやぎの風にみだれ、木のまよりありあけなどのもり水にうつるけしきより、なをたぐひなくうつくしく、」(6ウ)まことにあたりもかゞやきて、花もそねみがほなりばかりなり。少将、是を御覧じて心におもひ給ふやう、やよひひめぎみこそありがたきびじんとこそおもひつるに、かゝる人も世に出来たるものかな。たぐひなくもうまれつき給へる物や。昔より花のみやこに大じんくぎやうのひめぎみその数をしらず見つれども、此姫君ほどうつくしきはいまだなし。たゞみねはなれざる中なるに、けふ見そめぬるはかなさよ。ひごろ見るならばいまゝでよそには見ざらまし。おなじうき世のすまひならば、あわれ、かやうの人にこそ見はてぬ夢の」(7オ)手枕に袖をもかさねまほしく思召てつく〴〵まぼり給へば、御心もみだれてあやうきほどになり給ふ。こよひもとゞまりてうかゞひまほしく思へ共、やよひ姫君とゞまりたまへば、なく〳〵帰らせ給ひけり。又しのびかねて夜もすがら、みなみおもてのひろゑんにたちてきゝ給へば、万うき世のあぢきなさ、母みやの恋しさ、我が身の行末の事どもやよひひめ君に語り給ひて、涙のひまにはきんのことをつまおとやさしくひきならし、心をすまし給ふ。少将きゝたまひていとゞあわれさかぎりなし。けふ見そめたる面影、」(7ウ)身にたちそひて、いまさらに忘れんとすれどわすられず。夜もすがらなみだとともに御ふゑをふき夜をあかしたまふ。むなしくわが御所にかへらせ給ふ。やよひひめ君の御むかひとておはしてひめぎみ帰らせたまへば、やがてこうばいのだんし、むめのうすやうひきかさねかき給ふ、ゆめかとよ、見しおもかげのわすられで、うつゝぬるゝそで、我が袖の、なみだの露のけふは又、なをおちそふる恋衣、むねはこがれてふじのねの、おもひみだるゝうすけぶり、いまはあだなもおしからず、おもへばたゞますかゞみ、その面かげ」(8オ) のそいねして、あふをかぎりと露の身の、きえあへぬこそつれなけれ、さりとも君が手枕に、夢をむすぶのかみかけて、そひはつべきかおなじ世に、心をつくすいまのつらさよ

かやうにあそばしてむすびなおし、御こしにはさみ、しのびて三でうへおはしまして、たゝずみ、あるき給ふほどに、姫君の御めのとこじゞうをめして此文まいらせて、御返事かならずみせよとの給ひてかへらせ給ふ。こじゞう、ひめぎみに、此文少将殿よりまいらせよとおほせ候なり。」(8ウ) 御返事せさせおわしまし候へと申せば、是を御覧じて御かほうちあかめて、とかくものをものたまわず。おもひもよらず。はや〳〵返し給へ。よその事さへおもひよらず。ましてよそぎゝ見ぐるしきことゝ聞せける。こじゞう、それはさる御事にてましませ共、あまりにたえがたく思ひ候へばあわれにて候。たゞ一筆の御返事くるしからずと申せば、姫君のたまふやう、さやうにみづから心にそむくこと申ならば、わらわが身をとりていづ方へもしのぶべし。たゞいそぎ〳〵かへせとのたまへば、このうゑはとをもいて、こじゞう、少将殿に申ければ、世に」(9オ) うたてしくこじゞうをのみうらみ給ふ。ものうくおもひて少将殿に申やう、やゝいくとせかよふ共文の御返事は候まじ。たゞしのびていらせたまへと申ば、せうしやう嬉しくおぼしめし、さらぬやうにてたばかりまいらせたまへ。夕さりしのびてゆくべしとこじゞうに心を

あわせ給ひて、くれゆくおそしとまちたまいて、やがていらせ給ふ。姫君は是をばしらせたまわで、いつも心をすまし、こよひはやよひひめぎみのおわしまさぬつれ〴〵にいよ〳〵昔の事おぼしいで〻、ことかきならし、ひほのかにともしてものあわれにておわします所へ、せうしやう」（9ウ）しのびてきちやうのうちへいらせ給ふ。ひめぎみ是を御覧じて、あさましきともはづかしさ、ともかくもことのはもなき心地して、あきれはて〻ぞおわします。少将、ひめ君のかたはらにしのびて、花によそゑてみそめたりしことどもこま〴〵とかきくどきうらみ給へど、姫君はた〻夢の心ちしていひやるかたなく、しのびのなみだの露も所せき、つきせぬむつ事をいかばかりにや、あかぬわかれの手枕の、あかつきがたの袖の涙にぬれてたち帰る、けさしもつ〻きとりのねの、しのびがほなるけしきにて、夜ふかく帰らせ」（10オ）給ひけり。その〻ち、しのび〳〵にかよひ給ふ。去程に八月になりぬ。御門、やよひひめぎみねうごのせんじをいだされたり。左大将大きによろこびてやう〳〵さま〴〵にいとなみ給ふ事かぎりなし。女ばうたち五十三人、わかき人その数をしらずえらみ、御車十れうにて、八月廿日の夜、女ごにたちたまふ。御門なのめならずにゑいかんありて、こうきでんゑあげまいらせ給ふ。やがてねの御ときに御しやうぞくはなやかにしてみゆきならせ給ひて御覧ければ、女房、わかき人、その数をそろえて、きぬのつまきよく、そでぐちかさねて出たちならびていたるけしき、」（10ウ）めでたくおぼさる〻。姫君を見たまへば、御年のほど十六七と見えさせ給ひて、こ〻のへのくれないの五にからぎぬのうちきき給ひて、あふぎさしかざし、御かたちあく迄けだかく、御ぐしは御きぬのすそひとしく、御かほにくからぬ御ありさまなり。みかど思召ける、きゝしほどはなけれ共なべての人にはにずなどおぼしめして、常はこうき天ゑみゆきなりあそびたまふ。去程に、ひめぎみはやよひひめぎみのおはしますほどこそ、なぐむかたもありつるに、月もくもゐのよそにはやへだゝりしその、ちは、いとゞつれ〴〵かぎりなし。涙斗にてあかしくらし給ふ。せうしやう」(11オ)是を御覧じてひめぎみにの給ふやう、何事をおぼしめして常におもひみだれてしづみいり給ふぞ。いかさま恋をせさせたまふか。なに事にてもたゞみねにかたりあわせ給へとのたまへば、はづかしくおぼしめして、恋する事はなけれども、いかなるつみのむくひにや、おやもなき身なしごとなりてかやうにあさましかるらんと、いまさらわがみながらうらめしくてとのたまへば、少将、それは御ことわりにて候へども、さりともとおぼしめせ。いまは二でうゐもむかへまいらせたくおもへども、ちゝはゝの心いかゞとのたまへば、姫君、それはおもひもよらず。かやうにて候さへよそにや」(11ウ)もらすらんとはづかしく思へば、いかでとの給へば、少将、げにとてもかくても心にまかせぬ身ほどつらきものはなしとて、ふた所ながらきぬひきかづき、なくより外の事はなし。少将かくなん、

7　君と我みだれあわばやしなのなる　ほやのゝすゝきしどろもどろに

ひめぎみ、御返事とせめられて、

8　みだれてもかいなき物を信濃なる　ほや野ゝすゝきほにいだすとも

かやうにきこゆれば、なをもおなじ心におぼさぬよとこゝろもくうらみ給ふ。さても左大将殿にはさが

の大炊殿」（12オ）姫君むかゝえさせ給ふべきにてめでたき事かぎりなし。御とし十八にならせか、こゝのへ一ばんの美人にておわするを、少将にむかへ給ふ。長月七日の夜、大炊殿ひめぎみ二条の御所へいらせたまふ。され共せうしやうははや三日すぎけれ共、御けんざんもなかりけり。左大将殿へおほせければ、心ならず長月十日の夜ふけて、御しやうぞくはなやかに出たちをはして見たまへば、女房達十七人、うへわらは五人、きぬのつまきよく、袖をならべていつきかしづきたるふぜひ、三でうのひめ君をかやうにして見ると思ふならばいかに嬉しからましと、まづさき」（12ウ）だつものは涙なり。さて姫君をみたまへば、七つがさねのうちき、紫のひとへにきておわするすがた、きゝつるにあかせ、かみのかゝりよりはじめて、あくまでうつくしくきよげに見えながら、みどりのひめぎみに目うつりしてものゝ数とも見えたまはず。うとましくおぼせどもまぎれふさせ給ひて、とりのねをまちかねて夜ふかく帰らせ給ふ。三条には、ひめ君、こじゞう、心をすまして、ひきかへめでたき事みたまいて、さこそおぼすらん。はづかしや、いつとなく見そめてよそにやもらさんと、あはせてなみだをながしけり。少将などやらんけしきふぜひしておわしまして」（13オ）見たまへば、はづかしく思召て打そばみ給ふかほつき、ねみだれがみのひまよりまゆのにおひほのかにして、きのふ見しよりけふはなを花のかほばせうつくしく、ゆきのはだへのくまなきに、いかなるきちじやう天女と申共、是にはまさるべきとおぼしめして、いとゞ御かほまぼらせてのたまふやう、よべはおもはぬことに笛竹の一夜もへだてつるうらめしさよとて、きぬ引きかづき伏給ふ。さて大炊殿ひめぎみをばうとましき事に思召てふみさへまいらせたまはず。女房達ども、かねて心をうつす人ありてかやうにうとみまいらさせ給ふかや、ねたく心うく思ひけり。左大将此由」（13ウ）をきこしめしておほきにおどろき、此大炊殿のひめぎみと申はたゞ人にてもましまさず。すでに后にたち給ふべきをわりなく申てむかへまいらせ、是いかなる事ぞや。いかなるものに心をうつしてかゝるふるまいあるぞ。いかにもしてたづねてうしなへとぞいかりたまふ。はゝうへのたまふやう、まことやらん、人づてに聞候へば三条のみどりのひめ君のかたへかよひ給ふとうけ給候。此おゝい殿姫君をうとみたまふもこのひめ君ゆへときくなり。いかにもしてむなしくおくりまいらせでは人めしちと申。父母の心のうちかたぐ〳〵大事なりべし。」（14オ）いかゞとの給へば、左大将きこしめし、あさましや、世にありぐ〳〵しき御かたをばうとみて、ふたおやもなき身なしごのくわほうつたなきものを、何のたのもしさにおもひつき、かやうのふるまいするやらん。我はめいなれどもかやうのいまわしきものは見たくもなし。いかなる所へもおい出ばやとて、少将のひまをうかゞひけり。三でうには是をば夢にもしりたまわずして、万うき世のあぢなきやう、日数はかさなり年月はゆけ共、古えの恋しさわするゝひまもなし。たゞきえさらん。山のおくにもしのびてさまをかゑ、ひとへに後世をねがわんとの給へども、」（14ウ）それも少将、かなふまじといさめたまふ。さて神無月七日の日、大裏にくものうへ人あつまりて、もみぢあわせのあそびし給ふ。少将もめされけり。夜もすがらの御あそびなり。左大将うれしくおぼしめして、やがて三条へ使をたておふせけるは、そもぐ〳〵何事をまち、いかなる人をたのみてつくぐ〳〵としておわするぞ。はやぐ〳〵出たまへ。此御所と申も王院のすまいなれば、御身のすみはてんとおもひ給ふべからず。今宵すごさずいで給へと少将おほらせらるゝとて使をたて給ふ。ひめ君、こじゞう、是はいかなる事ぞや。いまさら是をいで、いかなる所へゆくべきとて、なげき」（15オ）給ふ事かぎりなし。うらめしや、はぢがましき事見ぬさきにいづくへもゆくべきものを、久敷長いして恥をかきぬるかなしさよ。かかるうき世にながらゑてうきめ見んよりも、ゆきしもときえなば、おなじ草葉の露ともなるみならば、いまはうきめを見るまじき物をと、こゑもおしまずなき給ふ。つかいはたびかさなりければ、一日かたときも誰にたのみをかけ、いかなる所をやどゝしてときのまもしのびいるべきと、たゞうき草のよるべなきみをおきかねて、いけ水のやるかたもなき風情してよその袖迄しほりけり。こじゞう申けるは、水からがいとこのあま君、さがのおはらと申所に侍ると承候。此人を」（15ウ）頼みてみんとおもふなり。身のうき時は人をたのむならいなり。まづ〳〵いかにもならせたまはんまで御身をかくしおわしませとて、なく〳〵文をかきける。誠に夢のゆかりをたづぬる事、我が身にしられて御はづかしく候へども、姫君おもひよりなき御事にて是を出させ給ふべきが、ときのまもかくしまいらすべきやどもなし。たゞ水鳥のはねなき心ちして何となるべき身のほどやらん。しかるべくはたゞかりそめの御やどかし給へ。露の御なさけましまさば、いかばかり嬉しき、などこま〴〵とかき、はしたものにもかせおはらゑつかわしけり。あま君、いそぎ〳〵ひらき見て涙をながし、やがて御返事に、まことに珍敷」（16オ）文かな。こなたにも折々御床敷なつかしく、吹風のたよりにもおとづれまいらせたくおもへども、さすがほどへだたりて心ならずあかしくらし候間、いかなる御身の大事なりとも、此ひめぎみの御事ならばいとやすき事にて候。はや〳〵いれまいらせ給へと、あら〳〵御うれし〳〵と書て御迎にしのびて御車まいらせけり。ひめぎみ、こじゞう、是を見て少はるゝ心ちして、さらばはや〳〵いでよとて、見ぐるしきもの共したゝめ出させ給ふとて、すみなれしやどをさへはかな〳〵いだされて、いづくへとてか行べき。たゞかきくらす心ちして、あわれうき身の露ならば、草葉のかげのやどりしてきえはて」(16ウ) ばと、うきもつらきもかぎりなく、なみだにくれてたち給ふ。ひめ君涙のひまよりびやうぶにかきかけ給ふ、

9　いまさらにかゝる草葉も露の身も　おきどころなき秋風ぞふく

10　いつわりの人の心のすゑしらで　ちぎりそめけん身こそつらけれ

11　すみなれしやどのなごりもたびごろも　たつもかぎりとぬるゝそでかな

こじゞうなく〳〵、

12　我がやどをはかなくいまはいづるとも」(17オ)　ついにはもとのすみかなるべし

かやうに申てなみだと共に出ける。やどをさがるまでに心すごく、うらめしさたとへやるべきかたぞなき。やう〳〵おはらにおはしつきければ、あま君、いそぎおろしまいらせて、きちやうのうちゑいれたてまつり、こじゞうもあまぎみも、とかくいひやるかたなく泪にむせびけり。あま君、ひめぎみ見まいらせ、うつくしの御ありさまや。かゝる人も此世におわしますや。いかなる帝王のひめぎみ、みやもかほどにおわせじ、女のみながら、めもとまり、いつみあきまいらすべきともなくまぼりいりける。こじゞう夜もすがらうちぬる事もなく、むかしいまの事」(17ウ)　共語りてはなき、なきてはかたり、なさ

けなや。この御すがたを見すてまいらせ給ひけん。あらいたわしや。御おやはゝみやのましまさば、女御、きさきにもいかでかおろかあるべきとて、啼より外の事ぞなき。姫君はいつとなくけりありさまはづかしく、おぼししづみいり給ふ御風情さへいとほしくたぐいなし。あま君やう〳〵様〳〵いとにまいらせてかしづきたてまつりけり。さても少将は是をばゆめにもしらせたまはで、もゝしきにおわしまして、くわげんはつるをまちかねて、やう〳〵三条へかへらせたまへば、四もんをかためてゆくべきかたなし。こはいかにと思召て、ついぢのくづれより入て見給へば、」（18オ）しとみ、こうしもたておさめ、人のおともせず。あやしくて内へいり見たまへば、よろずのもの共とりしたゝめいでたるふぜいなり。せうしやうむねうちさわぎて、御めのとの高倉のつぼねをめしてたづねさせたまへば、ひめ君をば大炊殿ひめぎみにおぼしめしかへたるとて、左大しやうの御はらをたて、夕べおい出しまいらせ給ひて候。女房達みな〳〵ちり〴〵にうせ候。ひめぎみはこじゞういづくへともなく、あしにまかせて出させ給ひて候が、御行ゑはしらずと申けり。少将きこしめし夢の心ちしてうつゝともなく、あさましや。そのよそなりし時はなか〳〵さてもあるべきに、さ」（18ウ）こそたゞみねゆへとうらめしくおぼしつらん。いまさらいづくおかまよひ給ふらんなど、やるかたもなくかなしくて、又三条へぞしのびてゆき給ふ。一めんのびわ、一ちやうのことはかべにむなしくたちそひて、さま〴〵かきすてしてならひなどのかわらぬありさま、何と御らんじわけたるかたもなく、ふししづみてかなしみ給ふもかいなし。びやうぶにかきたる歌を御覧ずれば、われをうらみて出けると、いとゞ涙もとゞまらず。せんかたもなきふぜいをし

はかられてあわれなり。ひめぎみつねに見給ひしますかゞみをとり出し、なみだのひまよりかくなん、

13　形見ぞと見ればおもひのますかゞみ」(19オ)　なみだの雨にかげもうつらしず

14　面影の見えてもよしやなか〳〵に　なをもおもひのますかゞみかな

かやうにおぼしめしつゞけて、神ならぬみのはかなさよ。かくあらましとしりたらば、ぐしてもゆき、いかなる山のおく、林の中にもかくしおき、草の枕の露けくとも、もろともすまひしそいはつべきと、いまさら何となりゆく我が身のはてぞと、こゑもおしまずなき給ふ。左大将より御使とておほせけるは、みどりのひめ君ゆふべくれがたにしのびてあづまのかたへとて行なり。その跡をしたひて」(19ウ)　それにおわすなり。はや〳〵大炊殿ひめぎみの御方へいらせ給へとぞおほせける。せうしやうなか〳〵き、入給ふ事もなく、御返事さへなかりけり。大炊殿かたには、めのと、女房たちよろこびて、少将そいはてんとこそおもひ給らんなれども、かやうにおもひなされまいらせていづくおかまよひ給ふらんなどわらいあいけり。御めのと、少将殿へ文まいらせ給へと申ければ、こうばいのだんしにたけのうすやうひきかさね、ひめぎみかき給ふ、

15　ふかみどり山のあらしにちりはてゝ　いかにこずゑのさびしかるらん

16　千代までとこずゑいろづく花なれど」(20オ)　ちるをみだれもゑこそとゞめね

せうしやう御覧じて、やがて御返事、

17　いつよりもこの山風ぞうらめしき　松のみどりをあだにちらして

18　千代までとながめし花のちりぬれば　みどりもおしきうらみなりけり

是をひめぎみ御らんじて、なをみづからをうとましくおもひたる文のかきやうかな。あさましくてうちなき給ふ。左大将よりは、大炊殿ひめ君の御かたへいらせたまわずはふきやうすべしとて御使あり。少将、ふきやうさせたまふ共かなしくも思はず。たゞ此人に尋あれば、いかならんひの中」(20ウ)水のそこまでも何とて身をばおしむべきとて、神仏に申てこがれありき給ふ。是を姫君しらせたまわず、おわらにまし〳〵て、いつしかならぬたびまくら、むすびさだめぬゆめながら、はやいく夜にかなりぬらん。あわれ、人の心ほどさだめなき事はよもあらじ。ちぎりし時はわりなく、かいらうどうけつのかたらいも、さよのねざめのむつ事も、みないつわりと成にけり。しぐれにぬるゝまつだにも、かわらぬ色はある物を、ごせまでかけてちぎる人、はやくもかわるよしなさよ。人の心は白菊の、うつろいやすきならひぞと、かねてしりぬることなれば、いまかわり行」(21オ)べきとはおもひもよらずとおぼしめして、打あきれたる御ふぜひなり。比は神無月廿日あまりの事なるに、あらしこがらし村時雨、あき風ひやゝかに吹おちて、ひるはもみぢのちり行もとに心をすまし、夜るはさやけき月とともに夜をあかし、草の枕のをり〳〵に、つまこひかねてよはりよわらぬむしのねも、わが身のうへとおもわれて、袖もなみだにしほれ、あか月がたの鳥のねも、わかれ〳〵のきぬ〴〵いまさらおもひいだされて、

19　このほどはたもとの露のまるねして　あかつきがたにしほる袖かな」(21ウ)

かやうにおもひつゞけて、打しほれておわしまする所へ、あま君まいりて見まいらせて、何事を思召出し

てかやうに涙にていらせ給ぞや。あまもむかしは思ひをしてすてし身にて候。人はうきもつらきもならひなる身にて候。姫君おぼしめさずともかたりあわせなぐさみ給へと申ける。ひめぎみの給ふやう、何事もおもふ事は候はねども、万わが身の行末の事、いかに成らんずるもおもひわけず。みやこにありしときも、たゞ一筋にさまをかへ、いかならんかたにもとぢこもりて、ひとへにごせうぼだひをもねがはばやと思ひ候へば、かやうにまいりてぜんちしき、いくほどならぬあらじ世に、」(22オ)たゞひとへにあまになしてたばせ給へと、なか〳〵の身にて候へばうらめしく候と、の給ひもあへずさめ〴〵となきたまゐば、あま君たもとをしほり給ひけり。あま君のたまふやう、姫君のおほせをばにしをひがしへとおほせ候共、そむきまいらせじとおもへども、此御事ばかりをば思ひよらず。たとへ御さまかへさせたまはらずとも、御心にてこそましまさめ。まづしばらくまたせ給へ。のちにはおほせにもしたがいまいらせんと、いさめまいらせたまへば、こじゞうも申ける、人のつらきにつけても、御身をまゝしく御もちありて、うきもつらきもおもひしらせたまわんずれ。人のうきとてさやうに御身をいたづらになし給ひていかゞなど申とゞめける。姫君」(22ウ)もうらめしくおぼしめし、ひるはひめもそによるは夜もすがら、ほとけの御まへにまいり、花かうをたむけまいらせ、南無西方極楽弥陀如来、ねがわくは水からをとく〳〵むかへとり給へ。おやは一世と申せ共、かならず来世にて恋しきちゝはゝにあわせ、おなじはちすのゐんとなし給へと申させたまいて、御心すごさのまゝたちいでゝ四方をながめさせ給へば、山のしぐれにあせみにわたり、ほのかにちる夜はのあらし、何にたとへかたもなく、みやこのかたも恋しく

て、

20　つらからば我も心のかわれかし　などうき人の恋しかるらん」（23オ）

かやうにうち詠め、我はしのぶの露ながら、人はのきばのわすれ草、かれ〴〵になるちぎりかな。よしおもへばそれとても、たゞあさましき身のほどを思ひつゞけて、かたしきの袖の涙の手枕に、ひとり露けきうきな月の、かりがねのともをかたらひて啼声も、みやこのかたへゆくやらんと、うら山しくもおもわるゝときだにも、面影のしのぶのみちにかよひきて、などや心にとまるらんと我ながらうらめしく、よしや人こそつらくとも、すみなれしふる里のなどか恋しからざらん。雲ゐはるかに見わたして、こじゞうも姫君もなくより外の事ぞなき。かくて日数をおくり」（23ウ）給ふほどに、十一月にも成にけり。四方のこずゑも雪ふりつもり、みなしろたへのゆきあとふみわくる人もなし。みやこをいでし事神無月はじめの事也。いまははや冬にも成行まゝに、つがわぬおしのひとりねの、いつまでおなじかり枕、むすばぬ夢のねざめにも、たちそふものはおもかげの、うきにそへてもわすられず。つれなき命、ありあけの月の行ゑもにしなれば、いる山のはぞなつかしき。夕べのかねのこゑ〴〵も、あらしの松にひゞきつゝ、おもひはいかゞ、かぎりなく心すごくてかくばかり、

21　あぢきなくつらきあらしの声もうし」（24オ）　など夕ぐれにたちならひけん

たゞ歌をよみて心をなぐさめすぎさせ給ふほどに、此あま君のいもうと、いまの御門の御はゝみやねういんの御所に、ひめみやの御めのとにてときめき給ふが、とし久敷をはらゑをはせぬとて、ときのまの

御いとま申て車にておはらへおわしける。あま君珍敷おぼしめしてものがたりあり。あまぎみのたまふやう、此ほどおもひよらずよしなきまれ人をみまいらせて、あま君さへはなやかになりて候と申ければ、じゞうのないしき丶給ひて、いかなる人にてわたらせたまふぞとのたまへば、あま君ありのま丶にかたり給へば、ないしき丶たまいて、いたわしや。」(24ウ) はりまの大納言殿姫君にてわたらせ給ふな。大なごん殿おわしましなば、是こそ女御にた丶せ給べきに、いまさらきやうにてわたらせたま事のあわれさよ。見まいらせばやとのたまへば、あま君、くるしからず。水からがいもうとにて候人に御けんざん候へとてよびいだし、はづかしさかぎりなくおぼせども、かなはでいでさせ給いけり。じゞうのないし、君をみたてまつり、うつくしのひめぎみや。かほどにたぐひなき御かたの世にましますか。御ぐしのか丶り、まみ、くちつきよりはじめて、さすがはづかしげなる御ふぜひ、小野の小町ねたむべし。姫みやをこそたぐひなしと申せしに、此ひめ君このよの人共見えたまわず。女人の身ながらめもたまり、」(25オ) 立はなれがたくまぼりまいらせける。斯女院の御かたにみやづかいをさせ給へと申たまへば、あま君、しかるべし。さらば女院の御かたに御みやづかいをさせまいらすべし。女院へ申させ給へとてよろこびけり。じゞうのないし帰らせ給いてこのよし女院へ申させ給へば、あわれなる事かな。大納言がひめにてあるらん。いそぎぐしてまいれと仰ければ、やがて御迎にしのびて御車をまいらせ給ふ。姫君是をさへはづかしく、つ丶ましくかなしきに、まして我が身のありさまにていかゞと仰けれ共、あま君のはからいそむくべきかとおぼしめし、やう〳〵御くるまにのたまへば、ごじゞうもうれしくおもひてまいりけり。姫君、」(25ウ)

いつとなく父母のましまさねば、か丶るはヾしき風情にてこ丶かしこよとまよひ、こ丶ろあさましさよ。いかなるつみのむくいにてかほどつたなきわが身ぞと、とくにかくにさきだつものは涙也。扨あるべきにあらずして、さらぬふぜひにもてなし、下月廿日のよひのまに女院の御所へまいらせ給ふ。去程に、ねういん、ひめぎみをはじめまいらせて、つぼね〳〵のねうぼうたち、姫君を御らんじて、人のうつくしきは常にあれ共かほどのびじんもありけるよ。じゞうのないし語りしよりなをうつくしくたぐいなく、おなじ女人となるならばかやうにこそむまれめとて、うらやみほめあひ給ひけり。やがて御名をばみどりのうへとめされけり。女院つく〴〵と」(26オ) 御覧ずれば、すがた、ありさま、心ばえ、たちいふるまひにいたる迄人にすぐれて見え給へば、いよ〳〵たぐいなく思召て御きそくいみじく、御そばをたちさらずときめき給ふ事かぎりなし。じゞうのないし、こじゞうなど、はなれぬ中なればよろこぶ事かぎりなし。扨も姫君おぼすやう、情けふかくましませし弥生姫君の、かくとしらせたまひなばふしぎに思ふべし。あはれ、わすれがたき御心ざしながら、か丶る身と成行はさすがはづかしくおぼしめして、かくともきこへたまわず。扨も少将は夢にも是をしらせたまわで、神無月の比よりあなたこなたに尋ねあるき給ふ。その行ゑなければむなしくみやこへ返りたまふ。たゞ」(26ウ) 三条のあれはてたるやどにそのおもかげをこひかねて、こがれかなしみたまへ共かいぞなき。左大将殿、大炊どの姫君の御かたへおわぬとてせめ給へば、うらめしさいづれもおもひわきたまわず、なみだのひまより、

22　うきはたゞ月に村雲花にかぜ　おもふにわかれ思わぬにそふ

23　いまはたゞ露のいのちもおしからず　おなじ草葉のまくらならねば

かやうに思めしつゞけて、昼はひめもそに夜るは夜もすがら、かたしく袖はなみだにて、暁に成ぬれば八声の鳥ももろともねを啼あかし、しきたえの」(27オ)　枕もとこにくちはて、見るもあわれなり。かくてはやしはすにも成ければ、雪はいみじくふりそひて、嵐はげしきふせやの床に、ひとりねのつらきたまくら、夢にだにその夜のおもかげ見えもせず、うらみのかずはいかばかり、思ひつゞけてかくばかり、

24　たづぬるとあかぬ心のつれなさよ　紅葉のすゝきゆきつもるまで

たゞ中〳〵にうき世にながらへて、人を恋しと思わんよりしなばやとのみぞ思召ける。御身はかげのやになりはてゝ、けふよあすよとくらし給ふ。姫君これをしらせたまわで、もゝしきにおわして少心もはれ」(27ウ)　給ふ。をはらにおはしてたりしときは、あぢきなくありしまゝ、うき人ながら常はおぼしめしいでつれど、いまはひきかへ、ひめみやをはじめまいらせかずの女房たちあそびたわぶれて、うかりし事共わすれ給ふ。なごりなくかわりはてぬる心かなとおもひつゞけておわします。ある時、雪もいつよりもいみじくふり、よものうきくもうちおほいきて、風すさまじきつれ〴〵に、御門、女院の御所へみゆきならせ給ひて御物語あり。ねういんの御かたわらを御覧ずれば、年のほど十四五ばかりなる女房、きくかさねの五ひとへに、さくらのにおひのうちき、うすくれなゐのはかまきて、」(28オ)　おもはゆげなるふぜひにて御そばにおわします。御門つく〴〵と御覧づれば、はら〳〵とかかりたりびんのかみのはづれより、せいたいのまゆずみほのかにしてほけ〳〵として、めのあたり何にたとゑんかたもなし。春

の花の露をふくみ、秋の月の山のはをいづるよりも、なをくまもなくうつくしく、天人のやうごうもかくやとおぼしめし、女院にておふせけるは、いかなる人にてわたらせたまふぞとおゝせあれば、女院おほせけるは、さればあわれなる事にて候。一とせうせしはりまの大納言がひめ也。はゝみやも大なごんもうちつゞきうせにしかば、やう〳〵はごくみしめのとにもわかれていとかすかにて侍りしが、あまに成てちゝ」（28ウ）母のぼだいをもとわんとてしのびておわせしを、水からきゝてむかへとり、うれしくてめしつかふなりと、こま〴〵とかたらせ給ふ。みかどきこしめされ、大納言がありし時女御にまいらせんと申せしは此ひめが事也。大なごんがうせてのちわすれて過しくちおしさよ。こうきでんの女御のいとこ也。あわれ、うれしきちぎり成とて、やがてくわんぎよなり、女院の御所にめしつかわるゝこざい将をめしよせ、このみどりのうへたばかりまいらせべきと申ければ、さらばとて、もみぢがさねのうすやうにかくぞあそばしける、

25　いかにせん見しおもかげの恋しくて」（29オ）　わすれんとすれど忘られぬ身を

26　みどりたつ松は木ずゑにたちそへて　ちり迄千代のなをやひかまし

かやうにあそばして、御返事かならず見せ給へとて、こざい将に文たびけり。こじゞうをよびて、此文御門より姫君の御かたへまいらせよと仰也。御返ごとすゝめてたび候へと申ければ、こじゞう、文をとり姫君のかたわらにおき、此文御門よりまいらせ給ひて候。はや〳〵御返事申させたまへと申ければ、姫君文御覧じてかほうちあかめて、とかくのたまふ事もなく、よそのきゝ見ぐるしく、はや〳〵返しま

いらせ」(29ウ) よとばかりにてたち給ふ。こじゞう此よし申せば、こざいしやう、みかどへやがて申せば、御返事なきさへやさしく思めし、かさねて文をつかわし給へどもきゝ入給わず。こざい将、こじゞうないし、一所によりあいて姫君に申させ給やう、よの人のやうに思めしてさのみつれなくまし〳〵ていかにかなわせ給べき。一日片時もかくておわしまさんほどは、御門のおほせにしたがわせたまはではよもあらじ。まことに御返事なくは女院へ申まいらせて、そのとき御ふしんかうむり給ふべきかと、それを心におぼしめさば御返事候へとて、ひだりみぎりよりせはければ、ちから」(30オ) なくして御返事させ給ふ、

27　みどりたつ松も下葉もくちはてゝ　かずならぬ身をはなにしらせせじ

かきだにはてずうちおき給ふ。こざいしやうよろこびて、御返事とてまいらせけり。みかどまちゑて御覧じ、うつくしくかきたてたるてかな。筆のたてやう、もじのならび、かほどにもたぐひなくかきながしたるものかな。いよ〳〵床敷思召、くれ行ほどにほひみちたる御しやうぞくにてしのびくるまにて、こざいしやう、しる人してしのび〳〵にみゆきならせおわします。しかまのかちにあひそめて、なをいろまさるとぞ」(30ウ) 思めし、ひめぎみ、いつしかこうきでんの女御かくときかせ給ひておぼさん事のはづかしさよ。かゝらましとしりたらば、おはらにてとにもかくにも成なんものを、心ならず是へまいりていまさら何となりなん。しのびいづべきかたもなし。うらめしきにつけても涙ばかりなり。こじゝう、嬉しくてよろこびけり。さてよな〳〵みゆきならせ給ふほどに、こうきでんへはたまさかにもおは

しまさず。女御をはじめまいらせ、かずの女房たち、あやしみけり。ふしぎや、御門此比などやらん、たまさかにもみゆきならせ給わず。いかさま、御心をうつす人おわしまさすなど申あいける。みかどはかくて正月もほどちかくなりぬ。」（31オ）みどりのうへをれいけいでんへあげばやとおもふなりとて、ゆゝしきでんをくぎやうあまたにおほせつけしつらいて、たまをみがき給ふ事かぎりなし。御よろこびなのめならず、うへの女房達十二人、姫君につけまいらせたまふ。もゝしきのうちより卅六人つきまいらせ給ふ。こじゝうがほんまう是にはすぎじとおもひけり。すでに十二月廿八日むまのとき、れいけんでんへあがり給ふ。四十八人女房たち、きぬのつまきよく、そでぐちかさねいでたち給ふ。れいけん天ゑあがりたまふ姫君その日の御出たちは、もみぢがさねの十五に、からぎぬのうちき、くれないのちしほの御はかまふみくゝみさしあゆみ給ふ」（31ウ）御すがた、うつくしく何にたとへんかたもなし。御ぐしはたけにすこしあまり、夕日にかゞやきて誠にれいけいでんもひかりけり。此御門御とし廿四にならせ給へ共、かずのねうご、きさきを御覧じたりしか共、ついに御心にあわせ給ふはましまさぬに、此ひめ君を見そめまいらせたまいしより、あしたにはあさまつり事を忘れ、ゆふべにはかいらうの御いそぎばかりにて、あくるもくるゝもしらせたまわず。ひめぎみみやこをいだされておはらにおはせしときは、かゝるべし共誰か思ひよるべき。いまはひきかへれけいでんのたまのうてなに、にしきのしとねのうへにして、れうらきんしうにまとわれ」（32オ）て、らんじやのにほひこうばしく、思わぬ御代にたちばなの、そのいろふかくさきそへて、ときめき給ふ事かぎりなし。さてもこうきでんの女御きこしめし、たれやらん、此程れいけいでんのねうごときこえていみじくときめき給ふときこゆる、いかなる人のひめ君ぞと仰ありければ、ある女房申ける、いまだしらせ給わぬや。さしも君の思召たりし三条のみどりの姫ぎみ、此比女院の御所におわしましを、御門御覧じてやがて御心うつし、れいけいでんへあげまいらせさせ給いて候と申されければ、此由きこしめしてあまりにあさましくてうつゝともおぼしめさず。さていかにしてみどりのひめ」(32ウ) 君はみかどにみえそめ給ふ。さしも日ごろもなさけあり、いとほしかりし姫君まさらうとましく、雪の下ならば時のまにもきえうせよかしとおぼしめし、ひきかづきふし給ふ。御めのとをはじめ、かずの女房たち、あさましくあきれけり。いそぎ二条へゆき申せば、左大将、北のかたをはじめまいらせ、大炊殿ひめぎみ少将にうとまれ給ひたるをこそ、わが身の大事とおもひしに、けつくやよひひめ君さへむなしくうとまれまいらせ給いて候。一かたならぬあさましくなげき給ふ事かぎりなし。さてみどりの姫君はいかにして御門へはみえまいらさせ、かやうに成ぬるぞ。かゝるべしとしりたらば、三でうにありし時、」(33オ) さらぬやうにてうしなふべきものを、なをざりにおい出し、いまはやよひの姫君をいたづらになしたるよとて、こうくわい中〳〵かぎりなし。扨あるべきにあらずして、又こうきでんに返りこのよし申せば、あさましくおぼしける。正月にもなりにける。いつしかれいけいでんのめでたさに、こうきでんの女御ひきかへて、といくる人もとだえして、みなしろたえのあわゆきも跡ふみわくる人もなし。たゞうらめしさのあまりなくより外の事ぞなき。御めのと、みかどへ文まいらせ給へ。あまりににくきと申されければ、女御かくなん、

28　咲花もついにはちるぞいまさらに」（33ウ）　ながめばかりぞ春のあか月

かやうにあそばさせ給ひけり。御門御覧じて御返事もなかりけり。そのゝち、みかどこうきでんへ御みゆきならせ給ひて見給へば、女御はしろき五ひとへにむめがさねのうちきて、はしちかくいでよもをながめておわします。御門おゝせけるは、よみ給ひし御歌、誠にことわりせめておもしろくおぼえ候。御返事つゞけがたく候て申さんとおほせければ、女御うちゑみてのたまふやう、いまさらはやながめがち也。ねうごに心をうつし、まれにだにもといたまわず。このいくよをかあかしてくるし、いつしか見すてられまいらせせいかにならんとぞ給ひける。」（34オ）　たがひの御よろこびにて候べき身も思召すて給へば、まるもおなじ御心にて候とて帰らせおわします。れいけいでんの女御、あくまでおもはゆくうちしほれたるふぜいにひきかへて、こうきでんのはしたなくあてやかなるけしきは、はばからずの給ふさへいまさらうとましく、おなじいところながら人はかやうにもなりけるやと見まいらせおわします。ひごろは此女御をこそありがたき事に思めしたれ共、れいけいでんの女御の御めうつりにや、かけてもいふべきかたもなし。いよ〳〵れいけいでんへいそぎ給ふ。いまはたよりの文さへかきたえて、あるかともといたまわず、かのこうきでんにうちこもり、たゞあけくれは」（34ウ）　春がすみ、おもひはるべきかたぞなき。是を左大将母うへきゝ、一かたならぬこうくわいとぞ申ける。かくれなき事なれば、せうしやうもきこしめし、あさましさ中〳〵夢ともうつゝ共おぼされず。これゆへこうきでんの女御もうとまれまいらせ給ひて、さこそおぼしめすらんとて、なく〳〵こうきでんへおわしませば、女御、せうしやうを見たまひて、此事をこまぐ〳〵とかたらせ給ふ。少将夢の心ちして、きゝもあゑずふしまろび、いかなるもろこしの吉野の山のおくに成共、あるとだにきゝたらば、いのちをかぎりにたづねみんことよと思ひしに、いまははや中〳〵きくこそうかりけれ。」（35オ）渡りもあへぬものゆへに、かゝることのありけるぞや。いま一しほのなみだ川、せめていま一たびその面影をなり共しのびて見んとおぼせども、なか〳〵見ては猶おもひもまさるべき。こじゝうに此うらみをかたらばやとおもへ共、こじゝうさへ見えざりければ、よし〳〵うき世にあればこそかほどに物はおもへとて、

29　君はよもおもひはいでじいまさらに　いろよき花に心うつして

30　恋わびてのべの露とはきえぬとも　たれか草葉をあわれとは見ん

か様にかき給いてひきむすびて、こじゞうにあわんとてたちしのび給へば、こじゝう是をばしらで花ぞのへいでけるを、」（35ウ）きぬの袖をひかへて、とかくやるかたもなくなきむせびておわします。こじゞう、情けなくのたまふ事もかたらまほしくおもへども人めいかゞとおもひていそぎかへらんとするに、なさけなくいつのまにかわる心ぞや。せめて此御返事見せさせ給へとてたもとにいれ給へば、こじゝう此よし申せば、御らんじて、一筆の御返事もせばやとはおもへ共、うらめしかりし事いまのやうにて御返事もさせたまわず。少将是をきこしめして、何中〳〵の文もまいらせじと一かたならぬうき思ひに御心みだれて、御年廾と申におもひじにゝさせ給ふ。左大将、きたのかた、いまさら夢の心ちして、なげきかなしみ」（36オ）給ふ事かいぞなき。扨むなしく大炊殿ひめ君をばちからなくしておくり給ひけり。

姫君の御心のうちたとゑんかたぞなかりける。二条の御所はいまさらに、なげきのみちとぞなりにける。御門、せうしやうはかなくうせ給ひしよしきこしめして、あわれなるかな少将、此比わりなく恋をしてあわでやはかなくなりぬらん。みめかたちよりはじめて心ばへゆふにやさしかりし。たれゆへ身をばうしないけんとて、かたじけなくも御なみだをながしなげかせ給ふ。さあらんには左大しやうのはかりごとにてありけるよ。さらば一筆の返事をもせんずる物をとて、しのびて」(36ウ) 御涙せきあへず。こうきでんの女御も、おぼえなくつく〴〵としてあらんよりもとて、きさらぎ廿日の夜、しのびて二条へおり給ふ。左大将、はゝうへ、たゞこれも父ごぜんの心のたけきゆへいたづらになし給ふとてなげくより外の事なし。人〳〵も、をかしや、にくやとてよろこびけり。扨れいけいでんの女御、いよ〳〵いみじくおはしまし、やよひのころよりたゞならず、御くわい人の御ふぜひなり。御門御よろこびは中〳〵かぎりなし。女院、かゝるめでたき事あらじとて、なのめならず御よろこびあり。さて下月すゑつかた、たまをのべたるごとくのわうじ御たんじやうありて、みや」(37オ) このうち、よろこび申におよばず。やがて三条殿をしつらいておろしまいらせ給ふ。御門は、一条の中なごん、ひやうへのすけ、中つかさ、大炊殿、くぎやう五人におほせつけて、卅日くるゝまもおそしと思めし、やがていれまいらせ給ふ。二条には是をきゝ、いとゞほひなくうとましく、こうくわい申におよばず。みかど御よろこびかぎりなくて、わうじ出き給いてのちは后のみやとぞ申ける。そのゝちわうじ二人、ひめみや一人御たんじやうありて、わうじ十二の御とし、御くらいをゆづりまいらせ給ふ。ひめみやをば十二の御とし、伊勢のさいぐうにたてまいらせ給ふ。二のみやを十の」（37ウ）御とし、とうぐうにたてまいらせ給ふ。御門、きさきははやいんごうかうむらせ給ふ。みかどもんとく天王と申は此御事なり。かほどめでたきためしとて、ありがたきぞと申ける。されば人はなさけふかくあるべし。」（38オ）

※本文中、書き損じを上書きして訂す箇所を（　）に示す。

3ウ3行目　御わか（す）れ
7オ8行目　うつくしき（く）
11オ9行目　月もくもゐ（の）の
11ウ3行目　恋をせさせ（る）
14オ3行目　わり（れ）なく〈ミセケチ〉
14オ4行目　いかなるものに（ゝ）
14オ10行目　むなしく（き）〈ミセケチ〉
14ウ5行目　いまわしきものは（ものを）
15オ2行目　あつ（り）まりて
26オ7行目　ねうほう（いん）
28オ1行目　あち（き）きなくあり（なり）

29オ1行目　おわせ（し）し
30オ6行目　まし〳〵（て）て
32オ5行目　つい（ひ）に
32オ5行目　ましまさぬ（す）に
32ウ4行目　れいけい（ん）てん
36オ8行目　何中〳〵の（に）
37ウ9行目　十二の（人）御とし

富士草紙

『富士草紙』凡例

・本書は絵巻物に改装されているが、本来は冊子形であったと思われる。原態を袋綴と考えることには疑問もあるが（解題参照）、便宜上、仮に袋綴と考えた場合の丁数を付した。

・原本に濁点が付されている箇所には傍線を付し、翻刻担当者の付した濁点と区別した。また朱筆で濁点が付されている箇所については、（濁点）として傍記した。

・原本に見られる朱筆による書き入れは、行の左右に付されているが、翻刻の際は一括して行の右側に傍記した。

・見せ消ちは（ミセケチ）として傍記した。

・貼り紙で脱文を補っている箇所は、貼られている位置が本来挿入されるべき位置からずれているので、翻刻に際しては【　】で括って適当と思われる箇所に挿入した。

・虫損・破損等により判読不可能な部分は、寛永四年版（『室町時代物語大成』十一〈347〉）を参照して補い、〔　〕で括って示した。

・「流」を字母とする「る」と「満」を字母とする「ま」、及び「那」を字母とする「な」と「礼」を字母とする「れ」の混同されている箇所は、字形に忠実に翻刻し、（ママ）印を付した。

・明らかな衍文は《　》で括った。

そも〳〵しやうぢぐわんねん四月三日と申に、よりいへのかうのとの、わだの平太をめしておほせけるは、いかに平太、うけたまはれ。むかしよりをとにきくふじの人あなと申せども、いまだきゝたるばかりにて、みるものさらになし。さればこのあなにいかなるふしぎなることのあるらん、なんじいりてみてまいれとおほせありければ、かしこまつて申やう、これはおもひもよらぬ一大事の御ことをおほせけるものかな。てんをかくるつばさ、地をはしるけだものをとりてまいらせよとのおほせにて候はゞ、いとやすき御事にて候へども、これはいかゞ候べきやらん。いかにして人あなへ入て、二たびともだちか」（1オ）へるみちならばこそと申あげければ、よりいへかさねてぜひともとおほせありければ、御意をそむきがたくて、二つなきいのちをばきみにまいらせんとりやうじやう申、御まへをこそたゝれけれ。（第一図①）」（1ウ）（第一図②）よしもりのしゆくしよに承[参]り、きこしめせ、平太こそきみの御のぞみを承て、ふじの人あなへ入申候と申。よしもりきこしめし、それ大じ」（2オ）の御のぞみや。しぜんの事のあるならば、しせんことはじやうなり。一人入べきとてなみだをながし給ふ。やゝあつてよしもりおほせけるやうは、あいかまへて平太殿、高名したまへ。我ゝが一もんのなばし、くたし給ふなとおほせければ、承り候とて、なみだうかべて有ける所に、あさいなの三郎きたりて、此よしを見るよりも、四尺八寸ありけるいか物づくりのたちをはき、はゞきもと四、五寸くつろげ、ひざのうへにかきのせ、平太をはたとにらんで、なんじ程おとこがましきもの、よにあ」（2ウ）らじ。につぽんこくのしよさぶらひの、見るところにてなきがほ人にみすること、みれんのしだひなり。あれほどのおくびやう者を一もんの中にをけば、それにひかれておくびやうに成と申こと有。其元まかりたてとぞ申。平太きいて、いかにあさいなどの、おくびやうなりとも、人あなみずはまかり帰るまじきなり。御心やすくおぼしめし候べし、あさなどのとていでにけり。あさいなきゝて、から〳〵とうちわらひ、されども平太殿、はしるむまにむちといふ事あり。ちしほにそむるくれなゐも、そむるによりていろをます。なにがしもみつぎたくはおもへども、たゞ一人さゝれたる間、みつがぬなり。あい」(3オ)かまへてこのたびは高名をして、われ〳〵が一もんのなをかうだいにあげたまへといふ。(第二図①)」(3ウ)(第二図②)平太が其日のしやうぞくは、いつよりもはなやかなる、はだにはしろきかたびらのわきふかくとかせ、みなじろおりて一かさね、中じろのひたゝれ」(4オ)のすそをむすんでかたにかけ、はかまのくゝりをたかくゆひ、しろかねのだうがねに、あかぎのつかにきんぶくりんかけさせ、たる(イだみ)あふぎをさしそへて、しやくどうづくりのたち二ふり、かさねばきにはき、たいまつ十六持せ、人六にんつれて君の御まへにまいり、御いとまと申、しよこくのさぶらひたちへいとま申、三日と申むまのこくにかへり申べし。それすぎ候はゞ、いは屋にてしゝたるとおぼしめせと申、すでにいわ屋へ入にけり。しよにんこれをみて、あつぱれ、ゆみや(イとり)のならひほど、世にあはれなる事はなしとみな〳〵申ばかりなり。」(4ウ)(第三図①)」(5オ)(第三図②)」(5ウ)さて、いはやのうちへ一ちやうばかり入てみれば、くちよりくわゑんをいだしたま(る)くちなわ、すのこをかきたるご(が)と(イく)なり。それをとびこへ〳〵ゆきてみれば、なまぐさき風ふきて、おそろしき事かぎりなし。かたはらをみれば、としのよはい十七、八の女ばう、十二ひとへをひきかさね、くれなゐのはかまをふみしだひて、三十二さうをぐそくじて、たけなるかんざしは、せいたいがたていたに、こそろぎ（濁点）のすみをすりながしたるがごとくなり。しろかねのはたあらに、こがねのひをもつて、は」（6オ）たおりたまへり。かりやうびんなるこはねにて、なにものなればわがすみかへ来れまぞとありければ、平太うけ給り、かまくらどのよりの御つかひにて、三うらの一ぞく、わだの平太と申ものにて候と申。女ぼうきこしめし、たとへなにの御つかひなりとも、みづからがまへをばとをすまじきなり。それををしてとをまならば、たちまちにいのちをとるべし。これよりかへりたまへ。みづからばし、うらみ給ふなよ。それをいかにといふに、なんじ、すでにぶつぽうにてきをなしたまもり屋のだいじんには九代のすへなりとおほせもはてぬに、いわ屋のおく」（6ウ）より風ふきいで、一もみもんでふくかとおもへば、たちどころもたまらず、いわ屋のくちへふきいだされて、おほわらはにふきみだされて、やう〱とあからんとするところに、（第四図①）」（7オ）（第四図②）」（7ウ）いはやのうちより、からびたるこゑにて、なんじがとしは十八さいなり。三十一といはんはるのころ、しなのゝ国ぢうにん、いづみの三郎と申ものにかたらいて、ゆゑなきむほんをおこして、うたれんことはぢちやうなりとよばゝりて、らいでんしければ、おそろしき事かぎりなし。扨、いはやよりまかりかへりて、かまくらどのへまいり、この由を申、いはやのふしぎども、さま〲申ければ、（第五図①）」（8オ）（第五図②）」（8ウ）かまくらどの、いはやのおくをみん事をしよぞむにおぼしめし、くにのうちにあきところ四百ちやうのところあり。御はんなして、いは屋のおくをみたらんものにくださるべきとふれ状ありければ、みな人申けるは、いのちありてこそ、しや(ょ)うりやうものぞみなれとて、さらに入べきと申ものなし。かゝりけるところに、いづのくにのぢうにん、二たんの四郎たゞつなと申もの、此ことをうけたまわり、心のうちに思ふやう、しや(ょ)りやう千六百ちやうもちたるなり。いま四百ちやうたまはりて、まつほう、まつわか、二人の子どもに千ちやうづゝとらせばやと思ひ、かまくらどのへまいり、御まへにかしこまつて申けるは、」（9オ）たゞつなこそ御はんをなして、ふじの人あなへいりて見申候はんと申。かまくら殿きこしめし、御よろこびはかぎりなし。（第六図①）」（9ウ）（第六図②）」（10オ）たゞつな宿所にかへりて、女ぼうにかたり申けるは、よりいゑのちよくをかふむり、ふじの人あなへ入申べく候。いはやのうちにてしゝたりとも、しよりやう二人の子どもに千ちやうづゝとらすべし。松杉をうへしも、子どもを思ふならいなる。いかにしよこくのさぶらひたちの、たゞつなにくしと思ふらん。よしそなと(ママ)てもちからなし。我々にかぎらず、よくは人のならいなば(ママ)、ふかくにはあらず。人あな(な)みざらん程はかへるべからず。二たんがその日のしやうぞくには、はだには白きかたびらのわきふかくとかせ、(イきせ)いかうの大口のひたゝれのすそをむすんでかたにかけなし、うちゑぼしに、はちまき」（10ウ）し、はかまのくゝりをたかくよせ、もうふさづくりのたちに、しろかねのさやまきしたるこしがたな、つまくれなゐの扇子をさしそへ給ふ。いづのくにの住人工藤左衛門のぜうすけもりをぐそくして、たいまつ三十もたせ、七日と申さんに帰り候はずは、いはやのうちにしてしゝたると思召候へとて、すでにいはやへいりにけま(イり)。（第七図①）」（11オ）（第七図②）」（11ウ）五町ばかりいりてみれば、なにものもなし。たちをぬきて、四方をうちはらひてみれども、なにものもなし。又五ちやうばかりゆきて見れば、につぽむのごとく月日のひかりあはなたり（ママ）。又二町斗ゆきてみれば、すこしまつばらへいでにけり。その地のいろは五しきなり。こゝにかわあり。たゞ今ひとのわたりたるとおぼしくて、あしのあととみえにけり。このかわわたりてみれば、ひがしにだうあり。そな（ママ）をとをりて見れば、たゞいま人のわたりたるとおぼしくて候。二ちやうばかりうちすぎてみれば、八むねづくりのからの御しよあり。ひわだぶきにぞしたりける。さてはし」（12オ）らをにしきをもつてつゝみてあり。御しよのうちへ立いりてみれば、こゝろもことばもをよばず。のきの玉水のおつるをとは、びわを引にぞにたりけま（ママ）。風音はしやう、ひちりきを引に（にも）にたりけり。かゝる事を聞ときは、しやうじむじやうのゆめさめて、おもしろき事かぎりなし。れんげのひらくを以てひるとしり、しぼむをもつて夜としり、さてうしとらへすこしみちあり。みればこがねのひかりだう有。にしきをもつててんじやうをはり、おなじくこんじきにしきをもつてつゝませ、又こがねのすゞをさげにけり。すゞさへづるをとは、めうほうれんげきやう、ぢよぼんだい一よりはじめて、一ぶ八くわん」（12ウ）廿八ほん、さういてなくとなへける。すゞりひゞきをきけば、ぎおんしやうじやのかねのこゑもかくやらんとぞおぼへけり。なをうしとらへゆきてみれば、くさもしげり、またきたのはうを見れば、いけあり。いけの中にしまあり。嶋のうへにえんぶだこんのこがねのひかりだうの八むねづくりあり。こゝろもこと葉もおよばれず。さて、しまよりろく地へは八十九けんのはしあり。一けんに一つゞつ、すゞをさげられたり。いづれもこがねのすゞなり。一ばむのすゞが妙法れんげきやうととなふれば、それをはじめて八十九のすゞども、一部八くわん二十八ほんの文字のかずを一じもおとさずとなへけり。その中に」(13オ)すゞ一つさやずまゝ。めうほうれんげのきやうもんなる十らせつによ、三十ばんじん、此きやうのくりきによつて、一さいしゆじやうをことぐヽく、九ほんのじやうどへむかいたまへととなへけり。いけのみづいろは五しきなり。二たんしまにちかづきてみれば、(第八図①)」(13ウ)(第八図②)」(14オ)うちよりからびたるこはねにて、何ものなればみづからがすみかへきたまゝぞとおゝせあつて、たちいでたもふ御すがたを見れば、其たけ十ぢやうばかりなまゝ、かうべに十六のつのふりたて、口よりふきいだすいきは百ぢやうばかりあがり、したはくれなゐのごとくなり。二たむこれを見て、おそろしき事かぎりなし。大おんあげて申やう、かまくらどのよ」(14ウ)りの使、よりの大じんには十三代、いづみの大なごんに十二代、二たん四郎たゞつなと申者なり。これまで参り候と申。大じや聞召、さればよりいゑなんじをつかわし、みづからがさうをみする事、ひとへによりいへがうんのきはめと思ふなり。さりながら、なんじがもちたまたち(ママ)をみづからに得させせよと仰有ければ、二たん承て、四尺八寸の大太刀を大じやにまいらせける。刀をも得させせよと有ければ、こがねづくりの刀を、さやをば」(15オ)こゝにとゞめて、身ばかりぬいてたてまつる。大じや、たちとかたなを六こんに御おさめ、御よろこびはかぎりなし。」(15ウ)(第九図①)」(16オ)(第九図②)」(16ウ)そのゝちの給ふやう、さればよりいゑはにつぽむ(ママ)のあましなればとて、しなたる(ママ)事をするものかな。されば共此たちを得させつるあひだ、しやうじのねぶりもさめぬべしと御よろこびあつて、どくじやの御すがたをひきかへて、十七、八のほうしのすがたに成給ふ。大ぼさつ仰けるは、につぽんのしゆじやうは、ぢごく、ごくらくをば音にきくとも、めにみる事あらじ。いざや六どうを見せんとておもむきたまへり。いかに二たん、うけたまはれ。地ごくぶぎやうは六人有。だい一ばんにははこねのごんげん、第二ばんには」(17オ) いづのごんげん、だい三ばんにはしら山のごんげむ、第四番にはみづから、だい五ばんにはみしまのごんげん、第六ばんにはゑつ中の国たてやまのごんげん、これはむけんぢごくのあるじにてましまます。さればぶぎやうにはなされたるものは、たすかりがたきなり。まづさいのかわらに二つ、三つ、七つ、八つ、十二、十三斗のおさなきものどもが、いく千まんともかずしらずなみゐたり。かのかわらにおさなきものがいしのたうをくみあげてをけば、あく風いでゝふきちらす。それをあつめてくまん〳〵とするところに、かたはらよりくわゑん出て、こいしもかわらもほのほにもへ」(17ウ) ければ、おさなきものどもほのほのくげんのかなしみに、にげんとすれども、にげもやらず。ちゝよはゝよとさけべども、そのかひもなかりけり。さてほのほにもゑてはつこつとなる。やゝはま〳〵(ママ)ありて、地ざうぼさつはしやくじやうもつてかきよせ〳〵て、もんにいわく、げんざいみらいしゆはつこつおんごんふぞくによらいいちごんふでうだざゐしよあくだうと、このもんをとなへたまへば、もとのかたちになりにけり。二たん申けるは、あれはいかなるつみのものにて候と申。大ぼつ(さ)きこしめし、あれこそしやばにしておやのたいないにやどり、九月がほどのくるしみをはゝに」(18オ) させて、おやとなり、子となりて、そのほうおんをくらずして、むなしく成たるものが、このくげんをうけて九千ざいなり。はゝのながすなみだたまりてち(血)のいけとなるなり。(第十図①)」(18ウ)　(第十図②)」(19オ)　(第十図③)」(19ウ)

又すこしゆきすぎてみれば、河あり。三づの川とはこれなり。かのかわのはたに、そのたけ十しやく斗のうば御前おはします。まなこはしやりんのごとし。うへのはが八十ゑ、したのはが百二十へなり。すいしやうにことならず。ざいにんのいしやうをはぎとり、びらんじゆのきにかけ給ふ。本地大日如来のけしんなり。此ところをすぎてみれば、やまなり。しでの山とはこれなり。のぼるにもつまぎ、とゞむるにもつるぎなり。のぼるべきやうさらになし。かゝる所によばゝまこゑこそすさまじくきこえける。二たんこれをきゝ、あれはいかなるものにて候と申。ごんげん聞召、あれはにんげんしぬればかならずし」（20オ）むぱく、こんぱくとて、二つのたましゐありて、しやばにて心ざしをする時、こんぱくが、はかの上にあがりて、山ぢをへだてたましんぱくにつぐるやうは、今日しやばにてぶつじをするなり。いそぎくしやうじんに申て、ぜんのふだにつけ給へといふ。しんぱくきゝてうけとり、たいしやくにまいり、今日しやばにしてぶつじをつかまつり候。しかるべくは、ごくらくへむかへ、ぜんのふだにつけたまへと申。又こゝにざい人どもにおもきいしをつけて、ごくそつども、てつぼうをもつてかしやくし、つるぎの山へのぼれ〳〵とせむるなり。二たん是を見て、あれはいかな」（20ウ）る者にて候と申。ごんげんきこしめし、あれはしやばにてあきないをいたし、むま、うしをふびんとおもはず、おもきにを付、せめころしたるものなり。よく〳〵しやばにてふれよ。ものいはぬとておもき荷などつけべからず。其馬かへつてあぼう羅せつとなりてせむる事、一百さいのあいだなり。又かたはらを見れば、ざい人どもがなつきより八しやくのつるぎをうちとをして、つるぎの山へのぼれ〳〵とせむる。なつきよりもながる丶ちは、くれないのごとくなり。これは、おや、しうのめいをそむき、所々にすみけるものなり。いかにもしう、おやのためにに、うしろぐらくふるまふべからず。」（21オ） また西のかたをみれば、なみ水のうちて、ざい人どもおほくとをり候はんとすれども、さらにゆくべきやうなし。おにどもてつぼうを以て、さん〴〵に打はつて、とをれ〳〵とせむるなり。これはなににて候と申ければ、あれこそしやばにて、ものまいりなどすま（る）ものにせきをすゑ、きぶくあたりたる物なり。よく〳〵心えべし。たゞ人はじひをこゝろにかけべし。かんようなり。またあるざひ人をくろがねのなわをかけて、ふし八十三のおりぼねに、ながさ三尺斗のくぎをうちて、かしやくするもの有。これはしやばにてけんだしよくをもちたまもの（ママ）なり。しやばにてふれよ。けんだしよくを」（21ウ） もつ事なかれ。つみふかきみのなり。よく〳〵心えべし。又こゝに六どうあり。六道のつじに、ころもをちやくしたるほうしあり。此ほうしの御まへにざい人共あつまりて、たすけたまへとてならびゐたり。かのほうしにはなされたるものをば、おにどもがさいなみ、地ごくへおとすなり。二たむ、あれはいかなるほうしに候と申。大菩薩きこしめし、あれこそ六だうのふけ地蔵菩薩とて、たつときじひぶかきほとけにておはしめす。【なんぢ、しやばへかへりて、なむぢざうぼさつとと】なへ申べし。かならずごくらくにむかい給ふなり。二たん承り、六道とは何事にて候と申。ごんげんきこしめし、ぢごくどう、がきどう、」（22オ） ちくしやうどう、しゆらだう、にんどう、六道とて、六つのみちありとおゝせけり。又こゝにざい人のありけるが、中にはおとこ、みぎひだりはおんななり。かの二人の女、かしらは人のごとく、五たいへびなり。おとこをのまんとて、くれなゐのごとくなるしたをふりたて丶、二人してうばひあふ。これはしやばにて、二人のおんなに物をもはせたるものなり。かへすぐ〳〵も二みちをかける事なかれとふれよ。三百年のあいだ、くるしみをうくるものなり。またあるざい人をみれば、めのたまをぬきて、あしをのこぎりにしてひかれたるものあり。是はおやのまくらをふみ、またおやをふみなどしたるもの」(22ウ)なり。すこしもおや、しう、師などをおろそかにおもひ候はんずる者は、やがててんとうの御ばちをかうぶり、死丶てはむけん地ごくにおつべき者也。(第十一図①)」(23オ)（第十一図②)」(23ウ)またこ丶にあるざい人にながさ一しやくのくぎをうちたて丶、さいなまる丶ものあり。これははや、おや、しうのためにうしろぐらきものなり。かりそめにも、おや、しうなどを、おろそかにおもひ申べからず。心えへ申べし。また有ざい人になわを千すじ斗つけて、ひつぱりていでたり。二たん、あれはいかなるざいにんにて御ざ候と申。ごんげんきこしめし、あれこそかうづけのくに丶、かまたのしやうに、うすいのあまとてありけるが、人のよくなることをばそねみ、あしくなるをばよろこび、あさゆふ下人などにもよく物をもくれず、なに事にもきもをいり、」(24オ)た丶きさいなみ、つらくあたり、だうどう、てらぐ〳〵へもまいらず、僧、ほうしの一人もくやうすることもなし。あさ夕せいろのいとなみばかりかせぎ、みやうりばかりおもひ、じひのこころざしもしず、しぬべきをばしらず、わがま丶にぶどうにまはりたるものなり。ひとのぜんこんなどをいたせるをき丶ては、のちの世をいとはんより、とうざの世じやうをすぎよかし、など丶、けつくおしへしたるあまなり。すこしのもののつみをこそ、十わうのさんだんにこそか丶れたり。此あまをば、へおつる事はまれなり。只おほくおんながぢごくへおつるなり。さればおんなの思ふ事は、あくごうよりほかは心にもたぬなり。女のむねの間に、ぐち、もうねんよりほかはもたぬもの也。ごうのむしのなみだ、つもりて、つきのさはりとなるなり。さればおとこの女にちかづかざる日の、一年に八十四日也。かやうのことをわきまへずして、ぜんこんをいたさぬ事こそあわれなり。をんなにむまるゝ人は、あくにんよりほかはむまれざる也。よく〳〵心えべし。たゞじひをあさゆふ物ごとにあはれを思ふべし。又あるかたはらをみれば、くろがねの山のうへに、すみのいろなる入だうゐて、」(25オ)千万ともかずしらずならびゐたり。てんにはくろがねのあみをはり、ごくそつどもが火をたきて、此入だうをひつぱつてあぶること、かぎりなし。かのざい人ども、いかなるものにて候とたづね申ければ、ごんげんきこしめし、あれはしやばにてこつじきをして、よろづの人をむさぶりとり、たうとげに見え、わがまゝにまるまひたる入道なり。あのくをうけて、五十こうをふるなり。二たん、よく〳〵承れ。のふもなからんしゆけが、田、はたけをつくり、としぐ〳〵のねんぐを地たうゐさくはい、そののこりをもつてしんめうをすゝぎ、人にはすこしほどこし、ぜんこんを」(25ウ)もいたし、だうどう、てらぐ〳〵などへも参り候はむとかせぐべきものなり。浮世のかりのすみか、後の世はあのよと思ひあわせて、後しやうをねがうべし。又こゝにひのくるまにのり来る物を、おにどもがうけとりて、ひのろうへ入て、四方よりつるぎをもつてさしとをし、せむるもの有。二たん、是はいかなる者にて候と申。ごんげん聞めし、あれはたうとをみのくにゝ、そでどの、のみやのねぎなりしが、神にはかう華をもたむけ申さず、かみのしやりやうをばむさぼりとり、さいしをふちし、まつりなどもいたさず、それをも少も心もとなくおもは」(26オ)はず、わがまゝにふるまい、名利ばかりを《ふちし、まつりなどもいたさず、それをも少も心もとなくおもはず、わがまゝにふる舞、》神の御ほうこうを少もいたさず、神の諸領をついやし、おんをもおくり申さず候者也。又かたはらをみれば、したを二ひろばかりぬき出され、おめきさけぶざい人有。是はしやばにありし時、地ごくおそろしきとて、かへりけるみの（も）なしと云ものなり。大むけんにおとさるゝなり。かやうの事をきゝては口をとぢ、みゝをふさぎ、きくべからず。能」(26ウ)〳〵心得べし。又こゝにころもをこしにまき、むけんのはたをはひまはり、ふみはづしておちんとするほうしあり。これはしやばにありし時、かなの一じもしらずして、物しりがほをして、仏法には入たれ共、うみのうをのしほにそまぬふぜとやらん、ないしんにはひとのめをくらまかし、たうざの事ばかり思ひ、ごしやうのみちをばゆめ〳〵おもひよらず、物ごとにうろんのみにて、わがまゝにふるまいたる法師也。」(27オ)(第十二図)」(27ウ)又有かたはらをみれば、やうらくのすゞをつらね、こしにのりたる女ばう、こんじきのはたをさゝせて、大日の風にまかせて、しよぶつたち、十二のぼさつたちのぎがくをとゝのへ、おの〳〵やうがうし給ふなり。てんちをひるがへし、じやうどへまいる女ぼうあり。二たん、これはいかなる女ぼうにて候と申。大ぼさつ、きこしめし、あれはひたちのくにゝ、あふしうのさかい、いわしろのきくたのこほり、うへだにある女ぼうの、ふつきのいへにむまれ、五かいをたもち、三ばうをたしなみ申、こゝろにじひをもち、さむげなるものにはいしやうをとらせ、ひだるげなる」(28オ) ものにはじきをあたへ、ほとけの御まへにてはかうをもり、はなをつみ、ねんぶつ三まいにして、せぎやうをひき、ごせうを一大事とおもひたる者なり。しやばにてふれよ。かりそめにもあしきことをいわず、じひをもち、ごしやう一大事とおもひ申べく候。こんじやうはゆめのごとし。つゐのすみかわ地ごくなり。また爰にころもを着たる入道を、おにどもが火をたきて、四はうをひつぱつてあぶるなり。これはしやばにてひとの心ざしをうけて、ろさいをいたし、人よりさきにそのざをたち、きやうをもよまず、ざぜん、とくだうをもいたさず、ねき(ぶ)とてねたま(る)しゆつけなり。のふもいたさす(なきしゆ)つけはせめて心のたしなみかんよう也。」(28ウ) よく〳〵心えて、人々にふれよ。あるざいにんをおにどもがふせて、口をひきさき〳〵くちの内へあけのちをくみ入けるところあり。のまじとすれども、てつぼうをもちてちやうちやくするなり。これはしやばにてさけをのみのこして、じせをもしらず、大地へうちこぼしたるもの也。ものごとによく〳〵じせを思ふべし。ごしやうのさわりと成なり。又こゝにざいにんをりやうのまなこをきりをもつてもみさいなるゝ(ママ)ものいく千万ともかぎらず。これは人のめをくらまかし、ぬすみをいたし、そら事をいたしたま(る)ものなり。いかに二たん、承れ。しやく」(29オ) そんのあそばしたらん御きやうを、一じも口によみたらんものは、じやうぶつうたがひあるべからず。こんじやうにては、ものゝ、一じもしらぬ(ず)して、たゞくらすひとが、もうもくとなるなり。又女ぼうの月のさはりになりて、はらをあぶるべからず。大むけんにおつるなり。よく〳〵心えべし。ざいにんを、ゆきふりつもり、こほりのごとくきらめくいけへうちいれておけば、あらさむやとておめきさけぶざい人あり。是はさんぞく、かいぞくをして、ひとのいしやうをはぎとり、物ごとに心のまがりたるものなり。かやうのくをうけて、五十か」(29ウ) うをふるなり。又こゝにあまのありけるが、はらやこしぼねにくぎをうたれて、目はなよりちをながし、おめきさけぶあまあり。これはわかきときあまになりて、こうくわいして、おとこをして、かみをおやし、子をもふくるもの也。しやばにてふれよ。あまにならば、こゝろのたしなみかんようなり。又ある女ぼうに、こしぼねにくぎをうたるゝもの【あなたあり。是は男色〱したる女なり。さうじて男をしたる数ほど、こしに釘をうたるゝもの】なり。またかたはらをに十二ひとへをかざりたる女ぼう、いはの上にあがりて、はらをひきさき〱くいすてゝ、ほねばかりのこりて、おめきさけぶものあり。これはしやばにてけいせいをたてゝ、よろづのおとこをむさぶり、あるいはさう、ほうし」(30オ) をおとし、かほをさらし、人々によくおもはれぬとばかり、おもひたるものなり。しやばにてふれよ。きみばしたるなよ。つみふかき事なり。又ある所をみれば、女ぼうのありけるが、かほばかりくわゑんのうちへさし入て、やけこがるるおんなあり。これはしやばにていひをもり申せしとき、ひとのくるをいとひて、いゝびつのうちへかほゝさしいれて、もちあげずして、おしや〱とおもひたる女ぼうなり。かようのくをうけて五十こうがうがほど、くをうくるものなり。飯もなくは、くわせずとも、人のきたらんをばとめて、物なくとも、あいそうし、ちやをものませ、もてな」(30ウ) すべし。(第十三図①)」(31オ) (第十三図②)」(31ウ) (第十三図③)」(32オ) (第十三図④)」(32ウ) (第十三図⑤)」(33オ) (第十三図⑥)」(33ウ) (第十三図⑦)」(34オ) (第十三図

⑧」（34ウ）（第十三図⑨」（35オ）（第十三図⑩」（35ウ）〔また〕こゝにおんなのありけるが、かみのながさ百ぢやうばかりおやし、かみのうらはくわゑんにもえる女あり。これは人のかみのながきをうらやみたるおんななり。ゆみ（め）〳〵かやうのことを思ふべからず。つみふかき事なり。又おんなのかうべにくぎをすきまもなくうちて、おめきさけぶ所あり。これはわがかみのおつることをかなしみたるものなり。また子を一人もち申さぬ女ぼうが、無けんに落さるゝもあり。よく〳〵ご（し）やうをねごうべし。又あるざい人に、くろがねのくしをさして、おにどもがひをたきてあぶるものあり。これはおやにてもなき物をおやとしてそだてられたるもの」（36オ）が、そのほうをんをもおくらずして、いたづらになしをきたるものが、此くをうくるなり。又爰にざい人をてあしをきりさき、おめきさけぶものあり。これはようもなき木かやのうらをきりさき、よろづのものゝめいをとめ、あさゆふせつしやうばかりいたしたるものが、彼くをうけて五十さいをふるなり。またあるかたはらをみれば、こゝにがきあり。はらはたいこのごとし。くびはいとよりほそく、かうべにしゆみせんのごとく、なかむとすれどもこゑいでず、くい物をめのまへにおけ共くわゑんにもえてくらはぬなり。これはざいほうをもちながら、なきよ〳〵ほしやと思ひ、わ〔れ〕らもくらはず、人にものをもくれず、あけくれ」（36ウ）〔せ〕ちべんをして物ごとにいやしきばかりに心をもちたるものなり。たとへば人はふつきのいへにあらば人にもほどこし、ぜんこんをもすべし。此世にある時のかたちにて、ゆめにもみゆるなり。よく〳〵心得へ（ミセケチ）べし。又有ざいにんのくちにこめをふくませて、くちをぬいふさがれて、はな（な）のあなよりこめをこぼし、おめきさけぶもの

あり。これは人の米をぬすみ、わがみひとつともおもはず、さいしなどにくれたるものなり。はなのあなよりいだすこめをみれば、くろがねのまろかしなり。たゞ人はかりそめにも心のまがりたる者は、じやうぶつする事なし。よく〳〵*」(37オ)（第十四図①）」(37ウ)（第十四図②）」(38オ)　また爰に罪人のくちをひきさき、りやうのほうにながさ八寸のくぎをうたれてかなしむものあり。これは人によりあい、人のうはさをいゝ、又は人のなかをいゝさまた（き）る者也。すこしも人のうへをあしくいふことなかれ。つみふかきものなり。又爰にさうしおゝく見へけり。にたん、これはいかなるさうしにて候と申。大菩薩きこしめされ、あれは三河の国に、ひうたのこほりにありけるもの、わがしたま（る）ぜんこんをさうしにかきてをけり。このふうふの二人のためにとて、九ほんのじやうどにこがねのひかりだ」(38ウ)〔う〕をたて給ふなり。さうじて一百三十六地ごくをこと〴〵くみせたまひけり。ちくしやうどうのくげん、あさましき事は申におよばず。てんをかくるつばさ、地をはしるけだものにいたるまで、こゝろやすきことなし。又こゝにざい人におもきにをつけて、ながさ二十丈ばかりのつるぎの上へ、のぼれ〳〵とせむる所あり。のぼらんとすれども、すん〴〵にきれて、おちてゆくなり。にたん、これはいかなるものにて候ぞと申。権現きこしめし、あれはゆへなきひとをかどゐてうり、わがみばかりともおもはず、さいしをふちし、そのおや、きやうだいになげきをさせし者なり。かりそめにも人のものをとり、」(39オ)うしろぐらきは、かやうのくをうくるなり。またあるざい人を見れば、こしよりしもをちしほにそめ、こしをくぎにてうたな（ママ）、まへよりあばうらせつ、つるぎをもつてきりおとす。みなば（ママ）女なり。これはしやばにておとこによくおもはれんとて、くわいにんする事をくちおしくおもひて子をあらしすてたる女の、このくをうけて、一万三千ねん、くをうくる也。又こゝにかほばかり人のごとくにて、五たいはむま、うしのやうなるものにてある。これはしやばにて、あるいはきやうだい、おや、しんるいなどにおもひをかけたるものなり。ちくしやうだうへおとさるゝなり。かへす」（39ウ）〔〳〵〕かやうの心もちあるべからずとい、つたへよ。またこゝにたつときしゆつけなどをおとしたる女ぼうなり。よく〳〵心えべし。またしゆらどうのくげんは、あけくれ人をきりはり、人にきられ、かたきをきりきられ、こと〳〵く申におよばず、くるしみをうけて、二せんざいをふるなり。さて、ゑんまのちやうをみせんとておもむきたまへば、あかゞねのとびらのうちに大わうおはします。此だうをはじめとして、あまたの御堂あり。十わう一たいに一つづゝなり。こむしやうをするものをば、くしやうじんうけとりて、かならずこがねの札につけたまふ。ざい人をば、ぢやうはりの鏡にひきむけて御らんず」（40オ）れば、七さいの年よりつくりしつみの、くもりなくかゞみのうちにあきらかに見ゆるなり。あらそい申におよばず。そのさんだんのあいだは、おに共、十わうの御まへにかしこまつてまち申、つみのふかきをば、いそぎこなたへわたしたまへ。うけとり申さんとこゑ〴〵に申。その時ざい人、かうべを地につけて申やう、しやばにありしときより一心にたのみ申なり。我をたすけたまへと申。十わうおほせけるやうは、はかなのものどもや。なにとてしやばにてほとけのみなをとなへ申さぬものか。かやうにせむるもべちの者にてはなし。なんじつくりしつみとが、いまかへりて〔み〕をせむるなりといちく〳〵におゝせけり。さりなが」（40ウ）〔ら〕、しやばにてこの一人ももち申たるが、とぶらいなどをもいたしやせん。まつべきとおほせけま。（ママ）さりながら、しやばにて子の一人ももちもたぬざいにんをば、おにどもがうけ取、地ごくへおとすなり。（第十五図①）」（41オ）（第十五図②）」（41ウ）（第十五図③）」（42オ）（第十五図④）」（42ウ）〔また〕かたはらをみれば、うすにいれてつくも有。いろ〳〵さま〴〵なり。むくいのつみに依てきりさいなまるゝものもあり。あるひは火のろうへおしこむるところもあり。ひのくるまにのせらるゝもあり。又大ぐれんのこほりにしづむもあり。つるぎのやまへおいあぐるもあり。またかまに入てにるもあり。つるぎのさきにてさしつらぬき、せむるもあり。またゆみやをもつておいまはし、いろ〳〵さま〴〵、そのみ〳〵の罪によつて、ぢこく、がき、ちくしやうだう、しゆらだうを、をの〳〵ぢごくへおとさるゝ。またなかにも物をし」（43オ）らぬそう、ほうしが、人をたばかり、とうとげにふりをして、人のせもつをうけたるものが、とりわけ地獄におつる也。しゆつけによく〳〵つたへよ。またしゝたらん人のあとをば、よく〳〵とぶらふべし。かならず七日〳〵をまち給ふ。それにもとぶらはずは、百ヶ日、又一しゆうきまでまちたまふ。それにもとぶらはねば、おに共が申けるは、かほどにつみふかきものどもを、さやうに御まちあらんには、いつまでまち申べし。うけとり申さんとて、こゑ〴〵に申。十王、いかにしてふびんにて候ほどに、おにのてまへはわたす〔まじ〕きとおぼしめし、七年きをするこ」（43ウ）〔ともあ〕り。まちて見よとおほせけり。かしこまつて候とてまち申。それにもけうやうする事なければ、十わうおゝせけるは、もし十三ねんきをする事やせん。まちてみよとてまちたまふ。そのあいだぞ、ざいにん、しやばにてとぶらひするやらんと、今やく〵とる（ま）ちにけり。それにもけうやうせざれば、十わう、ちからをよばず、ざい人をおにのてまへへわたしたもふ。そのとき罪人共、十わうをうらめしげにみまいらせ、ちのなみだをながし、我をたすけたまへと申せどもかなはず、つくりし罪のむくいなれば、ぢごくへこそおとされけり。大ぼさ」（44オ）つきこしめし、いかににたん、うけたまはれ。ぜむこんをするとても、心にそまぬ者が、はなにくぎをうたる丶なり。またおとこのぜんこんをいたすを、女ぼうがはらをたち、むやくといふ、そのぎにまかせて、ぜんこんをいたさぬものが、ひのくるまにのり、むけんへおつるなり。女ぼうのくびにくろがねのつなをつくるなり。かやうにくをうけて、五十こうをふるなり。ふうふの中に一人むどうしんなるものあれば、それにひかな（ママ）て、地ごくへおつるなり。む〔だう〕しんをば、やがてすつべし。いかにも」（44ウ）〔よく〕〵承れ。この世を一たんのゆめの世なり。のちの世は地ごくなれば、おろかに思ふべからず。ぜんこんの道に入候はん事を、すこしもおしみ思ふべからず。大ぼさつ仰けるは、十わうさんだんをも見せ、いざやごくらくじやうどをみせんとて、おもむき給へば、こ丶にこがねのかけはしあり。このはしはぜん人のわたり候とて、二たんを引ぐして、わたらせ給ふなり。すなはちじやうどへまいるなり。くわうみやうかくやら（く）んとして、あざやかなり。花のりむ、四方のこずゑをならべ、いきやうくんじて、おもしろき事、言葉にものべがたし。仏のつ」（45オ）ぼをみせんとて、阿弥陀のつぼ、しやかのすみか、勢至のすみか、地ざうのすみかとて、ほとけのすませたもふところを、いち〵おがませたまふなり。なんぢにおがませたるぢごく、極楽を、みづからさうしにかきてとらするなり。ひだりのわきにおさめて、三十一のとし、いづの山にてにつぽんへひろうすべし。地ごく、ごくらくといふとも、めに見る事なしといふものに、此さうしをみすべし。あいかまいて、みづからばし、かたるなよ。これをそむきてかたる〔な〕らば、なんじをも、よりいゑをも、いのちを」（45ウ）〔とるべ〕し。三十一といはんときまで、このさうしをよりいゑにみすべからず。いざやにつぽんへかへさんと申（て七日と）とき、いわやのくちへいで給ふ。そのまゝくれにうせ給ふなり。さて二たん、きみの御まへ参りければ、大みやう、小みやうあつまりて、しゝたるものゝよみがへりやうに、やゝさゝめきわたり、君をはじめ、上下をしなめ、よろこびあへ給いけり。」（46オ）（第十六図）」（46ウ）〔につた〕、いわやのやうだい申さんとすれば、大ぼ〔さつ〕の御ばつともあたるべし。申あげまじきよしぞんじ申て、ち〳〵申候へば、かる（ママ）くら殿、おほせけるは、いかににつた、しんびやうなり。さていは屋の内にはいかなるふしぎやある。と〳〵申せとおほせけり。につた、申さんとすれば、大ぼさつの御ばつもかうむるべし。申さねば、きみのめいをそむく。またかねてより申さんと申たるかいもなし。いのちをば大ぼさつにとられ申共、かたらばやとおもひ申、いわやのふしぎ、いち〳〵に申ける。まことにふるなのべんぜつとやらんむ（ミセケチ）もかくやらんとぞ、みな」（47オ）〳〵申されけり。につた、いはやのことを申もはてぬに、てんにこゑありてよばゝりけるやうは、みづからがさうがうをかたるあいだ、けころすなり。おなじくよりいゑが命をも取ルべきなりと、いかづちもなりしづまり、くれにうせにけり。このさうしをきく人、ふじのごんげんに一度まいりたるにあたるなり。よく〳〵心をかけて、うたがいなく、ごしやうをねがうべし。すこしもうたがいあれば、六ぼさつの御ばつとあたる事、まのあたり也。いかにもごしやう一大事なり〔と〕思ふべし。御ふじなむ大ごんげんと八へん〔となへ〕べし。たつとむべし。しんずべし。」（47ウ）

＊寛永四年版には「よく〳〵心得べし」とある。

解題

書誌的事項については、京都大学附属図書館の古川千佳氏の調査（京都大学附属図書館創立百周年記念公開展示会図録『お伽草子—物語の玉手箱—』所載）を参考にさせていただきました。ここに記し感謝申し上げます。

『しづか』(三種) 解題

橋本正俊

『しづか』奈良絵本(京大A本)

十六世紀に流行した芸能「幸若舞」は、その豊かな物語性から読み物としても普及し、そのほとんどが御伽草子などの物語と同様、奈良絵本としても制作された。『静』はその中でも、多くの現存する奈良絵本が確認できるものであり、[1]読み物としての享受が広く行われていたことがうかがえる。ここに紹介する京都大学文学部国語学国文学研究室蔵『しづか』(以下「(京大)A本」と称する)もその一つであり、本文に散佚もなく、絵も全二四紙(十九図)と多く含まれており貴重である。

京大A本『しづか』(分類番号　標本ヰ13)は上下二軸、表紙は空五倍子色布表紙で題簽はあるが白紙である。もと冊子本を巻子に改装したものである。したがって本書では本来の冊子の状態を復元すべく、各頁に一紙ずつ影印を収めた。高さ三一・二cm、各紙の横幅は概ね二〇・〇cm前後で最も長い下巻第一紙が二二・三cmである。上巻は第一紙に「しつか　上」とあるが、下巻には題は確認できない。但し上巻末紙に本文の後余白があるから、本来も現状と同様の箇所で二冊に分かたれたものであったと考えられる。

ところで現状では、おそらく巻子への改装時に起こったであろう錯簡がある。上巻の第二十八紙以降と下巻の第三十一紙以降が入れ替わっているのであるが、明らかな錯簡であるため、本書への収録に際しては写真の順序を復元した状態に改めた。なお第16図（下18紙）には馬上の人物部分に破損があるが、後に補修し着彩されている。

以下、いくつか確認し得た他の奈良絵本『静』も参照しながら京大A本の特徴について述べる。[2]

舞曲正本の諸本は、本文によって大頭流と幸若流に大別されており、[3]舞曲『静』も両流の間で本文の異なる箇所が多数ある。これに対して奈良絵本となった『静』の諸本は、すべて基本的には大頭流の本文である。ただしほとんどの奈良絵本が、大頭流とは一致せず幸若流と一致する箇所も数箇所含んでいることが特徴的である。その中でも天理図書館本は、他の奈良絵本に比べて特に幸若流と一致する箇所が多く、やや性格を異にしている。京大A本も大頭流と幸若流で本文が分かれる箇所は、ほとんど大頭流の本文となっているが、次に挙げたような箇所は幸若流の本文と一致している（幸若流の本文として内閣文庫本を、大頭流の本文として大頭本の本文を並列して挙げる。[4]各流派の他の諸本も表記の違いを除いて概ねこれと同じである）。

1（京大A本）けに〳〵これはたうりとて、かみをはいまたつけなから（上13）
（内閣本）けに〳〵是も道理とて、髪をはいまたつけなから
（大頭本）けに〳〵是もいはれたりとて、かみをはいまたつけなから

2（京大A本）た丶まほろしの夢の世に（上15）
（内閣本）た丶まほろしの夢のよに
（大頭本）た丶まほろしの世の中に

3(京大A本)よははる声はかすか也(下12)
(内閣本)よはゝるこゑはかすかなり
(大頭本)よははる声にてそ候ひける

4(京大A本)是ほとそありつらん。(ナシ)　さてこそ奉書……(下13)
(内閣本)是程そありつらん。(ナシ)　扨こそ奉書……
(大頭本)是ほどそありつらん。心なきつはもの刀を捨てなきければ、さしもにたけきかけときも、大声あけて あけてなきにけり。さてこそ奉書……

5(京大A本)(　　ナシ　　)なんしならはてうてきにて(下14)
(内閣本)(　　ナシ　　)男子ならはてうてきにて
(大頭本)しつかゝ胎内の子男子ならはてうてきにて

6(京大A本)しつかこせん、なにゝいのちのをしからん(下19)
(内閣本)しつかこせ、何に命のをしからん
(大頭本)ことはりや、なにゝいのちのおしからん

また、他の奈良絵本『静』の中にも、ここに挙げた例と同じ箇所を、同様に幸若流の本文としているものも多い。例えば4・5は天理図書館蔵本や米国議会図書館本や国文学研究資料館蔵本（二種所蔵のうちの屏風貼付本）もA本と同様、幸若流の本文となっている。

そして、これら奈良絵本『静』の中でも、特にA本と共通した特徴的な本文を有しているのは国文学研究資料館蔵本（屏風貼付本）である（以下「（資料館）屏風本」と称する）。次に奈良絵本諸本に対してA本・屏風本だけが共通する箇所をいくつか挙げ、この二本以外の奈良絵本の代表として、本文に欠落のない同資料館蔵の冊子本（以下「（資料館）冊子本」と称する）を選び、その本文の異同を示す（A本の本文を挙げるが、屏風本も文字の表記が異なるのみで同文である。また、他の奈良絵本諸本の該当箇所も冊子本と概ね同じ本文である。但し天理図書館本のみ6以外、いずれとも異なる本文となっている）。

1（A本・資料館屏風本）しつかこせんの行ゑを六原とのにまいりて、たれやの人か申へきと（上3）
（資料館冊子本）　　たれやのものかまいり六はらにてかくと申へきと

2（A・屏）ほうしやう寺をはゆんてにみて（上7）
（冊子）　ほうしやうしをはゆきすき

3（A・屏）せんしこのよし見るよりも（上10）
（冊子）　せんしなみたをとゝめ

4(A・屏)しつか此よしきくよりも、ひしりをしやうしたてまつり(上12)
(冊子)　けに〳〵これもいはれたりとて、あたりのたつとき御ひしりをしやうし

に(上12)

5(A・屏)これほとしつかこせんのくわんとう下かうとて(上22)
(冊子)　何と申そあの女しつか御前くはんとうけかうとて

6(A・屏)仏神にきねん申たゝ一人のしつかこせん(下3)
(冊子)　(　　ナシ　　)たゝ一人のしつか御前

7(A・屏)かちはらきゐて申やう、さん候……(下9)
(冊子)　かちはらこれにありといふ、なにことにやととひければ……

この他、諸本が「こうにん(弘仁)五年にきんさすのたてさせ給ふ」とするところをA本・屏風本は「ほうねん五年」(上13)と同じ誤りをしている。また脱文箇所についてA本・屏風本を比較してみる。A本には、次のような脱文が数カ所見られる(カッコ内が脱文である。冊子本により補う。諸本間には多少の異同が存する)。

1下ならはいとのしやう、(くんこうはこうによつてけじやうのそみたるへし)かけときはんとかきとめたり。(上4)
2ひしりをしやうしたてまつり、(かみおろしてとありしかは、くはうの御とかめいかゝせんと)人をいたしてかちはら

3しつかこしよりおり、（かゞみをも見わかすして）はるかにさしきのあひたるを我がためとそ心へ（上26）
4されともかなはぬうき世のならひ、（玉をのへたることくなる）若宮をまうけさせ給ふ（下15）
5まははやとおもひて（うちきぬのそてひきつくろひはかまのをひをさしはさみ）たちいてたりし心のうち（下39）

この内2・3などは屏風本も同一箇所を脱しており、ここからも両者の近い関係がうかがえる。
さらに先に挙げた1〜7のA本・屏風本に共通した箇所に関しては、舞曲正本の本文について調べてみても、大頭流・幸若流ともにこのA本・屏風本と同じ本文を持つものは見出せない。したがってこれらはA本・屏風本の成立過程を解明する糸口となる現象である。特に2「ゆんてにみて」や6「仏神にきねん申」など、舞曲正本にはない表現として注目される。

ただしその一方で、A本には屏風本とは異なる本文も少なくなく、その中には先の例とは逆に他の奈良絵本と一致するものもある。例えば幸若流系本文と一致する例の1で挙げた「けに〳〵これはたうりとて」などは屏風本も冊子本も「いはれたりとて」としており、A本と異なっている。これに対し奈良絵本では、天理図書館本のみが「たふりかなとて」としておりA本と類似する。この外にも「なふいかにかちはらとの、しつかこせんはきのふまて」（上10）の「いかにかちはらとの」は屏風本にも冊子本にもないが、米国議会図書館本・大谷女子大本・根津美術館本がこれを有している、といった具合である。

この他、現在のところ屏風本をはじめとする他の奈良絵本、及び舞曲正本にも確認し得ていないA本独自の本文をいくつか挙げる。

1そのつうけをまつる。みやこの上下これを見て（諸本ナシ）、九のへのうちにも……（上3）

2たとひしようけうはとらる、とも、しやう〳〵せ、の（諸本ナシ）いのちといふをもきたからをとらねは（上14）
3しつかうらめし（諸本「うとまし」とする）かほにして（上31）
4きみかなさけのふかけれは、まははやとおもひ（諸本「まはてはいか、なむと、」等とする）（下34）
5みややしろ、御たうちやう（諸本「みたう寺」とする）にきしんし（下42）

このような A 本独自の表現はその性格を探る上での手がかりとなるものである。
以上、京大 A 本の本文の特徴的な箇所について数例を挙げた。奈良絵本諸本の間における本文の異同は複雑であり、単純に分類をすることはできない。今後他の『静』諸本と合わせて研究していく必要がある。

『しづか』『しづかの物語』

京都大学文学部国語学国文学研究室蔵の『しづか』（分類番号　国文学／Nr／14）及び『しづかの物語』（分類番号　国文学／Nr／15）はいずれも幸若舞曲『静』より派生した作品であるが、その本文は一般に知られている舞曲正本の本文とは大きく異なるものであり、独自の性格を持つものである。これらは未だ紹介されたことがないため、先の奈良絵本『しづか』と併せてここに取り上げることにした。なお、これら二書を明確に区別するため、以下『しづか』を「（京大）B 本」、『しづかの物語』を「（京大）C 本」と称する。

『しづか』（京大 B 本）

外題「しつか」。四つ目袋綴じ本一冊。内曇表紙。全二十五丁、墨付き二十五丁、料紙楮紙。縦一七・二㎝、横二三・〇㎝。

本文末尾の後に「とよ」と記され、「豊」の黒印が逆に押されている。同じ墨書と黒印は本書とともに大正十五年六月二十五日に文学部に蔵された『くるま僧』『たまも』（本叢書第四巻・第十巻に収録予定）にもある（ただし『くるま僧』は墨書が擂り消されている）。他に天理図書館蔵『ひだか川』（天理図書館善本叢書『古奈良絵本集一』所収の影印による）にも同じ黒印が確認できる。

本文はその書き出しから『静』諸本とは大きく異なる（A本の解題でも触れたように、舞曲正本の大頭流・幸若流諸本や奈良絵本諸本の間には、本文の異なる箇所があるが、話の展開や大部分の記述は同じである。したがって以下、舞曲正本・奈良絵本（散佚のあるものを除く）・版本等『静』全般を指して「諸本」と称し、ここで紹介するB本系統、及び次に紹介するC本とは区別をする）。しかしこれまで紹介された中では大谷女子大学図書館蔵『静』（以下、大谷女子大本と称する。A本の解題で触れた同大学蔵奈良絵本とは別本である）がB本に類似した本文を持っている。

大谷女子大本については既に松浪久子氏が翻刻も併せて詳しく紹介されているので(5)、それにしたがって概略を記すと、

上下二冊の巻子本で、その体裁からみて、嫁入り本と称される奈良絵本であったらしいが、現存本は絵の部分は上下巻とも切り離されて散佚しており、本文のみを継ぎ合わせたものである。

ということである。今、両者の冒頭部分を挙げてみる。

（B本）

さるあひた九郎御さうし、あふしふへ下こくし給ふと、はやくわんとうにふうふんす。よりともきこしめされて、

……かちはらうけたまはり、そのせい三百よきにていそきみやこへのほり……

(大谷女子大本)

さるほとに九郎たゆふ判官殿は、あふしうへ下くたり給ふにはやくはんとうにふうふんする、よりともきこしめし、……かちはら大きによろこひ、そのせい三百よきにて夜を日についてしやうらくす……

これに対し、諸本の冒頭はほぼ次のようになっている。資料館冊子本より引用する。

かちはら平三かけとき、かまくらをたつてみやこにつき、はうくわん殿の思ひ人、いそのせんしかむすめ、しつか御せむの御ゆくゑをたつねたまへとゆきかたなし……

このように、諸本が景時が鎌倉を発って都に着くところから始まるのに対し、右の二本は義経が奥州へ下った旨の風聞があり、頼朝が静を捕らえてくるよう景時に命じる場面から描いている。終わりの部分については、大谷女子大本は諸本と同様、最後に静が都に帰って行くまでを描いているのに対し(ただしその部分も諸本とは大きく記述が異なってい る)、B本は静が我が子を殺された後、北の方たちに『伊勢物語』や和歌の奥義を講じるところまでしか描いていない(その後には半葉の半分以上の余白が残っており、落丁による欠文があるとは考えられない。元の本がここまでしかなかったかと思われるが未詳である)。また大谷女子大本は、景時が胎内探しをしようとする場面から、その後静の産んだ男子が殺される場面まで散佚している。

具体的にB本の本文を見ると、大谷女子大本と同系統とすることには問題はないが、独自の本文も多く、また部分的にはむしろ『静』諸本に近い箇所も多数ある。同系統ではあるが、両者の間にも小さくはない隔たりがあるといえる。

まずこの二本に共通する特徴として、次のような箇所が挙げられよう。
召使いのあこやが静の行方を尋ねる高札を見る場面では、例えば諸本が、
か丶りけるところに、は丶のせんしめしつかひしあこやと申女、あるふたをよふてみるに、はうくわん殿の思ひ人、いそのせんしかむすめ、しつか御前の御ゆくゑを六はら殿にまいり申たらんするともからに、……かけときはんとかきとめたり、あこやさうなく此ふたをくわいちうし、六原さしていそく（冊子本）
としているところを、B本は「きよみつへとてまいりしか、五てうのはしにたちたるふたをとつてよふてみて」（2オ）、大谷女子大本は「きよ水へまいるとて、五条のつめなるふだようて」のように、あこやが高札を見た場所を清水寺へ参る途中の五条と特定している。さらにB本では、あこやが高札を見て「くわんおん」へ参った「りしやう」とまで思いこんでいることが描かれている。
また頼朝と静が対面する場面では、この二本には諸本にない次のような問答が描かれている。今B本から挙げると、
九郎くわんしやか身のうへを、とうへきしさいあまたあり。のこさす申せ、申さすはすいくわのせめをあつへきなり。いかに〳〵とおほせけれとも、その御返事を申さすして、なくよりほかのことはなし。やう〳〵しはらくして、なかる丶なみたをおしと丶めて、かやうに申さふらへは、事あたらしき事なれとも、いたはしや九郎御さうし、さいこくのうつてに御むきあり、つのくに一のたにひよとりこへをおとし、……（9ウ〜10オ）
以下10オから11オにかけて、平家を滅ぼした義経の活躍から吉野での別れまで、静のセリフが続く。大谷女子大本も多少異同はあるが同内容である。『静』諸本がその本文中、義経に関してはほとんど触れていないことを思えば、この二本は静の口を借りて『静』の物語に至る経緯を語らせるという方法を採っているといえよう。

さらに静と北の方が問答する場面では、『静』諸本は静が『伊勢』の講釈をする様子を描くが、この二本はその前に、かなり簡略ではあるが『源氏物語』についても静に語らせている（B本、23ウ）。この点に関しては、次に紹介するC本も『伊勢』の講釈と並べて『源氏』についても扱っており、共通している。

他に諸本との大きな違いとしては、静の胎内探しをする人物が、諸本は景時であるのに対し、この二本では景時に命じられた景季がその任に当たっている（ただしその後半部分を大谷女子大本は欠いている）。

次にB本が独自の本文を付け加えている箇所を数例挙げる。

まず、冒頭近く景時が高札を立てる場面では、B本はその場所を具体的に列挙している。

たてんところはとこ〳〵そ。七てうのおふちにふた千まい、五てうのはしにもふた千まい、たんはくちに一まい、とうしのもんにもふた一まいの、ふたをはなをもおもひはふかくさや、ふしみのさとのへんとなる、こわたたうけにたてにけり。（1ウ）

また『静』諸本には、静が景時に捕らえられるときに五戒を授けられる場面があり、五戒について説話を交えて説明されているが、大谷女子大本はこの五戒の説明を完全に削除している。これに対しB本はかなり略述した形ではあるが五戒の説明を行っている。この内第四妄語戒では、諸本は道真が時平に讒せられた説話を挙げているのに対し、B本には、諸本には見られない次のような記述がある。

たい四つにはまうこかひ、そう事（「そら事」の誤写か）をいましめたり。をしのくちこもり、ともり、むくちなる人の世におほきは、さきの世にてすなはちそう事をしたる人そかし。（5オ）

さらに静と頼朝の対面の場面では、諸本には、静の言った「いつまで草」を無常の象徴であるとして頼朝が聞きとがめる箇所がある。B本も同様ながら、頼朝が「いつまで草」に合わせて、次のようにいくつかの草の名前を列挙している。

あまのいりえのふなくさや、ひくてになひくすまうくさ、しのふといへとわすれくさ、ちとせをふるはいわこくさ、ちかひめでたきさしもくさ、これらはそのなあらはれぬ。（12ウ〜13オ）

次に大谷女子大本の欠落している箇所に関してB本の記述を見てみると、諸本には確認できない心理・行動の描写が多い。例えば梶原景季が胎内探しをする時、静が景季に泣きつき、それに対して景季も思わず涙を流す場面が描かれる。

しつかあまりのかなしさに、けんたたもとにひし〳〵とすかりつき、いますこしたすけ給へとゆいのはま、われ〳〵しつかとゆふなみの、こゝなきかせそうらめしきとて、さめ〳〵となきけれは、おにのけんたもともにつれてそなきたりける。（16オ）

ここに警護中であった土肥実平が現れ、事情を聞いた後に若宮が近いことを理由に場所を移動させるのであるが、ここでB本は、

しつかこせんのたいなひをさかすなりといゝけれは、さねひらきゝてむねうちさわき、いかにもしてしつかこせんをたすけはやとおもひ、（16ウ）

としており、実平に静の助命を計る気持ちがあることをはっきりと記しているのである。これに呼応するように、この後実平に預けられた静を、実平の北の方が暖かく慰める様子が描かれている。

この後、静が産んだ子を景季が由比ヶ浜で殺す場面では、景季がまず「いかにわかきみきゝたまへ、御みのちゝよ

しつね、……」(21オ) と義経への恨み言を述べ、その後「こまひきむけひきもとし、さん〳〵にひつめにかけ」た、と諸本と大幅に異なる表現を用いている。

この他、諸本に対して大谷女子大本、B本がそれぞれ異なった記述を持つ箇所は多数あるが、ここでの指摘は以上に留めておく。

全体的にはB本は諸本の『静』と大谷女子大本との中間に位置するものといった印象を受けるが、このように独自の表現も多数存在し、今後さらに検討する必要があろう。しかしいずれにせよ、諸本と大きく異なる大谷女子大本と同系統の『静』が存在し、その欠落部分を補えることは重要であり、幸若舞曲『静』が物語として大きく改変され、これらの別系統の本文が作り出されていたことがうかがえるのである。

『しづかの物語』(京大C本)

外題「しつかの物語」。四つ目袋綴じ本一冊。内曇表紙。全十五丁、墨付き十四丁、料紙は斐紙。縦一五・五㎝、横一三・六㎝の小振りな枡形本である。天・地からそれぞれおよそ一・三㎝に横に押界を施し本文の上下端を統一している。十一丁から十三丁にかけては天から七・六㎝ (料紙のほぼ中央) にも横に押界があり本文を二段に区切っている。また柱からおよそ二・七㎝間隔で毎半葉四本ずつ縦に押界があるが判然としない箇所もある。なお、7ウ綴じ目近く、8ウ、14ウに紙の継ぎ目が確認される。後遊紙裏 (15ウ) のみ日に焼けており、現表紙は後付けされたものと考えられる。室町末期写。

本文は大きく二つに分けられる。1オより10オまでは幸若舞曲『静』をもとに改編したものであり、白紙の10ウをはさんで、11オより14ウまでが室町物語『花鳥風月』からの抄出である。しかし、これらは以下に述べるように単に並列されているのではない。それぞれについて述べる。

(1)『静』依拠部分（1オ〜10オ）について

『静』諸本は、静の産んだ子が男子であったため、梶原景季によってその子が由比ヶ浜で殺されるという悲劇を語った後、後日譚として、静の才能を慕って集まった北の方たちに静が『伊勢』等の講釈をする場面を描き、さらに頼朝たちの前で舞いを舞ったあと、下賜された褒美を寺社に寄進して京に帰って行く、というところで話を終える。その中からC本は、静が『伊勢』や『源氏』を講釈する場面のみを描いており、おそらく意識的にその箇所のみを選び出したものと推測できる。したがって一丁目冒頭からすぐに本文が始まっているとはいえ、その前に本文の落丁はなかった可能性が高い。

ところで、その本文は『静』諸本とは大きく異なるものである。C本の冒頭を資料館冊子本の該当個所と対照して挙げる（諸本も冊子本とほぼ同文である）。

（C本）

みたいのおほせには、しつかはさていかなる事をもちてあれは、女ののふをのこさすしれることのふしきさよ。そさのおの御ことの八ゑ（ママ）たつとゑいし給ひしも、わかてうのまもりなり。されはわかてうの女は、やまとことはをやわらけて歌のみちをしるへし。歌の心をしらさらんはかたちは女なりとも心は鬼ちくたるへし。いささせ給へ女はうたち、やさしき人にたいめん申、伊勢物語源氏のふかきわうきをとはんとて、しのひてこしにめされて、

しつかのやとへ御いてある。（1オ〜ウ）

（冊子本）

御れうのきたの御かた、おほせいたされけるやうは、うらやましやな、しつかはいかなるちゑのふかふして、女ののうをのこさすしりたることのゆゝしさよ、それ我てうの女はやまとことはをむねとしてうたの道をしるへしと、そさのおのみこの八くもたつと五もしにゐいしはしめ給ひしは我てうのまほり、（中略）いさやしつかによりあひてけんし、いせ物かたりのふかきこゝろをたつねん、もつともしかるへしとてしつかゝやとへ御出有てうちとけあそはせ給ふ、

このように両者の間に違いが確認できるが、この後さらにC本は『静』諸本を大きく逸脱した本文を展開してゆく。まず冒頭部分に続く伊勢物語に関する講釈部分では、以下に挙げるように、『静』諸本には見られない業平に関する伝記を多く取り入れている。引用中傍線の箇所がC本独自の本文である。

・そもく〳〵かの伊勢物かたりと申は、へいせい天王に第四のわうし、あほうしんわうに第五なん、あめかしたのいろこのみ、さいこの中将業平の身つからふるまひ給いしことともをむねとして、かきあつめたることともなり。かの業平の御はゝは、しやうむ天わうの御むすめ、いとふ内親王と申せしは、天長二年八月に業平たんしやうあつて、仁明天王の御宇せうわ八年正月七日にうひかふふりめされ、同仁明・文徳・清和の御門につかうまつて、やうせい天王の御宇くわんけい四年五月廿八日に、大和国ふるのみやこありわら寺といふところにはかをたてさせたまう。（2ウ〜3ウ）

『静』における伊勢物語の問答の典拠は『伊勢物語難義注』に求められることが指摘されているが[6]、そこには右に挙

げたC本独自の本文は見いだせない。ところがこれに類似する本文を『和歌知顕集』が有している。書陵部本『和歌知顕集』の該当箇所を次に挙げる。(7)

鳥、そも〳〵、まづこのものがたりは、いかなりける人の、なに事を詮として、かきたりけるものぞ。風、ことあたらしくとひ給ふものかな。平城天皇の御まご、四品阿保親王の五郎の御子、あめの下のいろごのみ在五中将業平朝臣、自、ふるまひたりし事をむねとて、ふるきものがたりをまじへてかきおきたりし物語也。鳥、かの業平は、いつれの御門の御宇にあひて、いつばかりこの物語をばつくりて侍けるにか、おぼつかなし。風、この人は淳和天皇の御宇、天長二年八月ニ誕生して、仁明天皇の御宇、承和八年正月七日うゐかぶりして、おなじく仁明・文徳・清和の御門につかうまつりて、陽成天皇の御宇、元慶四年五月廿八日に、年五十六歳にして卒したる人也。

この傍線箇所を『静』諸本の本文に組み込めば、先のC本の本文が出来上がることがわかる。『伊勢』の注釈書として影響力のあった『和歌知顕集』の本文が引かれていることはあり得るものである。さらにこの後にも原拠は特定できないものの中世の伊勢物語注釈書の諸説を混合したような内容が続く。

・業平いまたそんしやうにありし時、清和天王のこうきう二条の居(ママ)をかし申せしとかにより、みちのくへおんるせられしを、ほり川の大しやうもとつねのあつそんなさけある人にて、きみにはさせんと申、山城国ひかし山といふところにかくしおかれし、その間に業平のかきたることともなり。(4オ)

ここでは冷泉家流伊勢物語注に認められる、業平の東下りを東山に隠れていたとする説を引きつつ、書陵部本『和歌知顕集』の「基経ゆかしく、心なさけある人にて、この人(業平)はるかなるあづまのはてまでながしつかはされん事をあはれみて、」のような注釈の影響も受けていると考えられる。

・さて伊勢物語とかきたるいはれはいかに。業平、かりのつかいにいつきのみやのおにのまにさふらいし時、ゆるされ色の女しやう一人きたり、一首の歌にかくはかり、神風や伊勢のはまをき……（４ウ）

ここでは「伊勢物語」の由来として第六十九段の狩の使に触れながら、諸注が内裏にあったとする「鬼の間」を「斎宮」にあったとし、その後は『難義注』に基づいて『静』諸本と同様「神風や」の歌へと続けている。

このようにC本の背景には『伊勢』古注釈の世界が広がっており、おそらくC本は『和歌知顕集』などの影響を受けた注釈書、或いは物語から本文を引用したと考えられよう。そしてその一方で、「それよりおもひたては伊勢物語と申なり」（５オ）とした後は、『静』諸本に見られる「さてうゐかふりとはいかなるいはれにてさふらふそ……」以下、『伊勢』の不審語を列挙する箇所などはすべて切り捨てられている。その結果『伊勢』の講釈部分は、業平の生涯と『伊勢』の名前の由来についてのみ記す構成となっている。

さて、この後さらにC本は、静による『源氏』の講釈を展開する。B本も『伊勢』の講釈の前に『源氏』について簡単に触れていたが、C本はそれに比べてかなりの長文を『伊勢』の講釈の後に付け加えている。そしてこの『源氏』の講釈の本文は、ほとんど室町物語『花鳥風月』から抜粋されたものである。『花鳥風月』は花鳥と風月の二人の巫女がそれぞれ業平と光源氏の霊を呼び出すという設定によって、『伊勢』『源氏』の物語の解釈を展開している。そしてその中からC本は、光源氏の来歴及び物語中の歴代天皇に関する解釈部分を抜き出している（5ウ～7オ）。その『花鳥風月』の該当箇所の最初の部分のみ挙げる。(8)

きりつほのてんわうだい二の御子六てうのいんと申は、（中略）とし三と申せしあきのころ、御はゝかういにをくれたてまつり、なみたをそへていとゝしく、むしのねしるきあさちふの、つゆけきやとにあけくれし、こはきかもとのさひしさまてはこくみ給ひし御めくみ、いともかしこきちよくにより、十二にてけんふくす、かうらいこくのこまうとといひしひかると申御なをつけしよりひかるけんしとなをよはる（後略）

これがC本の「きりつほの御門に第二のみこ、六条ゐんと申せしか、三さいの御とし御は、かうゐにおくれたまひ、……ひかると申御なをつけしより、ひかるけんしと申なり。」（5ウ～6オ）に概ね一致することは明らかである。

この後も同様で、7ウ以降の「きりつほの秋をおもひのはしめにて、名をのみのこすはゝきゞや、なか河やとのかたたかへ、なを人しれすむつましき、ゆふかほの露のきえしより……」といった源氏物語の巻名尽しの歌まで、すべて『花鳥風月』からの引用であり、その上で文脈に合わせて修正を加えた形になっている。[9]

そしてこの後C本は「きたの御かたをはしめまいらせつゝ……」（9ウ）以下、再び『静』諸本と一致を見せて本文を終える。つまり『静』依拠部分は、『静』に『伊勢』注釈を取り込んだ本文の後、『花鳥風月』からの一部引用をはさみ、再び『静』に拠る本文に戻る、という形になっている。そして、この後さらに、次に挙げる『花鳥風月』抄出部分がつづいている。

このようにC本は舞曲『静』からは完全に離れたテキストとなっている。『静』の改編というよりは、当時盛んだった『伊勢』や『源氏』の注釈を盛り込むために『静』の『伊勢』講釈の舞台を利用したもの、ということができるだろう。[10] 当時様々な文学作品の中に織り込まれていた古注釈を利用して、また新たな物語を作ろうとした試みがC本であった。ここで見たように、C本はその材料をもとにして、『伊勢』『源氏』の物語の具体的な語釈には踏み込まずに、概略的な解説の引用に的を絞っているようである。

また、ここに挙げた『花鳥風月』『和歌知顕集』はいずれも問答形式によって物語の解釈が行われるという形をとるものであった。これらが北の方たちと静が問答をする『静』の一場面と結び付いたことは偶然ではなく、『和歌知顕集』のような注釈書と『静』『花鳥風月』などの物語世界との、直接的な繋がりも感じさせられる。

(2)　『花鳥風月』抄出部分について

『静』依拠部分の後、半丁の白紙をおいて『花鳥風月』からの抄出部分がつづいている。この『花鳥風月』抄出部分と完全に一致する『花鳥風月』は、管見では確認できていないが、内容は『花鳥風月』の終わりにあたる、『源氏』の巻名尽しから末尾までと同様であり、『花鳥風月』からの引用と考えてよいだろう。本文の後にも、

これは花鳥風月の物語のすゑにあり（14ウ）

と記されており、おそらく『花鳥風月』から本文を抄出した者が書き加えたものであろう。すでに存在していた右の『静』依拠部分を書写した者が、その中の『源氏』の講釈部分が『花鳥風月』と一致することに気付いたため、身近にあった『花鳥風月』から同じ箇所を抜き出し、続けて写したものと推定される。したがって当然ながらそれぞれが参照した『花鳥風月』は異なるものであり、それぞれの引用本文も異同が大きい。

さて、この『花鳥風月』抄出部分については、末尾の一部分であるため本文系統は判然としない。だが、諸本「……みこはかへりぬ」と、花鳥・風月の巫女姉妹が帰ったところで終わるものが多いのに対して、本書は末尾に「まつたいと申なからあまりきとくなれは、ふてにまかせてしるしおくなり。これを見きかん人〻、ねんふつ申させ給ひて、

ひかるけんし、かのすゑつむはなの御あとをとふらいたまふへし〳〵。南もあみた仏」（14ウ）と付け加えている。これに近い表現を持つ『花鳥風月』もいくつかある[11]。

末代と申なからあまりのきとくさにしるしをく也、是を見きかん人〳〵は念仏十返つゝ唱て、彼業平中将光源氏の御跡すゑつむ花の亡魂を訪給ふへき者也（冷泉家時雨亭文庫本）

物かたりと申なからあまりにきとくさの事なれはふてにまかせてしるしおくところなり、是を御らんせん人はねんふつ十へん申させ給ひてひかるけんしすへつむ花のいふれい御とふらひあるへし（金沢図書館本）

他に確認したところでは大英図書館本も類似している。同様の末尾を付した『花鳥風月』も広く存していたことが確認できる。

舞曲の本文は、幸若流と大頭流とに大きく二分されているが内容にそれほど大差があるわけではなく、奈良絵本の本文も舞曲の本文に準じたものであった。しかしこれらB本・C本は、舞曲の『静』を大きく離れて自由な本文に作り替えている。二本の書写年代はB本は江戸前期、C本は室町末期頃まで遡れると思われるが、このように、舞曲の『静』から新しい物語の作り出される過程がうかがえることは興味深い。

物語の本文は様々に作り換えられてゆくものであった。この二本が示すように、舞曲を離れ読み物となった『静』も、御伽草子などと同様、変容する物語の世界に存在していたのである。

注

1　小林健二「幸若舞曲の絵入り本」(「伝承文学研究」46、一九九七) には、十点の絵入りの『静』が挙げられている。

2　今回本文を確認し得た奈良絵本『静』は次の通りである。これらの本からの引用に際しては、適宜句読点を施し、濁点のあるものはこれを省いた。

・天理図書館蔵本　(天理図書館善本叢書『古奈良絵本集二』)

・国文学研究資料館蔵本・冊子本　(国文学研究資料館マイクロ資料)

・国文学研究資料館蔵本・屏風貼付本　(国文学研究資料館マイクロ資料、「国文学研究資料館紀要」第四号(一九七八) に村上学氏による翻刻がある)

・蓮左文庫蔵本　(国文学研究資料館マイクロ資料)

・米国議会図書館蔵本　(辻英子『在外日本絵巻の研究と資料』笠間書院、一九九九)

・大谷女子大学蔵本　(同大学蔵CD－ROM)(「京大B本」の解題で挙げる同大学所蔵のものとは別本である)

・根津美術館蔵本

3　舞曲正本の諸本については麻原美子『幸若舞曲考』(新典社、一九八〇)、新日本古典文学大系『舞の本』(岩波書店、一九九四)「解説」による。前者では奈良絵本の本文の解説もなされているが、本解題では特に触れなかった。

4　内閣文庫本は古典文庫の翻刻に、大頭本は天理図書館善本叢書の影印によった。大頭本の濁点等朱による書き込みはこれを省いた。

5　「中世文学の一展開――奈良絵巻「静」の周辺――」(「大阪青山短大国文」創刊号、一九八五) に詳細な解説を、「大谷女子大学図書館蔵「静」」(『幸若舞曲研究』第五巻) に翻刻がなされている。本文の引用もこれによった。

6　麻原美子『幸若舞曲考』六一三頁(新典社、一九八〇)。

7　引用は片桐洋一『伊勢物語の研究　資料篇』（明治書院、一九六八）による。以下『伊勢』の注釈に関しても同書（研究篇　資料篇）によるところが大きい。

8　『花鳥風月』の引用は慶應義塾図書館蔵本（『室町時代物語大成』第三〈75〉「扇合物かたり」）による。

9　したがってここで参照された『花鳥風月』の本文系統は断定しにくい。但し「きんしやうの御はゝは、大政天王ひかる源氏の御むすめ、あかしの中宮これなり」（7オ）や「源氏六十てうと申なり。歌のかすは七百七十余首、そのうち古今後撰拾遺金葉詞花等の各歌の心をさま〴〵かきたり」（7オ～7ウ）に類似する表現は慶應義塾本や中京大本等に見られる。松本隆信氏「室町時代物語類現存本簡明目録」（『御伽草子の世界』三省堂、一九八二）の分類では第二類系統に属するものと思われる。

10　もともと『静』において、『伊勢』等の講釈場面自体が『静』のストーリーとはやや異質な、独立した性格をもつものであった。例えばC本とは全く逆の方向として、幸若直熊本『静』（『幸若舞曲研究』第七巻に翻刻）は、『伊勢』等の講釈部分については一切省略している。

11　冷泉家本は冷泉家時雨亭叢書「源家長日記　いはでしのぶ　撰集抄」（朝日新聞社、一九九七）の影印に、金沢図書館本と大英図書館本は国文学研究資料館のマイクロ資料によった。

附記　諸作品の本文の引用に関しては適宜、句読点を施すなどした。『静』諸本の比較に際しては『幸若舞曲研究』第五巻の真下美弥子「しつか物語」の校異によるところが大きい。

また、根津美術館には資料の閲覧を許可いただきました。御礼申し上げます。

『緑弥生』解題

柴田芳成

ここに紹介する『緑弥生』は他に伝本の知られない、新出の物語作品である。物語の詳細は本文によるとして、はじめに簡略な梗概を示す。

嵯峨天皇の時代、二条堀川の左大将には少将ただみね・弥生姫の二子が、左大将の弟、三条の播磨大納言には緑姫がいた。緑姫は幼くして両親をなくす。弥生姫十七歳、緑姫十六歳の春、両姫が遊ぶところに桜の一枝を手にした十九歳の少将が訪れ、緑姫を見初める。少将は姫の乳母小侍従の手引きを得て契りを結んだが、父の命に従い大炊殿の姫君を妻に迎える。少将が内裏の遊びで留守のとき、左大将の計略によって緑姫は三条の邸から追い出され、乳母のいとこの尼を頼り、嵯峨の大原に退く。事情を知った少将は神仏に祈請、諸方を探し回る。緑姫は出家を願うも周囲は許さない。その退去先で女院に見出され、出仕することとなった緑姫を御門が見初め、麗景殿に迎える。それ以前に弘徽殿に入内していた弥生姫は御門の心離れに落胆、左大将も緑姫への仕打ちを後悔する。一方少将は麗景殿（緑姫）との再会叶わず、二十歳にして思い死ぬ。麗景殿は皇子二人姫一人を生む。皇子は十二歳で即位して文徳天皇となり、姫は十二歳で伊勢斎宮、二宮は十歳で東宮に立つ。御門、后は院号を受け栄えた。

右から明らかなように、いわゆる「しのびね」型の擬古物語系統に位置する作品である。[1]「しのびね」型の室町時代物語と比較すると、両親に先立たれて乳母の他に頼る者がなく、いとこである弥生姫に慰められる主人公緑姫の境遇は『若草物語』の姫の立場と同じである。また入内した緑姫が弥生姫（恋人の妹）以上に天皇からの寵愛を受け、男女の子をもうけて栄えるのは『しぐれ』の姫がたどった物語に相通じる。ただ他の物語作品の男主人公が失恋して出家することに対して、本作品の少将が思い死にする点は特徴の一つに数えられる。(2) これは、姫の呼称をその折々の立場によって替えることとあわせて鎌倉時代物語的な要素ということができるかもしれない。(3) だがもちろん、姫の容姿の形容や入内・結婚する姫君たちの姿に類型的表現を用い、物語末に教訓的言辞を付した結びは、本作品がお伽草子作品に他ならないことを自ずと語っている。

本稿ではこの作品の生成に関わる問題にふれて、その解題としたい。

前稿（注1）において歌1、及びその前後の描写が『ふせやの物語』に通じることを指摘した。少々長くなるが、あらためてここに『ふせやの物語』を掲出し、場面を分けてその対照を示す（両作品とも引用にあたっては適宜かなを漢字に改め、濁点句読点を付した）。『ふせやの物語』諸本については次のように表記した。

・慶応義塾図書館蔵写本『伏屋の物がたり』（『室町時代物語大成』十一、350番）〈慶応本〉
・尊経閣文庫蔵写本『ふせやのものかたり』（『室町時代物語集』第三）〈尊経閣本〉
・多和文庫蔵写本『ふせや草紙』（古典文庫『神道物語集』）〈多和本〉
・白百合女子大学蔵写本『ふせ屋草紙』（『白百合女子大学研究紀要』19　昭和五十八年）〈白百合本〉
・清水泰氏旧蔵奈良絵本『ふせや』（『室町時代物語集』第三）〈清水本〉

『緑弥生』（1ウ～3ウ）

A

父母、この姫君の大人しくなるままに、いかなる昔の楊貴妃李夫人も此世に生まれ給ひたると疑ふ程なり。后に立てんと喜びかしづき給ふ程に、

B

姫君九に成給ふ如月末つ方に、母宮例ならず悩み患い給ひて、大納言大きに驚き給ひ、色々様々の祈禱何ならず、多くの人々集まりて、惜しめども悲しめども甲斐もなし。晴明が符、耆婆が薬も叶わず。御年卄七と申に、露の御命消え果てて、昔語りと成給ふ。大納言は姫君の側に添ひ付きて、ただ浅茅が原の露ともろともに消えなまし。同じ道に連れておわしませと、声も惜しまず嘆き給ふ事限りなし。女房達、端の者、怪しの賤の女に至るまで、涙せきあえず。もとより定めなき老少不定の住処なれば、今に始めぬ習ひにて、露の住処に送らんとしけるとき、

『ふせやの物語』（慶応本）

A

父御前、いつか大人しくならむ。生ひ出でなば楊貴妃李夫人にも劣るまじきと喜び過ぎゆき給ふ程に、

B

姫君七つにならせ給ふ御年の三月三日より、母御前重き病ふを受けさせ給へば、少将大きに驚き給ひて、様々の御祈りありけれども、定業にてや侍りける、御祈禱も叶わずして、同じき十一日に有為無常の習ひ、嘆くべきにはあらねども、姫君が行末、又偕老同穴の契り空しくなりければ、少将、姫君、嘆き給ふこと限りなし。いかなるいやしき賤の女に至るまでも声を惜しまず叫びけり。

C

姫君、母宮の空しき御手に抱きつき、涙の隙よりかくなん、

1　たらちめの母散り行に何とてか
　　この身を風の誘はざるらん

D

大納言聞き給ひて限りなくあわれに思し召し、かやうに詠じ給ふ、

2　あだなれや先立つ人は桜花
　　散り行風を何と恨みむ

ただ同じ草葉の露共成なましとて嘆き悲しみ給ふへば、

E

薪ともに積み込め、鳥部の山の薄煙、先立つ人のあらじ世に、別れの後に長らへて、見るに涙も止まらず。七〳〵の御弔ひ、四十九月にあたる日わ、阿弥陀の三尊迎え参らせ、仏を造り経を読み、花香を手向け参らせ、五障三従の雲晴れて、必ず西方浄土へ導き給へと祈りけり。

C

姫君、空しき母御前の御首に抱き付き給ふが、しばしありてかくなん、

たらちめの母秋風に散りて行く
　花もろともに我も止まらじ

D

と侍りて、御腰の物抜きて自害せんとし給ひければ、人々おのおの申やう、由々しき御事をせさせ給ふや。北の御方こそ有為無常の習ひなれば、力無くならせ給候へども、姫君の御行末、誰やの者かあはれみ参らせ候べき。かかる御計らいはいかがと申なぐさめ参らせけり。

E

さても今は御孝養の営みすべしとて、薪に積み込め参らせて、空の霞となり給ひける。七日〳〵、三間四面の堂を造り、皆金色の阿弥陀の三尊を造り顕わし参らせて、過去精霊の為と祈り給けり。

両作品ともに、姫の成長を楽しみにする両親であったが、母がにわかに病を受けて没し、残された父娘は嘆きつつも、その供養を行うといった物語が語られる。お伽草子のうち「継子物」とされる作品の冒頭にはしばしばみられる展開である。以下それぞれの場面について検討していきたい。

順序は前後するが、まずC（緑姫が母の遺体にすがって歌を詠む場面）をみよう。慶応本にみられた姫の歌は『ふせやの物語』諸本の内でも異同がある。

多和本

　姫君、母御前の御顔ほ（ママ）つくづくと御覧じてかくなん、

　　たらちめの母憂き風に散り行きて何の憂き世にこの身止まらん

　と嘆き沈み給ひける。

尊経閣本

　姫君、悲しさの余りには空しき御髪に抱きつき給ひてかくなん、

　　うち頼む葉は秋風に散りはてて何の陰にかこの身たまらん

『緑弥生』と比べると、母にすがる姫の姿は慶応本、尊経閣本が、和歌は技巧的にも多和本が最も近い。なお『ふせやの物語』以外の「継子物」で当該箇所に母を悼む子の歌を記す作品は見あたらない。

次にD、緑姫の和歌に父大納言が唱和する場面。対照した慶応本の同箇所は、父大納言が悲しみのあまり自害を図る描写であり、『緑弥生』の場面とは全く相違する。

ところが多和本には、

さて、中将の御返事に、

憂き世をば跡をもとめで行くあれは我もろともに我も止まらじ

との給ひて、自害せんと御腰の物に手をかけ抜かんとし給へば、人々あまた取り付きて各々申ければ、御あはれみの道、高きも賤しきも皆々ある事にて候へば皆さのみこそ候へ。姫君を誰に預け参らせ、かく思し召したち給やと様々申ければ、思し召し直して、

とあり、父は自害せんとする前に、姫の和歌に対して自らも一首詠みあげているのである。今回調査した『ふせやの物語』諸本中、当該箇所に父の歌を記す本は多和本のみであるが、物語展開の中で、父の歌のある方が自然であることは松本隆信氏が説かれたところである。(4) また白百合本では、母の三回忌後、父娘が母の墓に参る場面で次のような対になる歌を詠む。

たらちめの母憂き風に散りはてぬ何の陰にか此身とまらん（白百合本・姫の歌）

憂世には跡もとどめず散はてし花の面影身をもはなれず（白百合本・父の歌）

三角洋一氏によれば、白百合本は独自の改変箇所が多く、両歌の位置が他本と異なるのもその一例であるが、ここにも父と娘による「二首一組の詠歌場面」がみられるのである。(5) さらに、前に挙げた多和本の姫と父の歌からは、慶応本の姫の歌がもとは娘と父の二首であったものを一首に合成（姫の上句と父の下句）してできたものであることが導けよう。そうしたことから『ふせやの物語』において、本来は娘父唱和の場面であったと考えられるのである。歌句そのものは異なるが、他作品にはない描写であり、『緑弥生』において歌を和してともに悲しむ父の姿が認められることは重要である。

なおCDの緑姫と父の和歌に関して、母の死が「如月末つ方」(の数日後)、父歌に「桜花散り行く風」とあるように物語の季節は春であって、緑姫の歌にある「はは」が「葉は・母」、「このみ」が「木の実・子の身」の掛詞、すなわち「落葉・落果の季節」を示す修辞であることと齟齬を来している。この、場面と和歌との季節の不一致は『ふせやの物語』諸本間でも見られる問題である。

E(母の葬送、供養の場面)では、薪にて母の遺骸を荼毘に付したという。お伽草子中「継子物」諸作品には母を火葬にする場面がしばしば見受けられる。例えば、

『月日の御本地』(『室町時代物語大成』九、274番)

七日と申には、梅檀の薪積みくべて無常の煙となし給ふぞ、あはれなる。

『白ぎくさうし』(『室町時代物語集』三)

さて、あるべきにあらざれば泣く泣く蓮台野辺に送らせ給ひ、梅檀の薪に積み込めて煙となすこそ悲しけれ。様々の御弔いども、げにありがたくぞ聞こへける。

『おちくほ』(『室町時代物語集』三)

さてしも、有るべき事ならねば、御僧をあまた供養して、梅檀の薪に積み込めて一片の霞となし給ふ。

などが挙げられ、多くは「梅檀の薪」と表現される。また後の供養については『白ぎくさうし』の記す程度の記述がほとんどであり、ここでも『ふせやの物語』の描写が『緑弥生』に極めて近いことが注目される。さらに『ふせやの物語』諸本によれば、

多和本

御孝養の支度して、はかなき野辺に送り参らせて、僧を供養し経を読み、様々御弔ひあり。四十九日にあたる夜は、五間四面の御堂を建て、阿弥陀の三尊据へ奉りて様々の御孝養せさせたまひける。

尊経閣本

さてしも、あるべきならねば遂に煙となし奉りぬ。籠僧なんど入て様々の御仏事行ひ給ふも哀なり。精霊即日に西方浄土へ迎ひ給へとぞ祈給ふ。宵暁の声々頼もしく哀なり。

清水本

さてしも、かくてあるべきならねば、あるべき作法になし参らせんとて、薪に積み込め参らせて、空しき煙となし参らせ、七日〳〵に御経を書き念仏を唱え、四十九日にあたる日は、三間四面に堂を建て、白檀にて阿弥陀の三尊を造り奉り、玉の飾りに至るまで極楽世界の荘厳も、かくやと思ひやらるるばかりなり。……

とあって、『緑弥生』にあり慶応本にはない語句についても、諸本によって補いうることがわかる。

では対照の前半部、ＡＢに関してはどうだろうか。

Ａ（美しく成長する姫とそれを喜ぶ父母）において、女主人公である姫が美しく成長することは物語の始まり以前に約束されていることであり、ここにみられる描写も類型表現に属するかと思う。ただしその中でともに「楊貴妃・李夫人」を引きあいに出すことは、他の「継子物」、あるいは『しぐれ』『若草物語』にはみられない、『緑弥生』と『ふせやの物語』との共通点である。

Ｂ、母の病没の場面。『緑弥生』『ふせやの物語』ともに描かんとする内容は同じであるが、その語句については異同が認められる。例えば、『ふせやの物語』で姫を七歳とするのに対して、緑姫は九歳である。しかし「継子物」の女主人公がその母を失う年齢は物語によってまちまちであり、[6] ここではむしろ『緑弥生』で母の没した年齢が二十七歳であることに注目したい。娘は幼く、母自身三十歳にもならない若い身で死を迎えるという「継子物」の設定に則っているのである。[7] また母の死に「ただ浅茅が原の露ともろともに消えなまし。同じ道に連れておわしませ」と嘆く父の姿は「継子物」である『月日の本地』『岩屋の草子』や『落窪』『住吉物語』などにもみられる。したがってこの段は特定の作品との近さはいえないまでも『緑弥生』作者が既知の表現によって綴ったと考えてよいのではなかろうか。ただ尊経閣本に「かくて長月の末比に、はかなき習ひにて昔語りになり給ひぬ。」とあって、『緑弥生』と同じく母の死を「昔語り」になったとする表現は注意しておいてよいだろう。[8]

物語冒頭部の対照として挙げたのは以上であるが、このE以降、『緑弥生』『ふせやの物語』両作品の展開はただちに異なった方向へ向かう。『緑弥生』では母の死後、父大納言は、

去程に、大納言殿は、年月隔たり行けども、北の御方の御別れの事を思し召して、いまだ忘れ給わず。別れの涙、名残の袖にぞとどまりける。思ひやられてあわれなり。かかる御思ひにや、大納言殿さへはかなく成給ひぬ。（3ウ）

とあって、物語から姿を消す。こうして緑姫の両親がともに他界したのに対して、慶応本は、「継子物」作品の叙述形式——母の死後、父娘の悲嘆をわずかに描いたあと、すぐに数年を経て父が後添えを迎える場面に移る——に則り、父少将は三年の後、故五条宰相の北の方を妻に迎える。両姫を取り巻く環境が相違するわけである。それにも関わらず両作品間にはさらに表現の類似した箇所が認められる。次に挙げるのは、姫が先立った肉親を偲ぶ場面である。

『緑弥生』（4ウ～5オ）

必ず日に一度づつ父母の御墓へ参り給ひて、念仏を申、経を読み、世を観じて無常恨み給ひて、などや今まで留め置き、かかる憂き目を見せさせ給ふぞや。とく〳〵迎え取給へとて、母宮の召したりし雪の紅梅の九重に、柳の末葉の薄衣を、蒔三の箱に入たるを、せめて形見とふたを開け見れば、涙の落ちそひていとど涙も止まらず。

『ふせやの物語』（慶応本）

この姫君は、常に母御の御墓へ参り給ひては、生きたる人に言ふやうにとかくうち口説きてさめざめと泣き給ひては、経を読み念仏を唱へ、御心を澄まし、よろづの事を観じ、いかに徒（ママ）なるこの世に留めてましますぞ。とく〳〵迎へ取らせ給へとて、母御前の御骨の、蒔絵の手箱に入れたるを引き開けて見給ふ（ママ）は、いよいよ恋しさのまさりて、涙の隙よりかくなん、

傍線部・清水本「母の御形見の蒔絵の手箱」

右にみられる、日々墓参りしては念仏、経の供養をし、自分を迎えに来て欲しいと願う姫の姿、蒔絵の箱に納めた母の形見をみて涙する場面は、表現の細部に至るまで酷似する。このことは、両作品の物語展開がすでに異なっているだけに、逆に一層その影響関係を示唆するものではなかろうか。また形見に母を偲ぶ姫の姿は、物語世界の共通する『しぐれ』『若草物語』にはみられない描写でもある。『緑弥生』では母だけでなく父も他界しているにも関わらず、形見に母だけを追慕する点も『ふせやの物語』（あるいは継子物）との関係を思わせる。冒頭部ＢＣＤＥの母の死の場面に筆を費やす姿勢とあいまって「継子物」的傾向を示しているのである。

また、緑姫、『ふせやの物語』の姫それぞれに周囲の人々から慰められる。その中の一例をみてみよう。日々物思いに沈む緑姫と、それを気遣う少将の会話の場面。

少将是を御覧じて姫君にの給ふやう、何事を思し召して常に思ひ乱れて沈み入り給ふぞ。いかさま恋をせさせ給ふか。何事にてもただみねに語り合わせ給へとの給へば、恥ずかしく思し召して、恋する事はなけれども、いかなる罪の報ひにや、親もなき身なし子となりてかやうにあさましかるらんと、今さら我が身恨めしくてとのたまへば、（11オ～ウ）

一方、『ふせやの物語』信濃伏屋での尼と姫とのやりとりは次の通りである。

尼君申やう、尼た昔は恋□□□（多和本・この尼も若きとき恋をして）、常に音をのみ泣きて心を澄ましてあ□□なり、さればよろづ身に知られて、恋せん人をば尋ねも候はばやと思ひ身（ママ）なれば、何事も仰せ合わせられて慰み給へは（ママ）、涙を流して申ければ、姫君、もろともにさめざめと泣き給ひてのたまふやう、取り分け恋をすることは候ねども、いかなる罪の報ひにて、父母にも早く離れ参らせて、身なし子となりて候ことの心憂さ、都のゆかしさ、とのたまへば、（慶応本）

それぞれの姫の返答は極めて近く、また伏屋の尼が自分の経験に照らしつつ姫を慰めるのは、『緑弥生』で大原の尼が「尼も昔は思ひをして捨てし身にて候」と語る姿（22オ）に重なるのである。これまでの対照を確認してくれば、この箇所についても両作品の関連を想定することができるだろう。

『ふせやの物語』は、『風葉和歌集』に採られた古物語『ふせや』の改作と考えられる作品であり[9]、成立は『緑弥生』に比べて古いと考えられる。よってこれら具体的な表現レベルでの両作品の近似は、『緑弥生』作者が『ふせやの物語』の一本（現存諸本に限らない）を目にしていたことによるものと考えることができるのではなかろうか。

さて、ここまで『ふせやの物語』（「継子物」作品）との関連を述べてきたが、緑姫がたどる物語は、やはり『しぐれ』系統の展開であり、『ふせやの物語』とは様相を異にする。しかしながら『しぐれ』『若草物語』等、物語世界の共通する作品においては『緑弥生』と表現の類似箇所は見いだせない。ではなぜ『緑弥生』の本文に、物語展開の異なる『ふせやの物語』との関連がみられるのか。この問題ついては松本隆信氏の指摘がある。(10) 次に摘記しよう。

『ふせやの物語』は『しぐれ』等の作品と「擬古物語系統の室町時代物語として」「構想の上でもかなり近似している」。「それは、薄幸な境遇にある姫君が、権門の貴公子の愛を受けるに至るものの、女性の側の境遇から生じた障碍によって、姫は家を逐われ、流離の生活を余儀なくされるという筋書の類似で、その女性の流離の原因を、継子苛めとし、政略結婚の犠牲とする所に相違があることを除いて、骨子となる恋愛譚の経過においては、同類の物語といって差支えないであろう」というものである。ここにいわれる「女性の流離の原因」が「継子苛め」であるのが『ふせやの物語』であり、「政略結婚の犠牲とする」のが『しぐれ』『若草物語』、『緑弥生』である。つまり、物語群としてみたとき、大きな枠組みの中で両タイプの物語構想の近接があるわけである。

物語作品の総体を捉える見地からなされた松本氏の指摘に加えて、ここでは『緑弥生』個別の問題として、物語展開とは異なった位相にある「継子物」性をさらに考えてみたい。

作品名『緑弥生』をめぐる問題。二人の姫の名が並べられる題名だが、物語をたどれば明らかなように本作品は緑姫の栄達を描くことが中心であって、一方の弥生姫は物語の始まり、結びに姿を現すにすぎない。しかも、物語のはじめには両親を失った緑姫を絶えず気遣い慰める優しい姿（4オ～7ウ）が印象づけられるのに対して、入内（10ウ）の後、次に登場するときにはその性格は一変しているのである。麗景殿女御ともてはやされるのが実は緑姫だと知った弥生姫（弘徽殿女御）の姿をみてみよう。

この由聞こし召して余りにあさましくてうつつとも思し召さず。さていかにして緑の姫君は御門に見え初め給ふ。さしも日頃も情けあり、いとほしかりし姫君まさらうとましく、雪の下ならば時の間にも消え失せよかしと思し召し、引きかづき伏し給ふ。（32ウ～33オ）

御門の寵愛が自分から緑姫に移ったことに嫉妬し、嘆く気持ちがあるにしても、かつての情愛に満ちた姿とは余りにも隔たった、激しい感情を表出させるのである。また、緑姫と弥生姫とを比較する御門の心中、

麗景殿の女御、あくまで面はゆくうちしほれたる風情に引き替へて、弘徽殿のはしたなくあてやかなる気色は、憚らずの給ふさへ今更疎ましく、同じいとこながら人はかやうにもなりけるやと見参らせおわします。（34ウ）

に至っては、弥生姫は緑姫の敵役とでもいえる位置を与えられているのである。「継子物」において実子は継子に対して協力者となることも、敵対者とされることもある。本作品中の弥生姫の人物造形の不統一は弥生姫が「継子物」の実子の位置にあるところから生じていると考えられるのではないだろうか。さらに、このように捉えてこそ題名に二人の姫の名が並べられることにも見通しがつくのである。昔話の世界に目を向ければ、「お銀小銀」「お月お星」など継子と実子の名の併記をもって話名とする「継子物」の例がいくつもあるからである。作品名『緑弥生』は「継子物」昔話と同じ発想による命名なのである。

以上みてきたように、『緑弥生』は「しのびね」型の物語を構想しつつも、その背景には「継子物」的世界を重ねもっている作品である。その顕著な表れが物語の始発に配された「継子物」（特に『ふせやの物語』）の表現であり、弥生姫の描かれ方であり、何よりもその作品名なのである。

次に和歌を通じて『緑弥生』と他の作品との関連をみていきたい。

20　つらからば我も心の変われかし　など憂き人の恋しかるらん

嵯峨の大原に退去した緑姫が都、少将を偲んで詠んだ歌である。この一首は『しぐれ』（『室町時代物語大成』六、184番）にもみえ、正気を取り戻した中将がかつての姫の部屋を訪れて見つけた次の二首の一方と一致する。[11]

胡竹てうことぞ悲しき笛竹の憂きふし〳〵に音をのみぞなく
つらからば我も心の変はれかしなど憂き人の恋しかるらん

またこの歌は『横笛物語』（『影印室町物語集成』第一輯）にも見出すことができ（他の『横笛草紙』諸本にはない）、大井川に身投げする横笛が阿弥陀への回向の後に同歌を詠む。

『義経記』巻七「判官北国落」に、義経の妻の歌として同歌が記されることから、三角洋一氏は、『しぐれ』『横笛物語』の同歌について、「どちらの場合にしろ、この「つらからば」の歌をもとから備えていたと見ることはできない。おそらく室町末期の時点で、『しぐれ』『横笛草紙』の一本の制作・書写者が、まずは『義経記』に取材して、義経妻の歌話の伝承歌を書き加え、ないし差し替えて入れたのであろう」とされる。[12]『緑弥生』の場合、『義経記』に取材したか否かは不明とするしかなく、また物語の構成は似るとはいえ、場面が異なることもあって『しぐれ』の影響を受けているかどうかも判然としない。だが岩波大系『義経記』頭注に、

思はぬ人のなどか恋しき、とはれずは我も心のかはれかし（『筑波集』巻九恋上）
人のつらくは我も心の変はれかし、憎むにいとほしいはあんはらや（『閑吟集』二八七）

との関係が示唆されるように、『義経記』、あるいは『しぐれ』といった特定の作品によらずとも当時流行した歌で

あったことを押さえておけばよかろう。『緑弥生』に流行歌を取り入れる姿勢のあったことは次の例からもうかがえるのである。

22　憂きはただ月に村雲花に風　思ふに別れ思わぬに添ふ

緑姫には会えず、父からは大炊殿姫のもとへと責められる少将が詠んだ歌である。「月に村雲花に風」の句は『重盛』（『謡曲二百五十番集』）の詞章、「元より世の中は。〳〵。月にむら雲花に風。妨多き習なるも。」の他、障害の多いことをいう例えとして諸書に散見する。

『慶長見聞集』（巻四・万病円ふりうりの事、『日本庶民生活史料集成』第八巻）には、

見しは今、人間万事不如意、月に浮雲有、花に風あり。歌に、「うきはただ月にむら雲花に風おもふにわかれおもはぬにそふ。」

と同歌がみえ、『薄雪物語』でも、初句（「世の中は」）こそ異なるものの、薄雪の詠んだ歌が共通する。さらには『国女歌舞妓絵詞』（京都大学附属図書館蔵）中、お国の前に現れた名古屋三郎が今風の「浄瑠璃もどき」とことわって歌い始めた歌句には、

我が恋は月にむら雲花に風とよ、細道の駒かけて思ふぞ苦しき、……互に心の隔たれぬれば、思ふに別れ思はぬに添ふ、なさけは大事のものかの。

とあり、こちらも中世末近世初期という時代の中で流行した歌であったことが知られるのである。

そうした同時代的な和歌を取り込む一方で古典に典拠を求めうる歌もある。次の三歌（句）はそれぞれ『新古今集』所収歌との一致をみる。

大原での徒然を嘆く緑姫の詠んだ歌（21・第五句「たちならひけん」）は、

あぢきなくつらきあらしのこゑもうしなどゆふぐれにまちならひけん（恋三・一一九六番　定家）

に同じ。少将が思いを託した最後の歌（30）は、

恋ひわびて野べの露とはきえぬともたれか草ばをあはれとはみむ（恋五・一三三九番　公衡）

と一致する。また和歌そのものではないが、少将が姫の乳母小侍従に託した、歌語を多用した恋文（8オ～ウ）の冒頭箇所「夢かとよ見し面影の忘られで」は次の歌によると考えられる。

ゆめかとよみし面影もちぎりしもわすれずながらうつつならねば（恋五・一三九一番　俊成女）

流行歌についても、『新古今集』歌についても、歌意を汲み、物語の流れにふさわしい取り込みを行っていると評価できよう。

最後に本書の書誌事項を記す。

写本一冊　四つ目袋綴　打曇素紙表紙　本文料紙・楮紙　縦二七・八、横二一・七cm

全三十八丁　無辺界　分類番号・国文学／Nr／33

近世の書写　内題はなく、表紙左上の題簽（後補か）によって書名とする

本書は大正七年に京都帝国大学図書館が竹苞書楼（佐々木惣四郎・寺町御池下ル）から購入、以後の経緯詳細については不明ながら、一度廃棄処分とされたのち、昭和四十六年に文学部の所蔵となったものである。

注

1　物語内容に関しては、拙稿「お伽草子『緑弥生』――新出作品解説――」（『京都大学国文学論叢』3、平成十一年十一月）において相似た構成をもつ室町時代物語との比較を行った。

2　中世の王朝物語『あきぎり』『むぐら』では『緑弥生』と同じく「女主人公の入内栄達・男主人公の失恋死」が描かれる。

3　緑姫の呼称は、誕生から女院に出仕するまでは「緑姫」、出仕してからは「緑上」、入内の後は「麗景殿女御」「后宮」と順次呼び替えられている。「弥生姫」についても入内後は「弘徽殿女御」「女御」と称される。藤井隆氏は「御伽草子における女主人公である姫君が、結婚しても、母となっても、夫の地位が変っても、終りまで姫君の呼称で首尾一貫するという事実を検証される過程で、比較として「鎌倉時代物語の場合」は女主人公の呼称がその立場によって変わることを述べられた（「御伽草子における姫君考――姫君の呼称の対象と状態の特色――」『中世古典の書誌学的研究御伽草子編』所収、和泉書院、平成八年）。

4　「擬古物語系統の室町時代物語（続）――「伏屋」「岩屋」「一本菊」外――」（『斯道文庫論集』五、昭和四十二年七月）。

5　「白百合女子大学蔵『ふせ屋草紙』の解説と翻刻」（『白百合女子大学研究紀要』19、昭和五十八年）

6　島津久基『近古小説新纂』（有精堂、昭和五十八年）「ふせや物語」解説、市古貞次『中世小説の研究』（東京大学出版会、昭和三十年）「公家小説・継子物」項、参照。

7　母の没年を二十七歳とするのは『月日の本地』『岩屋の草子』などと同じ。

8　『住吉物語』（『室町時代物語大成』八、227番）にも母の死を「此世ははかなく定めなき所なれば、情けなく昔語りになりはてにけり」と記す箇所がある。

9　市古貞次前掲書、松本隆信「擬古物語系統の室町時代物語――「しぐれ」「若草」「桜の中将」「志賀物語」外――」（『斯道文庫論集』四、昭和四十年三月）、参照。

10　注4論文。

11　永正写本（『室町時代物語大成』六、183番）では、

胡竹てふ我ぞ悲しき笛竹のなどふし〳〵に音をばたつらん

いつはりをきみにちぎりしこころゆへおつるなみだの露ぞかなしき

の二首を挙げる。天理図書館蔵寛永写本も本文中に挙げた刊本と同じ二首である。この相違について、松本氏はこの前の箇所に「いつはりの」の類歌のあることに気づいた寛永写本の改変かとする（注4論文）。また奈良絵本（『室町時代物語大成』六、185番）では、同箇所に次にあげる侍従の長歌がある。

殿は悲しき笛竹の、憂きふししげき音をなきて、我も心の変はれかし、など憂き人の恋しさに、秋の紅葉の色はえて……

12　「改作物語の和歌」（『物語の変貌』所収、若草書房、平成八年）

『富士草紙』解題

本井牧子

本書は『富士の人穴』として知られる、仁田四郎の人穴探検を描いた物語である。『富士の人穴』は写本、刊本ともに伝本が多いことで知られているが[1]、奈良絵本としては、ニューヨーク・パブリックライブラリーのスペンサー・コレクション本[2]、龍谷大学蔵本[3]、『奈良絵本絵巻集４　伊勢物語　富士の人穴』所載本[4]、酒井宇吉氏旧蔵本[5]と、本書しか紹介されていない。また本書の本文は版本と同じ系統に属するものであるが、挿絵に多くの紙幅を費やしており、版本とは構図の異なった挿絵もみられることから、本叢書に収載することとした。

（一）書誌的事項

まず書誌的な事項について記す。本書は京都大学文学部国語学国文学研究室の所蔵（国文学／Nr／27〈貴重書〉、京大国文本と略称する）。現在は一軸の巻子本であるが、一紙の中央に折り目があり、その折り目を中心として左右対称に虫損がみられることから、元来は冊子本であったものを裏打ちして改装したものと考えられる。ただし挿絵をみると、一紙毎に一続きの構図になっているものが多いので、一紙の中央を山折りにした袋綴では一続きの絵が分断され、見開きでみることができないということになる。挿絵の面から考えると、一紙の中央を谷折りにした形であった可能性も考えられるのではないだろうか。そう考えると第一、二、六、十図などにみられる枠は画面を分断する際の境界線ということになる。同じ枠でも見開きになる第四、五図の枠は一続きのものである。しかし、そういった形態の奈良絵本は管見に入っていない。あるいは袋綴の結果生じていた画面の分断を解消するために、現在のような巻子本に改装したと考える方が穏当であろうか。翻刻に際しては、便宜的に袋綴にした形での丁数を付すこととする。なお各紙裏面の折り目付近に漢数字で通し番号が付されているのが透けてみえる。

表紙は唐花唐草模様木橡色布表紙で、縦三〇・五cm×横三〇・〇cm。表紙見返しは楮紙。八双に紐の結び目だけが残っている。表紙題箋には「富士草紙笠亭仙果旧蔵」とある。これらは巻子本に改装した際の後補であろう。

本文の料紙は楮紙。一紙の法量は縦三〇・五cm、横は四七・〇cm前後で、天地に押界がみられる。天界一・二cm、地界一・六cm。所々に朱筆による書き入れがあり、誤りを訂正したり、異文を注記したりしている。また貼り紙も二箇所あり、脱文を補っているが、その貼られている位置は本来挿入すべき位置からややずれている。これらの書き入れや貼り紙は本文と同筆であるようにみえる。また本書においては「流」を字母とする「る」と「満」を字母とする「ま」がしばしば混同され、字形ははっきりと「る」でありながら、文脈上は明らかに「ま」であるものや、その逆の場合などが非常に多く見られる。また「那」を字母とする「な」と「礼」を字母とする「れ」についても同様のことがいえる。書写者の書き癖であろうか。中には朱筆でその誤りを訂正している箇所もあるが、その訂正は全てにわたるものではなく、また不必要と思われる箇所に記されている場合もある。なお翻刻に際してはその誤りもそのまま翻刻し、（ママ）印を付した。

巻頭に二つの蔵書印らしきものが見えるが、印文は判読できない。末尾の蔵書印には「このぬしせんくわ」（朱文）とあり、合巻作者、笠亭仙果（一八〇四〜一八六六）の旧蔵本であったことが知られる。ちなみに『室町時代小説集』

は寛永四年版本を掲出するが、末尾の「吾友笠亭仙果子蔵古写本、一校、加朱墨了。／天保七年（一八三六）丙申冬十二月十二日夜　延齢」という識語から、同書の編者平出鏗二郎氏の祖父延齢氏が、本書を異本として校合していたことがわかる。

（二）本文系統

冒頭で述べたように本書の本文は版本と同系統である。版本に先行する写本としては、現在最古写本とされる室町後期写本、[6] 慶長八年（一六〇三）写本、[7] 慶長十二年（一六〇七）写本[8]などが知られているが、本書はこれらの写本とは本文系統を異にするため、ここではこれらの写本について特に触れることはしなかった。

『富士の人穴』の版本は元和寛永頃の古活字版をはじめ、寛永四年（一六二七）版、寛永九年（一六三二）版、慶安三年（一六五〇）版、明暦四年（一六五八）版、万治二年（一六五九）版、万治四年（一六六一）版など、多数現存することが確認されている。[9]『室町時代物語集』や『室町時代物語大成』十一〈347〉の解説によって版本の系統を示したのが次の図である。挿絵の系統は本文とは独立していることが指摘されているので、本文と挿絵と分けて示す。（　）内の数字は挿絵の総数を示す。点線で示したものは改変を加えているものである。

【本　文】

- 古活字版 ― 寛永四年版
  - 寛永九年版
  - 慶安三年版
    - 明暦四年版 ― 万治二年版
    - 万治四年版

【挿　絵】

- 古活字版（16）
  - 寛永四年版（16）
    - 寛永九年版（12） ― 万治四年版（12）
    - 慶安三年版（16）（dashed line）
  - 明暦四年版（8） ― 万治二年版（8）

最古版と考えられているのは古活字版で、それをほぼ忠実に復刻したのが寛永四年版である[10]。寛永九年版は寛永四年版の本文と挿絵を継承するが、挿絵が四図少なくなっており、その挿入位置にも異なるものがある。慶安三年版は寛永四年版の本文によりながら、挿絵に改変を加えている。また本文に一丁分の欠落があり、以下、明暦四年版、万治二年版、万治四年版はその欠落を継承している。明暦四年版は挿絵を全く新しく創出しており、万治四年版は本文は慶安三年版によりながら、挿絵は寛永九年版によっている。

本書の本文は慶安三年版以下に欠けている部分をもつことから、寛永九年版以前の版に近い本文であると言える。また挿絵は全十六図であり、その数や挿入位置が古活字版あるいは寛永四年版と一致することも考えあわせると、この両者との関係の深さがうかがわれる。ここで本書と古活字版、及び寛永四年版の本文を対照してみると、漢字の当て方などは古活字版に近いようである。また古活字版と寛永四年版で異同のある箇所についても、古活字版に一致するものの方が多い。以下いくつか例を示す。なお、濁点は原文のままである。

	京大国文本	古活字版	寛永四年版
3オ	御心やすくおほしめし候へし	おほしめされ候へし	おほしめすべし
7オ	それををしてとをま（る）ならは	おして	おかして
7オ	もりやのたいしんには九代のすへなり	もるやのんたいしん	もるやのたいし
12ウ	かゝる事を聞ときは	かゝる事	とる事
14ウ	其たけ十ちやうはかりなま（る）	十しやく、なり	十ぢやう、なる
15オ	なんしかもちたま（ママ）たちをみつからに得させよと仰有けれは	仰有けれは	ありけれは
20オ	そのたけ十しやく斗のうは御前おはします	十尺はかり	十ちやうはかり
23オ	死ゝてはむけん地こくにおつへき者也	おつるものなり	おつへきものなり

また所々に、わずかではあるが本書独自の異文も含んでいる。その箇所は特に後半部分に多いようである。ある程度まとまった異文を寛永四年版と対照して示しておく。なお、古活字版の当該部分が現存するものについては、寛永四年版との異同を傍記する。

	京大国文本	寛永四年版
30ウ	かようのくをうけて五十こうかうかほと、くをうくるものなり。	かやうの。くを、うくるなり
30ウ	物なくとも、あいそうし、ちやをものませ、もてなすへし。	物をもくはせ、ちやをものませ、もてなし候へし
43オ	いろ〳〵さま〳〵、そのみ〳〵の罪によつて、ちこく、かき、ちくしやうたう、しゆらたうを、をの〳〵ちこくへおとさるゝ。	いろ〳〵さま〳〵、その身(み)。其(その)もの(物)ゝ○つみによりて。ぢ(地)こく、が(か)き、ちくしやうたうへ。おとさるゝ
46オ	しゝたるものゝ、よみかへりやうに、やゝさゝめきわたり、君をはしめ、上下おしなめ、よろこひあへ給いけり。	しゝたるものゝ、よみ帰りたるやうに。さゝめきわたり、よろこひけり
47ウ	六ほさつの御はつとあたる事、まのあたり也。	大ほさつの。御ばつも、かうむるなり

47ウ	御ふしなむ大こんけんと八へん〔となへ〕へし。たつとむへし。しんすへし。	御ふじ。なむ大ごんげんと。八へん、となへへし

ところで先に挙げた奈良絵本の本文は版本の系統のものがほとんどである。龍谷大学蔵本はわずかな異同を除けばおおむね版本と一致する。ただし下巻のみの零本であるため、慶安三年版以下に欠けている部分をもつかどうかは確認できない。ちなみに本書43オの異文については龍谷大学蔵本にも、

色〳〵さま〳〵、そのみそのもの、つみによつて、ちごく、かき、ちくしやうだう、しゆらだう、をの〳〵ちごくだうへおとさるゝ。

と、比較的近い表現がみられる。『奈良絵本絵巻集』所載本は慶安三年版以下欠けている部分をもっていることから、本書と同じくそれ以前の版との関係がうかがわれる。酒井宇吉氏旧蔵本については『室町時代物語集』の解説に「本書は、寛永九年板の特有な語句に合つてゐるから、寛永九年の板本を写したものである事は明らかである」とあるので、これも版本の系統の本文であるといえる。ニューヨーク・パブリックライブラリーのスペンサー・コレクション本については未見であるが、それ以外で現在確認されている『富士の人穴』の絵入り本は、写本、版本の別を問わず全て同系統の本文ということになる。

(三) 挿　絵

次に挿絵についてであるが、挿絵は全部で十六図。彩色は白、丹、黄、緑、紫で施されており、丹緑本の色調を思

わせる。本書の挿絵中最も長大な第十三図のみ、鮮やかな水色がみられ、仏菩薩と建物には金泥が使われているなど、際だって華やかな画面になっている。これ以外に色調の上で目立った挿絵は第十五図で、閻魔王の冠と檀荼幢には金泥が、浄玻璃の鏡には銀泥が使われている。

挿絵の挿入されている位置は、全て古活字版、寛永四年版と一致する。また挿絵の内容や構図もこれらの版本の挿絵と共通するものが多い。古活字版の挿絵を継承する版本（以下挿絵に関して版本という場合には、この古活字版から継承される挿絵をもつ版本の総称とする）と本書の挿絵を対照したのが次の表である。丁数は挿絵の総丁数を示し、例えば第一図のように半丁の中に文字と絵が混在し、絵の分量が少なくなっているものは（　）で括った。構成の項では画面構成が版本と一致する場合には○、部分的に一致するものに△、全く一致しないものに×を付した。おおむね版本の方が詳細な描写になっており、主な登場人物以外に描き込まれる人物の人数なども多くなっているが、そういった細部にわたる違いまでは考慮に入れていない。版本の挿絵については末尾の参考図版をご参照いただきたい。

番号	丁	丁数	場面	構成	主な相違点
一	1ウ～2オ	（1）	頼家の命を受ける平太	○	
二	3ウ～4オ	（1）	和田義盛の宿所	△	建物は四十五度回転したような構図になっている。
三	5オ～5ウ	1	平太の出立	○	

四	7オ〜7ウ	(1)	人穴で多くの蛇に遭遇する平太たち	△	版本は京大国文本に描かれない人穴の岩壁を描き、その中で多くの蛇と戦う人物数人を描く。
五	8オ〜8ウ	(1)	頼家に報告する平太	△	百八十度反転させたような構図になっている。
六	9オ〜9ウ	(1)	人穴探検に名乗りを上げる仁田四郎	△	百八十度反転させたような構図になっている。
七	11オ〜11ウ	(1)	仁田の出立	○	
八	13ウ〜14オ	(1)	人穴の中で堂や御所を見る仁田	○	
九	16オ〜16ウ	1	大蛇の出現	○	
十	18ウ〜19ウ	(1.5)	賽の河原を案内する大菩薩	△	京大国文本の18ウに描かれる家来は版本には描かれない。版本は川を上方に配し、子供たちも数多く描く。
十一	23オ〜23ウ	(1)	三途の川の姥御前	△	版本は三途の川や罪人を剣の山へ追い立てる獄卒も描く。

十二	27ウ	0.5	罪人を釜で煮る獄卒	×	版本は大菩薩と仁田、火の車、縄を付けられた女性、石を載せられた罪人、首かせをつけられた罪人、腰に釘を打たれる女性を描く。
十三	31オ～35ウ	（5）	女房を来迎する天人、迦陵頻伽、阿弥陀三尊	△	版本は来迎される女房を上方に描くが、迦陵頻伽は描かず[11]、その下方に仁田と大菩薩、氷の池、炎を描く。
十四	37ウ～38オ	1	火の車と業の秤	×	版本には畜生と化した罪人を駆り立てる獄卒、仁田と大菩薩、浄玻璃の鏡を見せられる罪人たち、獄卒、倶生神が描かれる。
十五	41オ～42ウ	（2）	獄卒と罪人・十王の裁き	△	京大国文本41オ・ウに描かれる獄卒は版本に描かれない。
十六	46ウ	0.5	頼家に報告する仁田	○	

まず分量に関しては、版本の挿絵が全て半丁に描かれているのに対して、本書は半丁から五丁と、かなり多くなっている。またその構図は大部分は版本の構図に一致するが、本書の方が全体的に簡略な図柄になっている。
描かれている内容が大きく異なるのは第十二図、第十四図である。本書の挿絵は先行する段の内容を絵画化したも

のがほとんどであるが、(12)この二図については該当する描写が直前の段にみられない。第十二図の釜ゆでの罪人は、第十六段（43オ）に、

〔また〕かたはらをみれば、うすにいれてつくも有。いろ〳〵さまぐ〳〵なり。むくいのつみに依てきりさいなまるゝものもあり。あるひは火のろうへおしこむるところもあり。ひのくるまにのせらるゝもあり。又大ぐれんのこほりにしづむもあり。つるぎのやまへおいあぐるもあり。またかまに入てにるもあり。つるぎのさきにてさしつらぬき、せむるもあり。またゆみやをもつておいまはし、いろ〳〵さまぐ〳〵、そのみ〳〵の罪によつて、ぢごく、がき、ちくしやうだう、しゆらだうを、をの〳〵ぢごくへおとさるゝ。

と、様々な苦患が列挙される中に該当する描写がみられる（波線部）。第十四図の火の車についてもこれと同じ箇所に記述があり（破線部）、第十二段（26オ）の「そでどの、のみやのねぎ」も「ひのくるまにのり来る」とされている。しかし火の車に乗っているのが明らかに女性であることから、少し言葉足らずの感はあるものの、第十六段（44ウ）の、

またおとこのぜんこんをいたすを、女ぼうかはらをたち、むやくといふ、そのぎにまかせて、ぜんこんをいたさぬものが、ひのくるまにのり、むけんへおつるなり。女ぼうのくびにくろがねのつなをつくるなり。かやうにくをうけて、五十こうをふるなり。ふうふの中に一人むどうしんなるものあれば、それにひかなて(ママ)、地ごくへおつるなり。む〔だう〕しんをば、やがてすつべし。

という部分を絵画化したものと考えるのが妥当であろう。一方同じく第十四図の業の秤については本文全体を通してみても該当する記述がない。亡者の生前の罪を量る業の秤は、生前の罪業を映し出す浄玻璃の鏡と並んで、閻魔王を始めとする十王による死後審判の重要な小道具であるから、版本の描く浄玻璃の鏡からの連想でここに描き込まれた

とも考えられる。本書では浄玻璃の鏡は第十五図で閻魔とともに描かれているが、本文中に浄玻璃についての記述があるのは第十五段（40オ・ウ）であるから挿入位置としては本書の方が妥当であるといえる。いずれにしろこの二図に描かれる火の車、釜ゆでの罪人、業の秤などは絵解きされる地獄絵などにも描かれる典型的な図柄であるから、本書の描く地獄をより馴染みのある図柄であらわそうとしたものかもしれない。

本書の挿絵中最も目を引くのが第十三図であろう。本図に先行する本文では、亡者たちが現世で犯した罪に応じて様々な苦患を受ける様子が延々描かれるが、その中で、

又有かたはらをみればは、やうらくのすゞをつらね、こしにのりたる女ばう、こんじきのはたをさゝせて、大日の風にまかせて、しよぶつたち、十二のぼさつたちのぎがくをとゝのへ、おの〳〵やうがうし給ふなり。てんちをひるがへし、じやうどへまいる女ぼうあり。二たん、これはいかなる女ぼうにて候と申。大ぼさつ、きこしめし、あれはひたちのくにゝ、あふしうのさかい、いわしろのきくたのこほり、うへだにある女ぼうの、ふつきのいへにむまれ、五かいをたもち、三ばうをたしなみ申、こゝろにじひをもち、さむげなるものにはいしやうをとらせ、ひだるげなるものにはじきをあたへ、ほとけの御まへにてはかうをもり、はなをつみ、ねんぶつ三まいにして、せぎやうをひき、ごせうを一大事とおもひたる者なり。

と、善根を積んだ女房が浄土へと迎えられる様子が描かれる（28オ・ウ）。しかし本文全体の分量からすれば、この部分はほんの一部分に過ぎず、あくまでも本文では様々な苦患の方に重点がおかれているという印象を受ける。版本でもこの場面は画面の一部に描かれるに過ぎない。にもかかわらず、本書においては、五丁にもわたって、天人や迦陵頻伽が舞う中、天蓋をさしかけられ、瓔珞で飾られた女房が描かれ、さらに版本に描かれない阿弥陀三尊が極楽の建

物から女房を迎えに出てくる様子までもが絵画化されている。彩色の点でも他の挿絵にみられない色や泥がみられるなど、特徴的である。本文を読む限り地獄巡歴譚といっても過言ではない本物語であるが、挿絵で最も強調されているのが女房の往生の場面であるというのは注目に値する。

また本書の挿絵に描かれる罪人たちの多くが女性であることも注目される。本文においても女性の罪が多く語られるのは、本物語の一つの特徴と言ってよい。苦を受ける罪人の中には、女、女房、尼など女性が非常に多い。また、

男の地ごくへおつる事はまれなり。只おほくおんながぢごくへおつるなり。さればおんなの思ふ事は、あくごうよりほかは心にもたぬなり。女のむねの間に、ぐち、もうねんよりほかはもたぬもの也。……中略……をんなにむまるゝ人は、あくにんよりほかはむまれざる也。（25オ）

と、浅間大菩薩の言葉をかりて女性の罪深さを正面から強調するような記述もみられる。挿絵で描かれる罪人に女性が多いのも、こういった本文の特徴に対応するものと考えられる。

しかし、本書の挿絵においては、版本の挿絵においてよりもさらに女性に力点が置かれているといった印象を受ける。例えば、版本の第十二図で火の車に乗るのは女性である。これは前述のように別の場面を絵画化したものと考えられるが、本書第十四図で火の車に乗るのは「そでどのゝのみやのねぎ」と思われる男性であるのに対し、同図で業の秤にかけられているのが女性であることも考えあわせると、そこに何らかの意図をみてとることも可能であろう。同様のことは第十五図に関してもいえる。版本では頭から落ちていく罪人の行き先は炎の池のようであり、中で苦しんでいる亡者は男性である。それに対して本書では赤い波のようにみえるものの間に三人の女性が苦しむ様が描かれており、女性の出産に関して語られる血盆地獄（血の池地獄）を連想させる。

第十三図で大量の紙幅を割いて描かれる往生者が若い女性であり、他の図においても、地獄で苦しむ女性が多く描かれるというのは、例えば若い女性のような享受者の需要にあわせての作為であるかもしれない。熊野比丘尼らによる地獄絵の絵解きが多く婦女子を対象に行われ、血盆地獄や石女（うまずめ）地獄など女性のための地獄が語られたことなどと軌を一にするであろう。

『富士の人穴』は本文末尾（47ウ）に、

このさうしをきく人、ふじのごんげんに一度まいりたるにあたるなり。よく〳〵心をかけて、うたがいなく、ごしやうをねがうべし。すこしもうたがいあれば、六ぼさつの御ばつとあたる事、まのあたり也。いかにもごしやう一大事なり、〔と〕思ふべし。御ふじなむ大ごんげんと八へん〔となへ〕べし。たつとむべし。しんずべし。

とある通り、富士信仰との関わりで、書写すること自体が功徳とされ、特に近世後期多数書写されていくが、本文は非常に多様で、本によって表現に差異が見られることが知られている。しかし奈良絵本の場合、確認しうる限り本文に流動性はみられず、版本の系統でほぼ固定されるといってよい。それに対して自由領域となるのは挿絵の方であり、版本の挿絵が改変されるように奈良絵本の挿絵も又多様化していく。今回挿絵を確認できた龍谷大学蔵本、『奈良絵本絵巻集』所載本なども、共に本文は版本と同系統でありながら、挿絵の挿入位置や図柄などには独自のものがみられる。

『室町時代物語集』の解説では本書の原本が絵巻物であり、寛永四年版は本書あるいはその原本、類本を写したものではないかとの推定がなされている。[13] しかし挿絵の内容からすれば本書の方が版本よりも本文から遠ざかっていることを考えると、本書の方が古活字版や寛永四年版などの版本をもとに、享受者の意向にあわせて挿絵を自由に改変したという可能性も考えられるのではないだろうか。本書も含めてこういった奈良絵本は版本の享受の一形態として、文字のみの写本の流れとは別に位置づけることも検討していく必要があるであろう。

末筆ながら図版の掲載をご許可いただいた慶應義塾大学斯道文庫、東京大学附属図書館、財団法人 水府明徳会 彰考館徳川博物館、閲覧をご許可いただいた龍谷大学大宮図書館に記してお礼申し上げます。

注

1　『室町時代小説集』（平出鏗二郎編・校訂、明治四十一年、精華書院）、『室町時代物語集』二（横山重・太田武夫校訂、昭和十三年、大岡山書店）、「増訂室町時代物語類現存本簡明目録」（松本隆信編、『御伽草子の世界』奈良絵本国際研究会議編、昭和五十七年、「簡明目録」と略称する）、『室町時代物語大成』十一（横山重・松本隆信編、昭和五十八年、角川書店）、『富士の人穴草子――研究と資料――』（小山一成、昭和五十八年、文化書房博文社）等参照。特に『室町時代物語集』は諸本についての詳しい解説や図版を載せ、本稿を成すにあたり学恩に預かったところ大である。

2　横型奈良絵本三冊。「簡明目録」による。

3　横型奈良絵本一冊。上巻を欠く。禿氏祐祥氏旧蔵。

4　奈良絵本三冊。同書（中野幸一編、昭和六十三年、早稲田大学出版部）の解説による。

5　横型奈良絵本三冊。『室町時代物語集』の解説による。『奈良絵本絵巻集』の解題では、「横山重・太田武夫『室町時代物語集』第二の解題中に酒井宇吉氏蔵奈良絵本横本三冊が見えるが、これがスペンサー・コレクションのものと同一かどうかは不明である」としている。

6　慶應義塾図書館蔵。石川透氏による解題・翻刻がある（「慶應義塾図書館蔵『人あなさうし』解題・翻刻」『三田国文』26、平成九年九月）。

7　赤木文庫旧蔵。『室町時代物語大成』十一〈346〉所収。

8　天理図書館蔵。大槻茂雄氏旧蔵。『室町時代物語集』二〈43〉所収。

9　「簡明目録」、『室町時代物語大成』、『国書総目録』などによって主な所蔵を示す。

・古活字版（慶應義塾大学斯道文庫）
・寛永四年版（赤木文庫旧蔵、現在所在不明）
・寛永九年版（東北大学、財団法人 水府明徳会 彰考館徳川博物館）
・同後印本（東京大学霞亭文庫）
・慶安三年版後印本（国会図書館）
・明暦四年版（京都大学附属図書館）
・万治二年版（学習院大学国文研究室）
・同後印本（宮内庁書陵部）
・万治四年版（東京大学国文、岩瀬文庫、天理図書館、国会図書館、竜門文庫、ニューヨーク・パブリックライブラリー スペンサー・コレクション）

10　古活字版は十丁を欠いているが、忠実な復刻本であるとされる寛永四年版によってその形態が推定されている。

11　古活字版、寛永四年版では迦陵頻伽は描かれないが、寛永四年版に改変を加えた慶安三年版では、極楽に迎えられる女房の前に迦陵頻伽が描かれている。

12　版本もおおむね先行する段の本文を絵画化しているが、部分的に前後する場合もある。
13　『室町時代物語集』では古活字版をみていないようなので、寛永四年版との関係推定に留まっている。

〈参考図版〉

参考図版には古活字版（慶大斯道文庫蔵）の挿絵を中心に掲出した。注記のないものは古活字版の挿絵である。ただし古活字版には欠丁が多いため、寛永九年版で補える分に関しては、寛永九年版（財団法人 水府明徳会 彰考館徳川博物館蔵、彰考館本と略称する）とその後印本（東京大学霞亭文庫蔵、東大本と略称する）を載せた。また欠丁の内、古活字版と寛永四年版にのみ見られる第五図については、寛永四年版（赤木文庫旧蔵）が現在所在不明であるため『室町時代物語集』から転載した。なお、図版に付した挿絵の番号は、古活字版や寛永四年版の番号で統一するため、寛永九年版についても対応する寛永四年版の番号を付している。

第　一　図

第　二　図

第三図　寛永九年版（彰考館本）

第　四　図

第五図　寛永四年版
(『室町時代物語集』より転載)

第六図

第七図

第八図

第 九 図

第十図　寛永九年版(彰考館本)

第 十 一 図

第十二図　寛永九年版後印本(東大本)

第 十 三 図

第十四図　寛永九年版(彰考館本)

第 十 五 図

第十六図　寛永九年版(彰考館本)

『京都大学蔵　むろまちものがたり』第一巻　（全十二巻）

平成十二年十月二十日　初版発行

編者　京都大学文学部国語学国文学研究室
発行者　片岡英三
印刷　株式会社三星社
製本　新生製本株式会社

606-8204　京都市左京区今出川通川端東入
発行所　株式会社　臨川書店
電話（〇七五）七二一―七一一一
郵便振替　〇一〇七〇―二―八〇〇番

落丁本・乱丁本はお取替えいたします
定価はカバーに表示してあります

ISBN4-653-03741-8
〔ISBN4-653-03740-X　セット〕